城中村

张星利 著

河北出版传媒集团

花山文艺出版社

图书在版编目（ＣＩＰ）数据

城中村 / 张星利著. -- 石家庄：花山文艺出版社，
2024.3
ISBN 978-7-5511-7090-1

Ⅰ．①城… Ⅱ．①张… Ⅲ．①长篇小说－中国－当代
Ⅳ．①I247.5

中国国家版本馆CIP数据核字(2024)第014261号

书　　名：**城中村**
CHENG ZHONG CUN

著　　者：张星利

责任编辑：董　舸
责任校对：李　伟
美术编辑：王爱芹
出版发行：花山文艺出版社（邮政编码：050061）
　　　　　（河北省石家庄市友谊北大街330号）
销售热线：0311-88643299 / 96 / 17
印　　刷：北京一鑫印务有限责任公司
经　　销：新华书店
开　　本：880毫米×1230毫米　1/32
印　　张：19.25
字　　数：550千字
版　　次：2024年3月第1版
　　　　　2024年3月第1次印刷
书　　号：ISBN 978-7-5511-7090-1
定　　价：69.80元

为死亡的村子送葬。

——题记

1

夏一可安顿好孩子，走出了家门。孩子放假了，大人和孩子之间的战斗也快开始了，育儿的烦恼和焦虑缠绕在心头，那是怎样的一种烦恼和焦虑？上学的烦恼，生活的烦恼。老人常说人皮难披就是这么个道理。真理永远是真理，谬论会一时占上风，但谬论终究是谬论，逃脱不了时间的制裁。

这条巷子是个宽窄巷子，并排刚好错过一辆车。村子里，车满为患，夏一可觉得，村子在自己的内心已经死掉了，皮之不存，毛将焉附。村堡上下都是门面房，都在想方设法挣钱，挣钱这事本无可厚非，不挣钱，吃啥呀！但不择手段，不顾脸面的人太多了！

巷子的尽头是开发的高层商品房小区，短短十几年工夫，房产开发已经成为一片汪洋大海，深陷其中不能自拔。20世纪90年代初，这个地方初次进行商品房开发，价格是九百八十元一平方米，二十五六年的工夫，一下就飙升到一万五六千元一平方米。

巷子的尽头是前任村主任的房子，这个前任村主任在位几年，弄了一些宅基地，说来与夏一可还算是本家人，而夏一可对他的印象却颇为不好。

再向北走一段，一拐出了村子，就到了大路上，名字起得很洋气，第二大道。这年头，啥都是照抄国外，地名也不例外。

夏一可坐上36路公交车前往展览中心看车展，他实际已经有私家车了。

"你不是去看车，是看展会上车模小姐的腿！"夏一可妻子妙妙露骨地说。

"看了就看了，能咋？"夏一可也不示弱。

　　确实不能咋。这世界，谁也控制不了谁。人都是有欲望的，不管是对于金钱还是女人，毕竟都是凡夫俗子，谁能逃脱得了作为人的这些本能。因为一些小事，夏一可爱发脾气、爱唠叨，他自己也不明白，都已经不惑之年了，为什么还是那么冲动，和小孩子一样沉不住气。他感觉有时候也由不得人。而夏一可的妻子是吵了就吵了，吵完架就再不提了。

　　36路车的终点站早些时候是在周宁大学站，十五年前移到这里，要致富，先修路，路通了，车也就来了，周围可耕种的土地瞬间也就变成了高楼大厦。

　　晌午时分，路上的车并不多，因为天热，太晒，人们能不出来的就尽量不出来了。自古以来夏天就是"农夫心内如汤煮，公子王孙把扇摇"。能有多少变化，变化的是器物，精神变了吗？

　　透过公交车的车窗玻璃看，艮村还没有拆迁完毕，拆掉的沦为一片废墟，看样子，最近是不会施工，而学校的大门开到了对面的马路上，这个艮村的学校已经容不下艮村的少年儿童了，被外来人员的子女所侵占！拆迁不可能是三下五除二地很快完成，它是一个系统工程，官方的回复是这样的。

　　公交车转过弯就看到了上脒省的交通大楼，大楼正在进行外立面的装修，国徽在太阳的照耀下熠熠生辉，两侧各悬挂一块牌子，看来是要在这里办公了。这个大楼最早盖起来的时候是公务员们在这里的一座小楼办公，夏一可认识的姬先生就在这里，姬先生很早内退，早早搞起了自己喜欢的书法事业，并且取得了比较大的成就，他早就对单位的世事看透了，走出国门，在国际上和政要们合影留念，让夏一可最为感慨的是姬先生的合影里他站得笔直，带有一种非常的气质，姬先生说我是搞书法的，你是总统，你是首相，我们是平等的。见惯了各种低三下四的合影，夏一可对姬先生格外上心，这才是民族的、世界的呀！夏一可心生感慨，这回，这里可要动真格的了。原来这里还有一个酒店，据说，这个酒店效益一直都不好，前后转了几遍手，光门外的牌子就换了好几回。用纳税人的钱盖楼，自己用一半，一半留作经营，这或许是中国特色。公检法告别经商，夏一可二十几年前就听说过，当时轰轰烈烈，结果呢？有些事情总是在循环往复，没有一个根由，也只能是听之任之了，这里的道理谁能说得清楚哇！一朝天子一朝臣！

不经意间，公交车就到达了展览中心。本想着人山人海，门外却显得很冷清。没有三三两两的人群，保安也无精打采地站着，车展显得很空旷。现在不要门票了，通过微信扫码填写相关信息注册，门口安检进入。夏一可感觉现在扫码无处不在，微信的功能也无所不能，支付也都有微信代替了，小偷都偷不到现金了，失业了。国人的纸媒阅读量在急速下降，而手机传播呈燎原之势，锐不可当。在夏一可看来，人们终将迷失在手机海量的信息里而不能自拔，其实，大部分资讯都是无效用的，但是人们还是愿意看啊！

扫码、注册，夏一可选择的品牌是丰田汽车。以前，修车师傅说选车就选"两田"，本田和丰田基本不用你操什么心，一句话，咱要的是实用，其余都是扯淡。

展厅里似乎没有多少品牌，除了大众，就是新能源的，可这新能源也太贵了，几年后，更换一块电池都要好几万元，算起来不划算。吸引人的都是展台的热歌劲舞，没有什么可看的。

转了一圈也没有多少意思，保时捷的车模还是养眼啊，不愧是豪车啊！夏一可的眼睛突然有点儿晕，定睛一看，都是穿白衬衣打领带的，齐刷刷地站了一排，在给人推销。销售员比观众多。展台的一角，车模靠着车睡着了……

现在邮政都不好好做自己的主营业务了，搞银行，搞储蓄，也搞汽车分期贷款。有点儿乱，要么就是办信用卡，天上会有免费的午餐吗？天上不会掉馅儿饼，若遇到掉馅儿饼的事情，就绝对是一个陷阱，要慎之又慎。

转了约莫有半个小时，夏一可就出来了。外面骄阳似火，热浪袭人，三三两两的人群，伴着这不景气的夏季车展。

夏一可又坐上车，途经大发国际，这是城中村拆迁后的产物，小广场上有三三两两的人在弹唱，唱的是秦腔。在夏一可的印象里，这都是死了人后才唱的，没死人为什么要唱啊，大发国际原来是西艮村。外地人在大发国际买房后才知道高楼的旁边是村子的骨灰纪念堂，感觉上当了。其实，外地买房人根本就不知道这个地方是干什么的，光听开发商卖房时给你忽悠，光鲜的外表遮盖不了内心的丑陋。

公交车四通八达，为城市出行提供了方便，自行车的川流不息被私家汽车取代，城市地铁在地下来回穿梭，勾画着现代化的蓝图，啊！这一切都是那么壮阔，我们用几十年的时间走完了西方国家现代化几百年的路，我们成功了，我们腾飞了！

公交车等红灯的间隙，夏一可看到一个人坐在一个门面房门口拨打着电话，他想，这个人又占了一套门面房，要不是这些人闹事，村子早就拆迁了。人心是个无底洞，想这想那，想一百万，想一千万，还想几个亿的事情，人们疯狂地攫取金钱从来就没有像现在这样强烈过，人心就在这物欲横流里迷失，好一个朗朗乾坤！

这里就是金水村，我们的故事就从这里开始……

2

中国大地有许许多多、成千上万的村庄，每个村庄都有动人的传说和久远的历史，这些村庄的形成无不是先民智慧的结晶，他们顺天时，应地势，或依山傍水，或平地起宅，无不渗透先人们辛勤的汗水和敬天悯人的情怀。

20世纪70年代的金水村就坐落于皇城周宁市的东南方向。

周宁市，这里可是中国的故都所在地，十六个王朝在此地建都，帝王陵墓星罗棋布，堪称风水宝地，留下了千古传说，也留下了刀光剑影，毕竟，谁都想当皇帝，可皇帝只有一个。玄武门兵变，李世民一杀冲天，成为人上人。谈判是解决不了问题的，只有杀死哥哥，才能当上皇帝。

金水村在新中国 50 年代的行政区划中划归周宁市靖宁县余力镇，和周宁市所辖的雁南区交界，属于连片种地的范畴。然而，就因为这个行政区划产生了诸多的不一样和后续的许多麻烦、障碍，此是后话，暂不提。

金水村南依南山，北望净心寺，村人习惯把南边叫作南岭子，北边叫作北岭子。

毛主席去世的时候，夏义虹正在挖红薯窖，1976 年，那可是吃喝都很紧张的年代。夏义虹哭了，金水村的人都哭了，人们日夜想念的毛主席就这样走了，这可咋办哪，这以后的日子还咋过啊。那时候，夏一可还没有出生。

夏义虹是金水村团支部书记，个子高，人长得出众，她是九爷的娃。九爷，那可是金水村周围响当当的人物，能写会算，写得一手好毛笔字。

"九爷，九爷，义惠媳妇生了，是男娃子。"隔壁的光芒给九爷报信。

"哦。"九爷回应。

多年的人事经历磨炼得九爷任何悲喜从不显现在脸上，他人好，心地善良。中华人民共和国成立前，周围连片的十几个村子他是保长，他说话一言九鼎，他摞得柴堆（小麦收割后碾场后的秸秆）堪称把式。处理邻里纠纷，他从来都是说一不二，一碗水端平。可以说，他是那个时代的乡绅阶层。九爷能写会画，夏天的时候时常戴一副石头镜，更像是乡间的能人。九爷是单传，夏家总是男丁不旺，女子个个出众，在农村，没个男娃不行啊，要拉架子车，要割麦、收麦、碾场，哪一项农活儿能离开劳力。虽说现在是大集体，但记工分干活儿还是要劳力，工分多了分的口粮自然就多。不知道以后的情况是个啥，只能顾及眼下。义赫家是个男娃，已经好几岁了，都是一大家子，只有义惠在公家单位上班，养活一大家子，现在国家又在计划生育，风声很紧，不能多生。

3

夏一可出生的那一年，中国实行了改革开放，是由沿海城市开始的，改革开放，这个名词对金水村人来说是新鲜的，也是陌生的。

九爷没事的时候，就会抱着夏一可晒暖暖，天蓝蓝的，太阳暖暖的。堡门口是闲人的聚集地，也是谝闲传的地方。乡党们坐在青石上晒太阳。青石条都是 50 年代平整土地时从坟墓周围拉回来的。那时候也没有文物的概念，就挖出来一些陶罐、麻钱（古币），也没有啥值钱的东西。由于是集体大队的，也就没有人把青石条拉回家，就搁在堡门口，供大家歇息吃饭时候坐。在金水村人看来，所有的财物都是集体的、大队的。村里的大喇叭每天会定时响起，党中央的声音就传来了，传达给金水村的人们。乡党们热衷农事，冬去春来，秋收冬藏。

堡门口里有桑树，枝叶繁茂，就在光芒家的大门口。三伏天最热的时候，人们坐在树荫下，隐隐感觉有凉风。

堡门口外有巨大的槐树，这棵槐树不一般，几个人手拉手才能合拢住，虽然一侧已经枯干了，但另一侧还呈现出勃勃生机。

堡门口外还有皂角树，很高很粗，都能做椽，风吹起时长条形的皂角就啪啪作响，像在演奏音乐。

村中央的菩萨庙，"文革"破"四旧"的时候拆除了菩萨像。

遭罪的是村门楼，这座门楼呈现出巍峨之势，上面有神兽，雕梁画栋，以前都会有专人定期维修，后来慢慢就没有了，上面一句话，下面就拆除了。

破"四旧"不光是村门楼被拆除了，还有村西成片的石羊、石马也被拆除了，好多坟地都在平整土地时平掉了，石羊、石马在大炼钢铁时被砸烂扔进炼钢炉，二球说看看石头里能炼出钢不。

离石羊、石马不远的玉皇大帝庙也拆掉了，庙里的和尚被政府下令还俗。

金水村坐南朝北，南高北低，东高西低，下雨时，水就顺着坡势流下来，流到村边的涝池，涝池有蓄水能力，干旱时还可以灌溉庄稼。夏天下大白雨的时候，涝池的水溢满后就顺着路上的水渠自然流到几百米外的麦子地里，这是一处天然的洼地，有几十亩，越往西走越缓，也就渐渐没有了坑势，成了缓缓的一处平地。坑底下的庄稼每年都长得好。因为墒好，所以麦子、苞谷都长势良好，几乎每年都有好的收成，这可是金水村的粮仓，属于旱涝保收的地方。要说粮仓，不远处就是靖宁县的粮站，这也是在20世纪50年代的时候修建的，大部分土地占用的都是玉皇阁的庙产。国家规定，城市的土地属于国有，农村的土地属于集体所有。庙里的和尚就这样被撵走了。

村边的学校也是20世纪50年代建起来的，各村建学校，这是中国历史上几千年都没有的事情。建学校所在的地方原来也是一座大庙，有正殿、大殿等多所房屋，大殿移除菩萨神像外，地上铺上砖，墙壁再进行粉刷，就作为老师们办公批改作业的地方。老师们以本村有文化的年轻人居多，还有县文教局派过来的老师，在周围又建起六间教室，这样一年级到六年级就齐全了。学校的周围由大队组织乡党们垒起了一人多高的土围墙。建学校、垒围墙的时候金水村的人几乎齐上阵，乡党们都说，咱的娃以后就在这里上学，子孙后代以后都要在这里上学呀！挨着围墙种了几十棵白杨树，幼小的树苗就这样一天天开始长大。

金水村发生着变化，变化堪称天翻地覆。

金水村中的四合院在中国古建筑里并不多见，乡党们也几乎以厦子房居多，四合院虽然不多，但还是有那么几院子，九爷家就是一院，有厢房，有厦房，冬暖夏凉。吃水有水井，水很旺，吃多少，绞多少，一点儿都不浪费。

4

80年代初期，金水村也分地到户了，各家各户自己种自己的庄稼，共划分为六个小队。种地给国家纳粮，粮站就在村口，这是多么好的事情，上公粮是最近的。

金水村的范围逐渐在扩大，因为人多不够住了，堡子里住不下了，就逐渐向堡门口外发展，因为没有形成具体的规划，所以稍显凌乱，夏义惠搬出老宅是在60年代，那时候村外人还很少，但是也形成了好几道巷子，本来申请的宅基地就在堡门口的一处空地上，但九爷说那地方不好，因为那里以前是个积肥坑，人的粪尿、羊马骡子的粪便都在那里积攒，积攒到一定程度生产队派人拉去上地，所以九爷一口就否决了那个地方。最后申请的宅基地就离堡门口一大截子路了。那时候，这个地方已经住了几户人家，都是从堡子里搬出来的。搬出堡子里另起宅基地的都是弟兄们多出来的，也都是一家子里老大出来，最小的弟兄留在堡子里。

九爷说一声不行就不行，那时候，夏一可还没有印象，只记得九爷的胡子扎着他的脸生疼。

夏义惠属于60年代农村招工出去的，最早在周宁市北郊的水泥厂，离家比较远，70年代和一个在靖宁县油脂厂的人进行了工作对调，因为那人家在周宁市北郊，也是离家远，刚好有这样一个机会，所以两人就办妥了相关手续，进行了工作对调，与夏义惠同样在 60 年代招工的金水村人一直在水泥厂干到退休，直至子女顶替接班。

所以，九爷的丧事大部分的钱都是夏义惠花的，因为九爷的二儿子在家，没有在外工作上班，所以也就没有什么收入，大头儿也就是夏义惠出的。九爷的大女子，人在青海，赶回来晚了，也就没有见九爷最后一面，大女子跪在九爷灵前，哭得泪人一样。

九爷的遗像是画的，他的山羊胡子给夏一可留下了深刻的印象。九爷出殡的那天全村人都来了，还有邻村的乡党也都来了，人们跪拜送九爷上山。大路朝天，雪花纷纷扬扬，为九爷送行，这一去就不再回来了！这一去，就是永远。送九爷上山就是去北岭子，九爷长眠于此。

时间是最好的见证，它见证了人世的悲欢离合，见证了世间的人情冷暖，见证了一切都需要见证的东西。

九爷魂归西天，留下了一副石头镜、一把铜壶和一把算盘。

九爷，就这样离开了人世间。

5

分地后，各家各户自己干。金水村的人们喜欢把分地叫分队，乡党们继续依照节气开始种庄稼，历朝历代哪能少了种地！

村子的规模愈发地大了，都不断向外扩展，因为人多，宅基地不够用了，所以逐步占到一些耕地。在收完麦子，种上苞谷，收完秋，地就撂了，等待重新划拨。

大喇叭依旧在每天准点儿响起，金水村的人们或许是一个耳朵进，一个耳朵就出去了，因为这些内容和他们的生活发生不了根本性的关系。有人甚至铰断了喇叭线……

余力镇信用社的人开始进入各村各户了，他们宣传贷款的好处，用国家发放的贷款可以自己做点儿小生意，开商店、办企业，这些，金水村的人都是第一次听说，国家把钱往你口袋送，能不好吗？

夏红社盖起了金水村第一座二层楼，上楼板的时候，乡党们都去了，毕竟这是金水村的第一座二层楼哇！改革开放，发展经济，劳动致富。原来，夏红社他爸在县上运输公司工作，这几年，在外边跑得多，积攒了一些钱，就想着办法把家里的老房子翻新，重新盖了一下。夏红社的房屋在堡门口外头，挨着学校，因为有弟兄三个，所以划了连片的宅基地，属于比较大的。土地局的人还来查过，为什么一家就占了那么宽，占了那么长的庄子地（宅基地），一看，原来是弟兄三个人的在一块儿，所以也就没有查出什么问题。因为宅基地面积大，又不可能全部都盖上房子，所以就在周围栽种了树木，用枣刺当围墙，几年就长成一人多高，不仅具备了遮挡功能，还成为一道独特的景观，并且颇为壮观。乡党们都说夏红社他爸能干，一下子就给三个娃把宅基地申请下来了。

夏红社家二层楼的门窗都是夏义赫做的。因为在村里的缘故，夏义赫学会了木匠活儿，自己做一些凳子、桌子、门窗，所以，夏红社家开始盖房的时候就找到了夏义赫，要他给做些门框和门窗，再做一些方桌、凳子，夏义赫也就爽快答应了。夏红社除了伐倒了堡子里的一棵树外，还伐倒了新宅基地的几棵梧桐树，夏红社他爸还在县上木头市场买了一些木料。

夏红社家的二层楼，一楼是楼板，上楼板的时候来了一辆起重机，把楼板吊到楼顶，起重机也第一次出现在村里。到第二层的时候，照例就是盖成鞍间房的样子，屋顶还是盖瓦，上梁使用的是木料。

乡党说这二层楼盖得好，这门框，这门，这窗子，做得细法，九爷家的老二义赫做得好！还有人说，你也不看是谁做的，九爷家的老二整天就在屋里琢磨这些事情，九爷家的老庄，你又不是没去过，你看看那些格子门，那些雕刻着二十四孝的人物图案，那可不是一两个钱就能做下来的，那是大户人家才有的，你看咱村谁有那些东西，你再把九爷的石头镜看一下，再看一下你爷戴的，那能比吗？

乡党的这些话，夏义赫都听在耳里。毕竟，九爷人走了，但身后的事情还在，可不能让乡党们看了笑话。

二层楼的出现，无疑在金水村引爆了一颗定时炸弹，此炸弹炸得远、炸得高，威力巨大。他像一座炮楼，矗立在那里，似乎在说，看你能把我咋？你看我多高！

"夏红社那楼高，咱把大喇叭安到他楼顶，全村都能听见。"村子人说。

"我说你脑子进水了，咱村喇叭安得好好的，在村大队部的老槐树上架着，上高下低，你咋连这都不懂，声音的原理你都不懂！"堡子人说。

"呻吟，你跟你老婆黑夜里呻吟不？"村子人开玩笑说。

"你个狗东西，有本事你也盖个二层楼！"堡子人就这样骂着、说着。

二层楼就这么被金水村的乡党谈论着，成为他们茶余饭后的谈资。毕竟，谁家都没有二层楼，这楼，看着高，敞亮，再说，这是金水村的第一座二层楼啊，第一啊，谁能是第一啊！

夏义赫自始至终都在夏红社盖房的那边，基本上学会了盖房的所有手艺，从开挖地基，到盖房的各种条条框框，他都熟稔在心。他说咱不懂，学嘛。他不太言语，但是却有心计。看似不太多说话，却是成竹在胸，他是一个胸有成竹的人。由于有了一定的经验，他开始拉起一些人手，开始学着给人盖房。

金水村的人都有争强好胜的决心，都不甘落后，加上政府的人不断进行宣传，金水村的人开始在农忙后的闲暇时间走出金水村，各自拿出看家本领，有修鞋的，有卖馍的，有当厨师的，实际上是把十八般武艺都用上了。

6

这一年，村上响应政府的号召，开始办砖瓦窑。因为现在农村盖房的人逐渐增多，各村基本都有，所以就看上了烧砖的生意。村上决定建砖瓦窑，以后谁盖房拉砖也方便，毕竟是村上的。因为有不同意见，最后村上决议由村上担保向信用社贷款，由村民个人以承包的性质进行经营，村上每年收取一点儿管理费用。信用社的信贷员巴不得完成信贷任务，所以一拍即合，贷款顺利发放下来。而承包者是一个叫万万的小伙子，虽然没有念下多少书，但是人灵醒、精干，大家都看好他。

万事俱备，只欠东风。办砖瓦窑地方选在哪里？

最终，办砖瓦窑的地方选在了金水村的东边，因为这是和朝岭村交界的地方，也是一个岭，取土方便。这个地方的麦子地属于二、三、四队的地方，是一片绿油油的庄稼地。

在动员的过程中，因为是新生事物，大家谁也摸不准。

"办砖瓦窑，把地失塌咧，去挣钱，咋这么不要脸！"乡党骂道。

"现在都是各家各户的地，谁愿意把自家的地糟蹋，这也不是用一点儿地，上百亩的地，不种麦子了，去办砖瓦窑，没吃的了，把砖啃一口哇！"乡党继续说。

"没地了，吃啥呀，把人都饿死咧，这不是没有过的事情，民国时，可是活活地把人饿死过，60年代，吃麸咽糠，日子刚缓过来就忘咧，这伙驴×的！"乡党们你一言我一语。

"大太楼下不种粮食，人还不活了！"有人反驳道。

"咱可没在大太楼下住嘛，有本事你去住嘛！"有人回敬道。

大太楼，是周宁市最繁华的地方，白菜心心，地处市中心，有近乎一千年的历史了，成为周宁市的象征。

在吵闹声中，村上有了相关的政策：

一、征用二、三、四队的地，这些队每家可以派一个人到砖瓦窑挣工钱；

二、盖房时以低于外面的价钱拉砖；

三、征用哪一户的地，可以进行适当补偿。

虽然村人还有不同意见，但是大家还是遵循了镇政府来人提出的意见。镇政府来人还说50年代国家征用艮村的地盖劳改场关押犯人，那几个村的地都是无偿征用，就在你金水村的地界上，也差点儿把你们的地征用了。咱要服从国家大局安排，咱是社会主义国家，要让人民都过上好日子。

金水村的大队砖瓦窑是在年后开工的，明媚的阳光照耀着大地，远望南山，北看净心寺，推土机就这样开到了麦子地边上。镇政府的人，还有好几辆车，下来几个穿制服的人，是公安局的人。在吵吵嚷嚷中，有人说这是公安局的人，害怕有人闹事。因为办砖瓦窑是县上给各村的任务，各村都要办砖瓦窑，说是村村要有企业，而且是硬性任务。

开推土机的是个小伙子，也是邻村人，绿色的麦子地就这样被推土机连根推起，砖瓦窑就这样开建了。那一段时间，村东的人每天天不亮都能听到推土机的声音，砖瓦窑经过两个多月的建设，已经基本建起来了，听说六月份就能开始点火，烧窑拉砖。几道深沟，几道坎，沟壑纵横，就像黄土高原的褶皱一样。

在推土的过程中，自然有闲人围观，因为大家没见过这些推土机，听说推出来了几个坟墓，就是一些瓦罐和麻钱，还有人的骨头，后来找了个地方重新给埋了，说是重新给换个房。乡党说死人都不得安宁，几百年后还得受罪，被后人推出来，这不是遭罪嘛! 还有乡党说谁能料到把好好的地糟蹋了, 以后要遭报应, 看吃啥, 把狗×的饿死算咧!

万万开窑的各项工作都在进行, 要打井, 要接动力电, 这都需要去跑。6月份时, 在盖起的简易房子里, 来了一群河南人, 听说是烧窑的把式, 因为河南人在全国各地都有, 他们烧的砖好。

正如公家人说的那样, 各队凡是愿意干的都去挣工钱, 拉架子车, 接送砖坯, 各种活路交替进行。还有妇女做饭的, 不一而足, 总之, 人们忘记了不愉快。有活儿干, 能挣工钱, 大家都高兴。然而, 事情总不是十全十美, 总是有娃在学开机器的过程中小拇指被切断了, 成为九个半。有人干得腰酸背疼, 说给多少钱再也不干了, 而最后留下来的人所剩无几了, 无奈, 万万托人从四川丈人家叫来了人, 人带人, 终于又干了起来。这些外地的人都能干, 吃得也多, 金水村几个做大锅饭的妇女给做饭, 这些人也能吃, 但是确实是能够干活儿。接触时间长了, 日久就见了感情, 于是各种流言蜚语就在村里传播开来, 说河南人跟翘翘在麦秸垛里睡到一搭了, 还有人说河南人给翘翘都下了种了, 翘翘的男人身上的家伙不行, 才找的河南人。各种风言风语在人们当中传播。

7

金水村的砖瓦窑烧第一窑砖的时候就失败了, 开窑门那天, 万万满怀期待, 但是看了烧好的砖是生的, 没有烧到位, 最后全部拉出来一看, 好的红砖不多, 是次品, 有炭油子的居多, 大部分是夹生的, 这样的砖是盖不了房的, 只能用来砌猪圈墙, 没想到第一窑就烧失败了。人们都说找的这个河南人把式不行, 光知道找女人了, 把火候儿都忘了才烧出生砖。

万万的脸上就挂不住了，咋能闹个这事情，这可咋办？头一回的砖大都分给金水村的村民白白拉走了，拉回家主要是砌猪圈、砌隔壁两邻的院墙，也顺带着把土院子的有些地方铺一点儿砖，再咋说，生砖也是砖呀，总比土墙强啊，这也是见过火候儿的砖呀。

万万吸取教训，总结经验，开第二窑的时候他的心提到了嗓子眼儿，结果第二次红生生的砖就出来了，这次大获全胜，次品很少，大部分都是合格的红砖，这次算是工夫没有白费，成功了，村上的、镇上的人都来了，拉砖的拖拉机排成长队，那个时间，把村道的地面都让拖拉机轮子轧瓷实了，下雨泥就少了。万万在后来烧的几窑砖基本上都还可以，虽然还有一些次品，但是比起第一次烧的砖那是好多了，所以在供应外面的同时，金水村的乡党也有人买了一些砖，放在门口等着经济条件好了的时候盖房。乡党们的目标很简单，就是盖房，给娃娶媳妇，抱孙子，晒太阳。

万万的砖瓦窑场开了约有三年的时间就开不下去了，主要原因是最后烧的砖越来越不好，中途的都可以，但是用砖的最后都是一些建筑户，没有钱给，就一直拖欠。有的砖钱收回来了，有的砖钱没有收回来，所以最后造成了恶性循环，砖瓦窑场就这样塌伙了！人们看到河南人卷起铺盖走人了，万万变卖了部分的烧窑设备，有的就留在了那里，经过风吹雨淋就生锈了，成了锈迹斑斑的一堆废铁，还有一部分能用的都让村上和邻村的二流子给偷走当烂铁卖了。

乡党们看到落魄的万万走过堡门口。再后来，每到过年前，信用社的信贷员都会登门要账，万万没有钱给，信贷员就找大队，大队是担保人，还得找万万，这样就来回找，你找我，我找你，反正就是没钱还信用社账。乡党说，有一年过年前逼得急了，万万当场拿出刀来要砍来人，让人拉住了，以后信用社来人要钱只找村大队，再不找万万了。二流子说，横的怕硬的，硬的怕不要命的。村上拿啥还贷款，窑厂失塌了，哪来的钱？

万万的砖瓦窑就这样光明正大地失败了，留下破败的一百多亩的坑洼地，荒草丛生，还有一座大土山，像一座埋皇上的大冢，娃们在这里爬上爬下，溜溜板，倒也其乐无穷。荒草长得一人高，夏天成为蛐蛐、黄鼠的乐园，还有各种鸟儿，蛇坐窝打洞。乡党们试着再种些麦子，种出来的麦子稀稀疏疏，大部分都是秕子，没有麦粒，就再也没有人在这里种地了……

没有人说失败后怎么处置，地就这样荒芜着，麦子地没有挣成钱，却沦为一片荒地，成为废弃的存在。

8

"姐呀，你要走了，地方远，你把妹子烙的锅盔再吃一回。"夏一可的母亲抱着夏一可，拉着要远赴黑龙江的本家姐的手说。

"哦，妹子，姐会想你的，好好养着可可，这可是咱夏家的苗苗！"本家姐说。

这个姐是随丈夫在"文化大革命"期间回到村里的，因为单位上说她丈夫是什么"右派"分子，就拖家带口一块儿回来了。因为老家就在金水村，俗话说不看僧面看佛面，回农村咋啦，还不让人活咧！

夏一可的妈说姐是个好人，因为离得近，所以经常抱夏一可去串门儿。现在，国家落实"右派"政策，他们单位来通知了，给予改正，补发下放期间的所有工资，还有各种补助，仍回原工作单位上班。这不，就要走了。

本家姐是坐着拖拉机去火车站的。

外面的世界很精彩，外面的世界有时也很无奈，不管是无奈与精彩，总是要面对的。

余力公社在一夜之间就没有了，取代它的是余力镇政府。

镇政府有镇长，有书记。村上的大队没有了，取而代之的是村民委员会、村党支部。但是村上人还是习惯叫大队部，还是习惯叫社员，说当了几十年的社员，还要继续当下去。不管是村委会还是大队部，乡党们认为和自己没有多少关系，村上的事无非就是计划生育、征收公粮。

此后多年，夏一可母亲经常对他说本家姐走的时候你还小着呢，看，一下就几十年过去了！

夏一可后来见过这个本家姐，但是基本没有什么感觉，他对这些事情是模糊的，根本没有什么认知，也没有什么概念。

时间的变化最能说明一切，人们不再一起了，开始可能还会想念，还会写信，但随着时间的推移，一切逐渐冷淡，一切逐渐平静，从此无话可说，形同陌路人。因为人家爱说单位上的事，你守着农村围着锅台转，能有啥出息。跟着男人生几个娃，一辈子就结束了，这也是人生吗？人家在外面，见大世面，也是一辈子。

一辈子就一辈子。

夏一可的母亲是典型的中国妇女，吃苦耐劳，虽然也都是一般农村家庭，但她把家里里外外都收拾得干干净净、井井有条，典型的中国妇女，相夫教子，生活和谐美满，没有什么攀比，人生虽然波澜不惊，但也不大起大落，没有妄想。生活本身是丰富多彩的，色彩斑斓的。看着娃们一天天地长大，一颗滚烫的心慢慢收拢，过好自己的日子，吃自己的饭，活自己的人。

夏义惠由于把工作调动到县上的工厂，所以离家近了，也就每天中午都能回来吃饭。他时常带回来一些调味的东西，有一次夏一可居然把盐吃了一嘴，咸得大哭。夏义惠有时也会带几张过期的报纸在院子慢慢看，虽然夏一可不认识字，但是也学着大人的模样像模像样地看报，逗得大人哈哈大笑。夏义惠有时候会在院子里慢慢踱步，他的心里有想法，这几年先盖一个三间鞍间房，缓解一下家里的住房情况，因为厦子房也建了十五六年了，下雨的时候还漏雨，两间房子，还有一间做灶房，往后娃大了，还要给娃娶媳妇，这都是人生大事。自己也四十好几的人了，时间不等人，时间也不饶人啊！

厦子房，就是俗话说的周宁六大怪里的"房子半边盖"，也就是通常所说的肥水不流外人田。其实，说的并不是肥水不流外人田，而是两家合伙打一面山墙，既是院墙，也是山墙，你靠你那边盖，我靠我这边盖，互不牵扯，这样节省木料，节省盖房钱，因为经济能力有限，条件不允许，所以只能半边盖，待条件允许后，再盖正式的房子。农村基本上都是这样盖房子，谁也不笑话谁，这样的结果是两家都受益，两家都不吃亏，和和美美。

院子里的柿子树，叶子肥大，每到秋天，满树金黄色的柿子，不但大，而且甜，甜得沁人心脾。不光是自家院子里有树，村里乡党每家每户的院子里都有树，夏天可以遮阴凉，果树还可以吃果子，一举两得。

夏义惠是个比较幸运的人，赶上工厂在农村招工，因为家庭成分是贫农，加上九爷的为人好，就成了一名工厂的正式工人。那个年月，能出去当工人可是一件令人羡慕的事情，谁能有那么大的能耐，这可是国家的正式工人，铁饭碗，吃一辈子呀！以后娃们还能接班，子孙后代都享福。再说，我们国家是工人阶级领导的，咱就是工人哪！

夏义惠唯一遗憾的就是没有跟着九爷学写毛笔字，因为解放后都用自来水笔了，毛笔不方便，从实用性来讲，不利于书写。虽然上学还学过描红，但是多年不动笔，都已经很生疏了，加上还有油笔，有时候需要记账，基本就不用毛笔了，只能等以后退休了，慢慢写，到那时候，就有的是时间了。

夏义惠还喜欢针灸，他觉得大夫就是世上的圣人，救死扶伤，医德高尚。所以，他有时候会看一些民间的医书，也会按压一些穴位，他喜欢这些，但谈不上多么执着，因为生活的担子太重了，自己是老大，有几个妹子，远处还有在北京的姐姐。那个年月啊，都是日子过得艰难，但人心还是不坏，没有那么多花花肠子。

9

金水村来了县上的宣传车，宣传车宣传的是计划生育，国家现在不光是城市实行计划生育，农村也实行计划生育，城市只允许生一个，农村可以生两个，谁要违反政策，就要罚款。国家的政策是牢不可破的，枪打出头鸟，自古以来就是这么个理。

计划生育从改革开放开始的时候就搞了，只是那时候在农村的动静还不是很大，在城市是声势浩大。这次据说是专门针对农村的。金水村的人开始躲计划生育，有的媳妇回娘家躲，有的媳妇干脆就藏起来，反正各种方法都有，采取的措施也多种多样。而乡党们把搞计划生育的人进村叫"日本鬼子进村"了。有的把娃生下来了，就罚款，没钱缴纳罚款的，就把屋里板柜里的粮食拉走，各种形式层出不穷。

有人说，不叫人生娃，以后老了谁养活，女子都是泼出去的水，只有要个男娃才能顶门立户。再说田地都分了，家里没有男娃，就没有个劳力，农忙时节，地里的苞谷、麦子咋往回拿，这些都要男劳力去干。还有人说，没有男娃，两家打架都打不过人家。虽然说起来可笑，但是在农村确是很现实。

计划生育的人说养老以后有国家，以后国家都现代化了，国家富强了，每月都给农民发钱，把他美国佬儿气死！地里的农活儿以后都有农机具代替人干，省时省力。

乡党们说，说得都好着呢，但是眼前的活儿咋办，这些农活儿都要去做啊。

这一天，天还没亮，金山家就被计划生育的人包围了。金山家已经生了两个女子了，还要再生第三个，媳妇已显怀了，前段时间还到娘家躲计划生育去了，这不刚回来几天，被窝还没暖热，计划生育的人就来了。

"你想咋？我们又没犯法！"金山质问计划生育的人。

"计划生育是国家的政策，金山，你已经生了两个女子了，不能再生了，咱农村只能生两个娃。"计划生育专干说。

"我没有娃子，我想要个男娃，咋不行？"金山气愤地说。

"计划生育政策人人都要执行，不管男娃女娃！"计划生育的人里有一个女人厉声说道。

"我这是特殊情况，我给国家当过兵，我现在还是村上的民兵！"金山咆哮着。

"你是民兵，就更要遵守国家的计划生育政策。"搞计划生育的人说。

"你今天最好让媳妇去把手术做了，这样就没事了！"计划生育的人继续说。

"我要是不去呢？"金山说。

"那不行，你今天去也得去，不去也得去，由不了你，我们今天天麻麻亮就来了，来干啥来了，就是为你而来。"计划生育的人大声说道。

金山家是在堡门外，所以，一大早乡党们也不是太知道情况。

经过反复交涉，金山和媳妇一起坐上了计划生育的车到县里去了。金水村早上的天空又恢复了昔日的平静。

在那个年代，计划生育该罚的罚，不该罚的也罚。

金水村的人在那个年代实实在在地与计划生育政策过了一招儿，有的妇女做完手术后还怀娃了，乡党们说那是没给做好，留了个门！还有人说，那是故意的，人家就是去了，但是根本就没有做。这些都是实实在在发生过的事情，它发生了，它结束了。

10

旦娃突然就让公安局逮走了。公安的人还搜查了旦娃的家。

乡党说，旦娃因为在外面偷马达，卖到废品收购站。警察查了废品收购站，顺藤摸瓜找到了旦娃，旦娃也没有抵赖，承认自己偷盗的事实，因为在外面逛了一阵，看了外面的花花世界受了影响，所以才干了偷盗的事情，最后，旦娃因盗窃被法院判处了十几年的有期徒刑。旦娃的人生就这么发生了变化。

旦娃他妈把眼睛都哭瞎了，他爸整天不说话，最后几年，旦娃他爸患病了，不久就亡故了。

旦娃他爸临死前说，就当没有他这个娃，净跟这货劳心费神了，说完这句话就闭眼了。乡党说，要不给公家人说，叫娃回来跟他爸见上一面，就是坐牢，人死了也不能不叫见哪！话是捎过去了，监狱方面是同意了，但是旦娃没有回来，也没有哭，他说他不回去，回去也救不活他爸，还是算了，他在监狱给他爸磕了个头。

乡党们说，旦娃把他爸给气死了。

旦娃坐牢的那几年，有人说，旦娃的媳妇在屋里偷人，至于偷没偷人，只有旦娃媳妇知道。还有人说，旦娃的媳妇肚子都大了，后来到县上把娃取了。

无风不起浪，世上的事，你不去做它，它就没有，你做了，它就有。

乡党说，旦娃本来可以从轻处罚，不至于被判刑，但命不好，赶上了风口，成为被严打的牺牲品。

11

"哥呀，快，咱娃把胳膊崴了！"夏一可他妈把大女子领到门口就喊。

"快，快叫娃进来，不要慌。"夏安平他爸说。

"平，你看要紧不？"夏一可母亲慌张地问。

"这可咋办哪？"

"是咋回事？"夏安平问。

"到他舅那里摘柿子，不小心，给崴了！"夏一可他妈说。

"兰花，上几年级了？"夏安平问。

"上六年级了，叔！"兰花说，因为骨折，她说话有点儿哆嗦。

"可不敢乱叫，咱这都是平辈，叫哥就行了！"夏安平说。

"你看，院子树上有个啥？"夏安平说。兰花就扭头看了，就在兰花扭头的那一瞬间，只听见咔吧一声，骨头响了一声。

夏安平随后给兰花受伤的胳膊敷上药，缠上了几圈绷带。

"你给咱娃弄好！"夏安平他爸说。

"爸，你放心，我知道。"夏安平说。

"三天后领娃来换药。"夏安平说。

"好，好，叫他爸响午十二点回来给你把钱送过来。"夏一可他妈说。

"莲，你先回，啥钱不钱的，咱自己人还说钱的事情！"夏安平他爸摆着手说。

"你先回。"夏安平也客气地说。

就是这样的一件事情，让人刻骨铭心记忆一辈子。

12

　　夏安平是金水村卫生所的大夫，他从学校毕业后在县上的卫生学校学习，回来后就一直在村卫生所。说是卫生所，也就是在自己的家里，房也是厦子房。农村各村都有卫生所，金水村也不例外。但是金水村的卫生所，拿手的本领就是接骨，夏安平也就是个"接骨匠"。

　　夏安平的父亲就是"接骨能手"，这都是一代一代传下来的。到夏安平手里，由于学习了新的医学知识，平常给村里大人小孩儿看个头疼脑热的、拉肚子啊、小儿感冒咳嗽都可以，病情稍重的，就要到县上医院看了。

　　安平的祖父，民国时在城里当账房先生，后来回到村里，不知什么原因，从来也没有提说，只是说再也不想在外边干事，哪怕在外面修鞋当鞋匠。最后还是终于拾起老先人留下的手艺接骨营生，但从来不收一分钱，在方圆十里八乡远近闻名，留下了极好的口碑，成为远近闻名的"接骨匠人"。称号不是随便给人起的，而是根据这个人的德行，为人处世，这是一个大学问，不是书本中能学来的，而是要经过世道这个大熔炉来进行学习，你可能被这个熔炉所熔化，才能成为火眼金睛的人。

13

　　金水村育红班总共有二十几个娃，都是本村的娃，都到了上学的年龄，这些都是国家社会主义事业的接班人。

　　50年代的围墙都是土墙，人们凭着一腔热情，把学校建起来，把大铁门装上，上面是铁锚子，这是那个年代的标配，刷成蓝色油漆，成为学校的铁门。铁门两侧呈八字形，两边是白色的墙壁，上面写着红色的美术字体：好好学习，天天向上。

太阳当空照，花儿对我笑，小鸟说，早早早，你为什么背上小书包？

我去上学校，天天不迟到，爱劳动，爱学习，长大要为祖国立功劳。

让我们荡起双桨，小船儿推开波浪；

海面倒映着美丽的白塔，四周环绕着绿树红墙；

小船儿轻轻，飘荡在水中，迎面吹来了凉爽的风；

做完了一天的功课……

这些优美的旋律和朗朗上口的歌词，成为几代人不灭的记忆。

14

金水村堡门外盖房的人越来越多了，因为堡子里都是老宅，弟兄们多的有三个、五个孩子的人家都申请到堡子外面盖房了，人多，慢慢把地都占了。

夏义惠今天买点儿砖，明天买点儿木料，因为他计划要盖房子了。他在外面上班，每个月都有国家发的工资，周围乡党都羡慕。夏义惠自从和别人调换到县上的工厂以后，离家确实近了，骑着自行车天天回家，中午十二点回来，就是为了省一顿饭钱。没办法，因为孩子多，都要吃饭上学，一刻都不能停歇。虽然每个月挣二十几元的工资，但还是很紧张。九爷在的时候每个月给九爷八元钱，有一次，厂里到时间了没有开工资，要迟两天，就因为这，九爷吵起来，夏义惠什么都没有说，九爷不问夏义赫要钱，光问他要钱，再者说，你在外面工作挣钱，夏义赫在村里，所以把你说得没脾气，还不能生气。这几年，夏义赫也不是没挣钱，领着人在村子外边给人家盖房，也挣了些工钱，平时还做些木工活儿，可这让人咋说呀！虽然是兄弟，但是自从九爷走了以后，兄弟间的话就很少了。工厂的待遇是好一点儿，是居民身份，有米面油的各种补助，凭票供应，每个月还能拿回来一些，到冬天凭票还能购买蜂窝煤。你有钱，有钱不卖给你，你没有煤票，这就是国家给工人的优惠政策。乡党开玩笑说还是当工人好，铁饭碗，最后一退休，娃还能接班，哪像咱整天屁沟撅上在地里刨食。

夏义惠就要盖房了，因为现在住的厦子房不够住了，加上也有二十几年了，秋天雨多的时候房屋漏雨，有几处漏得还很多。往往都是拿几个盆子换着接，滴答滴答的雨声听着就让人烦心。要盖房，就要面临好几个问题，首先就是水的问题，因为在堡子里住的时候，都有井，就属九爷家井水最好、最旺。搬到外面以后，一直靠担水，因为堡子外面地势高一些，加上有几户也挖了井，水不太好，就没有人再继续挖井了，一直在堡门外担水吃，再一个以前的大口井都是生产队多少人在那里挖，挖的挖，绞土的绞土，人多力量大。现在不行，还要管饭和给工钱。给人管饭，这些年，虽然粮食够吃了，但因为娃娃多，还是紧张，这一盖房，凭空就要十几个人吃饭也是一笔账，不是管不起，而是日子长了，所以必须和他们说好工期，不能拖延，拖延一天就耽误一天，就要多管一天的饭，就要支出。本来夏义赫可以来盖房，现在人家也是匠人了，但是工钱咋说，工钱咋给，也不好说，所以还是叫外面人来盖合适。盖三间鞍间房不拉账，要是盖二层楼不但紧张还要拉账，算咧，不叫人吃亏，叫人松泛着。叫电工接动力电也要照顾到位，这麻烦人的事还是叫夏一可他妈去，女人家好说话。夏义惠就不是一个爱求人的人。

春水薄，人情更薄；江湖险，人心更险。

农村盖房都选在二三月份，刚过完年不久，春天雨水也不多，要下也是毛毛细雨，盖房啥都不影响，到五六月份完全收拾完毕，刚好夏天开始，经过通风，房子就晾干了，到九月份住上，刚好。自己盖房，要惊扰四邻，给四邻打好招呼，就可以正式动工了。

选定盖房的时间在阴历十三。挑地基的时候先要敬土地爷，因为要动土，土地爷掌管着一方土地，在香炉里插上香，口中念念有词，然后放上一挂鞭炮，就可以挑地基了。村里的几个老庙虽然没了，但村中央的庙还在。而旁边的偏房就是大队部办公的地方，平常也没啥人，就一张桌子，一把椅子，桌子上放个话筒，那是广播通知事情用的，平常是大门紧锁。

用石灰放好线后，就开始挑地基，按照三间房的样子，一锹一锹挑，一镢头一镢头挖，慢慢就挑出三间房的地基。地基挑完后在地基里撒上石灰，铺一层土就开始打电夯，用电夯把地基夯实。夯实地基后就开始垒墙了，墙是二四墙，用水泥和沙子和成沙灰，就开始砌墙了。水泥是在水泥厂买的，用得不多，因为水泥贵。沙子是在南山外面的河道拉的，有专门的人拉，只要付给人家工钱就行。还有最后上梁立木所用的箔子，窒房时候用的瓦都买好了。

春天是万物复苏的季节。春暖花开，泉水叮咚，莺歌燕舞，柳绿花红，人们离不开大自然的恩赐，大自然也因为人们的存在而美丽。

到这一年的四月份，夏义惠家的房子就开始上梁立木了。这天早上，夏义惠拿出提前画好的八卦放在桌上，因为匠人来了，一会儿先在担子上钉上八卦，这是上梁立木所必备的。再拿出九爷的像，让先人都知道这是一件大事。农村人嘛，一生就是盖房，给娃娶媳妇，抱孙子，还能干什么，望子成龙，望女成凤，你得是那个材料，不是那个材料就是这个落脚。

在献桌上摆上九爷的像，再摆上献果，燃上香，深深鞠躬。夏义惠的眼眶就湿润了。回想父亲的一生，也是方圆十里的能人，解放前是这周围十几个村的保长，说话一言九鼎，办事公道，受到人们的尊敬。父亲的石头镜，谁能比得了，他们戴的那成色都没有父亲的好。解放后虽说没有担任什么职务，但村上大小事情都还是来请教九爷的，给人说话，断家务官司，没有哪个不服的。可惜父亲走了，重担在肩啊！

上梁立木是一件喜事也是大事，请来村上的老先生写对子：上梁喜鹊叫，树千年柱，立万年木。

这都寄托了祖先们美好的愿望。过去祖先们逃难、逃荒，对生活还是满怀希望的。万物之中，希望至美。

亲戚们都来了，这都是提前通知的，带来了鞭炮和馍，也都帮着一块儿干一些事。乡党们陆续都来了，先发上一根羊群牌香烟，活路陆续就开始了。

人多力量大，匠人们和乡党一块儿，你拉我扛，不出一个时辰就把担子挑上了，鞭炮声就响起来了，显得喜庆而热闹。匠人们、乡党们和家人坐在一起吃饭，面是臊子面，酒是好酒，茶是砖茶，吃饱喝足，再抽一根羊群牌香烟，那滋味，就是神仙也没有办法比呀。

下午的事情就是抓紧时间铺瓦，瓦是红瓦，也是传统的建筑方式，主要是好走水，也方便铺设。先从土壕拉来几车土，再把麦秸用铡刀铡碎，不能太碎，也不能太长，要刚好，再倒上水，和得刚刚好，不能太稀，也不能太稠，要刚好挂住瓦，这一切都要把式，因为他们深得经验。用锨把和好的泥往上撂到竹甲板的盆里，竹甲板上的匠人再递到房顶上，因为已经铺过箔子，人就站在椽和箔子上，一片瓦接着一片瓦慢慢铺好了。

因为水泥贵，造价高，用的时候都是精打细算，生怕有浪费。在墙根用抹子抹上高度大约五十厘米的水泥拉毛，防止下雨雨水溅到墙上。夏一可小时候格外胆小，天刚黑尿尿时就不愿意到后院去，父亲就在墙根放个尿桶，有时候不小心就尿到墙上，水泥吸的声音就吱吱作响，吓得他连忙往回跑……

到六月份，三间鞍间瓦房终于盖成了。用剩下的瓦顺便修补了厦子房漏雨的地方，到时候厦子房不住人可以放一些东西。

15

在夏义惠家的三间大鞍间房建起来以后，这个家庭就呈现出勃勃生机。院子里新栽种下梧桐树、柿子树，各种生活设施一应俱全，尤其是下雨的时候，听雨声打在树叶上沙沙作响的声音，那种意境真是一种回味无穷的享受。院子中泥土的气息扑鼻而来，成为夏一可一生抹不去的记忆，儿时的时光就这样飘然荡去，心中有多么不舍啊！

金水村马上就要过会了。过会是周宁地区特有的风俗习惯，也叫忙罢会。其主要原因是亲戚们来品尝新麦面，顺便交流一下信息。这是盛夏的节日，节日的盛装，在民间自发形成，也不知道是哪年哪月的事情。过会前期要扫屋，把屋子齐齐打扫一遍，墙壁粉刷一新。把落了半年多的尘土要打扫干净，干干净净迎接亲朋好友的到来。

"一可，你去土壕挖点儿好黄土回来。"夏一可他妈说。

"要黄土做啥？"夏一可问。

"刷墙呢。"夏一可母亲说。

刷墙之前，先用竹竿绑上笤帚把墙上的灰尘扫下来，扫干净。太阳正照着，灰尘在空中乱舞，还有呛鼻子的感觉。这时候，从门缝里，太阳刚好照到这里，这一道缝像一个显微镜一样，夏一可从这里看到了很多细小的成粉末状的灰尘在空中乱舞，这像是一道通往另一个世界的门，忽高忽低，时而排成队，时而分散开。

夏一可手提着担笼迈出家门。他还是懂事的，懂得替大人分担一些家务活儿。到了不远处的土壕，他不知道什么样的土是好黄土，都是土，咋还分好坏，随便挖点儿就行了，于是他用铲子和簸箕齐上阵，连挖带装，装了一些土，提着担笼就回家了。

巷子影影绰绰，因为各家各户门口都有树木，不是梧桐树，就是椿树、槐树，遮天蔽日，走在路上是非常凉快的。巷子的土路还算平整，各家的门口都稍微高一些，防止下雨雨水流进来。清一色的木头门，门口两个石磴，可以在上面休息和玩耍。门是黑色的，但是门头有一点红色，黑中带一点儿红，显得很有精神，也很气派庄重。

"呀，可可都会给屋里干活儿了。"说这话的是夏义民伯伯，大人们总是和气的，这是夏一可最早对大人的印象，大人啥都懂，啥都知道，唉，啥时候能长大呀！

"唉，你这土不行，这是死土，用不成。"夏一可母亲说。

他不明白土还分死土、活土，这土能有这么多名堂，学问真大。

夏一可的母亲挖回来黄颜色的黄土，这才是真正刷墙用的黄土。把土放在盆子里，倒上水，稍微稀释一点儿，搅拌均匀，就可以了，然后端回屋里，开始抹墙。只见夏一可母亲戴着草帽，一遍接着一遍刷起来。屋里的东西都挪到外面院子里了，挪不动的柜子在上面盖了几层旧报纸或牛皮纸。

刷了一遍，因为有三间屋子，所以就得多费一会儿工夫。

功夫不负有心人，经过夏一可母亲的辛勤劳动，在中午时分，三间房就刷完了，而且是刷了三遍，只是地上洒下一些刷墙的泥点，到时候要好好收拾一下。

下午时分，各种柜子、椅子，就慢慢向回搬，物归原位。

晚上夏一可躺在炕上，就闻到了淡淡的香味，这是泥土的芳香，不掺杂任何东西的香味，是来自大自然的土的香味，这种香味让人回味，让人神清气爽。多年以后，这种香味让夏一可格外怀念，可是再也闻不到这样的土香味了，只能是在儿时的记忆里！那种香味让人怀念，也成为夏一可一生挥之不去的东西。

16

吃水经常要担水，极为不方便，所以夏义惠决定要挖一口井。盖三间鞍间房时没有挖井，主要还是经济上的原因，娃多，一大家子，要生活，要上学，都要花钱，所以经常是一个钱掰开两半用，就这，有时候还捉襟见肘。经过乡党介绍，是西村的人，说好了，他们人年轻，凭着一身力气，已经在周围挖了不少井。因为有了良好的口碑，才一个介绍一个有活儿做，有工钱挣。

为什么要挖井？因为冬夏吃水都方便，冬天水管子冻住了，铁管子要用火烤，有时夏一可的母亲去得早，还冻着，有时人扎堆去了，还要排队。夏天经常停电，一停电就没有水吃了，有时候还从老庄台子的井里绞水吃。堡子外的义民伯伯家因为 50 年代就当生产队长，搬出堡子早，娃们家多，勒紧裤腰带，挖了一口井，不大也不小，刚好，因为那边地势低，水也旺。停水没电的时候，人们都去他家绞水，都排成长队了，有好几次，因为绞水的人太多，不停有人来绞，不是井里没有水了，就是把井绳绞断了，就这样，等把井绳叫人接好，人们照绞不误，丝毫没有愧疚的心情。还有几次把桶掉到井里了，得先把桶捞上来，才能绞水。拴桶，有时候是活结，有时候是挂钩。挂钩的虽说简单，但是不太牢靠，所以一般有经验的人都拴得活结，年轻媳妇一般都是挂钩，爱掉下去桶的，大都是年轻媳妇。再后来绞水时候，她们也拴活结，只有个别媳妇不长记性，就又一次把桶掉井里了。于是又逗人笑一次，又捞一回桶。

挖井是在开春后进行的，这时候，天气已经渐渐热了。挖并不单单是挖掘那么简单，更像是对一个家庭的考验，因为这是一件花钱的事情，更是对家庭实力的综合考量，没有这个本事就不要揽这个活儿，揽了这个活儿就要有拿下这个事的本事。本事不是凭空来的，本事是挣来的。

挖井的位置选在了三间大鞍间房窗户旁五六米的位置。夏一可的父亲用手大概比画了一下，在献桌上放上香炉，摆上供果、点心、酥饼，燃上香，口中念念有词。这依旧是拜土地庙神。要动土，就要给土地爷打招呼。

两个小伙子就开始挖，一镢头一镢头挖，一锹一锹铲土，产出的土就撂到架子车上拉到后院。一个在上面，一个在下面，慢慢地，一个圆形的口就呈现了，然后一人下去，一人在上面用辘轳把装在担笼的土往上绞。在往下挖的过程中，顺便把脚窝也挖好，这样上来的时候攀爬方便给力。两人配合得当，哼着流行歌曲。夏一可在的时候，他们上来休息的时候还爱逗夏一可玩。

每天掘进一点儿，每天都有收获，井也就越挖越深。这一天，料礓石挖出来了。他们两个轮换着挖，今天你下去挖，我在上面绞土，明天我下去挖，你在上面绞土。总之，就是缓缓地把井挖好。吃饭时他们说料礓石一出，就快见到水了，因为咱金水村在塬上，塬上井深，但是土质好，挖出来的水也好。塬底下水浅，几米就出水了，用手压泵就能把水压上来，省时省力，但水质浑浊，需要沉淀一下才能用。

在每天掘进的过程中，有时候还能听到从井口飘出的歌声，这也是苦中作乐。苦吗？他们没有觉得苦，能给主家挖一口好井，也是一件功德，也是积德行善的好事。

在快到一个月的时候，井水就出来了，黄泥水，绞着，舀着，舀着，绞着，最后人上来，不断地绞水，水逐渐由浑浊变清澈了。挖井的小伙儿对夏义惠说你们这个井好，底下有好几个水眼，不断地向外冒水，这个井以后水旺，娃娃们喝了这个水就能上大学，不像咱整天下苦力。

夏义惠给两人付了工钱，夏一可他妈拿来了烙好的锅盔。小伙子们说吃都吃了还再拿些回去，多不好！夏一可他妈说路上吃，你们路远，一路又是上坡路，在路上走饿了吃。

一个小伙子说，姨，你烙得锅盔好，香，我妈那时候也做得好，做得和你一样好。

夏一可他妈说，以后想吃锅盔就来，路过咱这里进屋喝水。

两个小伙子就这样出了门，还依依不舍。多年后夏一可他妈说起这个场景还眼泪汪汪的。

夏义惠自己垒了井台，而这个砖就是日积月累的结果。时间长了，就形成一个小砖垛了。

井台垒好了，标志着水井正式启用。夏一可家再也不用为吃水发愁了。

17

夏义惠盖房后，家里还剩下一点儿木头，再买一些做几样家具。木匠都已经找好了，这周赶集到木头市上买些木头，做几样家具。

做几样家具，就是做一个方桌，一个大立柜，一个半截柜，一个书架，再做两把椅子。匠人在木头上画定必要的墨线，并开始打磨物件，有些切割木头下脚料刚好做了把木头枪，把夏一可高兴坏了，这是真正的玩具，他还从来没有见过枪，这回算是圆了一个梦、一个拿枪当兵的梦想。

做家具就在院子里，柿子树长大了，能遮住太阳，院子就有阴凉的地方，阳光透过叶子的缝隙斑斑点点洒在地上。

柜子已经初具形态，它是用所有的卯榫装起来的，也不用任何胶，实在是匠人的手艺，没有人觉得这是非常好的，只是觉得这是非常稀松平常的，你是匠人，你就做好你的柜子，做好你的家具，干好自己的活儿。有时候匠人也开玩笑说自己是下苦人，因为没有别的手艺，就当了木匠，做出令人满意的家具，让主家满意高兴就是自己最大的愿望。间歇的时候，他会凝视自己做出的柜子，看看树叶，抽一支烟，解解乏气。

大立柜、半截柜、写字台、椅子、方桌都做出来了，木匠的工作就算完成了，剩下的就是油漆了。

"叔，你看刷成什么颜色？"油漆工问夏义惠。

"就刷成红颜色的吧，不要大红，要暗红的那种。"夏义惠说。

"叔，我的意思是刷成淡橙色那种，这个颜色亮堂，以后不喜欢了，也好洗，再刷其他颜色也方便，也不影响柜子的形态，一举两得。方桌就刷成你说的暗红色，过去的人都用清漆直接刷一层，现在不用了，都上颜色，以后屋里过个事啥的都能用，这个颜色也好。"油漆工说。

"你看，你们经常在外面油漆，对这些懂，我们不懂，隔行如隔山，就照你说的那样，以后给娃结婚还可以把这油漆洗掉，重新刷其他颜色。"夏义惠说。

"叔，我就是随便说一下，以后不知道会是啥样子，说不定咱今天做的这个都成了老古董，没人要了！"油漆工说。

"我看未必，他要没人要了，咱这就成文物了！"夏义惠说。

说完都笑了！

油漆工很认真，先用砂纸把这些柜子全部打磨了一遍，刨掉毛刺，修平整，并且有的地方不停地打磨，打磨得似乎能照出人影来。

刷漆以后，家具柜子立即就有了生机与活力，和之前毛糙的感觉有了天壤之别，瞬间就光芒四射。

油漆以后，放在院子里挥发晾晒几天就好了。

房子里因为有了家具做陪衬，也一下子变得充实起来。

多年以后，夏一可虽然买了新的家具，但是这些家具依旧在打磨他的内心，勾起他对往事的无限回忆。那种推刨的声音，那种砂纸打磨柜子的声音，那种油漆的味道，依旧萦绕在他的脑海里，回味在他的心里。这是一种发人深思的回味，这种回味一直沁人心脾，令他久久不能忘怀。

现在的柜子等家具都是用木头屑通过机器压制而成，用不了几年就坏了，并且大量使用胶去黏合，已经没有卯了，这是时代的进步还是时代的悲哀，人们还在什么是实木里纠缠不清，连最基本的木头都不知道了，可悲可笑到了极点。

三十年的柜子，三十年的家具，三十年不断的记忆就这样一直在延伸，夏一可没有拒绝。所有的物件都在诉说着当年的往事，往事历历在目，往事同样也可以越千年。就在这样的状态下，夏一可不停地在追寻，有些东西已经追寻到了，有些东西仍在追寻，甚至苦苦追寻，或者一直在路上，就像玄奘取经，一个人艰难跋涉，不怕困苦，终于取得真经，这是一个求索的过程，也是一个不断变幻的过程。

18

夏义赫就要盖房了，金水村的人在巷道议论，并且要盖二层楼。这几年他在村里，在外面给人盖房做家具，也积攒了一部分钱，但是没有料到会盖二层楼，因为他也有几个娃，也都要吃穿，都要生活，日子过不到人头去乡党们要笑话。

这几年随着发展，金水村也出现了红眼病，盼人穷，搅和着金水村的人心，搅和着世道和世事。

夏义赫这次盖房要拆掉以前的老房子，因为以前的房子低矮，有的地方在不停漏雨，也因为娃多住不过来，而夏一可他姐因为是奶奶一手看大的，所以一直和奶奶住在一起，这次要拆掉老房子，自然是没有住的地方了，只有回堡子外的屋里住。

要拆掉老房子，老房子也是土木结构，是四合院形式，有过厅，有厢房，有正房，还有老水井。九奶是不同意拆老房子的，因为这房子是九爷留下的，应该一代传一代，再咋样也不能拆。但是后院又盖不成，因为在后院的地方还有在外面工作的夏厚今的一间房，这个房无论如何都是拆不成的，拆了你就要给人家在外面重新申请宅基地。现在宅基地难申请，紧张，可不容易申请下来。

该盖的要盖，该拆的要拆。无奈最后就请来六爷说话。六爷、九爷、五爷这都是一辈人，都是从小耍到大。五爷会吹拉弹唱，也会写毛笔字，解放前一年就走了，下来就是九爷走了，现在只剩下六爷，也已经年迈了，显得老态龙钟，也已经力不从心了。六爷做得一手好饭菜，谁家过事都离不开他。这几个爷里就属九爷辈分最高，虽然最小，但是也最会办事，其他爷次之。但是以前关于家庭矛盾、邻里纠纷也都是三个人都到场，当场决断，当场定夺，他们以理服人，在金水村乡党们心目中树立了权威的形象，大事小事都会去请教。

"义赫，你要盖房没有人挡你，再说盖房也是个好事情。"六爷缓缓地说。

"爷，这房现在也漏得不成样子了，不盖也不成，娃们家也大了，实在是住不下去了！"夏义赫说。

"你盖房，在咱堡子里头可是头一份儿，堡子外的事我不知道，但咱堡子里的事我虽然老了还是知道的。"六爷说。

"爷是个明白人。"夏义赫说。

"你们现在也都长大了，本来这事我不想掺和，你九奶都登门了，我这老脸拉下来就来了，我跟你九爷好了一辈子，咋能看着娃们的事不管，再说，我也是没日头的人了，混了今天等明天，混不到后天阎王爷就把我收咧！"六爷说。

"看我爷说的是啥话，您老再活十年二十年都不成问题。"夏义赫笑着说。

　　"你看，要拆咱现在说的房，我也没啥意见，但是你还有你哥义惠，虽然你哥住到堡子外头去了，但是这老庄台子里还有人家的！"六爷把话说透了。

　　"这我知道，我哥他愿意拿啥就让他拿啥！"夏义赫说。

　　"我看，这几天还是把你哥叫到一块儿咱把话说明白。"六爷说。

　　"行行，听我爷的。"夏义赫说。

　　"咱院子还有人家厚今的，虽然人在外头，但咱院子还有人家的一间房。"六爷说。

　　"爷，我都想好了，把我的自留地给人家换成庄台子地。"夏义赫说。

　　"那你的地不种了？"六爷有点儿吃惊。

　　"不种了，这都是自愿的，咱不可能把人家厚今拿嘴说了！"夏义赫说。

　　这几年夏义赫在外面也见了些世面，种地这个事情他也不是多么感兴趣，因为有地就要种，那也是没有办法的事情，现在几亩地也够吃，他不想在地里下大功夫，做家具，盖房，他认为这才是他的正事，所以他也就能舍得把自己的自留地给厚今换成庄台子地。

19

　　夏义惠走进堡门时心情很复杂。堡门外的老槐树还在，但是大半个树干不知道从什么时候已经开始半干了，旁边的树干倒是生气蓬勃。虽然堡门拆掉了，但是在他心中，那宏伟的飞檐走壁的堡门依然在，那也是他小时候不可磨灭的印象。堡子门那么宏伟的建筑都拆掉了，哪还有什么拆不掉的呢？还有村子周围那么多的石羊、石马，大炼钢铁的时候都被砸掉了，小时候都在那里耍过，现在都荡然无存了。再来说老房子，那也是留下深刻记忆的房子，从小在里面玩耍大，那些雕刻的花纹，那些二十四孝图，那些美丽的丁香花，还有夹竹桃，无不是记忆的存在，而今，这一切都荡然无存了，那是根，斩断根，还能干什么？

六爷、九奶、夏义惠、夏义赫坐在一起。

"今儿的事，把你们兄弟俩叫到一块儿。义赫要盖房，盖房就要拆老屋。"六爷说。

"但是盖房这事情谁也挡不住，毕竟要改善居住环境，这也是一件好事情。"六爷说。

周围的空气在凝结，那挂着中堂对联的上房过去是议事的地方，当时，谁家有这样的气派，只有九爷家，可现在，这上面居然落满了灰尘，看来是好长时间没有打扫了。

"拆房的木料一人一半，屋里的桌子、柜子就不要动了，给九奶留着继续用。"六爷说。

夏义惠也听人说老二要盖房子的话，没想到来得这么快。

"你俩要没意见，我写了个东西，咱也有个凭证。我就算给咱当个中人吧！"六爷说。

九奶瞬间就抽泣开来，此时此刻她是多么想九爷啊，房子就要不复存在了，你儿要给盖新房了。

于是三人都在上面写下了自己的名字，并按上手印。

拆老房的速度很快，那些雕梁画栋很快在人为破坏之下成为残垣断壁，门板、木料都被抬到门外，就等着被拉走。

夏义惠拉来了架子车，他拉走了格子门、椽子，主要也就是这么多东西。其实，可用的东西不多，也就是一个心理安慰。后来，这些格子门被劈开当作柴火烧掉了，椽子也被劈成柴火。在夏一可的记忆里，格子门老高，是黑颜色的，在岁月的磨砺下，似乎都已经是油光发亮了，那花纹就雕刻在合适的位置，有人物形象，用手能摸出凹凸感，他曾经一个人上下不停地摸索，那种感觉一直存在内心当中。

20

　　由于夏义赫本身会盖房子，经过这几年的历练，他已经闯荡出来了，在外面，在村里都盖过房子，咋样盖、尺寸多少、都要啥，他都烂熟于心，都难不倒他。村里人盖房也喜欢找他，因为他盖房的这些搭档匠人也都是金水村的人。夏义赫觉得他哥本来盖房会让他盖，他的工价也会给算得比外面低，甚至不要工价都行，但是还有搭档，这话就不好说，也就是随便给一些就行了，在这件事上，不用太过认真，毕竟是亲哥。他本想着给哥出谋划策盖个二层楼，这也就是堡子外面的第二座二层楼，怎样节省他都想清楚了，只是可能还要拉一些账，可是夏义惠居然没给他说盖房的事，更没让他盖房，加上外人在他面前说闲话，让他的心里一下就有了怨气！本来这是好事情，但是却埋下了兄弟之间的不和，所以，夏义惠来看九奶的时候，他能避就避。

　　夏义赫的房子，在拆完老房后也就正式开始盖了。因为出门就是水管，所以用水很方便，不用花很大的力气。他带领人给自家盖房子，心气很大，气势宏伟，像一座山，就是在这样的势头上，一砖一瓦地就把楼房慢慢盖起来了。一层是上的楼板，他用的楼板不是事先买来放在一边，而是上楼板的前一天才买回来的。上楼板用的是起重机，起重机上楼板同样引来了堡子里外人的围观。他给乡党们发的是金丝猴香烟，高级，带过滤嘴。

　　第二层是在第一层的基础上砌起来的，没有第一层高，只有二点八米，第一层的高度为二点九米。第二层也采用上梁立木的形式，也就是三间瓦房，上面也是盖瓦。上梁立木那天金水村的乡党们依旧都去了，因为夏义赫这几年在村里盖房，在外面盖房，上上下下的人都认识，所以拉扯得也很大，光上梁立木的鞭炮就垒了一人高，都是乡党和外面来的人给拿来的，还有那被面子，也送来了不少。上梁立完木，鞭炮声响彻了整个金水村。流水席吃了几十桌，和夏一可父亲的精打细算比起来，夏义赫可谓是大手笔。

夏义惠看到夏义赫盖的房子，心里也是由衷地高兴，这个兄弟是和他一起耍大的，不爱多说话，但爱做事，属于有能力的人。娶媳妇的时候也是费了神，因为那时候南岸子的彩礼钱还很高，你要人就要给人家女方家彩礼钱，可九爷家也很紧张，最后还是自己在厂子里倒腾的钱，和九爷一块儿跟村人去说亲才把这门亲定下来，要不是这，这门亲就瞎了！至于钱的事情，儿还能叫他爸还钱？世上哪来这样的事情，说出去叫人拿唾沫能把你淹死！可这钱是借人家的，实在不行也要夏义赫还，这可是给你娶媳妇花的钱啊！可是夏义赫根本就不知道这一回事，你要他怎么还钱。最后，还是夏义惠省吃俭用给人家把钱还上了，他没有央求任何人，这个事情就这样结束了。

其实，夏义惠有些亏都自己吃了，谁要你是老大，老大不吃亏还行，你做啥事都要给家里着想。九爷升天是他出的抬埋费，因为当时话都说好了，一人管一个老人，夏义赫管的九奶。金水村的事情就是这样，不光是金水村，整个周宁地区都是这样，这也是先人留下的规矩。

21

自从夏义赫盖完房子，乡党们也就去的人多了，因为大部分乡党都还是挤住在老房子里，也就是厦房里。去这里主要是瞧稀罕，顺便吃九奶擀的长面，金水村堡子数九奶的茶饭做得最好，把娃们一个个吃了还想吃，在那个物资匮乏的年代，九奶总能变着花样做出很多吃食，温暖了子孙们的心田。

夏义赫不知道啥时候学会了喝酒，不但酒量很大，而且喝完后还很清醒，跟你说这说那。因为去夏义赫家的乡党多，所以也就有了各种消息。不久，夏义赫就当上了金水村小队的队长，成为社员们眼中敬佩的人物。

此时，东家长，西家短，已经有人叫夏义赫去决断。夏义赫去了，尽量一碗水端平，也就获得了乡党们的认可，说，夏义赫有九爷的风范，决断邻里纠纷干脆利落，不拖泥带水，办事公道，获得乡党们的信赖和认可。村子里乡党们盖房，也喜欢请他，或者给人家监工、指挥，从头到尾由他负责。用多少料，花多少钱，他从来不提钱的事情，有人就买来好酒，他就干抿着喝，话也就慢慢多了……

22

金水村大队部广播通知国家要拉高压电线了，要经过社员的地里，希望社员们协助一块儿拉电线，到时候供电部门给予一定的工钱，如果高压电线杆栽在谁地里，谁家的地还可以给予赔偿。

这拉高压线、栽高压电线杆也是个好事情，听说要拉到很远的地方，和那边的变电站进行会合，再进行变电输送，最后把电送到千家万户。

因为离城近的原因，金水村50年代末期就用上了电灯照明，这之前用的是煤油灯，还有洋蜡。虽然那时候用上电了，但是经常停电，一到晚上就停电，听说是先要保障城里用电，最后再保证农村用电。所以，金水村的人给娃说，要好好学习，不好好学习，连电都用不上。娃娃们似懂非懂地点头。没有电的时候，晚上照明还是要用煤油灯。取来煤油灯，拔眼子，用火柴点着，煤油灯就亮了。因为用的是煤油，就有烟气，所以灯下待的时间长了，鼻窟窿一摸就是黑的。用洋蜡燃烧得快，因为燃烧得快，虽然没有烟气，但是费钱，人们还是喜欢用煤油灯。

高压线分为好几道，金水村每个队的地里都有经过，经过哪个队的地，那个队的乡党就去地里拉线。高压线每股都很粗，施工人员都戴着线手套。高压线也经过了夏一可家的地，地里种的是毛豆，成片成片的毛豆，有一亩多地，自己留一部分，一部分到价格好的时候去集市上卖。夏一可的母亲手提水壶，手拿一块锅盔，头上戴个草帽，手里拿个毛巾就出发了，和乡党一块儿去拉电线。现在早已经分队了，各家各户干各自的，没有任何瓜葛，就是农忙时候，几家几户合到一块儿割麦、摊场、碾场、晒麦，后来也慢慢分开了。

拉高压线的妇女居多，供电局的人不停地用报话机指挥，这边的人就从这一个点拉到另外一个点，高压线把人的手都磨得黑黑的，人太多，线手套不够发。

拉高压线分为三道，两道在金水村南，一道在北。在村北的这条线路上，高压线杆刚好就栽到夏一可家的地里，这是一块有两亩左右的地，因为离村子远，所以一年只种一茬麦子。栽高压线杆是在麦子收割之后，地里没有啥庄稼，只是割完麦子以后的白地。因为要施工，就要用地，所以最后只给赔了一点儿钱，用金水村人的话说还不够遭穰钱。公家人说，这是支持国家建设。

高压线杆栽起来了，巍峨壮观，直插云霄。高压杆底座成四方体，有四个水泥墩子，一点儿一点儿用螺丝，在钢架上上起来，等到了一定的高度摆上瓷葫芦，把高压线布在上面。

种麦子翻这块地的时候，可费了力气，因为用过之后地很瓷，不好翻不说，土里还尽是些水泥、瓦块、石子。果然，这块地以后长的麦子稀稀疏疏，和没长一样，这你找谁说理去。

若干年后，夏一可看到当时的报纸说这是现代化的标志，甚至还有诗人写诗赞美高压线杆。

高压线杆每到阴天时就吱吱作响，声音很大，原来这是电流辐射，长期对人体有伤害。所以，金水村堡子外高压电线下的乡党都要搬迁。各家各户依照丈量宅基地的尺寸，政府给予了一定的搬迁费用补偿，也就是说，这个地方因为在高压电线杆下，有辐射，为了乡亲们的身体健康，不能再在这个地方住了，由村里重新划分宅基地，搬到新庄去。

搬迁的各家各户陆续都在新的宅基地上盖了房子，也陆续都搬到了新的房屋居住，而空下的房屋就把门一锁，放一些无关紧要的东西，任凭风吹雨淋。

23

五六亩地种起来，也着实不容易。

种麦子是在国庆节前后，白地上种麦子，先要把地翻一下。光这个翻地都要很长时间。夏一可跟着父亲到地里翻地，路上乡党们就说，可可都长大了，都会给屋里翻地了，夏义惠就笑笑点点头，算是打招呼。

到北岭子翻地的时候，得走好长一段路才能到，因为是岭，所以地势就高，缓步移高，远远地就能看到碑子。夏义惠说，那是村上埋人的地方，就不再多言语。

夏天的地里，因为有野风吹着，倒也凉快。翻地往往是全家齐上阵，几个娃们家往往干不了多久，就干不动了，因为女娃家没力气。夏一可也学着翻地，用的是圆头锹，这个锹被父亲用得发亮，很好用。把锹放直在地上，双手握住锹把，用右脚踩下去，锹就进入土里，再把锹翻过来，土就顺过来了，就这样一锹一锹翻地，松软的泥土就被翻起来了。起初的时候，夏一可还可以，慢慢地就没有了力气，瘫坐在地上，因为太累了。远处的南山清晰可见，夏义惠说那是南山，咱实际上也在山底下住着。

"在山底下住着，咋只能看见山，而见不到山的尽头。"夏一可问。

"瓜娃呀，山高得很，咱这离山还有七八十里路，得走好长时间！"夏义惠说。

天慢慢就暗下来了。夏一可就和几个姐姐先回家了，再过一会儿，夏一可母亲就回来了。夏一可的父亲大概又翻了一会儿地最后才回来。因为没有其他设备，只有这样翻地。翻地可偷不了懒，硬跑到前头是糊弄你自己，因为你跟前的地没翻，怎么种麦子。所以偷不了半点儿懒，只有一锹一锹翻。夏一可的父亲说，庄稼地是偷不得懒的，你对它好，它就给你多打粮食，你偷懒，收成就不好了。干任何事情都要一步一个脚印，不能偷懒。生产队分队后的骡子、马等都给了个人，大部分村子的人都是在地里翻地。

由于夏一可父亲还要上班，这第二天的翻地任务就落到了夏一可母亲的身上。早上匆匆在家吃一点儿饭，也就是吃个鸡蛋、泡些馍，然后就扛上锹出发了，娃们还在睡觉，等夏一可起来的时候，也扛上锹就去了。因为母亲交代他起来后叫他姐晌午把饭送过来，就不回家里吃饭了，因为想多翻一会儿地，等晌午太阳晒了，翻不成了再回去睡觉休息。

功夫不负有心人，好几亩地就这样起早贪黑翻完了，乡党们都说夏一可家勤快，做得快而且做得好。

种麦的时候，用架子车把各种农具拉到地里。夏一可父亲手端盆子，开始扬麦种，一看就是个老把式，然后还是全家齐上阵，用锄头开始锄地，这也是不能偷懒的，往往干得也是腰酸背疼，最后用磨一磨，这个地就好了。磨地往往是最激动人心的，因为夏一可可以蹲在磨上面拽住绳子，大人们在前面拉，几个回合下来，地就磨完了，这个种麦的活儿就完成了。

过了十几天，麦子就慢慢都出来了，绿色的小苗破土而出，看着就高兴。这时候夏一可的父亲就会到每块地里转转，看看哪块太稀，或者麦种没有撒到位的，再补上一些，这个时候往往是夏一可也跟着去，因为不用干活儿，光看就行了。

因为温度还在，所以麦苗还要再长一段时间，这段时间，麦苗噌噌就又长高了。一片绿色，太让人欣喜了。

冬天的时候，有时候礼拜天，夏一可的父亲总会用架子车拉上几车粪，说是粪，实际上就是院子里扫地的土，还有麦秸灰。因为每天都要做饭，所以每天锅洞里都要掏出大量麦秸灰，下来就是扫屋的尘土，都积攒在门外，就等着冬天上地用。一劳动，身上就不冷了，把架子车先拉到地里，倒上几个粪堆堆，就开始扬。夏一可经常是胡乱扬！他知道，麦子地打上麦子，也有他的一份功劳。

夏一可清楚地记得，阳历年放假的时候，就是给地里拉粪的最好时间。所以那时候夏一可老盼着啥时候就不用拉粪了，因为放假就是给地里拉粪，一点儿意思都没有，还要受累，划不来。他觉得啥时候不用拉粪就太好了。

冬天一过冬至，天气就很冷了，在屋里挂的毛巾都冻成冰坨子，硬邦邦的。雪花就沙沙地飘落下来，有时候一觉睡醒就看到窗户外面一片白。热炕还是好，暖暖的，煨些麦秸、树枝，就是过冬的最好方式了。俗话说，三九三，冻破砖，天气可真冷。地里的麦子被白雪覆盖，也就开始冬眠了。

雪地里最好的玩法就是滑冰、打雪仗、敲房檐下的冰凌柱子，那个冰凌柱子，晶莹剔透，有时候打下来就吃，嘎嘣嘎嘣的。

过完年，立春后，天气就慢慢暖和起来，大地开始解冻，外面麦子地里的雪也基本融化完了，抬眼望去，一片生机盎然的景象。

虹这天就来了，是要烧纸，因为快要清明了。虹骑着一辆二六型的自行车，黑颜色的，凤凰牌，车头前面有个篮子，里面放着买的东西。霓通常都是走路过来，因为村连村，也不远，走着就来了。虹和霓都是夏一可的姑姑。

先人走了，要祭奠先人，要去烧纸。从堡子里走到堡子外，到夏一可的家里，坐下来说一会儿话。夏一可的父亲拿上铁锹，夏一可和姑们就拿着冥币随着父亲向北岭子爷的坟地走去。村外是绿油油的麦田，姑们边走边说，夏一可就问帅帅咋没来，姑说在家淘气呢！到爷的坟上要走过好几座坟，都是隔一段距离一座坟，有的有碑子，有的没有碑子。爷的坟地在最里面，姑们带来了纸扎，这都是祭奠祖先要用的东西，以示对祖先的敬重。夏一可的父亲把坟周围的土培上几锹，在坟头放上一张烧纸，折成对折，然后在上面放上一些土，防止风吹走，再把坟头的草拔掉。几个人都跪在坟前，用火柴点燃纸，就看到淡淡的烟起来了，纸就一张接一张开始延续着烧开了。夏一可看到姑们抹眼泪，看到大人悲伤，他也就难过了。爷爷的墓碑不大，很小的一块，不过三十多厘米，是水泥制的，墓碑上面刻有爷爷的名字，上面还刻有姑们的名字，烧完纸，磕完头，烧纸就结束了。夏一可就和姑们走在地里，顺便挑一些荠菜带回家，夏一可的父亲就从另一条路走了，说到艮岭上给夏一可的太爷爷也烧些纸去。对于太爷爷，夏一可没有什么印象，也不知道。姑们说，太爷爷就是她们的爷爷。不一会儿，老远就看到艮岭上腾起的烟雾，那一块应该没有坟地，夏一可父亲就在地上画了一个圈，祭奠自己的爷爷、奶奶。

回到家时，夏一可母亲把瓢皮子已经蒸好了，豆芽、调料已经都搁到桌子上了。姑们都吃得很香，姑说还是咱自己做得好吃，夸夏一可他妈瓢皮子蒸得好。吃完饭又坐了一会儿，姑们就都走了。

清明烧纸的事情就这样结束了。金水村的乡党也陆续到坟上给祖先烧纸，祭祀祖先，这是千古不变的，没有谁能阻挡，除非他不是人，他没有祖先，他是从石头缝蹦出来的。

麦子开始扬花了，晚上就是一片抽穗拔节的声音。夏一可问，那为啥听不到声音呢？夏一可的父亲说，都是在晚上长，包括你娃们家长个子，也都是在晚上长。哦，是这样一回事，夏一可若有所思地说。其实，他还是不明白，他也不可能明白，因为他太小了。

五一一过就是六一，六一过去几天就是割麦子的时间了，学校也就放"忙假"了，要娃们家在家给家里大人帮忙干活儿，大人们就开始磨镰刀、收拾农具，准备农具开始龙口夺食了。

磨镰刀，磨镰水，磨镰水是咋来的？

外甥来到舅家，长辈们都称其为磨镰水，即使外甥已经长大成人，人们仍这样称呼，为啥要这样称呼，这里面有个由来。

古时候，有两亲家相距不远，两家的耕地也同在一片田垄上，夏收期间，刚懂事的小孙孙每天都要给田间割麦的爷爷提送磨镰水，麦子割完后，两亲家又同在一个垄上种苞谷，小孙子又提着罐子给爷爷送饭，当他走到地边，不巧爷爷刚扶犁耕地耕到地那头去了，而迎面来的却是外爷赶的犁，外爷一见小孙孙，就打趣问，提的是啥，偏心的外孙孙怕外爷吃了他爷爷的饭，就撒谎说："我给我爷提的是磨镰水。"种苞谷为啥要磨镰水，这句幼稚的谎话自然被外爷识破，当两亲家互相推让着吃饭时，外爷不禁望着天真的小孙孙说："磨镰水呢？"小外孙被羞红了脸。

此后，每当这位外孙到舅家，外爷一见他就记起那件有趣的事，就说："磨镰水呢？"天长日久，大家众口相传，慢慢地就都把外甥称呼为磨镰水了。

这一年麦子黄得特别早，比平常早了四五天，夏一可的父亲还没有放"忙假"，家里也只有夏一可母亲一个人，夏一可他妈一个人在屋里，既要做饭，还要赶时间割一会儿麦子，也是同样紧张。再加上今年麦客不多，不好找，阴雨大了，有些地方麦子就倒了，更不好割。要是不及时割，就有掉颗粒的可能。听乡党说，静心寺有麦客，夏一可就骑车子去静心寺。他知道条路，因为过年去姑家走亲戚，就走过这里。这让他想起过年骑着自行车和父亲一起去姑家的场景。

骑车子一个人走在路上，并不觉得害怕，因为他从小学四年级就开始学骑自行车，早已经掌握了骑自行车的技术。路上也没有啥汽车，就是公交车，偶尔有几个小汽车跑过。他可坐不习惯汽车，一坐就头晕，就想呕吐。还是骑车子舒服。一路看着、想着，就来到了静心寺下。

他知道静心寺，已经有一千多年的历史了，是唐朝时候的寺庙，但还没进去过，听说现在要门票！有人说，就是个和尚庙，塔上没有啥，和尚在庙外也种地。静心寺周围是红墙，一堆堆麦客就聚集在商店的门口，他们把蛇皮袋子放在地上，人就坐在上面或者靠在上面。听人说余力镇的麦客都是赶火车从甘省来的，因为那边的麦黄的比咱们的迟，所以在咱这儿一割，然后到陇西一带再割，这样，就顺路撵着割回去了，刚好，地里的麦子也就黄了。

夏一可也不知道咋叫，他停好车子，就走到一处几个人待的地方。

"叔，割麦子不？"夏一可问。

"割么，来就是给你们割麦来咧，在哪里？"麦客里一个大概是领头的人问。

"不远，就在金水村。"夏一可说。

"能成么，有几亩地？"麦客问。

"有五六亩地。"夏一可回答。

"割一亩得十块钱。"麦客说。

"我们村昨天人家叫来的才八块钱，也都是你们那里来的。"

夏一可说。他也不知道，因为他只是走的时候听村里人说，刚才大概探听了一下，也就是八块钱。

"八块钱，你看行不？"

"那不行，都是十块钱！"麦客说。

"那你还是贵了，都是八块钱的价钱。"夏一可不松口，他想着不行就算了，因为旁边还有人，不愁叫不到人。

"八块太少了，我们几个人下来一分最后也没有几块了。"麦客说。

"八块，我屋还管饭呢，我妈做的面可好吃了，管饱。"夏一可说。

"也行吧，看你是个娃娃家，就跟你去你家里。"麦客说。

于是几个人就跟着夏一可一块儿走了。夏一可光知道叫，也不知道让人家咋样来。一到家，麦客就说："你娃把我们哄了，说近，一会儿就到，让我们走了这么长的路，我们差点儿就不来了。"夏一可他妈就连忙端茶倒水，赔礼，说："娃么，不知道个轻重，让你们多走路了。"正说着，夏一可爸中午下班回来了，看到夏一可把麦客叫回来了，很高兴。

"掌柜的，你娃把我们哄了，我从静心寺走过来的，你看，这么长的路！"麦客说。

"咱娃不懂啥，让你们多走路了。"夏一可父亲给每人发了支烟。

"那你要加钱，你看，我们这也辛苦。"麦客说。

"八块也差不多了，这几天到我们堡子都是这个价钱。"夏一可父亲说。

"加一点儿么，你看咱屋里也有娃上学，和你娃差不多大，都要吃饭。"麦客说。

"你几个娃？"夏一可父亲问。

"四个娃，三个女子，一个娃子。他们也都差不多，咱那里不比你们这儿，还穷着呢，你就当积福行善呢，好我的掌柜的。"

麦客说。

"六亩多地，到下午能割完不？"夏一可父亲问。

"差不多，我们割麦快，还割得干净，没有啥麦穗，但就是中途再送一顿饭，因为不吃饭人扛不住。"麦客说。

"行，可以，给你们算八块半钱，咱都有娃，娃们家都要上学。"夏一可父亲说。

麦客们于是开始收拾工具，准备下地干活儿。

麦客们和夏一可父亲一块儿到麦子地里，麦客就开始割麦了。

因为路远，先割的南岭子的地，这是一块七分左右的地。夏一可家所在的队在最下面，属于是一块窄长窄长的地，这一片地都是这样。抬头可以看到巍巍南山，可以说是悠然见南山。周围都是劳作的人们，现在龙口夺食，也基本都是麦客，因为自己割不过来。想想生产队，那么多人在一块儿干，也不觉得累人，有磨洋工的，但毕竟是少数人，大部分人都还是认真干活儿的，因为要记工分，要算账，最后要分口粮，全凭你干活儿多少来计算。

没有用多长时间，四个人就把这几分地割完了，正如麦客说的那样，干净，没有丢掉多少麦穗，麦垛子也捆得整齐。这片地割完后，一块儿又到了北岭子的地方开割。麦客说，你这还是好，周宁的黄土埋皇上，一年风调雨顺，风水宝地呀！他们甘省，气候、地质条件不好，尤其是他们住的那块，吃水是问题，水质也不好，最要命就是每当收割时候来一场冰雹，就把麦子都打了，其他的果实也都一样，辛苦了一整夏天，没有啥收成，重要的是没有吃的，这就是自然条件。

这些麦客们的确割得又好又快。

七点多的时候，麦子全部都割完了。他们回来时，已经人困马乏了。夏一可他妈准备了两条新毛巾，给他们用，最后也就给他们了。饭做的是片片面，里面有鸡蛋、洋芋块、西红柿、豆角，看着就可口。他们每人都吃了三碗，每个人还吃了几个蒸馍。母亲一直给他们说吃好，下苦人，多吃点儿。

因为天气预报说明天有雨，所以就要连夜把麦垛子拉到场上，搭成柴堆子，上面盖上帆布、塑料，先不让淋雨，然后等天晴了就可以碾场了。

麦客吃完饭后，收拾完各自的镰刀，拿上蛇皮袋子就准备走了，他们要赶下一个割麦点。夏一可父亲老早就准备好了钱，下苦人，可绝不能亏待。

"掌柜的，这多了几块钱。"麦客说。

"不多，那个地有点儿留头没有算进去。"夏一可父亲说。

"那没有啥，就是两镰的事情。"麦客说。

"唉，都是下苦人，你就拿着。"麦客说。

"唉，好我哥，走了这么多地方，就你人好，实在，好多人都是最后算账的时候想少给一些，弄得最后脸红脖子粗，只有你们多给，菩萨保佑你们。"麦客说。

"农村来钱不容易，也都是难啊。"夏一可父亲说。

"难归难，但是你不能跟人胡说呀，这你在世上咋活人呀，我去年在你们这片也来过。"麦客说。

麦客临走时，夏一可父亲又给每人拿了一盒烟，说你们忙时解乏气。麦客们直说夏一可这家人好。

夏一可父亲说："让人高兴着，出门人嘛！"

后来夏一可听说麦客晚上就在靖宁大楼下打个地铺就势睡了，然后第二天再等人叫。

24

因为害怕下雨，夏一可全家连夜就用架子车把麦垛子拉到场上。因为天阴着，晚上没有月亮，就用手电照亮。也不害怕，因为地里都是人，都在抢收，害怕麦子淋在地里。

架子车两边用木杆一撑，一次也能拉一部分，这几年已经有了拖拉机，因为夏一可这个队没有分到马车，所以大部分的工具还是架子车。夏一可爸驾辕，夏一可、他妈、姐姐在后面用叉把顶着车，有时看到那边倾斜了，就用叉往过顶一下，不至于倾覆。因为是土路，路上就一坑一凹的，晚上视线不好，就走起来艰难。有两次麦垛子在路上倒了，只有重新装上，继续拉。

拉到天明的时候，地里的才拉了一半，因为还要到场上把麦垛子摞起来，人已经很困乏了，困得几乎眼睛都睁不开了。

拉空架子车拉北岭子最后的二亩麦子时，在路上碰到了拖拉机，这是本家爷的娃子鲲鲲今年买了辆拖拉机，一直在外面拉活儿，最近才回来，因为他丈人家在南岸子，这几天看天要下雨才回来给自己家里赶快先把麦子拉完。

鲲鲲拉完自己家地里的麦子时被好几个人拦着，都要让先把他们的麦子拉完。因为与夏一可爸有言在先，所以就先给夏一可家拉完再给他们家拉。拖拉机就是快，两人齐上阵，两车就拉完了，到底是机械的东西，快，方便。夏一可爸问给多少钱时，鲲鲲说："给俺爸拉还要钱，爸，你赶快先摞麦堆去，天气不好！"

在麦场边摞麦堆的时候，二开就过来了，帮忙搭伙一块儿摞，他就住在麦场旁。因为他们弟兄们多，合在一块儿，就干得快，所以有时间来帮忙。到底都是干农活儿的，不一会儿也就干完了。摞起了麦堆，人就不害怕了，因为害怕下雨，下雨可就不好办了。夏一可爸忙完这些叮嘱了夏一可他妈几句就上班去了。

到下午时分，也没有刮风，天气阴沉沉的，开始零星飘起了雨点，慢慢雨就下起来了。在麦场上，人们把麦垛摞成了堆，最上面搭成了一个屋脊的样子，用帆布、塑料盖起来，雨水就流下来，打不着麦子。地里的大部分麦子都收割完毕了，只有零星的地块没有收割，那是懒人的地块，等着黄透了再割，没想到下雨了。这个雨一下就是连阴雨，此时，金水村人最大的心愿是让雨赶紧停下来，好抓紧时间先把麦子收了。

过了好几天，雨麦垛就慢慢发烧了，这可不是个好事情，麦垛发烧意味着麦垛里面温度高，麦垛要发霉，发霉的麦子怎么吃？而挨着场地的麦子已经发芽了，谁能阻挡老天爷下雨？

天下了两天的雨，才慢慢停稳了脚跟。雨不下了，夏一可母亲说，老天爷才是活神仙，说不下就不下了。不下雨了是好事情，当务之急是先把盖在麦堆上的帆布和塑料取掉，赶快让麦子透透气。根据天气的变化，收听天气预报，这几天还要下雨，所以要抓紧时间颗粒归仓。

夏一可父亲准备了两个方案，碾场和脱粒。碾场自然不用说，因为碾场就要等拖拉机，拖拉机拉石头碌碡跑得快，也碾得到位，人不累，不脏。原来是马拉石头碌碡，自从拖拉机跑开以后，马慢慢少了，还有，马还是慢，再一个马拉石头碌碡也吃不消，因为一场碾场下来，马也要休息，马也要喝水吃草料。脱粒机就省事多了，接上电，摆在场沿，就可以脱粒了，一个人把麦个子填进去，一个人在出口用木叉把脱出来的麦秸叉到场沿摞起来，最少要两个人一起干。娃们也放"忙假"了，虽然帮不上什么大忙，但是人手也基本够用了。最后再留一部分人等人家拖拉机闲了下来就开过来一碾就行了，于是不等场沿完全干透，夏一可父亲就准备了脱粒机，因为大部分还是等碾场，都嫌这脱粒机脏，灰尘很大，所以用的人就少。摆好位置，铺好帆布，把麦颗粒直接倒在帆布上进行晾晒，也省事，先不用装。把脱出来的麦秸就摞场沿。拿上黄瓜、西红柿、锅盔、茶水、电壶，这就是全部工具，要干出个所以然，因为时间不等人，天气预报说还有雨，要趁天气好赶快把麦子收完。

二开的家离场沿不远，他老远就招呼弟兄们收麦，他们人多，弟兄几个合在一起碾场，所以太阳出来才能摊场。

"要喝水一会儿在咱这里倒。"二开在门口说。

"好好，喝完就去你屋倒。"夏一可他妈打招呼说。

二开这家人好，虽然没有什么文化，没有念上书，也是因为娃们多，家家穷呀，但是善良确是发自心底的。用乡党们的话讲，就是没有花花肠子，不害人。

太阳开始出来了，这时候摊场的人们忙着在地里摊场。

25

随着脱粒机的呼呼声，夏一可父亲在脱粒机口负责填充麦垛，夏一可他妈和姐姐在脱粒机旁用木叉挑麦秸，夏一可负责把脱粒出来的麦子倒在帆布上，各司其职，一点儿都不能耽误。没有人帮忙，也是各人干各人的，因为都害怕下雨，天气不等人，这就是和老天爷赛跑，跑赢了，你就赢了，跑输了，你就吃芽芽麦。

往脱粒机填麦子也是个技术活儿，只见夏一可父亲把麦垛子解开，拿出一半，填充进去，刚好，麦粒出来，麦秸也从脱离口一下子飞出来，因为这是机械，也只能由夏一可父亲操作。有几次都是填得太多了，一下就把脱粒机卡住了，动弹不了，脱粒机就呜呜响，麦秸出不来，麦粒也就下不来，只能先关了机子，把麦穗子一点儿一点儿抽出来，也不能太快，太快就卡住了，就这样，慢慢悠悠的，一个麦堆的麦子大部分就脱粒完了，人也累得差不多了，于是就在搭了麻袋的架子车辕下坐着歇一会儿。每人拿上西红柿、黄瓜吃，边吃边喝水，有的黄瓜长成大肚子了，吃着也是香香的。西红柿那就太可口了，夏一可连续吃了好几个。夏一可父亲戴着草帽在地上蹲着，他的脸上、身上都是灰尘，一层层，看来这个脱粒麦个子就是脏活儿，眼镜也是落了灰。只见夏一可父亲从口袋里掏出眼镜布，慢慢擦拭了一下。

"爸，让我戴一下吗？"夏一可说。他觉得戴上眼镜好玩，神气。

"你戴不了，这眼镜框子大。"夏一可父亲说。

"就戴一下嘛！"夏一可央求。

"那你可要拿好。"夏一可父亲说着摘下眼镜递给夏一可。

夏一可把眼镜架在鼻梁上，看到天都变了颜色。眼镜框太大，架不住，夏一可只能拿手扶着。

"爸，这是啥眼镜？"夏一可问。

"这是石头镜，你爷那时候戴的。"夏一可父亲说。

说完这句话，夏一可父亲就不再言语，他默默点燃了一支烟，慢慢吸起来。时间过得好快啊！父亲已经走了七八年了。夏一可父亲的眼角有些湿润。

休息了一会儿，就继续脱麦粒，场上的麦堆就慢慢小起来了，到了傍晚时分，就基本脱粒完毕了。因为害怕下雨，就把麦子装上麻袋用架子车拉回了家。

第二天，是个大晴天，人们高兴啊，这是老天爷开恩，让人们先把麦子收了。因为剩下的不多了，是个小麦堆，所以夏一可父亲决定摊场碾场，脱粒机就不再用了，刚好别人要用，一会儿就过来拉走。

把麦垛逐个解开，全部摊在场上，让太阳晒，到晌午时候拖拉机过来一碾，翻一遍，再一碾，就可以了。夏一可父亲与伯伯家的娃说好了，等他晌午给他家那里的麦子一碾，翻场刚好得空过来给咱一碾就行了。碾场就是人不受亏欠，人轻松，干净。摊好场，等太阳晒得差不多，再翻过来晒一下，就是等时间比较麻烦，因为要人家那边完了才能过来碾。等，不等咋行，因为你没有拖拉机。

晌午的时候，伯伯家的娃鲲鲲就开着拖拉机来了，他有二十多岁，开到场里就直接碾开了。拖拉机一圈一圈跑得很快，把麦秸慢慢就碾得发白了。过了一会儿他停下来了，喝了口水。夏一可就在拖拉机旁边看，只见拖拉机嘟嘟地响。

"可可，想要不？"伯伯家的娃问。

"想要。"夏一可说。

他曾坐过拖拉机，在车帮上坐，震得很。

"那我教你开。"他说。

"你上来。"夏一可就上去了。

"我先给你说，这是离合。"他指着左边机箱下侧说。

"这边是挡位，看这是1、2、3，你照着扳动就行了。现在摘的是空挡。看，这是刹车，停车先踩离合，再踩刹车，车先刹住，再摘空挡。"鲲鲲简单说了一下。

夏一可又兴奋又紧张，兴奋的是十来岁就马上要学开拖拉机，紧张的是不会开。经过鲲鲲哥几圈带跑，夏一可慢慢掌握了，当他把拖拉机开动的时候，他差点儿叫起来了，那个感觉是无法形容的，拖拉机在他的操作下开动了。他在麦上转了一圈又一圈。

翻完场，拖拉机过来又碾了一遍，这场就算碾完了，下来就是抖场，把麦秸抖走，下面就是麦糠和麦子，挑完麦秸，把麦糠和麦子用刮板推到一块儿，推成一个大堆，就等着晚上有风来扬场，把麦子颗粒扬出来。

留下一个人看场，因为害怕有人把麦子偷了，这几年慢慢都有小偷了，不防不行。吃完母亲做的麻食，夏一可和父亲拉着狗到场沿。金水村这几年基本家家户户都养着狗，主要是为了晚上看门。夏一可家是一条花狗，身上黑一块、白一块，所以叫花子。夏一可每天都喂花子，花子一看夏一可来了，就欢蹦着过来，夏一可母亲专门给花子蒸的黑馍，把花子喂得皮毛发亮。今天晚上刚好看场。

夏一可爸把狗拴在架子车辕上，架子车辕上搭上麻袋，底下也铺着麻袋，叫夏一可在这里睡觉，因为现在没有风，还不知道风啥时候来。他就在外面铺了两条麻袋，头顶枕着用报纸铺上的一块砖，就躺下了。因为没有风，就有蚊子不停地嗡嗡响，不一会儿，夏一可就被叮了几个包。夏一可父亲躺了一会儿就坐起来，他在等风。花子的眼睛在夜晚发着光，它是很灵性的一条狗。

等风来的时候，夏一可已经睡着了，夏一可父亲用木锨开始借风扬场。

还有撇场这一说，那么，什么是撇场？

这是纯粹用人力分离麦糠和麦粒的无奈之举，一般有风时不用。因其占麦场面积比较大，费时累人，全凭扬场人的力气和距离强行将麦粒和麦衣分离，有时还分离得不是很干净。要做到"撇"场，扬场人必须站在场坝三分之一处的中心位置，把大面积的地方留给麦粒，麦粒落的地方距离扬场人有七八米远，扬场人面朝混合在一起的麦衣麦粒堆，向身后抛出一个半圆。第一锨要先试一下这个半圆有多大，能不能分离麦衣和麦粒，确定好后，沿着画定的这个圈进行，不能偏离，否则达不到分离的目的。这是一个非常累还技术含量非常高的活儿，一般人是不用的。除非是自己没有麦场，借别人的麦场，人家等着用，没有办法才这样干，这实在是没有办法的办法。金水村除个别人用这个方法，人们几乎不用这个办法。

夏一可是在梦中被叫醒的。"来，可可，你把麻袋口张开，爸给你灌。"夏一可就这样被叫醒了，原来，今晚风好，老天爷给力，一下子把麦粒都扬出来了。粪堆般大的一堆麦粒，现在就要装起来。夏一可和父亲一起装，装了一个麻袋，还有好几个尿素袋子。因为广播预报说明天还有雨，所以先收起来再说。

天慢慢就亮了，等天快亮的时候，夏一可他妈就来了，几个人合力把收获的麦子往回拉。

今天的天气是个阴天，麦子拉回去的时候，天就又开始下开雨了，这场雨下了好几天，不得晴，把人都下霉了。麦子在袋子里捂着都发霉了。

等待着，天就慢慢放晴了，再把麦子放到场上晾晒，直到晒干为止。这晾晒也需要等时间，因为夏天天气多变，有雷阵雨，就害怕大雨来不及收，一下子把麦子冲走了，让乡党们笑话连麦子都看不住。一般是看没太阳了，天气阴了，就赶快开始收麦。

夏一可记得那一年，一家人就因为在粮站晒麦，中午回去睡了一会儿，没赶上，下了大雨，一下子麦子全部被雨水冲走了。因为粮站的地面是水泥地，离得近的都喜欢在那里晾晒小麦，一不小心，一大意就被雨水冲走了，一年的辛苦就这样没有了。这人号啕大哭，也没有挽回损失，一场大雨一场梦。这就是干啥事不操啥的心，干啥事必须操啥心，这样才有干成的可能性，如果不操心，就没有干成的可能性，只能让你后悔莫及。

麦子收完后就开始挖场种苞谷。因为只够自己吃，再卖一点儿，就种得很少，不是每片地都种，都是种离自己近的地，这样锄呀、搬呀，朝回拉都比较方便。

在种苞谷的间隙，大队广播就开始喊叫了，要社员们抓紧时间上缴今年的公粮，并说纳粮是几千年不变的道理。

金水村的人在堡门口聚集谝闲传，有的说今年粮不好上缴，人家粮站的人不要芽芽麦，乡党说今年雨多，麦出芽也是正常现象，基本能磨面、能吃，但人家说不行。

　　乡党们都陆续回来了，基本一致，粮站不要今年的麦子，因为今年阴雨大，要的是往年的陈麦，才能定级，才能合格、领钱。

　　"我看这粮站扎到这里就没给咱办啥好事，也不知道把路先修一下，给咱办的啥事啊？"乡党说。

　　"要我说，当初就不应该把咱村的地给他们，咱村一部分，艮村一部分，咱村的居多，那是玉皇大帝的庙，那些人把和尚、道士撵走。"堡子人说。

　　"那儿有多少老树呀，用娃们家学的文化说就是参天大树，都是几百年的树，说一声伐了就伐了！"乡党说。

　　"咱这还算近，外村的可就远了。"村子人说。

　　夏一可家也和乡党们一块儿去上粮，装的是今年的麦。粮站可热闹了，像赶集一样热闹。前面是一个水泥地面，村人就在这里晒粮，后面一排有十几个仓库，每个仓库的门前都用红纸贴着村子名称，哪个大队在哪里上粮，分组分开。马车、架子车、拖拉机都在排队，等候上粮的一家挨着一家。

　　等排到金水村的点时，只见粮站人拿出一个插粮的长杆，顺着解开的尿素袋子插进去，再搅动一下拔出来，再按一下麦子粒在手上，看一眼，再给嘴里放几颗，然后说，不合格，下一个。

　　夏一可爸把架子车和夏一可先拉到了一边。果然如此，看来，今年粮站是铁了心不要今年的麦子了，要陈麦。陈麦子还有一些，但是也不能拉来呀，今年的麦都不好。

　　"可可，你在这儿给咱看架子车，我过去转转。"夏一可爸说。

　　夏一可爸和村人打着招呼。他在几个收粮点都转了一下，外村人也都拿的陈粮，这样能通过，但也都是三级，按照三级的价格给钱。

　　在转到白家大队的点时，他眼睛一亮，这不是朝岭村的同学嘛。他急忙上前打招呼。他正在验粮。

"木木，你咋在这儿？"夏一可他爸高兴地问。

一听小名，这个验粮的中年人立即抬起了头。他也高兴地叫着夏一可父亲的名字。

"这会子正忙着，一会儿我换班，咱再说，你在大门口等我。"验粮人说。

粮站里人来人往。过了不一会儿，就到了换班时间。

"你家就在金水村，我咋忘了，我还想着，咋没碰到你。"木木说。

"还没上粮？"他问。

"没有，我都拉来了，正准备拉回去，这不正好碰到你了。"夏一可爸掏出烟，给木木递了一支，并用火柴点着。

"家里都好？"夏一可爸问。

"跟你一样，一个娃儿，也是娃们多，日子难熬。"木木说。

"都一样，都是一点儿死工资，要养活全家老小。"夏一可父亲说。

"今年都是打散了，都是外面的人过来，粮站之间的人相互调换。"木木说。

"是这，你晚上9点来，我这边要开到10点，现在任务紧，上面不停催，都把活儿给底下安排下来。领导一句话，底下都得动，谁不动谁就别干了。按理说今年咱这儿都是这情况，但是现在要保证城市居民吃饭，收的粮都在定级，哪一级给谁吃这都是定了的，这是北京的，这是上海的，这都是有规定的。"木木说。

"我也是昨天刚过来。粮食局就是嫌你在一个地方待的时间长了，人都熟了，这次来了个大轮换，全部打乱，杜绝关系。都不收今年的粮。你晚上来，专门在我这里交，我到时候给你把票一倒，就行了。"木木说。

"行行行，那你先忙。"夏一可爸连忙又递上一支烟，这才走开了。

26

放"忙假"之前，金水村小学老师对娃们家说放假来要缴二斤麦子，主要是拾地里没有捡拾干净的麦穗，然后在你家用棒槌捶，把麦粒拿来。这是学校给学生布置的放"忙假"的任务。

收假后，学生们都拿来了麦子，有的用桶提着，有的用布袋子装着，总之，都是二斤麦子，学校专门准备了口袋，把学生们缴的麦子收起来。

"你娃给你拾了多少麦子？"一个人问另一人。

"拾啥嘛，那都是做样子，还不是把咱屋的麦子称了二斤！"娃他妈说。

"我娃也是一样，说拾麦子，把担笼拿上，一早上也没有拾几个，也是把屋里的麦子撮了二斤。"另一个娃他妈发牢骚。

"你说，学校要那麦子干啥呢？"娃他妈说。

"说是文教局要的。"乡党说。

"文教局要麦子干啥？"乡党继续说。

"你没听说是叫学生们勤工俭学。"娃他妈说。

夏一可也是从家里撮了二斤麦子，他也没有拾下二斤麦子，别的同学也是从家里撮的。

学校办公室门口堆了好些麦袋子。

麦袋子在几天以后就被拉走了，乡党们有人说学校把麦子卖到粮站了，卖的钱给老师们分了；也有乡党说，学校把麦子拿到面粉厂换面了，给老师们一人发了一袋面。总之，这都是学生们从家里撮的麦子，学校最后卖了，这是事实。卖了就卖了，也没有人追究这件事。以后，学生缴的麦子从二斤涨到了五斤。

"哎，娃到学校上学，老师说咋办就咋办！"乡党说。

这一年，堡子外的李仁家买了一台黑白电视机，一到晚上，他就把电视机搬出来，前面放一个凳子，把电视机放在上面，让大家都看。这时候，电视还是稀罕的物件，没有几家有，好一点儿的都是录音机，单卡、双卡录音机，夏一可家的是美多牌录音机，放磁带，因为磁带很贵，要十元钱一盘，也就是当广播用。偶尔买上一盘磁带，要攒好长时间的钱。

夏天的晚上，人们都拿个小板凳，开始往李仁放电视机的地方走，先去占地方。金水村的人没见过电视机，也不知道电视里都有些啥，听说上面还有亲嘴的呢！实际上都是看稀奇。电视机很神奇，一插上电源，就出现人影了。

电视剧开始上演的时候就是《射雕英雄传》，武打的，郭靖、黄蓉，许多小孩儿都会背这个电视剧的台词，这是香港拍的武打片。

以后的几年，电视就在金水村慢慢普及了，由黑白变成彩色，还有周宁市自己产的电视机。

夏一可他爸从自行车上把麻袋提下来，这是厂里发的西瓜，夏天每年都要发西瓜，说是顶降温费，这是厂里的老规矩。西瓜大又圆，这是渭河滩上的西瓜，那边沙土地，适合种西瓜，所以每年厂里都派人在那里采购，拉回来分给工人。

夏天中午休息之前，先在井里绞上来一桶凉水，倒出去半桶，把西瓜放进去，过两个小时以后，西瓜就被冰好了，放到案板上一切，很沙很甜，夏一可往往都吃好几块。夏一可父亲吃完西瓜，戴上草帽，骑着自行车就到厂里上班了。他是工人，令多少乡党羡慕，每个月都有工资。

27

种了苞谷，苞谷长出绿色的小苗时就要到地里锄草，这样苞谷才长得快。金水村在没分队以前，每隔一片地就有一眼大口井，干旱的时候，大口井一开，井水就源源不断地流出来，通过人工隔开的水渠，水就流到苞谷地里。干旱的苞谷地就得到了灌溉，苞谷就不再干旱了，长势就好。开始分队的几年还好，井都正常，还能浇地，但是人们已经为浇地发生争吵，就是他把水改到他地里了，我这儿没有，你个短肠子，金水村的人一旦骂开人了，那真跟刀开了刃一样，厉害着呢。再过几年，大口井旁的电房子先是电线被人偷了，后来连马达也被人偷了，所以井就无法使用了，因为没有人管，所以就烂了，直至最后废弃了，成为枯井，也没有水了，扔个石头块，只能听到石头溅到泥的声音，没有水声，这井彻底干了，没有水了。大口井后来几乎就给填埋了。所以，金水村的苞谷地就是靠天吃饭，下雨就好，不下雨就干旱，收成就无从谈起。

苞谷地的苗苗慢慢长起来，一天一个景象，到了出菁华的时候，苞谷就开始抱娃了，也就是结玉米棒子了，就慢慢开始长了。苞谷秆长到一人多高的时候，一片茂盛的景象。但满是苞谷的地里，连成片往往就潜伏着危险，一般人不敢单独行动，尤其是晚上，黑灯瞎火的，万一窜出来个坏人就麻烦了。金水村的人一般很少走夜路，能办的事尽量都在白天办，夜晚早早就睡了，真正是日出而作，日落而息，不和老天对着干。

夏一可家的地今年种得多，在地的顶头，还种了萝卜、洋芋、毛豆，还有绿豆。这些菜呀、豆子呀都能吃。毛豆成熟的时候夏一可父亲就在地里摘了些毛豆，回来把蔓上的豆角摘下，装到袋子里准备礼拜天到集市上卖。

　　金水村边的联村这一片，自从甘省、新疆的干休所搬过来后，这里的人就慢慢多起来，因为这里首先修了一条简易的路，慢慢就修了一条不太宽的水泥路，这条水泥路是离金水村最近的一条道路，原来金水村的人都指望着粮站修路，因为过了西岭台就是正路，就有公共汽车站，等上车就能进城，到周宁市中心。但是粮站几十年如一日，没有修过这条路，只是在运粮的时候不停地修修补补，用车拉炉渣来铺路，然后把坑洼的地方填平就算完了，只要他运粮的车能走就行了。其余不管，修路要花钱呀，钱从哪里来？

　　联村这一片都是他们的地，也是一年两茬，种完麦子种苞谷，远望南山，也是风水宝地。干休所全称是老干部休养所，因为那里的气候条件不好，所以在这里建住宅楼，把离休的老干部都集中在这里，颐养天年。因为改革开放之初就来了，基本用的都是联村的地，和金水村挨着，围墙边就到了金水村的地。这条路因为离村子还有一截子路程，晴天还可以走，下雨天就不行了，穿胶鞋勉强能走，骑自行车就更不行了，需要扛着车子走，因为根本推不动，车轱辘不停地沾泥，所以只能走粮站的那一条路，因为那条路有大车轧得很瓷，只有水，没有泥，好走，但是出村也是要费一番力气的，因为村里的路还是泥路。

　　因为有了单位，有了人，周边的乡党们就自发地把自己种的菜拉来在这里卖，专门种粮的村子就慢慢改成种菜的村子了。因为种菜比种粮划得来，而且见效快。

　　夏一可爸拿着秤，带着夏一可，拿着毛豆袋子就出发了。要去早一些，因为这是插空，去迟了人就都买完菜了。路上已经聚集了一些人，有卖豆子的，有卖青菜的，有卖豆腐的，人还比较多，都拉的架子车，偶尔能见一辆三轮车。夏一可爸把毛豆袋子从车上拿下来，选了一个地方就蹲下了，这是等买家来。夏一可也在旁边，他可不懂得咋卖菜，这等人得等到啥时候！陆陆续续有人来问，就是没有人买。夏一可爸说："不着急，慢慢等，因为咱这不是菜，是毛豆，所以就慢一些。"过了一会儿，夏一可看到旁边有一个阿姨买了，一会儿就又来了几个人买了，袋子里的毛豆就慢慢变少了。这时候来了一个老一点儿的人。

"你这毛豆多少钱一斤？"他边问边抓着看。

"师傅，两毛一斤。"夏一可爸说。

"两毛，有点儿贵了。"他说，并且慢慢蹲下来。

"小朋友，上几年级了？"这位老人问夏一可。

"上三年级。"夏一可怯怯地回答。

"哦，和我孙子一样大，这么小就出来做生意！"

"在家没事，出来耍！"夏一可说。

"哦。"

"这样吧，你这也不多了，我全要了，你把秤称好就行。"老人说。

"秤你放心，绝对够。"夏一可爸说。他边说边把毛豆装进老人的袋子。

"要给孩子好好上学，有时间多看些书，小孩儿记得快，可不要把孩子给耽搁了。"老人叮嘱夏一可爸。

"一定一定！"夏一可爸回答。

老人走后，夏一可爸对夏一可说，今天遇到好人了。

多年后，夏一可回想起和父亲卖毛豆的那个场景，这个人也许并不需要毛豆，或者是并不需要那么多的毛豆，但是他看到自己就蹲在袋子旁边，一下触动了他的内心，不管多少都要了，这是人心里最柔软的触觉，你没有办法拒绝，你会鼻子一酸，不忍说出，更不忍看见，只希望他过得好，有饭吃，有衣穿，这就是人心的善，人心的大美。

28

光芒一进夏一可家就远远喊："掌柜的在吗？"他嗓门很大。

"老隔壁来了，来来来，进屋坐。"夏一可爸连忙说。他和这光芒也是从小一起耍大的，虽然比他大几岁，但是也是小时候的玩伴儿。他们家弟兄多，也都从堡子里搬了出来。

"把你那好酒拿出来，让我喝两口。"光芒下命令似的说。

"还没吃饭吧，先给你下碗面吃。"夏一可他妈说。

夏一可父亲和光芒就在中间坐下了，方桌摆在房中间，两边椅子，刚好一人一把。夏一可父亲觉察到光芒来肯定是有事情，但不知道是啥事情，因为光芒还没有说。

饭也吃了，酒也喝了，光芒说："面好，酒好，菜好。"他连说几个好。随后和夏一可爸一块儿抽起了烟。他烟瘾似乎很大，抽了一支又一支。

"隔壁，给你说个事。"光芒终于开口了。

"你说，你说，啥事情？"夏一可爸说。

"唉，咋说呢！"光芒唉声叹气，他不知道如何开口，不知道如何说。一直低着头。夏一可爸实际已经猜到了光芒要说什么，他没有点破，说人的痛处干啥。

"人家给咱说了个媳妇，都快成了。"光芒说。

"这是好事情啊！"夏一可爸和母亲都说。

"可人家还要点菜钱！这不把人难住了，没有办法了。"光芒说。

菜钱，一般就是给女方的彩礼钱，周宁不说彩礼，叫菜钱，实际也是一个道理。

"要多少钱？"夏一可爸问。

"要一百元。"光芒说。

这可是夏一可爸好几个月的工资，他也没有这么大一笔钱借给他，但也不能让光芒把娶媳妇的事情耽误啊！不管咋样，也要给想点儿办法。

"你这还是个大数字，咱也没有这么多啊！"夏一可爸说。

"你在外面人熟，看能不能给咱倒一些。"光芒说。

"借不来呀，现在事情不好办呀！"夏一可爸连忙摆手。

"唉，这可咋办？"光芒急得直跺脚。

"不行的话你就到信用社贷点儿款，先把这事办了，然后再给信用社慢慢还。"夏一可爸建议说。

"贷款，我咋样贷？咱没弄过这个事情。"光芒说。

"你可以名义上申请买辆架子车，就可以贷钱。"夏一可爸说。

"人家可能让有正式工作的人担保，这样才能贷款。"夏一可爸说。

"咱没有什么正式工作，就大老粗一个。"光芒说。

"那你办手续，我给你担保，你到时候把钱还给人家信用社。"夏一可爸说。也只能有这样的办法了，先解决眼前的燃眉之急啊！

光芒也姓夏，叫夏光芒。

……………

光芒的事情很快办好了，在信用社以买架子车的名义贷款二百元，夏一可爸是担保人。如果光芒不还钱，或还不上钱，就找夏一可爸还，因为他是担保人，负有连带责任。

一般情况下，人都是不愿意向人借钱的。古语说得好"上山擒虎易，开口告人难"，宁可上山打虎，都不愿意求人。

光芒的各项事情都办好了，信用社的钱就慢慢还。

29

老干所每天早上嘹亮的号声吹响，就传到了金水村。金水村的人说，老干部们起床了。下午6点又准时吹响时，金水村的人说，老干部开始吃下午饭了。吹号是部队上的集结令，而在这和平的金水村周边，要集结什么，打仗吗？这些当过兵的老干部都打过仗，都是部队下来的。有人怀疑这样的说法。有人迈进过老干所，说，修得真好，里面有假山，有鱼塘，还有许多树木，冬青树。老干部有的散步，有的坐着轮椅被人推着，每个人还有一个勤务员给照顾生活上的事，采办伙食、做饭等各项事务。金水村的人说，还是老干部好，咱一辈子都是在地里刨食吃，好了能刨到虫子，不好就光吃土咧。

由于有老干所的带头作用，没过几年，大匣村的地就被一家研究所占了，研究所的名称叫809研究所，是国家航天部的。大匣村属余力这一片最大的村，有三十几个队，因为村子大，地也就多，分别在靖宁的县城下，和靖宁的县城上，属于两大板块，也是种麦子和苞谷。被占的地属于十队的地。这里地势平坦，是真正的黄土地，因为地处塬上，也属于靠天吃饭，最早也都有深井，后来分队以后就慢慢废弃了。809研究所占的地先圈建了围墙，然后在里面施工盖楼，他们选的这个地点很好，离公路很近。占用大匣的地，自然就要给大匣占地钱，因为一部分人没有地种了。而809研究所也没有接收这些没有地的大匣人。至于给分了多少钱，没有具体的数字。占用的土地分为两部分，一部分为办公用地，一部分为生活用地，盖家属楼。听说还有学校。而他们虽说在靖宁的地盘上，但是不属于靖宁管，而是属于周宁直接管。闹不明白是为什么！

有了这个809研究所的存在，因为这个比老干所大很多，性质也不同，所以人就越聚越多，菜区的人自发骑着三轮车在这里卖菜。

金水村堡子里的人都喜欢走干休所这条路，下雨天也不例外，有时候也会拿自家的鸡蛋等东西去那里卖，贴补一下家用。而金水村堡子外的人走粮站路的却越来越少，因为，这边除了粮站就再也没有什么单位，而且路也越来越不好走，所以就越走越少了，但是骑自行车这条路还是很好走的，尤其下雨时，骑车顺水，很好走。

30

大队的广播响了，先是"喂，喂"两声。

"广大的社员同志们，周宁市饮水工程要通过咱村的地埋设管道，希望广大村民积极配合，经过谁家的地，饮水工程指挥部给予赔偿，希望大家积极配合。"

"喂，喂。"又是两声。

"广大社员同志们，周宁饮水工程要通过咱村的地埋设管道，希望广大村民积极配合，经过谁家的地，饮水工程指挥部给予赔偿，希望大家积极配合。"

广播一共说了两遍，就不再言语了。

周宁饮水工程就这样慢慢逼近了金水村的地界上，金水村的南边是金水南村，这个村比金水村小，只有两个队，原来最早是从金水村分出去的，可是人家说，他们村在唐朝就有了，比金水村的历史还早，还说金水村是从他们村分出去的，而金水村的人说这是在胡说，典型的胡说，明明是从我们村分出去的，还说是我们从他们那儿分出去的，反正，不管咋说，两个村是连着的，金水南村就小多了。

这几年，金水南村的地被一家大单位占了，听说这个单位来头很大，是国务院下属的单位，是给国家搞尖端科技的，对外代号为696，使用的是周宁市28号信箱，最早在商南的深山里，属于国家三线建设的产物，现在慢慢从深山里搬迁出来，搬到离周宁市很近的金水村南边。至于为什么搬出来，说是山里的洪水把厂房全部淹了，机器设备呀什么的都用不成了，最早坐飞机到川省看地方，但最后还是选择了周宁市，说这一块地势平坦，利于建设，离城市近。

金水南村的土地被征用了一大部分，每家每户都分到了征地款，听说一家都能分几万元钱。金水南村的人有了钱，没有了土地。事情往往是把双刃剑，有了这，没有那，这是相辅相成的。金水南村的人一看没有了地，有些人着急了，就要到建设工地里面去干活儿，无奈人家的工程项目包给了外省建筑公司承建，金水南村的小伙子们一怒之下推倒了围墙，于是派出所来人了，抓走了推倒围墙的人。

有人说，金水南村的人根本没有分多少钱，村上把修路、建学校的钱给贪污了。但是事实是金水南村在征地后村里的道路依然是土路，娃们家上学，三年级到六年级依旧是到朝岭村去上学，没有什么改观。唯一改观的是社员们十有八九把房子盖了，都是二层楼，一家比一家高，有的甚至为了我比你高，你不能超过我，都打起架来了，真是民风日下。还有人说，人家696是把钱都给了，有修路的，有打井的，有建设学校的，有改善居住条件的，反正项目还不少，但是县上、镇上、村上都给截留了，所以是肥了村上、镇上、县上的一帮人，但他们没有地了，至于征地协议，谁也没有见到，老实的金水南村社员，没有联合起来，反正大部分的地是没有了，剩下一点儿都不够种，有人索性把地给他人了。大部分乡党就是做个小买卖，卖个菜呀什么的，而有的人，短短几年就把占地款挥霍一空……

31

靖宁县城最近时兴摸奖，摸奖是彩票的一种，两元钱一摸，摸到了就有可能拿到彩色电视机、自行车、电风扇等家用电器，煞是热闹。夏一可爸说这件事时，说明天也去余力摸奖，看能不能摸到东西。夏一可基本一夜都没睡着，他在想明天一定要摸到彩电，把屋里的黑白电视机也换一换，最不行也要摸辆自行车！若摸到电视机那可咋往回拿呀，那么大的一台电视机，不好拿呀，越想越睡不着！

第二天到靖宁县城摸奖的地方，已经是人山人海，排队的人很多，都是为了摸到好东西。夏一可和父亲也开始排队，现场有人欢喜有人忧，也就是大部分人都没有摸到，白损失了几元钱，悻悻而归。轮到夏一可他们了，都说小娃手气好，就让夏一可摸。交了钱，摸了几张彩票，急忙在僻静处打开一看，期望是个彩电，可是啥都没有！夏一可的梦破灭了，连个电水壶都没有摸到，心想运气太差了。

周围还有人不断拥过来购买彩票，但是基本上都是把钱白撂了，啥都没有。这是人们第一次希望一瞬间就能吃个胖子的典型故事。邻村有两个人说好一块儿到县城摸奖，临走时，另外一个人说今天突然有点儿事情，去不成了，你代我摸一下啊，我给你两元钱。另外一个人就答应了。这个人就去了。他用自己的钱先买了一张彩票，刮开一看，啥都没有。过了一会儿，他又用别人给的钱买了一张，小心翼翼地刮开，这次有奖，但不是彩电，是条毛毯，于是，他高高兴兴地把毛毯领了就回家，因为毛毯也值几个钱。回去后，另外一个人问，咋样了，他说，你的没摸上，我的奖摸了条毛毯。这人就不高兴了。说你拿我的钱摸上了毛毯，你不给我毛毯说不过去，两个人就吵起来，差点儿动手打了起来。此后，两个人多年都不说话，成为死对头。金水村人说，这都是摸奖惹的祸。

还有人甚至借钱摸奖，花了一百多元摸了个电水壶，有的甚至买了几百元的彩票，一张一张刮，可是什么也没有，骂骂咧咧地说这帮摸奖的在哄人，其实啥都没有，给你说得好好的，有这有那，其实啥都没有，就是为了骗老百姓的钱。大家说，你不能怪人家，怪就怪你运气太差，人家都能摸到，你没摸到，运气不行，还是老老实实干自己的事情，别想着发财了，因为你发不了财。

摸奖最大的赢家是主办方，只有他们知道有多少奖，能不能摸到。这是 80 年代最撩人的游戏了，遍布城乡大地，作为农村的金水村已经躁动不安了。

奖虽然没有摸到，但还是要继续逛的。夏一可爸带夏一可来到书摊前，在这里转一下，看有没有可以买的书。夏一可也上四年级了，可以买几本书看。书摊上的书很多，有的也叫不上来名字，夏一可印象最深的就是《故事大王》，他对这本书很有感觉，因为小时候经常看，还有《童话大王》，他记住了皮皮鲁和鲁西西，还有作者郑渊洁。也许，爱看书，爱写作文，就是从那个时候培养下来的，小时候的潜移默化，是人生一辈子的财富。也许，那是一个人一生安身立命的根本。书摊虽然不大，但是有内涵，这边虽然人不多，但是每个人都在书摊前挑选着自己喜欢的书。旁边就是邮局。绿色的邮筒格外醒目，印象中，邮递员们都骑着绿色的自行车，后边挂着绿色的邮包，上面写着"人民邮电"几个字。夏一可想着长大当个邮递员也是很好的事情，他喜欢绿色的东西，邮递员给人送信，传递美好，传递消息，多好啊！

32

下雨的时候，夏一可就和伙伴们在巷子里放船。用纸叠个船，盖盖船，船就顺着水渠的水慢慢漂到下方去了，有时就漂到很远的地方，看都看不见了，漂到涝池，然后就到了涝池中间，再接着就漂到坑地下。这是夏一可想着的路线，可是，这种用纸叠的船实际漂不远，或者被堵住，或者就翻了。

还有的就是你在上面堵水，我在下面堵水，看谁用泥拦的水坝结实，被水冲不垮。金水村的娃们家在雨天嬉闹、玩耍，其乐无穷。

金水村挨着城边，老师也都是本村和外村的，本村老师都是中午回家吃饭。最近，上级文教局给分来了个老师，听说是从县城来的。因为中午回不了家，吃不了饭，所以学校安排到学生家吃派饭。因为刚好是四年级的老师，所以四年级每个学生家都有给老师做饭的义务。吃饭的通知是让学生们给家里带回的，夏一可的家里也接到了通知，是夏一可带回的。

"妈，老师说明天在咱家里吃晌午饭。"夏一可放下书包说。

"哦，明天轮到咱屋了？"

"那你给老师做啥饭？"夏一可问。

"那就下面，韭菜鸡蛋。"夏一可母亲说。

第二天晌午放学，老师就和夏一可一块儿到夏一可家。夏一可母亲先招呼老师坐下，然后就开始炒菜。因为面条已经擀好、切好了，就剩下炒菜了。老师免不了夸夏一可几句，无非就是聪明呀，上课认真听讲呀。面好了，辣子、酱油、醋端上，老师自己调。夏一可也端着小碗在外面吃。老师香香地吃了一碗，说再来一碗，看来老师饿了。老师吃完饭后，道了一声谢就回学校了。夏一可家的任务也就完成了。

吃派饭这件事人们都在议论，说咱娃在学校上学，给老师吃一顿饭也没有啥，把咱也吃不穷，老师给娃们家教书，吃饭也是应该的，只要把咱娃教好就行。金水村人朴素的想法，对老师多好啊！老师到学生家吃派饭持续了一个月左右，就不再进行了，因为老师要到县上学习一段时间，这几个月的课由别人代替上。

夏一可印象最深的是陈老师。陈老师是一位女老师，和夏一可母亲年龄相当。她也是金水村人，最早也在地里劳动，因为上过高中，文化程度高，文教局在村里招收老师时就去参加了考试，成绩合格，各项考核够标准就给学生当老师，教数学，还教音乐、美术。陈老师也是班主任，班里二十几个学生，她熟悉每一个学生，她有时候放学了还要到学生家里跑一趟，就是为了学生的学习，有时候两个学生闹矛盾，她也要调解，给家里说明情况，她办事井井有条，也把班级管得好，学生们不但感受到了威严也感受到了母爱。陈老师的琴也弹得好，全校就一个风琴，是个大的，每次几个人一块儿去抬，她按照书上的给学生教五线谱，教歌曲。

陈老师深得学生们的喜爱和学生家长们的信任，都说陈老师教得好。这么好的老师，突然就得病了！陈老师去医院的那天，是家里人拉的架子车，因为走不了长路，是拉到县城的。当时，学生们在上课，金水村的乡党们一块儿跟着送到县城医院。听说陈老师病了，学生们都呜呜地哭了。

陈老师回来后，学生们都去看望，都是学生们从家里一人拿两个鸡蛋，有几十个鸡蛋，用篮子提着去看老师。陈老师半躺在床上，她还是消瘦了很多，因为做了手术，需要静养。大家都哭了，陈老师也哭了，学生和老师哭的场面，夏一可是一辈子都忘不了，什么是师生情？师生情是怎样的？师生情就是这样炼成的，用一颗真心，换取一颗颗童心。

班里最淘气、最爱惹事的学生也哭了，说以前老惹陈老师生气，以后再也不惹陈老师生气了。

病好以后，陈老师回到学校，但再也没有教过夏一可他们班。后来，夏一可小学毕业，陈老师还继续在小学教书，后来，陈老师就退休了，住在孩子们家，在金水村很少见到。

还有一个老师是夏老师，夏老师是夏一可本家人，教语文。夏老师也是通过文教局的考试在小学当了老师。夏老师给夏一可教过拼音，夏一可也有较深的印象。

后来，老师们都老了，再也没有见到老师。那年代显得很久远了。

任老师是一位女老师，她也是文教局派到金水村小学的，教语文。任老师个子不高，讲一口流利的普通话，她朗读课文时声情并茂，抑扬顿挫，她会让自己的学生张开想象的翅膀，驰骋于自由世界的王国，夏一可很喜欢这个老师。任老师当着全班同学的面朗读过夏一可写的作文，并且用红笔在上面画了好几道圈，这是最好的句子。他给同学们说多读书，长大做一个对社会有用的人。

任老师最终还是调走了，走的时候，夏一可找到老师，他舍不得老师走，但是没有办法，老师要回家生孩子，他隐约听到任老师在周宁市大太楼附近住着，之后，就再也没有得到过老师的任何消息了。

对于一个老师的爱，是从心底来的，这种爱，穿越时空！

33

周宁市的饮水工程引自南山的石头河，整个工程为五到六年时间，铺设的管道经过金水村。施工的工人陆续在地沿旁的几户乡党屋里住下来，连住带吃饭。金水村的这一段管道挖了大概有半年时间，因为到达终点还要经过好几个村子。在金水村的这大半年里，施工的人员有个头疼感冒的都要到安医生那里去，吃不了几次药就都好了。有几次，两个人同时骨折，都到安医生那儿去，因为安医生接骨是一绝啊，都给治疗好了。他们不但付了医药钱，还给安医生敲锣打鼓送了一面锦旗，安医生的名声在金水村越来越大，村子人说，这都是几辈人积累的功德，在安医生这里显现了。也不愧是"骨科圣手，妙手回春"。

后来听说这个饮水工程是供周宁市人吃水的，因为周宁的人口增加，地下水不够用，那几年，一到夏天就闹水荒，经过规划，把石头河的水引到周宁市，经过净化，层层过滤，再送到居民楼里。

饮水工程在金水村地里施工了一年多的时间就完成了。

"你屋把石头河的钱挣了？"明明开玩笑说。

"唉，别提啦，这些人能把人聒噪死才走了！"千千苦笑着说。

"咋啦，住你房，给你交钱，咋还嫌少？"明明问。

"你不知道，这些人不等天明就起来，不是咱本地人，都是外省人，叽叽喳喳说话，把人能吵死。下雨的时候就干不成了，在屋待着，就跟鸟窝戳一棍，哎，你不知道。还是咱自己住着安宁。"千千说。

"哦，钱扎手呢！"明明调侃说。

饮水工程搬走的第二年春天，安医生家就开始盖房了，也是在堡子里面。拆掉以前的老房子，盖上新的二层楼。第一层是楼板，第二层仍旧是鞍间房，上梁立木。安医生找到夏一可的爸画了八卦，因为上梁立木八卦是少不了的，是乡俗。房子在后院盖着，前院还是看病的地方，还是每天都开门，谁有个头疼感冒都来看，不影响乡党们看病。安医生的房子是夏义赫带人盖起来的，早上门口有卖镜糕的，安医生只要听到吆喝声，就给施工的乡党们每人买上一份镜糕。

房子最后上梁立木的时候，自然又是放了许多鞭炮，不光是乡党们帮忙，外面还来了不少人，因为安医生经常出诊，方圆的村子、乡镇都跑遍了，他的医术越来越精湛了，成为远近闻名的大夫。

34

挖水井的小伙子来了，他骑着一辆红色的摩托车。刚好夏一可他妈在灶房烙馍，热热地就切了一块，他连声说好吃。他说他这几年已经不给人下苦了，买了个设备给人打井，还雇了两个人，平常自己根本就不去，光在外面联系活路，联系好了就让雇的这两个人去干。他问打的井水旺不旺，说还可以，以前你们这里深，但是现在这都不是问题，因为有了打井的设备，啥也不怕了。他还说你们这家人好，以前有机会路过村口，但就是没有进来过，今天终于来了。哦，娃都快小学毕业了。

"吃水不忘挖井人。"夏一可母亲说。

"应该的，咱们是乡党啊！"小伙子说。他这几年挣钱了，烟抽的都是窄板猴。

他说，以后有时间还过来，叫娃好好上学，咱农村的出路就在上学。

金水村的路依旧还是泥泞的，下雨天需要穿胶鞋。这几年，人们开始养些猪呀、鸡呀，用磨面的麸子喂猪。夏一可家的猪圈在后院，离后墙很远，这里俨然是个小花园。里面种着枣树、花椒树、槐树，还种了几行菜，有小白菜、辣椒、青菜、菠菜等。

猪圈里养了两头猪，是黑颜色，猪娃是在余力镇的集市上买的，买回来的时候是小猪娃，回来慢慢喂。磨面的麸子每天拌三回，早上，中午，下午，再捡拾一些菜叶子，就这样搭配着喂，一天天猪就长起来了，再加上买回来的一些酒糟，猪就一天比一天长得大，猪毛是黑色的，饿的时候就在圈里不停叫，甚至拱猪圈门，有几次都把猪圈门拱倒了，把外面践踏得到处都是猪蹄印子。拿吃食一哄，就回到槽里了。到了快过年的时候，猪就该出槽了。已给收猪的人说好了第二天一大早就来。所以，不等天明，先给猪喂一下，这样就能增加不少分量，就能多卖一点儿钱。收猪的人问猪喂了没有，回答说没有。收猪的人于是跳进猪圈，这儿捏一下，那儿捏一下，猪来回乱跑，跑着跑着就拉稀了。还说没喂，给你说别喂别喂，你看？当然，也不说啥，因为都心知肚明，想多卖几个钱，也能理解。于是，几个人一块儿，你拽耳朵，我拽猪腿，一会儿就把猪捆起来，放到磅秤上，就开始称重，这猪争气，膘肥体壮，一下就称了几百斤，就一下卖了个好价钱，全家都很高兴，因为用这钱可以办很多事情。夏一可父亲花九十元钱买了一块手表，是蝴蝶牌的，虽然贵了，但是这可以用好多年啊！虽然是一块手表，但那是过往的人生啊，用自己的双手，用自己下苦挣的钱买一块自己心仪的手表，心里也是舒服得很。剩余的钱给娃们家买了些东西，在集市上再继续买几个猪娃子，继续养猪。

花椒树长得不高，但是根须扎得深，夏一可家几乎都没有买过花椒，不但自己用，还给街坊邻居用，因为这个花椒好，外面的都没有这个好。未成熟是绿色小豆的时候，就能闻到花椒味道，是那种花椒的香味。用这样的绿色小花椒豆在耳垂上钻上一会儿，就可以用针扎眼，戴耳环。爱美之心人皆有之，农村的孩子也不例外。

枣树不大，是棵小枣树，虽然长歪了，但是结的枣可繁了。枣子不大，但是脆甜脆甜的，一般都是等不到成熟就被夏一可他们给摘完了，再要想吃枣子，就要到高家沟去了，那里田埂上净是些酸枣树，碎碎的，看到那红红的酸枣就摘，吃到嘴里，酸甜酸甜的。高家沟挨着金盆村，是金盆村的地，但是这里一般很少有人来，因为这里是金盆村的乱坟岗，借山坡埋了不少人，碑子栽了不少，写的×××之墓，有的坟也没有碑子。在乡党眼里，埋人的地方都是阴森之地，一般就是烧纸时候去，平常也没有人去，让亡者安静地待在那里，不去打扰。

但是，摘酸枣可就不一样了，呼朋唤友，大呼小叫，五六个年纪相仿的学生就走过麦子地去摘酸枣，到了地方，也没有人，不仅头皮一阵发麻，但是人多胆壮，不一会儿也就不觉得害怕了。两个跑到萘上，三四个在底下找个长棍棍递给上面的人，他们在上面敲打，几个人在底下捡拾。由于酸枣树长在山坡处，在旁边摘枣容易滑下来，酸枣树有枣刺，一不小心就把手划破了，所以从上往下敲打是最有效的办法，虽然也有绿的，但还是红的居多。眼看天色慢慢暗下来，就抓紧时间把口袋装满，往回走。

一看到酸枣，大人们就说，这一帮子娃去高家沟了，只能说以后就不要去了的话，因为最早这里是有狼的，在50年代初期还有很多树木，可以说是个大的树林，金水村的大人正在干活儿，娃就被狼叼跑了，人们就跟着撵。人没有狼跑得快，四处搜寻找到狼窝，娃还在，完好无损，村人给起了个"狼不吃"的外号。村里老人说，这娃是狼的娃，人把娃夺过来了，人家他妈找娃来了，这是前世呀……

村里人都说这老婆子是个迷信罐罐子。

高家沟旁有好几座大冢，大冢就是墓子，也就是以前人的墓葬。听金水村的老人说这都是古代的大官修的墓子，墓子里还有看门人，就是为了守护死者的亡灵，也为了不让后人盗取，里面也都有机关，谁去盗墓，就会被暗箭射死。咱北岭下的流沙墓就是这样，50年代平整土地，取了几车沙子都没有取完，后来就回填了，只有一个洞口可以进入，但是听老人说，这个墓子曾经被盗掘过……

为了比谁大胆，夏一可和几个同学，有男同学，有女同学，居然顺着坑下到了地下，因为地下太暗，啥都没有，几个人又急忙顺着洞穴的出口爬上来了，大人们说，你们也太胆大了，墓子也敢下去！十来岁的小娃啥不敢，没有不敢干的事情。

世界上的事只要敢想，就敢干，没有干不了的事情。靠村的西边，是周家坟，解放前几年还是郁郁葱葱，有坟地的规模，占地还不小，还有大型的石碑，有看坟的。因为是金水村人，一直不在家，在村上也没有啥家，老好几辈子，最后就由堡子一户比较穷的接应了这个差事，因为不但每年给一些看坟钱，还可以耕种周围一些土地，也能打些粮食。历朝历代，他不能把咱的坟地没收了吧！解放前几年，每年清明寒食都还有后人来祭拜，解放后的一两年也有后人来祭拜，后来就没有了。平整土地的时候，这里的坟冢被推平，碑子被推倒砸烂。坟是没有了，但是看坟的这户人家却在这里住下来，繁衍生息。

35

"大萝，大萝，你屋里买了个冰箱了？"激激问。

"就是买了个冰箱。"大萝说。

"那给冰箱里搁的啥？"激激问。

"没搁啥，搁的是浆水菜。"大萝说。

"你把你屋的冰棍、雪糕给咱拿来吃嘛。"激激嬉皮笑脸地说。

"避，避，没有的。"大萝说。

大萝他爸这几年主要在外面给人打机械井，挣了一些钱，家里也盖了二层楼。大萝、二萝、三萝是女娃，第四个是娃子，就不再生了。大萝平时也不像个女娃的样子，比较邋遢，所以爱耍怪的同学老爱开大萝的玩笑。

"秀兰，我给你把洗衣机买回来了。"

"啥牌子的？"

"双鸥的。"黑白电视场景里的广告也成为同学们玩闹的对象。

学校周围的涝池水还算干净，扔一个胡基块，就荡起一阵阵涟漪，波纹就一圈圈荡漾开来。隔开的水之间，旁边还有水滩，有几棵柳树就在岸边，有时候，人们在这里用皂角洗衣服，然后用棒槌敲打一阵，再放到水里一涮，脏水就徐徐顺着水渠流走了。夏天隔几天就下雨，所以涝池的水也不脏，甚至没有什么异味，净化了周围的空气。

学校的大门进去是一个雷锋的画像，每天进学校的第一眼就能看到雷锋，老师说要学习雷锋做好事，做一辈子好事，不做坏事。

索索几个同学没事就爱说他们几个爸打麻将的事情，什么下几个炮，然后就和了。对于麻将，夏一可连见都没见过，这些人居然天天都能看打麻将，所以学习成绩平平。老师说，上学来了，你干啥来了？

金水村逐渐有了信神的老婆子们，因为闲着没事，她们礼拜天一块儿到余力镇的教堂做礼拜。村人并不知道她们信的什么教，说她们信神，实际上信的是基督教。她们叫耶稣教，耶稣真奇妙，谁信谁知道。有时候她们到一处家里去祷告，口中念念有词。村子人说，这神神道道的，咱不信这，咱信就信菩萨，菩萨是万能的，菩萨就保佑咱。说归说，这些人该信还是信，由于信的老婆子们多起来了，有一二十个，所以渐渐成了气候。金水的头家，也就是负责人，就是一个上了年岁的老婆子，每个礼拜都自己颤巍巍地走到教堂，和众人一起祷告。她们还说，信耶稣教的人死后都会升入天堂，要做善事，不做坏事，因为上帝在看着，上帝无所不知。

金水村的小学，一个班也就二十来个娃，慢慢地升级，从一年级到六年级，虽然不大，但是分门别类。文教局选派的老师几乎都待不了多长时间就走了。金水村的乡党说，这都有腿，在咱这儿待一段时间就到县城去了，咱这儿离城近啊，是个跳板，说这话也不是没有道理。能靠得住的还是村里这些民办教师，虽然待遇不好，但这些老师都精心教着娃们，毕竟也都是村里人，有些是联村的乡党，都低头不见抬头见，不教好学生说不过去。

上一年级的时候，夏一可清楚地记着夏芸穿一件绿色的小呢子衣服，穿着虎头棉鞋，脸蛋白白的。夏芸的家境好，爷爷是工程师，家里人都在飞机场工作。夏一可感觉夏芸很精致，但是很少说话。夏芸在左边坐着，夏一可在右边坐着，隔着好几个人。夏芸上了一学期就随父母全家转走了，这之后，夏一可就再也没有见到夏芸。夏芸是六奶的孙女。

班里还有一个学习好的同学就是夏花。夏花没有夏芸长得好看，夏花长得黑，是班长，也是学习委员。夏花还很泼辣，有时候敢和男同学较劲。夏花的数学尤其学得好，语文也不赖，是班里学习的佼佼者，深得老师们的喜欢。夏花的家里也是孩子众多，她是家里的老大。这些金水村的同学们就一直上到了六年级，有些人上不下去，就没有继续再上，从此就走上了社会。

36

金水村来了一辆警车，夏义赫和媳妇都坐上了警车，人们不知道这究竟是怎么回事。

"这是咋了？咋把夏义赫两口子给逮了？"乡党说。

"不知道，赶快给老大说。"乡党继续说。

"这几年都不招嘴！"乡党说。

"不招嘴也要看啥事情，都啥时候了，天都塌下来了。"乡党说。

晚上时分，几个乡党都聚在夏义惠家。乡党们七嘴八舌，议论纷纷，但谁也没有个主意。

事情的经过是这样的，自从盖了二层楼，夏义赫家里的人就慢慢多起来了，主要是谝闲传、喝酒的。尤其当上队长后，家里来的人就更多了，来了就要招待，来了就要吃喝，这是免不了的，再不行，拿一瓶酒干抿也行。这些人里就有稳稳。稳稳在村北住着，也会一些建筑的手艺，不知道为什么，有一件事情没有说到一块儿，两个人都动了气，从屋里出来就再也没有回家。夏义赫媳妇就去稳稳家找，人没在，就骂了两句，给稳稳他妈听见了，两个人就骂到一块儿了，结果夏义赫媳妇就打了稳稳妈一个耳光，晚上的时候，稳稳他妈突然就死了，这下他们家人就不答应了，于是就报告了公安局，于是警车就来了，把他俩一块儿拉走调查去了。

大家商量的结果是先到靖宁的看守所看人，看人咋样了，顺便问一下情况，回来再找人说话。就这样办，因为也没有更合适的办法，干等也不是个事。

"这几天，碎女子就不要回去了，刚好和夏一可一块儿上学。嫂子，这几天给娃把饭做上。九奶那里就看剩下的娃，给娃做饭，不能把娃吃饭耽误了，娃们还要上学。"乡党说。

在靖宁的看守所里，看守说可以把东西留下，递进去，把这几天的伙食费一交，因为有规定，不能见人。

"咋不能见人？"乡党问。

"这是规定。除非有领导的批条，因为现在事情正在调查当中，不进行会见。"看守所的人说。

"同志，你通融一下，俺从金水村来。"乡党说。

"从哪里来都不行。"看守所的人说完就不搭话了。

"我看，给这人买盒烟去，人家在这儿就管这个事情！咱就进去看一下，也不影响啥！"乡党学学把夏义惠拉到墙角说。

"能行不？"夏义惠问。

"买盒好烟，试验一下，咱要办事！"学学悄声说。

夏义惠于是到外面买烟，好烟真贵！

原来也不为个啥，就是在外面盖房的事情，合伙，关于工钱的事，找到盖房的那户把话说开了，就说清楚了，但是没料想到会出这么大的事情。这个老婆平时就有麻达，这样一吵闹加上打一耳光，老婆受不了，突发性死亡，这能埋怨谁。夏义赫媳妇是千不该万不该，不应该去。你说没打，这给你赖上，你有啥办法，现在等待法医检验，然后出报告。如果检查结果就是突发性死亡，那就跟咱没有多大关系，咱就是赔个人情。

过了几天，检查的结果是老婆先天性心脏病，因为吵闹，一时气血不畅，属于意外死亡，不是人为的，所以检察机关免于起诉。

堡子里的说话人，也就是六爷，六爷年岁已经很大了，这个话还是要说的。何况，他和九爷好了一辈子，都是咱的娃，再说，自己不久也要和九爷团圆了。

说话的结果就是夏义赫给人赔礼道歉，给人家行个大礼，人家葬埋人家的人，就是这么个理，二娘到人家灵前给老婆磕个头，就算过去了。大家都接受这个建议。稳稳家也就这样把他妈葬埋了，人死就是升天了，要看开。

金水村又恢复了昔日的平静。只是好长一段时间，夏义赫家都是门前冷落鞍马稀。夏义赫和夏义惠的关系恢复了一步。关键时刻，还是亲兄弟们靠得住。

"以后晚上没啥事，把门关早些。"夏义惠说。

"知道了，哥。"夏义赫说。

堡子外一家正准备卖猪，第二天，猪不见了，被人偷了，可是你说这偷猪，咋连个声音都没有，因为主家一点儿声音都没有听出来，这辛辛苦苦起早贪黑喂了一头猪，猪没有了，这小偷也太胆大妄为了。因为这户乡党没有正式的院门，家里也没有狗，所以小偷才有了可乘之机。虽然报案了，但是猪能找回来，人能管得了猪的事情？

夏一可和父亲到城里的亲戚家拉回来一条大狼狗，名叫亨特。这条狗体形大，亲戚说，经常给狗喂肉吃，这狗厉害着呢，你晚上就放到院子里，也能看门，早上再拴上，这给咱看门得力。

狗窝就在院子拐角处，花子就被拉到后院子的墙根底下拴着。夏义惠说，礼拜天赶集到集市上卖了。家里头不能养两条狗，花子是家狗，是狗崽子时候就买回来了，这现在要把花子卖了，一可心里真舍不得。亨特的到来就占据了花子的位置，一个家庭容不得两条狗，关键是时间长了都要吃。

亨特慢慢地和家里人都熟悉了，给吃的是黑面锅盔、面粉糊，几个月下来，倒也把亨特喂得毛皮发亮，像一条威风凛凛的警犬。

37

夏一可学着给远在北京的姑妈写信，因为老师布置了作业，给远在外地的亲人写一封信，主要是掌握写信的格式，以后就会写信了。

夏一可的信是这样写的。

　　亲爱的姑妈、姑伯：
　　你们好！
　　我是夏一可，老师要求我们学着写信，我想来想去给你们写一封信，不知道能不能收到。
　　我在学校这次语文考了86分，数学考了81分，虽然成绩不是全班最高的，但是我一直在努力。我现在是小学五年级，再过一年就要上初中了，等我长大了，我去北京看你们。

我奶奶身体都好，你们放心，我会经常去看她的。

最后祝你们身体健康，工作顺利

此致

敬礼!

你们的外甥　夏一可
×年×月×日

夏一可从父亲那里要来姑妈的地址，买来信封，贴上八分钱的邮票寄到北京去了，他不知道这信要走几天，父亲说这信大概要走一个礼拜才能收到，先从咱靖宁到省城周宁市，然后坐火车到北京，得两天多时间，到北京后再进行分拣，然后再继续分发到各个区县，怎么算都要一个礼拜时间。若要回信，就要一个多月了，看你姑妈能不能回信。

其实，夏一可仅仅是试着写了一下，班上还有很多学生也写了，但是真正寄出去的可能就是夏一可一个人。

信寄出去之后，夏一可慢慢就忘了这件事，因为大人们总是很忙的，哪有时间给你回一封信。

不久后的一天，老师交给夏一可一个信封，说是一封信。夏一可拿到手里的时候是一个牛皮信封，信封上写着：

上腴省周宁市靖宁县余力镇金水村小学
夏一可　收

这是一个印刷的单位信封，上面有北京的地址、电报挂号。

夏一可小心地拆开信封，里面居然有五元钱，他急忙把钱装进信封，因为他听说过，信封里不能装钱，这是违反规定的，不知道姑妈咋把钱装进去了。

一可侄儿，你好！

你的来信已经收到。看了你的来信我感到很高兴。你第一次学着写信，写得还不错。从信中得知你的学习成绩还可以，但应争取每门功课都在90分以上，从小学就打下一个扎实的基础。

我和你姑伯的身体还可以，现平时就我们两个人，你哥哥、姐姐都在外地工作，过年过节才回来。

你奶奶身体好吗？你奶奶年龄大了，你放学后有空去帮你奶奶干点儿活儿，你要听奶奶和你爸爸妈妈的话，要好好学习，取得好成绩！放假了和你爸妈一起到北京来玩。

你来信落款写的是"我的外甥"这不对，你应该是"我的侄儿"。

祝你学习进步！

姑妈

×年×月×日

夏一可把这封信给家里人都看了，大家都夸夏一可能行、本事大。夏一可的父亲也很高兴，说五元钱你就自己留着，买学习用品、零花。

夏一可写信这件事，传遍了整个金水村小学，老师们都夸这个孩子会写信，而且远方的亲戚也回了信，这是非常重视学习的典型，大家都应该向夏一可学习，夏一可感到特别自豪与骄傲。

38

夏一可他们去周宁的电视塔旅游参观，同学们在老师的带领下走着去。

第一次看到周宁电视塔，高耸入云，这是目前西北地区最高的建筑物，人们所看的电视节目就是通过无线信号从这里发射出去的。到上面参观就要乘坐电梯，在工作人员的带领下，大家有序乘坐，一次能坐六七个人。第一次坐电梯，还有些不适应，电梯升空的那一刻有点儿眩晕，不过一会儿就好了。上面有转角的沙发，大家在上面又蹦又跳，因为太兴奋了，平生第一次上到这么高的地方，看底下的马路，人跟蚂蚁一样。远处的南山呈现在眼前，非常壮观。向北望，可以看到大太楼、静心寺。远处一片片绿油油的麦田，令人心旷神怡。

真快呀，转眼都小学五年级了，眼看就要小学毕业了。

夏一可的三姐已经初中毕业了，现在准备上卫生学校，毕业当护士。夏一可清楚地记得大姐那时候学习成绩特别好，也喜欢看书，可是初中毕业考试却差了几分，高中就没有考上。那时候没有补习班，也没有再继续上学，大姐因此脾气也很坏，中学毕业后就没有再继续上学，而是姑姑在周宁的商业大厦给找了个服务员的工作，这个工作也是临时性的。因为离家远，就得住在那里，但是她回到家还是不高兴，因为她的好多同学都在继续上学。

夏一可的二姐也没有考上高中，在一家纺织品厂当临时工。眼看着三姐也毕业了，再不能这样下去了，偶然的一个机会，夏一可的父亲看到了卫生学校的招生通知，学习期限两年，毕业后就可以成为一名护士。这可是一个好机会。

夏一可的父亲本来打算只让三女儿去读，他的想法很朴素，护士工作不淋雨、不风吹日晒，比农民强多了！因为是私人办学，在周宁市城墙外一个街巷，收费也高，咋办？收费高也要念。他这样想，即使勉强上个高中，出来考不上大学还是不行！听说现在国家的最新政策是大学生不再包分配工作了，就是说，你上了大学，也没有正式工作。农村人这时候还是对正式工作情有独钟，毕竟是铁饭碗，干一辈子啊，在哪里找这么好的事情，这可是打着灯笼也找不着的好事情啊。要上学，就意味着要花一大笔钱。这钱从哪里来，可把人难住了。

"爸，我也想上学。"二女子颤颤在屋里对她爸说。她不知道父亲能不能同意，因为她已经毕业一年了，现在在纺织厂那里还是学徒工，随时都可以被辞退，毕竟是临时工，再说，她根本不喜欢那个工作，机器整天嗡嗡响，聒噪得人脑子疼。

"你妹子今年刚毕业，准备在这个学校上，咱家两个人一起去上，这供不起呀！"夏义惠说。

"爸，这是我在厂里做工发的工资，除在灶上吃饭的钱，我没有乱花一分钱。"二女子把几张纸币交到夏义惠手里。

是啊，都是自己的娃，女子也是自己的孩子。老大已经是那个样子了，自己现在也不好说什么，孩子大了，说不成了，再说就要生气，就要打起来。但是，供两个娃上学，确实很艰难啊！开学就要学费，这是私人学校，出来也不安排工作，也只是给医院推荐。但是事情还是这么个事情，该上学的时候还要上学，看来只有借钱了。都上吧，砸锅卖铁也要上，为了娃的将来，总不能都窝在农村吧。虽然不转户口，不是居民，但是这也是一技之长啊，夏一可的爸爸这样想。两年也快，出来就能挣钱，给家里也能减轻负担，再过几年找个婆家，安安稳稳过日子，这也好着呢！还不能让老大知道！唉，这事情办得。总不能让三个娃都上吧，咱在哪里找那么多钱？就这还不知道学费在哪里，还得求爷爷告奶奶。上学借钱总是个名堂吧！

风里来，雨里去，早上走的时候用瓶子装一些咸菜，把烙好的馍拿上几块，中午学校那里有开水，就这样将就一下，到下午就回来了。虽然离家有点儿远，需要一个半小时，骑自行车，买一辆旧自行车，能骑就行。这也是没有办法的办法，实在不行就在灶上偶尔吃一顿饭，虽然要节省，但是饭还是要吃的。学校可以住校，但是咱住不起，只能走读，住校就花费大了，住宿费不说，光一天三顿饭都在学校吃，咱负担不起。要上学就要节省，因为路远，这两年，上学路上把苦都吃了！

"嫂子，嫂子。"门口有人喊。

"来了，来了。"夏一可他妈正在灶房做饭，这个差事其实一点儿也不比在外面上班轻松，娃们一走就要忙活，起好面，下午蒸馍，预备着晌午饭，想着怎么做还要做出花样，还要省着，下来就是拾掇屋子，洗衣服，把里里外外收拾得干干净净，虽然不是二层楼，但是比他二层楼干净得多，一点也不比二层楼差。

"啥事啊？"夏一可母亲并不认识眼前这个人。

"你是馨莲？"来人问。

"我就是。"夏一可母亲说。

"我是咱余力信用社的，你贷咱的款该还了。"来人说。

"贷款，我没有在信用社贷款！"夏一可母亲说

"你看，这是你的名字，用途是买架子车，二百元。"来人说。

"我不知道，我也从来没有买过架子车。"夏一可母亲说，她有点儿蒙，因为她从来没有贷过款，也没有和信用社打过交道。

"那你问一下你家掌柜的。"来人说。

"那你等 12 点他下班回来，上班去了，还没回来。"夏一可母亲说。

"我不等了，还要跑几家子，你回来先问一下，看有这事没有，我们可不会弄错的，过几天我再来。"来人说。

贷款，咱哪里有过贷款？买架子车？夏一可母亲一头雾水，疑虑重重。

中午，夏一可他爸回来了。

"信用社的人咋说咱有贷款？"夏一可母亲问。

"咱没有贷款。"夏一可父亲说。

"人家说是买架子车。"夏一可母亲说。

"买架子车？"夏义惠吃了一惊。他突然想起来了。

"哦，那是给光芒贷的款，是娶媳妇，写的项目是买架子车，现在可能还款的日期到了。"夏义惠说。

"我就说咱啥时候贷款了，原来是给光芒贷的款。"夏一可母亲说。

"咱是担保人。"夏一可母亲说。

"那你让光芒赶快把这钱给人家还了。"夏一可母亲说。

39

夏一可爸让光芒给信用社还钱的结果是光芒没有钱还，死活就是拿不出钱，一点儿钱都没有。他也几个娃，计划生育罚款，也都是拆了东墙补西墙，哪有钱还信用社的贷款。他和夏一可父亲没有说僵，因为还有人情关系在。

以后的每年过年前夕，信用社的人都来催要贷款，每次一催，都说还，到头来还是没还上。是没钱还是不想还，这事情把人难受的，好心办了个坏事情。

每次夏一可放学回来都有一个老汉坐在门口，他已经老态龙钟了，呈现出衰老的状态，但是精神尚好。坐在藤椅上，旁边放一根拐棍。

"学生，今儿是礼拜几？"夏一可从他身边走过，他问夏一可。

"今天是礼拜三。"夏一可说。

他知道老汉是轩轩他爷。他们一家都在外面工作，只有老汉一个人在屋里，平时老汉自己做点儿饭。这个老汉是厨师，那时候给单位做饭，现在退休了，回到村里，因为年龄大了，身体也不好，平时并不走远，就在门口周围转悠。有时候闭目养神，有时和过来的人说说话。

多年以后，夏一可明白了老汉问礼拜儿的缘由，原来是盼礼拜天儿女们回来看他，因为上班的人只有礼拜天才休假，才能回来。夏一可体会到老汉当时的孤独。

阴历腊月二十三一过，金水村的人们就慢慢开始置办年货，因为再过几天就要过年了。娃们家都放了寒假，下雪在雪地里疯跑，打雪仗，堆雪人，不亦乐乎。庄稼地全部笼罩在一片白茫茫当中，好像盖了一层棉被。

屋顶、地上、院子，白茫茫一片。远处南山没有踪影，近处静心寺若隐若现，也没有了踪影。胆大一点儿的娃都从土山上往下溜，溜的人多了自然而然形成了一条溜冰道，宽阔可见，胆小的娃根本不敢溜，因为这个坡道呈现出 80°，还有点儿危险。娃们家蹦着、跳着，也不知道冷。

下午太阳出来时，堡门口就传来咚咚锵锵的锣鼓声，这是乡党们在开始敲家伙。只见一个老汉在旁边对着谱子，谱子不知道是拿什么做的，已经破旧，纸张发黄，上面用毛笔画的各种符号，看起来已经很旧了。老汉边讲解边示范，敲一会儿，停一会儿。一面大鼓，在鼓架上放着，周围是红边，敲起来，声音震天响。

乡党们也不知道敲的是啥，反正，越来越多的乡党们去堡门口观看，有的顺手也敲两下子。

40

丰丰和弓弓在一块儿耍，不知道为什么，突然就把弓弓胳膊拧了，弓弓疼得直哭。到安平医生那里没有办法解决，就让赶紧送到县医院去。

丰丰害怕了，他跑了，不知道跑到哪里去了！这可急坏了家人，在堡门外不停地找，把堡门内外的各个拐角都找遍了，也没有找到。家人和乡党们计划第二天继续找，若还找不到，就要张贴寻人启事了。

早上，黑黑去门外的柴房给马拾草料，看到蜷缩着一个人，他吓了一跳，叫醒一问，才知道这个人原来就是昨天到处寻找的丰丰娃，他急忙把娃送到了他家，他家里的人感动得不知道说什么好，高兴的是这娃没有走远，气人的是这娃黑天不回家跑了，真是又气又想打。多亏黑黑劝住了，丰丰才免遭皮肉之苦，要不然，肯定是一顿暴揍，这也是乡党们常用的教育方式，不打不成器。从小就不听话，长大还了得。

在丰丰找回后的几天，商娃子也不见了，同时不见的还有严严娃，而且是一块儿不见了，都是没有给家里人打招呼，家里人急得像热锅上的蚂蚁，还是找不见。这几天，乡党们天天都到商家娃的屋里，商量好后安排人去寻找，并且写好了寻人启事，到周围各个村子分发张贴，事情似乎变得紧张起来，但是只要把娃找回来就啥事没有，千万不能有啥事情。乡党们甚至说要到周宁电视台打广告，要把俩娃找回来。

乡党们到高家沟都去找了，并且下到墓道里，仍然一无所获，听说晚上有人就睡在墓子里，这里像一个洞穴一样，可以藏身，也可以遮风避雨，只要你不嫌阴森、可怕，你的胆量足够大，就没有问题。

在亲戚家都找遍了，就是没有找到，把人急得头发都白了，商家娃他爸说这就是个祸害、瘟神，净给人找事。

就在乡党们一筹莫展，继续寻找的时候，严严娃和商娃子都找到了，回去的时候，他爸啪地一下就扇了一个响亮的耳光，商娃子捂着脸就哇哇地哭了。

原来是商娃子和严严娃到火车站闲逛。严严娃偷了他父母的钱拉着商娃子一块儿去的，本来商娃子是不去的，但是经受不住诱惑，跟着一块儿去了，在外面给买吃的喝的，黑天里也不知道在哪里睡，几天钱就花完了，所以从火车站坐了个公交车到终点站，走了回来。

乡党们都说家人把严严娃给惯坏了，从小就偷钱，长大还不得去偷人、去犯法。而严严娃他妈说钱是屋里给的，他攒着，没有偷。他们都在县城上班，是双职工，乡党们说还是要好好教育，这不是钱不钱的问题，是一个人的品德问题。人们都说从小看大，这才十几岁，是不是这几年电视把娃看瞎了，你看那电视上亲嘴、搂抱、喝酒、抽烟，小娃不懂事，跟着学。虽然大部分家里都有黑白电视了，但是电视把人给教瞎咧，这电视咋能放那些乌七八糟的东西，叫娃们跟着学坏。电视是干啥的？

学坏就学坏，关键是你不要牵扯别人，你还把别人给牵扯上了。

乡党们都说这怨不得别人，前面有辙，后面有车，有娃儿先不见了，后来的娃们就跟着学上了，这一次能跑到周宁，下一次就能坐上火车跑到北京，那可是见大世面的地方。有人说，你也不能往坏处想，娃们家没出过门，出去也是好事情，但是没有给家里人说，这不对，要教育。有人说，出去见世面，你不花销，你有几个钱，长大自己挣钱自己花去。

其实，金水村的乡党们说的都是实情，自己挣钱自己花，多好。

自从学会写信，夏一可就不断向外发信。因为父亲给他订阅的有《小学生学习报》。固定的日子，这个报纸就由父亲拿回来了，他从这里看到了许多知识。有些有趣的文章，他会剪贴下来，形成了一个剪贴本。同学们最羡慕的就是他有好多书，也喜欢和他一块儿玩，玩累了，就看书，书是知识的源泉。

夏一可参加了周宁电视台的征文大赛，写一篇作文，参加比赛，分一等奖、二等奖、三等奖、鼓励奖。消息是在《周宁晚报》上公布的。夏一可父亲拿回了报纸，说，你可以按照要求写一篇作文寄过去，得不得奖没关系，重在参与。于是，按照征文的规定、要求，夏一可写了一篇参赛作文，誊写清楚抄在作文本上，然后小心翼翼地撕下作文方格纸，叠起来装进了信封。

夏一可根本就没想着获奖，他想也就是重在参与。这几年，班里有几个同学都转走了，到县城上学去了，说那里比金水村小学教得好，咱这里的老师都是民办的，那里的老师都是师范毕业的。夏一可也给父亲说了，父亲说，哪里的学校都一样，关键在于自己学，老师领进门，学习靠个人。其实，夏一可父亲肯定知道县城的学校好，但是转学哪是说一句话的事情，那是要花钱的。目前，家里的几个学生都在上学，哪儿还有这笔转学的费用。农村小学留不住老师，这也是事实，可是咱还要自己学，争取考上大学，当公家人，吃商品粮。待在农村没有出路，只有考学这一条路。但是学习是自己的，别人帮不了你。

夏一可征文获奖的事情是在学校里传开的。因为这次来信寄到了学校，到夏一可手里时信已经被拆开了。里面只有一张卡片，大意是×月×日至×月×日凭此卡片到电视台领奖，是鼓励奖。虽然没有得到名次奖，但是夏一可还是很高兴的，因为他就根本没有想着获奖，一是这种活动没有参加过，二是也没有人给予指导怎样写，他完全是凭着参赛要求写的，按照要求的内容写，他觉得这并不好写，限制了参赛者的思维。

在一个放学的下午，夏一可就和两个同学一块儿走着去电视台领奖，几个同学，一路上说说笑笑就走去了。

在电视台，他拿出那张卡片，窗口里的工作人员递给他一个本子和一个盒子。本子是留作纪念，盒子是一包食物，上面写着多维奶片。打开多维奶片，给每人分发了一片，真甜啊，还有牛奶味，不是水果糖的味。这种味道，夏一可一直记着，许多年后，他已经吃了好多种东西，但是那丝丝的甜味却一直印在他的脑海里，刻在他的心里。他把剩下的装起来，带回家要给家里人品尝一下，还有晚上回来的姐姐，她们也都在上学。

夏一可回到家里，给母亲、父亲、姐姐们一人一片多维奶片，由于没有吃惯，母亲说不好吃，父亲坚持不吃，说你自己留着吃，因为一盒子没有几片。夏一可掰开父亲的嘴，硬给他嘴里喂了一片。

"爸，好吃不？"夏一可问。

"好吃好吃，这是可可挣的，当然好吃。"夏一可父亲说。

"爸，我还想要一本书？"夏一可说。

"好，给你买。"夏一可父亲说。

父子的关系总是在小时候最融洽，那是一个人必须经历的，长大后就烟消云散。多么美好的时光啊，愿时光能够倒流。

41

院子里梧桐树上来了喜鹊，开始叽叽喳喳叫。母亲说，喜鹊叫，就是有好事情。院中的梧桐树长得很高了，虽然不是特别粗壮，属于细长，倒也高大。

夏一可在院中突然就看到了一只硕大的黑蝴蝶，连它的花纹触角都能看到。蝴蝶静静地在院子里，它似乎也看着夏一可。夏一可没有见过这样的蝴蝶，他只是感到好奇。等到夏一可叫母亲也来看时，蝴蝶就飞走了。母亲说她什么也没有看到，如果你真的看到了，那是你爷爷回来看你来了，他最爱你了！不知怎的，夏一可鼻子酸酸的，爷爷离开这么多年了还想着他，还变成蝴蝶回来看他，夏一可想起小时候每次从堡子里往回走爷爷都要站在堡子门口的老槐树下看着，直到夏一可进了家门。爷爷离开这么多年了，他也很想爷爷。

在这一年的过年前夕，夏一可和他爸就要到北京去了。车票都已经买好了，就剩下准备的时间了。因为过年，夏一可爸的单位放三天假，再请上两天假，刚好凑够五天，连头带尾五天时间，顺便逛一逛北京。夏一可爸专门去了一趟周宁城里，买了腊牛肉、水晶饼，还有酒等特产。腊牛肉很贵，家里平时都舍不得吃，几年也吃不上一回，这回是要到北京去，可不能马虎，再贵也要买，夏一可爸心想姐姐走了几十年，就想吃一点儿腊牛肉。夏一可透过纸包都闻到了腊牛肉的味道，但他爸没有买多余的，也只能闻闻味。闻闻味也就够了，还要真吃啊！他想起家里的一个兜兜，上面写着"上海"两个字，还印有高楼，是一个竖形的蓝色兜兜，他爸买回来的吃货就放到这个兜兜里，他自己偷着吃，不给姐姐吃，有时候姐姐就骂他说爸把他惯坏了，说他是独活虫，他也就分出一块，然后又藏在板柜里，吃的时候再拿出来，往往是没有几天就吃完了。姐说他比老鼠还吃得快。可是，腊牛肉，他从来都没吃过。

夏一可他爸给夏一可他妈交代完屋里的事情，说去北京过几天就回来了，让她跟娃们在家把门看好，晚上把门关早些。出门总要千叮咛万嘱咐，因为出一趟门不容易，出一趟远门就更不容易，不但要准备还要操心屋里的事情。

晚上八点的火车，夏一可和父亲先到周宁的大姑家。大姑就住在周宁平安商场餐厅的院子里。这是一个大院，说是大院，其实不算大，因为还堆有货物，再有就是商场的职工住宿，都是平房，院子中间有水管。大姑他们家统共住了一间房，不大，分为两个区域，后面是床，前面是桌子，还有小床，吃饭的桌子，还有帅帅的书包。夏一可见到帅帅，也没怎么说话，就是说了几句寒假都在哪里玩的话。

"你那里还有蝴蝶没？"帅帅问。

"冬天看不到蝴蝶。"夏一可说。

"你跟舅舅要去北京，我去过，我给你说，北京可大了，有长城，好耍得很！"帅帅说。

夏一可就憨憨地笑了，不知道说什么，因为他没有去过，对北京没有什么印象。

"哥，你把这钱拿上。"姑父说。

"我拿着钱呢。"夏一可父亲说。

"哥，你就拿上，咱姐那人节俭，不容易，在外面一分钱都要计算着花，娃们也多，这几年好过点儿，娃们也都上班了，原来回来哪回不是大包小包拿着，最早在青海，回来一回要拿不少东西，然后平常还有你寄的，还有我这儿寄的，这几年日子能好点儿。后来在新疆，也是不容易。北京花费大，你跟可可去一次不容易，就好好逛一下。"夏一可大姑对夏一可父亲说。

"拿上，拿上。"夏一可姑父也说。

"一会儿吃完饭，把你跟娃送到火车站。"夏义虹说。夏义惠就点了点头。

天刚擦黑的时候，几个人就开始朝车站走，准备搭乘公共汽车。夏一可从来没有坐过这么长的汽车，这个公共汽车是直通火车站的。车里的人很多，拿着提包都是赶火车的人。公共汽车开得缓缓地，每一站都要停靠。冬天天黑得早，车窗外的灯已经开始亮起来了。车厢里很安静，几乎没有人说话，只有汽车外面喇叭鸣笛的声音，每到一站，车厢里的人就少一些。

这是夏一可第一次看周宁的街道，灯光摇曳，人们步履匆匆。

火车站从来都是人多的地方，晚上也不例外，来自天南海北的人在这里坐火车，或者来，或者走，或者在这里中转，不分白天黑夜，车站里外到处都是人。夏一可对火车站的印象还是来自收麦时的麦客。麦客从甘省来，下来就挤在百货大楼的门口，等待着被人叫走割麦。

火车是提前进站的，人们排队依次通过。夏一可对于火车的印象还是来自电视剧《铁道游击队》里的火车，这次坐上了真正的火车,他有说不出的兴奋。姑父把夏一可他们送上了火车,把提包放在了头顶的行李架上,嘱咐夏一可父亲看好提包,说了些话,就下车了。姑父就一直站在站台上,等着火车开动,他并没有走。火车上的广播响起来了,开往北京的32次列车就要启动了,广播里传来列车员的声音。列车徐徐启动,大姑父在外面不停招手,夏一可也招了招手。火车在加速,慢慢就开走了。外面是一片夜色,什么也看不清楚,只听见火车敲击铁轨的声音,夏一可不知道火车开向哪个方向,只知道火车开往北京。

夏一可与他爸靠着座椅就睡着了,醒来的时候,天已经亮了,夏一可伸了一个懒腰。

"可可,你先坐着,我去洗个脸。"夏一可父亲叮嘱夏一可。

夏一可点点头。

夏一可发现对面也坐了个小男孩儿,胖胖的,冲他眨眼睛。夏一可不知道他是什么时候上车的,他没有印象,反正火车一开就睡着了。

"你叫什么名字?"小男孩儿主动问。

"我叫夏一可。"

"我叫乐乐,田乐乐。"

"哦,你到哪里去?"乐乐问。

"我到北京去。"夏一可说。

"到北京看毛主席吗?"乐乐继续问。

"到北京姑妈家,顺便看毛主席。"夏一可说。

这把周围人逗笑了,看毛主席是次要的,走亲戚是主要的。旁边的大人开玩笑。这个乐乐也是和他父亲一起去北京,一个中年人,坐在旁边笑眯眯的。

"擦个脸,人挺多的,要排队。"夏一可父亲边说边递给夏一可毛巾。

"来,吃个面包。"乐乐递给夏一可一块面包。

"我不吃。"夏一可连忙摆手。

"你不吃是不是老师说不能随便吃别人的东西，怕坏人把你带走了！"乐乐的父亲说。

"拿着吧，没事。"夏一可看了看父亲才接过来。

"这俩娃我看差不多大。"夏一可父亲对乐乐父亲说。

"哦，他上五年级。"乐乐父亲说。

"还是娃们好，无忧无虑。"两个人都笑了。

"你们去北京？"乐乐父亲问。

"去北京。"夏一可父亲说。

"北京大，好好转转。"乐乐父亲说。

"唉，也没时间，放三天假，再请两天假，刚好有几天时间。"夏一可父亲说。

"上班人忙啊。"乐乐父亲感叹。

"进京的车是文明车次，你看咱这个车多干净，列车员隔一会儿就拖一下车厢。"乐乐父亲说。

"就是的，我也是头一回坐 32 次列车。"夏一可父亲说。

"咱这个车在郑州就换车头了，进京的车就是跑到郑州，由那边的车头继续拉着再跑到北京。昨天晚上还过黄河了，不过黑天啥都看不见，但是细听还能听到水声。"乐乐父亲说。

两个大人交流着，夏一可和乐乐也在说着他们那个年龄的悄悄话。

"你和你爸也去北京？"夏一可问。

"我们到保定。"乐乐说。

"我不知道这儿。"夏一可说。

"保定离北京很近。"乐乐说。

"我们也是去走亲戚，到我姑家。"乐乐继续说。

几个人就这样闲遍着，时间也就过得飞快，火车飞快地跑着，两旁的树木很快就被甩到了后面。

火车走走停停，路过新乡时，夏一可听成新疆了，他想，这里怎么也有新疆？原来是河南新乡车站。

快乐的时光总是很短暂，到下午时分，乐乐和他爸开始收拾东西，他们快要到站了，乐乐留了地址，说可以给他写信。下车时，乐乐凑到夏一可耳朵旁说："祝你新年快乐！"

夏一可感觉耳朵热热的，还没等他说什么，乐乐他爸和夏一可他爸握了握手，就带着乐乐朝列车门口走去。

火车停了，乐乐与他爸下了火车，也是提着提包。夏一可挥挥手，乐乐也挥了挥手，两个孩子就这样分别了。短暂的相逢是那么快乐，值得一生去回味。

车厢里的人慢慢少了，火车也慢慢快到北京了。夏一可突然感到不对劲，他"哇"的一声吐了，由于坐车的时间太长了，他有点儿吃不消了。列车员没说什么，立即用拖把给擦干净了。夏一可爸连忙说对不起，列车员说没事，孩子坐的时间长了，晕车，很正常。

在列车广播提醒乘客快到北京站时，人们就开始收拾东西，等待火车到站下车。夏一可他们也收拾好了东西，都把包拎在了手上。

"可可，看，你姑伯。"父亲指着站台上一个胖胖的人说。

车窗开着，夏一可父亲叫，夏一可也叫。夏一可姑伯听见了，迅速招了招手，急忙向火车出口跑去，他看到了。

下火车了，夏一可首先见到了姑伯。虽然夏一可没有见过姑伯，但是第一面给夏一可留下了深刻的印象，姑伯个子高高的，和蔼可亲，一双大手先抱起了夏一可。

"都快抱不动了。"姑伯爽朗地说。

"走，咱们买票去。"姑伯说。

姑伯路熟，领着夏一可和他爸往售票处走。车站很大，夏一可分不清东南西北。

上到自动扶梯前，姑伯说脚抬一下上去就行了。自动扶梯夏一可也是第一回坐，感觉很快，也很方便。

去姑妈家，夏一可他们还要坐一个小时的车。夏一可坐车太累了，上车就又睡着了。

等到夏一可醒来时，已经是第二天的早上了，他已经住在姑妈家了。虽然起来了，但是他还是感觉这床在走。

"爸，这床咋在走？"夏一可说。

"床没走，那是你坐火车时间太长了，还没有倒过来，还不习惯。走，洗脸去。"夏一可父亲说。

"可可。"姑妈在客厅叫着。

"快，先洗脸去，姑妈给你们把早餐都做好了。"姑妈说。

"姑妈。"夏一可高兴地叫着姑妈。

屋子收拾得很干净，在洗手间，夏一可洗了脸便来到客厅，客厅里摆着组合家具，底下还放着一台双卡录音机，上面还有很多小物件，还有一个唐三彩。早饭吃得很好，夏一可的确是饿了。

吃完早饭，大家就坐在一块儿说话。

"咱妈还好吧？"姑妈问夏一可他爸。

"好着，姐。"夏一可爸说。

"我远，也照看不上，都要辛苦你跟义赫了。"姑妈说。

"咱妈还可以，自己给自己做饭吃，啥都能做，你放心。"夏一可爸说。

"上次还给咱妈去信说让她来我这里住一段时间，也没说来。"姑妈说。

"咱妈说不来了，已经来了一回了，北京也看了，就不来了，来了还要给你和我哥添麻烦。"夏一可爸说。

"自己妈还添啥麻烦！"姑妈说。

"咱妈说还是自己屋住着畅快，地方大，你这地方小，上下都要走楼梯，不方便，想和谁说个闲话都没有个伴，你们上班走了就她一个人，也没人说话。"夏一可爸说。

"这儿都是单位的居民楼，大家上班后也就没有啥人，因为

都是双职工，去年进行了改革，这年后还要改革，上班不能松懈。"姑妈说。

"咱妈就有劳你多照顾了！"姑妈说。

"姐，看你说哪儿的话。"夏一可爸说。

"我在这儿每年都给咱'大'清明寒食烧了纸。"姑妈说。

在西北，上年龄的人还习惯把爸叫作"大"，"大"在过去就是爸的称谓。

"咱'大'也受了一辈子苦，也把罪受了。我那会儿才从新疆和你哥调过来，就把咱'大'接过来了。"姑妈说。

"咱'大'回来说，你们家的地方小，干啥都不习惯。"夏一可父亲说。

"家属楼都是这样，地方不大，不像咱屋里都有院子！"姑妈感叹地说。

由于马上就过春节了，所以夏一可和父亲就没有到北京城转，准备年初一在近处走走。这天姑妈拿了几张票，说剧院有演出，晚上一起去看。

这是一个小型剧场，夏一可第一次在这里看到了真正的舞台，和电视上的一样，有说相声的，有唱歌的，都挺好的。

三十晚上在楼下放完鞭炮，夏一可就和姑妈家一块儿围坐在一起看电视。电视是彩色的，播放的是春节联欢晚会。几个哥哥、姐姐都回来了，因为年龄不相仿，夏一可和他们说不到一起，因为没有共同语言。

姑妈教夏一可爸使用傻瓜相机，并且买了胶卷，外出照相用，说来了就逛逛，留个影。

冬天出门的人并不多，夏一可和父亲逛了天安门广场，这可是世界上最大的广场，因为登城楼收门票钱，所以没有上去，就在天安门前、人民英雄纪念碑前照了相。夏一可和父亲去的那天，毛主席纪念堂刚好没有开放，所以就没有进去。夏一可和父亲还逛了颐和园，湖面正在清理，没有水也没有冰，所以从中间走了过去，还看到了佛香阁，后又爬到了一座假山上照了相。

去天津是坐的火车，很近，基本就和北京挨着，去了劝业场，这里是最大的百货商店，是解放前资本家修建的，还去了水上公园。因为没有了胶卷，所以就在摆摊处照了相，摆摊照相的人答应把照片冲洗好后寄给夏一可爸，并且信誓旦旦地保证一定会寄到的，说他这里都是外地人照相，所以一定会寄到的。这就是夏一可对于北京、天津的初步印象。

这一天，姑妈家一个哥哥的小孩过生日，还买了生日蛋糕，这也是夏一可第一次见到生日蛋糕，吹了蜡烛，每人分发给一块蛋糕，夏一可把上面的奶油给掉到地上了，姑伯说你把蛋糕上最好吃的东西掉了，然后给他重新切了一块。奶油蛋糕甜丝丝的，这是夏一可第一次吃到蛋糕。

过完生日的当天，姑伯就去买了火车票。第二天，在依依不舍中夏一可就和父亲踏上了回周宁的火车，火车开动时，夏一可和站在月台上的姑伯挥手告别，眼泪瞬间就下来了……

42

夏一可和同学骑着自行车去闲逛，六年级以后上中学要到靖宁县城旁边的一个学校去上，因为路途较远，所以要骑自行车上学。他已经早早学会了骑自行车，就是为了上学方便，因为金水村这一片没有中学。

靖宁的寺庙众多，夏一可他们要到云居寺去玩。四五月份，草长莺飞，泉水叮咚。一路上慢慢骑着自行车，路上没有车，只有拖拉机，拉沙子的拖拉机很长时间才会碰上一台。他和源源、峡峡，都是同班同学。

"娃们家，去哪里逛？"沿途过路人问他们。

"去云居寺，伯伯。"夏一可他们说。

"还有多远，伯伯？"夏一可问。

"顺着这个路往前走，再一拐弯就到了。你们是哪里的？"过路人问。

"我们是金水村的。"夏一可他们回答。

"哦，金水村，离这儿有一截子路啊！你们村接骨匠有名啊！"过路人说。

"你也知道我们村的接骨匠。"夏一可他们很惊讶，这么远的地方，都知道金水村的接骨匠人，可见金水村的接骨匠真是名不虚传。也不知道这个过路人说的是谁家，因为现在村里的接骨匠人不止安平一个人，东边的，西边的，上面的，下面的，有好几家子，仿佛都是一夜之间冒出来的，夏一可觉得，原来村子里并没有这么多家接骨的。

真是曲径通幽，到云居寺还有一段是上坡路，骑不动了，只能推着自行车，拿水壶喝了些水，想着就快要到了。由于没有带什么行李，夏一可他们推着自行车走也走得快。不远处，一个和尚推着加重自行车，车后面装着很大的粮食口袋，看样子是麦子，他推得很艰难，也很吃力。他穿着和尚的衣服，藏青色的袍子，脚穿纳底子的布鞋。夏一可他们赶了上来，本以为和尚都是练武术的，谁知道还要干这些事情。这些年少林寺出了名，所以兴起了习武的热潮，夏一可记得自己也在树上绑了纸，练习拳头，没有把纸打破，却把手弄得很疼，还有在树上挂上沙袋，击打沙袋，最后也不了了之，这些都是模仿电视上的。《少林寺》这部电影席卷了全国各地，大人孩子都被这部电影迷住了，大街小巷都是习武的人，甚至到处都兴起了一股学习武术的热潮，学得快，散得也快，这就是热潮，总是经受不起时间的考验。

到了云居寺，首先看到外面的大殿，门很小，就像村子住户的门一样，但是门槛很高。停好自行车，就到了门口，也没有人盘问就进去了。云居寺里也没有什么人，但是古树参天，显得郁郁葱葱，旁边的建筑呈现出青黛色，然后有诵经的声音，还有袅袅的香烟，飘荡在空中。寺庙里很安静，有一个和尚在扫地，还有一个和尚见了他们立刻停住双手合十，夏一可他们不知道这是什么意思，也学人家一样双手合十，等那人走了，几个人都止不住笑了，双手合十，阿弥陀佛！看到寺庙里的佛像，因为没有见过这么大的佛像，心里难免紧张，旁边还有功德箱，夏一可他们没有磕头。几个人在里面转了一圈，照了相，这个在北京买的照相机派上了用场，这个看起来像个玩具的照相机用的是 120 胶卷，要手动转动胶卷成像，如果转得不好或者转过了，这张照片就报废了，等于没有拍上。夏一可对于照相机的感觉就是在那时候建立的，因为新奇，也因为好奇。

云居寺旁就是村子，叫云居村，和这个寺庙是挨着的，云居寺外就是南山了。由于时间还早，几个人商量，看着山这么近，就去转转，因为这里看山比在金水村看山更清楚，仿佛就在眼前一样，甚至山上的树木都能看得很清楚，既然能看清楚，那么肯定就不远，就到山上转转。

骑着自行车往山上走，越走越近的时候，却感觉到累了，力不从心，所以最终还是没有抵达山脚下，而是到了南山镇这个地方，这个地方实际就在南山脚下，看山更清楚了，夏一可他们现在就在这里的开阔地段，可以很清楚地看到山上的人，这真是在山脚下呀。因为也没有什么可逛的地方，几个人在镇上的街道转了转，在街道旁边的麦地离河近的地方，一台拖拉机正在挖沙子，夏一可瞬间就按动了快门。这个挖沙者就进入了夏一可照相机的镜头。

金水村来了两个和尚，挨家挨户化缘，说是山里修庙，希望乡党们给化点儿缘，佛祖会保佑全家平安、健康的。他们手里还拿着相关文件，上面有好多公章，好像还有国务院的公章，他们说这是国务院下发的文件，他们以这个文件云游化缘，就是为了早一天把庙修好，为众生造福。金水村的人不是给吃的，就是给点儿钱，一毛、两毛，五毛、一元，多了不限，少了不嫌。没有多，还没有个少，再说修庙是好事，为大家念经，佛祖保佑咱啊！金水村虽然也有庙，但是拆的拆，散的散，也没有了，唯一的就是庙改成的大队部，平时也是大门紧锁，没有人，因为没有具体的事可干，无非就是计划生育和催收公粮时有人，平时没人。

这两个和尚走后的不长时间，又来了两个和尚，又说是修庙化缘，乡党们不明白为什么这些和尚又来要钱，这回基本上没有给的，也没有让他们进家门，说我们不信这个，这是封建迷信，两个和尚就走了。

多年以后，夏一可才知道这是个套路，和尚修庙是假，要钱是真。听说有些假和尚要钱都要成了万元户，一万元，这是一个什么样的概念，谁见过那么多的钱。这些人不光到金水村要，还到周围其他村子要，至于要到了多少钱，没人知道，只有他们自己知道。

传言就是谣言，能相信吗？

<h1 style="text-align:center">43</h1>

夏一可的姑妈给夏一可来信了，这次没有寄到学校，而是寄到村子。

可可，你好！

来信收到了，内情尽知，勿念。信中提到你已高小毕业了，开学就要进入中学的大门，这对你来说是一个新的学习起点。从你毕业考试的成绩来看属于中上等，进入中学的大门要更加努力，扎扎实实地学习初中的各门课程，基本知识很重要，希你加倍努力学习，为将来升学打下一个良好的基础。

你奶奶近来身体怎么样？代我向你奶奶问好。

祝你努力学习！

姑妈

×年×月×日

这是夏一可姑妈的来信，泛黄的纸张记录着时间里发生的一切。

夏一可有时会走到麦地边，静心寺清晰可见，一平一纵的土地上面是绿油油的麦田，远望南山，堡子的范围已经扩展得很大了，在大队砖瓦窑的上面，一片宅基地紧密相连，周围是渐渐长成的树木。

在金水村小学念完书的学生有不少，学习还不错的继续上中学；有的学得不好的就不上了，因为学不进去，也因为路程遥远，不愿意再吃苦，开始走向社会，也就是混社会，用金水村人的话来说就是学瞎了，再也不上学了，最为典型的例子就是破烂王的娃，学得还挺好，就是因为穿的破破烂烂被同学取笑，所以也就不上了。娃们家不上学了，也就没有人追究，九年义务教育就这样没有义务到他们的头上。

金水村的年轻媳妇从深圳回来了，听说是在深圳打工，至于干什么没有人知道，这是夏一可第一次知道深圳这个名字，那可是下一个油花花漂的地方，也是淘金的地方。她穿得很新潮，新潮到波涛汹涌！后来有人说，这女的在深圳做的是不正经生意，也就是卖淫。但是把钱挣回来是事实，给她爸她妈把钱挣回来了，还给家里也盖起了二层楼，这也是事实，有本事有能耐你也去盖嘛！其实，金水村的闲话摊子都能把这个媳妇淹死。她虽然没有待几天，但是她走的时候是几个人一块儿走的，她们也要到深圳去。

高高家住了一个人，是这个人主动找来的，就住在高高家的二楼，一个月给一点儿房钱，这个人早出晚归，星期天休息，平时戴帽子，戴个墨镜，神神秘秘，谁也不知道他干啥。

"高高，那个人在你屋住着？"闲人问。

"干啥的？"闲人问。

"不知道嘛！"高高说。

"也不是知青啊？"闲人说。

"看你说的，现在又不是60年代，你以为还是那个年代，我还要向你报告。"高高说。

"我是闲人嘛，你应该向我报告。那个年代你要不报告你就要犯法。"闲人说。

"我也确实不知这人是干啥的，人家每个月按时给房钱，又不赊欠。"高高说。

"但是你还是要小心，因为你不知道人家底细。"闲人说。

闲人确实是操闲心，姑且叫他大闲人吧，因为这以后金水村还将陆续出现第二个闲人、第三个闲人，以此类推。

闲人说的确实是事实，因为金水村自古就是乡党们在堡子里住着，人口不多，谁家是个啥情况都一清二楚，谁有个消息也都全村尽知。而且，金水村有一条不成文的规矩，本村和本村人之间不通婚姻，不管你是哪个家族的，这也是金水村自古的规矩，乡党们也是遵守的。都是娶外面的媳妇，困难的时候甚至有甘省的、川省的，还有山里的、东岸子、西岸子，经过几十年口音也变成金水村的了。

44

"馨莲，馨莲。"夏一可家的门外传来一阵急促的拍打声，这时，天刚擦黑。

"咋了？"夏一可他妈问。

"延延他妈死了！"银针说。

"咋死了，晌午不是还见了，在他女子家吃的饭。"馨莲说。

"说是延延媳妇不给她吃饭。"银针说。

"净胡说，谁家媳妇不给婆吃饭！"馨莲说。

"是上吊死了，在她家的门框上！"银针悄声说。

"这老婆子，咋做下个这事情！"馨莲说。

"咱快走，人都抬下来了，几个人都去了，就等着给老婆子穿衣服。"银针说。

两个人说完就急忙往延延家去。

延延也在堡子外住着，恢复高考后的两年，延延也参加了考试，可是因为差了三分，与大学失之交臂。乡党们都说延延学得好，肯定能考好，考好了就是金水村走出的大学生，就是公家人，就能吃商品粮，考上了祖坟就冒青烟，光宗耀祖。但是延延没有考上，延延也很悔恨，可是没有办法，谁让自己差了三分，就只能一辈子窝在农村了。延延他爸于是早早给娶了媳妇，去过自己的小日子，去混自己的世事。延延他姐嫁给了本村的人，她没有出嫁到外村，而是在本村成了婚，虽然破了俗称约定的规矩，但是生米已经煮成熟饭，也是没有办法的事情，一个很好的事情就是离她家近，随时能进门看她妈她爸。延延没有考上，而堡子的偌偌考上了，偌偌走的当天，堡子的锣鼓家伙就敲响了，这是多么大的喜事，金水村的大学生啊！从此吃的就是商品粮，国家分配工作，出来就是国家干部啊，这以后的日子是飞黄腾达。偌偌是欣喜的，偌偌是鼓舞人心的，延延是灰不溜秋的！堡子敲锣打鼓送走偌偌的当天，延延在自家的厕所哭了大半天。没考上就没考上，那还不活人了！

自古以来就有婆媳矛盾的存在，金水村就遭遇了婆媳矛盾，延延就遭遇了婆媳矛盾。延延早早娶了媳妇，媳妇是个大个子，

聪明伶俐，是初中毕业，也有文化，两个人的日子也过得和和
美美，往日的龌龊似乎都不值一提，晚上和媳妇睡一觉，一切
都烟消云散了。老天爷造了男人，也造了女人，让他们行鱼水
之欢，让他们生儿育女，这世间就活泛了。延延他爸也是个能
人，能掐会算，给延延娶了一房好媳妇，也算是有本事。可是
延延他爸突然就有病了，再后来就阴阳两隔了，年龄也不算大，
延延哭得泪汪汪，这以后是没有了靠山，全凭自己一个人打拼。
延延他爸死后，一家就只有三个人了，因为延延刚结婚不久，
还没有娃，所以延延他姐也就来得勤了，他妈有啥事都和他姐
说，不和媳妇说，也不太和延延说，有时候就去她女子家住几
天再回来。

　　因为吃饭的问题，发生的矛盾就多一些。延延他妈人老了，
牙齿自然也就不好了，老化了，所以硬的东西吃不了，只能吃
软的。而且她肚子不好，晚上也只能早些吃饭。延延媳妇自然
是擀面、做饭，以前在家做得少，所以当了媳妇后才慢慢锻炼
学着做，好在这媳妇聪明、伶俐，一学就会，茶饭也就做得越
来越好，没有啥让人说闲话的。为吃饭的事情发生了争吵，延
延他妈说吃饭没叫她，把她不当人，自从延延他爸走了，她受
尽了煎熬，不想活了。延延媳妇回了两句，年轻火旺，可以理
解，谁知道这延延他妈就不依不饶，延延劝也没有办法，就差
给他妈跪下了。没想到，不等天黑延延他妈就上吊死了。延延
哪见过这阵势，慌里慌张叫来旁边乡党帮忙，这就有了刚才银
针急急忙忙拍夏一可家门的事情。

　　人已经抬到床上了，就等着穿衣服了。人死得很匆忙，没
有太多准备，那就按忙的这个情况去准备。该安排的就要安排，
该叫人的就要叫人。找了一张床板，放到大房中间，延延家也
是三间鞍间房，不过不大，是三间小鞍间房，把人放在大房，
人要从这里走。床板也是杂木的，几块木头拼凑在一起，枋（棺
材）是现成的，因为老汉走了以后，就给老婆把枋做好了，平

常用来放粮食。金水村人不忌讳这个，因为早晚都要入土，所以一般是一个人走了以后就把另外一个人的东西都慢慢置备上了，这也是提前做准备，免得事到临头乱了阵脚。

几个女人给老婆子把衣裳穿好，男人们把老婆子就抬到大房床板上，然后支上方桌，摆上倒头饭，插上香蜡，就急忙让人叫管事的来说下一步的事情。

"现在这就是天大的事情，延延。"管事的说。

"我听叔的。"延延说。

"好，那我就给你安排。今天晚上就不要动了，把旁边的乡党先叫一下，让知道情况，说人突发紧病死了，让乡党先知道，明天早上来早一些，再叫堡子的乡党。通知人去报丧，给亲戚都通知一下。人死了，就没办法救活，延延，你首先不要乱，现在你就是顶梁柱，我们大家都围绕着你转，我给你管事也能管好。"管事的说。

"叔！"延延一下就跪倒在管事人脚底下。

"快起来，快起来，这是干啥？！"管事人急忙拉起延延。

"你放心，咱都严守秘密。给人帮忙就要嘴严实。"管事人说。

第二天，乡党们看到延延家的门楼挂起了白灯笼，白灯笼是死人用的，就是在过年的红灯笼上糊上一层白纸，这就是白灯笼。院子里盘上了锅头，扯灶子，从乡党那里借来了桌子，长条凳子，碗，盆。妇女们开始做饭，因为三天时间都要吃饭，天大的事都要吃饭，吃了饭才能干动活儿。安排人挖墓，事情该进行的都要进行。

意想不到的事情还是发生了，两个女子来哭得久久不起来，说可怜的妈呀，咋没说一声就走了，哭得死去活来，那哭声让人瘆得慌，想不哭的人都忍不住抹眼泪，人人都说生儿好，其实最亲的还是女子，看女子哭得多伤心。

世上没有不透风的墙，人们窃窃私语，都议论延延他妈是吊死的，老婆子就能自己给自己下手，自己命丧黄泉，所以说媳妇不是东西，对婆婆不好才把婆婆逼上绝路。延延和媳妇都一言不发，现在最为要紧的是先把人埋了，入土为安哪！

"你说，你说，咱妈是咋死的，都是你把咱妈逼死了！"延延他姐大哭大闹。

"你个没良心的东西，咱妈一把屎一把尿把你拉扯大，你倒好，学没考上得了一身瞎毛病，你个没良心的东西。"延延他姐依旧大哭大叫。

"你跟你媳妇都不是好东西，你的良心叫狗吃了。"延延他姐持续大哭大叫。她们情绪激动时扑向延延，把延延的脸都抠烂了，延延只有哭的份儿了。事情到了这个份儿上，也只能忍了，事情就是这个事情，你没有办法改变，等着赶快把人埋了，拉倒！

起灵是在第三天早上，一大早，七点多乡党们都来了，抬棺的都是身体强壮的小伙子。院子里，街道上都站满了人，蹲的蹲，坐的坐，都在等待起灵的时刻。

墓地是在金水村南面的葑坎边，这是他们队埋人的地方，死人了都一字排开，一个接一个。

天气阴沉，慢慢就下起了雨，雨点和着哀乐，更增添了悲伤的气氛。不知道为什么，人群突然一阵骚动，已经到起灵的时间了，却有人挡住了。

"延延要下跪，他对不起他妈呀！"一个老汉对管事的说。

"好我的娃他舅呀，延延这几天一直都在下跪啊！"管事的人说。

几乎都是好说歹说，事情居然进展到了这一步。

"你看，雨慢慢下大了，不能让人都淋着！"管事人说。

"延延，你过来，跪下！"他舅把延延叫到灵前。

延延跪到灵前，大哭着，他舅抽了延延三个耳光，延延在棺前磕了三个头才被人搀扶起来。

"起——灵！"管事人一声号令，乡党们抬起了龙棺龙罩，鞭炮声响起，伴随着渐渐下大的雨，送延延他妈上山……

此后，延延多少年都和他舅不来往，和他姐也不来往。后来，延延媳妇就生了个男娃子，延延也开始当爸了。

<h1 style="text-align:center">45</h1>

这一年，金水村要进行村主任选举了，选举对于金水村的乡党似乎是个陌生的事情，大家以前只知道选举贫协主席，谁越穷就选谁。廉廉已经当了几十年党支部书记，但是他从来就没有被换掉过，因为他是党的人，不是村子的人，人们对这些也见怪不怪了。以前，党支部还有模有样地开会，每周都开，甚至有时每天都开，一开就到半夜，也不知道具体开的是啥会。到了改革开放时期，党支部在村里开会的次数就越来越少了，最后甚至没有，都是大喇叭播放通知，大队部的门才开一下。大队部就在村中央的庙里，几把破椅子，经常锁着门，从门缝往里面看，里面黑咕隆咚。

选举自然是要发选票的，谁的票最多谁就是金水村的村主任。金水村的大部分乡党还是没有参与的积极性，当个村主任，能有啥，在咱这还能发个财？当然也有图谋的，看着当上能闹腾些啥。村主任的选举由党支部书记廉廉主持，余力镇政府来了两个人参与指导工作。因为金水村大队部没有地方，所以选举在金水村小学举行。学校，是学生读书的地方，也是金水村选举村主任的地方。

去的人不多，主要是弟兄们多的去的多，因为人多就意味着票多。选举结果公布，人们都没有想到是恒恒当选为村主任。从此，金水村的村主任就是恒恒。恒恒是谁？恒恒就是家里弟兄五六个的那个，恒恒是老三。村委会的大权就由恒恒掌握，公章由会计保管。

"为啥恒恒能当村主任？"闲人问。

"因为恒恒有弟兄六个，一个人一个家，一家按四个人算，就是二十四张票，再加上本家的几张票，再拉点儿乡党的票，咋样整都有七八十张票。"高人分析说。

"你这是估算，差不多，选举去了多少人？"闲人问。

"人不多，都是恒恒他兄弟家里的人去得多，再就是本家子的！"高人说。

"那说白了就是自己选择自己。"闲人说。

"自己选自己，还有这事情？"高人反问。

"那你以为，这是明摆着的事情。"闲人说。

"党支部是个啥，我看咱村党支部就是个样子货。你别看廉廉当了几十年，我看这回村主任一选，就没他啥事情了！"闲人继续说。

"管他欸呀，咱还当咱的农民。"高人说。

"我看农民是当不成了，以后都是村民了。"闲人说。

"就怕村民也当不成咧！"高人附和着说。

"你看，省、市、县都是书记说了算，到镇上，是镇长说了算，到村上，是村主任说了算。"闲人说。

"我看你能当国家主席，研究的明白！"高人说。

"听说高高家住的人跌到一层死了！"高人说。

"咋死的？"闲人问。

"他家的二楼没有栏杆。别看他盖了个二层楼，是个框框子，除自己住的安了窗门，其他啥都没有，二楼还是毛墙、毛地，也没有粉刷，还不如咱的鞍间房，拿黄土一刷，冬暖夏凉，他啥都没有，就是挣了个面子。"高人说。

"你是闲人，你不知道。"高人问。

"我又不是包打听，再说，现在村子大了，堡子外比堡子里

还要大，人又住得分散。"闲人说

"叫我说都是胡盖房子，没人管了！"闲人说。

"咱不是还有党支部吗？"高人说。

"党支部能管个啥，该管的不管，不该管的净瞎管。"闲人说。

"公安局来人了，把人拉走了，也把高高带去问话。他是给人家出租的，也有责任。"闲人说。

"这人是个杀人犯，不停流窜，是咱西岸子人。"高人说。

"但是外表看不出来？"高人说。

"人家能叫你看出来！"闲人说。

"知人知面不知心！"高人说。

闲人给高人发了一支过滤嘴香烟。

堡门口是金水村闲人的集散地，大家有个啥事都爱在那里议论。闲人们都在听，然后发表见解，好像联合国开会一样。

高高家跌死的这个人可以说是金水村第一个租住的房客，他似乎为金水村写下了浓重的一笔，他像一片云飘来，也像一股烟飘走了，没人知道他是谁！

"黑黑，你忙活啥呢？"闲人经过黑黑的门前，看见黑黑在和泥。

"我把柴房拾掇一下。"黑黑说，随即递给闲人一支烟。

"拾掇这干啥，住人呢？"闲人问。

"住人，就是住人。"黑黑一笑。

闲人疑惑，马住的地方能住人？不知道这搞的啥名堂，闲人没有再问。闲人虽然是闲人，但是他也是有原则的，不是啥闲事都刨根问到底的，他也是有原则的人。

不久，黑黑的柴房就焕然一新了，而且改了门，加了窗子，收拾得干干净净，里外都进行了粉刷，不知道的人，还以为是给谁娶媳妇呢。柴房的大门也开到了街道上，并且挂上了招牌——湘香理发店。理发店开门时还放了一挂鞭炮，并且给金水村乡党免费理一天发。理发店老板是个新潮的女人。理发店里有一面镜子，有洗头的脸盆，还有各种染发的色素，还有一把长条椅子，供等候的人们坐。理发店吸引了人的眼球，因为这之前，金水村的乡党都是自己理发，自己买了推子，自己在自家院子就给大人、小孩儿理头发，而老人一到夏天基本都是剃个光头，能管好长时间，那时候还有剃头匠，再后来就很少了。自己理发虽然不是很好看，但是管用，不花钱！时代是变化的，各种发型从香港那边传到沿海，再传到内地，再传到周宁，再传到金水村，金水村就这样悄然发生着变化。

理发店自然成为堡门口人们谈论的对象，黑黑说那是他肤施的亲戚，去了几年广州，学了理发这个手艺，现在没事干，周宁的门面房租不起，先在咱这里租一段时间，是亲戚，也没有收啥钱，就是收个电费钱。闲人们并不知道黑黑在肤施有个亲戚，开玩笑说黑黑是把人家年轻媳妇给拐来了，黑黑也不说，只是偷偷笑。闲人们说肤施是个鬼地方，啥都不长，就长女人，你看这女的长得多好看，奶是奶，沟是沟，长得圆润得很。

理发店隔几天就有人去，理出来的头发还真不错，跟在靖宁县城理发一样，而且比那里还便宜很多。人们都说"湘香理发店"老板的手艺好，服务态度也好，声音甜甜的，洗头时那真叫个爽呀。

"湘香理发店"就这样开始立稳了脚跟。

46

春雨蒙蒙。

窗外，淅淅沥沥地下着小雨，好像在弹奏着一曲美妙的音乐；那沙沙的雨点声，则像春蚕在咀嚼桑叶，雨不停地下着，时刻牵动着夏一可一颗炽热的心。

夏一可在家里闲不住，想到田野中去体会在雨中的滋味，体会生活的滋味。刚要出门，就传来母亲的声音："拿把伞吧！""不拿了，雨不大。"夏一可回答。一把伞，是小黑伞，是夏一可一年级时父亲在县城买的，很精致。此刻，夏一可却用不着。

身后传来母亲的叹息声，这孩子，下雨也不打伞，淋感冒了可咋办。

夏一可步入春雨之中，踏着乡村泥泞的小路，向前一步步走去，雨水汇聚成一条小溪向前流淌着。夏一可突然想起小时候在雨中玩耍的情景，真使人陶醉，又是多么富有诗意啊！转眼间，自己长大了，这时的夏一可，多么希望回到小时候，回到属于自己的童年时代，想到这，夏一可痴痴地笑起来，地上的雨水仍旧缓缓向前流淌着，流淌着，流向涝池，流到坑底，直至渗入地里。

来到雨中的田野，夏一可寻找属于自己的那一丝细雨，风吹到身上凉飕飕的，他不禁打了一个寒战，雨打在头上，使人感到很清醒，这是春天的雨呀。不远处，在春雨的笼罩下，雾气蒙蒙，给人一种神秘的感觉，眺望远方那一片绿油油的麦田，麦苗正在吮吸着甘甜的雨露，茁壮成长，看谁长得高，争着向上长，一股敬佩之情油然而生。夏一可感到麦苗这种精神实在可贵，令人赞叹不已。

伫立在风雨中，任凭风吹雨打。在风雨中，夏一可感到莫大的轻松，莫大的舒服，完全被春雨陶醉了。夏一可觉得雨冲刷世界的一切，洗涤人的心灵，陶冶人的情操。夏一可愿意化作一丝春雨，注入泥土当中，和大地紧紧相拥。

哦，远处，春雨蒙蒙。

没见过猪跑，就无法描绘出猪跑动的情形，甚至你不会知道猪是什么颜色，是黑色，还是白色？这是夏一可的真实感受，他已经是一名初中生了。

日子过得真快，从小时候咿呀学语到如今能骑自行车的初中生，时间真是一眨眼的工夫，就这样飞逝而过。他读书的学校是靖宁十五中，这个中学已经建起来快十年时间了，按照靖宁县的学校排列是第十五所中学，所以叫十五中。穿过靖宁县城，下了坡，再走一会儿，就到了，十五中和清水村挨着。夏一可他姐就在这里上了三年学，风里来雨里去，因为离家远，所以很辛苦，现在轮到夏一可到这里了。之前都是在靖宁第三中学上学，第三中学包括靖宁县城的学生和周围农村的学生，常常分为两大帮派，一派是县城的学生，主要来自政府部门的子弟和厂矿企业的子弟，他们的家境一般比较优越，所以比吃穿、早恋、打架；一派是来自周围村子的学生，他们自然抱成团，目的是免受欺负。十五中建得比较晚，是属于余力镇的，学校规模也不大，主要集中了周围农村的学生，分为路近和路远的，也分帮派，也早恋，也打群架，甚至和第三中学约架，个别坏学生有时候甚至敢打老师，这是真实的校风也是学校的写照。夏一可这个班级属于这个年级最乱的班，刚开始并不是乱班，而是不停换班主任，没有一个能上手的，好不容易开始上手了，班主任却被调到别的班去了。

梁老师就是这样，很年轻的一个师范毕业生，长得也很好，就是个子不是太高，是第二任班主任。她很有雄心壮志，她被捣乱的王大伟同学气哭了，她也没有打他，她说你们还是学生，是孩子，不能打。让夏一可感动过的是她把夏一可叫到办公室语重心长地说："一可，咱们班风气不好，但是我尽了力。你作为课代表，也是班干部，要以身作则，不管别人怎样，自己不能乱，要好好学，老师看好你，初中三年的时间很短，要学有所成，就要自己努力。"

梁老师只当了几个月的班主任就调走了，调走时，她没有到班里来，听说，她在自己宿舍里哭了大半天……

47

年年岁岁花相似，岁岁年年人不同。

年又来了，金水村乡党习惯把春节叫过年。过了腊月二十三，年的气息就慢慢来了，人们开始收拾屋子，开始祭灶，开始过年的各种准备。对于欠债的人来说，过年犹如过关，因为要债的人就会上门，他就不停地躲，躲不过了就耍赖，说没有。对于光芒来说，信用社的贷款一直还没有还上，他平时也没有做什么，所以一直还不上贷款，因为娃多，吃穿用都紧张，所以也就一直不停地给来人说好话。信用社的人有时也不找他，而是找担保的人，但也不找夏一可他爸，而是在门外喊夏一可他妈的名字，夏一可他妈不是贷款人，这事情搞的，但是没有办法，光芒没还上贷款，信用社的人就找担保人。

不管怎样，年还是要过的，再穷的人再没本事的人，过年都还是要过的，贴春联，放鞭炮一样都不能少，图的是喜庆，图的是来年的大吉大利。

夏一可父亲的老朋友每年在正月十四就来了，夏一可不知道他叫什么名字，就叫他叔叔。叔叔会摸着他的头，说乖，然后会从口袋拿出糖来给他吃。他来的时候很简单，车头上挂个兜兜，装着一包元宵，还装着一包吃食，像麻花呀什么的，都是娃们家爱吃的。他说，不吃饭，就喝两杯酒。他往往都是傍晚时候来，晚上八九点走。吃饭很简单，两盘菜，一盘冻冻肉，一盘花生米，再加上烧酒，就足矣。他和夏一可父亲说长道短，夏一可虽然在旁边听着，但是听不大明白，也听不懂。只是感觉叔叔有时候忧愁，有时候悲伤。走时，夏一可父亲要把他送到村外头，说路不好走。

叔叔从什么时候不来的，夏一可不知道，只是有一次他母亲问，他父亲说，你别问了。再问就不说了。

夏一可过年走亲戚，自己一个人去。不知为什么，母亲不愿意到她这个姐姐家去，也就是夏一可的姨妈家，于是过年就派夏一可骑着自行车去。因为在东边的上坡路还有一片塬，也很远。夏一可骑自行车穿过南村，一直向北。南村已经是别有一番风貌了，大部分都是楼房了，土房子基本没有了，而村子的周围就是696基地的地盘了，已经建设起来了，但是围墙围着，也看不见什么，这个单位是干什么的，听说是造火箭的，以后就把人送到天上去了。占了南村那么一大片地，南村村内道路依旧是土路，村民们已经没有多少地，征地分了些钱，羡慕了金水村的人。往南走，再往东一拐就上了公路。公路两旁的白杨树笔直笔直的，冬天没有叶子，但是树干高大挺拔，公路很窄，刚好两辆车通过，路两旁就是庄稼地，冬天的麦地似乎没有生机，因为麦苗也过冬呢，盼望着来年有个好收成。一望无际的麦地，隔不远就有一个大冢，老人们说这都是埋的古代的大官，大官才起冢，老百姓都是坟。50年代初期各个大冢周围还有碑子、刻石，和真人一样高的石人。后来平整土地，都平了，碑子也挖了。周宁、靖宁都是风水宝地呀，南靠南山，有坡势，符合历朝历代丧葬的风水习俗，所以成了许许多多达官贵人死后选择的埋身之地。

因为过年，路上也没有什么人，偶尔能见几个走亲戚的人，不是走路就是骑自行车。远郊的公共汽车要间隔很长时间才能来一趟，往往都不好等，人还多。骑自行车，一是方便，二是想啥时候走就啥时候走。

姨妈家所在的梨园村也是一个很大的村子，比金水村还大，因为有十几个队。夏一可经过几个巷子才到门口，他始终记着离学校不远就到了。和别的乡党家一样，姨妈家也是一个门楼，门口是厕所，门里是厦房，后面是三间鞍间房。

"姨妈，姨妈。"夏一可进门就叫着。

"可可娃来了。"姨妈从屋子里赶快出来说。

"你妈咋没来？"姨妈问。

"我妈在家忙着。"夏一可说。

"还是忙着做饭，围着锅头转！"姨妈说。

"可可娃，你饭吃了没？"姨妈问。

"我来时候都吃过了。"夏一可回答。

"可可娃越来越懂事了！"姨妈说。

"这是给可可娃的压岁钱，拿上。"姨妈手里拿着钱。

"我不要，姨妈。"夏一可连忙躲闪。

姨妈硬给他塞到口袋里。

"我哥、我姐都没在？"夏一可问。

"都跟你姨伯贩灯去了。"姨妈说。

"就过年的几天能抢上价钱，年一过就结束了，所以这几天就没在。"姨妈说。

"咱这又没啥，趁过年挣点儿钱，要不然上学都要钱啊！"姨妈说。

夏一可似懂非懂地点头。

夏一可坐了一会儿就说回去，姨妈也不挽留，因为她一会儿也要出去。她说幸亏可可娃来得早，要不然就锁到门外头了。夏一可觉得姨妈家一点儿过年的气氛都没有，人都没在，都去挣钱了，也没啥意思，就知道挣钱，把亲戚都挡完了。

48

金水村的一、二队开始卖地，土地被 696 基地征用了。一队、二队每家每户都分到了钱，听说每家下来能分一两万元，乡党一夜之间就有钱了。

"给你把钱分了？"闲人问。

"把钱分了能咋！我们没地种了。"步步说。

"不用种地了，不受罪了！"闲人说。

"没有粮食吃了，以后都要靠买。"步步说。

"现在市场搞活了，不愁买不到，有钱就能买到面，还不用你磨，直接就能吃。"闲人说。

"说得轻松，钱是一次性的，是个死钱。"步步说。

"你有本事可以拿那个钱做个买卖，这不有本钱嘛！"闲人说。

"咱没有那本事。"步步说。

"那你就好好的，别胡弄！"闲人说。

这年春天，金水村的大喇叭响了，喇叭说，为了丰富村民们的业余文化生活，金水村定于农历三月二十六在学校旁边进行"看娘会"戏曲演唱，请大家相互告知，戏曲演唱将持续三天，届时有省市秦腔名家演唱秦腔唱段。

消息长了翅膀，村民们议论纷纷。现在恒恒是村主任，恒恒说啥就是啥。为啥要唱戏，因为有一笔征地款，村上有提留，有人说，村上提留的那一部分是给建学校、修路用的，这唱戏干啥，是不是唱完戏开始建学校、修路，咱金水村的水泥路也该修一下了。

唱戏选的地方就是学校旁边的翻砂厂，收拾了一下，派人打扫了卫生，小商小贩就都来了，有卖吃的，有卖喝的，和集市一样热闹，人们也兴冲冲地说这说那。因为分了钱，有些人已经开始慢慢盖房了，看戏盖房两不误。

小孩子们并不爱看戏，因为他们不喜欢。在小孩子的印象中，只有谁家里死人了，才叫戏班子唱戏给亡人送终，这村里又没有死人唱戏干啥。金水村唱戏的消息也吸引了不少外村人前来看热闹，有人甚至走十几里地来看戏。而小商小贩晚上就在台子底下睡，第二天继续做他的生意。

各家各户的亲戚都来了，既然是"看娘会"，自然少不了女儿的到来，各家有女出嫁的也都来了，来看娘，来和娘拉拉家常，然后一块儿看戏。戏曲的剧目有秦腔《三滴血》，夏一可记不住那么多秦腔的名字，只记得《三滴血》，他不知道为什么起了这么个名字。

戏台上热闹，有镇上的领导讲话，有村上的干部讲话，底下黑压压的人群。

戏正儿八经地唱了三天。人们看了三天。

戏唱完了，"看娘会"也就结束了，事情也就来了，一队的乡党认为他们的地少卖了钱，因为每个人少分了几百元钱，他们开始不答应。问队长，队长说不知道，问恒恒，恒恒说不知道，让去问镇上，征地这事是镇上定的，村上没有决断权，要问镇上。于是一队的人们来到镇上，镇上回答说这是和你们村上说好的，有合同，你们可以回村问，这样就来回踢皮球，你推给我，我推给你，就是不给你说具体的事情。

有人找到夏义赫，夏义赫说，经济手续，他没法断！

恒恒弟兄六个，老五在堡门放下话来，说谁要查他哥的问题，就给谁颜色看。但是世上的事情不怕一万，就怕万一。一队几个人联合把村上和队上都告了，这事情就闹大了。

世上的一切都是钱惹的祸。

村上的五队和二队都开始兴办砖瓦窑，因为国家又下文件了，号召各村都办企业，每个村都在跃跃欲试，每个队都在跃跃欲试，因为每个人都想当能人，都想出人头地。办企业信用社还给贷款，支持农村经济发展，唯有四队和六队没有人整这事情。

五队的砖瓦窑挨着一片山坡，依坡而建，小一点儿，规模不大。二队的砖瓦窑也在一片坡地，还动用了部分庄稼地，比五队的大，离村子也近。三队也要建砖瓦窑，但是镇上说砖瓦窑建的位置离696基地太近，会给人家造成环境污染，所以没有通过。不过，可以不种麦子，腾出一片地，改种葡萄，规模和他们的砖瓦窑占地面积一样大，还可以请县上农技站的专家给予指导，因为葡萄没种过，不知咋种，这方面县上可以指导，而信用社的贷款幅度和他们办砖瓦窑的政策都是一样的。金水村的能人在村西办起了养鸡场，通过办养鸡场看能不能蹚出一条办企业的路子，镇上、县上都给予支持，就是要成规模，而所有的信用社贷款发放都是一步到位。

这个时间，是星星之火可以燎原的时间，是黄金时代，金水村的人甚至走出金水村，到外面去办企业、办电线厂、办加工厂，都是能人，都要在改革的大潮中一显身手。

各村的能人都在蠢蠢欲动，国家有政策支持，个人也可以干个事情啊！

金水村的村民开始大规模养猪了，一家一户都养五六头猪。养的猪多了，就意味着给猪喂的东西多了，因为养一两头猪时家里面的麸子再搭些捡拾的白菜叶子等就可以慢慢把猪养大，多了以后就没有办法了，就要喂猪饲料，因为猪饲料还没有普及，所以金水村的人就很少用猪饲料，金水村的人总认为猪饲料喂不肥猪娃子，用猪饲料喂的猪哪有咱拿麸子喂的猪好吃！

不知道谁从城里用三轮车拉回了第一车泔水，用大锅烧开倒到猪槽里，猪吃得可美了。因为食堂不能攒，就需要天天到城里的食堂去拉，金水村周围的余力镇没有多少人到食堂吃饭，所以食堂就形成不了泔水的规模，攒不下多少泔水，所以只能到城里去拉。金水村拉泔水的队伍慢慢形成了，早上一大早去，到中午时分就回来了。当然，食堂的泔水也不是白拉的，和人家说好，给人家把垃圾进行清运，这样才能长期拉泔水。泔水实际就是食堂的残羹剩饭积攒到一块儿，金水村的人愿意拉，食堂也乐意让拉走，这样一举两得。

猪天天有泔水吃，但是拉泔水的乡党也辛苦，因为每天都要去，寒来暑往，刮风下雨一天都不缺，如果不按时去，就给别人拉走了，拉泔水也是狼多肉少，因为拉泔水的人太多，有时也就拉不满。凭什么养家糊口，就凭拉泔水喂猪，把猪喂肥，卖了钱，供给娃上学。金水村人的想法都很朴素，因为没有什么营生，所以也只能凭力气换饭吃。他们还没有走到外地去，因为恋家，舍不得老婆孩子娃，大部分人就在自己家周围打转转。

49

"办企业的办企业，办养鸡场的办养鸡场，南下深圳的去深圳，都好着呢。"高人说。

"你是眼红人家办企业，去深圳！"闲人说。

"都是有本事的人。"高人说。

"那你没本事？"闲人说。

"我想办个学校啊！"

"就你那水平，你能把娃们家教到沟里去！"闲人说完哈哈大笑。

夏一可在中学已经上了一学期，也就是路太远，好在这一路上学的娃们不少，早上都是骑车子去，也就不觉得害怕，习惯了就好。青春的萌动就此产生，难忘的青春岁月，一去不复返，他也开始有了自己的小心思。

村主任恒恒被抓了，而且上了县上的报纸，因为都姓苟，所以县报的标题是"两苟坐牢"，被抓的还有一队的队长。至于原因，是卖地贪污了村民的分配款，没有足额分配到每一个人头上。听说被抓的还有镇上的镇长，因为卖地要经过镇上。

"这么大个村，改革开放都十几年了，也没有啥发展。"堡子人说。

"你看人家有的村办企业，大家齐心协力，都要把日子往好过。咱村光知道给自己捞。"村子人说。

"人家不给自己捞，给你捞，你咋脑子不开窍！"闲人说。

"他696征咱的地，他应该把咱的学生都接收了呀，你看咱的学生上学还要跑到十五中那么远的地方！"堡子人说。

"应该给咱把路一修，咱也就不踩泥了。"村子人继续说。

"你说得都对，可谁给你办。"闲人说。

"你看696的学校，多么洋气，可咱离得这么近，娃们就是在这个学校上不成学。"村子人说。

"人家属于周宁的塔南区，咱这里是靖宁县。"村民说。

"什么塔南区，原来都是靖宁县，解放后还是靖宁县，后来几年因为嫌那边的地盘小才把靖宁的十几个村都划过去了，反倒咱在眼前都没有划进去。这696也是嫌靖宁县不好缠，光知道要钱，所以人家就直接划到周宁的塔南区，虽然地盘在咱靖宁县，用的咱的地，但是归属是塔南区。"闲人说。

"我觉得这没有道理。"村子人说。

"有啥道理，世上的事发生了就是它的道理，你说没有道理，谁跟你说道理去。"闲人说。

村主任恒恒回来了，基本不出门，也很少在堡门口见，但是队长没有回来，因为队长坐牢了。有人说没有村主任什么事，有人说恒恒的娃就在696上学。村上小学里就没有人见过恒恒的娃。

村主任恒恒其实是被判刑了，弄了个保外就医，实际上也就是监外执行，村人不知道，还以为没有判刑，但是实际上人家是在家里坐牢。可怜队长没人也没钱，也没有人替他跑路，硬生生地要在监狱里待几年。而听说镇长根本就没有事，只是挨了个处分，镇长当不成了，调到其他地方任职。

这可以说是金水村第一次大规模征地，就是这么个情况，因为征的是一二队的地，所以与其他队没有关系。征地后村民确实有了钱了，于是就盖房，给娃娶媳妇，剩下的钱就存着，这是大多数人的路径，也只能干这些，还能咋呀，你有多大的本事成多大的事。

恒恒的弟兄几个已经很少在堡门口站了，偶尔闪一下面也就很快走了。

堡门口已经没有老槐树了。骡子盖房，那棵老槐树被连根拔起，根须很大，挖了一人深的坑还没有见到主根，只有从中间用斧头一点点斩断，老槐树轰然倒下。老槐树的心已经空了，树干很硬，树皮很老，已经没有什么绿色了，枯死了。老人们说，这棵槐树其实还能活，是你们硬不叫它活，把它作践死了，挖它的人是可憎的，也是可恨的。

该来的就会来，不该来的也会来。

下午回家时，夏一可家坐着一个人正在和父亲说话。

"叫伯伯。"夏一可爸说。

"伯伯。"夏一可叫道，可他并不认识这个人。

"都长这么高了，这是那个小的？在哪里上学啊？"这个伯伯问。

"在十五中。"夏一可回答。

原来这个人是父亲厂子的书记，今天刚好回来看家，所以到夏一可家坐一下，因为他也是金水村人，他是高考恢复后金水村走出去的大学生，后来分配到靖宁县工作。家在金水村，看来是亲亲的乡党。原来，他就是偌偌。

黑白电视不知道在播着哪个台，这几年流行歌曲开始风靡，夏一可他们同学好多都唱流行歌曲，不但唱，还搜集流行歌曲。歌词，歌手的招贴画，在整个校园都流行。父亲说，你们唱的都是些啥歌，跟念书一样，以前人家郭兰英唱一条大河，那多好听呀，现在再看你们娃娃家唱的，简直都不能入耳朵。

"这个是叶倩文吧？"这个伯伯问夏一可。电视上出现了这个歌曲的画面。

"嗯，好像是。"夏一可说。

"你还爱听流行歌曲。"夏一可说。

"现在咱要跟上时代，不能落后了。"书记伯伯爽朗地说。

夏一可听父亲说这个伯伯本来大学毕业后分配他到周宁的大学，他不去，回来就分配到县上的企业了。现在看来，还是在大学好，企业能和人家大学比？大学的各项待遇都比企业好，再说还有寒暑假，接触的都是知识分子，哪像在企业，就那么点儿钱，还很累。现在在厂里他是书记，拿不了多少事，拿事的是厂长。虽然是乡党，但是也没有咋照顾咱，也只是名义上的乡党，办不了啥事情。说是乡党还不如不是乡党。

夏一可在放学回家的路上，和娃们家一块儿骑自行车。在粮站路上，他看到了一辆拉泔水的三轮车挨着墙，已经把砖墙弄出了一道深深的印痕，三轮车上的泔水桶一个已经倒在外面了，旁边逆向还有一台拖拉机，只有拖拉机头，在那里斜放着，他不知道是咋回事，骑车子一瞬间就过去了。对面是艮村的菜地，有人正在那里拾掇地，周围很安静，也平静。

母亲阴沉着脸。夏一可不知道发生了啥事，因为父亲十二点了还没有下班回来。

下午时分，父亲回来已经很晚了，原来夏一可的二爸被车撞了。车祸发生在夏一可看到拉泔水三轮车的那个地方，那是事发现场。本队的丙丙开车要撞死夏义赫。夏义赫是队长，因为没有给他分庄台子地，他把这一切原因都归结于夏义赫给他拖着不办，所以情急之下有了要用拖拉机碾死夏义赫的想法，幸亏夏义赫躲得快，否则后果不堪设想。后来俩人在路上就打开了，多亏艮村地里的人急忙过来拉开了，但是俩人都受了伤。后来拉泔水的金水村人陆续过来了，这才把俩人都拉住了。

一件事不和，一件事没有说到一块儿，就要置人于死地，够心狠手辣的。

这件事的结果是没有报警，而是由村上几个管事的，还能够说上话的人坐到一起劝说，就把事情解决了。有人主张把丙丙报警处理，先让警察把他关几天再说，这是故意杀人罪啊！

还有人说，把狗×的判刑，让他在监狱里待上几年。

本着息事宁人的态度，这件事也就不了了之了。但是，金水村人性恶的一面越发显现出来，这以后还不知道要发生多少伤天害理的事情。

金水村依旧风平浪静，人们在堡子门口的闲话摊摊议论了一阵，也就不说了。只是闲人和高人都止不住地叹息，这是咋了，这是咋了，啥伤天害理的事情都能做出来，这不敬天了，不敬天了！没有人觉得这是一件正常的事情，因为它确实发生了，还差点儿出了人命，幸亏老天爷保佑着，菩萨保佑着，才幸免于难，要不然就是天大的事情了。

金水村这几年有拖拉机、大卡车的人慢慢多了起来，都在外面不停找活儿。因为这几年慢慢盖房的人多了，公家盖、私人也盖，所以运输货物就需要车，拖拉机就慢慢演变成卡车、农用货车了。而这些车跑在农村的土路上那是美得很、厉害得很！

50

金水村周围的单位慢慢地建起来了，一栋栋居民楼很是惹眼，村里人说什么时候咱也能住上这么好的楼房啊！他们憧憬着、希冀着、盼望着，希望住上和居民一样的楼房。

金水村的路依然是土路，下雨虽然泥泞，但是过几天也就干了，各家各户把门口都垫得很高，下雨时冒着雨把泥铲到自己门口，生怕水把自己家淹了。

"都是短肠子，树叶下来都害怕把自己砸死！"高人说。

村东的炸弹不知道从哪里捣鼓来一辆破旧的卡车，在门口一天到晚不停地叮叮咚咚，打破了村子的宁静。炸弹，因为个子较矮，所以人们给他起了个外号，他不笑也不恼，见人笑眯眯的，一笑似乎都没有眼睛了！有人说，那是奸笑，皮笑肉不笑！人碎眼子稠，诡着呢！他们家一共兄弟姐妹五个，三个儿，两个女。父亲从周宁的工厂退休，女子顶替接班了，而没有让任何一个儿子去。几个儿子恼也没有用，因为已经把手续都办成了，父亲的理由是他在单位是个做饭的，你们去还不是个烧火的，虽然是个饭碗，但是没什么出息，女子好歹有些文化，去给熟人一说，安排在其他部门也好着呢。而三个儿子，让哪一个去都是得罪人的事情，家里就剩女子一个人了。男的，干啥都行，总不能都坐等饿死，生活水平虽然低，但不至于饿死吧！这样一说几个儿子也都不再说什么了，该干啥干啥，也就不再纠缠接班这件事情了。而炸弹还是心眼儿多，不知道咋竟然学了个汽车驾照，反正一天没事就往二手汽车市场跑，听说在金水村以西很远的地方，都快到周宁的边界了，也是起早贪黑，都是骑个车子去的。而炸弹也不知道从那里来的钱捣鼓回来一辆特别烂的旧卡车……

那一年的雨水多，也不知道谁把老天爷得罪了，就是不停地下雨，五六月份雨就下个不停，临到收麦子的时候也是断断续续地下雨，所以那一年的麦子都不好，都出芽了。

"通知，通知！"金水村的大喇叭响了。

广播一响，人们就知道要说事情了，因为现在广播都不响了，无非就是农忙时节上公粮呀、计划生育呀，再没啥事情了，用高人的话说现在要广播有个屁用，又不学毛主席语录，广播就应该拆除掉，搁到那里等着"黑老鸹"在上面拉屎！

"全体村民请注意，全体村民请注意，接公社通知，今年到粮站上粮不要拉今年的麦子，拉去也不要，希望广大村民注意，不要跑冤枉路！"

"明明知道今年的麦子不好，出芽了，就不要了，改成要钱了！"堡门口人们议论纷纷。

"千百年来都是种地纳粮，还没有听说要钱这样的事情！"

村人议论纷纷。

"咱去问一下义赫!"有人说。

"今年这是咋着呢,明明知道雨水多麦子出芽了,这政府是眼睛瞎了,还是看不见?"老三带着一帮人到夏义赫那里。

夏义赫挨个给众人发了一支烟。不紧不慢,一字一句地说:"我咋不知道,咱又不是住在台湾,咱住在咱金水村,这是镇上发的通知,给每个村都发了通知,不是只给咱一个村发了通知,事情再不好办也得想办法办,那你不交咋办?"夏义赫说。

"我就是不交,看他国家能把咱咋办!"老三说。

夏义赫没有言语,开始喝茶,大家都沉默不语。

其实,接到这个通知,夏义赫也是一肚子火,可也不好当众发作,因为他知道,这事挨骂的最后还是自己,因为政策要在村里执行下去,还要靠他,现在他已经不是小队的队长了,而是村主任,那是乡党们用选票把自己选上的,自己弟兄又少,全凭乡党们抬举。村支书就是跟在他屁股后面溜沟子,他在村里就没有啥威望,这些事情还不是靠他一个人。尽管镇政府的人暗示村主任等几个村干部可以少交一些,但他还是觉得这个方法不好,这是把人往绝路上逼,国家真是瞎眼了?

"我看这回国家给咱下套呢!"堡子人说。

"你交啥?"堡子人问高人。

高人看了一眼空荡荡的地方,没有言语。

这一天,高人戴着草帽一早就慢慢向粮站走去,他要去看看具体情况。虽然自己是金水村人,但不是主要的大姓,他也不知道自己祖上的事情,只知道是避难落脚到金水村的,自己的父亲说,哪里黄土不埋人,对于自己的出生地也就无从知晓了。他觉得父亲说得对,哪里黄土不埋人,人就是从出生走向死亡,也就是生命的终点,直到翻检父亲留下的一本《道德经》,才了解了其中的玄机。

高人走在去粮站的路上,这里他再熟悉不过了,以前这里没有路，都是地，后来村上人多了，划拨宅基地就依着学校慢慢顺延下来，人多了，地就少了，通往粮站的路拓宽阔了。高人走着不觉得累。高人虽然也听说了沿海的一些消息，但是他对这个不感兴趣。

在粮站里，高人看到几辆为数不多的马车，其他的都是用拖拉机车厢拉的人在窗口排队。

"人家不要咱的麦，说出芽了不好吃，那我们家还不是吃这些麦子，这也太招嫌了，咱先回！"说话的是东艺村人。

高人看到有人交钱。

"交了多少钱，乡党？"高人问。

"杂七杂八交了一百多，这费那费！"乡党把缴费的票据给高人看，高人看到那上面有农业税、教育税，还有不知道什么费。

"那你钱是咋来的？"高人问。

"攒下的加借来的！你不知道，我们村那伙人天天到家里去，你不交就给你把屋里的电线铰断了，我就是被人家把电线铰断了才来的，这狗×的是土匪嘛！"那人骂道。

"再一个，你不交，队上就把你的宅基地卡住了，咱两个娃呢，庄台子地还着急着没着落呢！"那人无奈地说。

高人这才知道了，交公粮和乡党们的日常生活挂钩了，你不交都不行。

51

这几天，在小学上学的娃娃们都回来了，娃们统一说老师说今年没有交公粮的都回家去，啥时候交了啥时候再来学校上学。金水村的二球就去学校问，还打了校长。派出所马上就来了，把打人的二球逮走了。

夏一可家也没有动弹，夏一可他爸夏义惠说，看人家都咋办，咱就咋办。

这一天，从堡门口走过来黑压压的一群人。

"姉，姉，朝你屋来了，快关门快关门。"延延媳妇从巷子深处慌忙跑过来对夏一可母亲说。

"这可咋办，他爸十二点还没回来，这可咋办，这个老鬼，我那天说咱赶紧交，他就是不听！"夏一可母亲慌了。

门还没有来得及关，十几个人就闯进来了。来的人一个都不认识，夏义赫就站在巷子口，没有进来，进来的是村支书和镇政府的人。几个人已经冲到了电视机那里，准备要抬电视机。而夏一可拿相机拍照，但被人抢了过去，并扯出了胶卷，被几个人团团围住了。

"我要到报社曝光你们，你们这是非法侵入住宅！"夏一可气愤地说。

"可可，你别说了，娃瞎说啥呢！"乡党说。

"嫂子，你看，现在就是要钱！"村支书说。

"他爸还没回来，我没有钱！"夏一可母亲哭丧着脸说。

"你先到谁家借一点儿，把这伙人打发了！现在不交，就把咱电视抬走了，咱划不来！"支书说。

夏一可母亲没有办法，只好出了家门，她要到琴琴那里去借钱，这几年，琴琴男人在外面倒腾车，也挣了一些钱。

"琴，琴！"夏一可母亲在门外就喊。

"嫂子，嫂子，我看那些人跑到咱屋了？"琴琴在门口焦急地询问。

"人家现在就要钱，你给嫂子先借上一点儿，你叔回来就给你送过来。"夏一可母亲说。

"那你等着，我给你取。"琴琴说着就急忙朝屋里快速走去。

把钱交了，手续也就办完了。

这帮瘟神走了，院子里还留着抽烟的烟把。

没想到夏一可父亲回来却大发雷霆说不该让这伙人进门，咋看的门？其实他是怨恨老二，把人直接引过来了，兄弟之间本来就有裂痕，这样一来，更是雪上加霜。

堡门口人说，那是杀鸡给猴看，你看夏义赫现在连他哥都不认，先把那些人引过去，你们还不交，反正骂的人多。金水村也有让人家把电视给抬走的。有人说，这和计划生育一样，硬性闯入。还有人说，人家屋里有狼狗的，这些人就生生没有进去，康康家他们就没有进去。也有直接把人逮走的，因为公安的车就在堡门口搁着，斗斗跟他爸就被上了手铐拉走了。

金水村似乎瞬间就出现了裂痕！

在几天之内，金水村村民就都把上粮钱交了！

几个闹事的、没交的最终也交了，但是也就和夏义赫结下了仇恨，你不引到我屋来，那伙二球咋能知道我屋在这里。斗斗和他爸过了几天就回来了，斗斗吹牛说在派出所里吃香的、喝辣的。村子人说斗斗一直与他爸都是好好的，这回从派出所回来咋成了二球。

从这以后，金水村几乎家家户户都养狗，大狗，小狗，不管什么狗都有一只，一到晚上稍微有个动静，狗就边扑边吼叫，这都是康康带的好头，虽然康康把钱也交了，但是康康没有吃亏，吃亏的总是些老实人。

52

金水村人养的猪在泔水的喂养下茁壮成长，个个长得肥壮，因为离城近，就买了三轮车专门拉泔水喂猪赚钱，基本上家家户户都有猪圈，到了交猪的时候就有收猪的人专门来家门口收，金水村人慢慢就有了一些小钱，但是拉泔水也是很辛苦的一件事情，不管天阴下雨都要去，还要给人家餐馆打扫卫生。

"快，看门口干啥呢？"夏一可他妈在屋里说。

不一会儿，堡门口就人声鼎沸了，死人了。库库死了，车刚拉回来。原来为了供给几个娃上学，他没黑没明地拉泔水，天气太热，中暑死在回来的路上了。

"你都不知道，跌倒就走了，也快！咱这里的人还不知道，这是咱村人从那里路过才发现的，这才赶忙叫人，紧叫慢叫把人往回拉。"门口人说。

金水村人以生儿子为荣耀，有人生了五六个儿子，打架的时候就能打过对方，这也是农村的现实情况。有人生了三四个女子，生不出儿子，就接着继续生。没有儿子的就招上门女婿。程巩家就是这样，给大女子锦堇招了个上门女婿。经过别人介绍，把一个山里的小伙子招赘进门了。周围村子给人上门的，几乎都是人口众多，娶媳妇要花钱，有不想花钱或者花不起钱的，就会考虑到女方家当上门女婿。结婚后，这个小伙子倒也能干，可是美中不足的是结婚两年多居然生不出个娃。

"哎，我看这莫莫是不是有啥麻达！"乡党们的杂话就出来了，而且不时聚在堡子门口议论。时间一长锦堇就坐不住了，都是乡里乡党的，谁能经得起这样的闲话。到底是谁有问题，就这样，小两口感情就出现了裂缝。于是开始整天打闹，哭丧着脸。这莫莫也没有办法，在人屋檐下怎敢不低头，究竟也说不清道不明到底是谁有问题，把人折磨的。

两个人终于离婚了，但是莫莫丝毫没有得到任何东西，不知是莫莫灵醒还是有人点拨，他就是赖着不走，不走的结果就是挨几顿饱打，莫莫也不还手，终于被扫地出门。

莫莫没有了住的地方，于是就在高压线杆下已经人搬走空出来的房子住了下来，他是不准备走，他要在金水村生存下来。

村上谁有事莫莫都去帮忙，白事挖墓子、拉水、烧火、清洗碗筷，苦活儿脏活儿累活儿都抢着干。渐渐地人们从不待见到不厌烦，竟对莫莫产生了好感，于是就有人指点莫莫，莫莫有事没事就爱往村主任和队长家跑，给人家干活儿，能干的活儿都干，不能干的活儿想办法也要干。

这年腊月，莫莫买了封点心，就到了村主任家。

"爷，我提前给你拜年来了。"莫莫给村主任夏义赫说。

"来，屋里坐。"夏义赫把莫莫让进了屋子。

莫莫进门没有坐，扑通一下就跪在冰冷的砖地上，深深地连磕三个响头。

"莫莫，快起来，快起来，你这是干啥？"夏义赫说。

夏义赫明白，莫莫有事。

"莫莫，你不打算回山里？"夏义赫问。

"爷，我家没啥人了，父母早都走了，有一个婶娘，关系也不太好，回去也没有啥意思，咱那里远，也不方便，出来都要走几天。"莫莫说。

"你户口还在这里？"夏义赫边听边问。

"户口还在锦堇家。"莫莫回答。

"哎，你看你这闹的！你俩人都命苦！"夏义赫感慨地说。

"爷，你知道就行！"莫莫说。

"有一个地方不知道你能不能去？"夏义赫说。

"爷，你说啥地方我都能去。"莫莫说。

"土壕那里有一个地方，是个阴坡，没太阳。"夏义赫说。

"爷，我去，我去。"莫莫急忙说。就又跪地上磕了三个响头。

53

过年前的几天金水村的堡门口就开始敲开了锣鼓家伙，热热闹闹的。锣鼓家伙到底是啥时候传下来的，谁也不知道，反正是一到过年就开始敲了。

　　鼓是一面大鼓，还有卡拨，从油光锃亮的表面上看，这些都有些年头了。敲鼓的是夏学勤，戴个墨镜，他一只眼睛不太好，似乎有伤疤，也就遮一下。

　　"学勤，我看你这墨窝子还美！"镇愚说。

　　"这是石头的，石头镜，是我老爷传下来的。"学勤自豪地说。

　　学勤也算是金水村开始办企业的人，但是办"烂包"了，赔了，欠了一屁股烂账，回村子，平常也没啥事，但是一到腊月就不见人了，因为信用社提个兜兜来要账，十有八回都碰不见人。即使碰到了，也没办法，为什么呢？欠账是事实，但是现在还不起，没有钱。但是他生了六个儿子，一个女子。人说，这就是本事，学勤腰杆硬得很，虽然在外面的事情干"烂包"了，但是有六个儿子啊！怕啥！不怕。

　　没事干就在过年前敲锣鼓，但是他一般都不敲小卡拨，他敲的都是大鼓，这需要有些技巧。敲鼓的人里面基本上都是"二杆子"居多，正常人是不屑于干这个，他们把这个叫失闲干，没事干，有这时间还不如在家里干点儿啥。敲锣鼓的同时也是谝闲传的最佳时间。

　　"学勤，咱不能光这几天自己敲，这有啥意思，你在外面干过，看给咱这些人闹个烟钱！"镇愚在间歇对学勤说。

　　学勤一激灵，想起前几年自己在外村办企业，刚开始还可以，最后因为质量出现问题，一下就干"砸锅"了。人家村的人腊月二十三就到厂子里面敲，给你放炮祝贺，你还真不好意思，自然是四样东西，最重要的还要包个红包，你不包，这些人就不走，就一直敲，所以你得把这些人打发走，打发自然就要"出血"。

　　于是，学勤自然就进行了一番酝酿。

　　年三十的前几天，学勤就带锣鼓队来到了安平门口，在外面一敲，乡党们就围了上来。安平和他"大"也出来了。

"给我爸提前拜年来啦！"学勤止住鼓声谦虚地说。论辈分，也确实要叫爸。

"学勤，来就来了还整这么大的事情，咱是有啥能耐，看着别让人笑话！"安平他"大"说。

"咱接骨治病救人，救死扶伤，十里八乡哪个地方咱没跑过，给他接过骨哪个要让麻达。"学勤说。

"学勤，你到底是外面跑的，会说话，你这话爸爱听，咱这是老先人祖传的，也就是给乡党们帮个忙，也靠乡党们给咱传话呢。"安平他"大"说。这时，安平已经给锣鼓队乡党的每人发了支烟。

"你和安平是一辈人，以后安平在村上还要靠你们这些老人手。"安平他"大"说。

"看我爸说的，好像我不认得安平似的。"学勤说。

"以后村上的事都是你们的，你把咱安平招呼好。"安平他"大"说。

说话间，安平已经把"礼信"钱拿出来了。

"看你，还拿这，好像咱到这里就是为了吃点心，那行，我先收着。我爸，你看，我给咱再敲个啥！"学勤问。

"那就再敲个'老虎上山'！"

"我爸是行家！"

"敲！"

学学一声令下，整个锣鼓队就起劲地敲开了。

从安平家出来，学勤领着锣鼓队就往朝岭沟走去。村人议论说，这是往谁家去？

"哎，我看这是往沟道的炸弹他家去，炸弹这几年在外面倒腾车挣钱了！人家是专挑高门楼敲，咱这门楼低。"村子里的人说。

果然没有错，学勤他们就是到炸弹家去敲，这也都是在学勤的计划之中。

炸弹显然是高兴的，因为这等于说咱是有钱人了。

学勤的锣鼓队进行得很顺利。他们还计划给村主任敲，不是现在，而是还没有到时间。

咚咚咚，外面的门一直在响，都快八点了，谁这么晚还来。

"妈！"外面隐约传来叫妈声。夏一可听到了，但是家人也都睡了呀。

"别给开，跑回来死来了！"夏一可父亲说，他的胸口开始隐隐作痛。

"娃都回来了！"夏一可他妈说。

"你不想娃，我还想我娃呢！"夏一可他妈已经下了炕。

"我的脸都让她丢完了，她还有脸回来。"

院子里的狗一直在叫着，叫声越来越厉害。

"总不能叫娃在外面待一夜啊！"夏一可母亲哭着说。

"她还有脸回来，她咋不死在外面！"夏一可父亲咒骂道。

也真是的，这个大女子让夏一可父亲伤了心。九爷家从来都是男娃少，女娃多。九爷弟兄两个，兄弟早早就没了，就剩下九爷一个人，九爷养活了七个娃，五个女子两个儿子，说穿了还是男丁稀少，因为女子都是给别人养的，所谓嫁出去的姑娘泼出去的水，谁让自己没能耐生男娃呢！到了夏一可父亲这里，头一个就是女子，接连四个都是女子，最后一个就是夏一可，也算是个单传。大女子长相好，但是因为没有考上高中，偏偏最后一场考试她在考场睡着了，你说气人不气人。之后就一直气不顺。对于农村来说，考学是唯一的出路，考不上学，结婚嫁人，生几个娃，这一辈子就围绕灶台转。偏偏大女子就没有考上，在家待了几年，在外面干了几年临时工，给介绍了几个对象都看不上，最后自己跟了个城市居民，家里自然不愿意，一是外地的，不知根知底；二是，跟个居民，这户口没法转成城市居民呀，户口随母，这以后一系列的事情就麻烦着呢！

咱本来就是怕麻烦的一个人，为了离家近，从城市里把工作对调到县上，也算能照看上，没想到大女子把咱的脸都丢尽了，跟人跑了！咱教育娃没有教育好，咱还在外面工作，把人都丢没了！

想起这些事情，夏一可父亲就气不打一处来，就呼吸急促，就胸闷！

那是一个下着小雨的下午，"妈，我走呀！"大女子对夏一可他妈说。

"娃呀，你等你爸回来！"夏一可他妈说。

"我不等了，他就不是我爸。"大女子说。

"你跟的这个人不是妈说你，外地的，太远了，也没个照应！"夏一可他妈说。

"我不叫你管，你最好就别管我，我自己的事情自己办。"大女子说。

"你就是走，咱也要买几样东西。女婿那边他妈他爸也得来吧，你这是一辈子的事啊！"夏一可他妈说。

"我连个柴棒棒都不要，你就把你娃管好就行了，都是你娃的。"大女子说。

在夏一可他妈阻拦中最终还是没有阻拦住，大女子夺门而出，夏一可他妈气得哭倒在地，"咋遇了个不听话的海兽，咱前世是造了啥孽！"

所以就有了前面不回来的话，死到外面的话。

夏一可他妈开了门，是大女子带着女婿。这时，狗停止了汪汪汪的叫声。

锣鼓队给谁家谁家都敲了，斗斗都知道。这几年，斗斗也没闲着，他这几年主要也在外面倒腾卡车，他从不开回来，而是在外面私人修理厂连修理带加工，然后再进行倒卖，从中赚取差价。斗斗常年不在村，往往是过年才回来。这几年跟城边边的人接触，和那些村主任划拳喝酒，也知道了一些门道，因为城边边离城近，交通方便，外地人来这里租房，开门面，都很红火，斗斗学了些好习惯，也学到了坏习惯。因为一年四季都在外面，所以就有了花花肠子，家花不如野花香，这话一点儿都不假，这几年，他在外面采了不少野花……而想得最多的还是怎么在村上有权力……

学勤虽然说在外面把企业办赔了，但是对家里丝毫不马虎，他给几个儿子都申请了宅基地，但是还不够，六个儿子，得六院子宅基地，实在不行，让一个儿子给人家上门当倒插门女婿，但又舍不得！有些人是生不出来儿子，咱能生出来给人家倒插门，这不是让人笑话吗？学学对他妈他爸是真的好，一大家子在一个锅里吃饭，大家都轮着做饭，搭柴烧火，虽然也有矛盾，但一大家子过日子，咋能不起争执不磕绊，除非你是神仙。但是他基本上都是大事化小、小事化了，媳妇也是能媳妇，跟婆婆的关系愈发好了。虽然他在外面办企业失败了，但这也是响应国家号召，信用社的贷款，不是不想还，而是实在还不起，上了外地人的当，就怪他没有管住裤带，让人家盗包了！学勤想着自己迟早有翻身的那一天，自己翻不了身，在儿子们手里就一定能翻身，他不相信六个娃就没有一个干成事的。虽然在村里是个小辈，但现在就要给娃创造条件啊，他感觉自己翻身的可能性不大，微乎其微，已经上了五十多岁的人了，知天命了，还有啥蹦跶的！

54

金水村自从有了自来水，家家户户确实有水吃了，可是好景不长，就陷入有时有水有时没水的地步，后来找到了原因，因为水压不够，村子大，跑冒滴漏很严重，管道老化不停渗水，所以有时自来水没有水的情况遍布金水村，再一个是因为金水村东高西低，这些年村子不停向堡子门外发展，都发展到艮村边缘去了，因为人口众多，都是要宅基地的。

村里突然就来了通知，要改造道路，修上水泥路，下雨不踩泥。

"斗斗这是给自己寻方便？"闲人说。

"斗斗有车，一下雨就陷到泥里不得动弹，上几回就是这样，还是几个人把车拖出来的。咱村的路一下雨就得穿胶鞋，不穿胶鞋就走不出去！"堡子人说。

"修路钱谁出？"闲人问。

"斗斗说大路村上出，小巷子各家各户出。"村子人说。

"村上哪里来的钱？"闲人问。

"县上统一给各村修路的钱。"村子人说。

"县太爷这回发了善心！"闲人说。

"你不知道，这是国家的政策，各村都修路，主干道国家出钱，背街小巷各家各户出钱。"村子人说。

一晃眼，斗斗现在是金水村的村主任。

"看他能收得上来钱不？"闲人说。

农村的路好修，也不好修，因为牵扯到各家各户，有的门前有树，有的门前放东西、放楼板，你要动谁都不行。斗斗修路遇到了很大的麻烦。

"婶，把你家盖房的楼板挪一下！"修路的人说。修路的人也是村上的，都是低头不见抬头见的乡党邻里。

"你娃说得好听，你抬一下看看，不压死你才怪，我屋马上要盖房，你不放到门口放到哪里，放到你门口！"婶子说。

"你说得也对，可这是给村上办好事，路一修都好走了，也不踩泥了！"修路人说。

"你说得好听，都说是给村里办好事，都是想捞油水，没有好处，谁愿意干村上的事情，都是雷锋？"婶子说话不好听。

"斗斗把他妈都气死了，还要把全村人都气死！"婶子说。

"你说的都是陈年旧事了！"修路人说。

"陈年旧事，村上也是瞎眼了，金水堡子就没人了，就他能行！"婶子骂道。

其实这个婶子是个惹不起的人，你跟她说，她能把你说得哑口无言，把你说得一钱不值，把你说得屁滚尿流，所以村人叫她惹不起，而今，你要修路，看你咋修？

洛洛从斗斗家出来，因为人没在，就只是打了个道，还从来没有去过斗斗家，因为要给娃申请庄台子，屋里住不下，在村子里，像这样老大、老二都要庄子地的很少见，基本上都是一个出去，留一个在家。金水村根深蒂固的观念就是养儿防老，以后老了走不动了还得靠儿子，儿子就是命根子，儿子就是送自己上山的人，给儿子攒下了，给儿子盖房，给儿子娶媳妇，给儿子看孙子，就是一辈子的重大事情，就是到阎王爷那里报到也不留下啥遗憾了！

去了几回都没见人，这斗斗真是忙。今天见了斗斗媳妇，这个媳妇长得人高马大，听说还是个城市居民，斗斗在外头这些年，也尝了不少鲜！咱还有这样的事，城市居民现在都到咱这农村来了，难道以后会有翻天覆地的变化？洛洛百思不得其解。但是申请庄台子这件事还要办得，现在都要花钱，长痛不如短痛，可是咱又不做生意，没有钱呀！咋办？事情就这样卡到这里了！

随着社会的进一步发展，金水村也在不断发生着深层次的变化。金水南村这几年主要有了大型机械，而且还上了周宁的报纸。村里有了大型机械，仅挖掘机就有十几台，其实应该是这样说，村里的挖掘机不是村集体的，而是个人的，也不是谁随随便便就能买得起挖掘机的，买挖掘机的几乎都是村干部，其中就有村主任和支书，挖掘机需要活路，活路从哪里来，听说696的好多工程都包给村主任和书记了，然后村主任和书记再包给自己的亲戚、近邻。

随着马路的不断扩大，金水村离县城的路也开始扩建，这就有了大大小小的中巴车。公交车是公交公司的，到站点才能停靠，路上不停车，而中巴车是私人买来经营的，是营利性质，除给国家缴纳的税费，剩下的就是多拉快跑，堪称疯狂老鼠，因为随时可以停车，也叫"招手停"。金水村买"招手停"的人也不少，买卖很火，这也是占地后用剩下的钱搞经营，总不能坐吃山空。金水村的"大款"们已经不种地了，而是把地给别人种，自己一心做自己的买卖。就在这样的环境中，金水村的"大款"们也跃跃欲试，他们有的联合起来也开始买挖掘机了，但是金水村又没有占地，买了挖掘机到哪里找活儿去？

堡子门口依旧是金水村的闲话摊摊，闲人们抽着烟，谝着闲传，夏天乘凉，冬天晒暖暖，依旧是村民们的日常生活。

"你见过人家现在都有'大哥大'了？"堡子人说。

"那叫手持电话，'大哥大'都是跟港台这一帮子学瞎了！"闲人说。

"那个贵，要一万多块钱！"堡子人说。

"村里这几个'大款'都有。老五、斗斗、炸弹，还有炎炎！"村子人说。

"要那干啥，也不能吃也不能喝，还一万多块，咱哪里有那么多钱，就是有那钱也不买，搁着，以后说不定一人手拿一个，还不花啥钱！"闲人说。

"你看快不快，80年代咱们想着当万元户，现在你看一个'大哥大'就要一万多，'大款'早都把地给人了，不种了！"村子人说。

"种地干啥，有钱用就行了，再说，现在也能买粮食，咱把种子化肥一算，还有啥利润，反倒不如在外面零干！"闲人说。

"你说得也对，但咱农民不种地干啥？"村子人问。

"你看现在城边边，家家户户都是四五层楼，都招租给人搞成房客，一年就收入好几万块钱，比咱种地强多了！"闲人说。

"那都招的是流动人口，你不知道，你没看电视上，超生游击队、盲流，社会就是让这些流动人口给搅乱的。"村子人说。

"咱村也没有个门楼，你看外面哪个村没有门楼。"村子人继续说。

"咱原来是有门楼的。你不知道，而且在这一片村子里也是数一数二的，就是解放后那几年还有的，城墙啥都有，还有两扇大门，正宗的老村老堡子。"堡子人说。

"都是'文革'时期'破四旧'给拆的，拆的也不是咱一个村，各个村都把门楼拆了，留了一个敞框框！"堡子人继续说。

"我相信你说的这个情况以后就会实现。"闲人突然认真地说。

公安人员来金水村了，并且去了好几家，干啥呢，出事了？

原来，金水村的这几个娃初中毕业没事干，加上还没有上完学的、上不进去学的几个娃，胆大包天把周宁的出租车给抢劫了，而为首的居然残忍地把出租车司机杀害了，而且不在周宁市，是在和外省交界的地方，来金水村的也并不是周宁的警察，而是那边的警察。金水村的人都议论纷纷。

"你说，这些娃不学好，居然把出租车抢了，还把人给杀了，伤天害理！"村子人议论纷纷。

"澄澄两口子都在县上上班，娃平常都是他奶他爷看着，也惯坏了，要啥给啥！"村里人七嘴八舌。

"现在娃们看电视也学坏了，听说还有黄色录像，黑夜不回来，就在县城看黄色录像，也把娃们家看瞎了！"还有人这样说。

"也怨不得别人，自己没有管理好，吃亏受罪是你自己。"堡子人唉了一声，叹了一口气。

洛洛终于下定决心给斗斗拿一条好烟、一瓶好酒，因为队长都说好了，就剩村上这一关了，这要是要不下个庄台子，就盖不了房，盖不了房，就给娃娶不了媳妇，娶不了媳妇就不能传宗接代，这可是断子绝孙的事情！洛洛越想越觉得事态严重越觉得心慌。他想来想去斗斗现在是"大款"也不缺啥东西，拿个烟酒就能把事办了，他持怀疑态度。

斗斗家在堡子外面的一片坡地上，这里现在虽然住人了，但也是极其不方便，光是打井就要比别人多花钱，因为太高，井就深，这几年已经没有人工挖井了，都是机械设备，听说斗斗家第一次打下去井就没有水，是个干筒子，把钱白花了，因为打井不保有水，地方你选的，有没有水跟打井的没有关系。有人说斗斗打井没有水是报应，他妈把他惩罚着，你不敬老人还想吃水，给你喝一口恶水都不应该！说是说，事情还得寻斗斗办，就看这次能不能办成，洛洛没有太大的把握。白天是去不成了，用眼睛盯的人太多，最好是晚上去，他想，今天斗斗在家，应该把事一说，估计能成！洛洛满怀信心。

金水村这几年慢慢盖房的人多了，好点儿的人家都盖个二层楼，差一点儿的都盖个一层楼板房，鞍间房、厦房慢慢就很少了。金水村能折腾的人都在外面，但毕竟还是少数。

春天，金水村的街道还是宁静的，鸟语花香，各家各户门前屋后都栽种着树木，有槐树、桐树，院子还种着花，虽然生活苦点儿，但人们习惯了清贫，甘于寂寞。

夏天，人们在树荫下乘凉，拉着家常，说着闲话。

秋天，是收苞谷的季节，人们掰玉米，剥苞谷，晾晒干净，小麦、苞谷搭配着吃，这是土地对于人们的馈赠。

冬天，天气冷了，大雪就覆盖了麦子，天寒地冻的，金水村的人就窝在屋里过冬。

堡门口永远都是谝闲传的集散地，堡门虽然没有了，但是这里却是人们最爱来的地方。

　　红社和几个人也在说话。分开队才不久，红社他爸就盖起了村上第一座二层楼，后来通过关系把几个儿子都安排出去了。红社本来个子就不是很高，但是偏偏娶了个媳妇个子很高，也是邻村的。红社他爸说盖房就是为了给红社娶媳妇，果然盖了房就娶了媳妇，这一点儿不假。红社家本来就很殷实。

　　几个人说着闲话。

　　"你们都是工人，每个月都有钱花？"堡子人说。

　　"不管是啥人，最后都得归西！"红社笑着说。

　　"看你才四十来岁，说的都是些啥话！"堡子人说。

　　"你不知道，人都是一样的，只是稍微会有一些差别，但不碍事！最后的结局都是要寻阎王爷报到！"红社继续说。

　　"以后咱都要到北岭子晒太阳啊！"红社说。

　　"晒太阳也要有个先来后到！我就先去咧！"堡子人说。

　　"你别害怕，你先走，我后到！"红社说。

　　"红社会说话啊！"堡子人就笑了。

　　"北岭子那一片都是好地方，好风水，靠北朝南，看南山，后面就是千年的静心寺，天天有和尚给你念经，多好，保证咱的儿孙们都发达。风水宝地啊！"红社说。

　　"南岭也是好地方，背靠南山，北看静心寺，还有咱的西岭山，原来就是大庙的所在地，都是好地方！"堡子人说。

　　"好地方就看能不能保得住，还有几十年的时间，谁也不敢保证，国家发展快着呢，你知道深圳，那地方物价高得很，不是咱能想象的。"闲人掺了言。

　　"都不好说，因为前头的路是黑的，谁也说不清，只能一步步朝前走，要登天没有梯子，要上山没有足够的粮草，只能干着急。"闲人说。

　　夏一可他爸问了村上的相关情况，对于大女子没有分到地，夏一可他爸没有言传，因为这个村上没有先例，但是接下来金水村这种事情层出不穷，都是因为女子跟了城市居民，户口没走，随着娃们家的一年年长大，怨恨和仇恨在慢慢消解，人啊，似乎没有过不去的坎儿。

而有六七个弟兄的，最后娶媳妇都是娶的川省的、贵州的、甘省的、肤施的，人家几十年都没回去过，因为那地方太穷了。娶本村的，乱套了，因为一个姓氏的在本村是不通婚的，但是现在基本上不在乎这个了，多少年的老规矩就慢慢在侵蚀和消亡。金水村的年轻人这几年考上学的并不多，考上中技就跟烧了高香一样，但是金水村依旧在继续向前走着。学校里高大的白杨树是几十年前建学校的见证，都盼望着自己孩子长大，能够出人头地光宗耀祖，这是最为真实不过的想法，说虚荣心也罢，说死心眼也罢，就是砸锅卖铁也要供娃们上学，上学这件事情可是耽误不起的，那是娃们的未来和一生。

55

蝉蝉每个礼拜几乎都到余力镇的教会做礼拜，她信的是基督教，乡党们说，她信神，骂人比谁都骂得厉害，而且嘴利不饶人。

因为没有啥营生，日子过得紧巴巴，常常是吃了上顿接下顿都很难，蝉蝉经常叫娃到夏一可家去借酱油、醋，夏一可他妈从不说没有或不给。

蝉蝉信教，慢慢就有人跟着一块儿去，并且说信教的好处。金水村的信徒就在一个年龄大的老婆子家里，礼拜天才到教会。

"蝉蝉，你这是走亲戚去？"村子人问。

"哦，哦。"蝉蝉支吾着。村人就看蝉蝉走到了老太婆家。

"信神还要给人家买东西！"村子人说。

"你给人家不买东西去白喝人家屋里的水，白吃人家的饭，干啥事情都要花费，不花费神不保佑你。"闲人说。

"我就不信神，我信观音菩萨，不信外国的耶稣。"旁人说。

"不管是信啥，都是叫你学好！"闲人说。

"我就不相信，我看婵婵骂人骂得美得很，把八代祖宗都能叫出来骂，而且不重样。"旁人说。

"那是她还没有领会到信教的真正意义。"高人说。

"你还真是个高人，你说的文言文，我都听不懂。反正我不信神，我只信观音菩萨！"旁人说。

"听说他们还祷告，祷告是干啥呢，是不是跟咱念佛时一样的？"村子人问。

"祷告就是一种祈福形式。"高人解释说。

"但是他们在人不行的时候不让吃也不让喝，还进行祷告，说人能活？"村子人问。

"那是人死后能升入天堂，也是祷告的一个形式。"高人说。

"我就不信这个，人死就叫好好走，胡折腾啥呢！婵婵我看是把老汉给折腾死了。"村子人说。

婵婵的老汉已经死了两年了，最后也得了治不好的绝症，死的时候还不到五十岁，撇下几个娃和婵婵，这也是不由人的事情，得了个瞎瞎病，老天爷也救不活。婵婵老汉死的时候家里没有举动，因为人家说按教会的形式走，就是进行了祷告，烧了几张纸，就再没有啥了。听说都没哭，那是哄人的，死人是个大事，哪有不哭的道理，哭是人之常情，哪能有不哭的道理。

金水村的大口井没有水了，而村主任斗斗雄心勃勃要重新打一眼井，并且保证这次打得深，保证以后水不会干涸，一直有水，并且买设备加大水的压力，保证家家户户有自来水吃，这样做的目的就是要每家每户交钱才能打井买设备，因为吃过自来水管的亏，再加上这些年挖井的人增多，所以没有几户交钱。

"每次干啥事，都是叫乡党掏钱，他咋不把自己的钱拿出来给大家打井买设备！"村子人说赖话。

"我看这斗斗是想趁机搂一把！"旁人说。

"斗斗这几年在外面是赔钱着呢！说是在外面干活儿死人了，给人赔了一笔钱！这些年就是个空壳子！"村子人说。

"那斗斗还开车，烧油、养路费哪儿来的钱！"闲人问。

"那是给乡党们看呢，不把这个壳子背着，他还有啥脸！还有这几年在外面胡乱嫖婆娘也花了不少钱！"旁人说。

"谁给他交呢，这几年你没看斗斗批庄子地几百元都打发不了，跟卖户口一样，他不签字，咋给盖章子，就等于没有。"旁人说。

"斗斗不知道睡了村上几个年轻媳妇！"村子人说。

"还有这事，你咋知道？"闲人问。

"世上哪有不透风的墙，要叫人不知，除非己莫为，老话你都不知道啊！"旁人说。

"我看再过上一年，斗斗也就干到头了。"村子人说。

"村上这是一块肥肉嘛，人人都想着！"堡子人说。

"咱村又不像人家城边边村有企业，咱连个啥都没有！"村子人说。

"这你就不知道了，你看这几年计划生育都慢了，只要交钱，你愿意要几个就要几个，国家要的是罚款，不再像以前那样把人拉到计生站做引产！村上的事情光宅基地这一块就能占一大块，人家要是不给你批，你就盖不了房！"堡子人说。

"你说得有道理。"闲人接住了话。

"通知，通知，接上级通知，从今天起，各家各户自行平坟头，时间为一个礼拜。"

"通知，通知，接上级通知，从今天起，各家各户自行平坟头，时间为一个礼拜。"

"再说一遍，接上级通知，从今天起，各家各户自行平坟头，时间为一个礼拜。"

金水村的大喇叭传来了斗斗的声音。

"这是做啥呢！平坟，这不是亏先人嘛！"堡子人骂着。

这是最容易激起民愤的事情，谁家没有先人，谁家没有坟地。

"这是国家政策！"村子人说。

"国家政策也不能不讲理，把人家的坟给平了，这还是人吗？"堡子人骂道。

"人家说现在坟地占的地方多，都把粮食地占了。"村子人说。

"胡说他妈的屁话，这伙人总是偏听偏信，不实际进行调查研究，你看咱堡子都是在北岭和南岭埋人，在艮岭的坡坡荼跟前埋着，谁占人家的好地了？"闲人说。

其实，"闲人"说得没有错，几百年来，金水村过世的人都是在荼坡沿埋着，几十年后，随着时间的推移，慢慢也就没有了，坟自然也就平了，人最终还是回归尘土，融入大自然。

斗斗在这件事情上做得积极，自己先带头把他妈他爸的坟平了，不是真正的平，也就是把碑子挖倒后用土盖了。村子人说，斗斗心里根本就没有他爸他妈，老人生前他对老人不好，现在这么积极，这是自己的良心所为。斗斗在这件事情上起到了带头作用。

村上不停地到各家各户动员，村上的人陆陆续续到自家的坟头把碑石推倒用土盖了。平坟过程中村上不停传来哭声：

"我可怜的'大'呀，可怜的连个碑子都没有了……"

"我可怜的妈呀，可怜的连个碑子都没有了……"

"以后到哪里寻你们啊！"

"以后到哪里寻你们啊！"

…………

金水村以前抢出租车的那几个娃后来陆续都被放出来了，唯有严严挨了枪子。听说行刑那天，他妈他爸都见了最后一面，严严都没有哭，他说自己是冤枉的，那司机挣脱了，动手要他的命，他才起了狠心，不是他故意杀人，也根本不是他动的手，他们把罪名都安插到他头上了……

严严自然是没有埋的，拉到火葬场进行了火葬。他爸捧着骨灰盒回村里……

严严是独生子女，这在金水村其实是很少见的，因为澄澄两口子都是双职工，都是城市居民，只能生一个娃，严严是跟他爸的几个弟兄的娃一块儿玩耍长大的。

年龄大了，也不可能再生，就这样将就着老去吧。

严严他爸头发白得很快，不久就在单位办了病退，经常在堡门口石头上坐着发呆。

"哎哥，你要想开，娃都走了，千万要想开！"乡党说。

"兄弟，咱的娃咋能受了国家的法，咱的娃咋能干杀人的事情，我娃再坏没有坏到那个程度，其他的娃就没有责任，都是我娃的错？他们的错让我娃一个人受了！"严严他爸说。

"好了，不说了，小心人听见！"乡党说。

"我还害怕谁听见！"严严他爸号啕大哭。

"咱的货也不争气，指望咱老了给咱养老送终，现在连个送葬的人都没有了！"严严他爸哭着说。

认命吧，这就是命。

这几年，金水村人在外面干事的也不少，有开饭馆的，有做小买卖的，有开"招手停"的，都在奔向小康的致富路上。开中巴的一般遇到本村人坐车基本不要钱，因为都是乡党，要钱脸上不好看，面子上更不好看，因为长年在外面跑车，家里有时难免照应不上，有时候还得麻烦村上的人。而开饭馆的对村子的人也是不收钱，都很热情。这种乡情浓浓的，咱就是金水村的人，自小在这里生，在这里长，咋能给村人要钱，而没有本事的人就窝在村里，反正，金水村的人一刻都没有闲着。

一到过年的时候，堡门口就热闹了，忙碌了一年，现在都闲了下来，一年就都等着过年，现在也不缺吃穿，穿的都是时兴的，天天都在吃肉！

"我叔，可找见你了！"余力信用社的小吴进了学勤的屋。

"来，坐嘛！"学勤爽快地招呼。

一阵寒暄之后，小吴说："叔，你看多少给点儿，我回去好给领导交差！"

"不是叔不给你，确实没有，有咋不给你，咱就是欠你们的钱，确实没有！"学勤说。

"你的事咱都知道，领导也交代了，不难为你！"小吴说。

"感谢领导，当年咱也是浑身是胆，响应国家号召，可谁知道，办厂这事还给闹赔了，一直都翻不了身！"学勤诚恳地说。

学勤说这话时，碎儿在院子听着。

56

夏一可他爸夏义惠在县城油脂厂上班，那个年月，油可金贵了，于是村子的人经常就央求夏义惠在厂里捎些油回来，一来比外面便宜些，二来比外面的质量好。盖房的时候，三间鞍间房后头的猪圈拆除了，花椒树、枣树砍伐了，因为这是盖二层楼，不管咋样也是人生中的一件大事。后头的地方有一分地左右，就因为后头这点儿地方，乡党都看上了，因为是一块地方，你背不走，于是乡党就结下了怨恨。这一分地里，夏义惠栽了槐树，垒了猪圈，还有花椒树、枣树，并且种了小白菜和萝卜，闲了就浇水施肥，也长得很旺盛，不几年工夫，槐树就长成了参天的大树，夏天能遮很大的阴凉，麻雀在上面叽叽喳喳。花椒树属于矮树品种，虽然不高，但是花椒豆结得很繁很盛，闻起来有一股淡淡的麻麻的清香，用绿色的还未成熟的花椒豆钻耳朵、扎耳朵眼特别好，起到了麻药的作用，年轻女娃戴着耳坠，就特别漂亮。一条巷子的女娃都用这个花椒豆扎过耳朵眼。还有枣树，虽然长得不直，但是弯的特别有个性，等一树的枣都红了，也都特别甜。这一分地就像一个聚宝盆一样，长出了好多东西，土地是最不会亏待人的，人们在土地上生息繁衍，生生不息，都离不开土地对人们的恩赐。

庆庆说，我要在这里堆柴火。庆庆也属于一头沉，在周宁的工厂上班，礼拜天就回来了。虽然没有说到当面，但这些话还是传到夏义惠家人的耳朵里，可见周围的人对这块地方垂涎三尺，但是最关键的是这一分多地没有在你们家的前后呀，你怎么占有，这是一块地方，而不是一个啥东西，假若是啥东西，那怎么也轮不到夏义惠家，早就被人家拿跑了，这是块地方，你背不走！为了不夜长梦多，夏义惠写了个申请，在恒恒还当村主任的时候，通过大队、小队签字盖章就把这块地方成功划入自家的院子。

盖房时，大槐树保留下来了，因为这棵大槐树基本靠到后墙了，盖房盖不到这里，枣树和花椒树就没有了，曾经想过移栽到前面的院子，但是前面也没有地方，最后只有狠心砍掉了。还有两棵桐树，已经长得像椽子一样粗了，也砍伐了。盖房的匠人也是经人介绍的，是南山底下村的，带了十几个人。因为给村上的人盖了房，夏义惠去看了好几次，也就下定决心让这个匠人给自家盖房子。

夏义惠二十岁时就搬出来了。九爷给他娶媳妇是在堡子里的老屋，有两个儿子的都要在外面重新申请宅基地，九爷自然不例外，一般都是最小的儿子留在屋里，女子们就找个婆家，打发出门了。因为金水村自古的规矩就是养儿传宗接代，养儿防老，女子嫁出门就是泼出去的水，在婆家过你们自己的日子，逢年过节才走动。老规矩是乡俗，更是社会约定俗成的礼仪，永远没有破坏和解体的道理，因为不可逾越，这是祖辈积累的经验，金水村的每一辈人都是这样过来的。因为九爷的威望，解放后虽然在金水村没有担任什么村干部，但是威望还在，毕竟在旧社会当过周围十几个村的保长。而九爷家也不是地主，自然也就没有被批斗，因为不是地主所以也就没有大片的土地。九爷是会写一手毛笔字，时常就戴个石头镜，这也是文化的象征。九爷依旧像往常一样了断堡子的家庭是非，婆媳矛盾，邻里纠纷，堡子里的事都是大事化小，小事化了。不管谁家的对错，一经九爷划定，这事就了结了，再也不能提说，各家过各家的日子。堡子里的人对九爷都很敬重。60年代国家招工的时候，九爷的大儿子就被招到周宁当工人，吃上了商品粮，同时那一批招的还有堡子的几个人，因为招工要考察家庭成分是什么，是贫农还是地主。家庭成分在60年代的中国往往决定了这个家庭的出路，只有贫农成分、政治清白的家庭才能有招工的待遇，因为你得先过村上大队这一关，在村上谁家是啥成分自然是一目了然。夏义惠虽然是招工在周宁当工人，户口是城市居民，但是家还在村里，在工厂里就是住集体宿舍，往往礼拜六的下午才回来，也是属于一头沉。

申请庄子地的时候，本来堡子外面的一处地方向阳，刚好挨着堡门，但是九爷嫌这里是个积肥坑，就是生产队上骡马的肥料都堆积在这里，九爷嫌这里不好，因为味道大，咋处理也有味道，何况要处理还要有劳力，想处理干净也是一件困难的事情，所以就选了离堡子远的地方。金水村堡子外头人是越住越多，也就慢慢形成了街道。宅基地实际上都是麦子地，做了宅基地，麦子地就少一块，这是自然而然的事情。

村上用尺子量了地，用白灰画了线，就可以在这里垒墙垒门楼，这块地方就属于你了，随后村上会给你办相关批复手续，这也就是你合法的宅基地。

　　夏义惠先在宅基上盖了三间厦子房，一间盘炕住人，一间放东西，一间做灶房。盖厦子房就要借隔壁家背墙，这样就少垒一道墙，背墙经过中人说话写手续就落实了，付给隔壁家适当的费用，然后你盖自家房就可以驮上去了，金水村都是这样，这就是房子半边盖，不是肥水不流外人田，而是没有钱盖，先这样凑合着盖能住人就行，其他的就不讲究了。

　　夏义惠从堡子出来，在宅基地上盖房可以说是白手起家，椽檩都是和媳妇一点儿一点儿从余力木材市场找便宜的买回来，还有箔子、瓦。剩下的就是一些砖，因为经济不宽裕没有钱，只有挑地基时候用一些砖填地槽，以使得房子地基坚固牢靠，到上面的时候胡基和砖搭配着用，胡基不用说，村上就有打胡基的，土不用管，到处都是黄土，打好后就晒干，晒干后垒成垛子，用塑料盖好，防止雨淋，盖房时就可以直接用了。盖厦房要和泥垒墙，匠人拉来土，在里面画一个圈，把黄土划开，撒些麦糠，再倒入水，然后用锨一锨一锨翻搅，等全部搅好以后，就脱掉鞋袜，用脚一点儿一点儿踩，这样能使泥更黏糊，利于砌墙的牢固性。在一点一滴中，厦子房就慢慢盖起来了，厦子房也要上梁，也就是架椽铺檩，自然就有乡党们来帮忙，炒几个菜，一瓶靖宁大曲，放几挂鞭炮，厦子房就算起来了！里面的粉刷也是就地取材，用泥一刷，土一漫，就可以了。厦房唯一奢侈的地方就是地面了，用的是水泥铺地，因为刚好在水泥厂的乡党拾掇了些水泥给带来了，这也不是花钱买的，而是这个乡党每次卸车时最后打扫车厢把扫下的灰装起来，时间长了就积攒了几袋子，刚好盖房子的时候就派上用场了。盘炕、垒灶台这都要的是把式，把这些工作做好，厦房就算是胜利完工了，然后六月收完麦子，过了夏，到九、十月份就可以住人了。

　　厦子房也是前后花了钱的，买椽、买檩、买瓦、买箔子、买砖、匠人工钱，哪一样都要花钱，还拉了一些账，就慢慢还！

不过，总算有了自己的房子。

金水村凡是走出堡子的，也都盖的是厦子房，条件好的盖三间，条件不好的盖两间，也有盖一间的，做饭就在院子里搭个牛毛毡棚棚，先凑合着，等有了能力再盖两间，而夏一可的父亲一下就盖了三间，也算得上是宽敞了。平常还爱花，也就在院子里栽了月季花、桐树，还有柿子树，以后娃们家大了，也可以吃柿子。这也是20世纪70年代的金水村各家各户的基本景象。

盖鞍间房工程量就大了，因为这次胡基就用不上了，得全部用砖头，因为要上梁，房顶是担子得把整个房子挑起来。夏义惠就慢慢买了砖头，砖头一买就是好几年，因为砖瓦窑开始的这一批砖还可以，路近，说好价钱就自己慢慢拉回来了，也省了工钱，一天用架子车拉一点儿，慢慢就把盖鞍间房所用的砖拉全了，就放在门外，乡党们一看就说，要开始盖房了，夏义惠回答说，先慢慢预备，就这样，木料、箔子、瓦，就慢慢齐全了，这次就不用土和泥了，这次得拉沙子，还得买水泥，这都是重中之重的事情。夏义惠是不打算拆厦子房的，因为一拆就没有办法住了，院子地方又大，厦子房紧挨着前院，鞍间房这次就往后盖，盖个南北房，这样就冬暖夏凉，也洒脱。

现在，这条巷子都住上人了，门口就都堆些柴火，只是对面的老婆子经常把脏水泼到路上，溅到柴堆上，为这事发生过几回争吵，但是过后没几天老婆子照旧把水泼到路上。老婆子申请庄台子地的时候本来要的是十字路口的，但是没有要成，因为队长没给批，而是给他大儿子批了，为此，老婆子甚至和队长翻脸了。老婆子的男人也在外面工作，因为远，很长时间才回来一回，所以家里的事情都是靠自己一个人，因为院子里还住了另外一家子人，所以他们就主动申请要搬出去，但还是没有申请到十字路口，喜欢的地方，偏偏就没有给批到手，还是因为村上的人多，都往堡子外头走，这也是金水村的趋势。

眼看着夏一可家盖房，看人家日子过得红火，就有点儿眼红，偏偏这天她又把水泼到柴堆边上了，夏一可他爸夏义惠回来后就骂了几句，这下老婆子就不答应了，出来就要泼，"我叫你盖房上不了梁！"果不然，老婆子在夏一可家上梁的当日就坐到了外面的担子上！

"好我婶，你这是干啥？"高人说。

"我就叫他上不成梁！"老婆子回答。

"人家也没惹你撞你，你何苦！"高人劝说。

"他骂我来着！"老婆子说。

"那也要分时候，你连这点儿度量都没有！"高人说。

一句话把老婆子说得没有脾气了！

"好好，我今天就看在你娃的脸上不坐了！"老婆子说完就起来回屋去了。

"我婶还是讲理的，这才是我婶呢！"高人给老婆子戴高帽子。

盖房上梁，院子里就临时垒起了锅灶，借来了桌椅板凳、碟子碗筷等，买菜买肉，招待帮忙的乡党。

上梁的头几天，夏义惠就用红布画好了八卦，预示着上梁大吉、吉祥如意，农村盖房的传统就这样彰显着。起梁的时候是最费事也是最难的，人们要齐心协力才能把大梁拉到房顶，这是一项技术活儿，这也是一项人多力量大的活儿，这时候是用人最多的。众人拾柴火焰高，不久，房子终于盖好了。依旧是过了夏天，就搬进了鞍间房。

厦房住了十几年，现在换成了三间鞍间房。如今鞍间房也住了几年，夏义惠深有感触。九爷一辈子没有盖房，一直住在老庄台子传统的四合院，有过厅，有厢房，那时候也不兴盖房，都是在原基础上拾掇一下，哪里漏雨就维修哪里，院子里的水井也用了好几辈人，都是隔几年就淘井，井水甘甜，养活了祖祖辈辈的人。

夏义惠今年也四十五岁了，他想着给娃再盖个二层楼，娃长大再给娶一房媳妇，这人生大事也就完了，最后让他顶替接班，好坏有个饭碗，他这一生也就放下心了。咱金水村这地方好，虽说现在没有修路，但离城近，迟早路都会修的，以后的生活和日子那是不用说，自然是芝麻开花节节高，然后就是自己从工厂退休，回家务农，也算是给国家做了贡献，回想这一生，也是真快，四十五岁，再活一个四十五岁就九十岁，他估计没有这个可能性，因为村上最大的人也就活了个八十来岁就到头了，活太长都是罪过，也不能把子孙的年龄都给活了，所以这次把劲都攒着，就是为了争口气，他想起了前两次盖房。盖厦子房时为了买椽檩，也是借的钱，当时瓦也紧张，最后都慢慢还上了，好在都是亲戚。盖鞍间房是从夏一可他姨妈那里借的钱，这借钱把人劳心费神咋了！现在要盖二层楼了，总不能再借钱，因为平常日子过得仔细，再注意节约些，这也还攒了一些钱，加上喂了几年猪，也攒了几个钱，二层楼用鞍间房的担子大梁，不用楼板这就能省一些钱，还有鞍间房拆下的瓦、砖头，拣好的用，再买一点儿也就够了，下来就是买些牛毛毡、箔子、水泥、砖、沙子，给匠人开的工钱，全部下来也得几万块钱，虽然攒够了，但是夏义惠还有自己的想法，他想向几个人开个口，借一下钱，看能否借出来，主要还是试一下这几个人到底咋样，因为借钱能考验人啊。平时给他们帮忙也不少，让他在县上办一些事情，他都没有拒绝啊！

<h1 style="text-align:center">57</h1>

这一天，夏义惠就走进了东新的屋里。东新也是在外头工作，和夏义惠是一前一后招工出去的，他所在的地方不是工厂，而是一个研究所性质的单位，他在里面一直干的是炊事员的

工作。

"东新哥？"夏义惠叫着。

"义惠，今天也是礼拜？"东新边招呼，边倒水。

"你喝茶不，咱这儿也没啥好茶！"东新说。

"都行，白开水都行。"夏义惠说。东新一直都是抠抠搜搜，一点儿不假。

"我给你泡些砖茶，开胃！"东新说。东新宅基地前面就是一片麦地，他盖的是楼板平房。

"单位效益还可以？"东新问。

"还就是那样。"夏义惠说。对于单位的人和事，他并不想掺和，他只想干满三十年工龄尽快退休，有人的地方就有江湖啊！单位的事情也是一言难尽。

"东新哥，年后准备动工盖房，东西都准备好了！"夏义惠开始探口风。

"年后好，二三月天气，不冷不热，是盖房的好时间。"东新喝了口茶说。

"现在给匠人的工钱还不凑手，你看能不能给倒腾一点儿？"夏义惠说。

"噢！"东新迟疑了一下没有说话，缓了一会儿说，"你知道，咱屋的钱都是你嫂子掌管，咱虽然跟你一样在外面挣钱，也都是几个娃，都要花钱！"东新说。

夏义惠听出来了他的弦外之音，便有一句没一句地说了几句话，起身告辞了。

俗话说，求人办事难于登天。夏义惠自尊心强，这一辈子还没有给谁低三下四过，对东新开口这是第一次也是最后一次。他想起东新那时候隔三岔五就往家里跑，来了就问九爷做饭的一些事情，咋样放调料，咋样做饭菜有味道，九爷都给他教了。九爷虽然不直接做饭，但是对于锅灶上的这些事也是很精通，所以九奶做的饭菜往往就很可口，东新在单位上是炊事员，做饭就是他的工作，于是想方设法找九爷讨教，摸到一些门道，把炊事员的工作干好，炊事员的饭菜做不好，就胜任不了工作，长此以往就会被别人顶替，最为关键的是单位领导的喜好，什么口味，都要长期琢磨，因为这是饭碗，所以东新一回来就去九爷家讨教。

夏义惠离开东新家，边走边想着往事，走着走着，便来到安平这里，安平院子收拾得非常干净，作为村里的诊所，安平也算是个本家，比夏义惠小十几岁，随着他"大"的离世，现在也是独当一面，看病在村里村外也是小有名气。

"我看你把盖房的砖都买好了！"安平开门见山地说，他给夏义惠发了支烟，就开始泡茶。

"这是一个病人看好病后给拿了包茶，龙井，咱尝尝。"安平说着递过了杯子。

"嗯，味道好！"夏义惠称赞道。

"安平现在可以啊，技术是越来越好！"夏义惠说。

"都是自己钻研，也要勤看书，总结经验，关键是见的多了，手就越来越熟！"安平说。

"这几年我爸给咱引来了不少病人！"安平说。

"说这话就见外了！咱都是自家人，谁也不愿意得病，都是事情攒到这里了，迫不得已，再说咱这里不用打石膏，夹板一固定就能成，你到人家红会医院还要打石膏，住院很麻烦，还花钱！"夏义惠说。

"安平还是有本事，离了我哥，看你经营得也红火。"夏义惠说。

"哎，人都是要离开的，或长或短，在这个世上走一遭，都不容易！"安平说。

夏义惠打量着挂在墙上的锦旗，这些都是病人送来的。

夏义惠在心里徘徊着，说还是不说，说吧，说出口答应了还好，皆大欢喜，不答应，这不是把人晾在一边了，所以他迟迟没有开口。

"匠人都靠好了没？"安平问。

"匠人都靠好了，南岸子的。"夏义惠说。

"我还说没靠好的话我给二掌柜的说！"安平说。

"早都靠好了，咱盖房这么大的事，都是提前靠好的。"夏义惠说。

对于这个弟兄，也没有啥话说，虽然是弟兄们，但是基本上不说话，不来往，一切的根由都是因为分家引起来的。还有大女子跟他奶住着引起的纠纷，最后从他奶那里搬回来了，这不是不够住吗，但是老二就没有容忍。还有给粮站交公粮，你老二就直接把人领来了，这些话就不能说，说起来就是伤心。老二自从盖了房，堡子上下溜须拍马的人就多了起来。

从安平那里出来，夏义惠就决定不再跑任何地方了，求人比登天还难，好在自己都准备好了，能付得起盖房的钱，不但把房盖好，还要把房拾掇好，你们就看着吧。

匠人的住是个问题，假若是村子的人，就不存在住的问题，也不用管饭，因为都是到时间就回自己家，第二天早上按时就来了。夏义惠之所以不叫村子里的人盖房，就是有时候熟人不好说话，还要把烟酒给伺候上，有时候还不好好干，都是乡里乡亲的，反倒不好说话，所以叫外头的人，外头的人没有把啥做好可以纠正，也好说。村里的人就不行了。叫外面的匠人首先就遇到了住的问题，住到哪里合适？想来想去他想到了潞安家，潞安是自家人，两口子都在外面工作，常年不回来，她的屋子空着，刚好能住匠人。

"哥，年后盖房，要住匠人，你看潞安那里能住不？"夏义惠来到苑子哥处，苑子，这可是亲亲的自家人。

"义惠，盖房啊，没问题，她两口子又不住屋里，匠人能住，我给你取钥匙。"苑子哥说。

"他们的钥匙就放在我这里，我有时候过去给扫扫院子。"

苑子哥说。

"哥，是这，到时候把房钱给潞安。"夏义惠说。

"义惠，你说的这是啥话，咱这是啥关系，是和九爷老一辈的关系，你咋能给哥说这话。"苑子哥不高兴地说。

"哥，这房是潞安的，咱住匠人就要给房钱！"夏义惠说。

"我是她哥，我还做不了她的主！你让匠人住，没事！"苑子哥把钥匙交给了夏义惠。

苑子也是早期的工人，也都是招工出去的，在周宁一家军工单位后勤科担任科长，有时也给乡党们在厂里采买些便宜的物资。而潞安是苑子的妹子，因为嫁到本村，前几年家里也盖了房，人在单位住着，盖的也是两层楼，所不同的是房子是在前院盖着，面朝街道，安了门面房的门，想着以后退休回来开个诊所，因为在单位就在医务室，所以也就提早打算了，退休以后，金水村就是她的归宿！

住匠人这事一说就成，什么是交情？这就是交情，交情不随着人走茶凉，而是一辈传一辈，历久弥新，不像外面单位的人都是忙着算计。

夏义惠的房子是在过完正月十五开始动工的，因为牵扯到隔壁的墙，所以也就提前打了招呼，垒生分墙，各人垒各人的墙，互不干扰。这条巷子除斗斗和炸弹几个盖了房，其他的都没有盖，都是两间或者三间鞍间房，所以一旦有人盖房，没有盖的自然就眼红，甚至得了红眼病。

十六的早上，夏义惠早早地就摆好了供桌，拿出九爷的相片，点上两根红颜色的香蜡。

"'大'，要盖房了，给你说一声，今天就挑地基。"夏义惠说。

放过一挂鞭炮，匠人就正式动工开始挑地基了，自然就有乡党们来看，议论着盖房的事情，想着自己也啥时候出人头地给娃盖房。

夏一可家盖房，最不高兴，得红眼病的就是蝉蝉，蝉蝉隔三岔五地就趴在后院的墙上看。自从死了男人后，蝉蝉就成了寡妇，以前说人家男的不在女的就在门背后藏人、偷人，现在轮到自己了。自从男人死后，蝉蝉就清心寡欲，娃都那么大了，也不能再找一个人，就这样慢慢混着过日子吧，等再过五六年，也该给娃娶媳妇了，等娶了媳妇自己也就安心了。可眼下，屋里还是男人留下的两间鞍间房，看着人家盖房，难免会气愤，想起自己的男人若在的话也会盖房，想到这，蝉蝉就开始哭了！自己一个寡妇，哪有什么本事盖房？盖不了房，这以后可咋给娃娶媳妇，给娃娶不了媳妇，娃以后可咋给自己养老送终！想到这里蝉蝉就越发地伤心，心想跟了这个男人也没享过福，还早早地走了，撇下自己和娃过日子，都说年好过，日子难过，这话一点儿都不假。礼拜去教会，她可是一天都不差！她家是一个集散地，但后来这些人就都慢慢不来了，还有以前相好的男人也都不来了，有时见了自己都是躲着走，也不愿意和她多说一句话，自己是寡妇呀，寡妇门前是非多，人言可畏呀！也只能慢慢混日子。老天爷呀，你咋瞎了眼睛？

盖房是个大事，夏义惠继续上着班，因为不可能几个月不上班呀，盖房也不是几天就能盖完的，就这样叫来了夏一可他舅，在这里算是经管着，按月给开工资，虽说是亲戚，但也不是一两天的事，所以就住下来把房盖完再走，招呼匠人，因为盖房离不开人，匠人一会儿要这个、一会儿要那个，你都得及时提供，没有了还要出去找人借，不让把匠人的手闲住，总的来说就是顺顺利利把房盖完、盖好，经管的这个人就显得尤为重要。

匠人们每天都干着活儿，住在潞安那里到饭点自己做饭，工头在自己村找了个做饭的，给人家也开钱。夏义惠家的二层楼就这样慢慢地一天天开始垒高了，在外面看已经显示出高大的气象了。离一层上楼板的日子越来越近了，来看盖房的乡党也越来越多。

各种材料也用得快，眼看着沙子也用得差不多了，夏一可爸就让鲲鲲用他的拖拉机拉沙子。

"鲲鲲，你去给爸拉一车沙子，到时该多少钱爸给你开多少钱，一车若不够，到时候完了你再继续拉。"夏一可爸给鲲鲲说。

"看我爸说的，给我爸拉沙子还要啥钱！"鲲鲲嘴很甜。

"你是这，爸先给你五十元钱，到时候多退少补。"夏义惠爽快地说。夏义惠知道，鲲鲲虽然有个拖拉机，但是太懒惰，平常也不愿意下苦，所以拖拉机没有多少活路，也就是收麦时候和收秋犁地挣个钱，平常大部分时间都是闲着的，所以这次拉沙子也就让鲲鲲去拉，因为让谁拉都是要给人家开钱的，鲲鲲闲着也是闲着，就让鲲鲲把这拉沙子的钱挣了。

鲲鲲也跑得快，一上午就到西岸子把沙子拉回来了，是盖房用的好河沙。这几年盖房的人多，西岸子的河岸就有专门淘沙子的人，专门淘好堆在空地上，去了说好价钱光往车上装。

刚好到了中午吃饭的时间，鲲鲲顺便也就把饭一吃。夏一可他妈厚道，给鲲鲲捞了美美一碗面，鲲鲲吃得很香。

上楼板这天也是选定的吉日，夏义惠早早就写好了对子，还有一些竖的条条，欢欢喜喜地让夏一可在墙上用糨子粘上。上梁喜鹊叫；百年大计，质量第一；上梁逢吉日；等等。夏一可上学时学过大字影格，后来也就没学，写毛笔字也是一项工作，在金水村都是上了年龄的人写对联，过年就贴在自家的门口。

乡党们陆陆续续地都来了，用匠人的架子车合力拉楼板。乡党们有真干活儿的，有耍嘴皮子的，也有看到点了来混饭吃的，因为上梁也不行礼，就是帮忙，然后主家都会管饭吃。

安平一早就来了，他拿来了一条红、一墩子几千响的炮，一共四样礼。

"我来凑个热闹！"安平笑着说。

"咱这都是给娃们家盖房，以后就是娃们家的世事！"夏义惠说。

乡党们有说有笑，忙忙碌碌，楼板一间一间就慢慢上完了。

"二层还驮楼板不？"苑子哥问。

"二层用咱原来鞍间房的木料，还有拆下的瓦！"夏义惠笑着说，并且给苑子哥发了支烟。

"这也好，楼板上打水泥，时间长了风吹日晒，楼面就炸印了，下雨就容易渗，最后都要渗，瓦就不一样了，时间长了，若渗漏，找到漏点光换瓦就可以了。"苑子哥说。

苑子虽然一直在外面工作，但是对盖房也是十分精通的，他儿鲲鹏前几年在外面砖瓦窑挣钱了，也给家里盖了二层楼，并且还打了新式的柱子，二层就是楼板的，但是不知道是没有处理好楼顶还是什么原因，不到一年下雨楼面就渗，好在二楼不住人。鲲鹏平常也不回来！苑子虽然是个能人，但是鲲鹏这还是管不下，再说都是四十几岁的人了，也没有办法管，苑子就慨叹自己也老了！

58

在乡党们的帮忙中，楼板就顺利地上起来了，娃们家就首先在房上点起了鞭炮，鞭炮声轰轰烈烈地响了一阵，院子里的席面就慢慢开了。上楼板也没有啥讲究的，桌子除了自有的，其他都是借来的，都是各家吃饭的小桌子，带上板凳。菜是两个凉菜，两个热菜，最后就是金水村最传统的臊子面，油泼辣子臊子面，香香美美地吃一碗。吃完了就起席，没有坐的人就接着坐，爱喝酒的就喝一杯酒，咋说这也是高兴的事情，谁家都要盖房。

吃完席后，夏义惠就让夏一可拿着烟在外面给帮忙的乡党散烟。

"这是你叔。"夏义惠说。

"叔！"夏一可叫道，从烟盒里取出一支烟递上去。

"哦，可可都长这么高了，你爸给你盖完房就该给你娶媳妇了！"叔笑着对夏一可说。

夏一可的脸马上就红了，他还没有到娶媳妇的年龄，这些人就这么说，真是农村人啊。

给离席的叔叔、伯伯发烟，有的认识，有的面熟，有的也不认识。因为现在金水村大了，距离扯得很远了，以堡门口为点，乡党们都四散住开了，村子越扯越长，越扯越大。

到二层的时候，因为不是上楼板，是上大梁，所以来的人就少了，也少了很多麻烦，主要是匠人们和几个自家人一块儿完成的，八卦是夏义惠重新画好钉在梁上的。夏义惠盖二层楼的时候几乎没有人再在二层盖瓦房了，都是清一色上楼板，但一算账，鞍间房拆下的椽檩和大梁都是现成的，要买的东西不是很多，这样就能省一大部分钱，再说你把这些木料不用放在院子里，风刮日头晒慢慢就朽了，最后只能烧柴，还不如合理利用。而瓦房的好处是基本不漏雨水，这也是关键所在，楼板房渗漏就要修补，也是很麻烦的，不划算。

"我就让你盖不成！"蝉蝉和娃在门口闹仗，原来是为盖房的事情。

"我说你给我们把根子带上，以后我们也要盖房的。"蝉蝉说。

"你的根子在哪里？"夏义惠问。

蝉蝉不知道，就开始胡搅蛮缠。

"回去，你跟娃都回去，在这胡闹啥？"穗丰不知道啥时候就出现在蝉蝉面前。

"义惠哥，你别跟她较量，那浑着呢！"穗丰拿出烟。

"穗丰，咱知道情况。"夏义惠说。

"看你盖房，肯定眼红，这是人之常情，现在他和娃这一摊子还不是驮到我的头上！"穗丰说。

"再说，我哥走得早，我不管谁管？"穗丰话里有话。

"是这，你看你灶房盖到哪里就把墙根给带上，你把沙子水泥钱一算。"穗丰说。

"都是匠人要做的活儿，能用了几个钱！"夏义惠说。

"那行，兄弟就把你麻烦了！"穗丰说。

按照常理说，作为两邻，一家盖房一方要给对方带根子，对方要付沙子水泥和匠人工钱。

这些年，穗丰也在外面做车生意，不过他不是纯粹倒卖，而是也在外面包一些活儿，家里也早早盖起了二层楼，也成为金水村的"大款"之一。

到收麦子的时候，二层楼主体包括外面的粉刷就全部完成了，新房盖得高，坚固敞亮，来看的乡党都说好，并且说这匠人是个把式，活儿还没有全部做完，匠人就又把活儿接上了，是给三队的保举盖，并且付了定钱，收秋后先挑地基，拾掇好地基来年开春再盖，夏义惠当的中间人。

收完麦子晒干后匠人就来了三四个人，因为用不着那么多人了。拾掇里面的粉刷，看哪里还有瑕疵也拾掇，拾掇完最后的零活儿就算是正式完工了，夏义惠就定来了二层的栏杆，是二龙戏珠，在阳光的照耀下，金光闪闪，照着整个院子。

楼房的外立面用的是水刷石，并且做了几个菱形的图案，这也是参考了苑子盖房的外墙粉刷，这样一是保护墙，二是好看，但这是一道工序。村子里最早盖的二层楼都没有外墙粉刷，都是清水墙直接就结束了，一是节约成本，二是也用不上什么装饰，可以说是朴实无华，匠人如果没垒好墙，直接就暴露无遗，但是现在盖房都包裹上了外墙，进行了外立面包装。房子里面不是大三间，而是一间大房、两间小房子，外面是个客厅。

为了便于采光，小房子只垒一米左右的墙，上面都是木头隔断，隔断上安玻璃。上下的门窗都是提前做好的六开大窗子，地面是水泥地加铁锈红，脏了可以用拖把直接拖，光这些后续的工作也是花了不少钱。因为房子盖得好，里面也拾掇得好，所以来参观的乡党也不少，有的后来盖房就直接要求按照这样的样式来盖，里面的也一样。夏义惠家的这个二层楼房无疑成为一个样本，来看的人很多，乡党都想盖房，都想过上好日子啊！

院子分为两块，一块用水泥铺，一块用砖铺，用水泥铺的目的是晒粮食，以后就不在场上晒了，这几年慢慢地都用上了收割机，所以也就没有打麦场了，收好后直接就拉回来了，回来就倒在院子慢慢晒干。院子的东面是个小花坛，栽上月季花、竹子。正房的两侧还栽有两棵杜仲树，杜仲树长得快，而且叶子还是一种药材，还可以泡水喝，还买来两棵核桃树栽在后院，让慢慢长着，不几年就能吃上自家院子的核桃了。还有栽了几十年的柿子树，自从申请了这个宅基地，就栽了柿子树，开始只有手指粗，慢慢地一天天长大了，中途还不小心被羊啃了，好在发现得及时，把羊拉开，用苞谷秆围起来，小柿子树才慢慢缓了过来，现在已经长成一棵大柿子树了，每年结不少柿子，又大又甜。旁边就是水井了，这几年也淘了几次了，井水还旺着，只是淘井的人越来越难找了，日子渐渐好了，没有人愿意下这个苦了。

二层楼盖起来后，三间厦子房就显得低矮破败了，毕竟，新房的光气遮盖了厦子房，厦子房也二十多年了，房子也老了。但夏义惠还不想拆，毕竟这是自己亲手在外盖的第一座房子，那时候九爷还在，这个房子是历史的见证。那时候早上七点，广播就准时响起来了，每个村都有喇叭，每一家都有喇叭，每天都有国家的声音，播出的都是领导人出访，而喇叭就安在厦子房的房檐下。

这个院子还是很别致的，春天有鸟叫声，还有栽种的各种花竞相开放。夏天院子后面的槐树、核桃树遮蔽阴凉；前院有柿子树、竹子，也很凉快。秋天是收获的季节，核桃成熟了，成熟后的核桃就自然掉落了，光捡核桃就捡一大筛子，核桃个大瓤多，俩树就捡两筛子核桃。冬天下雪扫雪，这是人生中最幸福的时候，这个院子、这个房也是自己以后终老的地方。人生给后辈留下了这么多，然后让他们自己再慢慢过生活吧！再过几年，夏义惠就退休了，到时候让夏一可顶替接班，自己就回来了，夏义惠把夏一可的出路都安排好了。

夏义惠去翻地，现在都是拖拉机犁地，因为有犁不到的地方，还得拿锹翻，夏一可也就跟着去。

"义惠，翻地去呀？"苑子哥问。

"哥，我把回头翻一下。"夏一可爸给苑子伯伯递了支烟。

"伯伯！"夏一可叫道。

"俺可可长大了！"苑子伯伯说。

"我记着你地里头原来不是有个大口井？"苑子哥问。

"哦，那一年队上把井填了！"夏义惠说。

"哎，这都是糟蹋人呢，当时学周宁的曲池公社，我还去参观学习了，当时声势浩大，咱余力公社学的都是人家的先进经验，那是人家挖了一眼带辐射眼的大口井，大口井宽就有三四米，井底不同方向有辐射眼，每个辐射眼有十几米，说是这样水的来源多，咱是在人家的推广下学习的，当时的口号是'每人一亩水浇地。'"苑子哥说。

"咱村的这个大口井就是在这个情况下挖出来的。"苑子哥说。

"咱村几乎都有五六口大口井！"夏义惠说。

"上面说实现一人一亩水浇地，这是吹牛嘛！"苑子哥说。

"当时挖这些井费了好多工夫，咱村我不知道，其他村听说还伤了人，以后也浇了几年地，但是后来就不行了，因为没有水了，你想几百亩地都靠这井，井底下哪有那么多水，时间一长都垒了，也没人淘，慢慢就用不成了。"苑子哥说。

"还有电房子的马达最后都让人偷了！"夏义惠说。

"浪费大得很，最后都失败咧，大口井几乎都填完了，这些年我看填完了！"苑子哥继续说。

"不填不行，娃们家耍，危险着，最后盖板都没有了！"夏义惠说。

"上头一句话，底下整死人！咱这是塬上，靠天吃饭！"苑子哥说。

"听说那时候国家水利部部长都来视察过！"夏义惠说。

"都是大领导，不懂个啥，光听底下给汇报，不实际调查研究！"苑子哥说。

"谁敢说实话，谁说实话谁挨剋！"夏义惠说。

"哥，你还记着咱平整土地不？"夏义惠继续说。

"咋不记得？咱村平整土地、大炼钢铁，把庙旁边好多石羊、石马都砸了，拉到翻砂厂炼铁！"苑子哥说。

"你俩在这儿说啥？"高人路过。

"来，吃烟。"夏义惠说。

"石羊、石马，我小时候经常在那里耍，老在上面骑，还有很高的石碑，上面写的啥字也看不清楚，最后都砸了！"苑子哥说。

"咱这一片埋的都是古代的大官，平民老百姓哪有那么大的坟！"高人说。

"还记得那时候咱把苞谷和麦子套着种，这也不知道是哪个驴球净给人出馊主意，说是一米宽七十厘米种麦子、三十厘米种苞谷，还说是从理论上讲能丰收！不种地的人教种地的人种地，咱不种还不行，公社派的人就在那里守着。"高人说。

"外行领导内行，我厂就是那样，把懂行的厂长调走，来了个不懂行的弄得一塌糊涂，上回军需品都让人家退回来了！"苑子哥说。

"你看咱地里的高压杆多高，别看高，说不定以后这楼盖得都比这高压杆还高！"高人说。

"你看嘛，底下余力镇都快没地了！"高人说。

"咱不操它那闲心！"苑子哥说。

金水村堡子外面盖房的人慢慢增多了，条件好的都盖个二层楼，条件不好的，都盖个一层楼板房，鞍间房、厦子房基本退出了金水村的历史舞台，因为盖房就涉及邻家的院墙，也因此打得头破血流，由此几十年的老邻居成为仇人，风平浪静的金水村由此进入不平静的时代。

春燕是老师，在金水村教过书，最后到隔壁的朝岭村教书，那时候各村有文化的人基本上都抽出来在本村小学代课，春燕就是从那个时候开始当老师的。春燕的宅基地在堡子外，也是为了盖房，和盈家就弄得很不好看，也是因为墙根子的事情，两家都不忍事，险些酿成大祸。

"谁叫你挑地基，这边是我的地方。"春燕对正在挑地基的匠人说。

"好我婶，这家盖房，挑地基肯定要挑到你那边，不然垒不了墙，墙垒起来就好看了！"匠人工头说。

"她盖房给谁打招呼了，这头是我的地方，我说不能就不能！"春燕说。

她本就窝着一肚子火，你盖房把谁当人了，欺负我没在家，我看你这房盖得成。春燕两口子都在外面，她在外村教学，晚上就回来了，男人在周宁工作，也都是招工出去的。

这边是盈的地方，盈弟兄六个，弟兄几个的宅基地都是紧挨着路边，也不知道是说好了还是有意划拨的，反正弟兄几个宅基地都是紧挨着路边，这个盈也自然不例外。

盈一听这话就躁了起来，也确实没有打招呼，因为两家关系本来就不好，虽说是个邻居，但是基本上不说话，而且台阶是一家比一家的高，你比我高一尺，我就要比你还高一尺，不管咋样，反正就是比你要高。

盈身高马大，过去一把就把春燕推倒在地。

"你还是人民教师，我在我地方盖房，挡你吃屎的路了？"盈骂道。

这下春燕不答应了，扑过去就一把抱住盈的腿，撕扯着，盈这次也不敢了，有力气没法使，如果再动手，恐怕就难以收场了。

盈媳妇也劝说着："好嫂子，你就看在我的脸面上，别跟盈计较，这是个不知深浅的东西。"

春燕也不是好惹的，不依不饶，"我叫你个大男人打我一个妇女，我今天不活了，我人民教师咋，我人民教师也是人，你把我们欺负了，是看我老汉没在屋，看我把你治不了？"春燕大声喊着。

后来也不知道谁叫来了村妇联主任兰草，兰草一来就数落盈，"人说好男不跟女斗，你看你还能得很！"

"好我的姐，我错了，我错了！"盈急忙赔笑脸。

"好燕子，起来！"兰草扶起春燕。

"姐！"春燕一下就抱住了兰草，眼泪唰唰地就下来了。

"盈盈，我给你说，你不把这个事情解决好，你就别动工，看你动下个乱子咋收场，可别怪姐没给你提醒。"兰草指着盈的鼻子说。

"燕，走，咱回屋。"兰草拉着春燕往屋里走。

盈是兄弟里的老二，一天也没啥正事干，游手好闲，主要就是在村上打麻将，有时候一打就是一整夜。这次盖房的钱也都是向亲戚们借的，东借西借才借到了盖房的钱。

夏义赫就是在这样的一个情况下被盈请去说话的。夏义赫现在已经不当村主任了，虽然只当了一任，最后被斗斗拉了下来，斗斗采用了非正常的手段……

　　夏义赫现在主要就是在村上给人盖房，谁家有红白喜事就给谁家帮忙，断家务官司，这些不用谁说，往往都叫夏义赫去说话。

　　"今天，你们两家都在这里，咱在这里把话说清楚，就个人干个人的事，都同意不？"夏义赫说。

　　"同意，爷！"盈说。

　　"同意，爷！"春燕老汉说。

　　"盈盖房本应向四邻打招呼，这你不对，春燕挡也没啥错，因为春燕肯定以后也要盖房，所以打招呼要在前。咱今天在我这里把字据一立，就不能反悔。"夏义赫说。

　　于是，双方在夏义赫的调停下，立了字据，握手言和。

59

　　因为盖房和一些小事产生的矛盾经过夏义赫的调解就大事化小，小事化了，因为这是乡党之间发生的矛盾，好说，都是一个堡子的人，都在堡子住着，犯不着为了点儿小事情伤了和气。话虽这么说，但是该争的地方还是要争，争下来的就是自己的，占多了当然好，谁不占谁是傻子！

　　"你看咱这院子，多好，哪像在城里住一点儿地方，咱这地方宽敞明亮的。"潞安姑在院子里说。她这一段时间经常回来住。

　　夏一可记起那个伯伯放学回家总会问今天礼拜几的话，原来，这是姑姑的公公。老汉一辈子人好，老了走不动了，经常就搬个藤椅在门口晒太阳，有时候也拄着拐杖在街巷来回走动，总是笑眯眯的。现在想起来还是记忆满满的，没想到这是自家人啊！

　　"你看上啥花你就拿。"夏义惠说。

"啥也不要，就想吃我嫂子的一碗面。"潞安说。

"那嫂子给你做。"夏一可他妈说。都知道住在城里，啥东西都要买，住的地方也小，啥东西都要花钱！根本就没有住在村里方便，基本上不用花啥钱，粮食自己有，就是油呀等生活用品没有，平常在院子里栽个葱啊、蒜哪，吃饭时候现拔，这生活就过了，而城里可不行。

"哥，我看城边边把院子都盖完了，黑咕隆咚的，就是为了招房客挣钱，咱这以后可不敢发展成那样子！"潞安说。

"咱这里早着呢！地还多着呢！"夏义惠说。

"咱的地都是让锡田基地占了，这锡田基地扎到咱这里，给咱带来了啥？啥都没有，也没给咱修路，也没给咱办学校集资，人家那学校还是好，师资力量好，教学质量过硬，咱村小学不行，都是县上有关系的走后门到咱村学校，因为咱这儿离县城近，那些不想跑远路的就托关系到咱这里，也不好好教，老师整天想的就是咋样调到县城的学校。"潞安说。她虽然不在村子里，但是她掌握的信息还不少。

"师傅领进门，学艺在个人。"夏义惠说。

"哥，也不全是。你看，这几年，咱村一个大学生都没有，最根本的原因不是咱村娃比人家笨，而是一系列的原因，你不知道那些外地人都到一中跟前陪娃上学，咱这儿谁做过那事，好学校还是好！"潞安说。

"潞安，嫂子给你下了一碗面。"夏一可他妈已经把面端到桌子上了。

"还真吃呀！"潞安就笑了。几个人就围在院子的石桌上开始吃饭。

"通知，通知。"金水村的大喇叭又响了起来。

"广播说啥通知？"堡子人问。

"说的啥，风刮着，听不清！"村子人说。

"说是安装啥灶具？"旁人说。

堡门口的闲话摊摊就热闹了。

"安啥灶具？"堡子人问。

"听说是安啥沼气灶？"村子人说。

"我给你说，这是在城边边的村子都推广过的，没人安，现在到咱这里了！"苑子沃伯说。

"那要钱不？"村子人问。

"不是钱的事情，这东西就是个样子货，不实用！"苑子沃伯说。

"为啥不实用？"村子人问。

"沼气就是厕所的臭气，经过管道接到你的灶房，然后打开阀门，点火做饭烧水！"苑子沃伯说。

"那还不把人臭死？"村子人说。

"不是的，这是经过转换的，可燃烧的气体，开始用着还可以，但是慢慢就不行了，后来城边边上的村子基本上就没人用了，关键是那几百块钱打了水漂。"苑子沃伯说。

"那政府为啥还推广？"村子人问。

"这你就不知道了吧！这里头有门道！"苑子沃伯说。

"听说那是领导的一个啥亲戚搞的，领导在这里面有分成。"苑子沃伯说。

"哦，原来是这样。"村子人说。

"你去大队部了？"村子人问。

"没啥人，都是看的人多，还要一百多块钱，我一听就走了。"高人刚去看过。

安装沼气灶轰轰烈烈地在村子开展了几天就没了声气，因为基本上没有人买账，这个要交钱买一套设备，还不如用自家的锅灶用着放心，锅洞里添一把柴，用洋火一点就着了，谁还用那曲里拐弯的东西，所以那些宣传的人只能是走人完事，那些买了设备的人都赔了，因为往后根本就用不成。

村人开始看到成仁在村沿拾掇地。

"成仁，你这是干啥呢，又是镢头又是锨？"村子人问。

"把这地拾掇一下栽葡萄树。"成仁回答说。

"葡萄能当饭吃！"村子人不解。

成仁不语，他不说话，他知道说不清，也就保持沉默。原来，成仁本来是打算在这里办砖瓦窑，以自己队上的名义办，但还是自己承包，自负盈亏。等把申请递上去以后，上面答复说这里不能建砖瓦窑，因为这里紧挨锡田基地，办砖瓦窑有污染，所以要另选地方。成仁想，这去哪里选地方？这时候，镇上还答复可以种植葡萄，这块地就可以用。因为成仁共有五亩地，他想着把五亩地和别人家的一调换就都换到这里，这样就连成片了，不用来回跑，利于操作和管理。正在成仁一筹莫展独自徘徊时，村主任斗斗陪着镇上的人来了。

"我想给你推荐一个果木项目，这也是咱县上扶持的项目。"来人说。

"现在县上在进行农业产业结构调整，可以适当种些瓜果，比如葡萄，县上农技站可以派人指导，而且这个经济效益都不错！西片那里就有种成功的，还有王杨池那里都有种的。"

"你想咱一斤麦子卖几毛钱，一斤葡萄也是几毛钱，这样抢种提前卖还能卖个好价钱，比你种麦子划得来，而且这个属于咱县上扶持的产业，也不用缴纳税费，这是支持的项目，都抢着干！"来人口若悬河。

这样一说，成仁有些心动了，但是全部种上葡萄，成仁心里也没有底，那么自己吃的粮食还要在外面买呢，也就是买着吃。

"到了葡萄销售的季节，我们也可以帮忙给你销售，只要葡萄质量过关，我想就一定能成。"来人滔滔不绝地说。

"咱镇上要发展一批乡镇企业，今年工业总产值为两千八百万元，明年六千万元，后年八千万到一亿元，镇长是个年轻人，有魄力，能干。"来人说。

"苗木这块都可以贷款，这边镇上可以担保。"来人继续说。

"哥，你这要是干好了，咱村也跟着你沾光，你也就是咱实打实的乡镇企业家。"斗斗说。

要告别种了几十年的麦子，还真有些舍不得。果树是三年才挂果，也就是说这三年都在地里忙活了，可没有一点儿收益，三年，这能撑得住吗？

成仁四十多岁，他想试验一下，赌一下。虽然离城近，但是乡党们还是消息闭塞，也不看报不学习，现在村里打麻将成风，男的女的没事就爱打个麻将，从小打到大打，有些人甚至以打麻将为生。

成仁还是有些犹豫，舍弃种了几十年的麦子还真有些舍不得，但是也没办法，不种就不种了，家里的余粮估计大约能吃半年，下来就只能去余力镇买了，只要三年能撑过去，葡萄就可以销售了，到时候不愁没有钱赚。自己也是一大家子人，趁着年轻还能好好干一把，这以后还不知道是个啥样子，先干好眼前的事情再说吧。

经过协商，成仁和乡党们把地调换了，当然这是要村上协调的，因为谁也不会平白无故地把属于自己的土地和别人调换，或者白白给人。金水村这几年也有不种地的人，因为都是在外面忙，所以就顾不得了，虽然说已经不用割麦、碾场、扬场了，但还是觉得麻烦，不如咱自己在外面挣钱。穗丰、斗斗，还有好几家都是把自己的地给别人了。

收完麦子，成仁就和人家把地调换了，他也就开始慢慢拾掇了，由于在村外，知道的人不是太多，有过路回村的乡党碰上了就随便问问。

"这真要种葡萄，这也不能当粮食吃，咱村谁家没在院子种过葡萄树，这都是哄娃的！"村子人说。

"这都是一抹黑,谁也不知道是个啥前景!"成仁说。

葡萄果树的苗是从农学院买来的,那里专门育苗,专家来看了,并做出了具体的规划和建议,说这是好事情,要大胆尝试,好多人都是因为这个葡萄发家致富了,并且都是他指导过的,只要好好干就一定能成。

成仁把自己的老婆和家里的几个劳动力都派到地里干活儿,因为处处要花钱,还不如节省一个算一个,虽然贷款有了资金,但是要还的,而且这些钱目前只能用在买果树等紧要的事情上,但五亩地也不是好拾掇的,干了两天就开始腰酸背疼了。

"真是活受罪,咱收麦子也没有这么累,你这忙死忙活的,现在才是栽树,猴年马月才能结上葡萄!"老婆子怨气的话出来了。

"现在吃苦都是为了以后的好日子,我到人家王杨池那里看了,人家那个确实不错,大部分都是卖到高级酒店,那里外国人多呀,住一晚上就几百块,咱想都不敢想,所以咱以后也要走这个路子!"成仁说。王杨池这几年搞开发,周边盖起了不少大酒店,这是现代化的标志啊!

事情就是在消磨中、在时间的牵绊中逐渐干完的,不吃苦中苦,哪来甜中甜!

成仁最后还是在余力镇的集市上雇了人,因为这不是几天就能干完的活儿,该雇人就要雇人,该花钱就要花钱!他还给地里搭了两间茅庵,准备安营扎寨住在这里,就是为了他的葡萄树。

夏一可在这一年登上太一山,这是南山的一座山峰。他和几个同学骑着自行车,背着水壶,有说有笑地就骑车上路了。阳春四月天,正是春游的好时节。夏一可清楚地记得小时候和父亲去临潼,那里有秦始皇兵马俑,这也是从书上知道的,兵马俑的发掘轰动了整个世界,成为世界第八大奇迹。夏一可在那里与父亲单位的一个小女孩儿照的，照片上的他歪着头，想起来就可笑，那真是天真啊！现在却什么都想不起来了，慢慢长大很多事情就想不起来了，小时候的好多事都忘了。上了中学，村上的同学就见得少了，因为都分配到不同的班，有时候走在路上才能碰上，但是说起话来明显不如小时候在学校、在村里时那样亲近，关键还是联系得少了。

这次能到太一山也是同学很早的一个提议，听说那里有天池，有无极洞，洞内常年有冰块，假若带上一个冰块回来那该有多好，想起小时候在自家院子后面挖游泳池，挖了一半就不挖了，废弃了，因为听说每天都要换水，想着家里吃水都要在井里绞上来，游泳池那得绞多少桶水，挖的时候还有隔壁的蝉蝉家的娃，后来想起自己真是个傻子，蝉蝉家的娃为啥不在自家后院挖，而要到自己家后院挖。父亲没有反对，只是说你闲了自己去挖，挖好我给你铺水泥，没想到挖了半截子就不挖了，放弃了，后来把土回填了。自己咋就那么傻？现在虽然是邻居，但是蝉蝉娃初中上了一个学期就不上了，之后就基本上不再来往了，过去的记忆就这样慢慢淡忘了。

"一可，你长大想干啥？"峡峡问道。

"长大还早着呢，现在不想这事。"骑不动了，于是边走边说着话。

"我想长大了当警察，专门抓坏人！"峡峡说。

"我知道，你想当作家，反正你作文从小到大都好！"峡峡继续说。

"那都是咱的梦想呀！"夏一可说。

因为父亲在工厂上班的缘故，每天就拿回来一张看过的报纸，虽然说夏一可当时上小学好多字还不认识，但还是能看下去，这也是熏陶的结果吧。

从小到大，应该还没有走过这么长的路，快到山脚下，马上就山清水秀、鸟语花香了。这里就是太一山了。以前老是在金水村最高点看到南山，那是一大片山，似乎很近，父亲说，那还远着，你长大了就可以去，现在终于来了，真正领略到太一山了，要不是为了写作文，才不来呢！老师说作文要有亲身经历，要有感而发，今天上山来逛，也是有感而发，算是逛山，也是游山玩水。一处指示牌上写着登山由此上，顺着十八盘就盘旋而上了。天池在太一山的山顶，波光粼粼，泛舟荡漾，别有一番情趣。还有无极洞，到底有多深，走到"游人止步"的牌子，就不敢再深入了，无极，真是无极，你不知道它的尽头在哪里！

爬山回去的下午，夏一可才知道腿有多么酸疼了！

"这几天你到城里去了吗？"堡子人问。

"没去嘛，你不知道咱是家娃吗？"高人说。

"城里的各大十字路口都摆着花，挂着横幅标语，听说是要开啥会，各条街道都打扫得干干净净。"堡子人说。

"那就是个表面现象！"高人说。

"肯定是有人要来，要不然都大擦洗干啥！"堡子人说。

"你没看马上就要国庆节了！"堡子人说。

"国庆节，城里人逛，咱农村人种麦子！"高人说。

"这有啥奇怪的，你也去逛，肯定比他城里人还逛得美！"堡子人说。

"咱一个老农民有啥逛头！"高人说。

"你还别说，以后可能还真就不种地了！"高人说。

"以后上映省委可能就搬到咱这里了！"高人继续说。

"你是听哪里的风言风语？"堡子人问。

"设计院的人！"高人说。

"别看现在没有路，还是土路，以后四面八方的路就把咱包围了，永远不踩泥了！"高人若有所思地说。

"真要有那一天，我看还是踩泥好！"堡子人自嘲道。

　　堡子人纳闷，这高人的消息就是灵通，也怪不得叫高人。

　　原来，这是周宁市一年一度的招商引资大会，吸引各方面的投资在周宁搞经济建设。今年已经是开到第五届了，皇上来了要黄土铺路、净水洒街，这外商投资就是皇上啊！

　　"也没有人给咱村投资？"村子人说。

　　"咱这里是周宁的偏僻地段，虽说离城近，但在郊区，因为没有修路，就没有人来！"闲人说。

　　"没人来才好，我去丁家村那里，晚上能把人吵死，从来就没睡个好觉，还是咱堡子安静，能睡个安生觉。"苑子沃伯说。

　　"那底下就是一个舞厅，吵得很！"苑子沃伯说。

　　"那没给你拉一个相好的！"闲人说。

　　"咱都老球子了！"苑子沃伯说。

　　"听说那些外地人来咱这里搞投资，在这边都包了女人，有的还要了娃！"闲人说。

　　"那不知道这计划生育咋罚的？"堡子人说。

　　"咋罚的，人家不走就烧了高香，走了咋发展经济，发展经济就是要挣钱，要挣钱就先要有投资，人家一走，你拿啥发展经济！舔沟子还来不及，还罚款！"高人说。

60

　　一年又一年，又到了快要过年的时候，堡子门口慢慢地闲人说话的就增多了，也顺便晒暖暖，这是晒太阳的好时间。

　　"顺义，好长时间都没见你了，闹啥着呢？"堡子人问。

　　"这不是给成仁葡萄园帮忙嘛？"顺义说着掏出一支烟让给堡子人。

　　"看年后应该就能结葡萄？"堡子人说。

　　"今年就第三年了，也该结了，不结咋办？"顺义说。

"你不知道，这果木一会儿要剪枝，一会儿要打药，难伺候着呢！"顺义说。

"今年卖下钱就赚大发了！"堡子人说。

"这不像是在自家院子种葡萄，撂着不管，有时间给树浇点儿水，葡萄园就不行了，跟个娃一样，难伺候不说，还要管理好，防病虫害，你不知道这有多么难伺候！"顺义说。

"难弄得很，把成仁的头都弄大了。"顺义说。

"过年把年货都办好没？"堡子人问。

"也没啥买，现在也不缺啥，平常都跟过年一样，这日子好得很！现在过年也没啥意思，就是看电视、打牌。"顺义说。

高人也在，不过，他没有搭言，他在仔细看着眼前这块石头和石条，这都是50年代平整土地时抬过来就一直放在这里，供乡党们在这儿坐着谝闲传。石头经过长久的风吹雨淋已经呈现出斑驳的样子，看样子原来还有字，字迹已经随着风刮日头晒消失殆尽了，原来这都是墓道或者墓子周围的，能起大家的也都是古代的达官贵人，生前威风，死后还要再讲排场，修多大的墓子，皇上叫陵墓，平头百姓的就叫坟，坟想立个碑子还立不成了！这些石条曾经暗无天日了多少年，如今赤裸裸地摆放在这里，大太阳晒，大雨淋，大雪飘。

"你看啥呢？"顺义问。

"看石头，恨不得爬到石头里面。"堡子人说。

"就是烂石头，在这儿搁了几十年了，有啥看的？"村子人说。

"你不知道，这石头是烂了，再不烂就不会搁在这里，这是文物。"高人说。

"这就是这块石头的命！"堡子人说。

"当年大炼钢铁，平整土地，砸坏了多少东西，石羊、石马都被砸了。"堡子人说。

"后来砖瓦窑推土也推出了不少罐罐，听说还有几个铜镜和护心镜，不知道上交给国家了没？"堡子人说。

"没有，听说这伙人把这卖给黑市了，应该卖了不少钱，有人专门收这个，然后通过广州走私到香港，再卖到外国，外国人要这些东西！"村子人说。

"我屋还有几个麻钱！"堡子人说。

"麻钱谁家没有，都有几个，看你是唐朝的麻钱还是清朝的麻钱！听说六几年的一分钱现在能换个彩电。"村子人说。

"你咋跟个娃们家一样，也相信娃们家说的，娃们家都经常说，天天翻腾看家里有没有六几年的一分钱，你说咋可能，再有还能轮到咱们！"高人说。

过年的时候，金水村凡是在外面挣钱的"大款"三十晚上都放了不少炮，放炮放得越多，似乎证明越有钱，空气中似乎也有一种钱的味道，不过很快就消散了。

金水村这几年发展得快，基本上家家户户都盖了房，村子上头的基本上都是二层楼，主要就是用占地分的钱盖的房，一盖完房钱也就花得差不多了。"大款"们几乎都安装了电话，电话对于村民来说是陌生的也是新鲜的，关键是费钱还没有多大用处，这几年还有了BB机，有人呼你就不停地响，然后找电话回了过去。村里也有好几个人有"大哥大"，别在腰间，耀武扬威，跟个黑砖头一样。这"大哥大"属于移动电话，几万块钱一个，拥有的人都是大老板，因为只有大老板才消费得起。

光芒在夏一可家的院子有一搭没一搭地说话。

光芒他妈要了七个娃，五个儿，两个女，光芒是老三。

光芒的媳妇可是能精打细算，她在她们村原来还是团支部书记，嫁给光芒以后才知道光芒一天不思劳作，所以就经常打架。光芒的娃淘淘也不是个省油的灯，天天惹是生非，小学没上完就辍学不上了，为啥，因为老师在学校管不了，不是打架就是闹仗。光芒在家张罗了几只羊让淘淘去地里放，淘淘回来了，羊没回来！光芒问淘淘羊在哪里，一问三不知。光芒没有少抽打淘淘，越抽打，越生气，完事后还是照旧，淘淘被光芒已经打皮了，但是这次淘淘彻底出事了，淘淘被公安局抓了，出事了。

光芒就一直在夏一可家院子徘徊，并且不停地抽烟。

"光芒，给你捞一碗面。"夏一可他妈说。

"我不饿，你先吃，我在外面。"光芒就在院子里石桌旁坐下来。

"光芒，来，先把饭吃了！"夏义惠说。

"我不饿，刚才都吃过了！"光芒说。

光芒的心里像打翻了五味瓶，酸甜苦辣咸，啥味道都有，这可是熬煎人的事情，早知道当初就把这货放到尿盆子淹死算了，给咱动这么大的麻达。他想借钱，但是实在开不了口，这原来的信用社贷款一直都没给人家还上，这次还来借钱，实在开不了这个口，平常在外头碰见了，总会问人家要个十块八块，说过一阵就还，以前也到工厂里做过临时工，但下不了苦，也就回来了。

"我看光芒在院子转圈圈。"夏一可他妈说。

"我知道！"夏义惠说。

"那咱借还是不借？"夏一可他妈问。

夏一可爸没有言语。他不是不知道这个情况，他知道淘淘，这次淘了这么大的神，把人都能活活气死，光芒确实没有钱，看他三番五次来，也是很可怜的，哎，屋漏偏逢连夜雨。

"光芒，你进来说话吗？"夏义惠掀开门帘说。

光芒就进了房子，看这屋子多敞亮，再一看自己的平房，就寒酸了很多。光芒就在吃饭的小桌子旁边坐下来了，还没说话，眼泪就已经止不住流下来了。

"事情都出来了，就按出来的办。"夏义惠说。他递给光芒一支烟，光芒用双手抹了一把脸，接了烟。

"你先回去，我下午到厂给你倒腾点儿钱。"夏义惠说。

"好，我的哥！"光芒哽咽了。

……

跳跳看夏义赫当队长，就不停地溜须拍马。村人见他有事没事就爱往夏义赫家里跑，他跑是有原因的。跳跳原来是在村边住着，墙外就是麦子地，这是最北的一个地方，墙还是土墙。周宁的变电站拉高压线就路过金水村，这是一条骨干高压线，听说是要供大半个周宁市的用电，高压线在麦子地里，而供电部门的人说因为高压线三十米以内不能有人居住，要居住就会产生辐射，长期对身体不好，所以就发了一笔搬迁款，凡是离高压线近的村民就都离开这个地方，搬到重新划分的地方另外盖了房子，搬走之后，原先的地方就闲置下来了，房子还是那个房子，院子还是那个院子。

跳跳就属于搬迁户之一。在高压线下的村民搬走之后大部分都给队上交了钥匙，意味着队上把这个地方收走了，而跳跳没有交钥匙，虽然队长催了几次，但是跳跳就是没交，他总是找个理由推托，因为他想一直把这个地方占着，他的理由很充分，多了总不是坏事，再说，这是搬迁，房子以前还是自己盖的！其实，跳跳在这里也没盖啥房，就是两间厦房。跳跳谋划着给队长的女子说婆家，他的亲戚就在城边头的村子里。

跳跳跑得勤，这样一来二去，队长女子婆家这事就成了，挑选吉日订了婚，所以村上人都说跳跳是走上水的，是最爱溜须拍马，而且这个马屁拍成了。

夏一可他姐也是这段时间结婚的，也是嫁到了城边边上，嫁的是个城市居民，所以依旧是在靖宁派出所买了城市居民户口，因为国家政策规定，孩子的户口随母亲，牵扯到以后一系列的上学等问题，没有户口不行。金水村给女子在派出所买城市居民户口的不少，这时候，各种票证都已经取消了，城市居民已经没有啥额外的优惠政策了。

女子结婚自然是要办酒席的，只是没有给儿子娶媳妇办得排场罢了，按照相应的婚俗习惯，这婚也是选在吉祥的日子结的，都盼望着自己的娃能过上幸福的日子。

结婚自然就要行礼的，这也是礼尚往来。一个村的，自然人家过事的时候就还回去了，礼没有白收的，都是一来一回的。

61

驿索敲开了夏一可家的门。

"大奶，我爷回来没？"驿索问。

"还没有，你有啥事？"夏一可他妈问。

"叫我爷给咱捎些好油！"驿索说。

"行，你把壶放到这里，过几天捎回来你再过来取！"夏一可他妈说。

驿索是学勤的娃，是老二。他也在堡子外头住着，要了两个光葫芦，光葫芦就是男娃的意思。日子过得马马虎虎，平常谁家过红白喜事爱去凑热闹。

"索索来过了，说要捎油！"夏一可他妈刚等夏义惠下班进到屋子就说。

"索索上次壶还没给咱！"夏义惠说。

夏义惠很明白，这是肉包子打狗有去无回。索索也没干啥，钱自然紧张，再养活两个娃，哪来那么多闲钱！他跟他爸都是一辈人，他爸比他还小一两岁，自从在外面办企业失败后就没有再干其他营生，信用社的人一来要钱就东躲西藏，因为还不起钱，尽管如此，他还给几个娃都申请了庄子地，几个娃都是在外面住着，各人过各人的日子。这次还是和上回一样！他叹了口气！谁要咱在外头工作着呢！乡党的情分比啥都重要。

银山也是一样的，在院子里只盖了两间鞍间房，一家几口就挤在里面，平常连个吃菜的钱都没有，夏义惠有几次下班回家，银山媳妇看见他的自行车后面夹着葱，就笑着说，可可他爸回来了，又买着菜，眼巴巴的，他就抽下两根葱，银山媳妇就笑盈盈地接了过去，他觉得这都不算个啥，赠人玫瑰手留余香，把路修长远，以后家里有个啥事都还要乡党们给帮忙，咱又不打算在厂里住，眼看着过几年要给娃结婚，这些都是眼前的事情，谁还不给谁帮一下忙？乡党们用钱还是难啊！

"你知道不，把上头金荣家的娃伤了！"堡子人对夏义惠说。夏义惠中午十二点才从厂子回来。

"咋回事？"夏义惠问。

"还有咱鲲鲲，拖拉机到东岸子拉砖，刹车失灵了，鲲鲲跳车了，把金荣娃压到底下了，拉到县医院人家都不收了！"堡子人说。

夏义惠心里就咯噔了一下，这一出就是大事啊！

村里人就开始议论纷纷。

"那个坡太陡了，下坡速度太快，不知道咋没有了刹车，鲲鲲跳车了，捡回一条命，把金荣娃给压死了！"村子人说。

"那金荣娃咋不跳车？"旁人问。

"没来得及嘛！"村子人说。

"哎，催命鬼在那里催着呢，你还能跑得脱！"高人说。

"哎，年轻轻的，你看可怜不？"村子人说。

"把娃跟媳妇撇下了！"村子人说。

"那也没见在家里动弹！"有人说。

"你咋连这都不懂，他妈他爸还在，家里往哪里搁？"高人说。

"那娃最后也进不了家!"村子人说。

"到时候就直接从医院太平间拉到坟头埋了,棺材啥直接拉过去入殓。"高人说。

"哎,白发人送黑发人!"乡党说。

"哎,有吃没喝安宁着!"乡党说。

"这也是阳寿尽了,没办法啊!"高人叹息道。

鲲鲲也是惊魂未定,因为当时太突然了,他也不知道是一股什么样的力量促使他跳下拖拉机,他觉得背后好像有一个人使劲把他往前推,太悬了,差一点儿就没有了。因为这事,两家就成为不共戴天的仇人了,谁愿意白发人送黑发人,谁愿意自己的娃早死,谁也不愿意。不愿意的事情谁也不愿意看到,但不愿意的事就悄悄地来了。

到冬天腊月的时候,何耀就感觉到肚子有时莫名地疼,开始他也不在意,就买了些止痛片吃,能缓解一下,这样来来回回一个多月,实在不行的时候,何耀才到医院检查,这一检查犹如一个晴天霹雳一样,是肝硬化晚期,何耀不明白咋就得了个这瞎瞎病,关键是自己还没盖房,娃还小,这以后可咋给娃娶媳妇,日子可咋过。医院的诊断犹如判了何耀死刑一样,他开始变得面容憔悴,脸上逐渐没有了血色。

何耀独自去了趟南山的黑龙口,这里有一座庙,他想在这里再问问。庙很小,就是一间鞍间房大小,里面也没有什么人,平常就只有一个和尚。

进入庙后,何耀首先进行了跪拜,从口袋里掏出早已准备好的三十元钱,投进了功德箱,然后又虔诚地磕了三个响头,口中念念有词:佛祖啊,佛祖,你看我这还有救吗?随后就泪流满面。

老和尚扶起何耀。

"施主,病来如山倒,病去如抽丝,气是老虎!"说完就双手合十，不再言语。

何耀眼里噙着泪水，出了庙门。

"此生皆是缘，不可过于执着！"老和尚口中念念有词。

何耀还是没有挺过过年，他把一切都交代好了，趁着自己还不迷糊。何耀媳妇哭得似个泪人，"你撇下我们娘三个可咋办啊？！你好狠心，把我们闪到半路上……"

何耀死后就埋在金水村的北岭山……

何耀媳妇就成了寡妇，带着两个孩子慢慢把日子往前头混……

"你说咱村最近咋接二连三地死人！"村子人问堡子人。

"就是这三四个人，咋能是接二连三？"堡子人说。

"咱村原来一年也就死两个人。"村子人说。

"冬天也是各种疾病并发的时候，有些人挨不住，一咳嗽，就很容易引发病来。"堡子人说。

"我看你还是彪，连帽子都不戴！"村子人说。

"彪啥呢，都老了，你还正年轻！"堡子人说。

"这死人不分老少，人还是自己小心为好，有吃有喝安宁着比啥都强。"堡子人说。

62

眼看着再过几年就要进入 21 世纪了，这世界多么美好，夏一可憧憬着。夏一可大学毕业了，开始着手找工作了，准备开启自己的人生。他爸夏义惠年前从工厂提前办理了内退手续，开始不用再每天到工厂上班了，工龄三十年，也是熬出来的。

堡子门口依旧是闲话摊摊。

"嘉定，你最近没上班？"堡子人问嘉定。嘉定是苑子的娃。

"没有，工厂倒闭了，我买断了！"嘉定说。他戴着墨镜和遮阳帽，手里拿着烟。

"这以前都是铁饭碗，咋能倒闭呢？"堡子人问。

"工厂说不行就不行了，咱还是军工企业，整来整去最后亏待的还是工人，咱也是工人阶级，工人现在没饭吃了！"嘉定发牢骚说。

"买断是干啥，啥叫买断？"堡子人问。他长期在村里，不知道这些外面的事情。

"买断就是把你剩下的工龄折成现钱，你拿钱走人，各种福利待遇一笔勾销！咱才拿了几千块钱，你说这能干啥？"嘉定说。

"你不买断不行？"堡子人问。

"那由不得你！都是一帮狗腿子，把好好的国有企业不好好经营，各部门都安排着自己的亲信，也没办法干，工人买断工龄后，这伙人最后把工厂一买，手续一倒就成为自己的私人企业！"嘉定说。

"那国家允许这样干？"堡子人问。

"国家，国家跟咱个人有啥关系！"嘉定说。

"那买断等于说是强制性的？"堡子人问。

"关键是你没班可上，这伙人和上级主管部门一个鼻孔出气，恨不得把工人捏死，斩尽杀绝。"嘉定说。

"那也没有人管？"堡子人问。

"谁管呢，都是恨不得自己最后多捞一把！几十年的国有企业说散摊子就散摊子！"嘉定说。

"那工人咋不联合起来去告呢？"堡子人问。

"告谁呢，工人就是一盘散沙，人家拿捏你没人管，就是有个头儿也是被人家最后收买了，多给点儿钱！工人就是一盘散沙成不了气候，所以这伙人才作威作福！"嘉定说，他给堡子人发了一支烟。

"那不是还有工会吗？"堡子人继续说。

"厂里的工会就是个样子货，工会主席是厂长的小姨子，你说工会能干啥！"嘉定说。

堡子人倒吸一口凉气。他并不清楚外面的世界，有些事也都是听人说的，对于现在的新形势还是掌握得少了一些。在他的观念里，工厂就是把工人的生老病死都管着，你上一天班，工厂就发你一天钱，工厂的任务都是计划性质的，生产多少就拉走多少，不存在积压，不存在卖不出去，现在一切全变了。五六十年代当工人是最幸福的事情，也是一种荣誉，都是家庭出身好、家庭没有政治问题的人才能当工人，富农、地主靠边站，连资格都没有，不批斗你就算好的，还想当工人，连门儿都没有。工人那时候一个月挣几十块钱，养活一大家子人。农村人就很羡慕那些家庭里有人在城里当工人的人，因为有钱挣，在农村里的人就又苦又穷，没有钱，物资都很紧缺，想买都买不到。工厂有各种福利，洗衣粉、肥皂呀，过年过节发东西，基本能养活了全家老小。工人退休后有一份退休金，子女还可以顶替接班，这等于就是给子女寻了一个饭碗，一个一辈子的铁饭碗，谁不羡慕啊！就是七八十年代工厂也还是有各种福利待遇的，一晃到了如今，一切都反转了，一切都变了，工厂的性质彻底改变了。

"那拿点儿钱就啥都没有了？"堡子人穷追不舍。

"没有了，这辈子就算交代了！"嘉定说。

"我还好，还有个碎房子住，厂子里啥都没有的人多的是！"嘉定又补充说。

"咱村不是还有几个和你在一个单位的。"堡子人说。

"咱村在厂里上班的都是普通工人，没有一个有实权的，也都是买断工龄回来了，幸亏村里还有房、有地，要不然可真是啥都没有了！"嘉定说。

村子人、高人、闲人都来了，他们在听着，也都在发表着自己的见解。嘉定分别给他们发了一支烟。

"嘉定，那时你给叔捎的皮鞋还是好，冬天暖和！"村子人说。

"那时候东西都好，没有假货！"嘉定说。

"那时候东西结实、耐用，不像现在用几天就坏了，用不了多长时间！"村子人说。

"那时候也便宜，嘉定给咱的都是内部价，咱自己乡党还能哄咱！"村子人继续说。

"坏就坏在一切向钱看。我们厂的假货是咋来的？厂长的亲戚在外面开的皮鞋厂，原料呀啥都是和厂里这边一个渠道，采购也是一样，连技术方面也是厂里的，出来的东西自然一模一样，再悄悄打上厂子的牌子，再稍微比厂子卖得便宜一些，就以假乱真卖到市场，假货都是出在内鬼身上，最后人家把钱挣了，厂子却慢慢垮了，人家反过来再把厂子一买，就成为私人企业家了！"嘉定说。

"那说白了就是自己把自己糊弄了！"村子人说。

"谁说不是呢，人家现在就允许这样整！"嘉定说。

"那厂子倒闭以后呢？"闲人问。

"卖给房地产开发公司，盖高楼！"嘉定说。

"盖房！"闲人说。

冬天的太阳晒得暖暖的，堡门口树上的叶子都掉光了，一片光秃秃的景象。

"你看咱村现在要得好的早都有汽车了，变化快得很！"闲人说。

"就是的，现在'大款'都有小轿车了！"村子人说。

高人没有吱声，他只是一个劲地低头抽烟，高人其实从来不抽烟的，不知道从啥时候起他开始抽开旱烟了，还有烟袋锅锅，抽得有滋有味。

21世纪之前总是很忙碌的，这个忙碌里有多少是情愿和不情愿的，没有人统计也没有人知道，但是时间的步伐却是谁也阻挡不了的。

光芒虽然花了钱，但还是没能把淘淘捞出来。光芒和媳妇就开始拼命挣钱，因为淘淘还要出来，还要给淘淘娶媳妇，还要盖房，这些都是大事。光芒媳妇就在村里的砖瓦窑和妇女们开始拉砖坯子，光芒也没闲着，也开始四处打零工。

承包队上砖瓦窑的人叫郭选举，三十来岁，能干，有头脑。郭选举承包砖瓦窑是以队上的名义承包的，因为郭选举的媳妇她爸在周宁东郊砖厂的缘故，郭选举经过学习了解就在金水村东开始建窑厂。这些年盖房的人越来越多，公家盖，私人也盖，需要大量的砖，这就为建立砖瓦窑赢得了契机，再一个这里不会烧夹生的砖，因为全是东郊砖厂的技术指导，烧砖的质量绝对没啥问题，销路都是通过一传十十传百的口口相传效应，都知道金水村三队窑厂砖烧得好，还愁没钱挣？

乡党们依旧说啥话的都有，有说咱村的几个窑厂都赔了，现在都成了荒草滩子，郭选举还弄这事干啥啊？也有说现在不一样，人家有把式，不像万万原来瞎弄，赔得一塌糊涂。总之，说啥话的都有。

果不其然，郭选举的窑厂一炮打响，因为烧的砖质量很好，开始就销售一空，红生生的砖就变成了现钱。砖销得快，于是就先交钱后拉砖，生意一天比一天红火。生意好了，金水村的乡党自然也就去得多了，郭选举的屋里经常就是灯火通明。金水村的妇女们有劳力的都去拉砖坯子挣钱了，郭选举也乐意让村里的人去干，给大家挣一份钱，但也并不是每个妇女都愿意干，因为这是个体力活儿，金水村也有男人干这个活儿的，但极少！剩下的事情就是装卸，计件制，装得多收入就多，但也都是下苦的活儿，没有力气根本就干不动。光芒媳妇干得很卖力，因为她心中有团火，火烧眉毛了，不干不行啊！还要等娃回来，给娃娶媳妇啊！

老支书廉廉看到郭选举的砖瓦窑很红火，心潮很是澎湃了一阵子，当初自己也是热血沸腾，现在年龄大了，心劲儿早都没了，虽然没了心劲儿，但是支部的大印还在他手里。自从恒恒出事后，斗斗就上任了，铁打的支书流水的村主任，谁能把他掀下去，给他个胆，但现在不一样了，年龄不饶人啊！他常常这样想。

廉廉来到郭选举的砖瓦窑厂。

"叔，来了，我给你找选举去。"村里的熟人忙说。

廉廉到了郭选举的办公室。说是办公室有点儿夸张了，就是一个上面搭了草帘子的棚棚，里面放了一张桌子，桌子上放着一部红颜色的电话机，两把椅子，还堆放着塑料、马达等物品，里面没有人。廉廉就坐下来了。

"叔，你来了！"郭选举风尘仆仆地从外面赶来了，他先给廉廉倒了一杯水。他不知道支书来是啥事情，俗话说，无事不登三宝殿啊！

郭选举给支书点了一支烟，然后自己才坐下。

"嗯，烟不错！"老支书抽了一口说。

"真是好！叔，我这儿还有一条，我给你拿！"郭选举说着就从桌子的抽屉里拿出一条烟用报纸包好放到桌子上。

"叔，给你的，你一会儿拿走！"郭选举说。

"你看你，好像是叔没烟抽了，跑到你这儿要烟来了！"老支书说。

"看我叔说的，烟都不敢抽了！"郭选举笑着说。

"你还是能行，有本事，能带领大家致富，叔看好你！"老支书说。

"我叔再别给咱戴高帽子了，咱是自己挣钱，又没有啥本事，只能办个砖瓦窑，人家有本事的都开的是不冒烟的工厂，哪像咱在这儿下苦呢！"郭选举说。

"那村上人还在咱这里上工？"老支书说。

"叔，现在不是上工，不是给生产队干，叫上班，他上一天班就给他开一天钱。"郭选举笑着说。

"上班上工在叔这里都是一样的。"老支书说。

"我叔，你要是给前院盖房就从这里拉砖，专门挑最好的砖我叫人给你拉到门口。"郭选举说。几年的人事历练他也变得会说话了，而且都能说到对方心里去。

"选举，叔来这里没有啥事情，就是来看看，你看七一建党前夕支部准备发展几个党员，叔看你这娃勤劳能干，你写个申请，回头拿过来。"老支书轻描淡写地说。

"叔，你看我行不，我可从来没想过这事情！"郭选举说。他说的是心里话，他确实没有想过这个事情，都一心在窑厂上了，整天思谋着咋样把砖坯子烧好，让人家拉砖的人满意，还想着怎样打入建筑公司的市场，就是没有往这上面想，与村上打交道最多的时间就是占地那个期间，平常心里确实没想过这些事情。

"叔说你行你就行，他能行咱说他不行，他能咋？现在这阵子都是偷奸耍滑拍村主任的马屁，不是批庄台子就是要地，哪像你一年到头也没到叔那里去过一回！"老支书说。

"叔是党员，是党支部书记，我不敢去！"郭选举赔笑着说。

"共产党员也是人啊，支部书记也不是神，咱共产党是无神论者，但是也是要过正常人的生活。"老支书说。

"你刚才说的给自己挣钱这话叔爱听，为啥，因为这是实话，你小伙不说假话，干啥就是干啥，叔就爱这，不像有些人爱胡吹冒撂，给大家挣钱，能吹上天。"老支书说。

"好好干，大有前途。"老支书说完就起身了。郭选举急忙就把桌子上包好的烟塞到老支书手里。

"我叔，你慢走，你慢走！"郭选举把老支书送出窑厂很远。

　　当初要不是媳妇爸在那里支持的话，郭选举压根儿就不会在村上办砖瓦窑厂的，他觉得到哪里不挣两个钱的，因为东郊砖厂生产的砖都是供应大建筑公司的，有一些客源能给介绍过来，还有另一个原因是媳妇他爸是砖瓦厂销售科长，掺和着就把自己的砖也卖了，这砖的销路自然就是铁板钉钉的事情，大单位有钱有实力，但砖的质量要好，这也是媳妇她爸一再叮嘱的结果，质量是第一，这是盖楼的砖，要是敢造假，就要坐牢。因为有东郊砖瓦厂的技术指导不停地过来给指导，所以砖的质量确实一直很过关。对于村上的事情他没有过多地参与，因为个人都在干个人的事情。成仁葡萄园这几年也开始挂果了，而且销得也不错，现在成仁年龄也大了，这一摊子就给娃，娃也都慢慢撑起来了。村西的鸡场离村远，因为是媳妇当家，这几年被县上评为"巾帼英雄""三八红旗手"等，听说也是走州过县的能人，带领乡亲们致富的能手。但是究竟有几个村上的人在她那里挣钱，扳着指头都能数出来，只是日弄和哄骗县报的记者，是个啥，其实金水村人都知道。

　　郭选举不是没经过这事，前几年是夏义赫引着县上的乡镇企业局的人，也是说要典型报道，要在报纸上宣传，出一些费用，他就没有答应，他不是说出不起那些宣传费用，而是觉得自己实在没有啥宣传的，咱是自己挣钱，不是为了大家，这一点他比谁都心里清楚，但是记者写出来就变味，因为没有接受记者的采访，为此他把夏义赫得罪了。

　　郭选举也知道村上没有集体企业，所以村民乡党们都是各自为政，远远比不了其他村上的企业，每年给大家都分些钱，因为农村人稀罕啥，就是图过年过会有俩钱，说实话，到老书记那里还真没去过，都是在村子碰上了递支烟，说几句话，也没求人家给咱办过啥事情，入党这事情压根儿就没想过，自己心想着也搞不冒烟的工厂，这才是自己真实的想法。

　　"今天老书记到窑厂去了。"郭选举黑天回去给媳妇说。

"老书记去做啥？"媳妇问。

"他要盖房拉砖就让他拉！"媳妇说。

"你咋就想着人家拉砖，把人都想得跟你一样！"郭选举顶了媳妇一句。

"他不想拉砖找你干啥？"媳妇反问。

"老书记叫我写个入党申请。"郭选举说。

"入党能干啥，还要缴钱！咱不入。"媳妇说。

"老书记今天走了以后，我想了半天，我看还是要写申请的，一来是老书记能亲自来给咱说，就证明对咱这个事重视；二来是老书记现在年龄大了，总要退的，党的事情也不是能干一辈子的，所以要选人，村上支部还不是老书记说了算。"郭选举说。

"你自己看，反正不耽误咱自己的砖瓦窑生意就行！"媳妇说。

"太乏了，睡觉！"郭选举说完就慢慢睡着了。

63

一年又一年，又到了快过年的日子，老人都说，年好过，但日子难过，这话一点儿也不假。对于有钱人来说是过年，对于没钱人来说是过关。年关将至，都开始忙活了，就是为了过一个好年。

夏一可家的门被信用社的人敲开了。

"你贷人家的款，你看都多少年了？"信用社催款的人对夏一可母亲说。

"这不是我贷的款，这是给光芒贷的款！"夏一可母亲说。

"对，这就是给你村光芒贷的款，可你是担保人，光芒现在不还，我只有找你这个担保人还款。"信用社的人说。

"那我领你找光芒去。"夏一可母亲说。

夏一可母亲于是把正在擀的面一放，领着提兜兜的信用社的人朝光芒家走去。

光芒家就在后巷子，三间平房，还是当时娶媳妇时候盖的，没有正式的大院门，而是一个栅栏门。

"萍萍，你给人家把信用社的贷款还了啊！"夏一可母亲对光芒媳妇说。

"好我的可可妈呀，这不是没有钱嘛，咱淘淘那海兽动下那么大个窟窿，现在还没法给填上，这你也知道。"萍萍说。

"你看你这款贷了这么多年的时间了，早该还了，一年一年的不还，越积累越多，国家当时照顾咱，咱现在也不能赖着不还！"信用社的人说。

"哎，我要是当初知道光芒是这个样子，我就不跟他了。"萍萍说。

"咱现在啥话也不说了，你赶紧给人家信用社把贷款还上。"夏一可母亲说。

"现在没有钱，要有我就还了，要不等年后选举的窑场一开，到时候我去干活儿，挣上的钱就给信用社还。"萍萍说。

"同志，你看她现在确实没有钱。"夏一可母亲说。

"也行，我只有回去继续挨领导骂了！那咱说好，年后你一定还。"信用社的人再三叮咛萍萍。

"一定还，一定还！"萍萍说。

夏一可母亲和信用社的人走出了光芒的家门。

"刚才这家说她娃在外头？"信用社的人问夏一可母亲。

"哎，娃不听话，把人能气死！"夏一可母亲叹息说。

"我那里也是有一家娃把他家人能气死，现在娃们家不学好，让大人操碎了心。"信用社的人说。

"是这，我年后再上来一趟，这个窑场就在你村？"信用社的人问。

"就是村上三队的窑，她在那里干活儿。"夏一可母亲回答。

"是这，咱到时候和人家窑主一说，看她一个月能挣多少钱，到时候钱不经过她的手，直接一扣，赶快把款一还，也就再不找你了。"信用社的人说。

"好好好，到时候你就上来，我领你过去。"夏一可母亲说。

"到家再喝口水。"夏一可母亲招呼。

"不喝了，到时候让我叔给咱捎几桶好油！"信用社的人说。

"好好，我回来给他说。"夏一可母亲笑着送走了信用社的人。

64

"西瓦，这几天在家吗？"夏义惠碰见童西瓦说。

"在呢。"童西瓦说。

"那你一会儿到我家里来。"夏义惠说完就骑着自行车往回走。

夏义惠在家吃完饭就等着西瓦来。

正说着话，西瓦就来了。

"西瓦，来，坐。"夏义惠说。

童西瓦坐了下来。

"哥，你这么急找我，啥事？"童西瓦边抽烟边问。

"你给人家老汉把贷款还了！"夏义惠说。

"这不是没有钱嘛，有了就还！"童西瓦不以为然地说。

"你看贷款一拖就是好几年，我是担保人，老汉也是担保人，信用社不找你光找我！"夏义惠焦急地说。

"你给他说我现在没有钱，有钱就马上还上了。"童西瓦耍赖着说。

"没钱你成天在外头坐出租车。"夏义惠说。

"当初就不应该给你担保！"夏义惠气愤地说。

童西瓦就不言语了，他自知理亏，坐了一会儿就匆忙出了院子。

"你就不该给西瓦贷款，跟光芒那是老邻居、老交情，咱跟西瓦有啥？"夏一可他妈埋怨道。

"这不是一个村的乡党嘛，那次他去厂子里专门给我说这个事情。"夏义惠说。

"他还贼得不行，知道在家里说不成，专门跑厂子去寻你，你就给他担保了！"夏一可他妈说。

"现在惹下这事了，就哄着让给还了！"夏一可爸叹息道。

"你也不打听一下西瓦在村啥名声？"夏一可他妈生气地说。

"要我说，这几天咱给保举说一下，叫他再来。"夏一可他妈说。

夏义惠没有说话。保举，那是一个讲理的闲人，与自己家还是离得远的自家人呢。

保举家盖房的匠人就是给夏一可他家盖房的匠人，因为也是匠人没有地方住，匠人也就没有挪地方，甚至使用的锅还是夏一可家的，过后也没有要钱，尽管保举媳妇来了两回说要给钱，都让夏一可他妈回绝了。保举家的二层楼也盖得高，盖房就是打架的事情，保举和邻居的关系也不好，过去老爷在世的时候就为院墙闹得不可开交。盖房时，保举根本不怯火，邻居闹事，保举上去就是一拳，之后拿理再跟他说，所以房子也就在打闹中盖起来了，村人都说保举把邻居教训了一顿。世上好人怕歪人，歪人怕坏人，坏人怕不要命的人。

"保举，保举。"夏一可他妈一走进院子就喊。

"娘！"保举媳妇杜鹃就出来了。

"看你把院子扫得干干净净的。"夏一可他妈夸赞着说。

"这都是跟我娘学的，咱自己的屋，打扫干净自己住着也舒坦！"杜鹃说。

"我还不都是跟你九奶学的。"夏一可母亲说。

"咱村堡上下，哪个不说我九奶能行，能裁会剪。"杜鹃说。

"保举没在？"夏一可他妈问。

"没有，刚出去了，娘你有啥事？"杜鹃关切地问。

"是这，保举回来，你叫晚上来家，你爸叫他问个话。"夏一可他妈说。

"好，好，好，他回来我就叫他过去。"杜鹃说。

杜鹃一直把夏一可他妈送到巷子的十字路口。

保举在西瓦门口看到童西瓦。"西瓦，你过一会儿到夏义惠家去，有话说。"保举用不容置疑的口气说。

"好，好，我一会儿就过去。"童西瓦唯唯诺诺，并且给保举递了一支烟。

保举走进了夏义惠家的院子。不一会儿，童西瓦也紧跟着来了。

"西瓦，今叫你来，还是给还贷款的事情。"夏义惠给两人都倒了水。

西瓦不敢应声，小心端起水喝了一口。

"我想办法，马上还。"童西瓦说。

"马上是啥时间？"夏义惠问。

"这不现在没有钱，也得几个月时间。"童西瓦说。

"几个月？"保举说话了。

"说不上来，现在确实没有钱。"童西瓦继续装。

"你说啥？"保举站起来走过去就抽了童西瓦一个耳光。

"起来，站到墙角去！"保举命令道。

"你还有脸坐凳子！"保举接着骂道。

"你欠钱不还还有理了？"保举指着童西瓦的鼻子说，不经意间就又打了一拳。

童西瓦站在墙角，腿开始打哆嗦。

"啥时候还？"保举问，口吻是毋庸置疑。

童西瓦不言语，保举一下就给惹恼了，一伸拳就朝童西瓦嘴角打了过去，童西瓦被打了个趔趄险些栽倒在地，不敢还手，嘴角出了血，童西瓦使劲抽搐了一下。

"你看当初也是看你盖房没钱，给你担保，你一下就把人闪到半路。"夏义惠说，他没料想到保举会动手，他的意思只是吓唬一下，让哄着把钱还了就行，没想到把这嘴角都打出血了。

"今儿我当个证人，你三天之内把这事办了！"保举说。

"能成不？"保举问。

童西瓦点了点头，好汉不吃眼前亏，他害怕再挨打，保举的脾气他是知道的，也是领教过的。因为在一块儿住着，保举人高马大，谁也不是他的对手，谁要是把保举得罪了，保举就是一顿暴揍，叫你连还手的机会都没有。

夏一可他妈给童西瓦递过了毛巾，童西瓦不接。

"拿毛巾擦了！"保举命令道。童西瓦这才接了毛巾。

"你先朝回走，赶紧准备。"保举命令道。童西瓦这才出了院子。

"多亏保举。"夏一可他妈说。

"这没啥，娘，你不知道，这浑着呢，上回叫我美美地收拾了一顿！"保举笑着说。

"爸，以后别跟这号人打交道。"保举说。

"哎，咱好心办了个瞎事情！"夏义惠说，说着给保举递了支烟。

"可可也这么大了，再过一年半载也该给娃娶媳妇了，你也就能抱孙子了。"保举说。

"到时候头一天就叫我兄弟。"夏一可他妈说。

"好，我到时候来喝喜酒。"保举边说边起身。

"还是咱这院子好，宽宽敞敞的，不像城里头独门独户谁也不跟谁说话。"保举走到院子说。

他仔细看了一下房子继续说:"爸这房还是盖得好!"

"都是盖一院房,给娃们家。"夏义惠说。

"城边边我姐把院子盖满了,连个太阳都没有,就是为了招房客挣几个钱,也没地了,咱这以后可不敢发展成那样。"保举说。

夏义惠和保举边说着就到了大门口。

"通知,通知,今黑天七点全体党员到大队部开会。"村上的大喇叭响了。

"党员开啥会?"堡门口,村子人问。

"谁知道,这开会和咱有啥关系?"堡子人说。

"咱村不知道现在有多少党员?"村子人问。

"得有十几个吧。"堡子人回答。

"这几年就没发展党员?"村子人问。

"咋没发展,前年成仁娃、选举,都是新发展的党员。"高人说。

"那还不是人家廉廉说了算。"堡子人说。

"怪不得我看选举这几年爱往老支书那里跑。"闲人说。

"人家都是有腿的,选举现在也是乡镇企业家,腰里别的是'大哥大',也是老板。"堡子人说。

大队部就是村庙台,平常连个鬼影子都没有,门口只有一棵歪脖子槐树。冬天,门口的台阶上就坐着晒太阳的老汉。

"学勤,你来得早?"宝奕给学勤打着招呼。

"咱开会要积极。"学勤摘下眼镜擦了擦。

廉廉也来了,他确实年龄大了,走路都看着颤巍巍的,毕竟是七十多岁的人了,人生七十古来稀啊!

人们都陆续来了,五六个长条凳子就坐满了。选举来了后照例给每个人都发了支烟,大队部里就开始吞云吐雾。

廉廉拿了个本本，开始讲话。

"昨个到镇上开会，会议精神我给大家传达一下。一是加强党员的理论学习，二是各村党支部要进行换届，到年底全部换完。这第一点咱就不说了，咱都天天学习着呢，谁也没有落下！主要说第二点，村党支部这次换届。"老支书廉廉说。

"书记，那是咋换呢？"学勤问。

"咋换，学勤问得好！我也不知道！"老支书说完就笑了。学勤就顺势过去给老支书点了一支烟。

"镇上到时候会派一个监督组过来监督着，就咱这些党员，重新选一个党支部书记，继续领导大家干革命事业。"老支书廉廉说。

"我还选你。"学勤说。

"这次你选不成我了，镇上说这次有年龄限制，不能超过四十五岁！"老支书说。

郭选举的心就亮堂了一下，他前几天就知道了，他谁也没有给说，就烂到肚子里，当然，这次老支书也没有提前给他说什么，但他的消息很灵通。

"好，今天叫大家到大队部来，就是这个事，大家心里有数就行了。"村党支部成员就开始谝闲传了，每个人都是顾左右而言他，不说换届这个事情。

学勤其实是最想当的，但是年龄肯定已经超了，他也想让自己的几个儿子当，但是几个儿子都还不是党员，看来最有可能当支书的就是郭选举了。

宝奕也是老党员了，宝奕是在部队入的党，后来复员回家。那时候只有城市居民户口复原后给安排工作，农村的还是回到自己村，宝奕仍旧回到村里，并且把党组织关系也转到村上了。宝奕平常也做点儿小生意，养家糊口，有时候也帮别人说话，慢慢地也就有了一定的威信。换届选举，论年龄，宝奕也过了。

郭选举自己最近也不顺心，因为家里的事情把他折腾得够麻烦的。

"你到哪里去了？今黑天咋回来得这么早？"选举媳妇问。

"就在村上大队部开会呢！"选举说。

"我还当你又到哪个婊子那里去了。"选举媳妇鄙夷地说。

"都像你说的这社会就乱了！"选举说。

媳妇说这话是有原因的，因为这几年，选举经常到外面打"野食"采"野花"，和媳妇的夫妻生活也是有一搭没一搭，哄上坡就算完事，这事还得从老支书说起。

郭选举开的砖瓦窑因为用的是三队的地，而三队的队长就是老支书他兄弟，所以一年到头也就给社员（村民）糊弄一下算完了事，这些事情他都能给应付好。烧出的砖质量好，所以销路就很稳定，他的砖头主要卖给周宁市的几家大的建筑公司，建筑公司可不是盖几栋楼，而是一回盖十几栋楼，所以为了稳定客源，他也施以小恩小惠，经常请吃饭，唱卡拉 OK，这生意就长久了。而郭选举现在也是余力镇有名的乡镇企业家，不仅上了县上的报纸，还上了好几回，光荣事迹县长都知道，最早创办时候的艰辛早已经抛到九霄云外了，虽说创业艰难百战多，但是对于选举来说早已经走过了那个坎儿。

这一天在和老支书酒足饭饱之后正要搭出租车回村的时候，老支书对他说："选举，不着急回，叔和你说会儿话。"

"叔，有啥事咱回去说。"选举劝着说，他知道老支书喝得有点儿多了。

"人常说，饱暖思淫欲，老祖先这话一点儿都不假。"老支书慢悠悠地说。

"叔给你说，村人都造谣胡说，说我吃儿媳妇的奶，都他妈胡说八道，我再糊涂还能干那事，都是没有的事给你捏造！"老支书说。

"是这，咱到卡拉 OK 去，今让我叔舒坦一下。"选举顺势说。

"不瞒你说，别看叔年龄大了，干起那事来还是可以的。你婶老说我是老流氓，老不正经，都多大岁数了还干那事！"老支书有些醉意了。

选举和老支书就坐上出租车到城东的卡拉 OK 厅。

"哦，郭老板来了！"卡拉 OK 厅的女老板连忙上前迎接。

"来，叫人先把我叔扶到包间，刚才酒喝得多了！"选举招呼说。于是就来了两个小姐把老支书搀扶到包间去了。选举和歌厅老板随后进入另外一个包间。

"郭老板，你看这个包间雅致吧！"女老板招呼选举。

选举环视一周，这还真是一应俱全，和酒店一样，装修得富丽堂皇，周围挂着裸女的画像。选举随手就在女老板的奶子上摸了一把。

"你别摸我的，我这都老了，我给你找一个年轻漂亮的。"女老板推开选举的手说。

"今是这，你叫人把刚才那人伺候好就行！"选举说。

"你就把心放起来，没问题，哪一回你交代的事情我不认真办。"说着就风骚地过去在选举的裤裆摸了一把，这一摸，一下就把选举的阳物给摸硬了，选举就一下抓住了女老板的手。

"别急别急，咋跟小伙子一样一点儿涵养也没有。"说着就把选举的手拿开了。

"这两天才来了个女娃，我叫她过来陪你。"女老板说完就出了包间的房门。

不一会儿，就闪进来一个年轻的女娃，穿着入时，尤其是里面的紧身衣把两个乳房衬托得高大挺拔。

"郭老板，我老板特意交代要我陪你唱歌。"女娃嗲声嗲气地说。

选举正要上手，女娃就闪开了。

"别着急嘛，我先给咱把电视打开，咱先要一下再说。"于是女娃就打开了电视，音响震天响，选举就干吼起来。选举搂着女娃，那个感觉真好，他是好长时间都没搂过这么好的女娃了，顿时心猿意马起来，女娃却不停地阻拦，选举就从手包里取出两张老人头塞到女娃的胸罩里。女娃就眉开眼笑了，选举的双手也就随之探了进去……

选举和老支书回村已经是深夜，免不了和媳妇一番口舌，现在他越来越觉得这个媳妇索然无味了！随着钱挣得越来越多，选举的心就慢慢野了。

"你在外头和婊子胡睡，咱就离婚！"选举媳妇说。

"给你说没有的事你就不信！"选举说。

"你也不看咱娃都多大了，你在外头胡整，娃再过几年就娶媳妇了，你还胡整？"媳妇不依不饶。

"谁胡整来着，这都是买咱砖的那些采购员，你不对付好，咱砖烧出来卖给谁？"选举说。

"咱宁肯把这窑关了也不干这事，人总是要脸嘛！"媳妇说。

"要脸挣不下钱嘛！咱做的是正当的买卖。"选举说。

反正，每隔一阵，选举的媳妇就要闹一下，选举也已经习以为常了，他也想出了对付的办法，就像打游击一样。

对于窑场的事情，选举也不是很操心了，他心里总想着不冒烟工厂的事情，自己目前干的这个事情虽然说赚了一些钱，但是能把这个事情干一辈子？肯定不能，老支书都干不了一辈子，也该到站了，虽然剩下的几个党员都已经超了年龄，但还有两个人也没闲着，在家养猪也赚了一些钱，所以还是不能掉以轻心。

想着这些事情，选举就想搂着媳妇睡，没想到媳妇给他了个脊背……

65

村支书的选举，也就意味着下一步要选村主任。斗斗肯定是当不成了，因为斗斗当村主任的时候，叫人把上任村主任夏义赫家的电线剪了，这等于来了个下马威，斗斗叫的是冷娃生坯子旦娃，不管咋样，先给你来个这再说。斗斗干了些啥，斗斗就是占了些宅基地，基本就是谁跟他好，这个宅基地就批得快，斗斗不单批宅基地，自己也占了不少。

斗斗盖房的时候学着公家盖房的样子，也在庄台子地上弄了个奠基仪式，他邀请的都是外面和他要好的，斗斗盖房并不是用的人工在那里挖地槽，而是用的挖掘机。

"斗斗这次要盖六层楼，而且是框架结构，盖好后就和城市居民楼一样。"看热闹的乡党说。

"看着不像是三间宽的？"村子人问。

"六间多宽。"闲人目测了一下说。

"斗斗哪里来那么多钱，这几年不是在外面都'烂包'着吗？"村子人问。

"贷款，朝信用社贷款！要不然这百八十万从哪儿来？"闲人说。

"那咋给信用社还账呢！"村子人问。

"还，还啥呢，虱子多了不痒，债多了不愁，有房在，能咋样，拿房抵押！"闲人扔过去一句话。

斗斗的房就这样一天天干起来了，主体盖了有半年多时间。封顶的时候，用的是水泥浇注，再也不是人工拿水泥往上撩的场景。巷子来了十几辆小卧车，斗斗盖房封顶的仪式也是学公家，拉了大红绸子、大红花，邀请领导剪彩。

"今天是夏斗先生新房封顶的好日子，我代表余力镇信用社，向夏斗先生新房竣工表示热烈祝贺。夏斗先生心系桑梓，处处为金水村的父老乡亲着想，是金水村好的经济发展带头人，希望把这个头好好带下去，让金水村的父老乡亲都致富，谢谢大家。"

"这是谁讲话？"人群中看热闹的乡党问。

"信用社的领导。"人群中不知道谁说了一句。

稀稀拉拉的掌声响起来了。带头鼓掌的就是旦娃，旦娃现在是村上的电工，负责收电费，自从斗斗当上村主任之后，旦娃就开始给金水村当电工，负责村上的线路维修等。谁也不知道旦娃是咋学了这么一个手艺，是在监狱学的，还是回来学的？反正旦娃会日鬼电线，村上的电杆电压线路，都是旦娃拾掇的。旦娃自从当了电工，就不再畏畏缩缩，而是抬头挺胸，有时说话还张扬。人都看旦娃当了电工，有的就去巴结，希望收电费时候少算点儿电费。

下来是金水村的书记讲话。

"今天是咱金水村夏斗先生盖房封顶的日子，我代表金水村的父老乡亲表示热烈的祝贺。斗斗这几年给咱村办了不少好事，修路打井使我们村面貌有了大的改变。我们要以斗斗为榜样，把金水村的事办好。"金水村的支书说。

"说的锤子话，谁叫他代表，他能代表谁，他只能代表他自己，锤子！"人群中有人骂道。

几十墩子的炮声震天响，腾起一股巨大的烟雾，空气中有火药的味道，烟雾升腾着，像爆炸一样，这是金水村个人有史以来放得最多的一次炮，炮也是准备给有钱人的。鞭炮齐鸣，村人瞩目，斗斗脸上有了光，因为斗斗把粉擦了！

"这么大的事，咋没敬先人？"有人发现了这个破绽。

"你眼睛瞎了还是看不见了，不是在那里放着呢，这事还能马虎，可不敢开这玩笑！不敬先人，房会塌的！"旦娃说。

他这回说了人话。

"这房盖完，开春后就开始拾掇里头了！"有人羡慕地说。

"听说斗斗在西边还有一院子，开春后就盖！"乡党说。

"还有一院子？"堡子人惊讶。

"一个人闹了那么多庄台子！"堡子人说。

"看你说的，斗斗现在在位，有便利条件啊！"村子人说。

"一个人占那么多干啥？他又不是有十个八个儿！"堡子人说。

"看你说的，多了总不是坏事，多了还是好，就跟钱一样，没有钱，你想买个啥都买不成，有钱了啥都能买！"村子人说。

"现在国家也不查庄台子地？"堡子人说。

"谁查呢？"村子人问。

"搁过去，谁敢占那么多，谁不想活了！"堡子人说。

"你老爱说那时候的话，现在谁占了就是谁的，你不服气去告去，法院的门开着呢！"村子人说。

"这盖两院子大房，要多少钱？"堡子人问。

"多少钱怕啥，反正有信用社的贷款，有贷款还怕啥！"村子人说。

村主任斗斗的房成为一个焦点，因为斗斗现在是金水村房盖得最高的，也是最好的，房子代表了气势。一家一户的根源被打破了，房子再也不是原来的二层楼，而是发展到多和高的地步，不是用来住的，而是成为一个象征，谁房子越高谁就越有钱！

斗斗的车也换了，换成了桑塔纳，这是公家车，因为斗斗现在生意做得大呀！金水村大部分人还是自行车。

学勤也在想着，当选村支书肯定是不行，当选村主任他没想过，年龄大了，再说也没有那个心思，他也不想那个事情，自从在外面办企业失败后回到村里，他觉得村子的人都没正眼瞧过自己。中国自古以来就是成者王侯败者寇，谁让自己一时贪念没有决断好，导致一系列的连锁反应，失败回到村里就跟孙子一样，回想刚办起企业的那个红火劲儿，学勤觉得就像做了一场梦一样，他不是不想翻身，而是没有本钱，咋翻身，这事情不是想象得那么简单。他在盘算如何翻身，如何打一场自己的翻身仗。也终于把五个儿子养活成人了，最小的也都二十多岁了，他觉得是让自己的儿子先入党，先解决身份问题，然后再做打算，他是一刻也不敢得罪一个人，学学在想着自己的事情。

"哦，学勤来了！"宝奕招呼着说。宝奕还在堡子里面住着，娃们家都已经搬出了老宅。

"啥风把你吹来了！"宝奕问道，他确实不知道学勤干啥来了。

"跟我老哥过来谝一下还不行？"学勤反问。

"我兄弟可拼哥的火了！"学勤笑着说。宝奕给学勤点着了一支烟。

"你是瘦死的骆驼比马大！"宝奕开玩笑说。

"再别瓢我了！咱是瓜娃一个。"学勤说。

"可不敢说这话，三十年河东，三十年河西，说不好兄弟再过几年就翻身了，到时候我还要求你办事。"宝奕说。

学勤笑了，这话听着舒坦，他也喜欢听，他无数次做梦自己翻身了，还清了信用社所有的贷款，孩子在村里给人说话就耀武扬威了。

"托我哥的吉言，那我就给咱好好干。"学勤说。

两个人就有一句没一句地边抽烟边说话。

"哥，是这，明年我想叫咱碎娃入党，你看到时候也给咱娃当个介绍人。"学勤说。

"咱碎娃多大了？"宝奕问。

"明年就二十五岁了。"学勤说。

"你上回说碎娃现在给谁开挖掘机？"宝奕问。

"给南村村主任，村主任在锡田基地包的活儿，娃在那里开挖掘机。他自己给自己挣钱把自己养活就行了。我虽然没有多大能耐，但是娃们要自立自强。"学勤说。

"在村主任那里开挖掘机效益咋样？"宝奕问。

"哎，也就是挣个辛苦钱，明不当明，黑不当黑，都是晚上干活儿的时间多，挖掘机都是这样，白天也干，少，主要还是挖土方，那看南村原来那一片蓁，锡田基地要在那里盖厂房，那都是南村村主任包的工程，咱娃给开机子挖土方。"学勤说。

"那离明年还早着呢，你着急这么早说干啥？"宝奕问。

"我害怕到时候就忘了，咱得提前准备。"学勤说。

"我把我哥今天就靠好了。"学勤半开玩笑半正式地说。

宝奕笑了。

宝奕想不到学勤还打算得早，眼看着村党支部书记没戏，就提前给自己的娃铺路，保不准是想叫娃当村主任，可是当村主任也没当过队长啊，这可是要一步登天，跟斗斗一样？再说这入党介绍人要两个人，就算自己一个人，也还差一个人，要不然学勤自己当介绍人，这也没有先例啊，自己把自己娃介绍加入中国共产党？宝奕没有了言语，也没有了想法。

宝奕不知道这学勤葫芦里卖的是啥药？

斗斗最近也没闲着，虽然他当选无望，但是他还要再拼一把，因为他知道现在城边好多村的地都盖成了厂房，村主任也都包着工程，这村委会的权力可大着呢。也不知道谁想当，自己上次是把人家拉下马，这次不知道谁把他拉下马，斗斗开始心烦意乱。

选党支部书记是在大队部进行的，镇上来了两个人监督金水村选举，因为金水村本来就没几个党员，也就十几个，所以工作也不复杂。现在通信发达了，镇干部来的时候手里拿的是"大哥大"。

选党支部书记依旧是在庙里进行，不同的是庙门从里面把木头门的闩子给闩上了，在庙台旁住的金水村人想进去看也没闹成，进都进不去，还看啥。

毫无悬念的是郭选举当选为新一届金水村党支部书记。

"今天咱们金水村的换届选举党支部书记是圆满成功的，我代表镇党委表示祝贺。对于周孝廉同志以往的工作我们要表示感谢，以后在我们支部要继续发挥余热。对于今天新当选的支部书记郭选举同志，我们在表示热烈祝贺的同时也对新党支部班子寄予厚望，希望各位党员同志团结一心，把我们金水村的党建工作搞好，让党的旗帜在我们金水村高高飘扬。"镇上派来的齐督察讲话说道。

选举结束后，郭选举把齐督察一行送到庙门口的小轿车上，小轿车顺着巷子一溜烟就驶走了。郭选举悬着的一颗心终于落了下来。

"选举，叔给你祝贺，你票叔给你投了。"学勤凑上去说。

"叔，我知道。"选举说着掏出了烟。

"选举，叔以后还有事要求你，你可要给叔办呀！"学勤说。

"看我叔说的，咱先是乡党，然后才是党员嘛，叔说这话就见外了，啥办不办的，肯定要办，只要不违反国家政策就行，就是不能办想着办法都要办。"选举给学勤戴高帽子。

"你这样一说，叔就吃了定心丸，感谢我们的郭书记。"学勤说。

党员同志们都慢慢散去了，各自回各自的家，谁也不知道下来要发生什么，人家叫开会就开会，叫干啥就干啥。

世上的事就是翻来覆去的，有利就有弊，得到了这个就失去了那个，相辅相成，好事全让你占全了，地球就该爆炸了。

郭选举自从当上了金水村的党支部书记，窑厂的生意就每况愈下了，究其原因，是媳妇他爸从砖厂退休了，退休了就意味着没了权力，所以原来和选举合作的几个大的建筑公司就没有和选举再继续合作，而是终止了业务。选举烧出的砖自然就卖不出去，更为紧迫、要命的是烧出的砖居然有大量的次品，原来最近技术人员不是亲自来，而是派了一个到他单位实习的学生，学生就权当练手，一下就搞砸了，但这你也没脾气。以前全仗人家每次过来，自己也没培养自己的技术人员，这今后可咋办？选举急得一筹莫展，最后只能是低价把那些砖处理了。这窑场还继续烧砖不，不烧砖咋办，如果仅仅供应私人盖房，那就远远达不到规模和效益，仅仅只能维持，选举没有办法，你不维持，又该咋办？

偏偏这个时候，大盈和自己娃斑斑在路上倒了一拖拉机土，把拉砖车的路给挡住了。

"大盈哥，你这是干啥，咋能挡住人家拉砖的车？"选举问。

"我问你选举，你这窑场都是用谁的地？"大盈问。

"这是咱队的地，但是每年都是以租赁的形式给的钱。"选举说。

"你跟廉廉穿一条裤子，哄我是瓜子，你一年才给我们多少钱？"大盈说。

"这都是原来订的合同说好的。"选举说。

"原来的合同不算数，原来是和老书记签的合同，你现在当了支部书记，合同要重新写。"大盈说。

"那你是代表谁？"选举问。

"我代表我自己。"大盈回答。

"这也不是你一家的地呀！"选举说。

"那我不管！"大盈说。

"你大大个人咋要赖皮，不讲理！"选举说。

"你说谁呢？"大盈就扑上去和选举扭打在一起，被随后过来的乡党拉开了。

选举没有料到会这样，他更没有想到这大盈居然是个死狗，原来看着人五人六的，咋突然变得不要脸了，全仗着他弟兄们多？

大盈弟兄几个人多势众，一不小心就要挨打，所以平常大盈也是吆五喝六，一般人轻易都不惹这个老顽固。但是，今天偏偏让选举给碰上了。选举知道自己建的窑场都是这十几个村民乡党的地，但每年都给返还着地钱，虽然不多，但是选举从来都是按时发放，从不拖欠。要说贡献，他觉得他还是做出了一些贡献的，起码村上有劳力的在窑场挣钱，把房盖了，把欠信用社的贷款给还上了，虽然是辛苦钱，但是你在外面干个活儿，哪有不辛苦的，你躺在家里睡大觉，钱就会像风一样自动刮到你炕上，不是这么个道理嘛！就是用地给钱这个事情，选举觉得自己已经做得很不错了。

选举的窑场生意越来越艰难，有时发钱都难，原因都是公家单位几乎没有了，只剩下私人盖房来拉砖，这等于说断了选举窑场的财路，选举就琢磨着看啥还能干，大盈有时候还来捣乱，甚至胡搅蛮缠，并编造一些谎言来诋毁选举，选举都不知道这是咋样把大盈这样的死狗给得罪了。而且大盈的娃斑斑是个生瓜蛋子，上次派出所来把斑斑拉走了，没想到斑斑回来以后，还更加张狂了！大盈就仗着斑斑是个生瓜蛋子，往窑场跑得更勤了。派出所说够不上刑事犯罪，也就只能调解。因为拉砖的人越来越少，窑场有很大一部分就荒废了，长满了荒草。

这年冬天，金水村的广播就传来了哀乐声，这是安全的广播，安全在夏义赫当村主任的时候是大队的电工，后来斗斗当上村主任了，安全就不当电工了，而是旦娃。安全就买了喇叭音响这一套东西，红白喜事都可用，红事放歌曲，白事放哀乐，还继续有乡党叫安全接电线，安全也不拒绝，扛着老长的竹梯子就去了。村上的电工虽然是旦娃，但是乡党们还是认安全，说旦娃是个死人球！

"谁不在了？"堡子人问村子人。

"看样子声音是从上头传下来的！"村子人说。

直到有人穿着孝衫到村子叫人。

"谁不在了？"村子人问穿孝衫的人。

"老支书不在了，昨天晚上。"穿孝衫的人说。

"多大年龄？"堡子人问。

"七十三岁。"穿孝衫的人说。

"叔，你一会儿上去坐嘛！"穿孝衫的人随即给几个人都发了烟。

"你先叫人去，我一会儿就上去。"几个人都说。

廉廉卸任才半年多，没想到就走了黄泉路，村人议论着。

廉廉就在上房停着，村子的死人一般都是放三天，三天后入土为安。棺材啥都准备好了，也已经叫人开始挖墓，一切丧事的程序都在有条不紊地进行，报丧的报丧，买菜的买菜，叫人的叫人。

"前几天不是还好好的，咋就这么快！"有人在院子问。

院子里就窃窃私语了。

"你不知道，廉廉有个瞎毛病，听说是死在外面，连夜抬回来的。"有人悄悄说。

"在外头要小姐！"知情人说。

"廉廉还有这爱好？"乡党问，他想打破砂锅问到底。

"听说趴在小姐肚子上死的！廉廉就好这口！"知情人说。

"哎，看着顺顺当当把人埋了就行了，人都死了说啥都没用了！"堡子人说。

三天后，早上八点，在一阵鞭炮声中，起灵了，村人抬着周孝廉上山，人死了，就让他入土为安吧！

过了几天，安全的广播就又开始响了。

"这又谁死了？"堡子人问。

"你不知道，这回是崇崇他'大'！"村子人说。

"我说也怪嘛，一个接一个死人，这是咋了？"堡子人说。

"咱村死人都是双双对对，这多少年都是这样。天一冷老人们就扛不住了，不停地咳嗽，最后就严重了，把原来的病灶都带出来了。"高人说。

"崇崇他'大'是个例外。"高人说。

"咋是个例外？"村子人问。

"前几天，崇崇他们弟兄几个才给他爸把生日过了。"高人说。

"过生日和这有啥关系？"村子人问。

"咱村老人谁过过生日，都说是把老汉贺寿给贺死了！崇崇这几年挣了几个钱烧得慌，烧得慌就给你寻个事情，看你还烧不！"高人说。

"哎，老汉是临走之前把该见的人都见了一下，也不奇怪，以过生日的名义让大家都来想必是这样的。"堡子人分析说。

"人，行将就木，都想见一下亲人。"堡子人继续说。

"你说得也对，人家在马路口看病，自然生意要好，生意好了就能挣钱，人家这也是顺应时代变化，现在谁还救死扶伤，救死扶伤都是笑话！"高人说。

"你俩在这儿说啥？"闲人不知道啥时候就过来了。

"我俩在这儿说又能吃三天了！"村子人说。

"吃谁家？"闲人问。

"吃崇崇他'大'的！"村子人说。

"走，咱看热闹去！"村子人说。

几个人顺着街道就到了崇崇他"大"的门口，果然热闹，白色的长幔，还有洋鼓洋号，把个丧事整得和喜事一样热闹。

"人家挣了钱就是不一样，又是过生日，又是洋鼓洋号！"村子人嫉妒地说。

"以后你老了，给你也叫这？热闹一阵。"堡子人说。

"咱不图这，腿一蹬，眼窝一闭，啥都看不见了，啥也不知道了，叫八个鼓行就行！"村子人说。

"八个鼓行，那你还是大闹，看你娃给你花这钱不？"闲人们就都笑了。

218

"行礼吗？"有人说。

"不是下午晚上才行吗？"村子人说。

"你没看账房都开始划账了！"堡子人说。

"给钱还是给被面子？"村子人说。

"我刚才看都是给钱的居多，外头人给得多。"高人说。

"咱村的乡党，谁给他钱！"堡子人说。

"咱能来吃他就是给他脸，还给行钱，要行你几个行，我连被面子都不给！"堡子人有点儿生气。

堡子人记得金水村的红白喜事几十年一贯都是被面子，好一点儿也就是喜事买个东西，白事关系好的就是帐，行礼给钱的几乎没有，特别少，但是慢慢就打破了，还是从村里几个大款开始的，"大款"行礼直接给钱，有些乡党觉得面子上过意不去，就也给了钱，这一给就助长了金水村的不良风气，谁家一过事，就比谁家行礼结钱结得多，谁家是挣钱的买卖，谁家是赔钱的买卖。红白喜事在金水村俨然发展成一门一本万利的买卖，甚至发展成一门学问，有人就专"吃"红白喜事，靠着这个生活。

66

学勤其实一刻也没有闲着，他咋能闲着？他在谋划更大的事情。他要让金水村的人知道，他是一个能人，他是一个企业家。他闲时大概估摸了一下票，自己家六个儿子，最少有二十票，再加上自家人，估算一下有三四十票，自己再活动一下几十票，有一百票左右，投谁选谁这是政府阻挡不了的，你既然叫农村选举，那咱就给你选举。他决定推选自己的碎儿子涌涌参加金水村的村主任选举。

"虎子。"学勤走进了虎子的院子，虎子家里盖的是平房。

"哥来了。"虎子招呼。虎子人长得强壮，练过一阵武术，那一阵子号称练家子，爱好骑马，再倔的马也能驯服，他有方法，打，畜生还能不害怕人。

"最近还弄车吗？"学勤问。

"最近还可以，天冷，买车的人多。"虎子说。

"那咋样？把钱挣了没？"学勤问。

"哎，都是龙驹寨那里的人倒得多，咱就是凑个热闹。"虎子说着。

"慢慢看嘛，倒不成了就别出去了，就在村上干。"学勤说。

"村上能干啥？"虎子不解地问，他抽了一口烟。

"村上干的事情多着呢！明年选村主任，咱涌涌要当，你到时候把你弟兄几个的票都拿过来。"学勤说。

"这没麻达，哥你不用跑，我给你把这事包了，我们那几个我都能拿下，不听咱的还行。"虎子说。

"龙驹寨那里原来也是一片麦地，跟咱村一样，后来搞开发，慢慢地就把地都吃光了，各家各户也没有地了，开始租房，倒车！"虎子说。

"还是我哥眼光远！"虎子说。

"先不要给谁说，咱先慢慢活动，我估摸着有一百多票问题不大。"学勤说。

"这就好，只要咱稳操胜券，这村主任的位子就是咱的。"虎子高兴地说。

"悄声着。"学勤交代说。

按理说当村主任首先要当过队长，有了处事经验才能当村主任，但是斗斗的当选打破了这个规矩，谁说当过队长才能当村主任，这是老皇历了，斗斗不照样当了村主任，斗斗就是沾了他哥的光，要不就凭他能当选上村主任！看来这就是谁的票多谁就能当上，最重要的是户内的人足够多，这时候就用得着自家人了，这时候自家人的关系就特别亲，事情就这么简单。

说话间，时间就迈入了正月。

"年年过年，你知道啥叫正月，啥叫过年？"村子人在堡门口问堡子人。

"所有的都是延续的。"堡子人说。

"每年是以哪一个月为第一个月，这是随着朝代的变化而变化的。汉朝以前，每换一个朝代，往往把月份的次序改变。老人说，商朝、夏朝把规定的十二月算作每年第一个月，而周朝又把十一月算作每年的第一个月。秦始皇统一天下后，又把十月算作每年第一个月，直到汉武帝，才恢复夏朝的月份排列法，一直沿用至今。"堡子人说。

"你还知道的不少啊！"村子人说。

67

夏一可这一年从周宁市的大学一毕业就开始找工作了，学校仅仅是写了一个推荐表，就把他们这些涉世不深的学生推向了社会。大学早已经不包分配了，何况他们这些自费上大学的人。夏一可跑了不少地方开始自己的求职生涯。他一心想要当记者，因为这也是专业对口，最重要的是他认为记者的工作可以接触到不少人，也是文学的梦想，对于任何一点儿信息他都不想放弃，因为他已经毕业了，学校自此在人生的长河中画上了一个句号。

现在流行招聘制，你只要有本事，就可以谋得一个工作，或者说一个饭碗，自己养活自己，因为你长大了，可以自食其力了。记得以前夏一可上中学的时候，已经开始有人才市场了，老师说，其实都是一样的，你有点儿关系比啥都强。

其实，夏一可并不懂得社会，并不是因为他的学生生涯结束了，因为他还没有适应社会。通过在展览馆的招聘，他应聘到了一家报社。这家报社是在一个公园里，夏一可没有想到，小时候来这里玩耍，长大后居然会在这里上班，上班的头一天，他就起了个大早，他要到单位去给大家留一个好印象。可是到了这家报社的门口，左等右等始终不见开门，就在夏一可准备到外面的公用电话亭打电话时，一个中年女人过来开了门。

"你是夏一可吧？"她问道。

"哦，我是夏一可。"夏一可回答。

"这是咱们报社的办公室，以后你就在这里坐班。"中年女人说。

在招聘现场，夏一可并没有见到过这个女人。

"哥，你招的这个娃来了！"中年妇女打电话说。

夏一可开始打扫办公室，扫地擦桌子，外面的阳光很好。

"小夏，你来我给你说。"她交代事情。

"你现在每天过来坐班，咱们这里暂时没有任务，一切都按照当初你和宋社长谈好的。你在办公室负责接电话，按时上下班，有事你给我打传呼。"她说。

"你在办公室，我有事先走了！"她说完就拿起包走出了门。

夏一可刚才紧张了一下，现在消除了紧张，他不知道这个报社怎么没有人，现在看来就他一个人，和想象的报社大相径庭，那就先看看吧，这个报社的名字起得很大气，叫《地球摄影报》。

在《地球摄影报》上班的时间，夏一可只见到了一回社长，匆忙来匆忙走，社长说他没有广告任务，试用期三个月，每个月三百八十元，试用期结束后签订合同，每个月七百八十元。这个工资对夏一可来说已经很好了，在当时的水平算是比较高的工资了。但是夏一可一天坐在这里也没事，有时就打个电话，他想象的出去采访成为泡影，因为根本就没有，他也慢慢了解到这里就他一个人，中年女人是社长的妹妹，他们一般都是在外面联系业务。在夏一可上学期间，他已经是《经济时报》的通讯员了。

因为和想象的情况不一样，夏一可仅仅干了一个月就离职了，因为他太不习惯坐在办公室了，他需要出去跑。宋社长什么也没有说，发了一个月的工资，夏一可就离开了。他要去真正的报社闯荡，做真正的新闻报道。

夏一可这时想起了老师说的话，人才市场只是一个称呼，还是要有关系。他不想凭借关系，因为他也没有关系，他想凭借自己的能力拥有一份好工作。什么是好工作？夏一可开始为自己的好工作不停地奔波，报纸上的招聘信息他反复看，不停地跑，开始有点儿精疲力竭，还有广告公司什么的，他都不放弃，有的条件太苛刻，有的直接就是每月多少广告任务，按任务进行工资发放，这些夏一可都没有可能胜任，他很想成为一名写稿的记者，但现实却和他开了一个玩笑，因为初出茅庐，他根本就不懂得什么是新闻！他凭着自己的满腔热忱却在这个社会碰得头破血流，兜里的钱眼看着就捉襟见肘了。

这天，夏一可在街头的报亭里看到《秦州都市报》招聘记者的消息，他兴奋极了，因为招聘里明确说学历是一个方面，但重要的是看重能力，希望有能力的有志青年前来报名应聘。《秦州都市报》那可是真正的新闻媒体。《秦州都市报》在城墙里头，离市中心最近，交通方便，夏一可很快就找到了报社。

"你找谁？"夏一可推着自行车往里走，门卫拦住了他。

"我到《秦州都市报》应聘。"夏一可对门卫说。

"把车子放到那边墙根，朝里走，第二个门。"门卫指着远处说。

夏一可放好自行车到《秦州都市报》所在的地方，门口已经有一些人在等候，排了一个很长的队。这么多人，夏一可真没想到，看来还是都市报的牌子亮，要不然为什么有这么多人来应聘记者。

"你拿报名费了吗？"旁边一个人问另外一个人，看样子也是毕业不久的学生。

"报名费多少钱？"夏一可问排队的一个人。

"不知道嘛，咋还收报名费。"夏一可旁边的人疑惑地问。

眼看着一个人出来，夏一可连忙问道："你好，报名费多少钱？"他问。

"五十块钱。"那人说。

夏一可吃了一惊，这报名费可不便宜。虽然自己带着钱，但是假如把这报名费一交，他就没有钱了，兜里就只剩下几块钱了，五十块钱对夏一可来说是一笔较大的数字。

"下一个进来。"门里喊着。

"老师，你看能不能通融一下，我今天的钱没带够！"里面的人央求着。

"你把报名费带上再来，还有两天时间，时间来得及。"负责招聘的人说。

夏一可把资料递给招聘的人，那人看了一下就放在旁边的桌子上，那上面已经放了很厚的一沓，他很熟练地开始写报名费的收据。

"报名费五十元，你交一下。"他说。

夏一可掏出钱，他实在不想交。

"10号到大门口看名字和考试的时间。下一个。"那人接着喊。

夏一可拿着收据出了门。他看到，排队的人比刚才的还多，都在翘首张望着。

夏一可走到大门口听到旁边的人说："《秦州都市报》又在招聘！来这么多人！"

"哎！"那人叹了口气。

"都是哄这些才出校门的学生，又可以挣一笔报名费了！"旁边的说完就上了停放在旁边的汽车。

对于《秦州都市报》夏一可并不陌生，《秦州都市报》原来叫《秦州晚报》，办了有三四年时间，原来父亲在厂里上班时拿回家里他就看过，上面内容丰富多彩，所以夏一可印象深刻。这次招聘肯定人多，因为这是省级报纸啊，谁不想进省级报社。《地球摄影报》是好，可是不锻炼人啊，就一个人，这也是报纸？夏一可心里老不得劲。

夏一可到规定的时间去《秦州都市报》门外看通知，来看通知的人很多。"凡是报名的都有名字！"旁边一个人说。夏一可大概看了一下，应聘的人有二百多人。

"你说这《秦州都市报》只招十个人，却报了二百多人！"旁边一个人说。

"这光报名费就收一万多！"另外一个人说。

"《秦州都市报》牌子亮，来的人就多！"旁边的人说。

"咱能考上不？"旁边一个人说，看样子也是才从学校出来。

从攀谈中得知，他们也都是今年才毕业的学生，是周宁师范大学毕业的，也是不停地在找工作，夏一可和他们留了传呼号。夏一可现在还是穷学生，联系用传呼机，大部分人还都是用传呼机。抬头望一眼，《秦州日报》的牌子在闪闪发光，《秦州都市报》是《秦州日报》的下属报纸。

很快就到了招聘考试的时间，地点是在《秦州都市报》旁边的一所小学里，刚好学生周末不到校，《秦州都市报》借用这个小学的教室考试。来的人较多，按照所发的通知序号进行考试。

"今天是我们《秦州都市报》招聘考试的时间，下面由我们社长进行讲话，请大家欢迎。"负责考试的人说。

"大家好，欢迎大家报考我们《秦州都市报》。这次公开招聘考试本着择优录取、公平竞争的原则，优胜劣汰。就在前几天，省长都打来电话拿来条子，说有一个朋友的娃看能不能通融一下，我说这是公开考试，大家有条件的都可以报名，不开后门！"社长的讲话赢得了现场参加招聘考试人员热烈的掌声，社长姓武，叫武社长。

"希望大家都取得好成绩，我在《秦州都市报》等着大家的到来，等着大家一起干事业！"武社长激动地说。

接下来主讲人宣读了考场纪律，大家就依照考试序号进入所在的考场，进行考试。

考试题对于夏一可来说并不是太难，都是些基本知识，所以夏一可写完后检查了两遍就交了卷。此时，小学门外已经有不少交了卷的人。

"我看这考试就是个形式。"旁边人对夏一可说。

"社长说是择优录取！"夏一可说。

"那都是哄咱的！人家谁进去基本都说好了！"旁边人感叹道。

"你不知道，我就是《秦州日报》的子弟，咱没腿子嘛！"他说。

"那你应该知道内幕！"夏一可说。

"这次不行我就到广州去，那边还是比周宁发展得快！"他说。

原来这个人确实是《秦州日报》的子弟，对于这次招聘的事情了如指掌，因为他的父亲在《秦州日报》只不过是一个普通的职工，所以他就需要考试。

依着考试发榜的时间，夏一可在《秦州日报》门口看到贴的通知，果然没有他，大部分人就只是看了看，扭头骑着自行车失望地离开了。

"这《秦州都市报》确实收了不少报名费！"夏一可感叹道，他已经身无分文了。

夏一可觉得这是社会给他在上课，《秦州都市报》是那么容易进去的吗？记者是那么容易当的吗？但摆在夏一可面前最迫切、最现实的问题是他已经身无分文了，在《地球摄影报》挣的那380块已经花完了，眼下最为关键的是找到合适的工作，赶快挣钱。

夏一可是不想回到靖宁的，因为地方小，回去还是要回到父亲所在的工厂顶替接班，但他不想去，因为那个当工人的工作对他来说没有任何意义，工厂就是四平八稳，按部就班，在工厂里一辈子就交代了，在靖宁县，到处凭借的都是关系，有关系就能办事，就能办成事情。

其实夏一可上完学的时候父亲是求了人的，但还是没有办成。夏一可想进入靖宁县电视台，当时父亲找到原来厂里的副厂长、现在调到百货公司的汪姨。汪姨最早在厂里是从东北调过来的，因为他哥哥在靖宁这边，通过关系把她调过来在厂里的车间干活儿，她很能吃苦，后来厂里发展遇到瓶颈，需要贷款，汪姨通过他哥的关系给厂里贷来了发展急需的几十万资金，厂子一下就盘活了，县里的商业局就委任汪姨为厂里的经营副厂长，汪姨一下就由普通职工进入厂里的管理层。在后来的几年，汪姨先后为厂里办了不少事情，包括花很少的钱把周宁财政局退下来的小车换到厂里，通过在报纸打广告的形式把产品销往周宁市内，这些都是汪姨的本事。再后来汪姨和现任厂长闹翻了，调到县上另外一个部门，慢慢地由副职转为正职，最后在县上的百货公司落脚，成为管理百货公司的一把手，最为人津津乐道的是汪姨收养了一个孩子。那是一个冬天的早上，在办公室的楼道她发现了一个包裹着的婴儿，就在大家都一筹莫展的时候，汪姨就把孩子抱回了家，后来慢慢给孩子上了户口，她便有了两个孩子，父亲说汪姨有慈爱之心。汪姨也到过夏一可家，夏一可感觉汪姨确实有本事。就在夏一可毕业的前夕，夏一可父亲带他到汪姨的办公室，说完情况，汪姨说，这事情简单，到时候给县长说一下，让县长给电视台打个招呼就行了。往往最容易最简单的事情是最不容易办成的，父亲后来说人家问了，不好办，现在没有编制，去也是临时工，所以也就没有去成。因为在靖宁这地方，临时工和正式工的差别十分大，夏一可父亲厂里原来一个人在厂里干了十几年的临时工最后还是走了，为啥，转不了正，解决不了编制问题，最后就只能走了。所以，夏一可毕业后就在周宁找工作，不准备回去，最后要是实在没有办法就回厂里上班，这是下下策！

因为暂时没有找到工作，夏一可已经身无分文了，只能向父亲张口要钱，父亲给了夏一可五十元钱，说不够了到时候再要。夏一可拿了钱却感到非常难受，他觉得自己都二十多岁了，还伸手向家里人要钱，感到很没面子，也很无奈，为什么自己就挣不来钱！他开始继续寻找工作。

接连找了好几个工作都不是太顺心，要么地方远，要么就是有拉广告的任务，这些任务对自己来说都是无论如何都完成不了的，夏一可心仪的工作还是写稿，进入报社，他并不了解报社的实际运作规则，只是一心想着写稿、见报、挣稿费。

夏一可记得在中学时期，自己的一篇文章被县上的《作文报》采纳，为了教师署名的事情闹得还不太好，因为都想争着署名当指导教师，实际上是没有一个人指导，夏一可写好后就按着地址直接投递了，他没想着发表，没想到就被采用了，并且还是头版头条，《哦，秋天那落叶》，那是有感而发的。老师们说，你可以等稿费了，最后的结果是夏一可根本没有等来稿费，夏一可并不在乎，能发表就行，他也不知道稿费有多少，他根本就没有想着有稿费，写文章是为了稿费吗？因为这个，夏一可还陆续写了好多文章，甚至写了近十万字的长篇小说，可惜无法出版。为了这个事情，父亲求了人，还在人家的暗示下给送了红塔山香烟一条。一个月工资才多少钱，一条烟就花了那么多钱！

为了找工作，夏一可不放弃任何机会，他想凭着自己的能力干自己喜欢的事情，挣自己的钱。吃自己的饭，流自己的汗，靠人靠天靠祖先，不是好汉！

在辛苦找工作的同时，他才想起最初的那个《地球摄影报》，什么都好就是不能锻炼人，除了出报，给人寄送报纸，一天就待在办公室，就是没有事情做，几次忍不住想要拨电话，但还是没有拨，怎么可能回去，那算什么了，出来了就不要想回去的事情。

<h1 style="text-align:center">68</h1>

在找工作的时间里，夏一可也历练了许多，那就是这个社会并不是你想象的那个样子。街上的看报栏每天都在换报纸，夏一可当然不放过任何机会，对于贴出的每期报纸都看得很仔细。这一天，他在街上看到了《上腴报》招聘的信息。《上腴报》是个什么样的报纸，他还从来没有见过，但报栏里彩色印刷的报纸还是令人耳目一新。于是，他顺着这个招聘地址找到了《上腴报》。

这个报社的地址没有在主干道上，而是在一条街上，是周宁大学周围的一条街道，夏一可按照门牌号到了院子的二楼。二楼整层都是，分别写着采编部、记者部、广告部、办公室、财务科等科室的牌子。照例是登记、谈话，然后就是留下了联系方式回去等通知。院子里的人进进出出。夏一可了解到，这个报纸实际上是一本刊物，是双月刊，全彩印刷，现在推出的是月末版，二十多个版，和刊物是一体的。应聘的人依旧很多，但好处是这家报社没有收取报名费。夏一可根本就没有抱什么希望，因为并不是报纸，而是刊物，和报纸不一样，他也就没有上心。

偏偏不用心的事情却有了通知，报社通知他周一上班。

因为好久都没有工作了，夏一可很兴奋，夏一可的父亲也很高兴，因为这是夏一可凭借自己的能力找到的工作，虽说远了点儿，骑自行车要一个小时，但总算是一份和报社有关的工作。

到了报社，夏一可了解到这次是招了二十几个人，这几天先进行培训，了解报社的情况，然后再开展工作。在这家报社的部门中，夏一可被分到了广告部。广告部主任是一个中年男人，姓来，夏一可叫他来主任，来主任很和气。和夏一可同时进入广告部的还有一个中年男人，大约四十岁，叫周军。来主任大概说了说情况，说不着急，这几天先熟悉情况，然后听社长安排。来主任询问了夏一可的情况，说你年轻大有可为，以后有发展，也询问了周军的情况，周军说原来在出版社，后来和头儿搞不好关系，就办了停薪留职手续，一直在外面跑，这一次就跑到了咱们报社，来主任同样说周军有才华，在这里好好干之类的话。

在几天的培训中，夏一可得知，这家报社是在原址盖办公楼，现在临时在外面租房过渡，因为盖楼需要两三年时间，临时租用城中村村民的房子，一来这里离原址近，二来也是挺方便的，而据了解，社长本人也是刚调任到这里不久，原来是搞企业的。在培训中社长说，现在是报社的发展时期，你们都是人才，假若干得好的话到时候可以办理调动等手续，现在报社是全民皆兵都有广告任务，因为上级已经不进行财政拨款了，要自己发展，每个人都要有拉广告的任务，给报社拉来广告，这样你才能有收入，基本工资不多，就二百元，试用期照样是三个月，完成规定的任务就可以留用，完不成任务就自动离职。社长还说，发动你们所有的关系，为报社进行创收，他还提到了好些方法，本周主要是培训了解认识报社，这样出去才能更好地开展工作，报社为每位招聘的人都办了工作证，以方便在外面联络业务。

夏一可的心有点儿凉，这也并不是真正当记者写稿呀！这个广告部就是真正的拉广告的部门！

"其实都是一样的，都是为报社进行创收。"来主任笑着说。

"来主任，那咱还写稿不？"周军问。

"写嘛，咱拉回来的广告以报道的形式发出当然要写稿，署咱自己的名字。别着急，慢慢来，你工作时间长了，在社会上也跑得时间长了，应该有一些关系。夏一可这边就需要多跑一跑了，没事，多问，勤跑，都能成。周军，娃多大了？"来主任爽朗地问。

"我还没结婚，来老师！"周军回答说。

"婚姻大事要抓紧，工作生活都不能耽搁！"来主任说。

"抓紧，抓紧。"周军说。

"你没事多带一下夏一可，夏一可才从学校出来不久！"来主任招呼说。

"你俩先在，我出去一下，头儿要找我，给我打电话。"来主任说。说完来主任就下楼了。

夏一可和周军聊天的过程中得知，周军也是一位文学爱好者，因为爱好文学而耽误了终身大事，也写了不少小说、散文，还写出了长篇小说，但是一直没有办法出版，周军说他没有那个能力，因为要花一笔钱，现在出版社都讲究效益，还要叫你全部包销，他也没有销出去的渠道，所以就都在箱底压着，见不了天日。周军和夏一可聊得很投机，大有相见恨晚的感觉。

这天采编部的黄主任过来对夏一可说要采访组织一批稿子，让他去采访，他说给来主任说过了，看这次能不能把你放到咱采编部。因为夏一可的资料他看了，很适合当记者。而对于夏一可来说，这是最好的消息，他也要尽责完成黄主任交代的采访任务，因为在这次采访任务当中被采访者包括了好几个作家，这都是他喜欢的。夏一可见到了那些作家，他们出版了散文集，叫"秦州风"系列。这些作家除其中的一位没见到以外，其余的都见上了，并且都送了书籍，夏一可都非常喜欢，因为他从小就喜欢这些作家呀，出版自己的书籍是他的梦想。夏一可的稿件写得比较长，已经超过了规定的字数，黄主任看后说写得不错，但是得压缩，因为版面有限，发不了那么长的，最后忍痛割爱压缩了很多，发在《上腴报》"月末"版。黄主任又先后布置了几个采访任务，写几篇稿件，夏一可也都顺利完成，他虽然人在广告部，但是基本都是服务于采编部。

这一天，来主任对他说："夏一可，咱部门的任务得完成，你现在还没过试用期，这是报社的规定，你看你家里有啥社会关系，先给咱完成一个广告任务，五千块钱，单位都出得起。"

"来主任，黄老师最近一直叫采访写稿。"夏一可说。

"那都不耽搁，咱报社又没有稿费，咱都要好好消化社长在会上的培训内容，你们的工资和所拉的赞助挂钩，再说，拉回来赞助写稿也能发稿，还有稿费。"来主任说。

"好，那我回去后找找关系。"夏一可说。

夏一可觉得自己的稿件刚写顺手，又要拉广告，从哪个单位能要来钱？夏一可不得而知。

夏一可回家告诉了父亲，父亲没有言语，末了说："回头到厂里看看。"夏一可父亲已经退休好几年了，他知道父亲从来不想求任何人，但是这回是没办法了。

时间一天一天过去了，夏一可拉广告、赞助的事情还没有着落。上腴报社全员动员，连财务部门都有任务，而在采编部的两个女的，广告却拉得风生水起，她们拉广告的对象是周宁市公安局城中分局，夏一可不知道公安局也作广告。社长在例会上说，现在公检法系统有钱，社里谁有关系都可以发动起来，为报社创收，不丢人，必要时候他甚至可以一起陪同前往。现在报社的形势越来越好，我们现在正在把报放到火车软卧、飞机上以及各个政府部门领导的办公桌上，所以在报上做宣传是一举两得，既宣传了单位又让领导看到了，这是一件大好事，大家要发扬不怕吃苦、敢挑重担、勇于牺牲的精神，为报社创收！

迫不得已的情况下，夏一可发动了家里最后的关系，那就是姨妈家的关系，姨妈家的女婿现在是周宁城南区法院副院长，这可是最后的关系。这个女婿是恢复高考后考入秦州政法大学的，毕业后被分到了政法系统，可以说从基层一直干到了现在，每次大年初一去的时候，他都在，因为不熟悉，说话很少，也就是母亲和他说话多，他们叫他小徐。

"咱到你凤姐屋去一趟，你给人家说说。"夏一可母亲说。

"我咋说？"夏一可有点儿为难。

"你不说，妈咋知道你们的事情？"夏一可母亲说。

夏一可实在不知道该怎么说，虽然和凤姐都见过，但是不熟悉，熟悉的是亲戚之间的关系，那是母亲和她姐之间的关系。在那个年代，母亲也差点儿招工出去了，舅奶就吓唬母亲说，娃呀，你不敢出去，出去就回不来了，所以夏一可的母亲就听从她的话，守在屋里烧锅做饭，直至后来嫁到金水村。而现在和凤姐的这个关系实际上就是血缘和亲情之间的纽带关系。

这是周宁市的一个政法巷子，巷子口有一个牌子，上面写着城南区公安局、城南区检察院、城南区法院，上面还有一个大大的箭头，指向巷子里面。因为是第一次来，所以在电话上就提前问好了地点说好了时间。

夏一可和母亲来，他用自行车带着母亲，母亲拿着挂面和鸡蛋，这都是自己家里的，也就不需要在外面买东西了。夏一可母亲说："到谁家不能空手，空手让人家笑话，这是规矩。"

不逢年不过节到谁家去总感觉有点儿怪，因为要去的话，肯定是有事情。在家属院门口问清楚了楼号，夏一可就和母亲进去了。这是一栋六层的家属楼，凤姐在二楼住着。敲开了门，凤姐热情地将夏一可和母亲让进了门。

"姨，你跟可可到里边来，这个屋子有空调，凉快！"凤姐边说边准备切西瓜。

"凤，不忙，就坐到这里，不热！"夏一可母亲说。

夏一可和母亲在客厅坐下，凤姐就打开了客厅的落地扇。屋子收拾得干净卫生，这是一个两室一厅的房子，凤姐所说的有空调的地方是卧室，挂着门帘。

"姨，我这地方小，比不了咱屋地大！"凤姐笑着说。

"好着好着呢！"夏一可母亲说。

"凤凤，姨给你拿了些挂面和鸡蛋。"夏一可母亲说。

"看你，姨，我没去看你，你反倒来我这里给我拿东西，我可受不起！"凤姐说。

"凤凤，这挂面是咱地里的麦子磨的面在村里压面机压的挂面，这鸡蛋是咱自己养的鸡下的蛋，都是自己屋里的，也不花钱！"夏一可母亲说。

"那就好那就好，还是咱地里的面好吃。"凤姐说。

"你城里啥都要买，都要花钱，咱地里啥都能种一点儿，以后再有啥姨叫可可给你送。"夏一可母亲说。

"啥都不缺，姨，你就不要操我的心了。"凤姐笑着说。

"小徐没在？"夏一可母亲问。

"没有，姨，他这几天忙得很，到办公室去了！"凤姐说。

"你有啥事你就说，姨，咱能办就办。"凤姐说。

"可可，你给你凤姐说。"夏一可母亲说。

"凤姐，我现在在《上腴报》。"夏一可说。

"报社啊，那可是个好单位。"凤姐说。

"现在报社有任务，要拉广告，我现在还在试用期。"夏一可说。

"法院人家是审判机构，不打广告的。"凤姐说。

"社长说可以搞个宣传报道。"夏一可说。

"那需要出多少钱？"凤姐问。

"五千块钱一个P！"夏一可说着便拿出一份报。

"这个印刷得还很好，彩色的。"凤姐说。

"这是省上的刊物，既有政治性，也有权威性。"夏一可说。

"那我回来给你哥说一下，看行不。"凤姐说。

夏一可就给凤姐留下了自己的传呼号，然后又说了一会儿闲话，就和母亲离开了。

在《上腴报》的工作依旧按部就班，这段时间也没写啥稿子，夏一可和周军也骑着自行车跑了不少地方，听说作广告要钱，都没有人愿意作，开始人家都很热情，以为是来搞新闻报道的，最后一听说要作广告，就跟商量好似的，都说没有钱，然后说一笸箩好话，最后说若需要一定先找你们。周军倒很有耐心，一直保持着良好的态度，但夏一可有时候就很烦躁。

"我看，咱这广告不好拉！"周军说。

"社长说，发动一切关系。"夏一可说。

"咱要有关系，还到他这报社来。"周军说。

"我是太痴迷于文学了，可文学害了我，搞文学挣不来钱！"周军叹息说。

"社长说得对，搞关系，人家那两个女的，听说也是什么关系进来的，那个公安局把一年的宣传都预订了！"周军说。

"你不知道，咱这跟人家要钱，就跟妓女一样，给钱就弄，咱就是拉皮条的。"周军冷笑着挖苦说。

"咱现在就是按照社长说的完成任务。"夏一可说。

"社长说得没错，那任务也要完得成才行，我看我也只能干三个月。"周军说。

"关键是你把这个任务完成了，到哪里再找新的任务，现在单位一听要钱，就不搭理你。"周军说。

"那也没办法，咱先把眼前的任务完成了再说。"夏一可说。

"我原来在出版社，后来在报社，都是搞这个事情，记者也出去要钱拉广告，都是有任务的，拉得越多提成越高，咱不行啊！"周军说。

夏一可不知道，这个行业居然是这样，但是已经上船了，就按照这个船的航向走，会不会沉船，只有听天由命了。

因为有凤姐的帮忙，夏一可最终拉来了二分之一的广告，小徐哥所在的法院签了合同并转账支付了费用。夏一可顺利地拿到了提成和工资。三个月的时间一晃就过去了，夏一可没有再继续干下去，尽管来主任一再挽留，但夏一可还是坚持不再继续干下去，临了他向黄老师告别，黄老师也没有说什么，只是说，到别的地方好好干，别丢了写作！夏一可最后向来主任告别，来主任说："天下老鸹一般黑！"

69

时间过得如流水，堡子人没事就在村里闲逛，他对各家各户基本上都了如指掌，东家长，西家短，东家的宅基地大一些，西家宅基地小一些，他都清楚明了，随着时间的推移，他觉得自己已经力不从心了，真是年龄不饶人啊，他开始有意无意放慢自己的脚步，重新打量金水村堡子。

金水村的路修了大半，主要的街道都修了，就剩下一些小巷巷没修，因为修路的需要，村子里好多树都被砍掉了。几乎没有人用树做家具了，因为嫌麻烦，叫木匠呀，接电线呀，刷油漆呀。光说接电线这一件事就够麻烦的，以前大队的电工一叫就来，现在却也是看人情面子，都是走上水，有时一叫叫几次，但还是不能及时给你整，大队也不给开工资，因为电工干的是村上的工作，村上没有收入没有企业，自然而然就开不起工资，因为村子不是工厂。有事情着急，就给电工买两盒烟，然后很快就接了电线。所以时间到了临近21世纪的时候，一切能少跑路、人省事的事情都用钱来解决。给娃结婚，也都是买家具，组合柜、沙发，都是买，因为跟着流行走，跟着感觉走。

堡门口依旧是集中点，人们聚集在这里说闲话。

"你说香港都回归两年多了，我看咋没啥变化？"村子人问高人。

"你要啥变化，香港事务就是中国的内政，不容干涉！"高人一派中央领导讲话的口吻。

"没看起你，笨狗扎个狼狗势！"村子人笑骂道。

"那是国家的事跟咱有啥关系。咱当好咱的农民就行了，你一天闲心都把你操烂了！"高人说。

"咱村也没啥企业，也没啥钱给村人发，不像别的村有企业，有的村上人在企业上班，也挣钱！"村子人说。

"现在就剩了选举的这一个砖瓦窑，但是也在走下坡路，是一年不如一年，选举这几年在外面胡整！"堡子人说。

"那都是跟廉廉学的瞎毛病，把自己婆娘不在屋子好好用，在外头用别人的婆娘，还有咱们的鲲鹏，两个人是一个球样子！"村子人骂道。

"那你去弄去？"堡子人讥讽道。

"咱没本事嘛，有本事也不会待在村里。"村子人说。

"在村里咋，在村里就把人饿死了？"堡子人说。

"现在城边边美着呢，家家户户都是二层楼，有的盖得更高，招房客，也不种地了，因为也没有地了！"高人说。

"但是流动人口多，社会治安复杂！咱这儿以后恐怕也是这样，现在还早着呢，因为还没有修路呢，修路后啥都来了，车来了，人也来了，这也是发展的趋势。"高人说。

"我看还是有一些地好，有地心里踏实，逢着灾荒年，还有啥吃的。"堡子人说。

"天安门广场边不种粮食，那还不照样有粮吃！"高人说。

"那人家是皇上，你能跟皇上比！"村子人说。

几个人就这样抬杠。

"知道不，听说差一点儿把贵贵给逮捕了！"村子人说。

"贵贵是谁家娃？"堡子人问。

"是跳跳娃！公安局都来了好几次，没找到人，一问就是人没在，在哪里也不知道！"村子人说。

"他妈他爸能不知道他娃在哪里？"堡子人问。

"你咋灵人净说瓜话，明知道要逮他娃，叫他娃躲得远远地。贵贵也是参与抢劫出租车的，只是跑得快！"村子人说。

"娃们家不上学就学坏了，早早给娶个媳妇，过自己的日子去！"高人说。

"咱村这几年也没见考上大学生！"村子人说。

"这几年倒是没有，前几年都还有，都是崇山家的，人家本身在余力镇就当的校长，自己的娃自然没问题，只是这人不爱声张，做事老悄悄地。同样是老师，咱的博博你看啥事都干，每回逮了就花钱捞出来，再犯再花钱捞出来，我说应该叫在里头多待几年！"村子人说。

"那人家他妈不愿意嘛，谁愿意让自己家的娃受罪，但是我看这迟早都是个祸害，整天在锡田菜市场小偷小摸，迟早都是事情。"高人说。

堡子人和他们几个人打了个招呼就起身了，坐的时间长了，走动走动。

村子里的路是好走多了，水泥地，大路是不踏泥了，但是朝村外走还是有一段土路，好在这些年车多了都给碾瓷实了，就是下雨有一些水坑，也不是特别难走。堡子门口的老槐树在扩路的过程中彻底给锯断了，根没有挖，因为根太大，不知道要挖到啥时候，所以锯断后直接就在上面抹了水泥，从此老槐树的根就直接埋在地下了。这边是涝池，平常没有水，早就干涸了，这几年慢慢有人把垃圾开始倒在涝池里，周围已经填了一些，但是轮廓还在，就是下雨时候渗一些水，天一晴，就彻底干涸了，加上有人把死鸡娃子也撂在里面，时间一长，就散发出臭味。

走过涝池，再走过几户村边头住的，就到了村外头，老远就看到周宁看守所的围墙，听说这里关押的都是有关系的犯人，因为离周宁市近的缘故，围墙很高，听说犯人也在里面烧砖，然后再卖到外面。

堡子人心里涌起一阵酸楚，几十年过去了，发展变化还是大，解放前堡子外头都是地，除了地就是几座庙，堡子外头根本就没人住，除了给别人守坟的以外，已经好几代了，再没有任何人居住。解放后，慢慢地堡子外头有人住了，因为申请了新的庄台子，都是在麦子地里，开始也不忍心把好好的麦子地当宅基地盖房，但是为了有个住的地方，为了有一院子房子，还是痛下决心，把麦子地划成庄台子地，也就是等这一茬儿麦子收完之后，拿上香蜡纸，上香拜谢土地爷，因为有了土地爷才有了庄稼地，有了庄稼地才有了粮食，有了粮食才养活了金水村的男女老少。

再往前走就到了五队的砖瓦窑。这个窑场存在的时间并不长，因为当时各个队都办砖瓦窑场，五队的就选在这里，背靠着山坡，在村外，占用的地相对来说少一些，但还是占了一部分地。这个窑场自从建起来之后就一直不行，因为烧的都是次砖，根本就没人要，只能砌猪圈墙。这个窑还不到一年时间就完成了它的使命，彻底塌了废弃了，蒿草长得有一人多高，平常也没人来，加上在村外，就形成了阴森恐怖的气氛，金水村的人吓唬小孩说，你再哭就把你拉到五队砖瓦窑去，娃一听就不哭了！

顺着路就转了一圈，堡子人就转到了北岭。北岭的地势高，南边可看到村子和巍巍南山，北边可以远眺周宁，静心寺塔就在眼前。周宁市已经高楼林立，也还能看到东边很远的地方，周宁市最早和外国人合资的熊猫饭店都可以看见，这个饭店据说是当时周宁市最高级的饭店，全部由外国人管理，也是周宁市对外开放的窗口，周宁市接待重要客人都是在这个地方，这个饭店获得了周宁市政府的青睐！再看就看不到什么了，远处似乎是白茫茫一片，堡子人揉了揉眼睛。

南面就是村子，虽然修路时砍掉了路上的树，但是各家各户院里的树还有很多，所以从高处北岭看过去，金水村还是一派绿树成荫的景象，砍掉的树并不多。有了大树的庇护，夏天不热，十年树木，百年树人，长成一棵大树要好多年时间，村里的老皂荚树，那都上百年的树龄了，远远看去就像一把巨大的伞，树冠在夏天遮住了太阳，是乘凉的好地方。

堡子人顺着路走，和乡党打着招呼，"吃了没？"是说得最多的话。看来人们都想吃，都欠吃，因为饿怕了，才老惦记着吃。"吃了没？"也仅仅是一个打招呼的话语，不带有任何贬义或褒义的成分。

这是干啥，堡子人并不知道，因为锡山门口围了几个人看热闹。

"这是咋了？"堡子人顺路过去问。

"锡山和薇薇在屋里打架！"门口围着看热闹的李仁说。

"为啥打架？"堡子人问。

"薇薇嫌锡山没本事，说了几句，锡山气不过就打了薇薇。"李仁说。

"这几年锡山也是没做啥，就是养了几头猪，娃也要上学，没有钱嘛！"李仁说。

堡子人知道，锡山和薇薇最早都是村小学的老师，锡山教体育，薇薇教语文，后来两个人就自由恋爱结婚。但是好景不长，文教局清退民办教师，两个人就都回了家。因为学校慢慢都成了公办老师，村上的老师基本干不成了。锡山也就没干啥，时间一长看别人养猪自己也养猪，也想挣几个零花钱。堡子人看到锡山到现在还是住着三间厦子房，因为村上在外面修了路，锡山屋里面的地势低，进门要先下几个台阶。没有盖房，就说明锡山这几年根本就没挣下钱。但锡山有一样本事，没事就爱写个毛笔字，为这事锡山和薇薇也老打架，因为写毛笔字也挣不了钱，两人隔三岔五就磕绊。

堡子人还知道，锡山和薇薇一个姓……

"选举，忙着？"堡子人走到了选举的砖瓦窑门口。

"哦，叔，你做啥去了？"选举给堡子人递了一支烟。

"没做啥，我到村外头转了一圈。"堡子人说。

"我看窑咋停着！"堡子人关心地问选举。

"哎，别提了，大盈几个到县上把咱反映了，说咱是乱占耕地，暂时停着，等人家调查呢。"选举说。

"都是乡党，低头不见抬头见，大盈咋能干这事情？"堡子人说。

"大盈仗着自己弟兄们多，欺负咱！"选举无奈地说。

"你是咱村党支部书记，还害怕他？"堡子人说。

"咱是书记，人家不是党员，说我管不上他。"选举说。

"那你没叫人说话？"堡子人问。

"这就是个死狗，你叫谁说话？"选举问。

"你寻夏义赫去。"堡子人说。

选举笑笑，没有言语。

郭选举现在再也不像七八年前最早办砖瓦窑时那么心劲儿大了，他本来想着把这砖瓦窑往大里办，看进一步能给村里办些啥事不，但是很快就打消了念头，因为这些年把挣的钱基本花在了外面，在外面不停寻花问柳，歌舞厅呀都跑遍了，就沾染了嫖娼恶习，家花没有野花香，也被人骗了不少钱，所以现在来说基本就是个空壳子。而不去外面嫖，又心里痒痒，裤裆里的东西不听使唤，就硬起来，憋得难受，不由自主就到外面去了。而自从把技术专家撤走以后，烧出的砖是一回不如一回，再加上大盈不停捣乱，他就没有心思在窑场了，任凭衰败下去！

还有一点就是郭选举老羡慕人家外面不冒烟的工厂，他这冒烟的和人家不冒烟的不在一个档次，他这累人，人家好像一个电话就能挣钱，他觉得现在社会上这样的人越来越多，自己老老实实烧砖卖砖挣钱，人家就凭一张嘴、一个皮包挣钱，要不然人家咋会叫皮包公司！他的这个党支部书记就是个样子货，因为没有别的啥权力，连召开党员会都开不齐，镇政府无非就是开个会，和斗斗平常根本就不见面，因为斗斗在外面，平常都不回来，只有过年才回来，再说，金水村平常根本就没啥事，金水村有啥，又不好，就是镇政府安排参观能到金水村？人家都是往好的地方引，把领导哄得高兴了，自己的工作也完成得好，金水村能叫好？叫不上嘛！

郭选举从乡镇企业家成为包窑的人，有人说，开的是窑子，郭选举就至此生活在金水村的闲言碎语中。

学勤现在爱在村上闲逛，冬夏都戴着眼镜，这几年，为了给儿子盖房，和邻家打得你死我活，因为仗着自己儿子多，所以几个都上手了，把人家打得睡在地上起不来。说起来，这两家还是亲亲的自家人，但是自家人就往死里打，村子人说学勤咋成了恶人了，给信用社的贷款还不上，为儿子争宅基地倒是心狠得很。

学勤也爱在地边站，因为他知道，50年代自己家被政府划为地主成分，划为地主成分的那些年在村里都抬不起头来。自己在外面办企业，也是为了给先人争光，光宗耀祖。但是命运却和他开了一个玩笑，自己以失败告终，欠了一屁股烂账，在村里还是抬不起头来，虽然自己说话有些张狂，但是那也是迫不得已，谁不想好好说话，那是他想挽回面子，但是却越挽回越失败，学勤还是不甘心，要不是自己过了年龄，村党支部书记的位子能让他郭选举干了，咋说还不是他的。既然干不成，就等下一届，让自己娃当村主任，他不相信弄不上。学勤的年龄已经过了花甲，但是他人老心不老，他想再好好干一场事情，他不相信金水村的印把子不会攥到自己手里。

"谁照相、放相、画像？"

"谁照相、放相、画像？"金水村的街道传来了照相的声音。一个推着自行车，身上背着照相机，车头挂着各种镜框的人使劲吆喝着。

"乡党，这咋照相呢？"堡子人问。

"看你是给照相还是画像，给谁照？"照相人问。

"我看你这给娃娃还照得好！"堡子人说。

"娃们家照相都好，因为娃们家都上镜头，天真活泼，咱大人照相就不那么自然了，瞻前顾后，表情得调整好长时间。"照相人说。

"这都是一张三块钱，我到时候过咱村顺便就给捎过来。"照相人说。

"你是咱哪里人？"堡子人问。

"我是咱东坡人。"照相人回答。

"你那里现在也变化大？"堡子人说。

"唉，都是各人干各人的事情，平时联系得少。你去过我们村？"照相人问。

"哎，大集体的时候就把你们那里跑咋了，拉东西、运粮！"堡子人说。

"一看你就是个能人！"照相人说。

"哎，老了，不行了，都挡娃们家的路了！"堡子人说。

"看我老哥说的，他还能把咱吃了！"照相人说。

"不是这样，是咱撵不上这个时代了！走，到堡子里头给娃照！"堡子人领着照相人往自己家里走。

70

金水村人都在传言，说是马上要从静心寺修一条路过来，上腴省委也要搬过来，而且公交车也会通过来，这是多么大的好事情呀！人们似乎都在翘首以盼。村子里似乎种麦子的人越来越少了，好多在外面挣钱的人听说都把地给人了，自己不种，叫别人耕种，啥都不要。这几年，国家也不收农业税了，也不再上公购粮了，粮站虽然还扎在那里，但是已经越来越看不到人了，有人说，粮站要搬走！

"可可，你给叔借二十块钱！"在路上，程巩对夏一可说。夏一可刚从外面回来，准备回家。

"我也没带钱！"夏一可编了个谎。程巩在拉泔水的路上，平常这些叔呀、伯呀都认识，只是后来上学、上班了，见面的机会就很少了，夏一可也是早出晚归地上班，他现在的工作地方是周宁电视台，他一连转了好几个地方，现在终于在电视台落了脚，那可是多少人拼命想要挤进去的地方。

话说出口，夏一可有点儿后悔，他觉得自己应该借二十块钱给程巩，能向你借肯定是要用钱，但是他没有，因为借钱这个事情他记忆犹新。父亲给别人借钱劳了多少神，费了多大劲，才把这借钱的手续办清白，他可不想为这事情浪费时间。

夏一可现在也老大不小了，家里已经开始在给他张罗媳妇的事情了。夏一可自从进了电视台，心就大了起来，对于很多事情的理解、看法已经和父亲的观点截然不同，他觉得父亲那一辈人已经老套了，他要开创出自己新的天地，争取能在电视台站住脚，最后看能不能把关系转到电视台，成为编制内的职工，这是他的想法，他也曾经把这个想法说给父亲，父亲很支持，说好好干。他也知道，即使干得好，也需要一些钱来打通最后的关系，否则肯定不行，因为这不是县城的企业，这是国家的事业单位。

"可可，你姑给你说了个媳妇，你这个礼拜天去见一下！"夏一可父亲说。

夏一可本来说不想去，但是没有说出口，先见了再说。村里和他一样大的同学也都开始娶媳妇结婚了，所以夏一可父亲着急了，因为盖房娶媳妇这是人生的大事，把这个事情一完成，自己的心思也就了了。

二姑也是一个能人，高中毕业，那个时候的高中毕业可是很高的学历了，因为那个时候没有高考补习这一说，二姑没有考上大学，所以在村上待了几年就嫁人了，嫁到金水的邻村艮村，开始的日子两口子总是打架，二姑好多次就回了娘家，最后都是劝说着回去了，说是都有娃了，不在女婿脸上看也要在娃脸上看，把娃养大比啥功德都大。就这样回去了，反反复复。后来到有了第二个娃的时候，情况才好了。夏一可听说，都是想要男娃，因为在农村，男娃就是命，就是炸弹，二姑没有要到男娃，所以有时候被人家另眼看待。夏一可不明白男女平等平等到什么地方了，好好地把人折磨成啥样子了。夏一可父亲说，九爷本来就不同意这门亲事，说这家人不行，但是最后还是同意了，但不知道具体啥原因。父亲说九爷的眼光还是长远的。时间一晃就过去了十七八年，两个娃都长得漂亮，也都上学了。

艮村实际上和金水村是挨着的，属于连片种地的范畴，夏一可清楚地记得二姑结婚时坐的是大卡车，还有大轿子车，他手里给提着电壶。结婚的嫁妆都是很实用的一些生活用品，时间过得真快，一晃就到了夏一可该结婚的年龄。

二姑所在的地方是艮村的村外，也就是堡子外头，因为新宅基地离马路近，所以艮村的老堡子几乎都没有人住了，老房子还在，但都搬出来了。艮村原来和金水村一样都种麦，后来慢慢地不种麦了，改种菜了，成为周宁城南有名的菜区。

夏一可和父亲来到二姑家，走的自然是土路，因为这里近，在夏一可上中学的三年，几乎每天都要走这条路，现在走这条路不是去上学而是去相亲。

"你咋才来，人家娃都来了一会儿！"二姑说。

二姑作了个简单的介绍，就让夏一可和女娃到另外一个房子里。

夏一可虽然来了，但是他却心不在焉，他甚至都没有打听这个女娃到底叫啥名字，只是说自己上班的情况。

"你现在干啥？"夏一可问，他依然心不在焉，他甚至没有正眼瞧一下她。

"没干啥，我妈我爸老催着结婚，说明年就24岁了，本命年不能结婚，本命年结婚不好，以后都不顺当！"女娃说。

"哦！"夏一可说。

两个人的谈话并没有说啥，但夏一可明显感觉这个女娃倾向于自己。

两个人的缘分就在这十几分钟结束了！以后的若干年，夏一可和妻子吵闹完常会想起那个曾经见过一面的女娃，当初要是和那个女娃结婚，说不定不会是现在这个情况。

后来，那个女娃自然是没成，二姑问了两回，说人家娃都愿意，就等咱的话，但是却始终没有等到夏一可的话，后来那个女娃远嫁到大散关，就再也没有见过面，再问二姑，就语焉不详，说过好你自己的日子。

在学校，心仪的人，那是形式，一旦进入谈婚论嫁的时间，那是另外一种情况了，但是人往往都是错过了自己的美好，而把本该拥有的幸福生活当作废铜烂铁一样踢走！夏一可的心里现在想娶一个城市的媳妇，因为只有城市的媳妇才有素质，才能配得上自己在电视台的工作，他把自己想得太高大了。

对于这个没有成功的婚姻，夏一可的父亲明显是愠怒的。

"你看，本来好好的事情，一下子叫你弄瞎了！你二姑说人家女娃一心愿意，人家还没来咱屋看房，你看你，在电视台上班就了不起了！你有啥了不起的，城市的媳妇能来咱屋，人家要住居民楼，咱有吗？"夏一可父亲质问夏一可。

"我的事情不叫你管！"夏一可说完摔门就出去了。

夏一可现在心里也不好受，他承认自己现在有点儿清高，但是现在这个清高遇到了问题，那就是电视台都干了好长时间，始终没有见到一分钱，光自己贴钱打出租车外出采访都花了不少钱，因为这仅仅是个栏目，虽然能在电视上放，但是那仅仅是个栏目，栏目有制片人，制片人负责他们的工资发放，具体多少工资，他也不知道。

夏一可的父亲并没有在厂里分到房子，因为最开始的时候，夏一可父亲并没有打算要厂里集资盖的房子，他想着，自己离家近，没有必要要厂里的房子，所以在厂里第一次集资盖房时，他就没有参与，谁知道，这以后，房子成为生活中的头等大事。

"可可，出去逛呀！"琴琴招呼夏一可。

"婶婶，我到上头走一圈。"夏一可说。

"看可可一下就长大了，也该到娶媳妇的时候了！"琴琴笑着说。

"还早，不着急！"夏一可说。

"可可人长得好，又有工作，不愁找不到媳妇！"琴琴说。

琴琴是穗丰的媳妇，夏一可清楚地记得那一年上粮催款借的人家的钱，而且后来还到人家家里打过电话。穗丰这几年在外面包工程挖土方也挣了不少钱，这几年每年过年，他们家都放好多炮，光炮皮都能拿架子车拉一车。琴琴心胸宽，说话好听，处事活络。

万万的窑场自从废弃后就成为荒草摊，杂草丛生，开挖的沟到处都是，还有那座推土时留下的土山，土山自然成为小娃家玩耍的乐园。夏一可走到这里时，这里没有一个人，荒凉丛生，旁边就是麦子地，绿油油的麦苗已经拔节了，微风吹着，给人心旷神怡的感觉。他想起还是小时候好啊，无忧无虑，快乐生活，啥心都不用操，慢慢长大了，这事，那事，一堆的事情，有点儿厌烦，但没有办法。他想着心仪的新闻单位，但是这个所谓的新闻单位并不是他想象的那个样子，在这里仍然有正式工和临时工的巨大差别，虽然外出采访很风光，但是回来剪辑却一点儿都不风光，常常要熬到大半夜也未必能剪完一个成片，要制作一个完整的节目也不是一件很容易的事情。工资是发了，但是两个多月发一次，他觉得也不是很多，和当初想象的有差别，因为他进入电视台时就没有谈到工资待遇问题，人家制片人也没有说，他想着只要先进来再说，报社的工作再好也是要拉广告的，哪有那么多关系可供使用，就是求了亲戚人家给把事情办了，总不能再求一次吧，你这是拉广告要赞助，这事难着呢。这个工作并不是真正地坐办公室，而是不停地要跑，虽然毕业几年了，但是社会才是一所真正的学校，虽然不考试，但是实际上每次重大的事情来临之前都是考试的，而这个考试直接和你的生活挂钩，不合格就没有钱挣，很现实，也很紧迫。夏一可始终是对文化感兴趣，但是现在做的是经济类的节目，没有沾到文化的边。

　　"听说要给北岭底下修路了？"村子人在堡门口说。

　　"那里还有咱先人的坟，咋办？"堡子人说。

　　"坟要挪地方。"村子人说。

　　"那是修一条路，不会给赔多少钱！"村子人说。

　　"关键是咱以后没有埋人的地方了！"堡子人说。

　　"现在各队都有茔坎，这路一修就没有了！"堡子人说。

　　"现在城边头的村都是火葬，我看咱这儿以后肯定也是火葬。"村子人说。

　　"火葬就是把人一烧，真正是死无葬身之地！"堡子人说。

　　"你记着以前的平坟，不允许立碑，咱村把老先人坟前的碑子都推倒埋到土里了，而今修路连坟地都要占了。"堡子人说。

　　"平民就是平民，你能说过国家，国家说计划生育不叫人多生娃就计划生育了，国家说让咱交公粮，咱把好麦子都交了公粮，自己屋吃芽芽麦，国家这回说要修路了，连咱老先人的坟都保不住，东说西说都是国家有理由，国家让咱干啥就干啥！"堡子人说。

"修路以后肯定就是要征地，咱这儿走的是和城边头一个路子，城边头现在没有地了，各家各户都在自己家里盖房招房客，一年也收入不少钱，比种地划算！"村子人说。

"这路是从静心寺过来，一直要修到锡田基地，上腴省委马上也要搬过来，咱这儿以后好着呢！"村子人说。

"哎，以前过了静心寺就是一片麦子地，后来慢慢搞开发，把麦子地都开发没有了，静心寺的和尚以前都是自己种麦子，那时候上静心塔也不要钱，哪像现在都开始收门票了。"堡子人说。

"你说的都是陈年旧事了。以前那一片就没有一个单位，就50年代建了一个打靶场，咱也没进去过，听说那都是给国家培养运动员，谁知道，你看这现在势力越来越大，离咱村越来越近了，这把地都修成路了，看以后吃啥！"村子人说。

"要我说，锡田基地扎到这里就没有啥好事情，从穷山沟搬出来，搬到咱这里，占了大部分地，对咱乡党的生活能有多大提高和改善，还不都是照旧，咱娃上学还是到余力镇，市场的东西贵，都是卖给锡田基地的人，人家不嫌贵，因为人家挣工资，咱可怜一个农民就是靠天吃饭，哪有那么多钱，你看周围菜市场做生意的都是外地人，有咱几个本地人，本地人谁吃那么大的苦，冬冷寒天、天不明就去趸菜！"村子人说。

"咱现在就等村上的广播通知，看人家给咱迁坟钱不？"堡子人说。

"三盈，你做啥去了，看你笑眯眯的。"村子人拦住了三盈。

"到蝉蝉家去了，蝉蝉娃过几天结婚。"三盈说。

"那叫你给说做？"村子人说。

"孤儿寡母的，咱是乡党给帮个忙。"三盈说。

"不看僧面看佛面，人家穗丰给咱提早都说了，你说不给人家穗丰面子！"三盈说。

"你还是个能人，啥你都会！"村子人说。

"我不是给你吹，红白喜事咱都能说，看都看会了，就是有一样不成，我写不了毛笔字。"三盈自吹自擂。

"我看锡山也爱写，你没叫锡山？"村子人问。

"这回穗丰叫的就是锡山，咱也不知道人家是啥关系，原来都叫义化写，老汉是咱村红白喜事人家都给写，毛笔字现在年轻人不行，这个要长期练，咱还是可以的。"三盈说。

"那这回给你啥礼物？"村子人说。

"把给你的好烟拿出来让人抽嘛！"堡子人说。

三盈果然就拿出了"白沙"烟。

"现在红双喜都没人抽了，也就是结婚当天发一下！"村子人说。

"穗丰这几年把钱挣了，是'大款'。"村子人说。

"人家弟兄一场，那个走了路了，人家穗丰自然操心，都是那样，以前弟兄们关系再不好，你看最后得病住院哪件事不是穗丰一手办的，最后都缓和了，血浓于水嘛！"三盈说。

"你不知道，商娃子他爸还是可怜，要不是穗丰，那一年早就被人家抓了！这会儿还在里头坐着，还能轮着他今天结婚。"三盈说。

"你是不知道情况，商娃这娃那一年也参与抢出租车，那个最重，后来这几个都跑了，把严严当了替罪羊，还挨了国家的枪子，你说娃们家不学好，就是那样的下场，把你毙了啥都没有了，人常说，好死不如赖活着，'文革'中冤枉了那么多人，最后活下来的不但给平了反，还给补发了工资，这世事又重新翻开了新的一页。"高人说。

"我看你能当联合国主席！"三盈说。

"联合国，联合国有咱这块地方好？我还嫌联合国都是高楼大厦坐电梯还不习惯，我有恐高症！"高人说。

"咱这地方，不是联合国，胜似联合国，联合国没有咱这儿好！"高人说。

"再说，联合国要火葬，我不习惯，我死了还想把我装到棺材里，让我在地下舒舒服服睡觉，谁都别来打搅我！"高人说。

"你没见城里头为一块地方天不等明，偷着到南岸子埋人，因为他那里没有地方了，在南岸子和人家说好，偷偷下葬。"堡子人说。

"哎，现在人死了，都死无葬身之地啊！"高人感叹道。

"咱人老几辈子，还不是图个安生，就是为了娃们家都过上好日子，而今，你看日子都多好！"村子人说。

"好归好，也有偷人的，也有抢人的，这社会能平衡？这社会永远也平衡不了！"高人说。

71

"通知，通知。接余力镇政府的通知，因国家修路需要，村东北岭的坟地需要迁移，望各家在此处有坟地的到大队部登记，请乡党们相互转告，过时不候。"

金水村的广播又发通知了。

金水村的广播里传来占地迁坟的通知，金水村一下就炸了窝。

"这修路就要迁坟，这可是咱老先人几百年就在的地方，这下连埋人的地方都没有了！"堡子人说。

"人死了也不得安宁，还要掏出来，这可咋得了！"村子人也说。

金水村的人议论纷纷，因为金水村的每个人都有祖先，每个活着的人都面临着死亡的问题，而今，迁坟成为大事，谁喜欢把自己老先人搬来搬去，死了也不得安宁吗？都说死了就安宁了，所谓入土为安，现在却没有安宁，面临迁坟的事情。

看来，国家的发展就是快，以前都是荒无人烟的地方，盖了一座座高楼，把外面的人吸引进来。现在金水村也慢慢面临这个问题了。

"你去大队部，村上咋说的？"夏一可母亲问夏一可爸。

"村上说月底把坟迁完，每个坟给三百块钱。"夏一可父亲说。

"这么紧的！"夏一可母亲说。

"修这个路就是从静心寺修过来的，以前那些话还成真的了！"夏一可父亲说。

"那咱迁到哪里？"夏一可母亲问。

"还不知道，我一会儿给咱先去看，南岭肯定是不行，一是太远，二是那块也没有咱队的坡坎，没有地方，我到自留地去看看。"夏一可父亲说。

对于迁坟来说，这确实是一件大事。迁坟，使夏一可父亲想起了九爷。九爷几代都是单传，到了九爷这一辈，有了两个儿子，在金水村，九爷说话那是一言九鼎，向来都能把邻里纠纷解决好，堡子里的事情都在堡子里消化了。九爷写得一手好毛笔字，堡子的对联都是九爷写的。九爷就是一辈子没盖房，堡子院子的房还是太爷盖的，在夏一可父亲搬出堡子后老二盖房基本拆完了，也只拉回来几个格子门，就算是分了家，从此各人过各人的日子。九爷不在的那一年已改革开放了，金水村还没有分队，还是集体公社的挣工分，下地干活儿。九爷死的时候，夏一可父亲还不到四十岁，三十七八的样子。九爷就埋到了金水村的北岭子，老人说，九爷到那里晒太阳去了，从此阴阳两隔，只能在梦里见面了。每年的清明和十月一日，夏一可父亲和几个姊妹带着夏一可都会去给九爷上坟烧纸，给故去的人烧纸祭奠是活着人的一个心意，你也可以不去烧纸，但那叫人笑话，死狗二流子都知道清明给老先人烧纸，何况一个清白人，但是老二从来都没烧过一张纸。老二是不屑于烧纸的，他也不愿意烧！弟兄们之间的关系淡如水，随着九爷的逝世就更加淡了。九奶的年龄现在也慢慢大了，但是身体还算硬朗，也没啥疾病，虽然和老二住着，却是自己做饭自己一个人吃，也和他们都不打搅，这也省事安宁，因为自古婆媳都有矛盾，金水村也不例外，只是媳妇们从来不敢在婆婆面前造次，所以说只有媳妇熬成婆给娃娶了媳妇才能行使当婆婆的威严，这是金水村自古就传下来的规矩。

"你吃了没？没吃给你捞一碗面。"二开问。

"你快吃，我吃过了！"夏一可父亲说。

二开是万邦的娃，万邦是金水村60年代的大队长，办事公道，做事让人们敬佩，尤其是他的大步丈量土地，那是一个准，和拉的尺子相差无几，真是神了。万邦生了六个娃，大开、二开、三开、四开，还有两个女子，可谓是人丁兴旺。几个弟兄也都是在堡子外面申请了宅基地，结婚后都单独住着。二开自然就是老二。

"我到地里看看。"夏一可父亲对二开说，递了支烟过来。

二开撂了碗，和夏一可父亲蹲着抽开了烟。

"俺九爷这次也要迁坟？"二开问。

"国家要修路，北岭子那一片都要动。"夏一可父亲说。

"有啥要帮忙的，你到时候说一声。"二开说。

"行嘛！"夏一可父亲说完就起身了，他要到地里看看。

走在去地里的路上，夏一可父亲看到金水村乡党的房已经盖到了粮站的路上，越扯越长，远处的高压电线杆发出吱吱的声音，在阴天的时候这个声音更大。二开的宅基地是在村外，出门几米就是麦子地，这些年堡子外头住了大量的人，已经不觉得像是二十几年前那样荒凉了，有的娃见面叫自己爷爷，自己还不太认识，一问才知道是谁的娃。虽然现在退休了，每月有退休金还是比乡党们强很多。村里能倒腾的这些人也都成了"大款"，说话有时趾高气扬，张狂得很！在靠近墙的那一片麦子地，因为有墙遮挡住了，稀稀疏疏，甚至不长，有的地方还是一片白地，挨着这一片都是宅基地，现在成了人吃地，地长粮食，人反过来用地盖了房，就没有地了，都成了二层楼。

夏一可父亲在自家的自留地里走着，麦子是绿色，太阳照着，他想着是否把九爷的坟迁到这里来，这里是咱自己的地，在地的顶头就是一个坡坎，这里也是埋人的地方，这是一大片坑地，每年都是旱涝保收，挨着坡坎也是好地方，有靠头，以后即使再修路，总不能把路都修到坑底下，不叫人埋人了！这里刚好有一棵椿树，就算是个记号，也好找地方，现在不叫立碑子，夏一可父亲不明白社会发展的结果咋啥都管，连死人最后一点儿的事情都管。依着这个地形还是掏一个墓坑的，这几天把人寻下就开始。九爷死的时候就是臣臣给掏的墓坑，要不然现在还叫臣臣，不知道臣臣愿意不愿意，都快二十年了，臣臣现在在村上似乎基本不干这个事情了，他想着还是去问一下。

抬眼望去就看到劳改窑的围墙，几十年了，劳改窑建到这里几十年了，劳改窑的墙底下就是金水村的地，听说犯人逮机会在干活儿的时候跳墙跑了，不知道后来逮住了没有。

夏一可父亲扔掉了烟头，开始顺着地沿朝出走。这些年是省事多了，因为都用收割机收麦子，再也不用光场碾场了，这几年费神就费在南岭的地上了，因为是小块地，是个长溜溜地块，一般最后机子都才到那里，一守就是大半夜，拉着也远，还要看谁的拖拉机顺路不顺路，现在人情是薄了，都是各人顾各人。

顺着自留地的道道就到了学校的操场，村上电房子也在这里。这里还有将近一间宽的地方，这也是厚今搬出来给申请的庄台子，这个道道旁边还有一棵大树，能给遮阴凉，道道平常人走得也不多，但是没有封住，因为这里本来就是一条路。电房子的旁边就是学校操场，金水村的娃们上体育课就在这里，挨着操场的旁边是两户乡党盖的房子，这里住的自然离学校就很近了。

"臣臣。"夏一可父亲走进了臣臣家的门，臣臣家就在学校的跟前。臣臣院子盖的是一层平房，臣臣戴个眼镜在房檐下晒太阳。

"哎，我爸来了！"臣臣慌忙起来把凳子给夏一可父亲坐。边说边到屋里拿电壶。

夏一可父亲看到臣臣院子里种的花，直夸臣臣种的花好。

"我这都是种着耍呢！"臣臣笑着说。

两个人先说了一会儿闲话。"臣臣，村上要迁坟，你看九爷那个坟当时是你挖的，我想你熟悉情况，这次还寻你，你看？"夏一可父亲说。

"唉，爸，你别说了，我知道，都多少年了，九爷多好的人啊！"臣臣说。

"也没办法，修路修到咱这里，九爷的坟刚好就在那里。"夏一可父亲说。

"事情包在我身上，我到时候给咱再找一个打下手的。"臣臣说。

"那给我爷把新房找下了吗？"臣臣问。

"我刚才去看了，就在咱自留地顶头。"夏一可父亲说。

"嗯，那地方也好，也有靠头！"臣臣说。

"先安顿到那里，到时候再说吧！"夏一可父亲说。

"你给我说是啥时间，到时候咱把炮一放，先把这边挖好，然后那边才能动。"臣臣说。

"臣臣，你看，到时候给你拿多少钱？"夏一可父亲问。

"说这话就见外了，咱谁跟谁，帮忙还能要钱！"臣臣说。

两个人说了一会儿闲话，夏一可父亲就从臣臣屋子出来了。

"把地方都看好了，人也靠好了，我这几天把日子一查就能开始迁坟！"夏一可父亲品了一口茶对夏一可他妈说。

"地方在哪里？"夏一可他妈问。

"就在咱自留地顶头。给臣臣也说了，臣臣也同意了。"夏一可父亲说。

"臣臣这几年在村子盖房也当工头呢，那给人家多少钱？"夏一可母亲说。

"臣臣也没说要多少钱！"夏一可父亲说。

"还是先说好，咱不做亏人的事情。"夏一可他妈说。

"要不然就把大队到时候补的迁坟钱都给臣臣，不能让人家白干！"夏一可父亲说。

"这几天把咱屋瓮瓮腾一个，到时候都拾到瓮瓮里面，用被面子一盖，咱拿架子车拉到自留地顶头。"夏一可父亲说。

夏一可现在并没有和父亲有多少交流，因为他又换到了另外一家电视台，也是他热爱的工作，而父亲却不停地催促他结婚，也托人不停地给他介绍对象，但是一个都没说成，都是他不愿意，父亲就显得很是生气，有好几次都说给夏一可把事情一办，他想做啥就做啥，再也不管他的话了，可是夏一可的对象确实是说一个不成一个，把夏一可父亲气得够呛！眼看着村子里面的同龄人都一个个结婚了，有的甚至已经生娃了，而夏一可却还是说一个媳妇不成一个，夏一可父亲就气不打一处来，他觉得儿子在外头上班给上油滑了，终身大事都不考虑了。

夏一可自从上完学后一直在外面上班，对于所说的对象一直没有啥感觉，也提不起精神，因为在他心里始终想要找一个城市的，他认为自己绝不能和村里这些人一样，素质上不过关，就是之前几个相处不错的同学也早已经不联系了，因为不在一个层次，更没有什么话可说。

72

迁坟是在一个大清早，夏一可和父亲一大早就拉着架子车朝金水村的北岭子走，路上遇到的都是三三两两的乡党，因为有老先人埋在北岭，也都慢慢开始迁坟。国家的通知就是命令，要不然老先人的灵骨往哪里安放，死去的人也不得安生，还要再继续折腾一下。夏一可并不能感受这不同的气氛，虽然二十多岁了，但对于他来说还没有经历生离死别的情况，他无法理解，他只知道给他爷今天迁坟。

由村里到北岭子是一个缓慢的上坡，夏一可父亲和夏一可慢慢走着，眼前还是一片绿油油的麦田，要修路了，麦田也就不复存在。夏一可清楚地记得，每逢元旦其实家里是最忙的，因为父亲要把门外粪堆的粪拉到地里上地，所以也就没有休息的时间。大门外的粪堆，无非就是院子里扫的土，择菜的烂菜叶，门外的树叶，偶尔会有一两个塑料袋，那都会挑出来，等到全部把粪拉到麦地里，大门外就腾出很大一块地方，等着以后再慢慢积攒。拉完粪就快到十二点了，也就到了吃饭的时间，出一身汗，也就不觉得冷了，还活动了筋骨，父亲帽子里衬的纸往往都潮了，拿回去在窗台上晒着，等干了放到帽子窟窿再继续使用。后来随着化肥、尿素的使用，还有美国二胺的使用，慢慢地就没有人拉粪了，改使用化肥了，所以那些年化肥厂、氮肥厂的生意都很好。因为美国二胺很贵，人们使用了一阵就没有人再继续使用，改用化肥和尿素等国产的肥料，增强庄稼肥力，提高粮食产量。

到了北岭子爷的坟地，夏一可父亲就蹲下开始刻纸，夏一可拿了几张纸垫在膝盖下跪了下来，也跟着开始刻纸。对爷的坟地最早的印象是清明时节姑们都过来烧纸，这时候夏一可父亲就拿了铁锨，几个人一块儿就朝北岭子走，一路上走着慢慢就走到了。爷的坟紧靠着坡，这里实际上是一个几十米长的坎，一排陆陆续续排了很多，爷的坟地就在里面。姑们开始刻纸的时候，夏一可父亲就开始用铁锨铲去爷坟堆周围和坟上的杂草，然后在坟的顶头用土块压上一张烧纸，下来纸张基本刻得差不多了，也就开始祭拜。爷爷的墓碑很小，是用水泥倒置的，上面刻有爷爷的名字，但是夏一可却从来没有看过爷爷的名字，因为金水村的习惯是小娃不能随便叫大人的名字，叫爷爷辈的名字更是没有的事。夏一可记得以前姑们烧纸的时候都还要哭，他不明白为什么烧纸的时候会哭，那时候他还很小，不懂得人间的离别和阴阳两隔，阳间的人和阴间的人再也见不了面，见面只能在梦里……

"'大'呀，今天给你重新找个房子住，这里就不住了，咱今天就搬走！"夏一可爸说着。说完话，烧完纸就开始等臣臣他们来干活儿，夏一可就和父亲把架子车拉的东西都取下来，一会儿臣臣来了要用。

不一会儿，臣臣就带着铁锨和另外一个人来了。

"臣臣，今天就靠你了！"夏一可爸递给臣臣一盒烟、一瓶酒、一条"红"。

"你放心，今天把我九爷安排好。"臣臣接过了夏一可爸递过来的东西。

"你跟娃到路口，一会儿完了我叫你。"臣臣说。

夏一可爸一步三回头看着，和夏一可走到了路口。

夏一可爸蹲在路口开始抽烟，也不说话。周围的麦子地笼罩在一片薄雾当中，由这里依稀能看见自留地，那是一会儿要去的地方，九爷的坟就迁到那里。

过了一个多小时，臣臣在坟头开始喊夏一可爸，于是夏一可和父亲就赶忙走过去。

"都做完了，俺九爷这好，时间长了，枋子是朽了，我把能拾的都拾了，都完整着。"臣臣说。

夏一可爸连忙掏出烟给臣臣点上。

"让你受苦了！"夏一可爸说。

"说哪里的话！"臣臣说。

几个人合力就把瓮抬到了架子车上，瓮上盖了"红"。九爷在北岭子待了近乎十八年的地方就这样废弃了。夏一可和父亲拉着架子车从大路朝自留地走，臣臣和帮手就顺着地里朝那边也走，从地里走要近很多。

夏一可在后面推着架子车，心情却是十分沉重，他突然就想起了爷老在堡门口看他的情景，看着他从堡门口朝回走，禁不住泪如雨下，如今，爷爷就在这个瓮里！

到自留地顶头是从坑底下下来的，九爷的新坟就在坑底下的半腰处。姑们早已经等候在那里，臣臣和帮手也都已经到了。

"你不管了，你跟娃去刻纸。"臣臣和帮手就从架子车卸下了瓮抬到已经挖好的墓子那里，一个人在上面，一个人在下面，不一会儿就埋好了，并且填上了封土。因为仅仅是一个瓮，不是枋子，所以就省下了好多程序和时间。

臣臣拾掇完后准备要走的时候，姑们把早已准备好的水果和糕点给臣臣他们拿了一些，说着感谢的话。

夏一可爸和夏一可的姑们就开始烧纸。两个姑再也抑制不住内心的伤悲，开始大声地哭起来。"我可怜的'大'呀！"

"'大'，这就是你的新房，你就在这儿好好住着！"夏一可父亲边烧纸边说，他特意还带了旱烟，这些都是九爷生前喜欢抽的，敬献了水果点心，几个人都磕了头，在坟前滴了酒，看着烧纸一点点熄灭才慢慢离开。

"哥，这以后不用再搬了吧！"夏一可姑问。

"坑底下这地方谁要呢，没人要！"夏一可爸说。

金水村坟地在北岭子的最近都陆陆续续开始迁坟了，时间长了的基本好迁，时间短的，听说人都没化完，拾掇起来非常麻烦，听说那是一个非常惨的过程。金水村子人说，这是让死人和活人又受了一回罪，等于又扒了咱一层皮，这回不但是身上受罪，最重要的是心里受罪，这是难以治愈的。活人和死人都不安宁啊！有几家也学夏一可父亲那样，也迁到了坑底下。

"我看这回堡子迁坟的有几十家！"堡子人在堡门口说。

"这回主要是底下几个队迁坟，上头的基本没动。"村子人说。

"上头基本挨着锡田基地埋，几米处就是锡田基地的围墙。"堡子人说。

"我看照这样发展下去，咱堡子以后就没有埋人的地方了！"高人说。

"他国家再修路占地，还不叫咱埋人了？"堡子人说。

"你看，这个路一修通，就在咱村沿了，慢慢就把咱包围了，路一修，路边村上的这些地都保不住了，这是现在还没修过来！"高人说。

"让我看，以后一队、二队的坟地都保不住，闹不好全村都没地方埋人了！"高人说。

"城边头现在都是火葬，现在还没轮到咱这里！"村子人说。

"以前城市人火葬，现在农村人也火葬？"堡子人说。

"几千年的丧葬习俗能改变？"堡子人说。

"你没看这都是跟着国家政策走。"高人说。

几个人开始在这里有一搭没一搭地说着。

"那你说一个墓子能有多少年？最后还不是让人都掏了，你看咱村盖房的时候，有好多都是房底下有墓子，后来都掏了才盖的房，不管是做啥，你最后都要把人家包好重新掩埋！"高人说。

"咱村光推砖瓦窑都推了不少墓子，万万的、选举的都有，万万的砖瓦窑基本没货，选举的听说还推出了铜镜和护心镜，最后公安局都来了！"高人继续说。

"那可是文物！"村子人说。

"所以说，不管多少年，墓子最后都还是被后人发掘和盗墓，尤其是盗墓，自古以来就有。听说咱北岭子底下的墓就被盗墓贼盗过，现在可能是一座空墓。虽然大冢还在，但是底下很可能已经没有了东西。"高人说。

"选举的砖瓦窑我看现在咋停摆了？"堡子人说。

"大盈不停挡，要钱！"村子人说。

"主要还是没有了生意，拉砖的人少了！"高人说。

"好好一个窑厂就这样塌了！咱村就再也没啥企业了！"堡子人说。

"还有鸡场？"村子人说。

"鸡场和咱有啥关系，那也都是人家的，这几年听说也不咋行！"高人说。

"闲心少操，把咱自己的事情办好就成！"村子人说。几个人说完就散了摊子。

为了给夏一可解决终身大事，夏一可父亲其实一点儿都没闲着，他想着，咱的自身条件那么好，咋能拖这么久，得是有啥事情？

夏一可父亲退休在家没事，养了一些鸽子，闲时在集市上卖，也养了一些花，就当打发时光，年轻时还对医学感兴趣，现在也可以看看医书，但是夏一可打碎了他的这些计划。

"你看咱这屋多好！"潞安姑和她的女子走进院子就说。

"伯伯。"执稚叫着。

"这是咱娃，你现在都没见过。"潞安姑对夏一可爸说。

"现在在咱周宁市美术学院，今年就毕业了。"潞安姑说。

"那娃毕业后工作咋办？"夏一可父亲问。

"执稚学的是国画，看她出来能干个啥！"潞安姑说。

潞安姑的娃从小就没在村里上小学，都是在周宁市上的小学，为了上学离学校近，他们两口子都没在单位住，都住在学校旁边的城中村民房里，就是为了娃上学吃饭方便，为了上学，他们牺牲了节假日，为娃报了各种兴趣班。潞安姑看不上村上的教育，说村上的教育不行，外面的好。因为都在单位工作，自然就说得起话，在外面上学这都是需要花费的，一般的人哪里能给娃花那么多钱。潞安姑认为教育很重要，要不然把娃耽搁了可是一辈子的事情。

"可可现在在电视台工作，一定好好干，以后娶个城市的媳妇，再别像咱村这些人，没素质，给娃早早娶个媳妇，早早要个娃，娃再生个娃，干啥呀！"潞安姑说。

夏一可父亲并不喜欢潞安姑说的这些话。他心想，娶个城市媳妇，说得好听，城市媳妇能来咱农村，生活习惯都不同，人家要买商品房，咱哪里有几十万元买商品房，现在在周宁买房的都是外地人，因为地方不好，不想回去，说白了还是咱周宁这块地方好，为什么外地人不回去想留在这里就是这么个道理。

"潞安快退休了？"夏一可爸问。

"还有一年。我单位不让提前退。"潞安说。

"我到明年开春就把屋一拾掇，回来住，到时候娃也都把学上完了。"潞安姑说。

"也没啥事，想开个诊所。"潞安姑说。

"你那可以，房在正向盖着，又临着街道，刚好。"夏一可爸说。

"咱一辈子为这些娃们忙，都是为啥！"潞安姑叹了一口气。

"你看咱院子，多好！有竹子，有柿子树，俺嫂子每年都给我拿柿子，甜得很，到哪里都买不到咱的那么好的柿子，还有咱后院的核桃，又大又饱满，自动掉皮，也不用剥，不像外头的东西现在都越做越假了！"潞安姑直夸夏一可家啥都好！

潞安姑家这个女子执稚虽然和夏一可年龄差不多一般大，但是夏一可却不是很熟悉，因为自小也没在一块儿耍过，也没一起上过学，平常也基本不见面，因为他们一家一年四季都在外面住着，就是过年也不回来，回来也就是打个照面，在苑子家吃饭。

苑子奶奶身体还硬朗，虽然都九十几岁了，但是身体还好，牙也好，胃口也好。苑子奶奶虽说离开苑子爷早，但还是挺过来了，一直顽强地活着，儿子们眼看着都也七老八十的人了。苑子奶奶说，儿也老了，都服侍不动了。人们都说苑子奶奶把苑子爷爷的年龄活了。老辈人讲迷信，说一个人活的年龄大，另外一个人必然走得早，这个人就把那个人的年龄活了。

夏一可爸收拾了东西，要出去，他骑上了自行车，骑了多年的自行车，他对自行车很有感情了。以前买自行车，那可要托关系，才能买到凤凰牌自行车，一辆自行车一骑就是十几年。那些年加重的二八自行车，带粮食带面全靠它。后来换成红旗自行车，一直骑到退休。退休了，就几乎不去厂子里了，因为厂里也换了新厂长。虽然有时候也想着当初应该把厂里盖的集资家属楼买下，但是那时候总想着自己家离得近，用不着，现在没想到变化得真快，锡田基地这里盖的商品房已经卖得差不多了，但是夏一可爸也不后悔，因为他有宅基地，自己可以盖房，就是以后到夏一可手里，还是可以盖房的，在自己家里盖房，还能把人难住？眼下先尽快给娃把媳妇娶了，自己的任务也就完成了。

夏一可父亲到萱姐这里，萱姐是村上的一个老姐，因为家里没有儿子，后来就招了个人，没想到这个招来的女婿居然把事情干大了，最后在靖宁的公社当上了书记，再后来公社改为镇，又在一个乡镇担任书记，也就把家从村里迁到了余力镇，家里的孩子后来也都改姓男方的姓，一个儿子结婚后留在村里和萱姐住。萱姐早年也吃了不少苦，没想到晚年的时候享上福了。

这是余力镇家属院，萱姐就在二楼住着。夏一可的爸敲开了萱姐的门。

"萱姐。"他叫道。

"义惠，快进来。"萱姐热情地招呼。

夏一可爸把拿的东西放到桌子上。

"来就来了，还给姐拿啥东西？"萱姐嗔怪着说。

"没有拿啥，都是咱屋里鸡下的蛋，我还在院子里栽了一点儿葱。"夏一可爸说。

"还是咱屋里有个院子好，姐给你下面。"萱姐说。

"不咧，都吃过了！我哥没在？"夏一可爸问。

"没有，他最近镇上事情多，回来时候少，我让他赶快退休，现在年龄也大了，让人家年轻人上，咱还老占着人家的位子。"萱姐说。

"娃的事情咋样了？"萱姐问。

"没有合适的对象，说一个不行说一个不行，都能把人急死了！"夏一可爸说。

"娃们家的事情咱当老人的现在说了不算，都看人家的。"萱姐说。

"这娃也太挑了，你看现在公路都修到咱村口了。姐你看你和我哥认识的人多，有合适的给咱留意着。"夏一可爸说。

"没问题，姐给你操心着。"萱姐说。

夏一可的爸高兴地说："那就让姐给费心了。"

"不费心，有合适的我就给你说。"萱姐说。

73

金水村堡门口条形的石头已经磨得油光可鉴了，甚至能倒映出人影来。几百年来条石在地下暗无天日，直到被人们从地里挖出来，抬到堡门口，于是条石有了白天黑夜，甚至有了呼吸，但是经过风吹雨打，条石已经有了斑驳的痕迹。老话说水滴石穿，一点儿都不假，天长日久，水真的把石头淋出一个个小坑，真是水滴石穿啊！

夏一可她姐出嫁后一般情况下不回来，逢年过节才来。当时因为是嫁到城里，所以男方就给买了个居民户口，这也是司空见惯的事情，因为国家的户口规定，孩子的户口随母亲，户口分为农业户口和非农业户口，户口绑定了一个人的命运，所以人们常说的跳出农门就是指脱离农村户口，进入城市行列，成为非农户口，吃商品粮。

夏一可她姐一直在医院工作，因为没有编制，在几家医院都是只干了几年，实际上也就是长期的临时工，最后还是干不成了。所以在职的和不在职的就成了最大的区别。夏一可清楚地记得，自己上学那一年，姐们都从卫生学校毕业了，他拿着姐的毕业证在锡田基地医院来回跑，都说已经有人了，用不下那么多人。锡田基地医院最终还是没有进成，因为没有编制，医院也不是随便进的，那时候，锡田基地医院还处于刚刚盖完楼进入装修收尾阶段，但是最后却是以失败告终。后来姐们结婚了，渐渐地就来得少了，因为嫁出去的女子泼出去的水，最终都是人家的人，也就渐渐感情淡了。

最近一段时间，夏一可他姐来得很勤，也不知道是为啥事，反正是隔三岔五就来了。

"那你班不上了？"夏一可他爸问。

"还上着。"她说。

"那咋照看这些事情？"夏一可他爸问。

"彰彰照看，他计划办停薪留职手续，现在厂子也不行了，有的说要改制，有的说要卖掉，反正是人心惶惶。"她说。

夏一可父亲当初把女子嫁给彰彰，实际上也就是对方有一份正式的工作，以后起码生活不发愁，有一个事情干，自己还不是当初几十块钱养活了一大家子。但是他不知道现在的工厂情况已经和他当时上班时发生了巨大的改变。夏一可爸实际上是在工厂走下坡路时办理的退休，因为工龄已经三十年了。他退休后工厂就遇到了发展瓶颈，因为全国各地的企业都在搞改革，都在进行调整，周宁的工厂也不例外。工厂要求每个上班的工人拿出五千块钱入股，拿这入股的钱进行原材料购买，然后进行产品生产、销售，卖出货物后减去成本，这才是利润，然后年底进行核算，核算后进行分红，这就是股份制。因为入股要交钱，大部分人都不愿意交，所以就有了大部分人的停薪留职之说。而彰彰所在的厂子也遇到了这种状况，所以他也想干点儿事情。生活的压力就是这样，彰彰的父亲是当时厂里的中层干部，在职的时候就把彰彰招工入厂，想着在车间锻炼几年后再进入中层，但是计划不如变化快，随着自己的提前退休，彰彰就一直留在了厂里的最基层车间，一直干着一线工人的活儿，彰彰的父亲找了几次关系都没有结果，眼看着彰彰的青春就这样消逝在厂里的一线基层部门。因为他也是从基层上来的，所有的事情他都知道，但这一次他没有发挥他的作用，他觉得自己对不起彰彰，把彰彰一辈子的时间就耗在这里！

本想着嫁到城里就万事大吉，不想事情的变化太快。

"那他想咋办？"夏一可爸问。

"他想和几个人一块儿加工食品。"她说。

"合伙的事情能办？"夏一可爸问。

"那几个人都知根知底，可以，基本说得差不多了！"她说。

"那现在要干啥？"夏一可爸问。

"现在没有地方，城里地方紧张，看了几处都不行，看咱这儿行不？"她说。

"咱这儿有啥地方，加工食品要有厂房，咱这里没有的！"夏一可爸说。

"看咱前头院子行不？"她说。

"院子咋行？"夏一可爸说。

"就用一点儿。要不然把前头一盖，到时候用一大间就行了。"她说。

"现在加工食品这生意可以，到时候销路根本不愁，一年就把盖房的钱挣回来了，反正给咱出房钱，咱房盖好后闲着还是闲着，还不如挣几个钱。"她说。

夏一可爸现在明白了女子的意思了，是要用盖好的房子当加工食品的地方。

夏一可爸退休后也没有干啥，无非就是养养花，在工厂上了一辈子班，也该是到了享清福的时间了，现在就是给娃把婚一结，然后抱孙子，但是偏偏现在轮到自己手里出了问题，这娃迟迟都结不了婚。钱他都早已经预备好了，不用操心钱的事情，因为结婚就是要花钱，采买、待客，一样都少不了！但是偏偏这件事情就一直完成不了！

他开始在自家的院子踱步计算，盖房也是一件大事，自己盖了厦子房、三间鞍间房，解决了不够住的问题，然后盖二层楼，是因为趋势的问题，因为村里有能力的都盖了二层楼，这也是一个长久住的房子。现在还要再继续盖房子，是为了啥？人要那么多钱干啥，够吃够喝就行。他点燃一支烟，抽了一口，烟雾开始飘散。在厂里，他年年都是先进工作者，荣誉证书都一厚沓子，他最后一本都没有要，而是把他们都烧掉了，退休也都用不着了。退休也没有开欢送会，也没有照相留念，一辈子就这样悄无声息。他记得自己参加工作时的那几年，工厂里老职工退休，开欢送会，照相留念，然后大家聚餐握手告别，大家都哭了！现在简便多了，啥都没有，直接办完手续就完了，一辈子就在那办完手续签字的几分钟结束了。这现在一个月还去一次，以后钱打到银行就不用去了！一辈子给国家作了贡献，到最后却是这样一个结果。最后悔的事情是没有在厂里买集资房，要是知道现在这个情况，那无论如何都要买，因为那时候自己主动放弃了，厂里给了几百元建房费作为补偿。现在一晃都五六年了，又要开始盖房子？

74

夏一可爸决定还是盖房子，因为他觉得地方空在那里还是闲着，还不如发挥一点儿作用，再一个盖房的钱也不用问别人借，盖好后还可以租出去挣几个房钱。现在要紧的是慢慢靠匠人了。

金水村现在的盖房和以前的盖房可大不相同了。以前盖房要先买楼板、买砖、买水泥、叫木匠做门窗、买沙子、买各种盖房需要的建筑材料，然后靠匠人。现在可大相径庭了，只要谈好价格，一切都由工头匠人包办，你只提供水电就可以，简单省事多了，真是变化太大了。而且，金水村的人有的也已经在前院子盖房了，村人都看到公路已经修到村边上了，这是一个发财致富的好机会，谁不想发财，谁不想致富，有钱还是好呀！

夏一可爸有空就在村子里转，他要靠匠人，看有没有合适的，把院子前面的房盖起来。这次也是打破了惯例，不在二三月盖房，而是在六七月份，盖房已经不再挑选时间了，而是从经济利益出发。

这一天，他就转到黑黑这块，因为黑黑正在盖后院子的房。

"来咧，抽烟。"黑黑递上一支烟。

"黑黑，这是哪里的匠人？"夏一可爸问。

"这是南天的，也是别人给介绍的。"黑黑说。

"这帮子人做活还认真。"夏一可爸说。

"你眼光好，这是把式样，在他们那里就盖房，这几年一直在咱周宁城边头盖房，那边家家户户都是三四层，把个院子都盖满了，就是为了招房客。"黑黑说。

"现在盖下来，咋算工钱？"夏一可爸问。

"这得算一下。"黑黑说。

"红杏,红杏!"黑黑叫着。

"哥,来了!"一个小伙说着从木板上下来。

"你给算一下面积,大概需要多少钱?"黑黑对红杏说。

"现在盖房都是包工包料。因为也要叫人家匠人有赚头,领着这一大帮子人呢,要吃要喝!"黑黑说。

"红杏,你跟咱叔到院子先看一下!"黑黑说。

说完,就和夏一可爸去看了。

"老六,你干啥去,急急火火的?"闲人问,他看老六走得很急。

"我到成河家去。"老六急急地说。

老六因为最小,叫六娃,也并不是说他家有六个娃,而是在他的那个家族里排行第六。六娃个子小,但是心眼多。

成河是老六他三爸的娃,自小也没上好学,初中没上完就回来了,一直在外面闲逛,后来他爸给娶了一房媳妇。他爸为了盖二层楼硬是挣死在周宁烤热的柏油路上,当时正值夏天,昏倒后就再也没有起来,直接就"交代"了,那是在拉泔水回来的路上,那些年,拉泔水是金水村人唯一致富的路径,灵人在外面坑蒙拐骗,闷人就守在外面拉泔水,直到死在三伏天的路上。

成河他爸一死,成河就没猴耍了,因为没有了经济来源,他只能走父亲的路重新去拉泔水,拉泔水喂猪吃,把猪喂肥了,然后把猪卖成钱,因为没有别的营生。人常说,家里死人了就有三年的霉运,这话一点儿不假。

这天,成河不知道遇到了谁。

"成河,歇一下嘛!"这个人说。

成河于是撂了三轮车的手把,和这个人开始说话,他也实在是乏了。

"你看你屋那房，是个敞的！"那个人说。

"房咋了？"成河问。

"房后没有靠头，房前更没有挡头，要看一下，这是风水问题。"这个人说。

"这有啥关系？"成河有点儿发急。

"风水可是关系到咱家的生老病死，贫穷富贵！"这个人巧舌如簧。

成河其实并不相信这些，因为他觉得他爸被热死是夏天天气实在太热了，而不是其他啥原因。成河闷闷不乐地骑着泔水三轮车朝回走。歇了那么长时间，成河还是觉得困乏，咋都没有开始回村路上的劲了。好不容易回来了，媳妇却没在家，家里也没有人，他不由得把水桶踢翻了！

"都死到哪里去了？"成河破口大骂。

他觉得自己回来连一口凉水都喝不上。这几年，眼看着村子里的能人都有了小轿车，自己却还蹬着三轮车拉泔水喂猪挣辛苦钱，他感到有点儿不平，凭什么你们都吃香的喝辣的，回头看看自己还真是可怜，家里是盖了二层楼，因为不盖二层楼不行，不盖二层楼，媳妇就娶不成，因为你家不是二层楼，谁跟你，没有人跟你，你连个狗都不如，正因为如此，成河的父亲把钱借遍了，看了不少冷脸，自己的脸都没有了，终于借到了钱，有的是给人家出的大利息，所以只有拼命挣钱，只是临死这个钱也没有还完，父债子还，自古以来就是这么个道理，剩下的钱包括给成河结婚娶媳妇的钱累计在一起等于就捅了个大窟窿，所以也就落下了心病，这才热死在外面，也真是心力交瘁。

这天，成河就听从这个人的安排从外面叫了个伐神的，也就是看风水的。看风水的是从村外走进来的，穿着道士一样的袍子，脚上穿着布鞋，他的打扮引起了村上人的围观，他打听成河住的地方，村人就把他领到成河门口，有些不懂事的碎娃也就进了门在院子里看热闹。过了一会儿，成河就劝退了看热闹的乡党和碎娃关了大门。

伐神人在成河家里折腾了好一阵子，前后大概有两个小时，才出了门。村人也并不知道这伐神人是咋样伐神的。

"你知道不，成河他妈带着成河他妹子跑了！"村子人在堡门口说闲话。

"咋能跑？鼓鼓才死不到一年就熬不住了！"人们议论着。

"咋还把娃也带跑了？"堡子人说。

"谁知道。"村子人继续说。

"人都说是跟伐神的跑了，把屋没看成，把成河他妈拐跑了，还有他妹子！"村子人说。

这件事就像摇了铃一样在村里传开了。村子人说啥的都有。有人说成河他妈跟伐神的说好了，第三天在村口等，然后一块儿就跑了；有人说伐神的也是死了婆娘，不知道给成河他妈下了啥迷魂药；还有人说，伐神的早就看好了，来成河屋伐神只不过是一个借口，实际上早就把活儿做了，反正说啥的都有。不管咋说，成河他妈确实是带着成河他妹子走了，啥也没带，带走了成河藏在板柜里的钱，之后就杳无音信。

成河也没有寻找，村子人问起，成河淡淡地说："我只当她们都死了！"成河依旧拉泔水喂猪挣钱，成河的日子依旧过得恓惶。

真是屋漏又逢连夜雨，偏偏在这个时候，成河媳妇怀孕了，这眼看着成河也要当爸了。

金水村自古以来生娃都在自己家的屋里，生产的时候请来接生婆，娃也就顺利地生下来了。但是随着时间的变化，生娃也在进行变化，也逐渐都去了靖宁县城的医院，尽管还有人在自己家屋里生，但是大部分人还是去了医院，因为金水村人觉得，娃他妈和娃一样重要，生娃是个大事，不能有丝毫的闪失，因为金水村已经发生在屋里生娃出事的情况，所以大部分人还是到医院进行生娃。因为不用担风险，但是要花钱。

成河没有花钱，他叫的是金水村的接生婆，这不用花钱，因为都是乡党，到时候给人家包几样东西就成了，但是计划不如变化快，这天成河媳妇就开始有了预感，肚子疼，成河急忙去找接生婆，因为按着日子推算，还没有到日子，就是再提前也不能提前这么多天，成河出去找接生婆时，家里就没有了任何人。这时候成河媳妇实在是忍不住了，但是又担心把床铺弄脏了，就下了床，这一下床就生了……

村人都传言，成河的娃是生在地上的，怪不得一到冬天娃就咳嗽，原来是小时候落下的病，把背心给凉了……

过了一年的光景，村人都说成河他妈带着成河他妹子回来了，但是被成河打了一顿，撵出了家门。过了几天，成河他妈和他妹子就喝药死在了村口的大路上。这成河也心硬，自己叫人直接就拉到了火葬场。

"成河不认他妈了？"村子人说。

"那还能叫个人？自己跑了又回来！"堡子人说。

"总归还是他妈。"村子人说。

"成河屋的脸都叫他妈给丢了！"堡子人说。

"成河他妈和他妹子走也是有原因的，自己走不算还把娃拉上，我估计肯定是把钱花完了，人家不要了，一脚给蹬了！"村子人说。

"这还真是个老害，又来缠成河，成河不但不认，还给打了一顿，打得好！"堡子人继续说。

"反正还是可怜，最后也没进村！"堡子人说。

经过这么一连串的大事，成河的心开始越来越硬，他觉得人善被人欺，马善被人骑，他把自己用一层厚厚的铠甲包裹起来，做到刀枪不入！谁要是敢嘲笑他，他就和谁拼命！

但是成河不知道怎么的就把现在的媳妇给蹬脱了，他和这个媳妇离婚了，这个媳妇啥也没有得到，把娃留给了成河就走出了家门。

这不到三年的时间，成河家确实是家破人亡了！村子人说，成河现在连给锅下米的钱都没有了，这以后日子可咋过？

"你们操的都是闲心，车到山前必有路。"高人说。

老六到成河家去，不知道是啥事。

夏一可爸和红杏这边说好了盖房的情况，双方也就草签了一份建房合同。

夏一可家这就又要开始盖房了！

夏天的燥热热得狗都不愿意动弹，吐着舌头，找自己凉快的树荫下乘凉，何况人，还要干活儿，就更加热了。

夏一可这几年在电视台上班，总算是扎下根了，因为是做节目，所以也就不拉广告，不进行广告创收，做节目总是在一点一滴中积累。周宁的电视台也在不断进行改革，也是出台了不少新的政策，目的是提高收视率，吸引广告。但是这些对于夏一可来说都没有任何关系，因为他是节目组的，电视台的任何风吹草动都和他基本没有关系。现在这个电视台分为台聘、部门聘，而节目组聘用的除了工资就什么都没有了，什么劳保福利纯粹就是扯淡，身边的人也是来的来，走的走，流动得极为迅速。夏一可认识的好几个人都是从栏目组直接到了广告部门，进行拉广告挣钱，这似乎就成了夏一可当初刚参加工作时的情况，一切又都回到了原点，不管你愿意不愿意，这就是现实，搞新闻，不由自主地就牵扯到了广告，而新来的一个小伙进来就成为电视台的正式职工，因为他是广播学院毕业的，学的就是电视编导这一块，更重要的原因是他父亲在一个区上部门任正职，通过关系运作成为电视台的正式职工。还有别的栏目组的人员，或多或少都有些关系，有一个本身父亲就在区上宣传部门任职，这让夏一可想起了最早进入《上映报》的情形，老职工曾经拍摄了很多照片，现在的社长却连医药费都不给报销，报社的老人手，干了几十年的老人也要去拉广告，也是有任务的，而对他最好的黄主任后来一语中的，说广告不是你们这样拉的，他带的人去三观市，采访市长结束后，快要出来时给市长说，看能不能给些经济扶助，市长就笑了，没有拒绝，也没有同意，只是说，等报纸出来。后来黄主任在市长的帮助下，做了很大的一单广告。可惜，夏一可在报社待的时间并不长，而财务科的徐盈盈却也是接班的，他不明白报社这样的事业单位也能接班，后来才了解到，徐盈盈的父亲曾经就是报社的社长，徐盈盈接的是父亲的班，并且学的财务就干了财务。夏一可后来才明白，不管是什么单位，那会儿都可以接班，报社也不例外。而到电视台，他开始还有幻想，但是幻想却逐渐破灭，因为他再也不想当正式职工的事情了，因为这仅仅是个童话，最重要的原因是要花很大一笔钱，而经历了几年电视台的工作，他觉得电视台也不是铁板一块，这里面也是藏污纳垢，有女制片人陪台长游泳，还有的更是干了见不得人的勾当，看着在电视上人五人六，实际上都是男盗女娼。他开始有点儿厌恶，但是还在做最后的坚守，离开电视台，他到哪里去上班，而目前这还是一个饭碗。

因为夏一可家里盖房的缘故，夏一可就把这些年轻的同事邀请到了家里，因为今天是上楼板上梁的日子，这个新来的有车，刚好可以风光一下。金水村的道路已经修通，对于汽车来说，就是一会儿的工夫。夏一可也早早地就打好了电话，说是今天家里上梁，到家里来玩，大家也都同意了，所以他就在家里等候。按照约定的时间一行人都来了，因为不是来干活儿的，是来参观的，所以也就坐了一下，因为盖房家里还是挺乱的。但令人最没想到的事情是这一行人连最起码的礼仪都不知道，也没有拿任何东西，连个鞭炮都没有拿，而夏一可虽然心里不高兴却也还是领着这几个人到靖宁的街道吃了饭，那顿饭花了一百多块钱。

"你看你都交的是些啥人，连最起码的规矩都不懂，来坐连个啥都不拿！"夏一可爸埋怨道。

"哎，这些人都是在城市长大，不知道咱农村的事！"夏一可辩解道，其实他心里也是窝了一肚子火，这些人确实不懂规矩，再不知道这些乡俗，那连这样简单的人情世故都不知道？人面子的事，让他丢了脸。

夏一可就不再言语，但是这些人真的是一点儿规矩都不懂吗？

75

夏一可爸觉得这个房子是合适的，因为大女儿要买房了。经过多年的沉淀，父女关系逐渐缓和了，接受既定的现实，因为事实是无法改变的，孩子都上学了，这件事的情况就是这样了，再大的气愤，再大的愤怒，再大的咆哮，都抛到了九霄云外。他觉得凑一凑，再找亲戚们借一下，找处的关系好的朋友借一下，应该是差不多的。卖房的这个人也是实在没有办法，因为是单位集资盖的房，一下子拿不出十多万块钱，所以忍痛割爱，自己少赚一点，看这个房子谁能买。

"这是个好事情，到时候一楼也可以开个商店，一楼也方便。"夏义虹说。

"现在还缺多少？"夏义虹问大女子。

"缺的还多，你别管，你只拿三万。"大女子给她姑下任务。

"女子，这几年虽然说在外面开店挣钱，但也是起早贪黑，现在供给学生上学也是很大一笔开销，咱又不是正式考上的，都是上的人家自费，学费高得很，再加上住校，花销更大。我跟你姑父商量了一下，两万应该差不多。"夏义虹说。

买房是一件大事，但是现在这笔买房钱的缺口还很大，就是姑答应加上自己的一万也才有三万块钱，自己的店这几年是挣了些钱，但是开销也大，再加上给老人寄送的，也就所剩无几了。钱也不好借，谁能平白无故给你借那么多钱！大女子的心有点儿慌，但是已经说出去的话咋样收回。也都是熟人托熟人，才和人家认识买单位的便宜房，自己首先没有钱，全部凭借！

因为说好的时间，交钱办手续的日子也一天天临近了，大女子实在没有任何办法了，缺口还很大。

"现在还缺多少钱？"夏一可爸问。

"爸，现在还差三万多。"大女子说。

夏一可爸没有说话，车都开到半坡了，错过这个好机会就再不会有了，现实是钱是个硬通货，没有就是没有，谁能拿得出来？他想起原来最好的那个朋友，就是因为借钱后断了往来，谁知道他后来又得了病就再也没有见上。而今，又过到了要借钱的份儿上。

"还缺得多，现在钱也不好借，该借的都借了！"大女子说。

"平时都说节约，就是办大事能拿出来。现在要用钱，都拿不出来。"夏一可爸说。

"要不就算了，不要了！"大女子说。

夏一可爸没有再说话，女子待了一会儿就走了，她现在在艮村租房住着，哎，跟个外地人，连个窝都没有，嫌那边不好，就又跑回来了！这都算啥事情吗？

自古到今，借钱都是一件难事，好多最好的朋友都是因为借钱，最后弄得不欢而散，钱没借成，最后连朋友也当不成了，孔方兄真是害死人。

这几年艮村已经有了房客，要不到艮村看看？夏一可爸有点儿犹豫，虽然这是妹子的情分，但是要说借钱还是人家女婿拿事儿，这么大的数字谁能给你拿出来。他又有点儿打退堂鼓，这是给你女子买房，又不是给人家办什么大事，人家就是有钱能借给咱？但是现在确实是无路可走，就是自己的一点儿钱，还要给娃娶媳妇，这钱贵贱都是不能动的，咱图啥，就是盖房，给娃娶媳妇，抱孙子，人生的循环就是这样，你还能突破人生的界限，但是他还是觉得不管成与不成都要去一趟！

夏一可爸拿了一瓶好酒，给娃们买了些吃货，骑上自行车就出发了。

艮村的老村几乎都空了，人们基本搬到新宅基地了，这里紧靠着马路，来往的人多。

艮村都是二层楼，所不同的就是都盖了整个院子，屋里的光线昏暗，走进门就要拉灯。

人都在，娃们都上学去了。

"大哥，这瓷片也是今年才贴的，你看好着嘛！"妹子的女婿景泽说。

"好着，就是好看。"夏一可爸说。

"这现在要跟上时代，现在房客也要求高，带地砖的好租。我这底下把门都锯了，要不然装不进去。"景泽说。

"还要锯门，花这些工夫！"夏一可父亲问。

"这也简单，把合页一松，门就下来了，画好线就锯了。以后你可可结婚，屋里铺地砖也要锯门。"

"等以后再说，咱那里还没发展到这一步。迟盖的都一步到位了，咱盖得早还要重新拾掇，不着急。"夏一可爸说。

"我看咱妈屋里还是砖地。"景泽说。

"盖得早，那时候还是砖地，砖地好，砖吸水，不滑！"夏一可父亲说。

"景泽，女子在余力镇看了个房，是单位的家属院，要一次性付清，现在还缺一点儿钱。"夏一可爸开口说。

"买房是个好事情，她不回去了在咱这里也好着。"景泽说。

"现在还缺三万，你看你这里能不能给借些！"夏一可爸说。

"我现在娃也上学，借不下那么多钱。"景泽为难地说。

"现在村上的学校，都嫌教得不好，咱去年也把娃转出去了，给人家也交了一万多，这没办法，都是为了娃们的教育，我虽然说是个女娃，但是也要供娃上学，你要借个几千块钱可以，咱现在没有那么多钱！"景泽说。

夏一可爸心想，几千块钱我就不来了，咋样拿不出几千块钱。

"你就把钱拿出来借给一回！"妹子说。

"咱家都是你掌权，钱的事情我从来都不过问，我现在也是快死的人了！"景泽突然激动了。

"不借就不借，景泽你说这话干啥？！"夏一可的爸也激动了。

话没说完，就转身出了门。他把人丢在了艮村。

妹子就开始哭了。

"以后不管了，自己的罪自己受去！"夏一可爸回到家气呼呼地说。

眼看着时间一天天地过去了，因为实在也没有地方借钱，大女子就把借出来的钱都给人家退了，买房这个事情就彻底没戏了，因为这个借钱所受到的难处，她也不愿意再经历了，主要就是借，她根本就没有钱，属于空手套白狼的性质。

夏一可爸说，以后过年过会走亲戚这事艮村就不去了，让娃们去。

成河现在老打媳妇，久而久之，媳妇就忍受不了，于是两人就离婚了，娃归成河，媳妇啥都没有要，离开了这个家门。村人都说成河是个瓜娃子，现在离开了父母，又离开了媳妇，看往后日子咋过，黑天连个暖脚的都没有，成河可真是瓜，但成河却完全没有放在心上，于是就有人替成河重新张罗媳妇。

成河本身就没有什么家底，就是凭养猪也没有挣下几个钱，还要还盖房所欠的钱，又要养娃，所以日子就实在紧张得不行，他实在是不愿意再继续过这样的苦日子。

成河虽然日子过得艰苦，但是在吃喝上却从来不含糊，吃好的，喝好的，至于钱怎么来，就是借贷。

"成河，婶给你说个媳妇。"三婶子这天迈进了成河的家门。她就在巷子口住着。

"三婶，你说。"成河把三婶让进屋里。

"这女的是没有娃，也离婚了，是外地的，现在跟她妈她爸住着。"三婶说。

"年龄跟你相当，就是人家有个要求，要把她妈她爸都接过来。"三婶说。

"他妈他爸是干啥的？"成河问。

"他爸瘫痪着，坐着轮椅。"三婶子说。

"哎，三婶子，你还嫌咱屋不够乱，咱的娃咱都不愿意看，还再看一个瘫子！你这是给咱出难题！"成河不高兴地说。

"人家老两口可都是有退休钱，一个月几千块钱呢！"三婶子说。

"咱能横能走，要他的退休钱？"成河说。

"那女的干啥？"成河问。

"女的主要现在就是照顾她爸，人好着呢，没娃，你放心。"三婶子笑嘻嘻地说。

"你说的这不行，咱不会给他照顾病人！"成河说。

"那你也不考虑一下自己，精棒棒个小伙子，黑天也没人给暖个脚，长期能受了？你看你现在把钱都花到外头还不如给自己寻个在屋的，多好！"三婶说。她是过来人，啥事没见过，啥事没经过！她知道，成河这几年把钱都花在外头了，在外头吃的是"快餐"。

"谁说让你照顾来着，人家她妈照顾。"三婶子说。他给成河耳语了一番。

"让我考虑一下再给你话。"成河说。

三婶一双大脚就出了成河的家门。在她看来成河还是可怜的，离了父母，媳妇又离婚，现在一个人带个娃，这日子可咋过，这日子咋能过到人前头去！因为她经常跑动，就有了很多的信息，看谁跟谁能合适！

成河最终还是同意了，也就结了第二次婚。这个女的就带着她妈她爸走进了成河的家。

"成河屋你说没人，你看现在一下来了三个人！"村子人说。

"你没看那是女的她妈她爸嘛。"旁人说。

"三个人，这刚好够一桌子麻将了！"村子人说。

"娃现在有了后妈了！"村子人说。

"后妈不是打就是掐，以后有这娃好过的日子！"旁人说。

"成河也是灵醒人，看上这女的啥！胖大胖大的！"村子人说。

"人家老两口有退休钱，一个月几千块钱，啥不做睡到屋里吃！"旁人说。

"可惜老汉坐着轮椅，要不然成河这还是个好日子！"旁人说。

"也不知道成河看上她啥了！"村子人说。

"那还用说，成河是看上人家老两口的退休钱了。你没看这女的拖家带口，女的对她妈她爸好，是个孝顺的女人！"旁人说。

"外人的底细谁摸得清白，到底是个啥，谁知道！"人们议论纷纷。

反正金水村子人说啥的都有，有看好的也有不看好的。

"你知道不，咱村好几个月都没给人家供电局交钱了！"村子人说。

"那不是每个月都收着咱的电费吗？"堡子人说。

"那谁知道，反正旦娃会在电房子鼓捣！"村子人说。

"人家捏踹咋，又没在你屋鼓捣！"村子人回敬，因为他家过事的时候没有缴电费。

"咱村谁收电费谁都想捞油水！"堡子人说。

"村上的大户都不交电费！"堡子人说。

"那这电费都是一笔糊涂账！"村子人说。

"那会儿用煤油灯，不照样过来。咱村的电拉得早，现在有的山里还没有电，因为拉电线的成本高，国家的投入大。"高人搠了言。

"哎呀，你几个在这谝得美！"三盈过来说。

"你说电费给每家都加一度，这是啥道理！"三盈说。

"没有道理，加一度都是装到自己腰包了，这收电费大队部又不给开工资，白给你服务！"堡子人说。

"加一度也是损耗，你看现在咱村扯得多大，以前村外头都没人住，现在都住满了，你看闲杂干部哪个不是几院子宅基地，都给自己占，要是我，我也占！"村子人愤愤不平地说。

"要是现在像过去一样搞个社教运动，把狗×的都逮了，没有一个清白的，把多占的都给吐出来！"堡子人说。

"你再别想了，有个啥运动，现在主要就是发展经济，以发展经济为目的，以挣钱为手段，国家没明着说，只是换了名词而已！"高人说。

"你别看咱现在这儿还有地种着，你没看公路都修到村沿了，路一修人都来了，你没看咱南边现在也正在规划修路，这路一修就把咱村包围了！"高人继续说。

"那你说这是好事情还是坏事情？"村子人问。

"祸兮福之所倚，福兮祸之所伏，古人把天下的事都说得明白透顶了，还要咱在这里说啥！"高人说。

"你说话老是文绉绉得像打哑谜，咱人闷，不灵醒嘛！"村子人说。

"人家要修路，你也挡不住。你没看，现在修路都是机械，不像过去主要靠人工，那时候也没有这些设备！"高人说。

"咱这里原来都有大冢，也不知道修路挖出来货没有？"村子人说。

"现在都是勘探，有的估计有，有的最早就被盗了，盗墓也是一项自古就有的古老职业。"高人说。

"吃饭，吃饭，该回去吃饭了！"堡子人说。

于是就各自回家了。

夏一可同学孙京现在可是扎下根了，在周宁一家电子公司工作，老板也是校友，因为这次是拼了全身的力气，所以工作也是干得相当出色，并且成为所在公司的部门经理。

"一可，你这周有事情吗？"孙京打电话问。

"你说啥事！"夏一可问。

"我爸给我在西边车站买了个房，周六交钱，你也过去给咱看一下。"孙京说得轻松。

"那没问题！"夏一可答应。

夏一可知道，孙京这是不回去了，要安家在周宁，在周宁安家就要有房子，否则你拿啥安家，没有房子就是一句空话。前几年，孙京的母亲去世，他父亲就把孙京的母亲安葬到了周宁周边的墓园。

因为要找地方，夏一可就起了个大早，答应别人的事情就不能耽搁。坐车到西郊，然后再倒车，然后通过问询才找到的。这是一处楼盘的售楼处。

"先生，你是看房？"售楼处的小姐招呼他。

"哦，我等个人一会儿就过来一起看。"夏一可说。

"好，你先坐。"售楼小姐边招呼边端来一杯水。

"你们这里现在大概一套下来多少钱？"夏一可问。他这几年做节目也接触了不少房地产公司开发的楼盘。

"每平方米两千左右，一套下来二十多万左右。我们这里明年就交房了，首付 30%。"售楼小姐声音很甜美地介绍。

"看，这是我们的沙盘，小区绿化好，交通方便，旁边就是小学，周围有超市，生活还是很方便的。"售楼小姐指着旁边的沙盘介绍道。

"那物业费怎么收费？"夏一可问。

"我们的物业费是每平方米四毛九，一个月不到五十块钱！"售楼小姐很有耐心。

正说着，孙京和几个人进来了。

"孙先生？"售楼小姐热情地招呼。

"一可，你来得早。"孙京打招呼。

"刚来刚来。"夏一可说。

"今叫你来是借你在电视台工作的身份，因为一会儿给人家交钱。"孙京悄声说。

"哦！"夏一可明白了，这是想借媒体的威信和公信力。

"孙先生，你好。"一个穿西服的男士招呼孙京。

"陈经理，我给您介绍一下，这是我同学，在周宁电视台当记者。"孙京介绍说。

"好好，一定给你们服务好，我们的楼盘要做宣传还要找你们电视台。"经理客气地说。

"再等一下，一会儿就到。"孙京说。

"行，你们先聊，人到了你叫我。"经理说完就离开了，并吩咐售楼小姐把他们一行都招呼好。

"那你月供多少？"夏一可问。

"不月供，一次性付清。"孙京回答。

"那你还是大手笔！"夏一可羡慕地说。

"咱有啥钱，都是我爸出的。以后打算不回去了，那边的房子计划卖掉！"孙京说。

"那你爸到时候也过来一块儿住？"夏一可问。

"那边把事情一办完就过来，因为那边也没啥人了，这房子明年这个时候才交房，还得一年，关键是现在娶媳妇人家都要房，没房人家谁跟咱，咱不像你家就在跟前！"孙京说。

"我是农民！"夏一可说。

"你再别说我了！我在周宁安了家，以后咱们见面也方便。"孙京说。

"对着，对着。"夏一可说。

二十几万的现款买房让夏一可一下想起了姐姐买房的情景，姐姐钱没凑齐，房子黄了！孙京交给售楼部的是实打实的真金白银！

<h1 style="text-align:center">76</h1>

金水村沿边的公路转眼就修好了，路很宽，足有五六十米，村子人说要这么宽的路干啥，把地都占了修成路了，以后没有粮食吃咋办？有人说，你操的是闲心，大太楼底下没有种粮食，人家照样有吃有喝，闲心都把你操烂包了！

路修好了，宽阔，平整，由于还没有通车，所以路上也就零零散散的没有啥人。村人眼见着把一棵棵大树用吊车吊到了路两边挖好的树坑，再用两边的棍子顶着，然后还给树打上了营养液。

"这树比人金贵！"堡子人说。

"哎，现在啥把戏都有！我就是专门给人家护养树木的。"养护树的人说。他看起来年岁已经大了，约莫有六十岁了吧！

"人常说，人挪活，树挪死，现在这树挪过来还能活？"堡子人问。

"这是专门种的景观树，你不知道，人家现在东园那一片不种地，专门种树，这些树都是从那里移过来的。"养护人说。

"那能保证活？"堡子人感到吃惊地问。

"肯定能活，把树当爷伺候着，咋能不得活！定时浇水，定时打营养液，保证活！"养护人说。

"那这把人劳神咋了！你干这比种地强？"堡子人说。

"地早都不种了，种地划不来，我们村人都在外面打工，有钱啥都能买。"养护人边浇水边说。

"这树恐怕花不少钱吧！"堡子人问。

"最少也得两千块钱，还不包括我们人工工资，洒水车浇水，你算算，这一棵树都到什么价钱了，再算一下，这路上多少棵这样的树！"养护人一边浇水一边不慌不忙地说。

"这人家都是园林绿化公司搞的，咱光干咱的活儿，不管其他的。"养护人说。

堡子人给养护人递了一支烟，边抽烟边问话。

"现在这都是人家领导的关系，不是随随便便就能弄个绿化公司的。朝里有人好办事。"养护人说。

"这里头门道还多得很！"养护人说。

"你就是旁边村子的？"养护人问。

"我就是金水村人。"堡子人说。

"你这里我看也是迟早的事情！"养护人说。

"还早着呢！"堡子人说。

"现在把路一修，你们村的地就快了，地卖完了，周围就开始盖楼，慢慢就把你们村包围了，然后离拆迁也就不远了。"养护人说。

"你说得也对。"堡子人说。

堡子人看着养护人浇着的一棵棵树，不由心生感慨。都不敢想，这好好的地都修成了路，路是修了，麦子呀苞谷呀就彻底没有了！

大路修通后，这几条路就连成一片了，路上断断续续开始有了车，没事的时候，金水村的人就开始在路上闲逛，有时甚至端着板凳在路上的道沿坐着看汽车。夏天的时候，路上的人就更多了，因为这里地势较高，修路的时候，虽然剔除了部分土方，但还是高出很多，所以夏天的时候这里比较凉快。

金水村挨路边的几户人家开始有人租房子了。以前这里是村边，地势高，划拨宅基地根本就没有人来，因为首先吃水不方便，就是挖井也要比村里的价钱贵，因为地势高，水的深度就高，不容易见水，最后实在没办法的人才在这里安家，就是一点好处，夏天凉快，但是冬天北风也刮得厉害，冷。一件事情都让你把好事占全了，那是不可能的。

"师傅，你们这里有房子出租没？"几个年轻人敲开彭彭的门问。彭彭的房就紧挨着新修好的公路。

"有，在二楼。"彭彭说。

"让我们看一下。"来人说。

彭彭带着一行人就上了二楼的楼梯。

"这太大了，以前我们住的都是小房子！"租房人说。

"大房子给你们收小房子的钱还不成！"彭彭说。

"这是个空的，啥都没有！"租房人说。

"你要啥，给你们安置就行。"彭彭说。

"要有床、桌子，这些是必须的。"租房人说。

"你们租房做啥用？"彭彭问。

"我想在外面卖烤肉，夏天晚上吃烤肉的人多。"租房人说。

"你这儿没在一楼不方便。"租房人说。

"咱底下院子那么大，地方你随便用！"彭彭大方地说。

"还要有水，这都要洗菜呀什么的。"租房人说。

"都没问题，水随便用！"彭彭说。

一行人经过反复磨牙终于确定了租用彭彭二楼的房子，用一楼院子的空地方放东西，晚上在马路边卖烤肉。说好房子一百五十元一个月，电费每度按照村上的电费算，水费按照用的多少算，到月底大致一估摸就行。彭彭觉得，房子空着也是空着，反正离公路近，还不如出租挣几个零花钱，村里头人家咋不找，还不是离公路远，在彭彭看来现在离公路近挺好的。

"你知道不，琴琴现在在锡田基地医院躺着！"三婶子在十字路口对旁人说。

"咋了吗，好好的咋了吗？"旁人问。

"你不知道，琴琴是喝药了！"三婶子悄声说。

"好好的喝啥药？"旁人问。

"穗丰一家现在都没在家住，在锡田基地小区住着，就是隔三岔五回来看看房。穗丰现在在外头挣了几个钱，在外头胡整，琴琴看不过眼就喝药了！"三婶说。

"我听说是跟村上的牡丹在家里！"三婶说。

"可不敢胡说，那可是个女二球！"旁人说。

"男的吃女的软饭，那就不在意！"旁人说。

"你灵人说闷话，人家吃软饭有吃软饭的活法，世上这啥事情都有！"三婶说。

"穗丰这几年在外面包工程挣了几个钱也张狂起来了！"旁人说。

"人不敢有钱，尤其男人一有钱，就变坏了，倒霉的是孩子和自己的婆娘！"三婶说。

人常说，好事不出门，坏事传千里。穗丰媳妇喝药的事情传遍了整个金水村堡子。自从这个闲话传开了以后，穗丰好久都没回家了，只有娃们回来打个照面，也是凡人嘴不招，拧个身就走了，回家就像做贼一样，悄悄地回来悄悄地走。村人都知道牡丹是谁，牡丹是本村的姑娘，还嫁到了本村，厉害着，听说在家都能把女婿虔子给吃了，在牡丹面前，虔子连个屁都不敢放！

彭彭把房租给卖烤肉的几个人开始还有点儿不适应，尤其是用水，在院子里接水管的水是一盆子一盆子地倒，有时看得自己都心疼，白花花的水就被倒掉浪费了，这都不算啥，原来彭彭自己一到晚上天黑就关了大门，现在不行，门晚上都不能关，因为卖烤肉回来都十二点以后了，有时候回来都凌晨一两点多了，搬东西的声音一下就把人吵醒了！你还没脾气。

"我看算了，咱不挣这钱了！"彭彭对媳妇说。

"我当初说算了，咱劳不起这神，你说这有啥，房闲着也是闲着，挣两个钱怕啥，你现在咋给人家说？"媳妇说。

"咱给人家好话多说说，让人家走嘛！"彭彭说。

"我看肯定不行，现在正是夏天卖烤肉的大好时间，我看了几回，晚上摊子边人还很多，都是城里人开着车来乘凉吃烤肉，人家生意还不错！"媳妇说。

"那咱到时候给他多算一点儿水钱，你看用水量大得很！"彭彭说。

"到月底再说。"媳妇说。

因为这片地势高，凉快，所以又吸引了好几个烤肉摊子都过来了，这里成为城里人消暑纳凉的好地方，一到晚上，这里就有一溜串的红灯映照着，村子人说，这里是红灯区，也都羡慕村边的这几家可以招房客挣钱，不用出门，坐到屋里就把钱挣了，这钱挣得轻松。

大巨没事也爱转悠，他弟兄几个人，在队上也是霸道，因为人手多，打架帮手就多，一般人轻易都不敢惹。

这天晚上，大巨和几个村上堡子的人也坐到了烤肉摊子吃烤肉，吃烤肉带喝啤酒，那是标配。几个人一连都喝了几瓶啤酒，话就多了。

"来，算账！"吃好喝好后大巨叫人开始算账，因为天也不早了。

"一共二百四十八元。"老板说。

"啤酒多少钱一瓶？"大巨问。

"啤酒三块一瓶。"老板说。

"啤酒外头才卖两块五。"大巨说。

"咱这烤肉摊都是这价！"老板说。

"你也太贵了，我刚才也没问，我就是金水村人。"大巨说。

"那是这，给你少点儿！"老板说。

"少啥少，他是金水村人咋！"旁边一个人说。

"原价，一分不少！"

大巨就一下火了，几个人话不投机一下就扭打在一起。旁边都是看热闹的，谁知道火上浇油的人还不少，说使劲打。不知道咋的，大巨肚子上就挨了一刀，瞬间就倒在了地上，摊子一哄而散，只有堡子的几个人开始打110，找救护车。

烤肉摊子连夜就搬走了。

"你给人家租房连人家是哪里的人都不知道！"派出所警察问彭彭。

"现在把人捅伤了，跑了，在你家住着！"警察继续说。

"你打电话嘛！"彭彭说。他也不知道这平常看着都是好好的一个人咋能把自己村里的人给捅伤。

"你跟我们到派出所做个笔录。"警察说。彭彭就和警察一块儿到派出所。

金水村村边的烤肉摊子经过这么一件事情就风光不再了！车依旧在跑着，路灯依旧在亮着，就跟没发生过任何事情一样。

夏一可的同学孙京就要结婚了，时间过得真快，自己却还是一个人。这几年夏一可也陆陆续续见了好几个女娃子，但是都没有看上，他也不知道为什么，都是女娃一心看上自己，但是他却提不起任何兴趣。转眼在电视台已经换了好几个节目组，每个节目组都是独立的，他感觉自己在这里都不会待很久了，因为有时候一个节目办不下去就撤销了，这也要看一个人和台里的关系，因为这里的节目实行的是末位淘汰制，唯一的好处是接触了周宁城里大批的文化人！但是依靠他的工资买房基本没有可能性，他连首付30%的钱都拿不出来，这个媳妇看来是必须在村里娶了，外面他没有房子。而眼看着同学孙京就要结婚，他却无动于衷，同样都是在外头一块儿上的学，为什么人和人的差别这么大，孙京买房子的目的就是为了结婚，而他自己的幻想仅仅就是个空中楼阁！

夏一可也不知道为什么心里憋屈得慌，这个慌还不是至今没有找到媳妇的缘故，而是上班这么长时间，到现在为止，待过的地方不少了，但是基本待不长时间就换了工作，他不知道为什么换得如此之勤，也许是人往高处走，水往低处流，就是最后一次还闹得不欢而散，而这一切的原因都是为了钱，人在金钱面前，脆弱得不堪一击。

怒发冲冠，凭阑处、潇潇雨歇。抬望眼，仰天长啸，壮怀激烈。三十功名尘与土，八千里路云和月。莫等闲，白了少年头，空悲切！

岳飞的诗词在胸中回荡，那是怎样一种畅快淋漓！有着浑身的劲，却使不出来！

周宁的体育场外面聚集着很多人，原来这里再过几天就有球赛，对于看球这件事，夏一可没有太多的欲望，他对体育运动基本没有什么兴趣。他记得小时候的体育课老师就是在操场上扔几个球，同学们自己去玩，待到下课再把球收回，这就算是体育课。下来就是冬天的跑步、跳绳、拔河比赛。不知道自己劲大还是怎么的，反正自己在哪组，哪组就能赢。他记得很清楚，这一组因为连续两次都输掉了，所以中途换场地时就小声商量，待到拔不动了就同时松手，把对方闪倒在地。虽然输了比赛，但是对方赢得也不彻底，因为大都栽了一个跟头，把屁股都摔疼了！

这个现场的球赛还没有看过，以前只是在电视里看到过，夏一可掏三十块钱买了一张门票，准备看一下现场的球赛。通过媒体的吹捧，周宁市被誉为金牌球市，并且有了不少球迷，他们征战球场，赢得了一些虚名，最有名的属西北狼足球俱乐部，可以说他们是金牌球市的代言人，可周宁的球市转眼就不行了。任何事情有高潮就有低潮，周宁的球市也不例外。周宁的大唐球队自从去年开始就一直走下坡路，先是换了俱乐部的总经理，一个外地人执掌了球队，而他的老板方山却在坐山观虎斗。因为企业的大量资金都投给了球队，但是球队却每况愈下，比赛一直都是输的状态，他想起用这个外地人，看球队能不能起死回生，这个外地人是职业经理人，专门运作球队的事情，外援、广告等。但是，经过几场比赛，球队依旧是输的状态。

夏一可进入体育场时，执勤的警察用仪器探了衣服口袋说，有打火机的拿出来放在篮子里，夏一可拿出兜里的打火机，然后放行入场了。

体育场空空荡荡，没有多少人看球，前面的位置都没有人。眼见着比赛马上就要开始，但是看台依旧是稀稀拉拉的人不多，因为，近一年来，大唐球队出尽了风头，先是在体育场，因为一场比赛输了，有球迷顺着看台跑到球场顺势就给了裁判一拳，然后飞快地跑回看台被人群掩护着安全撤退了，接下来现场就是雨点一般的矿泉水瓶子，听说有球员离场时被砸伤了，因此，周宁主场资格被国家体育总局取消，在三观市踢了好几场比赛才辗转通过人情关系疏通国家体育总局重新回到周宁体育场，但是自此一败涂地。

夏一可看到这支球队的队员基本上都跑不动，踢球似乎在敷衍，等着对方把球踢过来。现场看球的人开始出现骂人的声音，这时离主看台不远的地方已经有人在组织球迷站起来，只见那人光着膀子开始敲鼓喊口号，等到加油的人喊得差不多了，却让对方球员进了球时，现场开始有节奏地骂对方，现场的声音一浪高过一浪，夏一可周围的人也不由自主地站起来，加入这队列中。整个体育场被骂声包围着。看球就是这样，你没见那排山倒海的力量。但是，骂过之后该干啥还是干啥，因为球场就是这样，骂人的人也就是发泄一下，这就是真实的周宁金牌球市。所谓金牌真是一个伪命题，报纸不会报道这些，而只是说如何如何好，如何如何好看，周宁真实的球市是个什么样子，他们从来不进行报道！球迷中的一个名人是周宁一个下岗职工，听说失业后家里连锅都揭不开，自己却是个看球狂。夏一可后来觉得，这个人还真是可怜，为国家贡献了一辈子，最后失业了，买断了工龄，被企业一脚踢开，又不能偷，不能抢，只有去球场发泄一下，排解一下心中的怒气，一发泄就好了，三轮还得照样蹬，还得照样挣钱养家。夏一可还听说，这支球队的黑幕很多，最后是靠打假球赚钱，给对方放水，假球成为这支球队最后的生存之道。一个将军最好的结局是死在冲锋的路上，一个球员最后为了生存却接受了打假球的使命，绿茵场也是罪恶产生的地方，这个世界上何处是净土？

77

金水村这几年买挖掘机的人开始多了起来。挖掘机也不是谁都能买得起的，都是"大款"们在外边买的。一台挖掘机几十万块钱，他们都在外面包着土方工程。金水村的人买挖掘机还是受到了南村人的启发，因为现在整个南村已经为锡田基地发展让出了地方，整个村进行了搬迁，重新划了一块地方。锡田基地的工程好多都是南村人承包着，当然也不是南村人谁都能承包，得看你是村主任还是书记，看你是队长还是能人。南村的挖掘机一度还成了新闻报道的对象，每到过年，南村村口就聚集了大量的挖掘机，因为过年有些人就把挖掘机拖运回来了，一来是回家过年，二来是搁到门口可以显示自己的财力。过年放的炮越来越多，大年初一早上村门口就有许多炮皮，放炮的多少似乎也预示着来年挣更多的钱。

夏一可现在的工作又遇到了瓶颈，因为栏目变化调整，他辗转换了好几个栏目，而现在的栏目有的就直接和广告公司合作，广告公司做好节目后直接交给制片人，制片人再交到台里进行播出前的审核。而所谓的审核，就是主任审核和副台长审核，然后签字播出，这样的机制，有时候主观性很大，而制片人也不是谁都能当的。听说为了得到一个栏目的制片人角色，台里的正式工甚至都动用了市委的关系，谁的权力大，谁更通天，谁就有可能攫取更大的资源，而资源就是栏目，这个栏目属于制片人承包性质，每年负责给台里提供数额不等的承包费，制片人用这个栏目进行运作，有的直接就有广告，依据广告进行创收，有的直接就做节目收费，这样新闻就成为有偿新闻。国家出台了很多措施禁止有偿新闻，但是有偿新闻却是屡禁不止，这也导致了问题层出不穷。那些年，中央电视台号称是酒气冲天，因为黄金时段的所有广告都是酒类广告，山东一个县小小的酒厂通过贷款在中央电视台打广告，把产品销售到了全国各地，广告成为产品销售制胜法宝。夏一可这时候又想起了来主任所说的天下老鸹一般黑这句话了！

　　同学孙京的情况确实呈现出直线上升的趋势，因为结婚把家安在了周宁，而妻子就是老板的妹妹，这样的好事让孙京遇到了。孙京在这个公司现在担任部门经理，独当一面。因为种种现实的原因，夏一可现在却是越来越落寞，初生牛犊不怕虎的那种豪情早已荡然无存。

　　"一可，你在你们靖宁有关系没？"孙京问夏一可。

　　"你有啥事？"夏一可问。

　　"我想把我媳妇的户口从老家迁过来。"孙京说。

　　"你们小区现在直接落不了户口？"夏一可问。

　　"不行嘛，这不是以后要给娃上户口，户口随母，放到老家会有一系列麻烦，我想早点儿把这事情办了。"孙京说。

　　"我问了，人家说先迁到你们那里，然后再转迁过来，你在你那里有熟人最好！"孙京说。

"哦，那我给你问问。"夏一可说。

夏一可知道，孙京现在想通过在派出所买户口的形式把户口迁过来。不知道现在派出所还能不能直接买户口！因为夏一可现在没有关系，虽然自己在这里出生长大，但是上完学后也一直在周宁，对于老家的关系几乎没有，因为靖宁离周宁很近，一抬脚就到了。夏一可在靖宁没有认识的人，可怎么给人家办事情。

孙京的事情显然是没有办成，他后来通过其他人把户口迁到了县城，再由靖宁县迁到了所住的小区。孙京后来说，花了些钱户口就办成了，用钱开道几乎没有办不成的事情。夏一可现在觉得孙京挣了些钱，说话都和原来大不一样了！

夏一可现在比较煎熬，因为他现在从电视台辞职了，他所在的节目组因为和广告公司合作，现在广告公司要搬到离电视台比较远的地方，他就不想去了，他心里还想着都是正规的电视台，没想到却大相径庭。离开电视台后他就又找了几家媒体，感觉都不是太合适，因为都是广告公司，有的是做报纸中缝广告的，拉中缝广告也都是有任务的，这些人每天早上在公司签个到，然后就出去拉广告，下午六点回来再签字，这就算是一天的工作了，对于这样的工作简直就没有任何意义可言。因为没有了工作，夏一可只能吃老本，但眼见着老本也所剩无几了，他开始在周宁的图书馆徘徊……

夏一可所期待的梦想没有成真。在这个大单位终究是没有干下去，所有的可能都消失殆尽，曾经还想着如何通过关系转成正式工，现在看来都觉得可笑，因为这是一个不可能完成的任务，社会上到处都是凭借关系办事，没有关系是寸步难行。他觉得自己像个废物一样被社会抛弃了，啥事都干不成！到现在居然没有了工作，他遭遇到了严酷的危机，但是他却浑然不知。

夏一可实在没有办法了，他觉得应该去父亲的单位上班，因为自己是这里的正式职工。他没有去找父亲，因为父亲的本意是不要在这里上班，他最终还是没有去上班，可是现在却要去上班，这脸往哪儿搁！在外面跑了一圈咋又回来了！这也是他没有找父亲的原因。父亲就是好面子，一辈子在单位里也没有获得什么实质性的职务，最后就是退休，走完了自己的工作之路。时间已经过去多年了，现在的单位和原来的单位已经有了天壤之别。谁也说不清和看不清后面的路，因为后面的路都是两眼一抹黑，只能像瞎子一样摸着走。因为太黑，随时都有碰倒的可能！

在几个人的劝说下，夏一可终于下定了回厂里上班的决心。父亲对于他的这个行动没有表任何的态。夏一可觉得，这回是靠自己了，因为父亲根本就不想为他上班的事情帮任何忙，所有的事情都靠他一个人解决。

他迈过这条马路。这条马路在90年代初期特别红火，因为苏联的解体，余力镇上办的小厂居然都把产品卖到了俄罗斯，他们说，那些人高鼻梁，那个地方很冷，经常吃的都是大白菜，时间一长根本就不想吃，基本再没有什么吃的了，生活过得很艰苦，回想看，几十年的时间就把曾经的"老大哥"交代了！夏一可还记得，校长在讲台上讲国际政治，说戈尔巴乔夫葬送了苏联，是造成苏联垮台的罪人，这可是社会主义国家啊，我国也是社会主义国家啊，但是我国是社会主义的初级阶段。老师们每个周三的下午都要进行政治学习，那个时候似乎成为一个雷打不动的保留课程。夏一可还很清楚地记得，时事政治考的都是国家领导人到哪里出访，谁又来了，谈了些什么，四项基本原则，等等。考前老师会发一个油印的资料，按照这个死记硬背就行了！时间一晃过去了十几年的时间，自己最青春的时候又回到了这个厂子，命运之神这个玩笑开得太大了。

再往这边走的时候，当初上学的时候也是一片土路，下雨的时候泥泞不堪，非常难走，也没有路灯，早上黑灯瞎火的，常常都能看到去上学的学生。因为这条路近很多，常常是上学的最佳途径。现在也已经修了水泥路，两旁有大小单位，人来人往。

厂子就坐落在靖宁的环城路上，在县办厂的年代，靖宁也不例外，也办起了自己的工厂，在原来屠宰场的基础上分别分出腌制厂、盐厂、酒厂、油脂厂等大小单位，毫无例外，他们都是国家的企业，解决着靖宁县城的物资问题，那些年，这些厂子都是好单位。谁能知道，改革以后厂子分别实行了承包责任制，任何事情都搞承包，这样就一路走到了今天。厂子在这几年因为新换了厂长，听说效益还是不错的，因为经常打广告的缘故，生产的产品不但在靖宁卖得好，还把销路一直都打到了周宁市。

夏一可走进了厂子的大门，径直就到了厂长办公室。

"进来。"夏一可敲门后，里面传出来一个声音。

"寇厂长好！"夏一可打招呼。

"你是？"寇厂长有点儿疑惑地问，他并不认识夏一可。

"我是刚才给你打过电话的夏一可。"夏一可自我介绍道。

"你有啥事？"寇厂长问。

"我想回来上班，看行不行？"夏一可问。

"你在外头干得好好的，咱这小单位，怕委屈了你。"寇厂长说。

"我原来在周宁电视台，现在那边改革调整，我原来干的节目没有了。"夏一可说。

"我这也有个人一直都在周宁电视台，叫×××，不知道你认识不？"寇厂长问。

"我不认识，周宁电视台几百个人，部门也很多，各人干各人的节目，都是各管一摊。"夏一可说。

这时，进来一个人。"田厂长，这娃你认识不？"寇厂长问进来的人。田厂长看了一眼夏一可，没有说话。

"这是你乡党的娃，金水村的。"寇厂长笑着说。

"哦，是老夏的娃！"田厂长这才想起来。

田厂长和寇厂长说了一会儿话就出去了。

"小伙子，你来的这个时间也是个好机会，因为今年咱厂里要进行改制，这也是个好机会，我们也想用年轻人，你先回去，我们这几天开个班子会，研究一下。"寇厂长爽快地说。

"寇厂长，那我给你留一下我的电话。"夏一可说。

"你写到这里。"寇厂长扯下一张台历上的纸，夏一可就开始写下了自己的姓名和手机号码。

夏一可从厂子出来了，他觉得这个事情成的可能性比较大，因为自己是这里的正式职工，也是主人。从原来最早根本看不上这里，到现在迫切地想在这里上班，这是夏一可的变化。20世纪末的几年是各种工厂倒闭的大潮，官方把这次国企改革叫工人下岗，许多厂子采用买断工龄的做法，工人们告别了自己辛苦工作多年的企业，成为社会失业者，成为不稳定的群体，为工厂贡献了一辈子的工人阶级就用这样的方式结束了自己的工作生涯，此后，大量的工厂经过改制，成为私营企业，厂长摇身一变成为私营企业的经理，几十年的国营企业就这样变为私营企业。靖宁的企业也经历过了阵痛，寇厂长就是从那个时候上去的，他在靖宁的商业局当副局长，副局长兼任油脂厂的厂长，局里的领导让他把濒临破产倒闭的企业从死亡线上救活。

夏一可也实在是没有办法了，他需要重新工作，以适应变化。夏一可的同学孙京现在终于在周宁市扎下根了，也顺利把媳妇的户口迁到了所在的小区。夏一可却从周宁市重新回到了原点，回到原点的夏一可有一种挫败感，毕竟自己没有在周宁扎下根来，自己在周宁以失败告终。

夏一可终于去了靖宁的油脂厂上班，厂长把他安排到了办公室，并且说这是厂里的核心部门，让他在这里好好干，以后发展的机会很大。

工厂的一切和原来截然不同。厂里分为办公院和生产院，办公在前院，生产在后院，互不干涉。办公院子是一处二层的小楼，六间两层，工会、生产科、销售科、财务科、副厂长办公室、会议室等科室。办公室的桌子还都是原来的老式木头桌子，桌面看着都斑斑点点了，夏一可感到无从适应，但是既然来了，并且厂里把他安排到办公室，那就好好干吧，也不能辜负了厂长的信任。厂长说你没有找任何关系，我是看重你的能力！厂子的厕所是公共厕所，也没有隔板，只是一个隔断，底下的水就哗哗直流，直接就冲到下水道了。

办公室里有老卢、老邹、麻姐。

老卢和夏一可父亲曾经就在一块儿，他对夏一可很亲切，说你才来有啥事勤学着，厂长要咱干个啥咱就干个啥。老邹负责工资表的造表和劳保用品的发放工作，也是厂里的老人手了；麻姐负责厂里职工的统筹保险办理缴费工作；夏一可负责档案管理和宣传工作；卢主任负责办公室的全盘工作。

夏一可刚一到工厂上班就遇到了一件棘手的事情，因为周宁的《经济时报》对厂里的卫生情况进行了曝光，好多经销商现在怀疑厂里的产品质量有问题，导致产品积压卖不出去，厂里有口说不清，只能在《经济时报》上作广告，严正声明自己的产品没有质量问题，产品质量是经过周宁质量技术监督局认可的，夏一可的任务就是拿着质量技术监督局的报告联系《经济时报》去打广告。厂长把这个任务直接交代给了夏一可。因为现在《经济时报》在周宁市影响很大，超过了很多报纸，所以只有在上面打广告才能消除影响，因为一百多号工人等着吃饭，产品销售不出去就没有饭吃！

"哦，是靖宁来的！"《经济时报》广告部一名工作人员接待了夏一可。

"你厂也真是的，上次我们的人去不给面子，现在事情出来了着急了！"这个人说。

夏一可不明白这个人说的是什么意思，因为他并不知道之前发生的事情。

"1/4版得三万多元广告费，套红另外收费！"广告部的人说。

"这么贵，能优惠不？"夏一可问。

"不优惠，整版也不优惠。"广告部的人说。

"上次给你厂说写个报道报道一下，你们又不愿意出钱，现在要花大价钱打广告，这是图啥？"广告部的人说。

"我不知道上次的具体情况，咱就办这次的广告，能给个优惠吗？"夏一可说。

"没有优惠。"广告部的人说。

夏一可只好询问好价格，回厂里，没办法，就是这样一个价格，他只能汇报给厂长，看厂长咋样决断，毕竟自己只是个办事的，厂长才能拍板这个事情。

夏一可想到以前他到外面拉广告，现在是代表厂里上门求人家刊登广告，这真是此一时彼一时！多年前，夏一可上学的时候还担任着《经济时报》的通讯员，当时这个报纸在周宁刚创办，因为没有知名度，一直都是免费给报刊亭送，那时候一周才出一期报纸，后来慢慢扩大，直到今天雄踞周宁报业市场的头把交椅。而这家报纸发生的深刻变革就是曾经党报的人员停薪留职后担任这家报纸的社长，学习西川的都市报纸，大刀阔斧对报纸进行改革，经过几年的努力，一举成为行业的佼佼者。其他报纸看到这样火爆的场景，纷纷调整，周报都改为日报，报业大战在这个城市硝烟弥漫。当时周宁的报业市场流行一句话，《经济时报》每天开回一辆奥迪，其他报纸每天烧一辆奥拓。

夏一可汇报了情况后，寇厂长说："那是这，你明天就去《经济时报》把手续办一下，这事宜早不宜迟。"

夏一可就这样接下了厂长交办的任务。

78

这一天，厂子里又来了一行人，他们直接去了厂长办公室。

"寇厂长，我们是《群众报》周宁记者站的，这是我的名片。"来人递上自己的名片。

"这是我的证件。"来人随即掏出证件。

"你们可是中央级别的报纸啊！"寇厂长极力恭维着，他已经知道这些人来的目的是什么。

"你们产品这几年在周宁卖得不错，今天来给咱在我们的报纸上做个报道。"来人直接说。

寇厂长知道刚在《经济时报》上做了广告，现在又要做广告，他觉得应该缓一缓，再说，这个报在北京，咱的产品又没有在北京卖，北京那是咱能去的地方？

"是这，我一会儿要出去开个会，你找一下我们的全书记，他负责我们的宣传工作。"寇厂长随即拨打了全书记的电话。

全书记带着《群众报》的一行人来到他的办公室。

"各位先喝水，辛苦了，大老远过来！"全书记圆滑地说。他觉得寇厂长又把一个烫手的山芋扔给了自己，平常厂里有什么难办的事情，寇厂长总是推给他，这次也不例外。他突然想起了夏一可原来在媒体待过，让他接待一下，看会是什么效果。全书记安顿好这一行人就来到办公室。

"小夏，你把这些人领到会议室，先摸一下他们的情况，看他们要达到什么样的目的？"全书记给夏一可交代着。

"好，我知道。"夏一可随即和全书记来到办公室。

"给各位介绍一下，这是我们办公室小夏，专门管宣传的，你们有啥事可以和他直接说，我到车间开个会，你们先坐一会儿。"全书记言简意赅地交代完就离开了办公室。

会议室已经收拾停当，麻姐不知道啥时候已经买来了水果，摆了好几盘，《群众报》的一行人就随夏一可来到了会议室。不知怎么的，夏一可觉得这中间的一个瘦高个子有些眼熟，但是一时半会儿又想不起来在哪里见过面。

"各位有什么问题可以问我。"夏一可边说边给每个人发了一份产品简介。

"你们厂现在效益还可以，经常在电视上打广告。"为首的一个戴眼镜的人说。他拿出一张名片递给了夏一可。名片上写着：《群众报》上腴省工作站副站长杜山川。夏一可觉得这个名字很熟悉，这个人现在又跑到《群众报》了。

"也是为了产品销售。"夏一可说。

"现在一年广告费有多少？"他问。

"有一二十万吧！"夏一可随口编了一个数字，因为他也不知道到底有多少广告费。

"那在我们这里做个广告吗？"副站长说。

"你是大报，咱是小企业，肯定做不起！"夏一可说。他有点儿感慨，以前自己到别的单位拉广告，现在是别人到他们厂拉广告，一瞬间，从向他人要钱变成了别人向他要钱，他觉得有点儿滑稽。

"我们大报你们厂肯定做不起广告。我们底下还有好多子报子刊，可以选择性地做一下。"站长随即递过来一份杂志，同时又递过来一张名片，名片上写着：群众报社《安全》杂志上腴省发行联络站站长。

"这是《群众报》下属的杂志，全国影响也很大，你们可以征订一些杂志。"他说。

"下来需要多少费用？"夏一可直接问。

"你们订上十本，下来五千块钱。"他说。

"我们要不了那么多。"夏一可说。

"你们几个厂长、副厂长，几个科室，每个人或科室一本。"

他娴熟地说。

"你们订些杂志，我们给你上一篇关于安全方面的稿子，也给你们作了宣传。你们现在有负面消息，我们可以给你们挽回声誉啊！"他说。

夏一可现在明白了，厂里的负面事情还没有完全消散，这些人是闻着腥味又来了，也怪，一来一个准！

夏一可安顿下这些人就出了会议室，他要到外面给全书记打电话。

"谈得咋样，啥情况？"全书记问。

"他们说让咱订些杂志，五千块钱。"夏一可说。

"又是来要钱的。你等一下，我请示一下厂长！"全书记说。

不一会儿，电话就响了。"你先去陪他们，我马上就过去了！"

夏一可就回到了会议室，继续和这些人说话。因为他知道他们来的目的就是想要一些广告费。

"各位抱歉啊，刚才有个事情才处理完，快到中午了，咱们一块儿到外面吃个饭。"全书记说。

"我下午还有任务！"站长说。

"有任务不耽搁中午吃饭，走！"全书记说。

一行人就这样接受了邀请。夏一可也去了，全书记路上说，你一会儿多说，把这事情办了就行了。夏一可明白，这些人的广告基本拉成了。

《群众报》这件事情解决了，订阅了十本一年的杂志，五千块钱，在杂志上登一篇谈厂里安全生产的稿件，全书记让夏一可具体办理这件事情。

夏一可自然又是和上次一样带着公章去签合同。这个章子很特别，是一个很老式的章子，上面仅有五个字：靖宁油脂厂。这个章子是木头的，一看就是见证和经历了沧桑。夏一可记得当时父亲还在厂里盖章子给他报考《周宁日报》的通讯员，用的就是这个章子。当时他走进周宁城墙里的《周宁日报》，看到那是一排很狭长的楼群，楼内灯光昏暗，但是很有一股文化人的气氛。他记得接待他的人很客气，说你多写就能当上通讯员。他觉得这家报纸从小伴着他，他对这家报纸念念不忘，虽然后来从事了与新闻相关的工作，但是却没有进入《周宁日报》，在社会上飘荡了几年，重新又回到了原点。

"你好，请问《群众报》的《安全》杂志怎么走？"夏一可走到这个楼里找不到地方，碰到一个人问。

"是不是找杜山川？"这个人反问他。

"对，就是找他。"夏一可回答。

"你是哪里的？"他问。

"我是靖宁油脂厂的。"夏一可回答。

"他问你们要多少钱？"他问。

"你咋知道？"夏一可不解地问。

"你到我办公室。"他说。夏一可就跟着这个人到了办公室，门口的牌子赫然写着《群众报》上腴省记者站"。

"王老师早！"楼里人和他打招呼。

进到办公室以后，夏一可才看到这里也是挂着牌子。

"哦，你就是王老师。"夏一可惊呼道。

因为他看到名片，这才是真正的记者站。

"这些人经常打着我们的旗号到下面要钱，他们就是搞征订的，和记者没有任何关系。"他说。

"那也是你们报社的。"夏一可说。

"那是站长老婆搞的杂志。"王老师说。

"回去给你们厂长说，别上当。"王老师语重心长地说。夏一可离开时，王老师还送给他一本书，这是他写的《走过青春岁月》，一本作品集，夏一可小心地收好。

他把刚才得到的消息汇报给全书记。

"小夏，咱多一事不如少一事，给他把合同一签，把手续办完就行了。"全书记交代说。

通过这一段时间的磨砺，夏一可知道全书记也是执行厂长的决策，厂里任何事情都是厂长说了算。

夏一可没有办法，是啊，多一事不如少一事，自己现在又不是记者，现在在厂里上班，在厂里上班就要执行厂里的决策。

这个杂志是在居民楼里办公，找到后办完手续，夏一可就离开了。

"你现在在这里？"夏一可问。就是那个他觉得很面熟的人。

"我刚过来不久！"他说。

"你到企业上班了？"他问。

"哦，离家近。"夏一可说。

"咋样？"夏一可问。

"你都看到了，就是这个样子！"他说。

"你与老板有关系！"夏一可问。

"你知道就行。都是混一口饭吃。"他说。

交谈了一会儿，他就离开了，这就是萍水相逢。

《安全》杂志实际上就是由站长老婆管理的，利用站长的关系进行征订工作，假若底下不进行征订，站长就会派人以记者的身份前往进行调查报道，所以他们的征订工作基本能完成。夏一可知道这个薛站长，还是最早上班时，他就在报社见过薛站长的名片，上面还有他的头像，很精致的一张名片。他老婆办的杂志，这些人以报社的名义拉广告，他是知道的。夏一可知道这个王老师对他说的是实情，他对薛站长有意见，甚至看不惯，但是人家是站长，他是副站长。夏一可甚至觉得，这个王老师有悲天悯人的情怀。可是，情怀和金钱哪个重要？

办完这个事情就能安生几天，办公室的工作就是交办领导安排的各种任务，可是，夏一可对办公室的性质并不清楚，因为对于厂里的人来说，他仅仅是一个新人。

这一天，又来了一个人，是《商业报》的。

"厂长那里又来了一个《商业报》的。"全书记在办公室对夏一可说。

正说着，全书记的电话响了。

正说着，夏一可的电话也响了。

"这是我们管宣传的全书记和小夏，你和他们先谈，我到县上开个会。"寇厂长对《商业报》的记者说。

"厂长咋说的？"全书记探口风。

"你们一个版多少钱？"夏一可问。

"十万！"来人说，他胖胖的，边说边掏出名片给全书记和夏一可，并且把证件递给了全书记。

"你们出那么大的事情，给了人家那么多的广告？"该人说。

"你们报社的上腴记者站不是赵秉承老师吗？"夏一可问。

"赵老师退休了，我现在接任记者站的工作。"该人说。

交谈中，夏一可觉得这个人的口气很大，也就是气势很足。全书记终于听出了话里的内容，这个人不是几千块钱就能打发的，他找了个说辞，让这个人先走了。

夏一可决定到这个记者站去一下，他下午给卢主任说明了情况就出发了。《商业报》记者站在周宁市紫翔路上，老远从公交车上他就看到了记者站的门头，还是以往的门头。他是通过查号台查到电话的，上面有电话，一打就通，就是赵老师接的电话。那一年，他在这家报纸干过几天的发行工作，而赵老师开个车拉着北京总社来的人到处转，他在这里也是搞这个报纸的发行工作，但是一份报纸也没有征订出去，这里也是按工作量完成任务的。

"哦，你现在不在电视台？"赵老师慢悠悠地说。

"孙英到你厂去了，要多少钱？"他问。

"要十万块钱，说上一个版面广告。"夏一可回答。

"《商业报》就是十万块一个版面。"赵老师说。

"你给他了？"杜老师问。

"没有！我们小厂，没有那么多钱，这不是找你来了。"夏一可回答。

"我现在退休了，孙英确实接任了记者站，他也不在这里办公。我的门头还没有来得及拆下来。来，你看，我收集的奇石和盆景。"他说着走到另外一间房子。

这里面放了好多琳琅满目的盆景，墙上挂着字画。

"我想搞个奇石盆景展，你给厂长说一下给赞助一下，我给孙英说。"赵老师说。

"好，我给厂长说一下，看行不。"夏一可说。

赵老师把他送出门还一直说别忘了给厂长好好说一下。

夏一可觉得很没戏。其实，他对这里并不熟悉，当时也是仅仅在外头派发了几天报纸而已。

全书记对夏一可说，你以前在媒体也不好干，都是出去问人家要钱。夏一可没有言语，人总有一种吃不上葡萄说葡萄酸的心理，在工厂上班，夏一可却开始怀念在电视台的日子，这里是正式职工没有错，但是也只是拿着不到四百块钱，想起自己当时上班第一个月工资就三百八十块钱，不禁感慨万千。工厂的工资远远超出了夏一可的想象，因为这里的工资还是按照十五个级别在进行划分，他这个属于什么级别，夏一可也不清楚，他只是觉得自己被打回了原形，这个有点儿惨。在这里，他觉得他可是主人翁，这可是正儿八经的国营企业，曾经一个工人工资养活全家老小的国营企业。原来几千块钱都不够花，现在却降到几百元，甚至捉襟见肘。

这天，夏一可眼看着赵老师开车进了厂大门，直接到了厂长办公室。不一会儿，就又从厂长办公室出来了，直接走了。

"他一个退休的还在我跟前扎势！"寇厂长气愤地对全书

记说。

从寇厂长和全书记交谈的情况得知，赵老师现在退休了，还以没退休的口吻要挟，寇厂长显然不吃他这一套。

《商业报》的孙英最后还来了一次，就再也没有来。后来厂里的人说，厂长拿了几百元钱给打发了。夏一可心想，那可是自己一个多月的工资。全书记后来说，赵老师要求厂长配合收集孙英诈骗的证据，两个人没说到一块儿。

"小夏，老邹没在？"车间的郑主任来到办公室。

"哦，郑主任，老邹今天上午有事请假了。"夏一可回答。

"你有啥事，郑主任？"夏一可问。

"我来领个信纸。"郑主任说。

"你先用我这个。"夏一可从抽屉拿出半沓信纸。

郑主任就坐在长椅上仔细端详夏一可，把夏一可看得都不好意思。

"小夏，还没结婚？"郑主任问。

"没有。"夏一可不好意思地回答。

"你爸人好，我来的时候你爸才退休。"郑主任说。

夏一可知道，郑主任也是大学生，从外地调回靖宁的，最后落脚到厂里。

"你不知道，咱厂黑着呢，都不敢说！"郑主任说。

夏一可没有说话，他给郑主任倒了一杯水。

"你在办公室好好干，人家培养你呢！"郑主任说。

"有啥好对象，姨给你操心着，你有啥要求？"郑主任问。

"没啥要求。"夏一可觉得不好意思了。

说了一会儿话，郑主任就下了楼。夏一可觉得最近来办公室的女职工多了，都是有事没事和他说话，过一会儿就走了！原来都是操心他的媳妇，夏一可心里就一暖。

来工厂快一年时间，夏一可也捕捉到了一些信息，那就是寇厂长来的时候是接任以前的老贺厂长，老贺厂长被商业局免职。厂财务账上根本没有钱，只有五块多钱，寇厂长利用他在县上的关系，把位于厂区南面的一块土地卖给周宁市民政局下属的单位，这才筹措到厂里的几百万块启动资金。

"报道不是说他多方筹措资金，把自己家的钱都拿出来了？"夏一可问。

"多方？他不卖地，哪儿来的钱，哪里来的启动资金？最后银行不给咱贷款，咱的土地证都抵押在银行，他哪里来的钱？没有卖地的几百万，他拿啥启动？"老邹说。

"卖地就是一笔大的收入，有人说卖了几百万，他自己就私拿了几十万，那边还给咱抵了一辆车，现在厂里都是他的人，他的亲戚朋友。老贺当时没下卖地的狠心，不然能轮到他？"老邹说。

夏一可知道，父亲退休的时候厂子已经从半坡的地方搬到了现在的地方，底下原来的老厂区全部盖了家属楼。老贺厂长虽然最后经营失败，但是给厂里可是攒下了家当，那就是在他的任上给厂里征了一大片地，修建了新的厂区，扩大了地盘和规模。寇厂长接任后，上来的第一件事情就是卖掉了几十亩地，这就有了厂子的一道围墙，他这才有了启动资金，要不然哪里来的钱？他把厂里几代人奋斗积攒的地方卖了！这人喜欢报纸宣传，然后就在报纸电视上打广告，这样产品就慢慢有了声势，这几年光广告费一年就几十万，咱一个小厂，花那么多钱，都是给他脸上贴金。外头人都说厂子好，不知道咱还是拿那么一点儿工资。他倒是肥了，厂里到处都是他的亲戚朋友。

没有在厂里，哪里知道这么多内幕，看来，厂子也不是铁板一块，更不是清水衙门。几十块钱的工资养活一大家子的年代一去不复返了，因为时代变了！

金水村的人都知道，夏一可回厂上班了。

79

金水村的堡门口，堡子人、村子人在这里坐着。

"坐到这里干啥？"闲人过来问。

"坐到这里等你来发烟！"村子人说。

"最近村里也没有红白喜事，主家也没有款待，没有烟。"闲人说。

"你说也怪，咱村死人也是成双成对！"村子人说。

"生老病死，天地规律，都要到阎王爷那里报到，谁能逃得过，要不然，地球上还能待得下！"堡子人说。

"国庆节一过，我看那些烤肉摊子都收了，也没有人来了！"村子人说。

"这也就是卖天热那一阵，但是挣钱。你看外地人生生把大巨弄成那样子，人受罪不说还得自己看病。因为派出所没有找到人。你一找人家，人家就说人跑回了老家，路途远，咋抓，又没有办案经费！"高人说。

"警察都要办案经费，他这都是吃皇粮的。咋都往老百姓身上驮？"村子人说。

"这你就不知道了，现在没钱，你不给拿钱，这些人拿啥给咱办事？除非你是皇上！"闲人说。

"皇上，还有护卫！"堡子人说。

"我听说高萃上那些家要搬迁，可能要征用。"闲人说。

"你没看，现在路也修通了，这地就慢慢开始占了！那搬迁就要给人家重新申请庄台子，搬迁估计还能挣一点儿钱！那也都是才申请了几年的新庄台子。"堡子人说。

"斗斗也在那里住着，看到时候咋办？"闲人说。

"人家现在是村主任。"村子人说。

"村主任他能当一辈子？"堡子人说。

几个人有一搭没一搭地说着。

夏一可父亲现在每天早上依然起来得早，他坚持锻炼已经好多年了，早睡早起身体好。

"我咋感觉心口这里不舒服！"吃完饭后，他对夏一可他妈说。

"烙的馍你也没吃？"夏一可他妈说。

"我刚才吃了一块，感觉顶得很！"夏一可他爸说。

"那你一会儿到锡田基地医院去看一下。"夏一可他妈说。

夏一可父亲也不知道为什么，胸口最近老堵得慌，感觉人不美气。他现在就是觉得赶快给娃把婚一结，就完成任务了，因为这不管咋样，都是自己的娃，心没有操完，事情就没有结束。

夏一可父亲骑着车子去了锡田基地医院，他觉得应该没有啥大的问题，到村里开了些药，但是吃了后好像没有效果，也用听诊器听了，说好着呢。但还是不行，一吃饭就有点儿疼，他不知道是什么情况。

挂号，等待，看医生。

"你先拍个片子，拍完后拿过来看一下。"医生说。

医院里满是药水味道，下午的时候，人不太多，不一会儿片子就出来了，夏一可父亲怀着忐忑不安的心情去给医生看片子。

"就你一个人来？"医生看完片子问。

"我一个人。"夏一可父亲说。

医生不知道怎么说，因为片子上的造影他再熟悉不过了，很多人看到这个造影以后号啕大哭，因为这是一种大的病症，手术后都不可能好，只能等奇迹出现，他不知道咋样开口说，实话说，怕病人受不了。

"大夫，是啥病吗？"夏一可父亲有点儿着急，他还要回去。

"可能是癌变！"医生说。

夏一可父亲一下就不说话了，他的身体由于紧张颤抖了一下。

"也不是治不好，要做手术，手术后看恢复，恢复好后都没有问题！再不行你到周宁医院再看一下，咱这儿没有人家那里好！"医生说。

"你先回家和家里人商量一下，看是在我们这里住院还是在其他医院。"医生把病历和片子都交到了夏一可父亲手里。

从医院出来，夏一可父亲感觉浑身无力，他一下就没有劲了，骑车子的脚都不听使唤，短短的十几分钟路，他骑了半个多小时。

回到家里，他眼前感觉眩晕。

他把院子里的水桶一脚就踢开了，回到房里号啕大哭……

"他爸，你这是咋了，医生咋样说？"夏一可他妈焦急地询问。

"瞎瞎病，癌症，活不成了！娃还没结婚，看咋办，看你跟娃咋办？"夏一可父亲声嘶力竭地说。夏一可母亲也跟着哭。

"你说你走了，我跟娃咋办呀？"夏一可母亲也哭了。娃还没有结婚。屋子里的气氛肃杀一样。

恢复平静后，夏一可父亲说："咱不看了，看病要花钱，咱给娃把婚一结就安宁了，要不然咋办呀，人家一听咱这个样子，谁跟咱娃呀！"说着就又沮丧起来。

夏一可父亲觉得趁他现在还能走，当务之急是给夏一可把婚结了，这样，即使自己走了也能安心，要不然这以后的日子咋过呀，人情淡薄呀，以后谁操心你那些事情呀！

夏一可现在每天上班下班，中午十二点回来吃饭，与父亲不同的是他骑着摩托车，看起来似乎也风光。坐办公室就是交办领导指派的任务，平常有时候忙，有时候也不太忙。

他拿回来一沓子报纸和杂志，准备把有用的内容剪下来，做成剪报，剩下的就让母亲卖破烂。

"爸，这是今天的报纸，你看。"夏一可把报纸放到方桌上。

"我给你说，给你说个媳妇，咱这个礼拜去见一下。"夏一可父亲说。

"我知道。"夏一可心里又不愿意，因为这件事弄得他也很头疼。

夏一可父亲一下就火气上来了，他把夏一可带回来的报纸一下子就扔到院子里，把方桌上的杯子摔得粉碎。

"娃呀，再不敢跟你爸犟嘴，你爸今天才去过医院。"夏一可母亲拉着夏一可说。

"你爸得了不好的病！"在院子灶房，夏一可母亲说。

夏一可吃了一惊，他不知道情况会是这样。

夏一可急忙跑到房中间翻开病历和诊断报告。

"给你说，咱也不去医院了，这病也看不好，趁我现在都好着，给你把事一办，再看也不迟。"夏一可父亲说。这时候夏一可已经泪如雨下了，他不知道该咋办，束手无策了！他也知道，癌症是不可能看好的，现在看病做手术都要花钱，自己也拿不出钱。

"你结婚的钱不用操心，我都准备好了，给你赶紧把事情一办我也就好了！"夏一可父亲叹着气说。他觉得自己现在的情况咋这么糟糕，给娃把婚事都没办，这是他的失职。好在娃现在回到厂里，有一份正式工作，还在办公室。

"你过来，今黑你别在你那里睡了，你睡到这边！"母亲悄声对夏一可说。

"咋了？"夏一可问。

"瓜娃，长个心眼，我害怕你爸想不开！"母亲小声说。

夏一可的心就咯噔一下，他可从来没有经历过这样的事情。他明白母亲是害怕父亲做下犯糊涂的事情，因为院子里就是水井。

"你爸心眼小，遇事情想不开，还有你现在没有结婚，咱家这几年不顺当，你又从外头回到厂里，娃呀，看咱的日子，现在就指望你了！"夏一可母亲一番话把夏一可说得心里酸酸的，想想自己，也快三十好几的人了。因为听了母亲的话，夏一可就想着这个事情，也就睡意全无。

半夜时分，就传来父亲开门的声音。

夏一可急忙下床，拉开房中间的灯，"爸，你干啥去？"他问。

"我到后头上厕所去。"夏一可父亲说着推开房门。夏一可跟着来到院子。因为他知道，父亲的屋子有便盆，一般都是早上倒。夏一可母亲也出来了。

"你看你大半夜的，不在房里上，跑出来，害我们娘俩。"夏一可母亲说。

"我上完厕所就回去睡觉。"夏一可父亲在黑夜里说。

夏一可就和母亲来到厕所边等着。夏一可父亲上完厕所就出来了，然后回屋睡觉，他长长地出了几口气后就不再言语，睡着了。但这样的举动却惊吓了夏一可母亲和夏一可。

"看你爸今黑要是做下了瞎瞎事情，咱可咋办？"夏一可母亲说。

黑夜是漫长的，但是此时的黑夜，夏一可却是感觉格外长，回想起自己上学、上班的情况，一直到现在在厂里，真是恍惚，这社会拼的是钱和实力，没有钱是寸步难行。没想到现在最大的问题却是没有结婚，都怪自己不知道天高地厚，把好事情给耽搁了，而工作却也没有干出成绩，反倒回到了原点，心太高了，才酿成现在的结果。现在恨不得马上结婚，可是找谁结呢？

在女儿的劝说下，夏一可父亲又到周宁医学院进行了检查，结果和锡田医院检查的结果一样，现在就是决定尽快住院做手术。

夏一可也谈了对象，也都基本满意。但是夏一可他爸说，做手术可以，他没有钱，厂里给公费报销的可能性也不大，因为自己退休了，医疗这块都没有报销，厂里负担不起。再说，这不是几千块钱所能打发的，顺其自然，能活到啥时候就算啥时候，给娃把事情一办就行。

"钱不叫你掏，我想办法。"二女子说。

"爸现在也没有钱，你也知道退休后就那点儿工资。"夏一可父亲说。

"那我们几个想办法。"二女子说。

"我没有钱！"大女子对二女子说。她明知道这是把钱往井里撂，因为她不常来，她没有钱，她也不愿意多出一分钱，因为看病就是个无底洞。

"我钱也不多，可以给一点儿。"三女子说。她情况也不好，因为这个女婿也是下岗了，现在在外面打零工，也是不容易。

"咱再问姑们借些，叫可可给人家把借条打上，到时候给人家还。"二女子说。

夏一可满口答应，他希望能把父亲的病看好，这个钱他也愿意还，他还想着看能不能问厂里借一部分钱，先救个急。

厂里现在改制已经开始了，工人们也是一片躁动，而夏一可也是改制领导小组成员之一，改制领导小组办公室就设在厂里的办公室。

"卢主任，我爸得病了，要住院做手术！"夏一可在办公室给卢主任说。

"啥病，要住院做手术？"卢主任关切地问，因为他和老夏都共过事，再过半年自己也就退休了，没想到老夏却得病了。

"病不好，咱厂能报销不？"夏一可询问。

"厂里现在给职工的药费都没有报！"卢主任说。

"你给小夏想一下办法！"老邹在旁边边抽烟边说。

"小夏，你先把钱借出来，挂到账上，到时候再说。"卢主任拿主意说。

"能借出来多少？"夏一可想知道具体能借出来多少。

"咋也得借出来个三五千块？"卢主任支招。

"你写个借五千的借条。"卢主任说。

夏一可用信纸写了一张借五千的借条，交给卢主任。

"重拿一张，撕开一点儿写，你用一张纸，寇厂长一看就嫌浪费！"卢主任说。

夏一可重新写了一张借条，卢主任签了字，夏一可就出了办公室门，刚走到窗户边，卢主任就喊他回来。

"刚才老邹说了，你直接到厂长办公室。"卢主任交代说。

"你别到全书记那里去，那不管事！"老邹说。

夏一可就点了点头，就直接到了厂长办公室。

寇厂长戴上眼镜看了半天说："咱厂现在报不了药费，你借出来的钱到时候要从工资扣。"

"那扣就扣吧，现在也没有办法！"夏一可回答。

他看到寇厂长是极不情愿，但还是签了字。"你让全书记再签个字。"寇厂长交代说。

"你叫厂长把我训了一顿！"全书记在卢主任面前发脾气。

"你也知道小夏这情况，老夏这咱都共过事，人都不错，现在老夏住院做手术，咱能帮上忙就尽量帮一下！"卢主任说。

"他老寇就是把我叫去我还这样说，咱都要退休，他这几年经营有方，咱的工人得病了，他能见死不救！"卢主任边说边抽烟，三言两语就把全书记说得没有了脾气。

"爸，厂里借了五千块钱。"夏一可回家对父亲说。

"这几年厂里效益还是不错的，你先拿着。"夏一可父亲说。

夏一可本想着父亲会接手这些钱，却只说了话，夏一可一时就紧张了。

"可，爸还是决定不想去做手术了，就在咱屋待着。"夏一可父亲有点儿悲伤地说。

"这是个大手术，你说万一……"父亲没有说完就哽咽了。

"爸，不要紧！"夏一可眼泪都流了出来。

"你说万一要是下不了手术台，爸给你还没有结婚，爸心放不下！"夏一可父亲悲伤地说。

"爸，咱一看就好了！"夏一可边流泪边安慰。他的心有多么颤抖，直到今天，他才知道父亲的良苦用心，自己这个婚真是结得太迟了！

"我想，你把这钱放着，到时候给你办事一块儿用！"夏一可父亲继续哽咽着。

"现在就是吃硬东西不太行，其他都好着，咱还是不去了！"夏一可父亲说。

"咱都一走，黑里谁给咱看门？"夏一可父亲问。

夏一可知道父亲心里难受，但是也没有办法。

夏一可父亲心里明镜似的，他这个病纯粹是置气气得，要不然咋能得下这个瞎瞎病，九爷就是最后吃不下饭走了，九爷也活了七十三岁，他想着那时候医疗条件差，吃得不好穿得也不好，现在都比那时候强，咋样活不到七十多岁，再说，他还没有正式退休，只是办理了厂里的手续，正式的手续还没有办。他也知道，这种病治疗也是没有多大希望，有的人做手术就再也下不了手术台。他担心自己能不能扛得住，毕竟还有娃的婚事没有办，他放心不下，实在是放心不下啊！

这院子是咱真正的家，院子里的一草一木都很熟悉，出来就盖的三间厦子房，盖完厦子房，盖了三间鞍间，盖完三间鞍间，盖得如今的二层楼，院子环境优美，有自己亲手栽种的竹子，有杜仲树，有柿子树，这个柿子树小时候被羊都啃了，硬是凭着自己顽强的生命力活了下来，枝繁叶茂，到了夏天能遮很大的阴凉，秋天树上结一树的柿子，又大又甜。盖二层楼的时候把院子的桐树砍伐了，那时候，喇叭花的香味飘在院子的角角落落。还有后院的地方，栽着核桃树和槐树，槐树都碗口粗了，当初还是蹦出来的小树苗苗，现在都长大了。核桃树结的核桃又大又多，常常秋天收地的时候就收满满一筛子。这块地方村子里的人都在踅摸，最后自己争到手里，因为就在咱后头，争不到手让人都笑话了，自己的地方自己不争到手，还靠谁，当时也是在村上办了手续的，那时候夏义赫还是当着队长。他唯一放心不下的还是自己的娃，上了个学，在外头还是没有干出名堂，外头的事情也不是那么好干的，回到厂里，就这样慢慢朝前走吧，现在就是给娃把婚结了，这回相亲看上去差不多，确实不能再耽搁了！

要不要给自己的老二说，毕竟是亲兄弟，虽然已经多年不打交道了，说了，兄弟见个面，就是自己实在不行有个三长两短以后娃也有个靠头，这农村假如没有了家里人给娃支撑，娃以后受欺负咋办？好坏有个老二是亲兄弟，他就比外人强。他不得而知，他是实在不想去，他想看着给娃把婚一结，这病就是个鬼门关，老天爷说要收你就一下把你收了，你也没有办法，因为老天爷掌握着你的命运。他想起了自己那时候风风雨雨，60年代没啥吃的，到秦州买粮，自己一个月几十块钱的工资养活一大家子人，最后退休回到自己的家，他是实在舍不得这块地方啊！

80

对于父亲的这个手术，夏一可心里没有什么底！尽管说媳妇的事情已经有了眉目，正在谈的当中，可是夏一可却是多么希望马上结婚，了却父亲的一桩心愿。到这个时候为止，他才知道结婚的重要性，结婚对一个人意味着什么，对家庭意味着什么，对农村家庭又意味着什么！可是现在这个时候明白又有什么用处，因为他父亲已经是病入膏肓，所有的一切都显得有

些晚了。

夏一可所在的工厂，这时候已经开始进行企业改制了。

解除（终止）劳动合同协议书现在已摆在他面前。

对于这个解除劳动合同的协议和表格，夏一可不想签，因为自己也仅仅来了一年多时间，卢主任说，咱不签咋办，咱还都是改制小组成员，这就是个稀里糊涂的事情，都由人家说了算，咱能咋办。在卢主任的说服下，夏一可也就签了劳动解除合同，工厂企业改制就是让你签订解除劳动合同关系证明，国有企业不复存在。厂里的细则明确规定谁签订解除劳动合同，以时间划线，奖励一箱油，在这样的奖励政策下，厂里大部分工人都签订了解除劳动合同关系。看别人都咋办，自己也咋办，这是大部分人的心理。

金水村的村主任换届选举也开始了，斗斗估计这次没戏了，因为又有新人想要上来当村主任。队上挨家挨户发了选票，规定时间到金水村小学进行投票选举，夏一可家正在忙得焦头烂额，对于这样的事情显然顾不上，谁当村主任，日子还得照样过，饭还得照样自己吃。

周宁医学院的医生说，不要紧，不是啥大事，做个手术就好了。听了这个话夏一可父亲的心情也就好了很多，手术前的各项检查正在有序进行。而夏一可这几天常常到单位签个到就去了医院，卢主任说，你去吧，这里有我呢！

手术的日子确定在下午三点。大夫要求签"谅解意外书"，还要求签"手术告知单"。在确定这些工作都做完了，夏一可和家人、亲戚共同推夏一可爸进了手术室的大门，在到门口的一瞬间，夏一可再也止不住泪水，眼泪哗哗地就往下流，他看到父亲想说什么，却什么也没有说，值班人员接过推车，手术室的门就关闭了。几个人都眼睛红红的。这一去，谁也不知道会是个什么情况，因为生死未卜，有些人直接就下不了手术台，夏一可不知道父亲能否撑过来，因为这是一台大手术。现在才得知，父亲的病已经到了晚期。

夏一可父亲的手术做了三个多小时。医生喊名字的时候，说手术做完了。

"现在推回病房。"医生说。

"怎么样，大夫？"

"大部分都切除了，恢复好后没有大的问题，定时定量！"大夫说。

二女子就掏出了准备好的红包。

"这是咱说好的，已经都准备好了，你们辛苦了！"二女子说。

医生推辞了一番就收下了。因为这是一个熟人介绍的做手术的大夫，之前讲好了所有的情况，包括谁做手术，包多少红包都说好了，二女子对夏一可说，这个你不用管，这个钱她掏。

几个人合力把夏一可爸抬到病床上时，夏一可看到父亲身上插满了管子，他觉得父亲是在鬼门关走了一遭……

第二天父亲才醒，因为药力的作用，父亲面色红润，可以喝水，父亲看了看夏一可没有说话，也看了看周围。

"38床，这是缴费的单子。"护士送上了缴费的单子。

"你们账上已经没钱了，要赶快去充上，要不然我们在药房取不了药。"护士说。

夏一可马上去充了一千块。

"你不多充点儿，手术后用药很多，免得麻烦来回跑。"划价处的人好心提醒，因为每次都要排队。

"先充这么多。"夏一可说。不是不想充，而是只能拿出来这么多了。他要去借钱，借钱给父亲看病。

几个亲戚也都先后过来了，并且都说了宽心的话。

手术后的恢复确实很快，但是基本是一天就一千多块钱，有时候还超过了两千，各种药物都是很贵的！

"又快没钱了。"夏一可对二女子说。

"想办法再借些钱。"二女子说。

"姑们那里再借些钱。"夏一可说。

"你别开口了，借不出来了。"二女子说。

"我刚才开口了，姑说没有钱了，上次的钱也是借别人的。"二女子说。

"你让老大出一些钱，她可是一分钱都没有出。"夏一可说。

"老大说没有钱。"二女子说。

"咱现在不缴费人家就给停药了。"夏一可说。

二女子不言语，她不是不想出，她是实在拿不出钱了，当初她执意让父亲进医院做手术，谁想到会花这么多钱，现在已经花了六七万块钱，她也知道进了医院，花钱就如同流水。

"当初说不来，你硬叫来，现在医院要交钱，咱没有钱！"夏一可说。

"我叫来做手术也是为你们好！"二女子说。

"为我好，你没钱，叫咱爸就死在这里。"夏一可气愤至极。

"你既然能叫咱爸来，你就把钱拿出来。"夏一可在楼道大声说，惊动了过路的人。

"娃呀，有啥事别再喊了，叫人家看笑话！"夏一可母亲哭着说。谁知道会遇到这么大的事情，一上医院就花这么多钱。

几个人都先后走了，他们说想尽办法也要筹到钱，因为马上就没有药了。

表情往往都是在脸上。

"可，咱不行就回去！"夏一可父亲躺在病床上说。

"爸，大夫还没给咱通知。"夏一可说。

"我看咱先回，这花钱得很！"夏一可父亲继续微弱地说。

"现在花了多少钱了？"夏一可父亲问。

"你别管！"夏一可说。

"不行再问你姑们借些？"夏一可爸说。

"我知道。"夏一可说。

夏一可姑们现在也是进退两难，因为已经拿了一次钱了，总不能把老底子都拿出来吧！

"咱现在没有钱？"姑父说。

"咱把定期倒出来利息就没有了，再说咱已经借了一回了！"姑父说。

"这病现在才开始花钱，咱都是挣工资的，娃还没结婚，以后还给娃办事要用钱，你叫老大也借些钱，我就不相信她爸得病她一分钱也拿不出来！"姑父继续说。

"就是咱出的那些钱，以后可可拿啥还，他现在在厂里上班能挣几个工资，以后要是离开了他爸拿啥还？"姑父们说。

姑们就不言语了。姑们知道，小钱自己可以做主，大钱借出去还要人家点头，掌柜的，男人才是真正的掌柜的。

夏一可的父亲躺在病床上，现在他的知觉才渐渐恢复，因为稍微一动弹就感觉到疼。他知道现在正是用钱的时候，刚才护士又送来了催费单，放在床头，他看不到，就让别人给他念了，数字一出口，他就感觉这不是一般的花钱，这是太花钱了，因为做手术就是要花钱，但是没想到会花这么多钱。他自己也确实没有钱了，仅有的一点儿钱是给娃娶媳妇用的，那是绝对不能动的，自己看病花了那么多钱，到时候给娃结婚问谁去借？他深知借钱的难处，不由得眼角渗出了眼泪……

十几天没有刮胡子，夏一可父亲的胡子和头发都长长了，显得乱蓬蓬的，病房里不时有各种小广告散发进来，有提供救护车，有接送病人，有给病人理发的，有陪病人的，基本上离得都很近，都是在医院附近的村子聚集着，随叫随到。夏一可想起刚进医院的那个女的，他们住进来，她们刚出院，得知情况后给夏一可说，她们的父亲患的是同一种病，这病都不超过一年，她们说即使做好手术也是那个情况，尽心拿啥尽，她们经过反复权衡，最后决定回家不做手术了，趁着父亲还能走动，到外面看看，也算尽一份孝心。因为人走后就啥也看不到了。

"你这理发多少钱？"夏一可拨通一个广告上的电话问。

"你在哪个病区？"电话里一个男子问。

"三病区。"夏一可说。

"三病区是癌症区。"男子说。

"三十块钱！"电话里的人说。

"这么贵！"夏一可说。

"都是这价钱！"男子说。

"能便宜不？"夏一可问。

"人能动不？"男子问。

"好着呢！"夏一可说。

"那二十五块钱。"男子说。

"那行，你下午五点来！"夏一可说完就挂了电话。

头发太长了，也乱了，也该理一下了。

帅帅过来看夏一可的父亲了，是啊，舅舅生病了，做了很大的手术。

"大舅！"帅帅进来亲切地叫。

"哎，我帅帅来了，快坐。"夏一可父亲在病床上坐着亲切地说。因为帅帅现在在外地工作，一年也难得回来一次，这次听说是大舅在医院刚做完手术，回来就马不停蹄地过来了。这些年，随着年龄的增大，夏一可和帅帅之间交流得很少了，几乎没有了，想起小时候一块儿玩耍的情景，感到恍如隔世，姑们因为是双职工，也就生了这么一个孩子，就再也没有生育。80年代的计划生育，国家提倡只生一个好，大部分人就生了一个孩子，那时候说到了你退休就好了，因为国家发给你一份退休金。夏一可还清楚地记得在周宁十字街头，巨大的广告，两个父母中间托起一个孩子，然后就是计划生育的宣传广告词，只生一个好。但是在农村，该生几个还是生几个。躲的、藏的，最终的结果就是要一个儿子。要儿子好啊，儿子能传宗接代。

"大舅，能下来走不？"帅帅问。

"可以，医生说可以活动。"夏一可爸说。

"现在啥也别想，好好养病。"帅帅搀着夏一可的爸在楼道走。

"不想，不想！"夏一可的爸说。

一老一少就在楼道里漫步。

夏一可的电话响起了，这是一个原来在周宁上班的朋友。她问夏一可在干啥，夏一可说在医院，在医院干什么，她并不知道情况。已经很久没有联系了，在一个地方上班就有联系，不在一个地方了就断了联系。

接到电话后，夏一可就出了病房门，开始向大门口走去。医院里永远都是人来人往，不住院不知道，这里有来自全国各地的病人，都是冲着周宁医学院的牌子过来的，毕竟，周宁医学院声名远播，是非常权威的大型医院。

"你在这里干啥？"晓晓来了，依旧是以前顽皮的口气。眼前的晓晓和几年前的晓晓没有什么区别，扎一条马尾，穿着时尚，气质高雅。

"看病人，住院。"夏一可没有说出口是自己父亲。

"哦。你咋样？"晓晓问。

"老样子，回到原单位上班了。"夏一可说。

"那有什么意思。我从东北来就没有打算回去，因为我们那边太冷了！"晓晓说。

"我现在已经不在鬃婆娘那里干了，他们夫妻俩可真黑！榨取我们的血汗钱。她一年挣不少钱，几十万呢，发给我们的只有一点点。"晓晓说。

"怎么样？找到女朋友没有？"晓晓调皮地问。

"没有！"夏一可说。

"那我当你女朋友。"晓晓拍了一下夏一可的肩膀说。

"好，咱们马上结婚。"夏一可真是求之不得，他现在的关键问题就是马上找到媳妇结婚，了却父亲的愿望。

"别扯了，我要找一个有钱人！"晓晓说。

"我跟你说个正事，这边有一个网站，我们联系书画家上网，还可以挣些钱。"晓晓神秘地说。

"怎么做呢？"夏一可问。

"我们在网上给书画家做宣传，收取一定的费用，也不坐班，联系好了直接就能上！"晓晓肯定地说。

"这也是一个朋友介绍的，我觉得可行。"晓晓说。

"你现在就在做这个？"夏一可问。

"咋样，你联系了几个？"夏一可问。

"最近刚开始，还没有联系上！"晓晓说。

"我现在没有时间啊！"夏一可说。

再见晓晓却没有什么异样的感觉，晓晓决心要在周宁留下来，晓晓是属于城市的，夏一可并不知道晓晓在城市还是农村，因为他从来没有好意思问过。开始上班时，夏一可和晓晓并没有说过几句话，只是后来偶然的一次非正式谈话，夏一可觉得挺好玩的，两个人有时候就出去走一走，但是好景不长，夏一可的节目就调整了，这样，夏一可就离开了，基本上就很少联系了，以至于断了联系，就这次的联系也是很突然的一件事情，因为夏一可还没有换手机号，他就觉得他和晓晓之间就是玩玩而已，绝对不会出现什么电光火花。

81

医生下了出院的通知，结清医院的所有费用就可以回家了，回家，这可是夏一可父亲期盼的事情。通过最终的借贷，与医院结完所有的费用，收拾好东西，夏一可就接父亲回家了，因为现在公路已经修到了家门口，再也不用踏泥了，车就可以直接开到门口，坐出租车方便。走静心寺这边，因为这边是一条直线，周宁现在已经开辟静心寺这边为旅游开发区了，现在这里正在紧锣密鼓地建设，一片片高楼拔地而起，路比原来宽阔了好几倍，确实是一马平川。

金水村现在真的是在公路边边上，不到半个小时就到了家门口，门口没有人，夏一可和二姐迅速把父亲扶下车进了大门。父亲在搀扶下走进了院子的大门说："还是咱家好，再也不去医院了。"

夏一可爸回到家的消息在金水村传开了，好事不出门，坏事传千里。得病也并不是什么见不得人的事情，只是人们更忌讳这件事情，何况是在医院做手术。

"义惠，好点儿没？"苑子沃伯过来问。

"哥，好多了。"夏一可爸招呼着苑子沃伯。

"现在回来就好好将息着，慢慢就好了！到时候让可可到厂里把药费一报销，一河水就都开了！"苑子沃伯说。

紧接着潞安姑就来了。

"哥，好点儿没？"潞安姑问。

"好多了，好多了！"夏一可爸说。

"我看我哥面色红润，脸色好着，恢复得好！"潞安姑说。

"我来了几回，家里都没人，我给我哥买了些鸡蛋。"潞安姑说。

"来就来了，还拿啥东西。"夏一可他妈说。

"我记得小时候，我哥给我东西，现在回想起来还历历在目，一转眼，娃都大了，咱也老了！"潞安姑说。

"潞安还记得小时候的事情！"夏一可爸说。

"咋不记得，那时候堡子外头的大槐树，还有城墙，现在都没有了！"潞安姑说。

"他二爸没来？"潞安姑问。

"没有！"夏一可他妈说。

"这没良心的东西，也不看啥事情，自己的亲哥，他不知

道？"潞安姑气愤地说。

夏一可爸朝潞安姑摆摆手。

"现在吃饭咋样？"潞安姑关切地问。

"只能吃一点儿流食，医院说不让多吃！"夏一可说。

"慢慢来，慢慢就好了！"潞安姑说。

"你现在在厂里上班，让厂里给你爸把药费报销一下！"潞安姑说。

"不好办，厂里不给报！"夏一可说。

"你多跑几回，说一下咱家现在的情况，你厂我看现在效益好着呢，趁效益好着赶快抓紧给咱把事情一办，工厂这说不来，不像姑这事业单位有国家财政拨款发工资，现在企业工厂都是自负盈亏，要抓紧时间。"潞安姑快言快语地说。

"厂里现在改制都开始了，最近都在搞改制的事情，让你一下买断工龄，以后就和企业没有任何关系了！"夏一可说。

"啥？一下把工厂通过改制全变为私人的，咱成了给人家打工的，你可千万不要买断工龄，这样就没有单位了，咱当初出去为了啥？现在还有工人的活头吗？"潞安姑气愤地说。

"厂里买断后要入股，成为股东，我才七千多块钱，要一万块钱，还要给人家补三千多，工人全部入股，企业才能经营。"夏一可说。

"一个地方一个政策，共产党的政策都好着呢，你问人们拥护不拥护？拥护。但是一到下面就都把经给你念歪了，好好的事情变得人怨声载道！你伯伯厂里当时改制就出了大事，人家工人联合起来把厂长拾掇了，后来上面一看不行，就把厂长换了，吃亏的总是老实人！"潞安姑说。

"嫂子，你跟娃把我哥看好，我过几天再来。"潞安姑说完顺手往桌子上放了五十块钱。

"钱不要！"夏一可他妈推辞说。

"你拿着，给我哥买些啥！"潞安姑说着就走出了房门。

"你这个二爸，真不是个东西！"潞安姑边走出院子边说。

潞安姑现在虽然还没有退休，但是一到礼拜六礼拜天就回来住了。

"这儿是夏义惠家？"外面有人敲门，铁门发出咚咚的声音。

"你寻谁？"夏一可问。

"我寻夏义惠。"来人说。夏一可并不认识这个人。

"我是原来靖宁油脂厂的。"来人说。

夏一可开了门。

"我到你村涌涌那里，顺便过来看一下你爸。"来人说。

"老夏，老夏。"他进门就着急地喊。

"叔，你来，我爸在屋里。"夏一可领着来人进到屋里。

夏一可父亲正坐在床上。

"夏师，这是咋了？"他很吃惊，并不知道发生的事情。

"我爸才从医院回来。叔，你喝水！"夏一可把杯子递过去。

"威威？"夏一可爸叫道。

"别起来，别起来，你坐着！"威威一下子就感到沉重了。

"威威都好着？"夏一可爸问。

"都好着，都好着。"威威忙回答。

"我今天是到涌涌那里来说点儿事，顺路过来，涌涌现在是你村的村主任，这次才选上，我前几年就认识了！"威威说。

"自从你退休后咱就再也没见过面。过去我还老去厂里，现在也去得少了！"威威说。

"那时候都年轻，你看我现在得了一身病！"夏义惠感叹地说。

"不要紧，看一看就好了！"威威安慰道。

"唉！"夏一可爸叹了口气。

"我看厂里现在效益好，找厂里把药费一报，咱给国家也干了一辈子，到头来得了病国家也不能不管啊！你让娃啥时候去寻他！"威威说。

威威说了一会儿话就出了院子。夏一可的爸想起，那时候威威是司机，负责给厂里运输、采购，有时候也帮忙捎一些厂里处理的东西拉回家里使用。后来威威和厂长不知怎么的就给闹翻了，威威一气之下就调到县上的盐业公司，虽然威威调到那边继续开他的车，但是还时不时到厂里来，因为厂里都是熟人，这几年也不知道威威到了年龄没有，不知道威威啥时候认识涌涌的，涌涌就是学勤的碎儿子，学勤是个啥人，村里哪一个人不知道。这次，学勤的儿子涌涌居然能当上村主任！村里的村主任都是户大的人家在争，夏义赫当了三年就被斗斗拉下马了，斗斗是在外面挣了几个钱，不但把婆娘离了还重娶了一个，斗斗给村里办的啥事情？斗斗倒是给自己和他哥占了不少宅基地，房是盖的大，现在是没有人追查，也就由农村这些人乱占乱造。他对涌涌还不是很熟悉，就是见了也对不上号，学勤几个儿子，没想到把这个碎娃现在培养出来了，当上了村主任。

夏义惠现在啥心也不想操，他只是想着赶快给娃把婚结了，这个事情就了了！娃还借了一河滩钱，这以后可咋给人家还呀？

这几天，夏一可家里不停有乡党过来看他爸。

门口有车响，夏一可刚走出大门，安平哥就推门进来了，手里提着一箱牛奶。

"安平来了，给你平哥倒水。"夏一可爸说。

"现在回来就好好养着。"安平说。

"哎！"夏义惠叹了一口气。

"我从门口过了几回，一看门都锁着！"安平说。

"这都一个多月了！"夏义惠说。

"咱这瞎瞎病嘛，都不敢叫人知道！"夏义惠说。

"谁还不得病了！谁笑话谁，咱村人就这毛病，都爱看人的笑话！"安平说。

"得病这也不由人。"夏义惠说。

"好好养着。"安平说完就走出了院子中门。

"给院子弄个照壁，我记着原来有照壁？"安平边走边问。

"咱院子大，要把大房影着！"安平说。

"哥，原来有个砖的，后来盖前头这房拆掉后就没有再弄。"夏一可说。

"你娃们家不懂，这是风水，你爸他知道这个事情。"安平哥说着就走出了院门。

"我娃，你爸现在咋样？"在堡子的路上，顺平伯伯问夏一可。

"还是那情况！伯伯！"夏一可说，他要去上班，顺平伯伯起来早就在堡子闲转。

"把你爸经管好，就是你的福气！"顺平伯伯叮嘱说。

顺平伯伯这些人原来都是经常来往的，他一直都在村里，几个娃也都结婚了，并且都在村外头申请了宅基地，他一天没事就拿个板凳转悠，因为腿脚不是太灵便，觉得累了，板凳随时就放在地上坐下来歇脚。

"晓晓，你和我结婚吧！"夏一可拨通了晓晓的电话。

"我不结婚，我到三十岁才结婚，但是我不会与你结婚。"晓晓在电话那头说。

"你是想给你爸有一个交代？"晓晓在电话里问。

夏一可没有言语，他知道再怎么也不能欺骗晓晓啊！

"夏一可，夏一可！"电话里传来晓晓的声音。

夏一可挂了电话。到现在为止，夏一可才知道事情的严重性。假若当初听父亲的话早早结婚，也许就不会有这个事情，兴许很多事情还会出现转机。但是那时候怎么就没有想到呢？假若父亲走了，现在的这个家自己能否撑起来，哪个家庭愿意自己的娃跟一个家庭不健全的人过日子，这日子能否过到人头里去？哪个家庭似乎也不愿意冒这样的风险。

夏一可现在也不知道父亲能扛多长时间，当时医院里做手术的人说恢复好了饺子都能吃，但是现在看来这根本就不可能，现在吃完流食或者只吃了一点儿就难受，有一次父亲甚至打掉了碗！他心里有气啊，他吃不了东西……

一方面担心父亲的病情，一方面紧锣密鼓地给夏一可寻找媳妇，这是当务之急的头等大事啊！

"义惠好点儿没？"苑子沃伯问。

"哎！"义惠叹了口气。

"哥，咱这命不好！"夏义惠说。

"说这话干啥，你现在就是把病养好，别的啥都不想！听哥的，娃们自有娃的福。"苑子沃伯说。

"我比你大，我遭了多少罪，你嫂子早早就没有了，带着这几个娃，你说容易不，后来好不容易才碰到你现在的嫂子，你说娃们家反对，咱也知道难受，那时候可是一件丢人的事情，但是我不嫌丢人，人有时候就要拉下脸来，就是为了有个做饭的，这个见不得，那个见不得，还不是过来了！要想开，咱能活多少年！"苑子沃伯感慨地说。

"就你这还有退休的钱，我现在还不是靠自己，鲲鲲哪能靠得住，害怕媳妇我也跟着遭灾，咱都是把牙打碎往肚子里咽，你有啥办法！你没有任何办法。"苑子沃伯继续说。

"那丁家村还去着没有？"夏义惠问。

"搬回来了，我每天搭车去，把烟摊子摆一下，顺便修鞋，你嫂子在旁边摆了个摊摊，卖一点儿零碎东西，那儿房客多，能挣个零用钱。等咱这里人多了，我就不去，就在咱门口摆个摊摊子，人老了，也跑不动了！"苑子沃伯说。

"当初给鲲鲲娶媳妇，我就看这个媳妇不是省油的灯，果不然，在一个院子，在一个家里，能把你气死，你能有啥办法，把这撺断了，娃都那么大了，咱都是在娃的脸上看。"苑子沃伯说着说着眼泪就下来了。

苑子沃伯和苑子恒伯是弟兄两个，苑子恒伯当时是招工出去了，沃伯一直在村里。沃伯隔三岔五就来了，他知道现在不说话，以后就说不上话了，自己也是一把骨头的人了！

"就说这回选村主任，你说学勤的娃就当上了，他娃咋就当上了？咱这村以前几百年哪有选村主任一说。丁家村那边现在选村主任都给钱，因为村里油水大，村里也没有地了，家家户户都是招的房客，旁边就是周宁师范学院，每家每户都招的是学生，都在学校上课，叫我看，有的也不上课，就是花他妈他爸的钱，他妈他爸给娃把钱交了，不知道娃一天在外头干啥！"苑子沃伯说。

"村里的主要街道也都是村主任亲戚们一窝子，光那些门面房，人家一年就能到手十几万元，也有背街的挣不下钱，房屋现在都盖得差不多，都是三四层的，把院子盖满了，没太阳了。你看村门楼那几个字，那可是省长给题写的村名，厉害着呢。村主任人家是企业家，还是市人大代表，关系网大得很！村主任也是弟兄四五个，个个都是厉害人，人都不敢惹！但是每回选每回都是村主任。"苑子沃伯说。

"学勤以前在外头办厂，办赔了，现在娃当上村主任了。"夏义惠说。

"过去都穷得很，都是吃了上顿接不上下顿，娃多，一家伙生了五个儿子，两个女子，七个娃，再加上他们两口子，全家九个人，拿啥养活，但是你说就那样的情况，人家还是挺过来了！"苑子沃伯感慨地说。

82

　　夏一可有时候下班回来在街道上就能听到没事干的人们在议论着什么！这是金水村人的一大习惯，事情是没发生到他们头上，发生到他们头上，让他们试一下。人们有时间就三三两两地来了，有的拿来一把菜，有的拿来鸡蛋，不管拿什么与不拿什么，证明都是有那个心，心往这里想着，要不然，咋会来呢？

　　"你不知道，咱这一门都是女子能行，是典型的阴盛阳衰，女子多，娃子少，男人大多是短寿，唯一有一个在外头的，还是个死人球，你说这是啥事情！"潞安姑说，现在潞安姑没事就过来了，来了总是坐上一阵。

　　"再过几个月，我就正式办理退休手续了。"潞安姑对夏一可爸说。

　　"回来住到咱家好！"夏一可爸坐在床上说，因为天气慢慢冷了，他也就很少下床，最近的病情还算稳定，但是依然是吃不了多少饭，人也日渐消瘦，但是精神还可以。

　　熟人又给夏一可介绍了一个对象，就是靖宁周围的。女娃长相一般，是普普通通的一个女娃。

　　"长相能当饭吃？那长得跟画一样的，能看得上咱？那咱能看得住？你上头妈妈家那不就是例证？"夏一可爸在床上说。

　　"只要人好就行。"夏一可爸在床上继续说。

　　夏一可也只能勉强同意了，他知道没有办法，因为目前就是这样一个局面。

　　"听说他爸有病？"女娃母亲说。

　　"人家他爸有病，一看不就好了，谁还没有个灾难？"女娃她爸说。

"人家娃又有正式工作，咱这都是临时的，干了今天还不知道明天在哪里干，现在有个工作多难！我看这娃也长得好着，刚好年龄我看都差不多。"女娃她爸说。

"那好着就行，到时候把日子一定。"女娃她妈说。

"咱娃是跟人家结婚过日子，又不是跟他妈他爸过日子，就是以后过几年给咱娃娶媳妇也是一样，媳妇是跟咱儿过日子，咱腿一蹬就走了，娃们家人家过人家的日子，再好的父母能陪儿女一辈子？"女娃父亲说。

"他爸要是再多活几年，娃也有个靠头！"女娃母亲说。

"也是！看你娃愿意不愿意！"女娃她爸说。

通过双方的见面，结婚的日子很快就定了下来，这次是连订婚带结婚，一次性就把手续都过了。日子就定在了腊月二十三，也就是过年前的头几天。

日子定下来以后就要进行各种采买，这时候就需要钱，可是夏一可身上并没有钱。他一个月拿几百元的工资还要扣除掉一百元，根本就没有几个钱，有钱也就是能给摩托加个油。他除了工资也没有任何收入，一下就打住了自己的手。他现在才知道钱的重要性，没有钱真是寸步难行。

"可娃，这是存折，你拿着。"夏一可爸在床上拿着存折说。

"这是爸攒下的，当时看病没有拿出来，就是给你结婚办事用的，把钱看病都花完了，咱到哪里借钱给你结婚。"夏一可爸说。

"爸！"夏一可就哭了。

"我娃不哭，爸还活着，爸要看着我娃把媳妇娶到咱家！"夏一可爸说。

"你到银行把钱都取出来，仔细着花，买东西时把钱拿好，爸不能与你一起去了！"

"爸！"夏一可说着眼泪就流下来了。

"给我娃也帮不上啥忙了，啥都要靠你自己去办了！"夏一可爸说着就哽咽了！

夏一可一下就哭了，他这才明白父亲的良苦用心，在医院那么缺钱的状况下，父亲说没有钱，让都去借，原来都是为自己考虑，现在结婚花这么多钱，问谁去借，谁又能把钱借给你？

夏一可在银行取了钱，就开始采买各种结婚需要的东西，家具和吃饭成为整个结婚过程中最大的花费。父亲的本意是想在家里办，但是现在自己这个情况，在家里肯定是办不成，因为在家里办酒席摊场就大了，要叫人，要搭棚，要借桌椅板凳，娃现在根本就不行，在村里也认识不了几个人，人也叫不齐，就算了，一切从简，就在外面包席待客算了，也省得劳神。现在自己病的这个情况就起不来啊！现在身体一天不如一天，眼睛看着给娃把婚结了，就没有啥遗憾了，最近都吃不成饭了，一吃就吐，也没有给娃说，不敢说，医院是坚决不去了，他想最后就在家里等着，人都有那么一天，最好就是待在家里。

"大哥好点儿没？"小姑父景泽来了就问。

"景泽来了！"夏一可爸在床上招呼说。

"这回咱可可结婚就靠你了！"夏一可爸说。

"大哥，你不用说我都帮忙到底！"景泽说。

"以后我走了，都还靠你照顾好咱娃！"夏一可爸说。

"大哥，你看你说的是啥话，咱病能好！"景泽说着眼圈就红了。

"顺顺当当给咱娃把媳妇娶回来，你就放心。"景泽说。

小姑父景泽在艮村现在也是数一数二的人物，村里的红白喜事都叫他，他不管是村里的穷人富人都一视同仁，不分高低贵贱，给把事情计划得周全，把事情办得圆满。这次夏一可的婚事就不叫外人了，司仪就让小姑父担任就行了，各项工作都要面面俱到，因为时间确实耽搁不起了。

"那叫娃去请老二？"夏一可他妈问。

夏一可爸没有言语。自己做这么大的手术，他老二就不知道？九奶现在还每天过来，他不相信他就不知道，几十年的兄弟情咋还不如一个外人，他觉得自己再为这件事生气就划不来了，这个老二实在是没有良心，兄弟一场，连个话都没有，兄弟的情分也就算到了尽头。

夏一可开始在家具城买回了家具。

夏一可结婚这天天气格外晴朗，阳光很好，天空很蓝，十几辆车就浩浩荡荡地出发了，现在村里都是水泥路，很好走。

到女方家的时候自然少不了一些礼仪，然后就背着媳妇上了车。因为这个村子今天有人出殡，所以就拐到了另外一条路。是啊，世间的事从来都是生死相依，有人出生，有人死亡，有人结婚，有人离婚，从来都是成双成对，而不是单一运行的，这是人世间的规律所在。

顺顺利利地就把媳妇接到家里了。

还没有等到叫鞠躬，夏一可已经鞠躬了，每鞠一回躬，夏一可的父亲就点一回头。忙完屋里的事情，迎送的人们就一块儿到饭店吃饭。大厅坐得满满当当，这是人生最高兴的时刻。

在这样一个大喜的日子，夏一可的父亲却吃不了饭。结婚这天一切都很顺利，包括第二天回门，太阳都很好，周宁的冬天似乎从来都没有这么好的天，天是瓦蓝瓦蓝的，一家人坐到院子的台阶上晒太阳，夏一可的父亲不能动，就打开这个房中间的大门，让阳光照进屋子里。

结婚意味着什么？

结婚意味着一个人的人生从此步入了一个新的时刻，再也不能是年少的轻狂和浮华。

83

"可他妈，可他妈！"天还不等明亮，夏义惠开始断断续续呼叫夏一可母亲。

夏一可母亲连忙翻身起来，"我给咱叫可可！"夏一可母亲说。

夏义惠摇了摇头。

"你喝水不？"夏一可母亲下床用缸子端来了水。

夏义惠不说话。

夏一可母亲有点儿着急，她感觉情况不是太好，现在天还没有亮。

"我叫娃下来！"夏一可母亲说。

"娃——还——睡——着！"夏一可父亲气若游丝。

"你有啥就说！"夏一可母亲说。

夏一可父亲微弱地摇了摇头，他已经没有多少力气了，他感觉身体轻飘飘的，似乎在向上升起，隐隐约约看到了自己的父亲。"俺娃来！"九爷慢慢说。

"大！"夏一可父亲叫道。

"走，大接俺娃走！"九爷说。

说不清什么东西在升起，似乎是自己的另外一个躯体在逐渐脱离自己的躯体。

夏一可母亲发现不对劲了，她一摸手，还是热的，但是夏一可他爸已经不能动弹了，也不说话了。夏一可母亲一行热泪就顺着脸颊流了下来。他急忙到院子叫夏一可。夏一可听到喊声，就急忙穿好衣服，"咋了，妈？"

"快，快下来！"夏一可他妈焦急地在院子里说。

夏一可就慌忙下来了。

"你爸走了！"夏一可他妈说。

"爸，呀！"夏一可就号啕大哭起来。

"娃不哭，快去叫你光芒爷！"母亲慌忙说，因为现在还不是哭的时候，因为总想着还能再撑一段时间，谁知道！夏一可急忙就出了家门。

"光芒爷，光芒爷！"夏一可顺着街道一路就跑到了光芒家门口，他使劲敲了几下门，就开始大声叫喊。

"可，你先回，我马上就来！"屋里传来光芒爷的声音。

"那你赶快来！"夏一可说完就急忙朝回赶。

回去后就给几个姐姐打了电话，因为还没有买寿衣，让顺便在县城把寿衣买上。

夏一可前脚到，光芒爷后脚就进了家门。

"老隔壁，他爸走了！"母亲哭着说。

光芒爷进到屋里，用手摸了摸，问："啥都没有？"

"马上女子就拿来了。"母亲说。

"好，等一下。先不着急！"光芒爷镇静地走到大房外开始抽烟。

"你都走到哪里了？"夏一可焦急地询问。这时天已经麻麻亮了。

"快到了，快到了！"

"可，你找一个床板，咱先把外头收拾下。"光芒爷说。

"在前头，咱抬一下。"夏一可和光芒爷就来到前头抬了床板，床板很沉，现在已经不睡床板了，当时这是父亲托人捎回来的，八块钱，那时候钱也值钱。

"爸呀！"几个女子一进门就哭开了。

"先不哭，快！"光芒爷说。

"先把老衣给穿上。"光芒爷说。

由于刚走不久，身体还有温度，擦洗干净身子，夏一可看到父亲身体插管子的地方，才知道父亲受了多大的罪。

"都别哭，别让眼泪溅到人身上，叫人干干净净好好走！"光芒爷说。

几个人就这样合力把老衣给夏一可父亲穿上，因为人不能动弹，穿衣服还是费了一番工夫，穿好后，就把人抬到了大房外面的床板上，给脸上蒙了纸。这时候天已经完全亮了。

"可，咱给外面挂灯笼！"光芒爷已经搬好了放在外面的梯子。

红色的灯笼外面蒙上了一圈白纸。

"小心着，小心着，往高里挂！"夏一可母亲叮嘱道。

等到一切工作都就绪以后，光芒爷就说："你看现在叫谁，先叫几个人来。"

夏一可就连忙跑到堡子外把苑子两个伯伯都叫了过来。

看到挂出的灯笼，离得近的乡党就进了门。

"你爸给你把事办了，走了也就心安了，这几天都是硬撑着，事情一毕，人的心气就松了！"苑子恒伯说。

"好着呢，叫你爸顺顺当当上路！"苑子沃伯上完香说。

"给你奶还没说？"苑子恒伯说。

"没有说，这咋样说？"夏一可母亲说。她心里明白，儿走到了妈前头，这他奶咋能接受？

"九奶那儿你别管，我去说。你不让九奶知道那也不行，人家她儿也要见最后一面。"苑子恒伯说。

"我去给咱叫老二！"光芒爷说。

"不叫，叫他做啥？"大女子说。

"他就没良心！我爸在屋待了这么长时间也没来看，这人的良心叫狗吃了！"大女子说。

"你别言语，女子家说啥呢？"苑子恒伯说。

正说着，九奶就挂着拐杖来了。一来就要往躺着的父亲身上扑，被几个人拉开了，九奶哭得都能断气。

"别哭了，九奶，看着给娃把媳妇也娶了，别哭了！"苑子恒伯说。

"去，把你奶扶到床上去。"苑子恒伯说。

"选举！"苑子恒伯拿出烟递给选举。

"咋这么快就走了，我看到门口挂着的灯笼！"选举说。

"给娃把婚结完心劲就泄了！"苑子恒伯说。

"没去叫义赫？"选举问。

"一会儿去叫。"苑子恒伯说。

过了一会儿，村主任涌涌也来了，几个人就在一块儿抽烟说话。

"一会儿把安全的广播赶快叫过来，让响着！"驿索说。

"给他二爸还没有说？"涌涌问。

"一会儿去叫。"苑子恒伯说。

"叫娃叫一下，就剩这一下了，兄弟一场！"涌涌说。

院子里的腾空伯几个人开始收拾东西，烧柴搭火，开始搭帐篷。

"可，你跟我走，咱去叫你二爸。"苑子恒伯说。

夏一可和媳妇头上已经围了黑纱，因为刚结婚，穿不成孝衣，两个人头上都戴着黑纱。

夏一可心乱的，他感到措手不及，他就跟着苑子恒伯走了出去。

九奶家住在堡子里头，他就不相信九奶走出门的时候他不知道。"义赫，你哥刚走了！"苑子恒伯进门说。

"二爸，我爸走了！"夏一可说。

夏义赫没有说话，脸上有怒火。

"人都走了，你一会儿过去，照看着给娃把事情一办！"苑子恒伯说。

"你先回去！"夏义赫说。

夏一可就和苑子恒伯出了院子门。

这几年夏义赫在院子后面也盖了房，都住到后面去了，前面的一楼九奶一个人住着。

安平在这时来过，说，老大病了，他没有言语，因为这些年来弟兄俩一直都不来往。

夏一可和苑子恒伯回到家里时，已经来了很多帮忙的乡党。安全正在院子里安装喇叭，不一会儿喇叭就响了。哀乐的响声，让人不由得想哭，人死了虽然是个正常现象，但是亲人们确是无尽的悲伤啊！

宝奕进了门。

"叔！"夏一可叫道。

来到大房，他揭开蒙脸纸，夏义惠眼睛还是睁开的，他把手放到额头上顺下来，夏义惠的眼睛闭上了。

"安息吧！"宝奕说，随即上了香。

"现在咱村也不埋，都是到火葬场，回来埋骨灰盒！"涌涌说。村子从两年前就开始火葬了。

"那咱还得把各项东西准备上！"选举说。

"事情不乱，还要少花钱，给娃减轻负担！"宝奕说。

"可可他二爸来了！"不知道谁在外面说。

屋里人一下就安静下来了。

夏义赫走到面前，揭开蒙脸纸看了一眼，重新再盖上蒙脸纸。

"义赫，你吃烟！"苑子恒伯递了一支烟。

"事情就是这个事情，你主事，让你哥走得顺顺当当！"苑子恒伯还是那句话。夏义赫没有上香，径直走到院子里的桌子旁坐下来。

过了一会儿院子里就传来了夏义赫的声音，谁谁干啥去，他在安排谁干啥。墓要挖，现在也简单，因为是骨灰盒回来用两个塑料盆子一扣，就放到挖好的墓坑里，耀耀带两人专门负责挖墓。

白天中午就是汤面，下午就是稀饭、馍菜，到了晚上慢慢人都走了，就剩下打麻将了，因为整整三天，晚上灯不能灭，夏义赫就和几个人在大房下打麻将、守灵。这也是由最至亲的人，一般人帮忙到这个时候也就走了，麻将声夜晚发出的声音就格外响亮。

到了晚上十二点，给几个人都下了面。

"你几个都吃好！咱还要战斗到天亮！"夏义赫对另外几个人说。

"看谁还不够再给下一碗面。叫可可媳妇给下去。"夏义赫吩咐说。

夏一可父亲的遗像也是仓促中到照相馆放大的，找了一张原来戴帽子的照片，放大成黑白的。此刻的夏一可父亲面带微笑，在方桌上放着照片，人却已经永远躺下了。

第二天主要就是入殓和迎祭礼。

入殓的时候，屋子里、院子里都挤满了乡党，这是人生的最后时刻。

因为仓促，追悼词也就写得仓促：

　　夏义惠先生×年×月×日生于金水村，在村中读完小学，在金盆村读完中学，××××年在周宁水泥厂参加工作，××××年加入中国共产党，××××年调到靖宁油脂厂，担任工人，后长期担任保管员。不管是天晴天阴，刮风下雨，上班从来没有迟到早退过，尤其是厂里的拉粮车一到，随叫随到，从没有耽误厂里的任何事情，担任了近二十年的保管员工作，在岗位上兢兢业业，没有出过任何差错，受到厂领导和工人的一致好评。

　　夏义惠多年被评为优秀共产党员，先进工作者，他坚信中国共产党的领导，始终与党保持一致，他坚持每天收看新闻联播，了解国家的大政方针，具有很强的党性原则。

　　××××年他去北京、天津等地参观旅游。××××

年夏天从工作岗位内退下来，回金水村当了一名普通村民，但他时刻关心厂子的发展。

夏义惠同志生在金水村，长在金水村，病逝于金水村。在村里，他与人为善，给乡党们经常捎东西，并送到家里，他经常说能求你几回。有时候，乡党的钱实在没有了，他也就自己垫付了，在他看来，自己有一份国家给的工作，而乡党们各自凭自己的能力挣钱吃饭，他都能一视同仁，不因为自己的优越感而抹杀别人。

××××年，夏义惠同志给家里盖起了二层楼。因为离家近的缘故，他没有在厂里申请居民楼，而是把名额留给了其他人。××××年四月他再次去北京、天津等地参观旅游。××××年八月他再次给家里盖起来一层楼门房。他的一生，是勤劳致富的一生，是与人为善的一生。

××××年九月，夏义惠患病住进周宁医学院进行治疗，九月二十九日由医学院教授组成的团队进行手术治疗。厂领导给予探望。

××××年二月一日凌晨五时三十分，夏义惠同志病逝，终年六十岁。

夏义惠同志千古！

×年×月×日

"看，义惠娃还是有文化，知道写个悼词！"村里帮忙的乡党说。

"咱光知道哭、吃、喝，连家里人一生都干了些啥都不知道！"乡党感慨地说。

"看能不能厂里也把娃照顾一下！"村主任涌涌对厂里来的人说。

"这人家厂里都有政策、规定！"全书记说。

村主任涌涌，村支书选举和几个人都在屋里和厂里来的人说话。

因为是火葬，也就没有棺材，悼词念完后就围着遗体进行最后的瞻仰，看最后一眼，至亲的人就再也见不到了！

迎祭礼是在下午时分，先到堡子庙台，这是金水村唯一保存下来的庙。戏是从外面叫的，每一折戏给人家一个红包，里面包十块钱，由被迎的人出。腾空伯负责给周围看的乡党散烟。

潋潋抬着食盒。潋潋和夏一可是小学同学，他没上完学，不到二十岁他爸就给他把婚结了，娃都好几岁了。人都叫潋潋神神，其实潋潋精灵得很，就是脑子有时候有点儿乱，但是大部分时间都好着。

潋潋走到夏一可跟前，拿了一支烟，潋潋拍了拍夏一可的肩膀，叫了声老同学。

堡门口也是迎祭礼的地方，这是必经的地方。

到离家的这个十字路口时人就多了，这里是迎祭礼的最后一站。

"给娃把婚结了，人就走了！"围观的乡党说。

"也可怜，没有享上娃的福！"乡党们议论纷纷。

"这照片像得很！"李仁他妈说。

"奶奶，你吃烟！"夏一可给李仁他妈把烟点上。

"可可，你爸看着给你把婚结了，走了就是享福去了，不受罪了！"李仁他妈说。

"奶奶这烟抽得香！俺娃跟你妈好好过日子，现在没有你爸了！"李仁他妈说。

"看娶了这么漂亮的媳妇！"李仁他妈说。夏一可媳妇就脸红了。

接下来就是迎魂了，迎魂就是到坟上去烧纸，给夏一可他爷去烧纸，也算是接应夏一可他爸。

九爷的坟前几年已经迁到坑底下的坡上了，夏一可他爸的坟就挨着九爷的坟稍低一点儿，这是火葬后埋骨灰盒的地方。

晚上的时候，开始在灵前唱戏。安全和宝奕都唱，金水村的能人还不少，吹拉弹唱样样在行。

唱戏结束后，夏义赫继续和几个人在灵前打麻将，这是最后一晚了，夏义惠在人世间的最后一晚了。夏一可忍不住泪流满面。时间就这样悄无声息地走动，桌子上的白色蜡烛不时发出噼啪的声音。

"蜡现在也有假的！"不知道谁换蜡时说。

早上，天寒地冻，灵车八点准时就来了，人群开始骚动了，哭声响彻，哀乐阵阵，夏义惠今天就彻底告别人世间了，这一生只能在梦里继续相遇了。

涌涌和选举几个人把人抬到灵车上，夏一可的哭声还没有止住。

"别哭了！"疾亮说。疾亮是夏义赫的娃。

一排长长的送葬车队伍缓缓地出了金水村的大门，朝靖宁火葬场驶去。

从火葬场回来埋完骨灰盒已经是十二点多了，帮忙的乡党们开始在院子里吃饭。

"去，给乡党们看酒去！"夏义赫对夏一可说。

夏一可就拿了酒瓶给各个席上看酒。有的人认识，有的人只是面熟。

最后吃饭的是灶房。

"给他娘把酒看上！"有人说。

"他娘不喝酒，要喝饮料！"光芒爷说。

"叫到村口买些饮料回来。"夏一可说。

"我给咱去！"潋潋说。

乡党们陆续都吃完饭了，就慢慢地回去了。

苑子两个伯都是到最后才走的，他对夏一可说，回头到夏义赫家去一回，这以后夏义赫你二爸就是给你挡狼的人。

"光芒爷，你把这酒拿上！"夏一可说。

"不要！"光芒说完也就走了。

人一走完，院子里就开始显得空旷了。夏一可发现大门口的白色对联上写着"红妆易白无抱怨"。这是高熵他爸写的。

这是夏义惠去世的账单。

夏一可算了一下账，收到的被面子居多，钱是少数。夏一可他妈说，礼没有白来的，人情薄似水，人家有事，再给人家还回去。谁也帮不了咱，只有自己才能帮自己。

84

办完父亲的丧事，夏一可又继续开始上班了，现在再也经不起折腾了，因为时间能说明一切问题，发生的事情能教育人。上班的事情就是按部就班，在厂里的这一段时间，把夏一可的棱角也逐渐磨平了，人情冷暖只有自己感知。

"你看你二爸这次给你出那么大的力，虽然以前关系不太好，这下就缓和了，娃呀，以后勤往人家那里去！"东信媳妇说。

"看你爸最后的事情办得多排场！"东信媳妇羡慕地说。

"嗯，都靠乡党们帮忙。"夏一可说。

给死人办丧事就是给活人脸上添光。夏一可以前对这句话并不理解，现在终于理解了，人不是生活在真空当中，而是生活在人们的议论和评论当中。

"奚奚爸！"夏一可在路上见到了叫道。

"上班去？"奚奚爸问。

"今儿不去，礼拜！"夏一可说。

"你疾亮哥就在余力九鼎那里开着网吧和家具城，有啥事找他！人家现在情况都好着！"奚奚爸说。

"可可，咱这都是一门子，都是'义善堂'的人！"奚奚爸说。

"你那里上班有啥好油到时候给咱捎些！"他说。

夏一可就应承了下来。夏一可是认识奚奚的，但是以前并没有说过话。因为父亲看不起他们，他们在村里啥都没有做，那么大的宅基地只有两间厦子房。但是现在看来父亲的看法也失之偏颇！因为夏一可的父亲从来没有给夏一可提过"义善堂"的事情，他是从奚奚爸口中才知道的。夏一可猜想，"义善堂"可能就是爷那一辈的事情，可能还要更早，更有可能那是一个宗族的记录。

夏一可虽然在厂里上班，但是隔三岔五还是要到周宁去买些书报杂志浏览，这个习惯是从小就有的，只是现在看得更加细化而已，这也是了解外面世界的一个窗口。这些刊物都已经市场化了，拥有广大的读者。周宁的发展还是很缓慢，就像当初做节目时专家所说的，周宁是醒来得早，赶了个晚集，明明什么都知道，但是就是不敢干，敢想不敢干，最后只能是孔雀东南飞，因为周宁是高校数量全国排名第三，这些话在电视播出的时候都剪辑掉了，播出的都是好听的话。夏一可还保持着对新闻敏感的习惯，尽管他已经离开了新闻单位。要不是现在拖家带口，他可能早已经去了沿海城市，但是现在却再也走不开了！

他也在堡门口经常见到驿索，也就说话打招呼。驿索现在村里的红白喜事都去帮忙，练就了一套本领，在村里也混个脸熟。父亲在世时，驿索也经常来捎东西，他是学勤的老大，父亲说驿索的嘴乖，每次他回来走到堡门口都和他说话，很是亲切，每次给驿索捎东西都是最好的。有时候驿索紧张了就没有付钱，也就过去了，父亲说驿索这娃比他爸好。驿索也早早申请了宅基地，在村外住着，因为没做啥，经济状况就非常差，再养活两个娃，都要吃饭，所以就更紧张了。院子的房也是三间鞍间房。当初都是为了宅基地的长短和隔壁打得死去活来，还惹上了官司，无非都是想多占点儿地方，这就让人想起古人的一句话：千里修书只为墙，让他三尺又何妨！万里长城今犹在，不见当年秦始皇！但是现实当中是很难做到的，在金水村的现实当中确实无论如何做不到的。

"可可回来了！"光芒爷在家里。

"爷，你来了！"夏一可走进屋子就忙招呼，这几天也到了年关，马上过年了。

夏一可给光芒爷递了支烟坐下。父亲的遗像还摆在方桌上，还有灵杆，因为还没有过百天，过完百天就把灵杆拿到坟上烧了。

"我看你奶这几天没过来！"光芒爷说。

"哦，没有。"夏一可说。

他就不由想起奶奶走的时候的情形，本来说不走的，但是在姑们的劝说下，真是一步三回头才走的。你待到这里，叫娃咋办？奶奶就不言语了。她心里知道，娃现在挣这一点儿钱，咋养活一家子！

"离开了你爸了，把你奶你妈都操心好！"光芒爷说。

"人家都说明年要占地！"光芒爷说。

"咱村现在也有卖菜的了，堡子那里就有卖馍的，也不用跑路咧！现在离公路近的有的人家都开始招房客了，咱这边暂时还没有人。"光芒爷说。

这一两年来，断断续续已经有离马路近的乡党家里招了房客，也有位置好的开了门面房，卖东西的都来了，因为路已经修通了，也有了公交车。

"占地分了钱，也就能给你减轻困难了。"光芒爷说。

"也就是的，占地也就给娃减轻困难了。"夏一可母亲在旁边说。

光芒几乎隔几天就过来，他确实是给夏一可家里帮了大忙，把夏一可父亲背出背进，让夏一可父亲最后走得好，这是不能忘记的！人谁没有个难的时候，但是有些人就忘了，有些人人家对他好，他一辈子都记得，至死不忘！

"把咱家的酒给你爷拿一瓶？"夏一可母亲说。

"不要不要，倒一杯就行了。"光芒爷说。

"你爸这个照片给放得好！"光芒爷边喝酒边凝视着照片。

夏一可就又开始有点儿悲伤，离开父亲，天真得像是塌了一样，啥事都要自己操心。好在媳妇也有一份工作，早出晚归。一切都慢慢来吧！

村里慢慢就传开了要占地的消息。

"把地一占，咱吃啥呀？"堡子人说。堡门口没有风，太阳暖暖的，正是人们晒太阳的好时间。

"占了地，咱就没有地了！"村子人说。

"人家要占地，谁也挡不住！"闲人说。

"我前几天看见测量的人在那里测量，人家说是测量一下大概有多少面积，你没看路对面现在已经开始盖楼了，那就是上腴省委的家属楼。"高人说。

"还真是的，原来说是上腴省委搬过来，闹半天是上腴省委家属院！"高人继续说。

"人家当人家的官，咱是农民，有啥关系？"堡子人说。

"那边都占的是朝岭村的地，咱村的地刚好在修路的边边上。"高人说。

"现在一占地，就朝岭沟那一条路美了，你看那条路修了就直接通到公路口，不踏泥！现在村里你看有车的也不少了，有的直接就到市场买个二手车开！"堡子人说。

村里人议论纷纷。因为现在要征地了。

选举的砖瓦窑彻底塌了，早已没有了当初红火的场面，也是成片的砖头瓦块，乱糟糟的，也烂糟糟的。砖瓦窑成了垃圾场，没有人收拾，也没有人管理。

选举还是村支书，涌涌是村主任，已经上任一年多了。

　　村人都说涌涌现在在外面包工程，一回就挣几十万，包工程的远不止涌涌一个人，金水村原来的"大款"现在几乎都在外面包着工程，也就是干土方工程，挖掘机动一铲子就挣几百块钱！

　　转眼就到了农历的大年三十。

　　"今年咱不贴对子！"夏一可母亲说。

　　"知道！"夏一可说。金水村的习俗是人过世后家门口过年不贴对子，以前的讲究是头一年贴绿色对子，第二年贴黄色对子，现在索性就不贴了，不贴对子不放炮这是对过世的人的尊重，也是一种缅怀！

　　"今年过年不出门。"夏一可对媳妇说。

　　"那还要回我家去！"媳妇说。

　　夏一可不言语。他并不是不懂得礼数，而是特殊情况啊！

　　"重孝不出门"，这是金水村自古就留下来的规矩。

　　"可可，没去走门户？"大巨他爸路过门口问。

　　"哦，重孝不出门！过了今年，就可以了！"大巨他爸自言自语。夏一可不知道他是不知道这个礼数还是明知故问，反正心里有点儿不愉快！随他去吧！门口的对子还没有撕掉，人一看就知道这家死人了。对于死过人的家夏一可以前都没有去过，因为害怕，老辈人说，去死人家不吉利。现在不害怕了，都是自己的亲人，怕啥！那时候死人是要抬棺的，而且中途半路上不能歇，也是龙棺龙罩，村人几乎都去帮忙，因为每家都会死人，都需要抬着埋呀，这是最简单的心理，也是一种敬畏心理。自从国家不叫土葬，改土葬为火葬，这种与生俱来的心理就慢慢消失殆尽了！

　　金水村过年敲锣鼓家伙，夏一可也没有去看，因为他知道现在不是热闹的时候，白天上班，晚上就早早睡觉。

　　只有光芒还时不时到夏一可家来串门，说着一些家常话。夏一可觉得，光芒虽然没有钱，但是记着自己曾经受到的恩惠，现在到了报答的时候了！谁也无法料想身后的事情，谁也没有先见之明，所谓生活和命运就是这样，你只能依着强大的惯性向前走着。

"可可，你跟妙妙到你二爸那里去一下。"夏一可母亲说。

"我不去！"夏一可没有好气地说。

"你看你，咱妈说让去一下就去一下，那有啥！"媳妇妙妙说。

"你知道个啥！"夏一可回敬道。

夏一可的内心是抗拒的，虽然是在苑子恒伯的带领下才去叫的二爸，但是其实他是不情愿的，他不明白亲兄弟之间至死都不见面，还不如一个旁人，一个乡党，现在让他再去他就十分抗拒了！

"我把东西一买，你提着去！"夏一可对媳妇妙妙说。

"人家认得我是个做啥的！"媳妇妙妙说。

夏一可在媳妇和母亲的轮番劝说下决定还是去一趟。

三十的晚上各家各户的门口都挂着红灯笼，映照着街巷，这是过年了，谁家门口不挂个红灯笼，也还有死了人没过完三周年的没有挂灯笼。世俗和情感的力量一直在较量着。街巷外头也没有人，堡子门口更是没有人了，这会儿人们都在家里，都在准备收看中央电视台的春节联欢晚会，这么一台晚会已经演了多年了。夏一可还清楚地记得那一年的晚会，小品演员说"我不下岗谁下岗"的台词，夏一可狠狠地骂了一句，都是你们这帮人把工厂搞垮了，现在工人失业，用下岗的名词代替，这是睁着眼睛说瞎话，胡编乱造，恬不知耻的表现。夏一可那时候还不明白，晚会属于宏大叙事，各人的境遇在时代的大江大河中算得了什么！

夏义赫现在在后院住着，后院是什么时候盖的房子，他也不知道。这个院子原来还住了一家人，他们后来搬出去重新盖房了，这块地方就完全属于夏义赫了。金水村的老庄台子最早都是几户一块儿住着，占几间房子，后来慢慢弟兄们多了，娃多了，都一个一个搬出了老庄台子，在堡子外头申请庄台子盖房，老庄台子就留给了最小的儿子看家护院，有能耐的就陆续拆掉了老房子，盖起了二层楼。

里面有人在说话，但不知道是谁。

"可可来了。"夏一可的二娘招呼道。

"可可！"坐在椅子上的那人叫道。

哦，原来是伟业哥，夏一可就给伟业哥和二爸都发了一支烟。

"那你们先坐，我就先走了！"伟业说。

夏义赫把伟业送出了大门。

虽然是过年，但是屋子里还是显得凌乱不堪，因为这个二娘本来就不喜欢收拾屋子。

"把啥都买了？"夏义赫问。

"都买了。"夏一可说。

"妙妙赶快要个娃，说不定明年就占地分钱！"二娘快人快语。

"咱这以后好着呢，要抓紧时间，要不然，分钱只有两个人，咱划不来！"二娘说。

"人家旺旺现在都要第二个娃了，头一个是女子，现在第二个想要个娃子！就看能不能等得上！"二娘依然是快人快语。

"看你可可在外头能挣多少钱，这一占地分钱就是个大疙瘩！"二娘说。

夏义赫不言语，在沙发上坐着抽烟，看电视。

"我哥今年生意咋样？"媳妇妙妙问。

"人家的事情我不管！"二娘说。

"人家不给我说，光给你二爸说。现在也没在一块儿吃饭，也吃不到一块儿，各人吃各人的！"二娘说。

"不在一块儿吃也好，你奶我叫人家人家都不来，一天自己给自己做饭！"二娘说。

"我看我奶人家还能行着！"妙妙说。

"哼，你不知道，人家你奶我才到这儿的时候就不把我瞧到眼里，架子大得很，我那时候都是硬受着，人家是婆，咱是媳妇！现在你妈说你啥，千万不敢顶嘴，现在是媳妇就要当好媳妇，媳妇熬成婆不容易！妙妙，吃瓜子！"二娘又抓了一把瓜子。

"以后见乡党要勤说话，咱在村里住着呢，有啥事还要靠乡党！"夏义赫开始说话了。

"这就是一天上班，凡人嘴不着！"妙妙说。

夏一可就顺势瞪了媳妇一眼。

"你把你行礼的单子看一下，看有几个是你的关系！"夏义赫说。

夏一可不言语，他不爱听这话！

"在村里住着就要有在村里住着的样子，咱没在外头住嘛！"夏义赫继续说。

"你说的娃都知道！"二娘说。

"谁要你插嘴，做你个啥！"夏义赫厉声说。

二娘就不言语了。

"你有啥事以后就说，或者叫你媳妇来也行。"夏义赫说。

电视里传来春节联欢晚会开始的画面，一群娃娃就这样欢乐地蹦跳着，迎接农历新年的晚会就这样徐徐拉开了帷幕。

85

过完春节，挨到农历四月份，夏一可父亲的百日时间就到了，亲戚们都来了，就都一块儿拿着灵杆，撕掉了挂在房门和大门口的对子到坟地进行了烧纸祭奠，这个仪式就这样完成了。

逝去的人已经逝去，活着的人依旧还要老老实实地面对生活。

上班的日子就这样按部就班，工厂的改制也在逐步进行，签订的协议已经完成得差不多了，没有签订协议的也都是厂里不好惹的，也惹不起。

"你改制是想把厂改成你自己的，这几十年的厂子你就想独吞了！"厂大院有人在喊叫。

"石斛，走，走！"全书记就和几个人把石斛朝厂子后院劝走了。

"这石斛一大早就喝多了！"老邹在楼上说。

因为改制的情况，厂里的反对意见一直不少，厂里的生产还要继续，不能因为改制耽搁了生产。

"石斛没有钱，也不愿意交钱，咱给人家一签订协议真正成了打工的，没改制就还是国有企业，改制后成为领导的！"一旁工人说。

"人家想改制，你也挡不住，这肯定和上头说好了，厂领导不给上头塞钱，县上能同意你改制！"工人们议论纷纷。

夏一可知道自己什么也不能说，因为就在办公室，你咋说。改制的结果就是原企业不复存在，重新组建，职工入股，地方还是这块地方，但是性质已经开始发生根本性的变化。这些年的国有企业改制就是彻底改为私营企业，几十年挣下的国有企业家底在一瞬间就化公为私了。

这一天，夏一可在杂志上看到了一篇文章，说是几个网络公司产值合起来一年就已经超过一个中央电视台了，夏一可心里不觉一震，网络的发展真是迅猛，是不是应该在网络上想点儿事情？尽管接触网络四五年了，但都还是以娱乐消遣为主，还没有在这方面想着干点儿什么。他记得那一年从学校刚出来时有一次采访关于网络的节目，那时候还是拨号上网，只要上网就要连接电话线，电话就不能用，但是可以访问世界各地的网站，网上的内容真是丰富多彩，网络真的是无国界，你在周

宁，世界各地都可以去。在周宁采访时还真的在网吧遇到一男一女两个年轻人，他们是在网上认识的，两个人牵手来到周宁旅游，那一期的节目取了一个很浪漫的标题《我的爱漫过你的网》，接下来又干了几年媒体，也写了不少文章。找到出版社出版，出版社的编辑看后说可以出，但是要交管理费，算下来要好几万块钱，这些钱对于夏一可来说无异于天文数字。从小就立志当作家的夏一可这时候才觉得，出书是要花钱的，而且是要花大价钱的，出版社基本是以卖书号为主。所以他就对这方面不再抱有幻想，但是还断断续续写些文章，后来以内部的形式印刷出来，也是费了一番力气，没有公开发表成为他心里的一个痛。这些文章的底稿都还在电脑里存着，也在软盘里放着。他开始搜寻可以做网站的公司，既然这三家网站合起来一年的市值已经超过一个中央电视台，那么，网络是大有可为的。

既然有了想法，那就要付诸行动，第一时间找公司进行网站设计制作。夏一可联系了几家公司，要么报价太高，要么就是太远，去一趟不方便，这个价格他接受不了。终于经过搜寻，他找到了一家公司，就在周宁大学里，对方说，价格可以谈。

约好时间，夏一可就去了周宁大学，这是研究生楼，做网站的就在这个楼里。

"你这个价格还是太高了，我接受不了！"夏一可对设计网站的黎明说。他还是个未毕业的学生。

"我学经济法专业，做网站都是自学成才！"黎明说，一口外地口音。

"那你挺厉害！"夏一可说。

"我压根儿就没有给你开出企业的报价。"黎明说。

"咱不是企业，我就是想把自己写的文章贴上去！"夏一可的目的简单明了。

"设计上我可以给你最大的优惠。"黎明说出了一个数字。

"这个虽然可以，但还是超出了我的预算！"夏一可说。虽然已经开出了很低的价格，但是夏一可还是无法接受。因为这是他几个月的工资啊，几个月的工资全部就要做成网站也不是任何一个人可以办得了的。因为他还不知道网站如何盈利，只是做起来再说，走一步算一步。

夏一可和黎明终究还是没有谈成做网站的价格，只好无功而返。单调的工厂生活让夏一可似乎看到了天花板，虽然在办公室，他觉得一天也就是处理一些杂事，远远没有动力，厂里最挣钱的就是销售部门，因为这是按任务量来算的，你卖的产品越多拿到的提成就越多。但是夏一可没有搞过销售，他不知道这个卖产品和拉广告有什么区别。他很想再次离开，但是他下不了决心，因为现在的情况已经发生了根本性的转变，一切都要靠他自己一个人拼搏，没有资源，没有靠山，单打独斗！

办公室的卢主任一下子就病倒了。

"卢主任！"夏一可看到躺在病床上的卢主任叫道，他心里难受到了极点。

"一可，老邹。"卢主任嘴里喃喃地说。

"好好养病！"老邹说。

"啥都别想了！"老邹说。

"这一下估计这辈子都上不成班了！"卢主任说。

"哎，还上班干啥，你没看咱厂都成了啥样子了！全书记不担责，树叶落下来都害怕把自己砸了！"老邹继续说。

"他做不了主啊！"卢主任感叹地说。

"咱在那里待了那么多年还不知道啥，厂子最后就让人拾掇了！"老邹说。

卢主任不言语了，纵有千言万语现在也说不出口了，自己病了，跟退休一样，人走茶凉，到现在厂里领导也没过来看，都是几个相处不错的人来过了，也是给厂里做了一辈子贡献，从年轻干到了年老，最后落下一身病！

夏一可最近还在继续联系网站事宜，但是现在卢主任病倒后就不能随时出去了。继续又联系了几家公司，也去了，但是价格难以承受。

"喂，是夏先生吧？"夏一可的电话响了。

"我是黎明。"黎明自报家门说。

"哦，你说咋了？"夏一可问。

"我想到一个办法，看你也是诚心干事业。"黎明说。

"你看，设计费就按照咱们上次商定的，空间费用可以先付一半，一年后结清，你看怎么样？"黎明说。

"那网络公司那里怎么办？"夏一可说。

"这你不用管，我看目前都是文字占不了多少空间，后面有图片的时候咱再继续加，怎么样？"黎明问。

"那能在网络上显示出来吗？"夏一可问。

"没问题，我肯定让你在网络上显示出来，别的你都不用管，到时候你光负责添加内容就可以了！"黎明说。

"那这样也可以。"夏一可说。

"那你什么时候有时间？"黎明问。

"星期六吧，我到时候联系你。"夏一可说。

快到六一前后的时间，天气已经很热了，因为现在是六月熟粮食的季节。现在收麦子也不用人，也不用碾打，都是用收割机。

夏一可的母亲也就在路口留意着，看谁说哪块地里有收割机操心着，光拿上尿素口袋收就行了。因为收割机收麦，麻袋已经淘汰了，麻袋装得多，但是一个人无法扛起，最少得两个人抬，尿素袋子就容易得多，因为小，一个人就能搬得起来。南岭有收割机就往南岭走，电动车就不行了，夏一可发动了摩托，他想着实在不行，就一袋一袋带回来，一个人带，一个人看，可不能让人看了笑话。还好，以前在南岭收麦都是守到半夜，这回不用守了，是白天，收割机才一块一块割过来。

"这是谁家的地？"开收割机的人问。

"快到了，先把钱交一下。"

"我的，四分地。"夏一可实打实地说。

"一共是××块"夏一可把钱交给了开收割机的人。

"你是哪里人？"旁边的乡党问。

"我在你隔壁的村，朝岭村。"开收割机的人原来就是朝岭村的。

"你那里也占地了！"乡党问。

"今年是最后一块地，村上说，今年收完就撂地，不让种了，要占地，本来说二三月就要量地，给村人打走了！这伙驴×的，就等不到六月把麦子一收，着急吃屎呀！抢我的地！"开收割机的人话虽然粗鲁但说得在理。

"我看你金水村也快了，路都修到村沿了！地也保不了多长时间了。"开收割机的人说。

"人家都嚷嚷着，看这架势也是快了！"乡党说。

"可可，收完一会儿叫我，哥就在岭台上头。"鲲鲲不知道啥时候就过来了。夏一可急忙从口袋里掏出烟。

"好，一会儿收完了我去叫你。"夏一可说。他刚才还正发愁着怎样拿回去，实在不行就用摩托带，现在好了，鲲鲲哥刚好帮忙给捎回去。

收割机过来以后，跑了两圈就收完了，乡党们帮着张口袋，夏一可扎好口袋就去叫鲲鲲了。

几块地收割都很顺利，收割机都是在白天，近处的直接就用架子车拉回来了，晾晒也不用发愁，就在自己院子里一点儿一点儿晾晒，然后颗粒归仓，现在也不上公粮了，省了不少手续。所谓三夏大忙在收割机这里就不算个啥，几天时间就夏收完了，然后就是晾晒，晒干后就可以磨面了。

经过和黎明的再次协商，夏一可的《周宁人物网》就正式上线了，黎明负责技术，夏一可负责网站的内容更新管理。不管怎样，这就算是一个新的开端了。

金水村在年底就迎来了占地分钱，占的并不是南岭的地，而是公路边和北岭的地，每家都分了钱，人们喜气洋洋，有钱了，再也不用种地了，有人发出这样的感叹！夏一可家只分到了两个人的钱，因为只有两个人，听说还要分一批，但是得到第二年了。夏一可的母亲就催着赶快要一个娃，因为错过了就没有了，分不上了。

金水村还刮起了一阵风，那就是结婚风潮，给自己娃赶快找媳妇结婚，有的还没有到年龄，也急匆匆的，因为结婚后女方的户口就可以转进村里，户口本上多一个人就多分一份钱，要你挣，得挣多长时间啊！

"管你是个瘸子、跛子，只要是个人就领回来。"堡门口，堡子人几个人在那里谝闲传。

"我看都是想多拿一份钱！也不管娃愿意不愿意，或者强迫娃愿意，先结婚再说！"村子人说。

"那你说，错过这个机会，就分不到钱！"二盈说。

"你光是想挣烟酒！"堡子人嘲笑说。

"应该给你再娶一个老婆子！"村子人说。

几个人就在一起说笑着。

"咱村一亩地才卖几万块钱，政府卖给开发公司就十几万、几十万块钱一亩。"堡子人说。

"我听说人家还给村上提留有手续费，也不知道给多少！咱连协议都没见过！"二盈说。

"看啥协议，人家给你分钱就行，你能去找村上看？"堡子人说。

"我看慢慢就把这些地糟蹋完了，咱村以后连埋人的地方都没有了！"堡子人说。

"你没看才分了钱，那些人就开始盖房了，现在也是没有时间了，不管冬冷寒天，都是跟城边头学，想招房客挣钱！"堡子人说。

几个人就在那里有一搭没一搭地说开了。

"你没看学勤现在都翻身了！"堡子人说。

"涌涌这几年人家在外头包工程挣了些钱。"村子人说。

"包工程主要就是开挖工地的土方，听说人家有几台挖掘机呢！"二盈说。

"你给你娃也买几台挖掘机！"堡子人激二盈。

"人家的事我不管！"二盈说。

"你有都不敢说。真是个草包！"村子人骂道。

"咱家那不算个啥，涌涌和侠侠合伙包的工程，人家那才叫大呢！"二盈说。

"你咋知道？"堡子人问。

"咋不知道，那俩成天都在一块儿，咱就在隔壁住着，不知道他们干啥！"二盈说。

"侠侠是谁？"堡子人问。

"侠侠就是曹菁菁娃，曹菁菁现在是咱村妇联主任。"二盈说。

"原来不是兰草嘛，现在咋换成菁菁了，菁菁现在年龄也不小了！"村子人说。

"人家去年选村主任的时候就一块儿换的，你不知道？"二盈说。

"选村主任人家又不选咱，我就没去！"村子人说。

"你不去，去了也是人家的，人家都是自己人选自己，一下子人就当上了！"二盈说。

"涌涌和选举闹不到一块儿！"二盈说。

"选举比涌涌大将近二十岁，村支书有啥权力，村上的党支部又没权又没钱！"村子人说。

"我听说涌涌要把砖瓦窑那一块地方卖了，选举不同意。"二盈说。

"砖瓦窑可是选举一手闹起来的，最后塌伙了，都赖选举的裤带松，有了几个钱在外头胡张狂，最后把砖瓦窑也搞×塌了！"堡子人说。

"砖瓦窑开始还是挣了些钱的，那也是下苦挣来的，最后还是塌伙了！"村子人说。

"反正人家现在开挖土方挣钱得很，再不像咱过去拿镢头挖，你想挖要挖到啥时候！上腴省委家属院那一片楼你没看都盖起来了，听说这个现在是一期，还有二期工程。挖土方的听说也是朝岭村的村主任，也是好几台挖掘机。"二盈说。

"那现在买几台挖掘机很挣钱！"村子人说。

"关键还要看你能不能把活儿揽到手，揽不到手，就是一堆废铁等着生锈！"二盈说。

86

金水村人在一夜之间就分到了钱，人们一个个喜气洋洋。因为有钱了，于是就开始盖房，盖房开始招房客。

"你知道不，各队马上开始要选队长了。"堡子人说。分队单干多少年了，金水村人依然把村上叫大队部而不叫村委会，把队上叫队长而不叫组长，这是根深蒂固的。

"选队长干啥，现在的队长不是当得好好地，又没个球事，现在又不上粮，计划生育也不紧，也没有人查，要队长干啥？"堡子人说。

"这是村上的安排。"村子人说。

"村上都是涌涌安排，他想做啥，自己在外头包工程还想着村上的事情？"高人说。

"各队选各队的，时间都不一样。有人都开始活动了！"闲人说。

　　金水村盖房的现在都集中在村子的路边，因为路边离公路近，高楼大厦已经开始盖了，往来盖楼的民工比较多，都集中在这里，听说有的还正在拾掇就已经有民工要住房子了。金水村现在几乎没有地了，挨马路的地已经被高楼大厦所取代，而成仁的葡萄园是首当其冲。

　　挨着金水村的马路可以说是横平竖直，金水村被无情地切割开，大马路修通后自然就有了车辆通行，公交车就在路上开始跑欢了。成仁葡萄园刚好就在路边，随着开始征地就消失了。

　　"葡萄园，那可是咱村最早的不种麦子种葡萄的典型，说是当时农业调整，县上的农业站还来进行技术指导！"村子人说。

　　"政府要占地，你也挡不住，总不能把葡萄园给你保留着，那人家地还占不？"高人说。

　　"你是站着说话不腰疼，这不是你在这里种葡萄。本来是要在这里办砖瓦窑，但是锡田基地不同意，原因是离他们的家属院太近有污染，才改建成葡萄园。"堡子人说。

　　"占地要给人家赔偿！"村子人说。

　　"老皇历用不上了。"高人叹了口气说。

　　成仁葡萄园那边首先就被圈了围墙，围墙里面是一片麦子地。垒围墙就围绕着麦子地沿开始，听说这里的一片地都要盖楼。围墙就陆陆续续垒到了二盈的门前头。

　　"停下，不能垒，这是我的地！"二盈和弟兄几个挡住了。垒围墙的民工也不言语，开始打电话，过了一会儿就来了一个头头模样的人。

　　"这是已经征过的地，有合法手续。"包工头模样的人说。

　　"这是我原来种的地，就在我门口！"二盈说。

　　"你咋不讲理，这地你村已经卖了！"包工头说。

　　"卖了，村里凭啥卖我的地，经过我同意了没？"二盈说。

　　"我给你说，一切土地都是国家的，国家想占谁就占谁！"这时候又来了一个干部模样的人厉声说道。

"你别拿国家的大帽子压人，把国家的文件拿来，国家想做啥就做啥，还有我们老百姓的活路没，把地占了以后吃啥！"二盈就长长地躺在麦子地里。围观的人越来越多。

"打110，叫警察来，说这里有人闹事！"干部模样的人说。

110警车不一会儿就来了。"把他的警车狗×的给掀了！"人群中不知道谁说，人群就开始躁动了。昌河型号的警车就开始晃动。这时候，看热闹的比动手的多，警车最终没被掀翻，二盈他们几个人在后面来的几个警车增援的情况下，一块儿被拉走了。

"这帮驴日的，就不叫人把这一茬麦子收了！"堡子人骂道。

"再也种不成了！"村子人长长叹了一口气。

"种不成才好，再也不用劳神了！"有人这样说。

这是金水村征地面临的一次事情。

二盈几个人后来都回来了，看到已经垒起来的围墙，破口大骂，因为，他的地被垒进去了，原来一抬脚就能走到地沿种地收麦子，被国家征用了。

"把你狗×的做的这断子绝孙的事情，把我的麦子地占了，迟早要遭报应，叫天谴，叫五雷轰顶，没有地打粮食，把你们都饿死！"二盈骂道。

他不解恨还骂了许多难听的话。村子人说，二盈虽然爱说话，名声不太好，但是这次全部说到点子上了。

夏一可的媳妇眼看着就要生娃了，家里就忙着准备生娃的东西，娃的小衣服呀等。

"人家说还要个指标？"媳妇妙妙说。

"那我黑天里到曹菁菁那里去一趟，要个指标就行了。"夏一可说。他想得简单，自己头一个娃，还要指标，不是第二个才要，好在这也不费啥事情。

"你这会儿去不行吗？"妙妙说。

"你不知道，这些人都滑头得很，白天就找不见人，晚上肯定都在。"夏一可说。他记得，村里办事都是晚上去，盖章子，开证明，都是晚上找人，因为白天根本就找不见人，章子都是放在自己家里，说要办事直接就去家里。

天一黑，夏一可就出了门，他认得曹菁菁家，就在堡子外头。院子里黑黑的，后面大房亮着灯。夏一可掀开门帘叫："妈妈？"

"谁呀？"屋子里传来声音，夏一可就进去了。屋子里电视开着，门外的灯亮着。

"来，进来。"曹菁菁招呼道。

"你是谁家娃？"曹菁菁问。

"我是夏义惠家的！"夏一可说。

"哦，知道知道，你看我忘性大得很，你在厂子上班。"曹菁菁说。

这下，夏一可高兴了，因为她知道他。

"你那个一品香油挺好吃的，你伯伯就爱吃。"曹菁菁说。夏一可不知道什么意思，也没有搭上话。屋子里的灯不是很亮，周围的墙上贴着挂历。夏一可就坐在椅子上。

"妈妈，媳妇过一个月要生娃，今过来到你这里要一个指标。"夏一可说。

"妈妈给你说，董董刚才还来过，她都生了两个娃了，还要再生一个，你说都两个了，还要生！"曹菁菁没有接话，而是说开了董董的事情。

"我给她说，现在没有指标。"曹菁菁继续说着。

夏一可坐也不是站也不是，自己的事情却扯开了别人的事情。夏一可待了一会儿，曹菁菁说着别人的事情，丝毫没有给拿指标的意思。夏一可就支吾着离开了。

堡子外头的街道很安静，这条巷子还是土路，路边只有一个商店的灯亮着，不远处传来狗叫声，夏一可就顺着上坡的路朝回走。

"没要成！"夏一可回到家说。

"那是为啥？"媳妇妙妙问。

"我一说，人家说董董也没领，说是都生第三个娃了！"夏一可说。

"咱才第一个她咋不给指标？"媳妇妙妙说。

"你这瓜娃，连这都看不出来，那是看你空手去！"夏一可母亲插了话。

"咱要个指标还得给她送礼？"夏一可说。

"那曹菁菁说了半天到底说了个啥，她还没有我大！"夏一可母亲说。

"你过两天把咱屋的酒给拿一瓶，再买点儿其他东西给拿过去，咱给娃报户口要紧！"夏一可母亲说。

"曹菁菁那是硬爬上去的，咱还不知道她啥！"夏一可母亲说。

"你看你们村这都是些啥人！"媳妇妙妙没好气地说。

夏一可没有言语，他盘算着就这么简单的一个事情咋就搞得这么复杂。

村里的第二次征地款可能就在十月份发，要分上钱就要赶快给娃报户口，只有把一切手续办好派出所才给报户口，否则分钱就没份了。

为了不跑空，夏一可这次听从母亲的意见，拿了一瓶酒和其他东西晚上就又去了曹菁菁家。

"曹菁菁妈妈，这是给我伯伯的！"夏一可把兜兜放在桌子上。

"你看你这娃咋这么见外的，来还拿东西。"曹菁菁说。表情却是欢快的。

"你就收下，这是给我伯伯的嘛！"夏一可满脸堆着笑。

曹菁菁顺手就在柜子里取出一个本本，放到夏一可面前。

从电壶里倒了一杯水。

"你今儿来的运气好，今天下午才从计生办领回来的指标，你上次来不是妈妈不给你，而是确实没有领回来！"曹菁菁说。

"没事，没事！"夏一可说。

"你爸人好，过去老给咱捎东西，就是走得太早了！"曹菁菁说。

夏一可接了话茬儿，"这咱都是熟人，都给乡党帮忙，都在一个村。你驰驰现在干啥？"夏一可想起驰驰，驰驰比他大一两岁，虽然没在一块儿上学，但是那时候在村里和上学路上也是经常见。

"你还认得我家驰驰。"曹菁菁说。

"你驰驰比我大一岁，是六月的。"夏一可说。

"对着，你还记得准。"曹菁菁说。

"驰驰还有个哥，可能和我大姐年龄差不多，闹不好还在一搭上过学。"夏一可说。

"驰驰现在和他哥一块儿在外头弄挖掘机，经常不在家。"曹菁菁说。

"那好啊，挖掘机现在都是干大事情的！"夏一可恭维道。

"还是我一可会说话，到底是上过学的，跟咱村人就是不一样！"曹菁菁说。

"以后有啥事你就来。"曹菁菁说。

夏一可装好本本就回家了。他觉得给娃报户口要紧，还是母亲说得好，不敢耽搁。

"嫂子，嫂子。"潞安姑在门口喊叫。

夏一可就去开了门。"把门关得这么早？"潞安姑边说边就踏进了院子。

"给，这是刚才琴琴到我那里给的。"潞安姑把一百块钱放到桌子上。

"这给钱干啥？"夏一可不明白。

"你队明天选队长。"潞安姑说。

"这琴琴，弄这算啥事？"夏一可母亲嗔怪道。

"琴琴说自己送过来不好看，门口眼睛大，所以才到我那里。"潞安姑说。

"你就投人家票，稳是人家的，其他人再争也没啥用！穗丰这几年在外头也挣了钱！不在乎给你这一百块钱！"潞安姑说。

"我走呀！"潞安姑说。

"看闹这么高的台阶，咱农村都是一家比一家高！"潞安姑边走边说。

"当时不抬高就把咱跌到坑里了！"夏一可说。

"看咱村现在多好，街道慢慢卖啥的也都有了！"潞安姑说。夏一可就把潞安姑送出了家门。

紧挨着静心寺的几个村子开始拆迁了，村民们议论纷纷。因为静心寺可是大寺庙，那是唐朝时候留下来的。

"静心寺那几个村都是扬池新区管委会进行拆迁的？"村子人说。

"那几千年的村子就要消失？"堡子人问。

"现在是直接消灭。"村子人说。

"那村子早已经没有地了！都是外来人口，这几年外来人口比村人都多，听说都有十几万人。"堡子人说。

"古柏村有二十几个队，这些年叫小香港，都是流动人口，啥人都有，村里人口结构复杂！"村子人说。

"再怎样也是祖祖辈辈居住的地方，一下子都拆了，人都住哪里去？"堡子人问。

"你不知道，那是市上要求拆的，听说要盖几千亩地的公园，叫旅游度假区。"高人说。

"人家都是拉着村干部和村民代表去海南开会。"闲人说。

"你咋知道？"村子人问。

"哦，栎里女子嫁到古柏村了。"

"给你住宾馆，给你泡温泉，把花样都给你耍透了，最后就是叫你签字，村干部和代表把字签完后就证明你村同意拆迁了，这样拆迁就正式启动开始了。"高人说。

"你不知道，有些人回去哭得跟啥一样，都是像咱这几十岁的男人哭得嗡嗡地！"高人说。

"男的家还哭，男的家哭不好！"村子人说。

"你想祖祖辈辈住的地方，现在就要拱手交给人家，要是你，你愿意不？"高人问。

几个人都没有言语。

那些年，古柏村是远近闻名的小康村，而且是周宁市第一批典型的小康村。

"这些年村里的流动人口都居住在各家，贼娃子、溜娃子啥人都有，村民们都为了挣几个房钱，啥人都要，也不问干啥的，只要按时交房钱就行。"高人说。

"不种地了，可把房钱收了。也好！"村子人说。

"跟人打交道，哪有比跟地打交道简单。地你粗粗地种，人你可得小心，外地人不像咱这里人都知根知底，谁知道都是干啥的？远的不说，就是近的，岭上那几家卖烤肉的，我看都是不好的肉，便宜，黑里火一烤，撒些调料，谁知道。那个和大巨打架的，后来派出所一查就没有那个身份证，身份证都是假的。具体是哪里的人你都不知道，咱的人挨了刀子，听说现在有时候还犯病！"堡子人说。

"看咱村把队长一选，要耍个啥把戏！"高人说。

夏一可接到姑的电话，要这几天去一趟，看啥能拿，往回拿一些，因为给人家把钥匙一交，就啥也拿不出来了。

姑从金水村招工出去，后来嫁给城市居民，都是双职工，娃小小的都是九奶给一手带大的。在商场占了一点儿房子，后来就都到了周宁东郊住了几年，那些年过年都是骑上一个多小时的自行车去出门走亲戚，再后来企业都走了下坡路，就办了内退，经营自己的一个杂货店，挣个辛苦钱。过了几年，娃把学也都上完了，就回到老家盖了房子，因为想着正式退休就啥也不干了，在家里养些花，种些菜，落叶归根嘛。在村里住的这几年因为是在村边，倒也是清静，不想嘈杂也就没有招房客，后来看到周围都盖房了，没有办法，给家里也盖满了房子，总共三层，房客招满了，因为空着也是空着，还是招上房客挣些钱。

夏一可去的时候，古柏村到处都是拆迁的喇叭宣传声，村子里人声鼎沸，收废品的，搬家的，拉货的，把街巷都挤得严严实实。

"你往哪里搬？"一个人问另一个人，一听就是房客做生意的。

"看哪里没拆朝哪里走！反正这也是撵咱！你想，我在这里待了都十年了！"另外一个人边搬东西边说。

"这儿一拆，肯定都朝外头走，周宁市这是才开始，村子还多着呢，能把咱饿下？"这个人说。

"我房东说让三天就搬完，人家为了拿拆迁办的那个奖励，一个人十五万，美着呢，再给个七十平方米的房子！"这个人说。

看来，房客的消息比村民的消息还灵通。

经过七拐八拐，夏一可终于到了姑家，大门口的墙上写了一个大大的红色"拆"字。

门道里也是堆满了即将要搬家的房客的东西，院子里传来叮叮咚咚的声音，像有人在劈柴，夏一可就进了大门。

87

周宁市扬池新区管辖的几个村了，在几个月之内就荡然无存了，听说新区为了拆这几个村子，把手段都耍全了，他们雇用了大量的黑保安，对村民进行镇压，断电断水，封堵围路，就是为了尽快拆古柏村，迅速清空获得土地，然后高价卖给房地产公司，自己好攫取土地的差价。

扬池新区是个什么样的区？

扬池新区是在原来周宁龙芯区的地方上另外划分出去的区，龙芯区是个老区，可以说是历史悠久。解放后周宁就设立了。50 年代，周宁市政府下发通知，将第九区改为龙芯区。将靖宁县的十个村一个镇划归龙芯区，设立第七乡政府；将靖宁县的六个村划归龙芯区，设立第八乡政府，后来，两个乡撤销合并对外正式办公。因为依据静心寺的依托，主要搞旅游度假，所以扬池新区就应运而生。扬池新区周边都是农村，外国人来旅游，看到处都是农村，咋能行，要建设国际化的大都市，吸引外国人来旅游，发展经济，提高人民生活水平。

夏一可从古柏村也没有拿到啥东西，因为好多东西都用不上，床、床板现在也没有地方放，最后也就拿了一些能拿得了的小东西，也就是给房中间挂的竹帘子，就再也没有啥可拿。大东西搬不动，要雇车拉，索性就不要了。姑说有些东西拿不上就埋在地下了！院子里的柿子树早在盖房子时候就砍伐了，现在，一拆迁就啥也没有了。因为不是本村，夏一可并不能感同身受。

金水村每个队的队长都选出来了，选举的时候派出所还来了人，因为有人踢翻了票箱子，大闹选举现场，但是最后似乎还是不了了之。穗丰担任队长，其他各个队也都是重新换了新的队长，以前的队长一个都没有了。

夏一可的孩子也顺利出生了，他也抓紧时间在派出所办理了户口。村子里第一次分钱的时候就没有轮上，因为没有娃，就只有两个人，夏一可因为在外头，户口没有在村里，所以自然就没有。这一次有了孩子就多添一个人了，也就顺理成章地能多分上一份钱。

"你咋开车的？"夏一可出门就遇到一辆车来了个急刹车。

"你朝哪里骑？"对方不甘示弱，一看，原来是隔壁的商娃子。

"朝回走，朝回走！"商娃子他姐在车上说，商娃子才骂骂咧咧地开走了。

夏一可发现商娃子现在张狂得很，自己买了个二手汽车，一天到处开着逛游，他能有啥本事。最早抢出租车也有这货，后来不知道咋就给逃脱了！严严娃他奶一大早就在门口喊，说抢出租车也有鳅鳅，商娃子他妈就出来和人家他奶大闹一场。二盈说，商娃子结婚时哭得一塌糊涂，因为没有他爸在场。你笑话我，夏一可有些愠怒。鳅鳅现在给穗丰在工地上看机子，听说现在马上就要盖房了，所以就有些张狂。

夏一可现在还没有盖房的打算，因为他还欠亲戚们的钱，给父亲看病欠了一堆烂账，现在还有一点儿也就还清了，过去的事情就不说了，现在就是这么个情况，日子还得继续向前混。

每个月的工资，夏一可都是花得叮当响，因为几百元的工资根本就不够花，常常就是必要的生活开支后就所剩无几了，现在又添了孩子，养娃费用就更大了。他现在才体会到老人所说的"要知父母恩，手中抱儿孙"的含义。

夏一可现在每天晚上都更新网站，因为白天没有时间，只有晚上有时间。他想着从网站赚取一点儿利润，但是也是无从下手，因为这种网站没有清晰的盈利模式，但他还是在一刻不停地更新内容，倒是获得了周宁文化人的青睐，在文化人当中先打出了影响，多亏了这台电脑。电脑还是在电视台上班的时候买的，那时候赚了一些钱，也就分期付款买了这台电脑，当时他是有能力全款买电脑的，但是人家说分期付款划算，每个月还一点儿，到时候剩下的钱还可以办别的事情，但最终这样买下来后，他却觉得一点儿也不划算，因为还完这个费用几乎都快到一万块钱了。电脑其实也没有发挥什么作用，仅仅是上网方便，但是却很费电话费。现在电脑终于发挥作用了，那就是可以办网站了。

夏一可在杂志上看到一个画家的介绍，上面有本人的联系方式。于是他就拨通了画家的电话。因为平日都上班，没有时间，所以就约到了周六。夏一可现在最多的就是多跑跑文化人，一来这些人熟悉，二来也可以获得一些信息。

在一处居民楼里，夏一可见到了程先生。

"程老师好！"夏一可敲开门后说。

"你就是那个周宁人物网站的？"程先生说，他看起来已经有六十多岁了。

"是的，程老师。"夏一可说道。

"好，咱也算是个人物。"程先生说着把夏一可让进了房间。

"我刚退休，想着把我的书画搞起来，以前也没有时间，全都在报社忙了！"程先生给夏一可倒了一杯水说。

程先生的房间很小，画案就紧挨着窗户。

"现在画不了大画，只能画些小画。"程先生说。他人很瘦，但个子很高。

"你倒是个有心人，从哪里知道我的？"程先生询问。

"我是从一本杂志上看到的。"夏一可回答。

"哦，那是一个朋友，原来都认识，还没有退，上次来了就拿走作品说在他们杂志发一下。我原来在《周宁晨报》当美编，给报纸画插图，最早画的是连环画。"程先生打开了话匣子。

"就是娃娃书。"夏一可说。

"一听你就看过。"程先生笑了，他从一个柜子里拿出来一大堆连环画。

"你看，这都是我画的，都是由出版社出版的。"程先生边说边翻动。

"程先生后来咋转到了国画创作？"夏一可问。

"连环画后来就衰败了，没有人看了，再画下去就没有什么意思，所以就自然而然转到了国画创作。你看，这是我画的《老子》。"程先生从画案上打开一张画。

"《道德经》你看过吧？"程先生边展开画边说。

"看过，不太理解。"夏一可说。

"那是一本经典著作，说透了人世间的道理，要好好看。"程先生说。

"山水、人物，我都画。"程先生说。

"小夏，你给咱在你网上宣传，我到时候给你们画一张画。"程先生说。

"没问题，我把你的资料一收集，到时候再给你写一篇专访文章。"夏一可说。

"程老师，那你还是转得快，我原来认识搞农民画的一白先生，搞了一辈子农民画，后来采访时，说到激动处，高血压都犯了！一白先生原来一直在金虎县，60年代，他是农民画的开创者，后来在最红火的时候被调到了省上。"夏一可说。

"你说的是老林，我也认识，好多年都没有再交往了，他现在还好吧？"程先生问道。

"不知道，我也是五六年前见的，原来在电视台，后来就再也没有联系了！"夏一可说。

"那电视台挺好的，你咋离开了？"程先生关心地说。

"咱又不是人家正式职工，节目撤销了，我也就离开了。"夏一可说。

"那你现在这个网站拿啥养活，有广告没有？"程先生问。

"网站暂时还没有啥效益，也没有广告。"夏一可说。

"那你生活都是个问题，干文化基本没效益，或者说见效益很难，都是一种爱好和情怀，不容易，尤其是年轻人能干这个更不容易。我在报社的时候人家广告部门最吃香，那些人有办法，也不少挣钱，啥时候我帮你引荐一下。"程先生热情地说。

"那就感谢程老师了。"夏一可说。

"我一般还是喜欢你们这些年轻人的，你结婚了没？"程先生问。

"娃都一岁多了！"夏一可说。

"看不出来。也好，解决了人生大事，就可以安心干自己的事业。以后咱们可以多合作，我现在正在创办一个书画院，你要有兴趣我把我们书画院的书画家都介绍给你，都上咱的网。"程先生说。

"行啊！"夏一可高兴地说。

"扩大了影响，到时候若有作品销售，你也有一些收入。"程先生说。

"好，好。"夏一可高兴地说。

"你要是有空，我把禹老师的电话给你，你先去找他，他是我们现在书画院的创办人，也是书法家，到时候让他给你写几幅字。"程先生说着就翻开电话本查起了电话。

夏一可就用笔把电话号码记到了本子上。

临走的时候，程先生把一幅画给了夏一可，"送给你一幅小作品，做个纪念。"

夏一可有点儿感动，因为仅仅是第一面，还没有在网站刊登程先生的相关资料，他就表示了自己的诚意。

夏一可一边上班一边就整理和撰写程先生的文章，他把资料尽可能做到详细，因为不能辜负程先生的信任，他那里还有好多书画家可以介绍，这也是网站的一个基础。

单位的事情就是那样，卢主任病倒后就没有再来，办公室的杂事就一下落到了夏一可头上，可是他并不善于处理这些杂事，他现在才知道，现在厂里基本都是厂长的亲戚朋友。工会主席是原来给他开车的，他到厂里不久就调动了过来，当然不再是开车的司机，而是厂里的工会主席。财务科科长也是从外单位调过来的，把现在的会计蔚蓝调到了工会，而蔚蓝原来就一直在财务科，她从财会学校毕业，学的就是会计，干了多年的财会工作，现在却从事着与财会毫无关系的工作。还有副厂长也是从外地调过来的，都是有相当的关系。厂里的采购就是他的亲兄弟，采用聘用的方式管理着厂里的粮食采购。检验科换下吴大同后就成为苟伸，这个就是他兄弟的女婿。还有厂里大门口商店的是他老婆的妹子，都是一条龙服务。厂长经常抽的烟就是从这里的商店拿，先签字，月底到时候统一结账。夏一可知道这些错综复杂的事情时，心就凉了，他觉得自己在这里再干下去也干不出个什么名堂。周宁的房价现在每平方米已经四千多块了，自己一年不吃不喝才能买一平方米，靠工资致富就是一个笑话，他没想到自己曾经挣三四千块工资的人现在居然在一个小企业里一个月才挣几百块工资，但是这是一份正式工作。现在的情况又不是自己单身一人，媳妇是强烈反对他到外面去，说现在的事也不好干，你在外头离开了好几年，关系也生疏了，现在都是在一个地方说一个地方的话，离开后就再也没有了联系，因为没有共同的话语了，就不再联系直到失去联系，人都是这样。

现在村子里买车的人慢慢也多了，虽然大部分人都买的是二手车，都人五人六地开到门口，显摆着。

"一可还没回来？"光芒来了。

"还没回来，快了！"夏一可母亲说。

"那我给你抱娃！"光芒就从夏一可母亲手上接过娃。

"托人给咱淘淘说了一个媳妇。"光芒说。

"长相差不多就行了！"夏一可母亲说。

"关键是门口那些短肠子，净说咱娃的瞎话，说一个媳妇，一到订婚就打了麻烦。"光芒叹气说。

"那没有啥意思，把咱娃管好就行咧，嘴在人身上长着！"夏一可母亲说。

"看这娃长得多心疼！"光芒说。

夏一可在中午时分拨通了程先生提供的禹先生电话。

"我知道，程老师给我说了。"禹先生在电话里说。

"你啥时候过来？"他在电话里问夏一可。

"周六吧！"夏一可说。

"你现在过来吧，我中午不休息。"禹先生爽快地说。

"你在啥地方？"夏一可问。

"我在南山这边，你可以坐公交车直达，刚好就在门口。"禹先生说。

"好，我现在就出门坐车，一会儿到。"夏一可说。

他收拾好东西，就准备出发了，因为是中午时分，时间很紧，但是说了这个时间，已经定了，但是没想到这么远。中午的太阳很热，但是为了这次采访就顾不得了。

禹先生所说的就是周宁动物园所在的地方，逛动物园是没有时间，他不知道禹先生为什么要住到南山边，远离城市。

路上的公交车开得飞快，中午时分路上车少，以前这里都是麦子地，这几年，这里现在是大学城，从这里新修了一条直通周宁的路叫南山大道。南山大道修得很宽阔，过了不久，公交车就上了环山路，再一个拐弯就直接到了动物园的门口。

依据禹先生电话里所说的地址，夏一可就找到了门口，两条大狼狗汪汪地叫，狼狗膘肥体壮，夏一可不敢靠前。

"一可，程老师早都提到了你！"门口站着一个中年男人，夏一可就上前一步。

"禹老师？"夏一可叫道。

"你这两条狗厉害得很！"夏一可说。

"这是藏獒，凶着呢！别人一般别想接近它！"禹先生说。他身材高大魁梧，说话很有底气。

夏一可就和禹先生一块儿来到一处房子。房子很大，宽大的画案上放着书写的书法作品。

"去，给一可拿个饮料。"禹先生吩咐身边的人。

"这都是小兄弟，跟我一块儿学写字的。"禹先生大气地说。

"还没吃饭？"禹先生说。

夏一可刚想说吃过了，禹先生接着说："走，我也没吃，咱一块儿先吃饭。"

夏一可就随禹先生来到餐厅。

"给你介绍一下，这是网站的记者，过来采访我了。"禹先生对餐厅经理说。

"好，好，大驾光临，把禹哥好好宣传一下。"餐厅经理恭维道。

夏一可发现禹先生和这里的人都很熟悉。

"我不知道叫你啥好。"夏一可实话实说。

"他们都叫我禹哥，你也叫我禹哥吧！"禹先生笑着说。

"禹哥，怎么选在南山边，这边不方便。"夏一可说。

"这边空气好，地方大，适合写字画画，现在也是咱书画院刚创立的时间，下个月还要举行一个仪式，你到时候也过来。"禹哥说。

"好，我记下时间，到时候一定过来。"夏一可边吃边说。

"到这里来你就不要客气，都是咱自己兄弟。"禹哥说。他边说边拿出一张名片，夏一可就急忙接了，上面写着"周宁大唐书画院院长禹愚"字样。

"这是城里的地址。"禹哥说。

"伏虎巷，这里是咖啡一条街。"夏一可说。

"这也是在城里的联络点，也是我开的茶秀，以后你要有朋友喝茶就过去。"禹哥说。夏一可想不到禹哥还是大手笔。

88

"你这工作室挺大的！"吃完饭禹哥就带着夏一可四处参观了一下回到工作室，夏一可感叹说。

"这是咱书画院的规模，我要把他做到周宁第一。"禹哥底气十足地说。

"咱是搞专业的，不是一般江湖上的那些草台班子，退休后没事干搞个书画。咱凭借自己的专业本领吃饭。你看咱这么大的场面，哪一个书画院能有？没有吧，这次我和程老师合作就是要把这个事情搞大，以前咱也是有工作的人，后来直接辞职不干了，下海，下海咱没有经商，因为咱没有资源，所以我就从事了自己的书画事业，以前还画画，现在彻底不画了，专搞书法。"禹哥说着话，狠狠地抽了一口烟。夏一可看到禹哥抽的是几十块钱一盒的香烟。

"你不知道，我现在这么大的场面就是和企业家合作，为啥？因为人家认可咱，给提供地方，免费使用，我创作一定数量的书法作品供他们收藏，这实际上也是双赢，你以后也要走企业家这条路。"禹哥边说边点拨夏一可。

夏一可顿时觉得禹哥的能量很大。

"你看到的照片，那是和我的老师一起照的，一日为师终身为师嘛！"禹哥说。

夏一可就看到了在墙上悬挂的硕大的禹哥和老师的照片，禹哥站着，老师坐着。

"我最早还创办过武术院，就是那时候和老师认识的！"禹哥说。

"80 年代武术院很火啊，那时候好多武术学校，办武校，还强身健体，我小时候还练了几天拳！"夏一可说。

　　"那时候武术确实很火，咱那时候也是周宁武术界的风云人物，还多次获得过武术表演奖项，后来好多人都转行了，转行拍电影、电视剧，我是转到了书画领域，因为这是我的爱好，我也是从小练字。"禹哥说。

　　"但是我认为先有武，后有文。武术首先是远古的人们为了生存的需要，而需要进行对抗，进行生死搏斗，是竞技运动，只有你把别人打垮、打败甚至杀死，你才有生存的可能，当然这是在远古。后来发展到竞技，再后来成为人们强身健体的一种运动。"禹哥接着说。他讲的这些确实颠覆了夏一可对武术的传统认知。

　　"写毛笔字的时候不要忘记自己是一个习武的人。书法有丰富的内涵，而需要书写者有深厚的阅历，就像启功先生一样，他不单是书法家，还是一位收藏家、学者、金石专家。所以练书法要有广博的知识，要变成一个杂家。"禹先生侃侃而谈。

　　"寸豪濯尽平生志，尺间惊天动鬼魂，这是我准备写给游先生的一幅字。游先生有自己的追求，他不求官不求利，是我们的楷模。"他接着说。

　　"把书法与武术结合，你是怎么结合的，这也是一个新的路径，别人是就书法而书法，你是怎么做的？"夏一可继续追问。

　　"是这样，我一时半会儿和你说不清，我给你写几个字，你感受一下。"禹哥说着就铺开宣纸，用毛笔蘸上墨汁。

　　瞬间，"风雨送春归"几个字急促而有力地完成了。

　　"这个'风'字能打开，尽量把它打开，打到最大限度；'雨'字就小了，缩起来，缩如龟；到了这个'送'字，啪地又打开；'春'又小；'归'字再打开。"禹哥边说边做动作，字和形体动作配合得天衣无缝。

　　"我不知道你看明白了没有。所以要研究字，什么样的字可以这样写，这就是技巧，也是窍门。要选择适合这样的字，收缩自如，自己掌握字，掌握这种分寸的把握。"

"我之前在部队当兵，1982年转业回到了周宁。工作之外就是潜心练字，要做到根深叶茂，小静小动，大静大动，把书法当作事业来做。"禹哥说。

"这是你的事业，那现在书法能换来钱吗？"夏一可问了一个很现实的问题。

"现在虽然不能和游先生他们比，但是我想长江后浪推前浪，游先生他们做到了一定的高度，我们应该有我们的高度，有我们的追求。游先生最早是给周宁城写牌匾的。我觉得，这也是一个综合宣传的过程。"禹哥说。

"我不和别人比高低，但求与别人不一样，有自己的风格，大家的风范。"禹哥坚定而执着地说。

"你的人生经验是什么？"夏一可继续问。

"真诚、能力，这是我行走天下的法宝，也是我的人生经验。我的朋友可以说是三教九流，我在朋友中人缘很好，大家都喜欢和我聊天，你看我们今天不也是在聊天，在聊天中工作吗？"禹哥说。

"我还有好多作品，你今天先拍一部分，过后再仔细拍一些，给咱都上网，以后有什么事情尽管说，哥能帮你的尽量帮你。"禹哥大度地说。

"一可，不瞒你说，现在书画院就是咱的命根子，我是把它当娃一样看待，这也是才成立不久，你给咱多宣传，哥不会亏待你的。"禹哥说。

"没问题，禹哥，我现在知道地方了，以后会经常过来。"夏一可说。

看着时间不早了，夏一可就起身告辞，因为下午还等着上班，禹哥也就不再挽留，把他送到大门口还不停招手。夏一可看在眼里记在心上。

这些日子，夏一可就准备采访书画家，程先生还特意打来电话，说是周公先生准备要当省书协主席了，你抓紧时间去找他。夏一可现在知道当了书协主席，字画的价格马上就升了，成为硬通货。他清楚地记得那一年，在周宁工程大学采访书法家种白，那是他当中国书法家协会副主席不久。有一句话问得很仔细，"种老师，你现在最在乎哪个头衔？教授，学者，老师，书协主席？"记者抛出了这样的问题。他不假思索地说："就现在来说，我还是在乎书协主席这个头衔。"种老师的回答让人耻笑，哪怕说假话他都不想说。但毋庸置疑的是种老师的书法作品价格一夜之间在周宁书画一条街就猛涨起来，有人之前就囤积了大量他的字。"他就是个搞书法理论的，咋能称得上书法家，人都说拿钱买了个副主席。"记者兼主持人说。那一天种老师仅仅写了一幅字就收笔了，他把夏一可几个人都没放在眼里。而禹哥无职无衔，靠着一支毛笔走天下，确实令人钦佩。现在程先生提供的这个消息可是一定要抓住，因为这可是真金白银啊。夏一可以前也倒卖过一些字画，只是随着后来工作的变动渐渐疏离了这个行业，周宁城中聚集了大量的书画家，他想在这方面下下功夫，现在就是一个契机。

找周公先生没有费很大工夫就找到了，但是他确实很忙，办公室的人很多，都是一个接一个找他办事，他送给夏一可一本他出版的书法集。依据这个集子，夏一可就在网站上传了许多周公先生的资料，周公先生也就把自己的书法作品送给了夏一可一幅。果然不久上映省书协换届，周公先生当选为省书协主席。在周宁书画一条街，夏一可就卖掉了周公的书法，那真是硬通货，这一下子就让夏一可尝到了甜头！从此，他的人物网站就专门做一些书画家的宣传，期待给自己带来一些效益，因为这本身也就是一个公益性质的网站，没有企业支持，现在通过自己的努力，已经渐趋稳定了。

"可可，你给咱找个车吗？娃要结婚了。"光芒爷说。

"给淘淘结婚是个好事情，你要找个啥车？"夏一可问。

"是个车就行。"光芒爷说。

“给咱村里这几个'大款'都说了，你知道爷这不爱求人！”光芒爷说。

“好，我给你借一辆车。”夏一可就应承下来。

夏一可听母亲说，淘淘找个媳妇也不容易，也是把神劳咋了，媳妇是外县的，现在一家子都在方家窑村住着做生意，一年四季只有过年才回去，他们那里地方不好，平常都在外头忙着挣钱。

夏一可想到了村里的放放哥，放放最早也想当村主任，那一年没有当上，因为放放这些年也在外头包土方工程，长期不在村里，当时父亲还没到医院去的时候就来过家里，让给投票支持，并且顺手给桌子上放了一盒烟。放放最终没有当上，因为他得票少。之后，放放锁了家门。

“你哥没在。”夏一可来到放放家，媳妇说。

“你有啥事？”媳妇问。

“那你把电话给我。”夏一可说。

夏一可要来了电话，因为媳妇说，现在几天才回来一回，平常都是在工地。

“放放哥。”夏一可拨通了电话。

“谁呀？”电话里放放问。

“我是可可。”夏一可回答说。

“可可？”放放感到疑惑，他并不认识。

“你是谁的娃？”放放问。

“我是夏义惠家的娃。”夏一可说。

“哦，你说啥事？”放放说。

“把你车借一下，给淘淘结婚。”夏一可说。

“淘淘是谁？”放放问。

“淘淘是咱村光芒的娃。”夏一可说。

“他娃结婚叫你借车。”放放说。

话还没说完，放放就挂了电话。夏一可就觉得来气，不就是有个车嘛，有啥了不起的。

人在事中迷，他突然就想起了姬先生。

"喂，是姬老师吧！"夏一可拨通了书法家姬老师的电话。

"哦，一可。"电话里传来姬老师的声音，很显然，他一直存着夏一可的电话。

"姬老师麻烦你个事情？"夏一可说。

"有啥事你就说。"姬先生说。

"是这，我有个朋友给娃结婚，你给咱找个车。"夏一可说。

"哎呀，算你打对电话了，这刚好有个好车，老板刚走，你什么时间用，我给你借。"姬先生热情地说。

"下个礼拜六。"夏一可说。

"好，我现在就给你联系。"姬老师说。

夏一可心里可高兴了，还是姬老师靠得住，电话一打就通。

不一会儿，姬先生就回电话了，说车靠好了，到时候直接联系就行，所有事情都沟通好了，你光用车就行，姬先生说这是小事一桩。

夏一可还没办网站的时候就和姬先生认识，那时候姬先生在上腴省交警队工作，他们也组建了一个书画院，姬先生是副院长，平常也开展一些系统内的书画活动。因为是职工活动性质，所以就有经费保证，并且也有办公室，夏一可那时候是以报社记者的身份联系姬先生的，虽然后来没有发成稿件，但是却给姬先生的书画作品拍了不少照片，并且冲洗出来给送过去，姬先生很感动，说以后一定加强联系。因为后来从媒体离职，夏一可也就没有好意思联系姬先生，直到办起网站，才又开始和姬先生联系，那时候姬先生已经搬离了画院而到了周宁的高新区，一个企业老板给姬先生提供了一个几百平方米的办公室作为他的工作室，姬先生主攻大篆书法，写出了自己的风格。

夏一可现在觉得自己的能量还是很大的，办网站的几年来认识了好多人，都是以网站为依托，虽然网站并没有什么大的收益，但是这份付出却是值得的，因为他每天都工作到凌晨一点多，就是为了网站的更新，一天不更新都不行！这期间在美国、加拿大、俄罗斯都能浏览到，一下就激起他的兴趣，尤其是作家王先生从美国发来文章，原来这个作家已经漂洋过海了，这真是一个地球村了！网络真的是没有距离，不管你身在何处，只要有网就能看到。而这个时候，数码相机也开始慢慢用起来。

夏一可也联系了一些企业家，但是他觉得这些企业家并不好打交道，因为你总是见不到人！这期间，程先生也给出了不少主意，他说自己退休了，现在是年轻人的天下，但是所联系的几家企业都没有联系成，因为始终见不了企业家本人。以前在媒体的时候，夏一可也是联系企业家，有几件事情还做成了。他还记得，他和晓晓去联系周宁美术学院的舒主席，当时晓晓接了一个北京美术杂志专门刊登画家作品的差事，找到了舒主席。那时候舒主席还在学校的家属院住着，很好找，在学校院子一问都知道。敲开舒主席的门是在下午，舒主席开门后说他正在画画。夏一可和晓晓说明来意，舒主席让进到屋里在客厅坐下。"我现在不做这些，这些太花时间，我没有那么大精力。"舒主席开门见山地说，他可是大画家，中国美术家协会副主席。"舒老师，你看，这是董林的画，这是他的封面。你也应该上封面，这是我们社长说的。"晓晓说。

"我和他不一样，董林是画家，但是现在搞成了社会活动家，他还是应该把时间多用在画画上，不要老跟着领导跑。他这样的人本来很有天赋，都是让一些和画画没有关系的事务扰乱了！"舒主席发表着自己的看法。

"那这本画册就给舒老师，我们一般不给别人留画刊的。对舒老师是个例外。"晓晓说。

"舒老师给我们留个手机号。"晓晓说。

"我没有手机，干扰太大，你就打家里的电话，平常都在，就是画画，退休了，不画画咋办，还要老老实实地画。"舒老师说。

89

　　金水村现在的外来人口陆续增加了，因为村子周围都在盖楼。

　　"最近听到啥消息没？"堡子人问。

　　"听说又要选干部了？"村子人说。

　　"这才多长时间，这么快？这伙人在折腾啥？"堡子人说。

　　"看样子，这回选举是当不成了？"村子人说。

　　"在这儿说啥？"潋潋过来问。

　　"说选你当村主任，你当不？"村子人说。

　　"我不当，我当不了！"潋潋说。

　　潋潋虽然脑子有时候不够用，但是在大事情上，他还是知道分寸的。

　　"你为啥不当？"堡子人开玩笑地问。

　　"我没钱，人家现在都要给钱！"潋潋神秘地小声说。

　　"把你爸给你的钱都拿出来，给我和你叔一人发一张票子，就两票了，我再给你拉些人，你再给些钱！"村子人讥讽他。

　　"我爸没有钱，我爸把钱都给我兄弟上学了，在英国留学。"潋潋说。金水村人都知道潋潋他兄弟在外头上学，却不知道在哪里上学，这说在英国留学，一下就说漏了嘴。三盈一个农民，整天在村里，他哪里来的钱，还不是当村主任贪污的钱，虽然被判了刑，但是没有坐牢，而是保外就医，那时候的钱值钱啊，贪污后的钱也没罚没，听说当时镇政府领导让他人替三盈当了替罪羊，之后判决最重的就是队长，直接在监狱坐了几年，出来后已经是满头白发。

　　在国外留学要花大价钱，这不是一个两个钱的事情，他的钱从哪里来的？

"你不知道，这回生侠要当。"澈澈说。

"人家和涌涌都在外头挖土方包工程，这些年也挣了不少钱，你不知道，在外头人家还是政协委员。"澈澈说。

"那看来这回选举彻底当不成了！"村子人说。

"他就和人家尿不到一个壶里。"澈澈接着说。

"你看着，这回是生侠当村主任，涌涌当书记，就没有选举啥事了！"澈澈预言道。

金水村旁边的村子现在已经开始拆迁了。

无事闲翻网，就在锡田基地的网站上发现有这样的一帮闲狗腿子所写的：

"征地战役——全力完成征地攻坚战，团结一心，全体动员，仇宏威亲自指挥，攻坚战第一阶段获胜"。

编者按：

"一定要立即对开工项目附着物赔付开展攻坚"！时钟指向×月二日凌晨一点，锡田基地管委会主任仇宏威依然辗转反侧。××集团周宁分院（804所）等项目共六十六户剩余附着物赔付久谈未果，严重影响到项目的开工建设。

804所及锡田基地等项目开工日期因征地工作一拖再拖，这是锡田基地管委会在科学发展观学习中分析检查阶段显现的突出问题。签约几年的项目却迟迟不能落地，拉动内需、保持增长、促进建设，从何谈起？项目不能空中飘，必须立即落地。

战略部署

×月×日一上班，仇宏威立即召开全体中层会议，要求从各部局抽调骨干赶赴征地一线，帮助国土分局开展工作，尽快拿下××所项目附着物谈判攻坚战。在研究部署后，管委会确定此次攻坚战分三个阶段，务必确保国庆前完胜。

第一阶段，从×月一日至七日，由仇宏威亲自指挥，目标是解决××项目一期二十一户农户的遗留问题，同时启动锡田基地一、D项目及××项目二期征地工作。抽调十五名中层分为十五个谈判组，工作时限一周。

第二阶段，从×月八日至中旬，锡田基地党工委副书记西幻带领由"娘子军"为主力的二十二名中层骨干团队，包抓三十五户农户征地遗留问题，工作时限一周。

第三阶段，从×月中旬至国庆节前，抽调管委会各部门50%人员，共同协助国土分局完成目标遗留问题，全力打好征地攻坚战，节前力求全胜，工作时限两周。

截至七日，完成××项目一期征地遗留问题十七户，剩余四户；完成锡田炎兴项目用地谈判一户，完成D项目用地谈判一户。

一场"只许胜利，不许失败"的攻坚战

面对这场"只许胜利，不许失败"的攻坚战，仇宏威与锡田基地这个团队的战斗力、凝聚力受到了前所未有的大考验。随着第一阶段工作接近尾声，这个团队在困难面前展示出了强大的实力和勇往直前的战斗精神。

面对心中"沉甸甸"的石头，仇宏威把工作重心转到了征地工作。早在×月三十一日，仇宏威就要求国土分局×月必须拿下×项目征地遗留问题，军令如山，一声令下，全体动员。

从×月×日清早开始，仇宏威的办公室几乎就搬到了征地现场，他连续三天睡在办公室，凌晨时分还要听全天汇报。下午五点三十分，各局十五名中层干部全部报到，国土分局向十五个工作组紧急传达管委会关于征地工作部署，由经验丰富的国土同志配合熟悉村情、户情，研究对策，深入农户谈判。

晚上八点三十分，仇宏威再次来到国土分局检查工作情况，召开全体员工大会，要求大家在国土分局的领导下打一个漂亮的胜仗，勉励大家发扬"五加二、白加黑"的工作精神，不分

昼夜，加班加点，必须按期完成×××项目用地附着物补偿谈判工作，当好项目进地的开路先锋。

当晚，所有工作人员工作到晚上十二点，深入农户家里想方设法深入做思想工作，狠下决心攻克难关，工作在艰难中推进。凌晨仇宏威在办公室看完最后一次工作汇报后，就睡在办公室。

就这样，仇宏威连续七天亲临征地现场，三个晚上值班至凌晨关注工作进展，十一次现场部署，工作完了就在办公室和衣而睡。他果断处置现场问题，亲自安排征地工作，第一阶段征地工作进展成效显著。

第一阶段战役期间，领导集体成员多次前往征地一线督导工作，听取工作汇报，现场解决问题，形成了开展征地工作的合力，管委会各组、部门也全力投入，人力物力尽其所能，形成了强大的团结力量。

仇宏威主任谈三大收获：树立了风气，锻炼了队伍，丰富了经验。

这次征地行动我们树立了领导深入一线靠前指挥，掌握全局了解实情，部门狠抓落实雷厉风行的良好风气，保证了我们措施得当，工作有力，攻克了一个个堡垒，取得了不断的胜利。

事实证明，只要我们心系锡田基地，心忧锡田基地的发展，心想锡田基地的工作大局，同心协力，敢当主攻，乐于助攻，不计私利，就没有什么困难克服不了，就没有什么困难能阻挡我们前进。

锻炼了队伍。我们领导率先垂范、身先士卒，深深教育和激励着广大员工爆发出巨大的积极性、创造力，形成了人人要求参战、为锡田基地立功光荣、游手好闲可耻的良好氛围。各部门相互支持，共克难关，形成了基地一盘棋，分工不分家的协作精神，增强了全体员工的向心力、凝聚力、使命感和责任感，一批忠于我们事业、吃苦奉献的优秀员工不断成长。

这次我们还有一个重大收获，就是在仇宏威的率领下，敢字当先，敢立军令状，敢啃硬骨头，决不服软；不达目的，不下火线，一心为公，毫无怨言；召之即来，来之能战，战之威武，涌现出无数感人事迹，奉献精神催人泪下，这就是我们这支队伍的军魂。

背后的故事

俗话说，兵熊熊一个，将熊熊一窝，有什么样的指挥官，就有什么样的士兵。

仇宏威于征地工作，干不成不罢休的坚定决心，也直接影响到每一个参与战斗的"征地卫士"。为了早一点儿为入区项目建设扫清障碍，早一天让入区项目开工，他们啥也不顾了。

国土分局局长的爱人刚做完大手术，急需悉心照顾。作为征地现场负责人，他顾不得那么多，把全部心思都投入工作中。每当爱人问起"你为什么整天都这么忙"时，他就在半夜结束工作后，把作废的工作汇报拿回家给妻子看他究竟忙在哪里！路上开车眼皮都打架时，他深深体会到什么叫忙死、累死的特别含义。

在接受重任的关头，正是留知县同志岳父病危之时。为了不影响工作，他把压力和悲痛藏在心里，热情接待每个农户，×月×日即谈好第一家农户，为此次攻坚成功打响了"第一枪"。×日岳父去世时，他仍然在谈判席上，直到凌晨三点。处理完岳父后事，他又马不停蹄赶回谈判席。

经发局局长面对家中生命垂危的两个老人，面对农户一家四口三个病残的现状，以己度人。深入农家悉心交谈，给予人文关怀，在政策范围内予以充分照顾，得到主任仇宏威的充分肯定和赞扬。执法局局长××的儿子病危，他坚持工作，最后在仇宏威主任的亲自关怀和催促下才赴新疆探望。

六十多岁的老同志×××不顾老伴突发脑出血，坚持和当事人谈完事晚十点多才回家照顾。有的同志累得打着吊瓶，

388

拔掉针后又回到谈判岗位。有的女同志平时见了农民就躲不愿接近，也主动参加谈判，虚心向老同志请教。有的"海龟"同志去农民家，夫妻俩把孩子往炕上一撂一走了之，我们同志抱着孩子找到爷爷家和他们老人继续谈，终于感动了他们签订了协议。

行动在一线

在征地工作中，同志们开动脑筋，想方设法，开拓创新，创造了很多好做法好经验。

为了加大土地法宣传，为征地工作造势，国土分局利用×月×日西堡村过会，联合靖宁余力街办事处进村普法，借助文艺演出等形式开展了一场富有特色的"土地法进村入户"宣传活动，深受群众欢迎。

由于准确把握政策，科学运用方法，切实维护农民利益，保持社会稳定，没有出现上访事件。同时，加大对违法用地和骗取补偿行为的打击力度，保持高压常态，辖区内一宗占地四余亩的违法用地正在自行拆除。

为了和农民拉近感情，沟通思想，国土分局还创作了快板，用深入浅出的道理和群众喜闻乐见的形式宣传。

征地歌

兄弟们，我的哥，
姐妹们，咱的姐，
老少爷们你请坐好，
我给大家把征地的道理说一说。
我家原来在黄土塬，
黄土塬上很闭塞，
姑娘留不住朝外嫁，
道路高坡要费劲爬。

一年收入才几千元，
把人弄得都很窝火。
自从这锡田基地来了后，
国家在咱这儿建高楼，
英雄有了用武地，
咱国家要在这儿建"航母"。
"神七"发射美国惊，
"嫦娥"奔月小日本怕，
你说咱国家强盛谁不爱，
咱们个个都是中华民族的好子孙！
这些成绩出自哪？
咱锡田基地功最大。
×××是干啥？
上天的那些设备都用它。
×××又干啥？
上天飞机全靠它。
所有这些锡田基地项目都有用，
那可是咱国最大的高科技！
我们国家还挺穷，
就是咱锡田为咱把脸挣！

你敢想想几十年前，
那些世界大国都打过咱，
咱们要是不发展高科技，
如今这时代咱们还能打过谁？
小日本，让咱死了两千万人，
美国打了伊拉克，四个人就有一个亡，
咱们要是没手段，
咱们的未来怎么办？咱们的儿女就要受可怜！

咱再想想几年前，
村子贫穷，咱农户缺钱，
谁也不把咱朝起看。
锡田基地来了后，
咱们的日子翻了身。
家家赔地盖了楼，
一家吃穿不用愁。
锡田基地要把咱转成城里人，
每家都住现代化的高层楼。
这里以后大发展，
我们的子孙也沾光进厂当技术员。
有发展就有幸福过，
咱做点小生意也很方便。
现在各地都在抢发展，
咱们周宁已经落后人家十来年，
可不能眼高手低瞎阻挡，
这些项目人家抢还抢不到！
当年共产党领导咱农民打天下，
改革开放也是咱农民先，
咱今儿可不能挡着国家的大发展！
国家富了咱农民也富，
锡田基地兴盛了咱农民都有利沾，
如果把这好地方憋死了，
那咱这里的农民让人家会说什么好！
兄弟们，姐妹们，老少爷们听我表一表，
合理赔付土地款，
这样锡田基地才能大发展。
锡田基地已经把咱接了手，
那就是咱老百姓的父母官。

锡田基地一心为了咱发展，

那有啥道理把锡田基地当敌人。

大家扪心问一问，

谁对咱老百姓好，谁给咱老百姓把钱分？

吃人家的饭还砸人家的锅，

锡田基地烂了咱们有啥好日子过！

一个地方不发展，

谁也说话不硬气。

锡田基地不是负心人，

早想好办法和大家一起享富贵。

叫声父老兄弟姐妹们，

一心一意搞好锡田基地！

将来大伙一起享富贵，

这些都得靠锡田基地！

这些都得支持锡田基地！

采访感悟

在笔者与这些"征地卫士"接触的过程中，深刻地感受到他们血液中流淌的那股精神，也确实见证了他们究竟忙在哪儿！

在他们第一阶段战役中，好几次打电话给国土分局寻找资料，但回答都是"忙，很忙，麻烦自己先找"。周六、周日晚上已经十一点多了，笔者上网查资料的时候，却无意间发现好多人"在线"忙碌，笔者询问为何还未休息，而他们的回答都是"征地呢，大家都在和农民谈判呢"！而当时，他们当天的工作还未到总结的时候。

为了寻求第一手资料，笔者十日前去征地工作组了解情况，但见到的每个人几乎都是打个招呼就不见影子了，步履匆匆，电话铃声不断，据说是要约请谈判当事人。而各个办公室又着急赶着做文件、协议等，有苦口婆心正在谈判的，竟然找不到一个能说上两句的人，而几乎许多人桌子上都能看到风油精，据他们说，这可是干活儿累了的时候管用的宝贝疙瘩呢！

冲锋的号角　巨大的鞭策　殷切的希望

仇宏威主任 × 月 × 日在国土分局谈话纪要。

× 月 × 日晚，仇宏威主任来到国土分局突查，看到大家正在开会研究近期征地工作，仇宏威主任疲倦的脸上露出了笑容。

"我们分局班子研究实施了'决战韩村，威慑徐家湾'战斗，以打击违法用地为突破口，促进附着物谈判。由于我们充分了解了对方，方法策略使用得当，取得了村干部和广大群众的支持，× 月 × 日对四户下发了限拆通知以后，原来叫不来、谈不成、要价奇高的钉子户，今天有六户主动登门'缴械投降'，以评估价签订了协议。"国土局局长 ××× 汇报道。

"主任，我们今天共谈了六户，那两户也基本谈成，一下子为咱们节省了三百多万元！"大家纷纷向主任汇报战果。

"好！"仇宏威主任坚定地说，"国土分局近期工作卓有成效，班子的信心、决心、精神状态现在在管委会是最好的。我给市委、市政府领导做了汇报，得到市领导的关注和肯定，觉得锡田基地实实在在为周宁发展做贡献。现在管委会工作千头万绪，一定要抓紧时间。长期以来国土局征地政策策略运用不到位，导致项目不能按时开工，这对我们开发区意味着什么？我们的项目进不了地，几十亿的资金投不下去，我们能为全市保增长的任务做多大贡献？土地工作已成为我们所有工作推动的瓶颈，我们重任在肩！"

"国土局退一步，锡田基地工作退一丈！"仇宏威主任坚决地说，"今年我们要大干到元旦，坚决打下项目落地这场攻坚战，彻底为项目建设铺平道路，希望大家再接再厉，紧紧扭住瓶颈，

不断总结经验，找到办法和调整策略。"

仇宏威主任说："要在工作中锻炼和选拔一批能干的干部，营造能者上、庸者下的竞争用人机制，保持富有活力的先锋战斗队伍。锡田基地要始终保持这种非常激情的斗志，发扬敢打敢拼敢闯的创业精神，迎接美好的未来。"

仇宏威主任希望大家爱岗敬业，充分发挥才能，施展才华。加强征地工作纪律，对思想上与管委会不统一、行动上与管委会不一致的人员，坚决清理。不管是谁，只要干得好，都能进步，工作成绩也要在绩效考核中体现。要加大宣传力度，把发生在身边的典型事例、好人好事宣扬，每周宣讲，鞭策教育队伍，激励士气。

仇宏威主任强调工作中要研究政策、策略，讲方法、讲成本，不断解决新问题，一鼓作气，坚决攻下征地难题。针对×××进地慢的事例，要求解剖麻雀，找出真正迟缓的环节。

仇宏威主任还对国土局提出的加强财务、保安、评估机构等问题作出指示，决定近期抽调执法小分队加强国土局工作。

谁能想到，世事变化，七年以后，仇宏威被开除党籍，移交司法机关，并且说他道德败坏，违背党的宗旨，是两面人……

<h1 style="text-align:center">90</h1>

金盆村挨着金水村，属于周宁市龙芯区的范围，就是这样的行政划分，却成了天壤之别。最近，各个村的选举工作陆续开始了。

"又开始选村主任了！"堡子人在堡门口说。

"听说金盆村这次上来的是个二球，也都是这几年在外头挣了些钱，都是在工地挖土方，现在要竞选村里的村主任。人家说，打死一个二十万！"村子人说。

"人命才值二十万，二十万就把人交代了！这伙人胆子就这么大，就没有人向上级反映？"堡子人说。

"上下都穿一条裤子！"潋潋不知道什么时候就站在旁边。

"一可，发支烟！"夏一可刚上堡子门口坡，就被拦住了。

"避！避！"夏一可没好气地说。

"没有的！"夏一可继续说。

"你上班能没有钱？"潋潋不恼，还笑着说。

夏一可一下就没有脾气了。

"一可那会儿学习好，咱是老同学！"潋潋给夏一可戴高帽子。

夏一可就掏出烟盒，准备给潋潋一支烟，没想到潋潋一下子就夺了过来，还连忙说："赶紧回，赶紧回，你妈在屋里等你吃饭。"

夏一可就无奈地笑了，算了，反正自己也抽得少，于是骑上电动车朝回走。

潋潋把烟给周围的人一人发了一支，剩下的迅速揣进自己的兜里。

"我这是借花献佛！"潋潋扬扬自得地说。

"那是义惠的娃，现在在厂里上班，娃离开他爸早！"堡子人叹息道。

"我俩还是老同学，我比一可还大月份。"潋潋说。

"咱村明天就要开始选了！"村子人说。

"人家谁当跟咱都没有关系！"堡子人说。

"咋能没有关系？咱村再上来个二球把咱村卖了咋办，让你住到山里头！"高人说。

"他敢，他要是敢，看我黑天里把他不拾掇了！"堡子人说。

"给你们都发钱了没？"潋潋突然问。

"谁给发钱？"堡子人追问。

潋潋就不言声了。

这一天早上金水村的村主任选举工作就拉开了帷幕，选举的地点就在村小学。

"走，看热闹去！"高熵走到门口给夏一可说。

"你先去！"夏一可笑着说。

"还学习呢！"高熵边抽烟边说。街道上三三两两的人开始朝学校走去。

高熵弟兄两个，高熵现在也在外头给别人开挖掘机，他现在说自己是昼伏夜出，因为挖掘机是黑天里干活儿，白天睡觉，昼夜颠倒，因为现在白天有时候不让干，所以就是晚上拼命地干活儿。

小学门口现在已经是熙熙攘攘，这里是学生上课的地方，也是选村主任的地方，就像鲁迅在上海龙华看樱花一样，龙华是看樱花的地方，也是屠杀的地方。两侧的墙上贴着红纸条幅，上面用毛笔写着黑字。

认真投票，发挥好自己的民主权利！
加强民主制度，搞好村民自治。
选好村干部，关系每个村民利益。
严守工作岗位，搞好选举工作。
投票，即抉择你和村子未来的命运。

小学里人黑压压一片，像集市一样。

"还有镇政府的人！"堡子人说。

"现在已经不叫镇政府了，是街道办。"村子人说。

"换一批章子，再进一批人！"高人说。

"我看咱县上撤县设区这么多年还不是老样子，撤县设区说白了就是为了要你的地，你看这几年把原来那边的多少地都糟蹋了，都盖成大学城了！"堡子人说。

"我看外头还有派出所的人！"村子人说。

"害怕你捣乱，把你抓起来！"闲人说。

学校里闹哄哄的，多年没来村小学，小学变化很大，金水村的人都是从小学走出来的，有的就继续上学，有的就直接走向社会，社会才是更广阔的学校。

……

果然不出所料，郭生侠当选为金水村的村主任，涌涌当选为金水村党支部书记。没有选举什么事情了！有人说选举现在成了太上皇，有人说太上皇算个球，县官不如现管。选举似乎一下子就在金水村的舞台上消失了。

金水村现在房客逐步增多了，有的房客拖家带口都出来了，在十字街口摆个摊摊，做点儿小生意挣钱。

"通知，通知，村里所有的坟地都要迁出，迁到村里新盖的骨灰堂里，时间为一周。请大家务必重视。"金水村的广播播放了这样的消息。

村子的大街小巷就议论纷纷，这牵扯到金水村的每个人，因为每一个人都是一代一代传下来的，都有自己的祖先，都不是从石头缝蹦出来的，迁坟，这是一件最大的事情。

堡门口聚集的闲人都议论纷纷。

"这选村主任就选了个这，一上来就迁坟，咱以后还咋埋人！"乡党们说。

"这骨灰堂也不知道啥时候盖起来的？"另外一个人说。

"路那么远，以后都得开车去，就在粮站路上。"乡党们继续说。

"现在都是火葬，都是骨灰盒，前几年咱村土葬的都是埋骨灰盒。"有人说。

"这回是全村的坟都要掏出来，这才死几年的，还没过三年的，人都没化，这咋掏？"人们议论纷纷。

"把咱的地占了，你不掏也没办法，一个人只给三百块，人家火葬场给咱都规定日子了，听说现在几个村子都在迁坟，这以后都得上架子，都说入土为安，现在死了你连个土都见不上，土在哪里呀？！"乡党七嘴八舌地说。

如如在挨家挨户通知，金水村所有的村组都在通知，因为这是集中干的一个事情，就在这几天。如如是小组的会计。出纳是谁，从来也不知道出纳是谁。如如是啥时候当的会计，夏一可没有印象，在他的印象中，队上一直都没有会计啊，只有村上有会计，就是穗丰当上队长，也是老样子，没有啥变化呀！如如也不是大学生，但是如如识文断字啊，如如也是弟兄好几个，有在堡子住的，有在堡子外住的。

"这是如如刚才来给的票。"夏一可母亲说。

"拿这个票去大队登记，人家要给写牌位，到时候到队上领钱。"夏一可母亲继续说。

夏一可愣愣地接过，没有吱声。年前刚给父亲过了三周年祭日，人活着没有时间，死了后就有了时间。他没有叫谁，也就是烧了几张纸，只有亲戚们过来，他也没有那个心思，因为要劳心费神，要花费，死人就是为活人挣脸面，随着时间的推移，悲伤慢慢就消散了，人始终要顾及自己，死去的人安稳地死去，活着的人好好活着就是对死者最大的安慰，因为人生就是这样，谁也不可能长久活在世上，那样不成了千年王八了，只有王八才可以活到百岁、千岁。夏一可记着半年前父亲过三年祭日，奶奶前一天就来了，也没有哭，因为夏一可的娃还小着，也不敢哭，害怕把娃吓着，光说给去多烧些纸钱！孩子出生以后的几个月，有时候晚上就哭闹不止，咋样哄都不行，于是就在房中间烧几张纸，口中念念有词说，你别回来吓娃了，赶快走，给你拿些钱赶快走，再别回来了，啥都好着！房子里就亮着灯烧了几张纸。果然，过了一会儿，娃就不哭了。夏一可记得有一阵，晚上烧了纸都不行，于是第二天就到坟地上再烧纸，这样才慢慢好了。夏一可母亲说，人走了，但是心还丢不下，你还有啥丢心不下的，你把我都撇到半路上自己跑了！说着就哭泣。随着时间的推移，慢慢就好了，慢慢也就不哭了，不哭就是挺过来了！

三年的时间，夏一可并没有叫过夏义赫，他也没有来过，因为夏一可觉得他靠不上，现在还是靠自己，每个人都有自己的日子，虽然是亲兄弟，但是始终是隔膜的，因为仅仅是这种血缘关系，随着老一辈过世，这样的关系也就不复存在了。虽然有时候也在村子的街道上遇见，但仅仅是打个招呼而已，有时候远远看见，反而绕道走了。

"你到骨灰堂看了没，盖的三层楼，以后咱村死人都搁到那里。"村子人说。

"以后把咱都搁到那里，入不了土，晒不上太阳！不得超生！"红社叹了口气说。

"我还说以后咱老了到北岭子晒太阳，现在北岭子已经被平整了，在那里盖高楼，好生生的地方就这样给糟蹋了！这伙人真是个瞎货。"红社说。转眼间，他也退休了。

村子的几个十字路口热闹非凡，有卖烧纸阴票子的，有卖死人衣服的，纸糊的二层楼，凡是白事需要的东西一应俱全，还有卖骨灰盒的。在村子做生意的都是房客，外地人。村子里现在已经有一部分房客了。他们没事的时候就在村子闲逛，说着不同的口音。

"可哥！"淘淘骑个电动摩托叫。

"咦，啥时候搞了个摩托？"夏一可在十字路口看到淘淘。淘淘竟然穿个棉拖鞋，光脚丫子。

"这是人家不要了给咱的。"淘淘说。淘淘现在吃胖了，披挂也好，看着就像不敢惹的人。他掏出了烟。

"媳妇现在干啥着？"夏一可问。

"没干啥，这几天跟她妈在堡门口卖骨灰盒。"淘淘说。

"她妈不是在方家窑村住着，咋跑到咱村来了？"夏一可问。

"他们一家子从那边搬过来了，现在都在咱村住着。"淘淘说。

淘淘抽完一支烟就骑着车子一溜烟似的走了。怪不得这几天就堡门口人多，都集中在这里了，原来是在这里卖骨灰盒。夏一可觉得淘淘媳妇和她妈还是本事大，只要能挣钱，啥生意都做。

挖掘机在进驻到坑底下的地里时，夏一可已经在地里等了，他已经准备好了被面子，等着挖出来的时候盖上红被面子。挖掘机带着撕扯声，夏一可的心里却在滴泪，从北岭子移坟到这里时，是他和父亲拉着架子车来的，那是八年以前了，而今自己来移爷爷和父亲的骨灰盒。看到爷爷的瓮露出土面的时候，夏一可再也抑制不住内心的悲伤，跪在地上，长哭不已，祖先再次被挖出，活人再受一回罪。父亲的骨灰盒好办，直接到骨灰堂进行登记，然后放到架子上。爷爷的遗骨还要到火葬场去一趟，变成骨灰，装进骨灰盒才能上架子。

"可可，你也去？"鲲鲲问。

"哦，这没办法！"夏一可说。

"真是糟蹋人！"鲲鲲说。

村里准备了面包车，一次可以放几家的，统一拉到火葬场进行火化。金水村的坑底下是一片哭声，老坟前的碑子被推倒，已经过世多年的人的遗骸被再次挖出，最难受最难取的就是还没有完全化完的人。天空中到处飘荡着看不见的眼睛和魂魄，先人们四处游荡，看着自己的后代忙碌，把自己从土下请出，死了也不能入土为安，却要搬进楼房，上了架子，进入格子，灵魂不能安宁……

夏义赫在搬坟现场，他没有说一句话，只是在抽烟，他的脸上没有表情，也没有悲伤。

坑底下的挖掘机是穗丰的，别人开着，穗丰没有在现场，他家的坟地没有在这里。

金水村的骨灰堂是个三层楼，在村子的最边头，紧靠着粮站。而这个粮站，也不知道从什么时间起开始荒废了。

"粮站啥时候搬走的？"堡子人问。

"不知道嘛！"村子人说。

"听说搬到引驾回了。"高人说。

"你几个在这里说啥？"老会计问，老会计不当会计已经十几年了。

"看我叔年龄大了，耳朵还好，眼睛也不花。"村子人说。

"我看我叔还红光满面，跟我婶还过得好。"高人调侃。

"你都没有我大，你不知道这里原来是庙，玉皇大帝庙，是庙产，地方大着，我小时候在这儿耍过，院子里的柏树多得很，50年代国家征收了庙，拆掉了周围的房子，庙里的和尚被迫还俗了！"老会计说。

"后来就扎上粮站。这粮站扎到咱这里给咱也没办啥好事情，指望着粮站修这条路，粮站只是在拉粮的时候给路上铺些炉渣，利于车辆通行。"老会计继续说。

"粮站以收粮为主，那些年可把人坑苦了，咱吃的出芽的麦子，给人家粮站交的好麦子，到最后粮站也不收粮食了，拿钱交公粮！这回粮站是彻底跑了。"堡子人说。

几个人站的站，蹲的蹲，感叹着时间的变化。

"人家说粮站把这个地方卖了，卖了好几千万块！"村子人说。

"以前占咱的地可以说都是白来的，就给咱了几个骡马，还都是生产队的，到现在自己把地卖了，跑了！"老会计说。

"你看现在连劳改窑里面都盖起了楼，这里以前都是高墙，有几回犯人都翻墙跑了！为啥50年代在这儿建劳改窑，当时这里荒无人烟，几十年的发展，现在是越来越近了！"高人说。

"选举，过来抽烟。"老会计招呼。

"都过来了！"选举打招呼。

"这以后哪里也去不了了，最后只能在这里会合了！"郭选举感叹道。郭选举穿着一件蓝色的中山服，头发依旧是黑的，不知道是否染过。

"老人们要是活着都快一百岁了！"高人说。

"哎，香香活个七八十岁，自己能横能走，不拖累娃们家，咱就上路！"老会计说。

郭选举说了一会儿闲话就走了。

"哎，选举是把江山失掉了！"老会计感叹地说。

"选举多少还是有些老思想的，不管人咋样，涌涌上台后两人就闹不到一块儿，在选举手里，咱村也没有征地！"村子人说。

"叫我说，都是一球样，没有一个好东西，都嫌少，没有一个人嫌多！"堡子人说。

金水村的搬坟持续了几天，也唱了几天戏，祈祷亡灵得以安宁，死去的先人能安宁不？

金水村的搬坟结束以后，村子就陷入了更加疯狂的举动。

"谁让你在这里倒土！"几个村民拦住了即将倒土的车。

"你是哪里的车？"村人拦住了车上的小伙，并且上车拔掉了钥匙。

"这跟你队上穗丰叔都说好了！"小伙说。

"这好好的地，咋能倒土呢？"村子人继续追问。

"你给穗丰打电话。"村子人围着这个小伙说。

"穗丰叔，你村人挡住了！"拉土的小伙给穗丰打电话说。

"哎，这是一个亲戚娃，工地那里出土，咱这边低，不会占用耕地，我给涌涌和侠侠也说了！"穗丰在电话里说。

"咱这好好的地，还要种地，不种地，咱要饭啊！"村子人说。

"你没啥吃，到我屋来，我给你管饭！"穗丰在电话里大气地回应。

"你是这，这车土倒完就不要倒了！"村子人说。

"叔，叔，知道了。"司机连忙接了扔过来的车钥匙，上了车，发动车把剩下的一车土倾倒在坑边。

村子人顺着坑边走了一圈。好在拦住了，坑边的周围已经倒了几车土，好在不碍事，部分麦子压倒了，现在是冬天，地里还冻着。挖掘机挖掘后的坑洞还在，好像一个个黑窟窿，村人就发出了一声长叹，可怜我的地啊！他想起坑底这块地，这可是旱涝保收的一块地，因为雨水都渗灌到这里，所以一年四季这块地的墒情总是很好的，从来不用浇地，种啥啥成！这是老天爷赐给金水村的一块宝地。涝池的水满了以后就顺着路面流到这里，任凭你有再大的雨，金水村都不会淹，几十亩地还不够你流。

91

二开看到的景象把二开惊呆了，门口的坑没有了，坑底下的地没有了，坑被倒的土完全覆盖了，坑和旁边的地几乎一样平了，远处还有倒下的土没有铲平。周围的乡党慢慢都聚了过来。

"谁把咱坑底下的地填了？"乡党问。

"哪个狗×的把咱坑底下的地填了？"二开说。

"前段时间，穗丰在这里倒了几车土，我给人家说别倒了，这是咱的地，人家说就在边沿沿倒几车，就没有再倒，不会是穗丰在继续倒吧！"村子人说。

"这是破坏耕地，这可是咱自己种的地呀！"旁边的群娃说。

"我只听黑天半夜里轰隆轰隆地响，出去一看，几个大车都在往下倒土，咱没有办法，又不敢上前，那些开车的开得飞快，十几辆大车轮番倒！"群娃咬牙切齿地说。

"我还给派出所打电话了，人家说这又不是打架，不管！"群娃说。

"这把咱的坑地填了，要干啥？"周围人议论纷纷。

"这伙不要脸的，刚一上台就胡整，就不害怕淹路上汽车轱辘子，干下这断子绝孙的事情。"鸳鸳在一旁使劲地骂道。

"这肯定是涌涌和穗丰的车黑天里倒的，村上跟队上都穿一条裤子，你看现在村边盖楼都是人家包的土方工程，他没有地方倒土就在咱地上倒！"鸳鸳说。

"我刚才报了警了，警察说这不属于治安案件，你们找土地局去！"村子人说。

"走，咱寻他土地局去！"有人说。人群中就有人响应，走，寻他去。

靖宁县设区以后土地局还是土地局，二开一行人就来到了靖宁土地局。

"我这是整个区上的土地局，你先到你们余力土地所反映。"土地局的工作人员说。

"这要一级一级反映，跟远近没有关系。你就是在北京也是一样，一级一级反映，最后才到国务院，到国家主席手里！"出来时，门卫半开玩笑半认真地说。

"那这样反映下去，黄花菜都凉了！"二开说。

"那这是咱的制度，制度没有办法改变。"门卫就关了大门坐回到门卫室里。

二开、群娃一行人就来到余力土地所。

"哦，金水村，金水村现在不属于咱这里管，现在划到锡田土地所了。"接待的人说。

"划到锡田土地所了，不是一直都是咱这里管吗？"二开问，他不明白。

　　"你村现在属于锡田管，土地问题也属于锡田管，锡田是开发区性质，前几年叫开发区，现在叫管委会。"土地所的人解释说。

　　几个人就出了土地所。二开始终觉得不对劲，这土地是农民的命根子，说划就划？

　　"师傅，那你给个电话，我们好联系。"群娃递给办公室人一盒烟。常年在外头干活儿，他身上备着好烟。

　　"这是电话。"土地所的人撕下一张台历在玻璃板下找到锡田土地所的电话写了下来。

　　"我看你也是个能人！"土地所的人说。

　　"哎，能行啥，你这都是国家的正式工。"群娃恭维说。

　　"我给你说，没有用，土地局现在主要就是卖地倒地！"这个人看着群娃说。两个人的眼神就这样对视了一番。

　　"你把你烟拿上。"这个人说。

　　"你留着抽。"群娃头也不回地出了门。

　　"叫我先给打个电话！"群娃说。通了，但是没有人接。群娃不知道这是常态，基层的电话一般都是没有人接，要么接了就是人没在。

　　"咱先回，没有人接电话。"几个人就回到金水村。

　　这边，村里的人就找到了村主任郭生侠家。

　　"侠侠没在，一大早就出去了，婶，我给你拨他的电话。"侠侠媳妇说。于是就拨通了侠侠的电话。

　　"侠侠，咱的地叫人给用土填平了，你知道不？"鸳鸳在电话里质问。

　　"婶，我这会儿在外头，回不去，我给涌涌一说，你找涌涌去，他在家。"侠侠在电话里说。

　　"侠侠咋说的？"郭生侠媳妇问。

　　"郭生侠说去找涌涌。"鸳鸳说。

　　郭生侠媳妇把鸳鸳几个人送出院子门，看着人走了，然后回去迅速关上了门。

鸳鸳几个人就离开了侠侠家往涌涌家走去。坑底下的地不是人人都有份，也都是谁的地谁操心，事不关己，高高挂起。

"涌涌，谁把咱坑底下的地填了？"鸳鸳在院子问涌涌。

"这你得问队上，队上管这个事。再说，我只能管党务，党政分开，这块也都是郭生侠管。"涌涌说。

"郭生侠没在家，说让找你。"鸳鸳说。

"好我婶，你这么大年龄了，管这闲事干啥，你指望那二亩地收麦呀！"涌涌说。

"人家把咱的地拿脏土填了，你们村干部连个屁都不敢放，找郭生侠，说叫找你，你说叫找队长，你们都是啥人，欺负我们老百姓！"鸳鸳破口大骂。

"王鸳鸳，你把嘴放干净点，这不是十字路口。"涌涌他妈从屋里出来了。

"匣子，我跟涌涌说事情，有你啥事？"鸳鸳不甘示弱。

"涌涌是我儿，你说不成！"涌涌他妈说。

"涌涌是村上书记，你以为你也是村上书记？"鸳鸳反问。

"妈，你回去！"涌涌媳妇把她妈劝回去了。

"婶，你先回去，别生气，我一会儿给侠侠打个电话，看这是咋回事，再不行咱以村上的名义找土地局，让人家执法的去办理。你以为我高兴，我也是自小在咱村长大的，地跟咱每个人都有关系，谁瞎咱的地，咱就跟他没完！"涌涌说。

"看，还是我涌涌会说话。"鸳鸳表扬道。

"我妈就是那人，你别跟她计较！"涌涌把几个人送出了门。

他从口袋里取出一支烟，抽了几口，扔在地上，用脚使劲踏灭了火星……

这几天村民没事就到坑上的地沿子走动，因为坑被填了，没有地了！

"你反映的情况你们村子的人也来反映了，我们都记录着。"在锡田土地所里，办公室的工作人员对群娃说。

"我会尽快处理的，让这块土地复垦！"工作人员说。

群娃也就没有了言语。

92

"你知道不，人家在队长家捏号？"灵灵急急火火地就跑到夏一可家里来了。

"干啥捏号？"夏一可母亲问。

"人家现在不分地了，也种不成了，现在叫私人承包地，谁出钱就是谁的？"灵灵说。

"咱这没有人手，你让你家高墒去捏，赶紧去！"夏一可母亲说。

"哎！"灵灵说完就又急急火火地一路小跑着走了。

灵灵就是高墒他妈，都在一条巷子住着。

原来，自从坑底下被土填了以后，事情就一直没有进展，土地所也确实来人了，给村里说要村里解决，进行土地复垦，村里也答应了复垦，可是这么一大堆土，又是深坑，如何再挖出来，没有人动这个手，也没有人说这个话，事情就这样一直撂着。来人也问话了，也照相了，坐上车一溜烟就走了！这个地方就这样摆上了。现在就传出了搞承包地的声音。

鸳鸳跑得最勤，但是村上一直都没有动静，一问就是没钱，谁给你把土挖出来？倒进去的土还能再挖出来？嫁出去的姑娘还能再退回娘家？这是没有道理的事情。鸳鸳命苦，老汉走得早，老大也不听话，因为偷盗进了监狱，鸳鸳不知道这么多年怎么熬过来的，如今，在自己门口眼睁睁看着自己的地没有了！

抓阄儿的结果是南岭和坑底下的地都已经承包出去了。承包费都是一次性交三年，三年后继续再交。

二开眼看着自己门口成为盖房的工地，他离得最近，却什么也没有得到。挨着路边坑上头的一片地是炸弹承包了，紧挨着炸弹的就是冒冒，冒冒也承包了一片地。这是在高压线下，按规定高压线下是不能盖房的，但是现在陆续开始盖房了，谁把规定当个事来着。

"看样子这是在咱这里盖门面房。"鸳鸳对二开说。

"一下交三年几万块钱的承包费，人家也能交得起，炸弹这些年把钱挣了，也有挖掘机。"二开说。

"咱跑了好多天，连个啥都没有，那些狗 × 的，净说些好话哄人！"鸳鸳说。

"我估计这都是给咱耍怪呢！他们与村主任、队长都说好了，土就直接倒进去，先把坑填了，然后再把地包出去，谁有钱就给谁，这有啥道理！你看这伙人为啥倒土后没有动，就是在试探，看有没有人闹事，一看过了一阵没人管这事，估计也都明白了，不知道下一步还耍啥怪，这一伙人就没安啥好心，看着和你说笑，实际上是看怎样拾掇咱。"二开说。

"你队是在虎子那里交钱？"二开问。

"咱没钱，交不起钱！"鸳鸳无奈地说。

"这辈子恐怕是再也种不成地了！"二开感叹道。

金水村除过被政府强制征用的土地外，剩余土地就这样被糟蹋得一干二净。高压电线杆下如火如荼地开始盖门面房，金水村靠近公路边的地也开始搭建各种简易的房子，仿佛在一夜之间这些简易的房子就搭建完成了。简易房子搭建完成后还没有干透就被外来的人员租赁一空。开小饭馆的、卖菜的、开杂货店的都一拥而上。金水村就瞬间增加了许多人。金水村的每个巷子都在盖房，地种不成了人们就开始盖房招房客，挨着路边的房子已经被外来人员租住一空。

夏一可现在有些窝火，因为在厂里现在根本看不到未来！

来了好几年，厂里的情况也摸得一清二楚，基本上也都是人家厂长的亲戚、朋友在管事，自从卢主任得病后就办理了病退手续，过后不久办公室就新来了一个人，这个人是厂长的朋友，80年代在派出所工作，因为在外喝酒当众拔了枪，被县公安局处分并开除了，后来一直在外面打零工，也不知道咋就和厂长认识了，现在厂长就把他安排到办公室当主任。一想到这些夏一可就感到窝火，自己干了这么长时间，却还连个啥都不是。还有那年七一前夕，夏一可写了入党申请书，可是书记看了以后就束之高阁再也没有提起这事，而那一年厂长那个女婿就顺利地加入了共产党。现在村里都在盖房，他却连盖房的钱都没有。村子是那样，厂子也还是这样，何去何从？他非常迷茫！夏一可办的网站并没有多少收益，倒是几个书画家都还经常联系，给画个画写几个字，能马上见效益换钱的书画家并不好联系上，网站的拓展并不是想象得那么容易。

三岁的孩子给夏一可母亲说："奶奶，我看见那里坐着一个爷爷！"孩子说。

夏一可母亲看了一眼，没有啥呀。

"别胡说！"夏一可母亲对孩子说，然后就把孩子带到院子里了。她知道，是夏一可他爸回来看了，十岁以下的小娃眼睛都能看见，往后年龄越大就越看不见。她就喊夏一可回来后到骨灰堂给他爸烧几张纸去。夏一可就拿了烧纸。

夏一可走过坑底下这片地，周围的门面房已经搭建完成，有卖菜的、开商店的，这边的地已经全部圈建了围墙，不知道里面现在都在搞啥，高压线杆旁已经盖了房，就是原来家里的自留地也是盖了房，地已经被消灭得一干二净。他边走边看，这里原来是做过打麦场的，现在盖成房子了，金水村的坑已经消失了。而涝池也被垃圾填了，上面覆盖着土，看样子也是有人想在这里动工盖房。金水村的巷巷道道全部都修成水泥路了，各家的污水全部进入下水道流入马路上的市政管网。涝池填满土后原来挨着涝池住的几户人家就开始盖房了。为首的就是崇崇，在自己的宅基地前面一下就伸出去了很多，和外面的路就撵齐了，看样子这里没人管。村子人说："崇崇在外面挣钱，现在也回村和咱争来了！"

村子在不停地扩大，现在已经没有一分一厘的地可耕种了。

骨灰堂的大门紧锁着，上面留了个电话，夏一可也没有拨打电话，直接在门外头把纸钱烧了。

"爸，你就别回来了，啥都好着！"他边烧纸嘴里边说。纸钱就慢慢燃烧着，不一会儿就化为一堆灰烬。

从在北岭子坟地烧纸到在坑底下烧纸，再到这里的骨灰堂烧纸，这样的变迁是土地没有了，把死人挖出来放在架子上，夏一可不禁感慨万千。挨着骨灰堂的粮站依然废弃着，村子人说粮站已经卖给了一个房地产开发商，但是迟迟没有盖楼的原因就是因为骨灰堂在这里，嫌风水不好。金水村的粮站说没有就没有了。那些年，拼了命从你口袋里抢粮食，说是支援国家建设，支援亚非拉人民，支援非洲人民，我们吃糠咽菜，非洲人倒吃饱了，到最后连我们的地也给占了……

夏一可所在的厂子现在还是名牌企业，市政府、县政府、质量技术监督局授予各种荣誉称号，而寇厂长本人现在也是人大代表、劳动模范。寇厂长当劳动模范那一年是敲锣打鼓在县城的街道上风光地走着，然后劳模们统一乘车到市上接受领导的会见、合影。那时候，县政府还没有搬迁。到又一个五一前夕，已经是撤县设区了，区上的工会下达命令说，今年的劳动模范要从一线工人中报送材料，于是厂里就报了田厂长，把职务改为科长，经过报送材料，田厂长也就顺利地当上了劳动模范。寇厂长还担任着周宁市的党风监督员，他委托夏一可到周宁市纪委党风监督室开会，来的也都是市里的几家企业的代表，基本上都是办公室的人代替本人参加的，他们都是企业家，也是人大代表，也都分别担任着检察院、公安局等相关部门的党风监督员。

区委书记要来厂里视察，厂里就开始了几天的大扫除，不留卫生死角。

"寇厂长还是有本事，能把区委书记叫来！"职工说。

"人家现在是市人大代表，经常开会，开会时就认识不少人，自然有人帮忙。"职工继续说。

"最早在那边就是，要不然咋能认识民政局的人，咋能救活咱厂，报纸上一吹，就吹起来了！"职工说。

"他不卖地，哪里来的钱？"职工说。

"你几个，把这里扫干净！扫不净，厂长罚我，我就罚你们。"车间主任说。

"大贪官来看小贪官！"老邹说。他过不久就要退休了。

"小夏，咱厂没啥混的，迟早都要完，你还年轻，不要白白在这里耗费时间，哪里不能吃碗饭！"老邹对夏一可说。

"现在没办法！"夏一可说。

"小麻为啥整天不来，他哥在检察院，厂长害怕人家查他。"老邹说。

"都是你的，你的人占全了，你把厂子拿个车车推回去，这是在这个地方建的厂，这要是个东西，早被人家拿回家了！"老邹继续感慨道。

夏一可所在的办公室就是准备各种材料来应付这次的区委书记视察。车间里包装了最好的产品作为礼品，来的人每人一份。厂区里的横幅已经挂好，上书"热烈欢迎区委书记莅临指导"。

这天早上，区委书记一行人浩浩荡荡进入了厂区的大门，厂区一派祥和欢庆的场面。夏一可作为厂里宣传和摄影人员自然要负责拍摄。因为现在有任务，一年要在各大媒体有五十篇的发稿任务。

区委书记一行人在厂长和书记的陪同下，朝生产车间走去，他们边走边交谈，边走边介绍，煞是认真。区委书记先后参观了车间，边走边问边指导，走到哪里哪里就响起热烈的掌声，和电视上的领导视察一模一样。最后，区委书记一行人来到会议室。

"老寇呀，刚才在生产车间一参观，我才知道你这里的情况。"区委书记说。他坐在会议室的中间位置，旁边分别坐着工商、税务、质量技术监督部门、经贸局等政府部门的一把手。

"感谢书记的指导，咱这里地方是小了点儿。"寇厂长唯唯诺诺，一改往常在厂里一言九鼎的作风。

"我没想到你这个地方这么简陋！"区委书记继续说。

寇厂长心里一阵紧张，因为自从他来后就没有建新的厂房和办公的地方，光对大门进行了重新建设。

"但是你干出了名牌产品！你这个企业现在也能为财政带来税收，你有什么困难你就提，今天区上各部门一把手都在这里，都支持你的工作。"区委书记爽快地说。

寇厂长悬着的心就放下来了。他依次汇报了自己的工作成绩，一页一页念，一页一页汇报。

"厂里想扩大，现在的地方已经不适应！"寇厂长说。他心里是想着看能不能重新划拨一块地方，建立新的厂区。

"李局长，你说一下。"区委书记把这个问题交给了土地局局长。

"你先打个报告，先报上来，我们土地局大力支持企业的发展，为我们靖宁的发展添砖加瓦。"土地局局长也言简意赅。

"老寇，你想建新厂，想法很好，但这不是你的权限。"区委书记说。

"我一切听咱区委区政府的安排。"寇厂长说。

十几分钟后，区委书记一行人就离开了，浩浩荡荡来，浩浩荡荡去。厂里的人也就顺势把准备好的东西装到车上。

区委书记一行人的视察工作就结束了。

之后夏一可就迅速准备好了稿件，下午坐上厂里的车就直接到区上的报社和电视台。

区上的电视台晚上就播出了区委书记视察厂里的新闻，这些画面都是夏一可拍的，文字也是夏一可写的，只是稍微做了一些修改。

现在厂里再怎么红火都和夏一可关系不大，因为夏一可每个月就是几百块的工资，再没有任何额外收入。而现在周宁的房价已经涨到了四千多块钱一个平方米，而夏一可一年不吃不喝的工资收入也不够买一个平方米。

金水村的人都开始盖房了，因为金水村人再也没有地了，再也不用种地了，而是开始种房子了。

"你这里有房子没？"夏一可家的大门被推开，一个三十岁左右的女人开口问。

"你想找个啥样子的房子，几个人住？"夏一可问。

"我们三个人住。"她回答。

夏一可家里倒是有房子，但是没有拾掇，因为现在出租房子都要水电齐全，线要大功率的，插板都要大功率的，现在普遍使用电磁炉，这是个很耗电的电器，对线号的要求也很高。如果要招房客，就要对线路进行重新改造。

"有是有，但是没有改造线路，害怕电器带不起来。"夏一可为难地说。

"那你拾掇一下，我看你这个院子还好，有花有树，环境好。"女人说。

"那一月二百三十块钱房钱，电费每度五毛，水费每人十块。"夏一可说。因为现在村子里招房客基本就是这个行情。

"每月二百块，你看行不，我是常住。"女人说。

"这个房子大，再说我还要进行线路改造，咱自己也不会修线路，还要叫人家来，都要给人家付钱。"夏一可为难地说。

"是这，那也不说了，二百二十块钱，我给你交五十块定钱。"这个女的说。

"那你得缓几天，这拾掇需要一个过程。"夏一可说。夏一可接了钱，约好三天后给她打电话。

夏一可不知道这组电线大概需要多少。因为房子有三十平方米左右，不是一间房，而是要把前面院子这两间房子的电线都组在一起，因为只有这两间房是现成的，是拾掇了以后就马上可以见效益的！他不是不想盖房，而是盖房需要钱，现在盖房不像原来一样盖二层楼，而是要进行整个院子的加盖，匠人嫌面积小了划不来不愿意干，村子盖房已经发生了天翻地覆的变化。

"那叫我爸过来给咱把线一走。"媳妇妙妙说。

"你爸会组线？"夏一可问。

"我爸最早给生产队开手扶拖拉机，那时候我们那一片就是我们队上有手扶拖拉机，我爸还是大队的电工。"妙妙说。

"没看出来，你爸还是个能人？"夏一可说。

"那还要给你爸钱？"夏一可笑着问。

"你这人真是好吃懒做！"妙妙笑骂道。

夏一可想起，以前要是像这样的小活儿，父亲就会做，现在只有求人了，一瞬间，他的心情就又不好了起来。前几天，穗丰来家里，说他家商娃子要盖房，过来给打个招呼。夏一可就想起以前家里盖房他妈耍死狗，商娃子踢门的事情，这会儿倒想起来了，所以就没给好话，穗丰就不高兴走了，撂下话，房非盖不可。夏一可觉得，你一个穷鬼，大字不识几个，要不是穗丰操心你，你有啥本事，也是坐监狱的坏子，光那一次抢劫出租车就把你娃治了，还轮得着你娃在这里张狂，人张没好事，狗张一泡屎！但是现在情况发生了变化，穗丰是队长，而夏一可就是在这个队里。村主任是农村的土皇上，队长更是土皇上。

93

线路拾掇好了以后，夏一可就给租房的人打了一个电话，租房的人说她礼拜天有空就搬过来。夏一可所在的这条巷子其他人也都在陆续招房客和盖房，盖房现在早已经不分时间了，招房客也是不分时间。

礼拜天夏一可起来得迟，人家房客已经用三轮一车一车把东西拉过来了，夏一可给他们开了门，并且给了钥匙。

"东西还不少！"夏一可说，他看到房客拉来了床、小沙发、案板、桌子、凳子等生活用品。

"这在外头住着，各种生活必需品都要有，啥都要买！"这个女的说。

"这娃看样子都上一年级了！"夏一可指着旁边搬凳子的小孩儿说。

"叫叔叔。喵喵！"女的对孩子说。

"叔叔！"小孩儿说。

"娃现在上一年级。在哪里上着？"夏一可问。

"在你村对面金盆村。"她回答说。

"你都不知道咱把借读费交扎了，都是为了娃上学。"这个女的说。

"你先搬。"夏一可说完就走了。

夏一可母亲就在门口照应着，她的东西还真不少，把一个大房子都塞得满满当当。

"娘，招了一家房客？"索索在门口问。

"哦，正搬呢！"夏一可母亲说。

"就是的，他就是给咱钱，见钱就成。"索索说。索索就住在巷子的对门，这是对面巷子。隔了一条路就是另外一个队。

索索家已经招了好几家房客，因为索索也算半个匠人，尽管索索曾经盖房给人盖斜了，但是索索拉了几个人给自己院子立即就盖了几间房，盖好后马上有人租，不几天就把房客招满了，索索说先招一阵子再看，要是好了再继续盖房，现在没有地了，不招房客干啥？索索的媳妇菊花和索索持一个态度，反正见钱就成。你不动弹，也没有人给你一分钱。

"房东，房东，你把手续办一下。"搬完后，这个女的就在院子喊。夏一可端了梯子，看了电表，就开好了票。

"这是身份证复印件。"这个女的随钱一块儿交给了夏一可。

"你是南苑的？"夏一可问。

"嗯。"

"我去过。你那里山多！"夏一可说。

这个女的搬完后就和娃到外面吃饭去了，现在村子里小饭馆也有了，都是外地人来做生意的，吃饭也方便。

一个老头站在夏一可家门口的台阶上不停地向对面张望。夏一可家的对面就是夜婆娘的家。

"哥，你回来咧！"夏一可他妈走到门外头招呼道。

"哦！"这个老汉支吾了一声。

"哥，给你在咱屋倒些水喝！"夏一可他妈说。

"不咧！"老汉说。

"你这在哪里住着？"夏一可母亲问。

"哎！"老汉再没有吱声。

"想回来盖房。"老汉半天说出了自己想说的话，又待了一会儿就恋恋不舍地离开了。

"这是夜婆娘老汉。"对门三娘走到夏一可母亲身边说。夏一可的母亲没有言语，转身就要回到屋里。

"可可他妈！"三娘叫道。

"你别走，我跟你说句话。"三娘说。

"那时候都是娘不对，你别往心里头去！"二十九年了，三娘终于开了口。

"你看我现在也老了，咱还把仇记一辈子？"三娘说。她已经明显地老了，成了老太婆。

"不说了，不说了。"夏一可母亲就进了家门。

三娘就在门外的石头上坐了下来，二十多年了，今天是第一回坐在夏一可家门口的石头上，她长长地舒了一口气。

夜婆娘老汉要回来盖房，可是他盖不成，因为这个宅基地不是他的，而是夜婆娘马银的。尽管和马银离了婚，但是对这块地方他还是舍不得，几个娃早已经长大成人并成家立业，但是和他没有任何关系。唯一有关系的是他和马银结婚生下这几个娃，但是两口子都不安生，由于在外工作的缘故，他很长时间才回一回家，这期间就在外头和别的女人勾搭上了，而马银在屋里也不是个省油的灯，也勾搭了一个，这下就热闹了，两口子终于大打出手，并且闹到了法院，法院还来村里进行了调查，而周围的乡党都成为调查的对象，并且在法院人提供的文书上按了手印。他俩的离婚在金水村拔了头筹，村里的庄台子地最后法院都判给了马银，马银老汉因为一直在外面工作，户口早已经迁出村了，所以这院的庄台子和他再也没有任何关系，虽然他是在金水村生，但是现在这里却和他没有半毛钱的关系，马银因为结婚把户口迁到金水村，成为金水村的人，这块庄台子地的批复上写的是马银的名字。之后两人都重新找了各自的人，组织了各自的家庭。马银老汉因为离婚受影响在单位的名声一落千丈，眼看到手的工程师职称也就落了空、泡了汤，最后早早办理了退休手续，到山里给人家当了上门女婿。他给人家把娃养大，然后那个婆娘一脚把他蹬了。而马银在家里住了不久也搬出去了，最后找了一个退休的老汉，住进了居民楼。两口子虽然都重新找了人但是没有再生娃。院子房子是两间厦子房，一间灶房，最后因为长期没有人住，也没有人看，风吹雨打就倒塌掉了，只剩残垣断壁。门口的木门虽然上了锁，但

是最后院墙也倒掉了，门仅仅是个象征而已。房子倒掉以后有人就趁天黑把能用的木料都偷走了。马银回来看了几回，就走了，反正又不住，院子就这样一直荒芜着。

"房东，开一下门。"夏一可刚睡下就传来敲门声。

"不好意思，今天回来迟了！"这个房客说。

"以后回来早点儿，这要到冬天，开门容易把人弄感冒！"夏一可说。

"哎，这个房钱挣得难受！"夏一可埋怨道。

"就叫你开个门咋了，人家有房能住到咱这里？"媳妇妙妙说。

"那你咋不去给开门！"夏一可就开始埋怨。

"也不知道是做啥的？"夏一可说。

"你管人家做啥的，人家给你交钱就是了。"媳妇妙妙说。

"也没见他男的？"媳妇妙妙问。

"就是那天闪了个面就没再见！"夏一可说。

"我看这基本上就是一个人带个娃。"夏一可说。

在天气最热的时候，夏一可开始学考驾照，他也不知道为啥考驾照，心血来潮，因为他看到现在好多人都会开车，虽然自己没开过车，但还是应该先学一下。媳妇妙妙并不支持他学车，理由是他不会开，学会后也没有车开。但是夏一可瞒着媳妇偷偷去锡田基地周围的驾校报了名。

"你在哪里住？"驾校老板问。

"就在金水村。"夏一可说。

"你那个谁认识不？"他说到村里一个人的名字。

"那是乡党。你村现在发展快，周围都开始盖楼。"驾校老板说。夏一可提供了身份证，在这个叫飞翔驾校的地方报了名。因为周内还要上班，夏一可就报了周六和周日的，学费是两千二百块。

　　星期六的早上驾校的车就拉了五六个人到训练场开始练习。飞翔驾校的训练场地很大，各种设施一应俱全。几个人也都是周围的，几个女的都是家里有车，但是光会直线开，不会停车。

　　"你们都开过车没有？"教练首先在训练场问。

　　几个人都说开过。

　　"有没开过的？"教练问。

　　"我没开过。"夏一可实话实说。

　　"拖拉机开过没？"教练继续问。

　　"拖拉机开过。"夏一可说。

　　"我就说嘛，咱这里的人咋能连个拖拉机都没开过。原理都是一样的。"教练说。

　　"开车的要领是啥，谁能给咱做个示范？"教练问。

　　"我来给咱示范。"一个小伙子自告奋勇地说。教练就挥了挥手。

　　只见这个小伙子直接走过去拉开车门就坐了上去。

　　"你下来。"教练就过去拉开了车门。

　　"哪有你这样的！"教练有点儿轻蔑地说。

　　"下来，我给咱大家示范一遍。"

　　教练说完就走到了车子周围，首先围着车子转了一圈，然后打开车门，坐到驾驶位上，调整好座椅位置，看了看两侧的后视镜，打了左转向灯。

　　"我给大家说，不管你是开过车的还是没开过车的，行车的第一条首先是安全第一。上车前绕车一周，就是看一下车的轮胎有没有漏气的，轮胎上有没有扎着异物，检查后再上车。上车后把座椅调到适合自己的位置，然后点火打开转向灯，看后视镜，再缓慢起步。"教练说得很仔细。

　　"现在为啥路上'二把刀'太多，就是开始时就没好好学，学个一知半解就上路，不出事才怪，你们要记住不管开什么样的车首先就是安全第一，因为路上状况较多，就是在驾校也学不全，要不断适应路上的变化开安全车。"教练强调说。

开始学车的时候起步总是很难，常常都是一起步就熄火，再加上初学，难免紧张。

"不管开啥车，你都不要紧张，不管是大车还是小车，它都是由人来控制的，你叫它走，它就走，你叫它停，它就停。"教练说。

这个教练教的还是很认真仔细的。

夏一可学习、考驾照的事情媳妇还是知道了，她说学了就学了，学了也不是啥坏事情。

94

金水村周围的楼一天比一天高，而金水村内涌现的外来人口也就越来越多了。

"你们是找房子？"菊花问走过来的几个人，他们是民工打扮，一看就是在村口盖楼的民工。

"你们有几间房子啊？我们人多。"为首的操着浓重地方口音的普通话问。

"你们是哪里人？"菊花边问边把他们引进了大门。

"我们就在你们村口的工地上干活儿，我们都是川省人。"这个人说。

"以前我们在你们周宁的东郊干活儿，那个工地的活儿干完了，我们就找到了这边的工地。"这个人说。

"你看这个咋样？"菊花打开了一间房子的门。

这几人在房子里东看看西看看，不停地用手摸墙。

"老板，你说多少钱？"这个人问。

菊花一愣，但是很快反应过来。

"这个一月一百五十块钱。"她说。

"便宜点儿嘛，我们都是穷苦人！"为首的这个人说。

"你们要几间？"菊花问。

"我们要四五间房子，要是人多了，把你这院子的房子都要了！"为首的这个人继续说，他想着是越便宜越好，因为他们人多。

"给你算一百三十块。"菊花说。

"算一百块吧，我们把这几间房都要了。"还是这个人说。

"就是嘛，算一百块，我们把你这几间房子都要了。"其他人七嘴八舌地附和着说。

菊花心里想着，现在里边的房子大概都在一百五十块至二百块之间，要得太便宜了也不好，不租吧，闲着也是闲着。

"给你一百二十块，最低了。"菊花说。

"那你给我们包水费，电费我们自己付。"这个人狡黠地说。

"好吧，你们对外不要说，因为水费是每个人五块钱。"

房子就这样成交了，菊花顺便收了一间房子的钱，说是订金。这几个人也就爽快地交了，并且说明天一大早就搬过来。

菊花家的房子是凑合着盖的，后面的大房二层楼没有动，临街的二层楼是挖了地基，在院子里整个围了一圈，院子就没有阳光，显得黑暗狭小局促，但是为了招房客，也就顾不得那么多了，因为菊花的丈夫索索本来就是匠人，虽然不是很懂行的匠人，但是盖自己的房还是绰绰有余，他说只要倒不了，就能住人挣钱。

索索家顿时就人声鼎沸了，家里的大门也就白天都开着，因为这些人图方便，开了就不关了。他们早上不到六点就起来了，打开煤气罐做饭。早上起来叽叽喳喳一阵，大约二十分钟搞完，然后骑着电动摩托车出了门，一个带着一个，呼啸着就走了，院子就恢复了平静。到中午十二点左右就又回来了，照旧是闹嚷嚷的，开始做饭，通常都是蒸米饭、炒菜，有自己带来的腊肉，男女饭量都很大，他们都吃得很香。到一点左右时

就又呼啸着离开了。晚上回来就到八点左右了，照旧是开始做饭，由于院子把房盖满了，炒菜产生的油烟就开始四处乱飘，逐渐就飘到楼顶的出口了，院子里炒菜做饭的油烟得散好一阵子。

菊花开始并不习惯，因为响动太大，从来都没有这么大的声音。菊花给索索说。

"你操那闲心，我看你是没瞌睡，咱盖房为了啥，房子闲着一分钱都没有，现在村上也没有地种了，咱不招房客吃啥？"索索对菊花说。

"你看咱这条巷子，谁有咱房客多，咱管他干啥，只要给咱钱，以后你就按照我给你说的做就行了。"索索说。

索索才不管闲事情，他就当没听见没看见。有一次，他看到房客洗衣服，把一盆一盆干净的水倒掉，想说都没有开口，扭头转身就出了家门，朝十字路口走了，说闲话去了。索索的理由很简单，你一说房客就搬走了，就挣不成钱了。

索索才不管呢，他还有他的主意呢，他想先把房客招着，然后在这个房的基础上再摞上几层。

夏一可虽然在单位上着班，但是心却没在单位，因为一个月几百块的死工资养活不了全家，眼看着孩子一天天长大，各种开销都在增加，显得力不从心。单位犹如一潭死水，他觉得自己当初应当去北京或者深圳闯一闯，但是固执的观念也严重束缚了他，二十七八才结的婚，在农村来说已经算是晚婚了，像他这么大的年龄，人家娃都六七岁了，生活的压力和担子像千斤重一样压在他的肩头。有时候偶尔会想起小时候的同学们，偶尔发发呆，随后就荡然无存。虽然算是有单位的人，但是却没有房子，原因是自己到单位的时候房子已经盖完了，也已经集资完了，他没有赶上趟。而在村子里看到这样那样的事也无从干预，因为村子人说他在外面上班，不必管村子里的事。眼看着周围的房子都已经盖起来了，自己家还是后面二层，前面一层，不免着急。而隔壁一个大字不识的商娃子已经盖了三层楼，盖满了院子，想当初，他家很穷，没想到现在居然也盖起了房子。隔壁两邻居都盖起了房子，院子里树和菜就不太长了，因为楼房把风给堵死了。村里也有人在信用社开始贷款盖房，不知道这贷款盖房是怎样一种情况。

"我听说最近村上正在联系拆迁的事情。"谷城他妈说。

"这地还没征咋拆迁？"夏一可他妈问。

"也不知道这是啥情况，咱人老几辈住了多少年，要拆迁，我不走，我死也要死在村里头！"谷城他妈说。

"好我嫂子，拆迁他不给咱说个啥，咋走？"夏一可他妈说。

"人家就不说，现在都是到处传言。你没看现在能盖房的都盖了房，在院子里围了一圈圈，就是为了以后能给多赔些钱！"谷城他妈说。

"你不知道，咱娃在外面上个班，也挣不下啥钱，现在啥东西都贵，也都要往回买，不像原来有地种粮食，再捎带着种点儿菜，基本就不买啥。"夏一可他妈说。

"都一样，样样都是要买的。"谷城他妈说。

谷城他妈，这都是多少年的乡党，平常没事都爱在门口坐，夏天乘凉，冬天晒太阳。关键都对脾气，说话都好听，话都能说到一块儿，能说到一块儿就有共同的想法，当然，也有说不到一块儿的，比如蝉蝉，见了躲还来不及，还说啥话？

村子要拆迁的风声很快就在村里传开了，能盖房的都开始盖房了。夏一可也就坐不住了。

这一天他来到了斗斗家。

"斗斗哥。"夏一可在门外叫。

门响了一声就开了，夏一可就推门进去了。斗斗因为在外面包活儿干，有工程机械，前几年在村里就盖起了六层楼，很是显摆和风光了一阵。

他在二楼住着，墙上挂着字画，客厅摆着鱼缸。夏一可递过去一支烟。

"哥不抽烟！"斗斗摆了摆手。

"哥嫌我的烟不好？"夏一可说。

"看你说的，哥嗓子不好，有咽炎，抽了不舒服。"斗斗忙摆手。

"哦。"夏一可收起了烟。

"厂子效益还好？"斗斗问。

"唉，就是那样子，好不好都是那回事，咱又不挣钱！"夏一可说。

"寇厂长那人还可以啊！"斗斗说。

"咱也不是人家亲戚啊！"夏一可笑着说。

斗斗就笑了。

"哥，我想盖房，把房拾掇一下。"夏一可开了口。

"盖房是个好事情，咱村以后拆迁也能赔上钱。"斗斗说。

"那准备咋盖呢？"斗斗问。

"后面大房不动，那都是二十多年的老房了，主要把前面和院子都擩成二层。"夏一可说。

"那也得花点儿钱！"斗斗说。

"哥，你在信用社能给咱贷些款不？"夏一可开了口。

"信用社有熟人，你贷款拿啥还？"斗斗问。

"拿招房客的钱还！"夏一可说，他没料想到斗斗会问这个问题。

"招房客靠不住，你不像哥在外头有机子，能挣钱，招房客能顾个生活就不错了！"斗斗话中带话。

夏一可听了这话就不言语了，也就坐不住了。

"那行，就不麻烦你了！"夏一可说话间就起身了。

夏一可有点儿愠怒地离开了。他觉得斗斗有点儿看不起人，话咋能那样说？

外面的阳光很是灿烂，但是在夏一可看来却是阴霾的。我见青山多妩媚，料青山见我应如是，这完全都是作者的心境。心境好了看什么都是舒服漂亮的，心境不好看什么都不顺眼都是丑陋的。夏一可此时的心境就是这样。

"有戏吗？"夏一可母亲问。

"没戏！"夏一可气呼呼地说。

"你问你媳妇她娘家能不能给借些钱？"夏一可母亲说。

"你想啥呢，人家她兄弟还没结婚，咋开口？她爸现在正在给挣媳妇钱。"夏一可说。也确实的，媳妇妙妙娘家还有一堆事情，咱不给添乱就对了，还向人家借钱？

"那不行问你几个姑和你几个姐借些钱，凑也能凑些，然后慢慢还！"夏一可母亲出主意说。

夏一可没有说话。

晚上，夏一可翻来覆去睡不着觉。

"咋了？"媳妇妙妙问。

"斗斗那里不给办，信用社贷款要担保，人家问咱拿啥还？"夏一可说。

媳妇没有说话。

"我也给你帮不上忙，我家你知道，我弟还没有结婚，现在都是给我弟挣媳妇钱。"媳妇妙妙说。

"我知道。"夏一可说。他觉得都很不容易，自己有房有媳妇有娃，现在仅仅是再盖房的事情，也不算个啥事情。人家的媳妇可耽搁不起，这才是大事。

"现在盖房反正都是为了拆迁，你看现在快到冬天了，村堡上下都在盖房，都是为了拆迁多算一些钱，你不盖也不行。你看咱两边一盖楼就把咱遮住了，连柿子树都不长了，你看咱院子原来的柿子树结的柿子多大，又大又甜，但是现在情况发生了改变，你不盖都不行。"夏一可说。

"也是的，两边一盖把咱都夹在里面了。"媳妇妙妙说。

"你知道咱两边的邻居原来都是啥情况！"夏一可说。

"我不知道，也不认识几个人！"媳妇说。

"隔壁的原来穷得吃饭酱油醋都过来借，你想穷到啥程度了？还有池池家一直都是拉泔水喂猪，就我们家的情况好！"夏一可说。

"我嫁到你这里的时候，两边都还是一层，现在人家都盖得比咱高。"媳妇妙妙说。

"不行就借一些。"妙妙说。

"你不是有信用卡，看信用卡能不能借贷些。"媳妇说。

"信用卡？"夏一可说。

"这卡我基本上都没用过，你用了还要给人家还，每次还要跑银行，我最早用过几回，后来就不用了，都是到年底刷几次，把次数刷够就可以免年费了！"夏一可说。

"我看我同事同时就办了好几张信用卡，就是来回倒腾。"妙妙说。

"补窟窿，最后你还是欠人家的，窟窿越补越大！"夏一可说。

"不过可以咨询一下，看能不能贷出来钱，利息是多少。"夏一可说。

"我给咱打听一下，看我同学能不能借一下，好长时间都没有联系了！"夏一可说。

"睡觉，睡觉，明天还要起来上班。"夏一可说。

金水村的人盖房确实是盖疯了，堡子里堡子外都有施工盖房的，堡子外面盖得更多一些。

夏一可现在还希望买一个二手车先练手，因为最近刚刚把汽车驾照拿到手了，若不练习害怕生疏了。

他想起村里的虎子原来是倒腾二手车的，前几年当上队长后不倒腾车了，摇身一变也开始搞挖掘机的生意，而村里倒腾车的基本改行了，对于比自己还小的一辈还不是很熟悉，一天早出晚归，基本也不见啥面，礼拜天有时候自己忙于网站的事情也要外出活动、采访，也就在家里待的时间少，说是在村里住着，实际上和村里的人接触得很少，而媳妇就更不用说了。回想起多少年前那种浓浓的乡情，确实现在是寡淡了很多！人人为了利益，人人为了挣钱，而大字不识几个的人却可以耀武扬威，在人头上作威作福，真是情何以堪？

"彬彬。"夏一可拨通了媳妇她弟的电话。

"哥！"电话那边睡意蒙眬。

"打几遍咋不接呢？"夏一可嗔怪道。

"昨天晚上工地干了大半夜，临明才回来睡的，这会儿还没睡醒！你说啥事，哥？"彬彬问。

"星期天想到二手市场看个车。"夏一可说。

"看个啥车？"彬彬问。

"一万左右，不知道能买个啥车，咱不懂，你懂行吗？"夏一可说。

"我也不懂，你别管，我到时候把我村的郭峰叫上，这人大小车都懂行，也能搞价。"彬彬说。

"那好，咱到时候去早一些。"夏一可说完就挂了电话。

他为啥去看个车，这个想法是从斗斗家出来就有了，啥都不管，先买回来再说，因为车就是定时炸弹呀，更因为农村人都是势利眼啊！

二手车市场在周宁的龙驹寨，这是西北地区最大的二手车交易市场。对于这个市场以前都只是听说过并没有去过。

"哥，我在你村南边的这个门楼。"彬彬打电话说。

"好，你等一下，我几分钟就过去了。"夏一可说。

"你干啥去？"夏一可出门时媳妇妙妙问。

"晌午不回来吃饭！"夏一可撂下话就出门了。

"又胡跑呀！"身后传来媳妇的声音。

走路，拐弯，直走，就到了村南门楼。夏一可上了停在村口的北斗星车。

"哥，这是郭峰！"彬彬给夏一可介绍坐在副驾驶的郭峰。

"今儿可叫郭峰给咱帮忙。"夏一可递给了郭峰一支烟。

"没事，彬彬这都是好朋友，都在一个村。"郭峰爽快地说。

开车很快，不一会儿的工夫就到了二手车市场。几个人就下了车。

"看啥车，哥，到里头看，奔驰、宝马！"车贩子们不停地招呼。

他们一个都没理。

郭峰在前面走着，郭峰胖，面相老成，脖子上挂着链子，手上戴着串串，乍一看，有点儿像黑社会老大，穿了一件前面是老虎的衬衫。而夏一可他们两个人走在后面就像两个跟班的。

"这二手车市场水深得很，不懂行就被宰了！"郭峰说。

"你看那奔驰宝马都是翻新的，这里头学问大得很。"郭峰边走边说。

"我看这都是龙驹寨人，靠山吃山，靠水吃水，靠车市吃车市。这儿估计早都没有地了。村上原来几个人都是倒腾汽车的，开始拾掇个旧卡车，回去一捣鼓，然后喷漆翻新，最后再来一卖。"夏一可说。

"那会儿车少，就是个卡车，然后就是公家单位退下来的车。"彬彬说。

几个人在偌大的市场里边走边转，彬彬买来了矿泉水。

"彬彬，我看只能看个夏利之类的，这个都是跑了几十万公里的里程，买不成，你又不要面包车，其实面包车是个好东西，也能拉东西。"郭峰说。

"我哥要轿车。"彬彬说。

"那咱就慢慢看。"郭峰说。

三个人就慢慢转。

"这啥价？"郭峰问。

"这是辆私家车，六月份审验，手续齐全，一万五。"车主说。

"车是你的？"郭峰问。

"对。"卖车的人说。

郭峰打开引擎盖听声音。

"车没问题，现在刚好六年，七万公里，数字也不大！"卖家说。

"声音是好着。"郭峰说。

"这咋样？"郭峰问。

"你看，哥？"彬彬问。

"好着，也合适，练手，过几年再换了！"夏一可说。

"那就叫郭峰说价。"彬彬说。

几个人坐到了树荫下。

"车是没问题，正经东西，前后杠都换过，这都正常，小刮小碰，没有大的事故，能用。"郭峰抿了一口水。

"价有点儿硬！"彬彬说。

"这是贩子，就挣的这个钱。"郭峰说。

"一万五贵了，没在预算内，超过一万二就算了！"夏一可说。

"没问题，关键是你不要面包车，刚才看了几个面包车也都是正经东西，客货两用，比这排量还大，但你要轿车！"郭峰说。

"看你哥还看不？"郭峰对彬彬说。

"哥，你看？"彬彬问。

"咱预算就是这么多，太多就买不成！"夏一可说。其实，他也是咬着牙买车，根本没有多余的一分钱。

"那你给咱说价去，就一万二。"彬彬对郭峰说。

郭峰于是就过去了。

95

车开回来后就停在大门口。因为是二手车，也就没有放炮，在村口的洗车房花十块钱洗了车，这接下来还要买保险，还得几千块钱，加油，这都是需要花费的。

"咦，买了个车？"索索从门口路过问。

"哦！"夏一可吱了一声。

索索就边走边看，他想着自己要是有个男娃也要买个车，可惜自己都是女娃，现在自己年龄也大了，也不会开车。这样就伤感了一阵，就是给娃招了个上门女婿，心里还是觉得不太好。女婿是外县山里的，虽然结婚了，但是有时候在家里住，有时候不住，在外面忙他的事情，和女婿之间也没有啥说的，和自己娃也没啥可说，上门女婿总觉得是低人一等。自己不抽烟，不喝酒，挣钱是为了啥？

夏一可的车收拾干净后还是看着挺顺眼的，毕竟现在不用风里来雨里去了，车可以挡风遮雨。买车后夏一可便找到了自信，乡党们似乎都投来羡慕的目光，但是谁也没有料想到以后会车满为患，不是车的问题，而是如何停放的问题。他现在谋划着如何盖房的问题，因为车也有了，现在就剩下盖房的问题。斗斗说你拿啥还，一下就戳中了他的软肋，是的，你拿啥还？但是房子还是非盖不可，别人都在盖你不盖也不行。

联系上了同学孙京以后，说好时间，他就过去了。多年没联系了，孙京现在已经自己开了一家公司。

孙京的公司在周宁电子市场旁边，无论如何，他实际上还是从事着自己的计算机专业，从给别人干到自己开公司，夏一可没有想到，同学之间的差距在毕业十几年以后就显现出来了。

这是一幢高层建筑，孙京的公司就在这座楼里。

孙京早已等候着。

"还是那么苗条!"孙京开玩笑说。

"好几年没见面了!"夏一可说。孙京边说着倒了杯水。

"可不是嘛,上次见面还是在金峰公司。"孙京说。

"发福了!"夏一可说。

"一直都是这样。现在都是三十好几的人了,上有老下有小,压力山大呀!"孙京感慨。

"我还记得咱以前在学校门口吃拉条子的情景,拿一瓣蒜吃得津津有味,现在可再也尝不到那样的味道了!"孙京感慨地说。

"就是的,啥再好也没有那时候的味道了。"夏一可说。

"你妈身体还好?"孙京问。

"好着呢!"夏一可回答说。

"单位咋样?"孙京问。

"不咋样,就是那个样子,不打算继续干下去了,因为没有前途也没有出路,这个企业迟早都要倒闭!"夏一可说。

"也是的,现在企业都不行,我县上的企业也倒闭完了,就是我们厂也倒闭了。"孙京说。

"我这几年还算可以,现在也在电子市场周边住着,把我爸也接了过来,他另外住着。"孙京说。

"那边不住了?"夏一可问,他知道原来孙京最早是在周宁的西郊买的房。

"因为那边现在交通不好,早晚老堵车,再加上娃过几年要上学,我一打听要到周围村子上小学,所以前年就把那里的房子卖了买到这边来了,都是为了娃上学。"孙京说。

"那这边是首付,然后月供?"夏一可问。

"没有,六十多万,一把付清,这几年还是挣了些钱。"孙京自豪地说。

"还是你厉害,我不行!"夏一可说。孙京还是折腾出了前途，不像自己最终还是龟缩了回去。

"我上次开车还路过你们村口了，现在挺繁华的，租房的应该挺多的吧？"孙京问。

"还行吧。这不，今天来就是想问你倒腾点儿钱，想把家拾掇一下，现在人家整天嚷着拆迁，也想占点儿地方拆迁时多分些钱。"夏一可说。

"那以后拆迁你就发了，你那里我看现在挺方便的，估计都用不了几年。以后应该会更好的。"孙京说。

"对着，对着呢。"夏一可说。

"大概需要多少钱？"孙京问。

"你要是方便，你给我倒腾个八万元，行不？"夏一可开了口。

"六万可以，因为现在公司这边还要周转。"孙京说。

"那行。你看我什么时候过来取。"夏一可问。

"不用过来，你把卡号发到我手机上就行，我给你转过去。"孙京说。

"那就十分感谢了。"夏一可说。

"咱俩还说这话。"孙京说。

"我给你到时候把借条送过来。"夏一可说。

"又来了！"孙京说。

"中午在这儿吃饭？"孙京说。

"不用了，我得回去。"夏一可说。

再没有什么事情了，夏一可就离开了。出了楼门，夏一可感慨万千，虽然借到了钱，但是夏一可却很感慨！感慨的是当时都是同一班的同学，毕业十几年以后就见了分晓，有人欢喜有人忧。孙京从给别人干到自己开公司，而且现在把房子买到了周宁南郊并且一把付清六十多万，对夏一可来说就是个刺激。而自己却还在企业混着，没有一点儿升腾的迹象，都不敢说自己开的是二手车，孙京已经开十几万的车了。人和人的差别在瞬间就显现了出来。孙京现在虽然是个小公司，看规模也有十几个人，也是真正的老板了。

夏一可通过信用卡咨询，可以借到两万左右，三十六个月还清，每个月有本金和手续费（利息），大概一个月也要还五百多元，算下来也是挺贵的，因为实际上手续费就是利息。然后再问亲戚们借上六万，姐姐们再拿出几万，基本上就差不多了，夏一可是这样计划的，因为他想着先把钱凑好，然后年后十五就开始动工。

"我算了一下，借下来以后大概就够了，差也差不到哪里去！"夏一可对媳妇妙妙说。

"就是信用卡的利息比较高！"妙妙说。

"那也没办法，这不是还没借，先是咨询，你也借不出来钱，信用卡一个月五百多元应该问题不大，虽然利息高点儿，但是每个月还，其他的到时候有了钱就给人家还，大概也就是三年，也不敢太长，因为咱都是给人家打的借条，咋样说的到时候就咋样兑现。"夏一可说。

"我上次还在堡门口碰见二爸了，他说咱要盖房他到时候可以给咱找匠人。"妙妙说。

"匠人多的是，哪里都能找。"夏一可没好气地说。

"你看你这人，人家好心问你，你给人家这样不客气！"妙妙埋怨道。

"现在也就是不盖不行了，人家前后左右的邻居都盖了，把咱夹到中间了。"夏一可说。

夏一可原则上是不想盖房的，因为盖房就要花一笔钱，现在的情况是盖房不是为了自己住，而是为了以后拆迁多分钱，暂时能招房客居住，每月能有招房客的收入，总之这个地方以后是保不住了，既然保不住就要在拆迁之前盖些房子，以弥补损失。

眼看着孩子一天天长大，夏一可的心里也充满了期待。这几年，因为网站的原因也收了不少书画作品，有的自然也就倒卖了出去，有的就留着，等着升值后变现。但是现在为了盖房子，就要出手变现，不出手咋办呀，现在可真是缺钱！他想起了晓晓，已经有六七年的时间没联系了。也是的，不在一块儿了，自然就没有了联系。

夏一可找了半天始终都没有找到晓晓的电话，翻遍所有的通讯录打了电话，却告知不是对方的号码，晓晓真的是消失得无影无踪了吗？在网上查找有相似的，但是也不是。他不知道晓晓现在还在不在周宁，也不知道她结婚了没有？

通过一个书画网站，夏一可找到了电话，但是他不能确认到底是不是晓晓。

"你找谁？"手机里果然是一个女声。

"我是夏一可，晓晓。"夏一可说。

电话那边停顿了，没有了声音。

"喂，喂。"夏一可接着呼叫。

"你说你有什么事？"手机里晓晓的声音开始平静了下来。

"见面说吧，你在哪里？我过去。"夏一可问。

"好吧，我告诉你，你现在就来。我在国贸对面的小区，那里的门口停了一排车，你到了给我打电话。"晓晓在手机里说。

夏一可急忙开车就出去了。

这个区域是盖了一大片楼，东南西北各个方向都有，密集得很！

"你咋来得这么快，想我了！"晓晓出现在面前，依旧是那么妖媚，和刚才电话里的声音判若两人。

"我开车来的。"夏一可说。

"哦，都买车了！"晓晓揶揄道。

两个人一块儿就到了小区的门口，晓晓掏出门卡刷卡开了门，夏一可跟在身后就进了小区大门。

"这是你公司的地方？"夏一可有点儿不解。

"是啊，自己给自己当老板！"晓晓说。

绕过小区的假山，到达一栋楼的门口，依旧是刷卡进入楼门，随后进入电梯。夏一可的心突然有点儿紧张了，说不清楚是为什么。电梯不知道在几层停住了，夏一可就随着晓晓出了电梯，黑暗的楼道晓晓踩了一下脚灯就亮了，随即开了门。

"坐吧。"晓晓脱了外套，招呼夏一可，然后进了卫生间。

环顾四周，夏一可发现这是个一室一厅的房子，窗户靠东边，客厅较大。墙上挂着油画，不知道是谁画的，客厅里有简单的家具，装修风格典雅。房间里的暖气很热，夏一可拉开外衣的拉链。

"这么多年都没见面了，你咋又冒出来了，是不是想我了！"晓晓开始冲咖啡，顺便揶揄着，她已经换上了一件单薄的黑色衣服，楚楚动人。

"想也是应该的。"夏一可说。晓晓就笑了。

咖啡冲好后就放在桌子上。

"加糖自己放。"晓晓坐到夏一可的旁边，夏一可的心就咚咚直跳。他想顺势一把搂住晓晓，但是却没有。夏一可只能一直喝咖啡。房间里弥漫着咖啡味，却没有人说话，他不太敢看晓晓。夏一可也进了卫生间，他想平复一下自己的心情，毕竟，现在的晓晓对于自己来说是陌生的。卫生间是没有窗的，有换气扇，到处是香水的味道。不小心开了开关，头顶的灯就亮了。

"开错了，那是浴霸！"晓晓在外面说。

夏一可记得早些年上班的时候，那个女孩儿为了笼络摄像的那个男的，邀他到她租住的房子，本来是想发生点儿什么，但是那天男摄像带了他妹家一个三四岁的孩子，所以那天也就只能坐在那里说话看着小孩儿玩。那时候那个摄像给夏一可说她用这种方式骗了不少男人，所以那天去的时候他就带着小孩儿。

夏一可出去的时候，晓晓已经换到了一个独立的沙发上。

"这油画挺漂亮。"夏一可没话找话。

"我现在专门做这个生意。"晓晓说。

"我发现你还是那么年轻，和原来没有什么差别，我都老了！"晓晓有点儿悲伤地说。

"年轻啥呢，都老了，孩子都六七岁了。"夏一可平静了心情缓缓地说。

"你对我都没有了兴趣！"晓晓突然说。

夏一可就不言语了。

"你们男人没一个好东西！"晓晓骂道，随即失声哭了起来。

夏一可急忙从沙发上起来过去安慰。晓晓就顺势抱住了夏一可，伏在夏一可的肩膀上，一股淡淡的清香就开始弥漫。夏一可的心脏却是咚咚跳。

"我刚和男朋友分手。"晓晓说。

"咱们都不年轻了！"夏一可感叹。

"你那些年也不敢追我！"晓晓感叹道。

"我没有房子啊！遇到的事情太多，你知道的。"夏一可说。

"这个房子是我自己买的，首付一部分，然后月供。"晓晓说。

"自己的个人问题不考虑？"夏一可问。

"我不考虑结婚，但我也不缺男人！"晓晓说得很直白。

"你是时尚女性。"夏一可说。

夏一可看得出来，晓晓这个房子没有烟火气息，显然她没有做饭的习惯。

"那你怎么买了个靠北的房子，这儿也没有太阳啊！"夏一可问。

"这个小区，东西南北各个朝向都有，北边的便宜，当时就买北边的了，因为考虑做投资，以后打算把这里的房子再卖掉，挣钱太辛苦，准备炒房！"晓晓说。

"你怎么样？"晓晓已经恢复了平静。

"老样子，准备盖房子。"夏一可说。

"哦。"

"我有几幅画，你看有熟悉的人需要不？"夏一可开了口。

"你留着以后还可以升值，现在市场价格也不是太好，你都有谁的？"晓晓问。

"有穆院长的一幅三开，还有书协副主席的两幅字。其余的没有名堂！"夏一可说。

"估计能卖个一万块钱吧，也卖不上什么价，董林的没有吗？要有董林的还能卖个五六万。"晓晓说。

"唉，别提了，董林是给画了张斗方，但是让卞加那家伙倒腾走了！"夏一可说。

"你也上了卞加的当！"晓晓说。

"那就不是个好东西，势利眼，爬得还挺快。咱在台里的时候他就是董林的助理。"夏一可说。

"他们全画院都在倒腾董林的画，董林也是睁一只眼闭一只眼，然后坐收渔翁之利。"晓晓说。

"这几年我主要跑书画市场，美院的、省市画院的，都是一帮流氓，还有书法家这块，就是一帮色鬼，每次去都是色眯眯地看着你，可是我也不傻，让你得不到，还要把画给我。"晓晓说。

"你真厉害！"夏一可竖起大拇指。

"不是老娘我厉害，而是你要有办法治他们，就拿大川来说，也是一老色鬼，可是我就能让他写了几十幅字，可是他却不敢把我怎么样！"晓晓继续说。

"还有这事情！"夏一可说。

"你现在没在这行，不知道！这个社会就是这样，我知道好几个搞书画的女记者都在他那里失了身！"晓晓说。她点着了一支烟，烟细细的，白颜色。

"这么多年你也不容易啊！你以后不打算回家吗？"夏一可问。

"不回了。"晓晓喝了口咖啡。

"哪天我要是混不下去了，我就去找你。"晓晓笑着说。

"我们是有缘没有分！"晓晓接着说。

"你要求高，我怕你受委屈！"夏一可突然有点儿哽咽。

晓晓就不再言语，滴下了两行热泪……

"我没有胆量，也没有资金，那年董林要当省美协主席，我那朋友一下就吃进了二十几幅，他自己一部分钱，借贷了一部分，总共花了有五六十万元，后来董林果然当了美协主席，这家伙一下就赚大发了，现在开的都是奥迪 A6。"夏一可说。

"我和你不一样，我现在主要做油画，油画价值也高，美院好多都是搞油画，搞自己的事情，他们有国家的资源。你刚才说的穆院长的我可以帮你联系，刚好财政厅有人想要他的，我给你联系，字价值不大，你可以留着。"晓晓说。

"现在急着用钱，换不来钱在我手里就是一张废纸。"夏一可说。

"那好吧，我给你一块儿联系。"晓晓说。

夏一可突然就抱住了晓晓，并且开始亲吻她，晓晓使劲用手推着，但是却是那样的无力。

夏一可再也没有做什么非分之想，他知道自己已经过了谈恋爱的年纪了……

96

因为盖房的事情，夏一可一直都在不停地到处搜罗着钱，盖房的钱是关键，说一千道一万，没有钱是盖不成房的。这次的盖房和之前的盖房不同，之前盖房主要是为了居住，现在盖房却是为了拆迁能多赔偿一点儿钱，整个金水村都盖疯了，几乎每条大街小巷都有盖房的，村里的巷道到处都堆放着沙子、砖头，整个金水村犹如一个大工地。

基本上是把钱整得差不多的情况下，夏一可的姐姐就来了，他不知道是什么情况，女儿看妈也是天经地义的事情。

"可可，咱妈说你要盖房？"二女子问。

"哦，村眼看着要拆迁，人家都在盖，现在不盖不行！"夏一可说。

"那咱妈说让我把后头的那块地方盖了，你看行不？"二女子说。

"你让你姐盖嘛，反正闲着也是闲着。"夏一可母亲插了言。

"你盖，到时候赔钱算谁的？"夏一可问。

"到时候把钱全给你，我光要房。"二女子说。

"你不是有房，你要那么多房干啥，以后你女子出嫁，人家男方会有房的。"夏一可说。

"唉，你不知道，现在住得紧张。"二女子说。

"唉，娃呀，你就叫你姐盖了，咱就当占地方。"夏一可母亲说。

夏一可想起后面的这块地方。自从记事起，这块地方就一直存在，因为处于宅基地的最后面，东邻西邻北邻都在窥探这块地方，当时甚至有人在堡门口放话说要在这块地方养猪放柴火，因为这是一块地方，不是一个东西，再怎么样也轮不到夏一可家，因为夏一可家不是争强好斗的人家。夏一可他爸就在分界线的地方栽了树，现在早已经是枝繁叶茂了。北邻的一看这个地方怎么自己也圈不进来了，也就顺势用干砖垒了界墙。西邻的忙忙一看垒了界墙，在盖房的时候就一直把墙根垒到了这块地方的边界，本来后墙是围墙界墙，现在后墙是房的大墙，夏一可父亲当时叫说话人都没有说成，忙忙执意就盖到了最后面。忙忙最后还托人要把台阶打到后面，夏一可他爸是坚决不同意，你还得寸进尺了。80年代的时候夏一可家还是三间鞍间房，而忙忙在拆掉厦子房后就盖起了一层平房。90年代夏一可家盖房的时候就把地基起得很高，后面的地方顿时就成为一个坑了，下雨天水都积在那里了，也就不停地往下渗，夏一可他爸利用空闲时间用架子车在土壕拉土，也不知道拉了多少架子车，慢慢地就把后面的坑给垫起来了，这样忙忙的房实际上半个墙都在土里，下雨天实际上房屋就泡在水里，忙忙无奈，于是就把楼顶的落水管给堵了，让水走到前面的管子，一下雨就上楼把水往前面的管子口扫。忙忙为这个事找过好几个人，但都无济于事，因为他盖房在先，谁也没有料到人家最后盖得很高，实际上是跟大路一样平整，人家在自己院子盖房，你没有权利干涉。由于雨水的问题，忙忙在自己家院子中间开了一道水渠，又在后面的墙上开了一个洞专供下雨往外流水。所以说，后院的这个刚好可以盖三间房的地方来之不易，这要是个东西，咋样也轮不到夏一可家。后面的核桃树，已经长成碗口粗的大树了，不但能遮阴凉，而且还果实累累。

夏一可就不再言语，起身出了家门，不说话，走开了，这也是最好的方式。

"全叔！"夏一可进了安全的院子。

"哦，可可！"安全接了夏一可递过来的烟。

"今天没上班去？"他问。

"今天礼拜天。"夏一可说。

"外面门面房还招了房客？"夏一可问。

"才搬来，是个做小生意的，山里人。"安全小声说。

"他给咱钱，房盖了就是为了招客，不招客就闲着，也没人给咱一分钱。"安全抽了口烟。

"叔，要打个井，你看啥时候给咱把动力电接一下？"夏一可说。

"你那里没有水？"安全问。

"有，这不年后要盖房，到时候害怕水跟不上，水管靠不住，所以先打个井。"夏一可说。

"我记得你家以前有井？"安全说。

"有，开始水都不错，后来不是都用了自来水，慢慢用得就少了，没有箍井，井慢慢就垮了，现在也干了，淘划不来，也没人淘井了。"夏一可说。

"那好，我抽空就过去了。"安全说。

"那麻烦你了！"夏一可说。

"不麻烦，你先回。"安全把夏一可送到门外。

夏一可就先回来了，他想起父亲去世的时候，安全叔在屋里给唱戏的情景，唱得很卖力，那种表情，夏一可还记忆犹新，父亲躺在那里，安安静静，进入了天国的世界，时间一晃就过去了五六年。以前家里盖房子的时候，夏一可还在上学，不用操啥心，整个过程看在眼里记在心里，现在轮到自己盖房了，却想起当初的情形，不免有些伤感。最为可气的是二爸，父亲临走时最后一面都没有来。夏义赫大半辈子都在村里，当木匠，后来拉起乡党盖房，当队长，当村主任。他给人说话，办事公道，一碗水端平。他的身上似乎有九爷的遗风，但是又不全是。他获得了赞扬，也获得了骂名，赞扬他的人说他办事公道，骂他的人和他结下仇恨，用拖拉机在路上撵他，多亏他命大。他和父亲争执于小事。兄弟都结了婚，必然最后要分家，再好的大家庭也有分家，没有什么事情是一成不变的。60年代、70年代、80年代当个工人在农村是很令人羡慕的，不但有礼拜天，而且月月到了时间就有工资，几十块的工资养活一家老小，吃的喝的基本不用发愁，逢年过节还总是发东西，夏一可父亲用自行车带回来，一路上都是羡慕的目光。夏一可父亲一辈子在工厂当工人，直到退休都是最普通的工人。

时间到了21世纪，工人已经不吃香了，90年代末期的下岗潮，工厂倒闭改制，工人已经沦为社会最底层。

　　夏一可的思想抛了锚，想着想着就想远了。安全叔住的这条巷子也堆了几堆沙子，这几家也在盖房。这一排宅基地，就属马驹家的宅基地大，马驹是三个儿子一个女子，宅基地大是大，四间宽的，通通拉长足足有一亩半地。那时候马驹弟兄两个都出去了，但是另外一个弟兄中途就走了，也没有结过婚，所以现在实际上是两院子宅基地在一块儿。大是大，但是没有盖下房，改革开放很多年了，他们家还是两间厦子房，现在这后面都还是一排枣林当围墙，当时连围墙都垒不起，用一排枣林当围墙，现在已经是很大的一片了，长得都几米高了。夏一可记着马驹老穿一件黄颜色的衣服，最早应该是退下来的军装，黄颜色越洗越淡，他经常拄着拐棍，走路也不利索，胡子拉碴，头上戴着一顶黄帽子。

　　路中间的十字路口放着一辆警车，穿制服的警察给过往的人发着传单。夏一可也接下一张传单，内容是打击传销组织的。

　　"这是干啥？"夏一可问李仁。

　　李仁就在十字路口，也是闲话摊子集散地。

　　"刚才警察在西村抓了不少人。"李仁说。

　　"为啥抓人？"夏一可问。

　　"说是搞传销的。"李仁说。

　　"乡党们租房最好不要租给搞传销的！"一个警察给旁边几个人讲。

　　"那我租房也不知道人家是不是搞传销的。"一个乡党说。

　　"现在没有地了，不租房就没有钱！"乡党继续说。

　　"租房时要仔细，要查看身份证，也要经常查看租房者的状态。今天这些人就是搞传销的，一部分人被控制了，打电话问家里要钱，发展下线，一个拉一个，就成为传销组织。"警察说。

　　警察发了一会儿传单，宣讲了一会儿就开着车走了。

　　夏一可没想到金水村现在居然是个传销窝子，随着几条主要道路的修通，公交车线路也就开通了，金水村也成为热闹的地方。金水村现在也可以用人山人海形容了，大量的租房户租住在金水村，金水村一派繁华的景象。

"在谁家发现了传销的？"夏一可问李仁。

"在索索家。"李仁说。

"我就在索索对面，咋不知道？"夏一可惊奇地问。

"索索在西村盖的房子，那是给他姐的宅基地，索索盖了房。"李仁说。

"哦，那边没住人，也就不知道这伙人在里面干啥！"夏一可说。

"索索光知道挣钱！"夏一可说。

"一个小伙是从二楼跳下来，跑了，是他报的警！"李仁说。

"刚才这还不是咱们这派出所的警察，是市局的警察。"李仁说。

"可可也盖房呀！"李仁问。

"年后盖！"夏一可回答。

"赶紧盖，说不定啥时候就拆迁。"李仁说。

夏一可还不知道索索西村的房子盖在哪一块。他看到隔壁已经租给了一个诊所，牌子已经挂出来了，金水伟民诊所。

夏一可回到家的时候，门是大开的，打井的忠忠已经把设备拉来了。

"来了，忠忠。"夏一可掏出烟递过去。

"哥，我把东西先拉来，十月一日，我回去把纸一烧就过来，东西先放到你这里。"忠忠说。

"好，好，不着急，你忙完再过来，我让人家电工先把线接好。"夏一可说着给忠忠倒了一杯水。

忠忠看着年龄也不大。"忠忠多大了？"夏一可问。

"哥，我二十九了。"忠忠说。

"我叫把东西放在二楼。"夏一可母亲说。

"行，你就住咱二楼，床板啥都有，你光住就行了，我把钥匙给你。"夏一可说。

"哥，不要钥匙，也没有啥，就是铺盖。"忠忠谦让着说。

"唉，你拿着，用上用不上你都拿着。"夏一可说。

"哥，你这柿子树美得很，我家也有柿子树。"忠忠说。

"唉，这回盖房柿子树就保不住了！"夏一可叹息着说。

"我看咱两边都盖了，你不盖也不行。"忠忠说。

"可惜咱的柿子树了。"夏一可感慨地说。夏一可对于这棵柿子树是有很多感情在里面，刚栽上就被羊啃了，用苞谷秆重新围了起来，估计活不成，没想到还顽强地活下来了，最后长成一棵大树，每年都果实累累，结的柿子又大又甜，现在是到了说再见的时候了，心里真是不舍得啊。这几年柿子树明显也老了，因为两边都把房盖了，没有风刮进来，柿子也结，但是结得很少，个头也不是很大，想着柿子树也有三十几年的树龄了。

送走忠忠就开始收拾东西，因为还有两家房客，到时候也得给人家说一下，因为盖房也不是一天两天就能完成的，这得好几个月，为了不惹麻烦，最好还是叫人家走。

正收拾东西安全就推门进来了。夏一可急忙倒水递烟。

抽了支烟，顾不上喝水，安全就拿了工具到门外接线，很长的竹梯子，安全一个人自己扛了过来。

接线很快，在电工手里，这个活儿就不算个活儿。安全没有用准备好的线，而是自己带了线，三下五除二就接好了。下了梯子收拾好东西就要走。

"全叔，你别着急，吃了饭再走。"夏一可说。

"叔，饭都好了，你吃了再走！"媳妇妙妙也说。

"不咧不咧，乡里乡党的，不用客气。"安全推辞。

夏一可于是就拿出准备好的一条烟和一瓶酒。

"可可，这是干啥？"安全急忙说。

"他全叔，娃给你，你就拿上。"夏一可母亲说。

"唉，你看你弄这干啥！"安全说，他似乎有点儿脸上挂不住。

"你拿上，叔。"夏一可随即把东西塞进了工具包。

"娃这是补你的心，你那时候给咱把忙帮了！"夏一可母亲说。

"你看你叫我拿这多不好，咱乡党有啥需要的就吭声。"安全说。

"你这就走，嫂子也不留你了！"夏一可母亲说。

安全推辞不下，就只好拿起了工具包。

"全叔，我给你把梯子抬回去！"夏一可说。

"不用，你忙你的，这竹梯子轻！"安全说完就扛起梯子朝回走了。

"房东，要打井啊？"住在院子里的房客问。

"对。忘了给你说，年后要盖房，到时候你得提前找房子。"夏一可对房客说。

"要搬啊，搬一回麻烦得很，你屋里还有房子没？"房客问。

"没有了。"夏一可说。

"二楼还有房子没？"房客继续问。

"二楼没有房子，都占着。"夏一可说。

"那我先找找房子。"房客说。

掐指头算来，这个房客也住了一年多了，也是谁家盖房时候搬过来，之前的那个房客果然和激激说的一样是个酒疯子，回来就发酒疯，有一次三更半夜在房里和媳妇打架，夏一可后来让走了，听说是搬到村里学校去了。后来院子里还来了一个乡党，打听这个女的情况，原来是搬到他家去了。

金水村的乡党好打听，什么都想打听一下，尤其是给娃结婚娶媳妇，女方就托人或者自己问这家咋样，是个啥情况，碰到好心的乡党，就给你说好，没问题，你放心把你娃嫁过去，以后金水村可是油花花，占地分钱，过得是芝麻开花节节高的日子。碰到不好的和你心眼不对的乡党，随便找个理由都有可能把这门亲事给你搅和黄了！这就是打听，也是知根知底，现在到了没有地种招房客的阶段还是打听。夏一可就用不知道来搪塞，因为确实是不知道，满打满算这两个人住了还不到两个月，三天两头打架。夏一可不明白这些人从老家跑出来都干啥来了，出来是为了扰乱社会秩序吗？

黑黑家的亲戚房客不知道啥时候搬走了，听说是因为娃上学，人家在铁路上把房子也分下了，所以就搬走了。理发店开了多年，这是金水村最早的房客了。房客有来就有走，就和天气一样，有阴天就有晴天，都是阴天和绝对的晴天是没有的。

过了不到两天，忠忠就来了。一进门就交给夏一可一个袋子。

"哥，这是我那里的石头馍。"忠忠笑着说。

"看你还给哥拿东西！"夏一可说。

"这有啥，咱那里啥都没有，就是石头馍。"忠忠说。

"我看把线接好了。"忠忠说。

"哦，你那天一走，电工就给把线接上了。"夏一可说。

"那咱明天早上动工。"忠忠说。

"好，明天早上动工。"夏一可说。

忠忠二十九岁了，还没有结婚。

97

一大早，夏一可就搬出父亲的遗像，拿出香蜡，搬出小的八仙桌，上香点蜡，口中念念有词。做完这些仪式，点燃一挂鞭炮，就开始打井了。

打井的机器就慢慢开始运转了。轰隆隆的声音打破了院子的宁静。

索索就走进来了，问东家长西家短。

"有自来水，不用打井，不过打井也好，自来水停了能用。"索索走到哪里说到哪里。

"你要打井，还排不上？活儿还多着。"苑子沃伯说。

"我不打井！"索索说完拧身就走了。

打井的忠忠还是苑子沃伯给介绍的，他现在在堡门口摆了个烟摊，晒着太阳，说着闲话，再赚个零花钱，现在身体也是不如以前，慢慢年龄都大了。

打出的土就顺着原来的老井口用铁锨撂进去了，井下就发出声音，老井是干涸了，也是到了填埋的时间了。

打井的机器每天都在掘进，打出的土也就源源不断，但速度就感觉慢了，因为到地下的料礓石了，有小石头块，慢慢也就打出了泥水，终于出水了，不到三天时间，原来的人工挖需要一个多月，现代化的机械还就是方便了许多。

打井几乎每天都有人看，也都知道夏一可要盖房了。和打仗一样，兵马未动粮草先行，不打无准备之仗，要把一切都准备好，才有胜利的把握。

第三天，井水就源源不断地出来了，夏一可抑制不住兴奋的心情，这是一眼泉水呀，证明这里也是一块风水宝地，也是千年龙脉，要不然怎么会有这么好的泉水。他随即就在院子里放了一挂鞭炮。

高熵进来了。

"我听见炮声就过来了，我思谋着这年也过完了，谁家放炮。"高熵慢悠悠地说。

"今天井打出水了，水很旺，放一挂鞭炮庆祝一下。"夏一可说。

"你真是文化人。"高熵说。

"你爸，我爷才是文化人，你看人家写的毛笔字，也会拉二胡，你咋不学？"夏一可笑着说。

"哎，咱就学不进去嘛！"高熵说。

"哦，忘了，你会开挖掘机。"夏一可开玩笑地说。

"咱也是挣个辛苦钱，又不是咱的机子，给人打工。"高熵说。

"我爸那一摊子，我啥都不会，咱也不爱学。"高熵说。

"那准备动工了？"高熵问。

"不，年后再动工，现在先把准备工作做好。"夏一可说。

"盖几层？"高熵问。

"盖八层。"夏一可说。

"只盖两层，还能盖几层。"夏一可笑了。

"我准备把我屋那也盖一盖。"高熵说。

"赶紧盖，要拆迁了！"夏一可说。

高熵说了一会儿话就走了。和高熵虽然离得不远，但是来往得并不多，高熵因为经常在外面开挖掘机，所以见面的机会也不多。小时候也没和高熵玩过，因为大了几岁就隔膜了，倒是高熵他哥和夏一可姐是同学。想起当初小学同学娜娜要给高熵家抱过来，因为他们是两个男娃，高熵他妈一心想要个女子，最后不知道咋样没有说成，娃们在打架甚至骂仗的时候就会说娜娜，你不是你妈的娃，娜娜就哇哇大哭。一晃娜娜也都当了娃他妈，假如当初娜娜给抱了过来，高熵就是娜娜他哥。

村子现在也是慢慢繁华了，各种卖小吃的，推车的都来了。对面的房子也都盖起来，那是马银的，她怎么说也没有让原来的老汉盖。马银盖房的时候因为后面墙的问题和大巨就吵开了。这次马银要把剩下的那一溜地方全部圈进去，大巨不让，大巨说你占够你的地方就行了，还要占出来，那是没有门的事，最后的结果就是马银在后面没有多占出去，但是垒的山墙明显的多出了近一米多，她本来是两间宅基地，现在放成了大三间，墙都垒上了就没有人追究这个事情。

马银的房子盖好后就招了门面房，不知道咋样就来了一个焊匠，并且打出来牌子，每天就丁零当啷响声不断，还有切割的声音很是刺耳。夏一可觉得这个地方并不适合干这个，因为都住着人，但是没有人说，吵闹切割的声音每天都有，就是没有人说。

"你是从哪里来的？"三娘问。

"唉，上当了，我在裂纹村南边那里，房东去买地砖说你村人多得很，把我哄着搬了过来，过来一看就没啥人，这人嘴能说。"焊匠说。

"你说的是马银？"三娘说。

"头发都白了，我也不知道她叫啥名字，过来后也没啥生意，都是在外头接的活儿，拿回来干。"焊匠说。

"你那声音整天响，能把人吵死！"三娘说。

焊匠听到这里就不再言语了。

"这是住人的地方，让你在这里胡闹。她在外头还没闹够，现在回来重新胡闹来了！"三娘的话越说越难听。

"可可，可可。"三娘推门就进来了。

夏一可他妈就来到门口。

"馨莲，这是我烙了几个馍，给可可娃吃。"三娘碗里端了几个馍。

"来，来，进来。"夏一可母亲说。

"可可，你奶奶给咱拿了几个馍。"夏一可母亲说。

夏一可就出来了，他心里一颤。因为这都二十多年不来往了。

"奶奶，你进来坐。"夏一可说，他接了碗。

"奶奶不进去了，就坐到外面。"三娘说。

"外头冷，进来。"夏一可把她让进了房里。

"看屋里拾掇得干干净净，哪像我屋里像猪圈一样。"三娘直夸屋子收拾得干净卫生。

"叫太奶奶，奶奶给我娃吃个糖。"三娘就从衣服口袋里摸

出几颗糖果。

"太奶奶。"夏一可娃就甜甜地叫了起来。

"俺娃乖。"三娘说。

"可可，你给我拨个电话。"三娘说着就从口袋里掏出一个电话。

"我不会用，这是大女给买的，人家都没在，我也不会拨，光会接。"三娘说。

夏一可就拨了电话。

"梨花。"三娘叫道。

"妈！"电话声很大，能清楚地听到。

"妈在你馨莲娘这里，叫可可给我拨了一个电话。"三娘很高兴地说。

"妈好着，你放心。"三娘说。

三娘打完电话说没啥事，就慢慢走出了院子门。

"人都来了，过去的事情就不说了！"夏一可说。

"唉，人老了还是可怜！我到时候老了还能胜人家不？"夏一可母亲感叹。

"婆娘现在经常和老婆闹矛盾。"夏一可母亲说。

几十年的烟云就这样飘散了，时间似乎最能说明一切和表明一切，不管谁对谁错，时间都会把你冲刷掉，来无影也去无踪。

"你就叫你姐把后头的房盖了，咋不行！"夏一可母亲说。

"就没有她的地方，她盖啥房？"夏一可说。

"你不好好过你们的日子，在这儿想啥吗？"夏一可没好气地说。

女子出嫁后就是泼出去的水，娘家的一切东西跟她都没有关系，不知道她们都在争啥！

夏一可还是没有给她开这个口子，因为他知道现在钱已经凑得差不多了，下来也有近二十万，就等过完年后匠人进门了。

金水村村主任选举又开始了。

堡门口依旧是闲话摊摊，几个卖早点的占据了地方，早上下午都是集散地，做早点溅出的油把石头都给溅黑了，看不出石头的本来面目，光亮的石头渐次就黑了下来。

"好长时间都没见你了！"堡子人说。

"我天天都出来着！"村子人说。

"现在村子里的房客慢慢多了，啥人都有！"堡子人说。

"不种地了就租房招房客！"村子人说。

"是有地不让咱种了，由着他们胡闹。你看现在坑底下的地被填完了，也早已经划成块块了，都是外地做生意的，把咱的好地就这样糟蹋完了！"堡子人说。

"还有五队、六队那一片，你看现在人家都开发成工业园了，啥都有！那原来都是咱的地，硬是不让种了，给他们搞租赁、盖厂房，究竟租了多少钱谁也不知道。"村子人说。

"别看贼吃饭再看贼挨打！"高人说。

"贼啥时候挨过打了！倒是贼越来越猖狂，贼越来越多，贼都变成狼了！"堡子人说。

"城边头村子选村主任，都是几十万成百万地花钱。"闲人说。

"那政府就不知道？"村子人说。

"我看你好像在美国住着！"闲人说。

"给钱是个暗的，黑天里到你屋把钱给你，你不投人家？"闲人说。

"咱不投他还把咱咋了？"村子人说。

"俗话说，吃人家的嘴软，拿人家的手短，不投由不得你嘛！"闲人说。

"那政府就不管？"村子人问。

"政府也是睁一只眼闭一只眼，都穿一条裤子，政府还靠这些人拆迁呢！"闲人说。

"我听说艮村两个人争着当村主任，其中一个人都花了一百多万元！"闲人说。

"现在当个村主任都能花上百万元？"村子人问。

"没说你就像是在美国住着吗？在民主国家待的时间长了，到我们这里跟看大猩猩一样，这有啥奇怪的，大家早都习以为常了。"闲人继续说。

"也难怪，这伙人上台就要千方百计地捞回来，现在占地多，随时都有拆迁的可能性，这里头的利润可就不是几十万上百万所能打发的，为啥现在挖掘机多就是这个道理，村主任、队长哪个没有挖掘机？你以为都是自己开，都是雇的人，人家才是大老板。"闲人继续说。

"我听说金盆村两派为了争村主任，都打开了，死的死伤的伤！咱村也没有人争？"村子人说。

"拿啥争？现在争就要花钱。你没看几大家子都是人多势众，根本就争不过。"堡子人说。

"这倒是个事实。"村子人说。

"你也招了两年房客了，挣了多少钱？"高人问。

"吃啥利，受啥害，能把人吵死、累死，以前咱跟土地打交道，土地不会说话，现在咱跟人打交道，人会说话。我宁愿倒退回去继续和土地打交道，可惜现在倒不回去了。"村子人感慨地说。

"听说明年拆迁，你看现在盖房的人多。"高人说。

"拆迁都还不一定，要看风向标，该拆的时候自然就拆了！建的时候多难啊，拆的时候多快呀！这一拆一建，就拉动经济增长了。"村子人说。

"迟早都得拆，只是时间问题。"高人说。

高人现在也是遇到了问题，他姐也要回来盖房。都知道现在金水村成为城中村，也是漂油花花的地方，想回来占一份，高人也是头大得不得了。

新和突然就抱着她娃的像在穗丰门口开始哭，门口就围观了好多人，有村民，有房客。

"这是干啥，"房客不明事理地问。

"可可他妈，你快跟我走！"高熵他妈一进院子就急着喊。

"着急忙慌的干啥？多大的事？"夏一可他妈就出来了。

"你不知道，穗丰门口围了一堆人，收不了场，新和娃在工地开挖掘机出了事，是穗丰的机子，现在新和抱着像在门外头哭。"高熵他妈拉着夏一可他妈就往院门口走。

"新和，你先朝回走，你待到这里也不行啊！"高熵他妈劝说新和。

"我不走，我不走，他的机子把我娃伤了，我不走！"新和边哭边说，她现在就要一个说法。

"这机子是我的没错，但是是委托给人家工地方面在使用，你要找工地的人，你找我就不对了！"穗丰站在门口说。

"我咋不对，反正就是你家的机子，把我娃伤了，我现在没娃了，我家就这一个男娃，你欺负人！"新和不依不饶大哭大叫。

"你这是胡搅蛮缠。"穗丰说。

"谁跟你胡搅蛮缠了，我娃都没有了，我跟你胡搅蛮缠！"新和说着就扑向穗丰。

"穗丰，你别说话，先回去。"夏一可他妈把穗丰拉到了门里。

"新和，你听婶一句话，事情有事情在，他该咋样就咋样。"夏一可他妈说。

"你在这儿胡闹啥？"蝉蝉过来指着新和说。

新和一下就不答应了，过去就抱住蝉蝉的腿，"我又没在你门口，你着急吃屎呀！"她撕扯着蝉蝉。

高熵他妈、夏一可他妈好说歹说才把新和拉开。

"你赶紧走，不要在这里说了，还嫌穗丰这里不乱！"夏一

可他妈就把蝉蝉推远了。

"穗丰的机子把娃伤了，他还有了理，到现在给我连个啥话都不说，工地当时直接就把人拉到太平间了，娃现在还在那里躺着，也没有一个人看，村上干部都死光了！我没有了男人，你也不能这样欺负人！"新和边哭边骂。

成河这时候就进了穗丰的门，过了一会儿就又出来了。

"你跟你女子先回去，事情归事情，你这样也不能解决问题，咱先要到工地上去，找他们的头。"成河拨开众人劝新和说。

"这是穗丰的机子，工地连个屁也不敢放！"新和说。

"在工地出的事情，咱先要找工地的人而不是找人家穗丰，谁愿意出这事，都乡里乡党的。"成河说。

"这时候就都是乡党，你挖掘机在工地挣钱把我娃伤了，又不是我家的机子在工地挣钱把你娃伤了！"新和哭着说。

在众人的好说歹说之下，才劝离了新和和她的两个娃，门口围观的人这才慢慢散开了。

"也不怪人家工地，人家机子在那里放着，中午没人，她娃不知道咋样就跑到里面去了，上了机子，一下就翻倒了把他压住了，另外一个娃跑了！"高熵他妈说。

"这工地也真是个大爷，咋不锁门？"夏一可他妈说。

"门开着，她娃就进去了。"高熵他妈说。

"咋就没有把机子上的钥匙拔掉？也是疏忽大意了！"夏一可他妈说。

"怪得很，就在咱北岭原来埋他爸的那个地方。"高熵他妈说。

"娃还不到二十岁，还没娶媳妇。"高熵他妈说。

"有吃有喝安宁着，你张狂，老天爷就找你的事！"夏一可他妈说。

"成河今儿说的这几句话还在理？"夏一可他妈说。

"成河跟我高熵一样大。"俊峰他妈说。

"你别看成河，成河现在也买了挖掘机，给人盖房挖地槽。"高熵他妈说。

"成河这几年也有钱了。"夏一可他妈说。

成河还是能行有本事，前几年又娶了一个媳妇，这个媳妇给成河要了一个娃。

98

金水村的选举依旧在金水村小学举行，这似乎是传统。

"哥，你给咱投个票！"一个小伙热情地给夏一可递过一支好烟。

"好！好！"夏一可满口答应，可是他不知道这个小伙是谁。

学校里熙熙攘攘，满是欢声笑语，有人在估摸着大概多少票。墙上写了很多标语。

民主选举，一人一票，民主在金水村发挥得淋漓尽致。

"咱村选举，咋还有派出所警察插手！"金水村的乡党说。金水村的小学门口不知道啥时候来了一辆警车，下来十几个警察，他们分别就站在各个选举的教室门口。

恒恒在一旁蹲着抽烟！恒恒是金水村80年代末期的村主任，80年代的选举程序还没有今天这样严格，起码没有警察来维持秩序，虽然村民也起哄闹事，但是最后似乎都能解决，也没有见把谁拉到派出所。但是隔了二三十年就不同了，每次选举都有警察参与。

"你看着，肯定还是人家，这只不过是走个形式罢了！"乡党说。

"你不投就划××！"乡党说。

"我咋不投！我投！"乡党说。

吵闹的场景，熙熙攘攘，人声鼎沸。

"我看这回一选就离拆迁快了！"村子人说。

"也不一定，拆迁是个大事情，咱村人也不是傻瓜，能让他拆？"堡子人说。

"选举就是选头狼！"高人说。

"还是你老哥说话一针见血！"村子人与堡子人附和着说。

"你看，现在几乎四周都盖满了楼，把咱村包围了，农村包围城市，现在是高楼包围了咱村，离拆迁也就不远了！"村子人说。

"就看这回把村主任选举完以后是个啥情况！"一个乡党说。

地上丢满了烟头，进进出出的人们踩来踩去。

炸弹在人群中不停地晃来晃去，他知道选举结束以后，紧接着就要选队长，以自己目前的实力要当个队长总是没有问题的，但是牵扯到一个问题，自己当也不能硬当，因为一直都是穗丰当着，穗丰也都当了十几年了，自己要当就是推翻穗丰，人情面子过不去也不好说，再说上次因为地的事情找穗丰，人家也没说啥，说你租赁地你给队上交钱也是天经地义的事情，就租了这么一块地盖起了房，现在也早已经出租成门面房了。

炸弹找来找去，想找到当年学校捐款的那一块石碑，但是找了半天也没有找到。那时候号召村民给学校捐钱，村上敲锣打鼓给捐了一千块钱的都戴了大红花，并且把捐钱多的人的名字刻到了石头上，以示纪念。现在石头也不知道放到哪里去了。石头还能坏吗？他自言自语。

那一年，炸弹还去了上海，回来逢人就说上海好，还差点儿换了自己的婆姨。

"现在小学几乎都是房客的娃上学，咱村的娃少得很！"村子人说。

"咱当年盖的学校，没想到几十年以后是给房客娃盖的，咱自己的娃在外头上高价学校。"堡子人说。

"咋不是，哪一个在外头学校上学不给人家掏个三万五万的！"高人说。

"娃们家没有好的教育，挣那么多钱有什么用处，看这几年，光知道捞钱，对自己的学校不重视，让自己的娃跑到外面上高价学校。"村子人说。

"人家又没娃上学，管你这事情干啥。我听说，人家有的娃都送到国外留学去了！"堡子人说。

"回！戏结束了！"高人说。

对于夏一可来说盖房现在成了头等大事，因为现在金水村冬天也有人盖房，都说马上要拆迁了。

夏一可就和媳妇走进了夏义赫的家。

"盖房就叫老戴盖，他给村子里的几户都盖过房了，年后就过来了，工钱我给你说，现在都是包工包料。"夏义赫说。

夏一可又递了支烟。

"不抽了，现在抽多了老咳嗽。"夏义赫说。

"你二爸不叫人说，天天抽烟喝酒，谁一叫都去。"二娘紧接着说。

"你不知道，一天也不在家里吃饭，现在村里盖房的人多，整天都在外头！"二娘一句接一句地说。

"就你话多！"夏义赫说了一句，就开始看电视了。

"你奶人家就不跟我们吃，自己做，你奶还是瞧不起我，我到这里就把你奶得罪了，到现在还是这个样子！"二娘开始诉苦。

"人老了，就是那样！吃不到一块儿！"媳妇妙妙说。

"我看你奶人家还能行，自己啥都能做！就是咱这冬天不像城里有暖气，天一冷你姑就接到她那里了！"二娘一句接一句，没有空闲的时候。

"你赶快再要一个娃，一个娃一百万，你两个娃就二百万，到时候拆迁就划得来。"二娘继续说。

"村里的人现在都嚷嚷着，说马上就拆迁！"媳妇妙妙说。

"现在也说不上来，还得先盖房，先占着，就是拆也好说，你没有房就不好说。"二娘说。

"那这回盖房盖后头不？"二娘问。

"还不知道！"媳妇妙妙说。

"她姐想盖。"媳妇妙妙说。

"听娘给你说，不管谁盖，都先盖上，有地方就要有房，没有房不给赔。"二娘说。

二娘一直都在说话。

坐了一会儿，夏一可和媳妇就起身回家了。

外面现在有路灯亮着。

"一可，咋走呀？"疾亮回来了。

"哦，我回呀。"夏一可回答。

"好，那慢慢走！"疾亮说。

金水村的堡子里面，现在到处都显得灯火通明，因为都是房客在这里开着各种各样的店，有卖吃货的，有理发的，不一而足，现在要碰到一个村里人还是很难的，因为路上走的基本都是房客，晚上吃饭的也基本都是房客，各种风俗习惯在这里交会。

几十年后皂角树、老槐树都不见了踪影。啥能长久，似乎啥也不得长久，就是金水村红社最早盖的二层楼也已经开始破败了，因为现在几乎都盖高了，盖房的目的不再是住了，而是为了招房客，挣更多的钱。

各家各户门口都挂着灯笼，又是过年的时间了。

过完初七，匠人盖房就开始了，因为这家房客不愿走，夏一可就腾出了二楼的房子，这是原来结婚住过的房子，现在给房客住，虽然有点儿不舍，但是媳妇妙妙说你空着也是空着反正也快拆迁了，赶紧招几家房客，拆迁后就招不成房客了。

"斗斗哥！"夏一可看着斗斗进了家门。

"看着盖房，咋没有动静？"他问。

"在后头，都在后头。"夏一可就领着斗斗走到了后头。

匠人们已经开始挑地基了。

"好着呢，好着呢！"看了一下，斗斗就走出了院子。夏义赫也刚好进了门。

"斗斗，进屋喝水！"夏义赫招呼。

"不咧不咧！"斗斗走出了院门。

过了一会儿，一个胖胖的男的就进来了。

"老戴，来！"夏义赫招呼。

"老哥。"老戴热情地叫道。

"我看一下。"老戴说。

"震娃，这可不是一般人，不敢胡乱干！"老戴交代。

"哥，你就放心，咱糊弄谁也不敢在金水村糊弄人！"震娃正在挑地基。

原来，老戴活儿多干不过来，就让震娃盖，震娃和老戴一个村，也是沾亲带故的兄弟。

"老哥，你有啥觉得不对就给我说，我给咱收拾他。"老戴说。

老戴前脚刚走，忙忙就进了院子。

"忙忙，来！"夏义赫叫道。

"爷，你给可可盖房！"忙忙给夏义赫发了一支烟。

"你说啥事？"夏义赫问。

"那雨水咋样走？"忙忙问。

"这你不用担心，水最后走到管子，一直就通到前面去了。"夏义赫说。

"那这不全盖，还有一个道道？"忙忙问。

"不留道道，就把你的窗子封了！"夏义赫说。

"那下雨还有一点儿雨咋办？"忙忙问。

"老天爷也不是天天下雨！"夏义赫说。

"我的意思是这里留个水道到时候雨水跟我屋里那个连接起来，要不这还有窗子！"忙忙说。

"到时候叫匠人给这里留个水口！"夏义赫说完给忙忙递了一支烟。

忙忙拿了烟就出了门。

夏一可家后院的房就陆续盖起来了，因为只有盖完后院才能盖前院的，否则盖完前院再盖后院，材料就无法进去了。

现在盖房的沙子、水泥都是现拉，因为现在门口也没有地方堆放，用一些拉一些，盖房的各种工具都是匠人自己准备好的，主家只要负责把钱准备好就行，一笔一笔付，最后完工后量完面积结清全部的钱款。

"姑。"夏一可叫道，二姑来了。

"小霓。"夏一可母亲招呼。

"嫂子，这是才买的油条，你跟可可趁热吃了！"二姑边说边拿出塑料袋。

"这是两万块钱！"二姑说。钱是用报纸装着，装在一个黑色塑料袋里。

"钱都够。"夏一可推辞说。

"你先拿着，盖完房再算账，看谁紧张先给谁还。"二姑说。

"你姑父说你现在紧张，咱这不着急，啥时候有了啥时候还。"二姑说。

夏一可就收好了钱。

"把后头也盖了？"二姑问。

"嗯，一次性盖好算了！"夏一可回答。

"到时候拆迁她们把钱给你，她们把面积一占，也都不容易！"二姑说。

"把你二爸招呼好，现在没有你爸了，都凭你二爸给你办事出力，以前的事情就过去了！这是哪里的匠人？"二姑问。

"说是兵马俑那边的。"夏一可回答。

"好着，赶快把房一盖，还能招两年房客，拆迁了就啥都没有了！"二姑说。

"唉，都是为了拆迁，要不是拆迁，咱盖这房干啥，叫人不停地借钱！"夏一可发起了牢骚。

"现在也都是这个样子，艮村盖得早，我也是盖了二层后来才盖了三层，盖了三层盖五层，看情况，人家隔壁两邻都盖了咱不盖也不行！"二姑说。

"这现在在院里再一盖跟你那里一样黑，进门就得先拉灯，唉，咱是自己给自己挖了一个坑！"夏一可感叹道。

"没有地了就只能盖房招房客！"二姑说。

盖房的时候自然都是祭拜了祖先的。祖先，这是我们的根。每每看到父亲和爷爷的相片，夏一可都是内心酸楚的，都三十好几的人了，有时候还抑制不住内心的悲痛，想要流出眼泪。亲人啊，就这样消失了，只有在梦里才能见到，时间久了，做梦也都梦不见了。

"你们家有房子出租吗？"一个外地口音的人询问，说着生硬的普通话。

他递给夏一可一支烟。

夏一可打开了房子，这是临街的房子，计划当作门面房用。

"这外头没有门啊！"找房子的人说。

"你要租可以马上给你开门。"夏一可说。

"这每月得多少钱？"找房子的人问。

"三百。"夏一可说。

"我交钱马上就能用吗？"找房子的人问。

"可以。叫匠人马上给你打开装门就能用。"夏一可说。

"你干啥用？"夏一可问，说了半天话，还不知道这人租房子干什么用。

"小妹洗脚。"那人狡黠地说。

夏一可心里一震，他知道要是租出去以后事情就多了。

"这个不好租。"他说道。

"你放心，房钱不会少你一分钱！"那人说。

"我这个房子没有水。"夏一可说。

"这你不用管，洗脚，你懂的。"那人说。

"这可有派出所查。"夏一可小声说。

"这你不用管，派出所也是人，警察也吃这一口，咱干这个时间长了，你放心。"那人继续说。

"你看，我现在还在盖房，弄得乱七八糟，到时候好了你再过来。"夏一可说。

"装个门能花多长时间？"那人继续纠缠。

夏一可最终还是没有答应，那人就极不情愿地离开了。夏一可看到他拐到高熵家去了，高熵的门面房现在也打开了。夏一可想明明白白地招几家房客，他不要这样的，眼看到手的钱就这样溜了，他的心里又有点儿后悔。

算了，不招就不招，免得以后事情多。咱哪有那么多闲时间劳那么大的神。

眼看着房子都盖得差不多了，也到了该买地砖的时间了。包工包料，地砖不包。你要自己花钱购买，匠人只负责给你贴好，夏一可就选个时间到周宁的裂纹村开始购买合适的地砖。

99

震娃给盖完房后就转战到对面去盖房了，还拿走了一个装水的桶子，这是盖房必备的物品，因为要存水用。最后一清点东西，原来卸下来的木门不见了，还有三个卸下来的窗子也不见了，看来被震娃叫车一块儿拉走了。

"他咋能把咱的东西拿走？"夏一可说。

"这人手脚不干净！"夏一可母亲说。

"咱又没给他，他也不问一声还要不要。给你是一回事，你自己拿是另外一回事。咱的木头门那都多年了！"夏一可说，他很气愤。

对于夏一可来说，他们家木头门的历史很长了，自他记事时起，外头就有木头门。那时候，隔壁的几家都是用木头栅栏围起一个门，整个巷子也挑不出来几个木头门。木头门是用黑漆刷起来的，上面的门头是刷的一点红色，整个下来就很端庄大气了。里面的门闩和扣子是双保险，也可以上一个锁子，但是一般情况下不用上。木门伴着他的记忆走过了十五六个春夏秋冬，后来盖二层楼的时候，木头门就移到了后门，前头大门用的是铁门，用的是铁锈红漆，铁门就比原来的木头门大了很多，首先是高了很多，大概有两米高，也宽了很多，小汽车可以开进来，当然，铁门所需要的材料也很多。夏一可怎么也没有想到木头门说没就没了！他有点儿气愤，但是毫无办法，若是一般匠人，他非给他要回来不可，但这是夏义赫介绍的，你要一问，他肯定说算了算了，马上就要拆迁了，你最后还不是给人家，所以木头门的事情就不了了之了。

还有一个六开的大木头窗子，蓝颜色，那是原来父亲托人捎回来的，窗子捎到门口的时候，旁人们都投来羡慕的目光，因为东西的短缺，什么东西都要买，所以能省一个就省一个，什么东西有适合的就给家里捎回来。

还有前面门面房的窗子，那是父亲第二次盖房时在旧货市场买的，当时那是在周宁的旧货市场，父亲骑着自行车去，最后叫了一个车给拉回来。那是两个扁窗，打开门面房的时候也放在旁边，最后也被震娃拿走了。

不管怎样，总的说来，震娃这人手脚不干净，把别人的东西据为己有，而不经过对方同意。

整体把房子拾掇完也用了十几天才擦洗打扫干净，因为你要招客，也在旧货市场买来了床子，一张六十块钱，让三轮车拉过来，这样也就配备齐全了。因为不能让房子闲着，闲着就意味着没有收入，盖房还花费了很多钱，在没有拆迁之前能收一个房钱就收一个房钱，因为拆迁现在还是没有影儿的事情。村子里的人比原来多出了许多倍，因为房价便宜，作为栖身之地，东西等也便宜，吃饭理发等一应俱全，出门就是公交车站，到周宁的东南西北都很方便，以前羡慕小香港，现在也成了小香港。周宁的小香港已经拆迁了，现在的小香港急速向城外发展。周宁当年的小香港已经矗立起成片成片的高楼大厦，成为有名的富人区。小香港那个村子，那个几百几千年的村子随之就灰飞烟灭了，积累起来有多么不容易，消灭起来就是几天的时间，甚至是一瞬间。夏一可觉得，小香港是什么，是耻辱，老祖宗的东西反倒沦为笑柄了，成为故纸堆里谁也看不起的东西，任人糟践踩在脚底下！

夏一可现在有时候也在外头看有没有合适的房客，有的合适，也有的不合适。因为工资不足以养活家人的缘故，他辞职了，他的理由很简单，一年不吃不喝买房也仅仅只能买两平方米不到，现在房价已经在每平方米四千二百块左右了，寇厂长没有说什么，同意了，他说股金先不退，到时候还可以分红。因为这几年产品的销路还可以。夏一可也待了五六年的时间了，因为仅仅凭工资是没有前途的，最挣钱的当数销售部门，但是不是谁都能干销售的，厂里的各个核心部门也都是寇厂长一手安排的人，现在不同以往了。随着卢主任的退休，老邹等人的退离，那一代人的历史就从厂里消失了，至于以后这个厂子会发生什么，谁也不知道，倒闭是迟早的事情。

夏一可是主动来到厂子的，现在选择主动离开。

没有工作的日子就是自由职业，自由职业其实一点儿也不自由，因为没有人给你发工资，自己给自己发工资，夏一可就觉得压力倍增了。尽管现在网站已经办了好几年，但是基本没有什么收益，曾经想着靠网站赚钱买房子，现在只能沦落为一个漂亮的谎言，所以现阶段招房客似乎成为最重要的一个职业，因为这可以收现钱，暂时可以养家糊口呀！

村子的房客以外来的民工居多，都是在村边周围工地盖楼的民工，因为嫌民工的吵闹声太大，也脏，夏一可家一直没有招民工，所以院子里也就基本上没有啥房客，因为夏一可家的位置并不在十字路口，十字路口的门面房现在一个月都好几百块钱，这样马上就显出差距了。以前连一根葱都吃不起的人现在突然之间就暴富了！

傍晚时分，夏一可站在了门口的台阶上，看着来来往往的过路人，看有没有房客要租房，家里的大门已经换成了小门，现在也安装了电子门，刷卡进门，所有的水电设施都一应俱全，就等房客入住。熙熙攘攘的街道人来人往，夏一可看到巷子里居然没有一棵树的存在，因为各家各户都盖了房，都砍伐了房前屋后的树木，都是统一的白瓷砖贴墙，都似一个模具里出来的一模一样。各种树木就是在这短短几年消失了，是天灾人祸？不是天灾，是人祸！往往人祸大于天灾。为了挣钱，就要盖房，盖房就要砍伐所有的树木，也都是楼房了，也都一家比一家盖得高，也都招房客，也都在挣钱。没有一棵树的村巷，夏天是多么热，因为没有阴凉可遮了。

"小伙，你是不是找房子？"夏一可看到一个小伙正准备打对面门上的电话。

"咱院子有房。你来看。"夏一可就热情地招呼这个小伙子。小伙子就随夏一可进了门。

"你要个啥房子？"夏一可边上楼边问。

"要个单间就行了。"小伙子说。

夏一可就打开了最小的一个房子门。

"你看这个咋样，这是咱院子最小的房子，咱这里也清静，没有小娃吵闹，我就一个娃，你回来能睡个好觉。"夏一可说。

"这个多少钱？"小伙子给夏一可递过来了一支烟。

"你就一个人吗？"夏一可问。

"我一个人，就在咱前面的公司上班，从外地刚转过来，这里离得近！"小伙子说。

"这个一百八十块，你看咋样？"夏一可说。

"咱还有大的，大的比这大一块地砖。"夏一可说。

"那让我把大的房子也看一下。"小伙子说。

夏一可就打开了旁边的房子。

"我建议你还是住小的，大的二百块，水费每月十块，电费每度五毛，你再办个门卡五十块，门卡最后退二十块。"夏一可说。

"三十块是磨损费，这是电子门，用电，还有楼道的灯呀都要用电。"夏一可说。

"这个我知道。哥，你看还能再便宜一点儿不？"小伙子问。

"你是这，你一个人水费就不收了，就一百八十块。"夏一可爽快地说。

"那我现在给你把钱一交。"小伙子说着就拿出了钱。

"那行，你等一下，我给你把票一开，把钥匙门卡给你。"夏一可说。

夏一可就急忙下楼开票。这可是个干脆人，他就喜欢干脆人，不喜欢拖拖拉拉的人。

"你到时候把身份证复印一下，这是手续。"夏一可说。

"我带着。"小伙子说完就从包里掏出原件和复印件。

"好好！哦，你是咱沁阳人！那近得很。"夏一可说。

"我一般周末就回去了。"小伙子说，他叫石刚健。

由于专职在家里招房客，夏一可家也就招了一些房客，因为房子不能空着，空着就没有钱，盖房借人家的钱也要慢慢还上。

夏一可在家里就是负责每天早上把水罐的水给上满，媳妇妙妙就出去上班了。眼看着再过一年小孩儿也要上小学了，这都是要花钱的，因为现在村里的小学房客的娃越来越多，以前娃们都是在自己的村里上学，这几年不知道怎样都是拖家带口到外面上学。金水村小学现在是个啥情况也不知道，因为已经多年没有到小学去了，到小学去就是选村主任。

"你们这里有没有房子出租？"一个人进了门，不知道什么时候就已经来到了房门口。

"哦，有，有！"夏一可正在上网。

"你是咋进来的？"夏一可问。因为现在都是电子门，没有门卡进不来。

来人就掏出了烟给夏一可点上。

"门开着。"他说，这是一个三十几岁的人，似乎和夏一可年龄差不多。

"你要看个啥样的房子？"夏一可问。

"你们这房子，我全部都要了，开旅社。"这个人说。

"我这儿几乎都是公用卫生间，每个房间都没有卫生间。"夏一可说。

"我们可以改造呀！"这个人说。

"我看你们这儿离路口也近。"这个人说。

"唉，要是在路口早就没有房子了。你要改造就麻烦了！"夏一可说。

"不麻烦，咱们谈好后，你就不用管了，我们负责改造！"这个人继续说。

"我给你找个现成的不用改造的直接可以用的。"夏一可想起潞安姑那里。她那里现在可都是每间房子都有卫生间，刚好适合做旅社。

100

"快，朝路口走！"光芒不知道啥时候急急火火进来了。

"做啥？"夏一可母亲焦急地问，他不知道是啥事情。

"全村人到锡田基地闹事去，在路口集合，人家要拆咱的村。"光芒说。

"你先去，我走得慢！"夏一可母亲说。街道上的人来来往往，都在各自忙各自的事情。

路口已经聚集了很多乡党。

"想拆村，让他从我的身上碾过去！"大盈说。

"看一个个都张狂起来了！"乡党们议论纷纷。乡党们已经越聚越多，正准备出发到锡田管委会去，为什么要拆金水村，把你的拆迁文件拿出来。

"燕，你在这儿干啥，朝回走！"匣子连骂带推给燕燕说。

"赶紧往回走！"匣子再次说。

燕燕极不情愿，但又无可奈何地离开了人群朝回走了。

"黑黑，你跑来作死啊，我有啥对不起你来的！"匣子还是连骂带推。

黑黑就离开了。

他们经不起匣子的蛮横，人群中陆续走出来十几个人，都朝回走了。

"涌涌他妈厉害得不行！"人群里有人说。

"这几个草包都是原来借人家钱的，在人家面前抬不起头，你看人家一厉害就都回去了！"乡党说。

此时的路口已经来了几辆警车，警察们在旁边站着，路口没有人动弹。

"乡党们，有啥事回村说！"警察拿着喇叭大声说。

"各人回各人屋！"警察的劝说加上人群中劝说的人越来越多，人们就没有了心气，慢慢就散开了。

"咋回来了？"李仁在门口说。

"这伙草包，遇事就害怕了！"光芒说。

拆迁的事情就这样弥漫了村子，村委会里面也人来人往，说拆迁政策在村委会咨询。金水村的村委会已经非同小可了，庙已经不再使用了，而是盖起了洋气的十间二层楼，而且就在高压线杆不远的地方。现在的金水村村委会是一级政权，那最早就不是一级政权？最早是毛泽东时代的一级政权，现在已经是特色社会主义手里的一级政权了。以前就是在破庙里开个会，一年到头也就是催收公粮，年底的计划生育，再没有其他事情，现在的金水村村委会可不同以往了，金水村的卖地和拆迁都要和村委会说。

"给咱几套房也没有咱自己的院子住着敞亮，住到笼笼能把人憋死！"乡党说。

"一个月给咱五百块过渡费，咱自己租房子住，这得啥时候才能回迁！"乡党说。

说啥的都有，总之就是不想拆迁。

门开着，雀雀就进来了。

"你看咱这院子多好，又干净又卫生，还敞亮！"雀雀进来就夸奖。

"姐姐，你有啥事？"夏一可问。

"你看这是咱村不同意拆迁乡党的签字。"雀雀说着就拿出一张纸，上面写了大半页人的名字并且每个名字都按着手印。

"让我看下都有谁？"夏一可说。

"拆迁有啥好处，人家都捞美了，你看咱都是才盖的房！"雀雀说。

夏一可看了一下，就签了字，按了手印。因为他看到大部分人都签字了，他也就随了大流。社会就是这样，你只有随大流才能保证不吃亏，独立个性是要付出代价的，书本上说的和现实中的永远都尿不到一个壶里。拆迁具体是什么政策，其实大家一点儿都不知道，尽管说现在盖房是为了拆迁时多赔一些，但是一旦要拆迁人们还是不愿意走，祖祖辈辈居住的地方就要拱手让给他人？几十年前谁也没有想到事情会发展到现在这地步，那些地方几十年前就在那里荒废着，也没有人敢动，现在不一样了，那是一块肥肉呀！

一段时间之内，金水村的各个路口都是议论纷纷的乡党，谈论的话题无非就是村子的拆迁，房客们也在那里跟着看热闹。

"你们村拆了，我就又得搬家！"一个房客说。

"你从哪里来的？"乡党问。

"我都搬了三个村了，再搬就是第四个村了。"房客说。

"那你住高楼啊！"乡党说。

"高楼住不起，各种费用太贵，娃还要上学，咱还要做生意。现在周围的村子越来越少了，把人整天撵来撵去，挣个钱难啊！"房客说着就叹开气了。

金水村的拆迁慢慢就熄火了，因为大多数人都不同意拆迁，金水村就这样还要维持几年。原来这次不愿意拆迁的几乎都是十字路口的门面房，现在门面房也涨价了，也不是当初的几百元钱，而是上了千，到哪里去找这么好的事情，坐在家里一个月就有上万的收入，打着灯笼火把都没有这么好的事情。拆迁后到哪里找去，拆迁后就没有这么好的生意了，所以趁着不拆迁还能混上几年，再多挣一些钱。挣钱的事情多好呀，谁不喜欢，人人都喜欢。

金水村依旧是人来人往，人似乎比以前更多了，因为城里的村子几乎都快拆完了，一环、二环，一环套一环，现在都扩到城外头了，道路一修，地铁一通，村子的发展也就进入了一个新的阶段，离拆迁也就越来越近了。没有了土地的依附，种不了麦子苞谷就在地里种楼房，楼房不会产粮食，却能产出老人头，老人头谁不喜欢，老人头没有一个人嫌多，人们现在削尖了脑袋就是为了老人头。

马银的门面房不知道什么时候搬来了一个面馆，正在收拾里面的东西。村子的人明显又增加了，原来是方家窑村拆迁了，一部分房客就到金水村寻找房子租住。方家窑村是一个狭长的地方，在周宁师范学院的旁边，二十多年前村上的恶霸把大学生打死了，在周宁市引起轰动，可见治理之顽疾，周宁师范学院50年代建设时就用了不少村上的地，村上的恶霸号称"南霸天"。方家窑村挡住了一条道路，道路到方家窑村就到了尽头。没有人会说这是断头路，因为方家窑村世世代代就在这里。现在，方家窑村拆迁了。

方家窑村的历史遗迹已经上千年了，就在村子的周围。那时候，那个巷口一直都是污水横流，似乎从来没有过干净的路面，马路上是另外一番景象，过了马路又是另外一番景象。方家窑村的人很早就没有了土地，村民们主要靠租房为生，虽然紧挨着大学，但是大学似乎并没有给方家窑村提供什么岗位，你一个农民能给大学生上课吗？五六十年代还不兴提钱，而是叫支援国家建设，这一支援就一下过去了几十年。路口地方总是风水宝地，那时候路口有一个公用电话亭，有五六部电话可供使用，那还是传呼机盛行的年代，总是能见到满街找电话的人。那时候到传呼台当传呼小姐都是很风光的事情，然而好景总是不长，手机迅速抢占了传呼机的市场，传呼就迅速走了下坡路，直到销声匿迹。夏一可与一个同学偶然在路上相遇，她说她就在传呼台上班，打通台号，找210号就能找到她，同学之间的缘分就是街头偶遇，然后就像两条永远都不会相交的平行线，渐行渐远，这就是活生生的现实。那时候打一个电话是四毛，打一个传呼是七毛。手机的出现和普及使传呼机就没有了市场，虽然人们忍受着高额的话费，最早的话费每个月还有十块钱的"帮困基金"，但是人们还是趋之若鹜，因为毕竟随时可以打通电话。夏一可当时使用的一款是叫如意通的手机卡，没有月租费，接打都是五毛四，机子一直关着，传呼响了实在不行才打电话。手机最早都是双向收费，它就是让人随时能找到你，然后进行沟通。夏一可还想起小时候写留言条的情景，那时候是言而有信的，不像现在手机电话都有，人们反而变得越来越没有信用了，时代真的是变化了，巨大的变化。

隔壁的、对门的都陆续收了不少方家窑村搬来的房客，因为他们都改造了房间，每个房子都有卫生间，有的房子还带有小灶房，不出房门，吃喝拉撒睡都解决了。开面馆的是个小伙子，也不知道是哪里人。马银家的焊匠也不知道是什么时候走的，焊匠一走就来了开面馆的。每到吃饭时间这个面馆就聚集了不少吃饭的人，小伙的面馆很是兴隆，但是对于居住在旁边的人却是祸害，因为他的炉子就在台阶上，一到时间就开始响动，饭馆的门正好对着夏一可家的门，夏一可无奈就挂了镜子，没想到，这个货在里面也挂了镜子。这个荒废二三十年的地方，瞬间就人潮涌动了。

马银的另外一间门面房没有任何招牌，但是却做着皮肉生意。这是一个胖胖的女人开的，马银和胖婆娘不知道咋就遇到了一块儿，也真是半斤对八两。

街巷里不知道啥时候一下子就冒出了好几家美容美发店，一律做的都是皮肉生意，索索家的门面房，高熵家的门面房，延延家的门面房，小姐一个比一个打扮得妖艳，巷子似乎都成了窑子一条街。

"你看现在成了啥了，也没有人管？"三娘坐下与邻居们一起说闲话。

"谁管呢，现在的干部都知道给自己捞，谁管平民百姓的死活。"菊花说。菊花屋的房客几乎都招满了，她们家几乎啥人都要，只要给钱。

三娘心里是不畅快的，望着十字路口，本来那个地方是属于自己的，谁想到银山他"大"是队长，把宅基地划给了自己的儿子，咋争都没有争过来。三娘想，咱不是队长嘛，咱要是队长能让儿子光线受穷！三娘心里就起了波澜，想当初也是金水村的能行婆娘，后来给儿子娶了媳妇，儿娶了媳妇就顺了媳妇，把老娘就不当一回事了，没想到这个碎个子媳妇很厉害，从此婆媳矛盾就不断，自从离开了老汉就不再一块儿吃饭了，自己给自己做，还能把谁饿死。三娘虽然老了，但是心里却还是刚强的，就宅基地这一件事情，她和银山他们一家好多年都不说话，你当队长给你儿把好事都办了，把本该属于我们的宅基地给了你儿子！谁能料想到世事的变化，现在果然人家儿在十字路口一圈门面房一个月就收入上万块钱，可惜咱就差了这么一点儿地方就是不行。给孙子娶了个媳妇，也是外地的，开始把自己对付得好得很，时间长了也是骄横得很，把自己不当一回事，因为把事给媳妇办完了，外地人的野蛮就可见一斑了。一个好媳妇，三代好儿孙，咱有啥好媳妇！

以前村里都是自己的乡党，都是知根知底，东家长，西家短都一览无余，自从把地占了，村口的路一修，周围开始盖了高楼，外地、房客就迅速拥进了金水村。随着周宁村子的不断拆迁，这些外地人就开始转向金水村，因为金水村东南西北各个方向已经被高楼包围了，成为名副其实的城中之村。村子里现在几乎没有一棵树了。

三娘就叹息了。虽然人老了，但是三娘的个子还是高高的，不像其他老人那样猥琐的没个样子。

转身回门，街巷里霓虹灯闪烁，这里是城中之村——金水村。

当当当！外面有人敲门。

"谁？"夏一可问。

当当当！依旧是有节奏的敲门声。

"你门卡呢？"夏一可边问边到门口开门，他不情愿地打开了门。

"哦,淘淘!把摩托推进来!"夏一可招呼。

"不推不推,放到这里也丢不了,现在咱村到处都有摄像头!"淘淘说。

淘淘的电动摩托车是自动落锁,难怪不推。

"进来坐嘛!"夏一可招呼。

"淘淘吃胖了!"夏一可母亲说。

"妈妈,你给我哥舍不得吃!"淘淘开玩笑说。

"你爸在屋没?"夏一可母亲问。

"谁知道,我在楼上住,一天也不见人,各忙各的。"淘淘说。边喷云吐雾边看墙上挂着的字画。

"可哥,这是你画的?"淘淘羡慕地问。

"不是,我不会画,这是别人画的。"夏一可说。

"你会写就会画。"淘淘说。

"不会画,就会写。"夏一可说。

"再不要哄我了!"淘淘说。

"你要以后给你也画一幅。"夏一可说。

"好好,我就看你这幅好!"淘淘眼睛一直盯着。

"最近忙啥?"夏一可问。

"没忙啥?"淘淘接着又抽了一支烟。

"我看门口的楼盖完了!"夏一可说。

"你不知道,村上那伙人都在里面挣美咧,个个都包着工程,都肥了!"淘淘说。

"原来不是叫你寻穗丰去,你没去?"夏一可问。

"去咧,咱去迟了,人家都给他白家那一伙子人了。"淘淘说。

"那现在你车闲着?"夏一可说。那一年,村口盖楼时,淘淘买了一辆农用车。

"也没啥活儿,就是有时给人拉个沙子水泥。"淘淘说。

"可可哥，我想给你说个事，就是想在环城路口开个租赁公司，到时候想在那里拉个网线，你看你有熟人吗？"淘淘问。

"租赁公司，那本钱大，你有几辆车？"夏一可问。

"可可哥，你不知道，现在都是私家车放到那里，咱自己有一辆就行，我看这生意能做，房子都租好了，现在就是把网线和车连起来，咱光看监控。"淘淘说。

"唉，你跑那么远干啥，在咱村口不行？"夏一可说。

"先开着，要不现在闲着也不行！"淘淘说。

"那我给你问一下。"夏一可说。

"淘淘，你还是要在村口干，就这几年，以后拆迁了就没有这好事情了，你有自己车也会开，也不用雇司机！"夏一可说。

"现在没有活咧，所以才弄个租赁。"淘淘说。

"这边小区我看都快交楼装修了，你去寻穗丰，你说让你卖几栋楼的沙子，你看他给你咋说？"夏一可说。

"那里头十几栋楼，包几栋他还不给你！你没看南边的小区都是四盈娃在那里卖沙子，一袋五块，你在哪里寻这好事情！"夏一可说。

淘淘不言语，光抽烟。

"瓜娃子，你哥给你点窍门，你寻他看给你咋说，都是一个村一个队的人，他没有多也有个少，不能叫你一窝子人都把钱挣了！"夏一可母亲说。

"那我这回听我妈妈的！"淘淘说。淘淘心动了。

"你今儿没上班？"淘淘问。

"没有，已经不上班了。"夏一可说。

淘淘在夏一可家吃完饭就走出了院子，电动摩托呼啸着就穿过了街巷。

"这是舍近求远，咱自己的村口，你不去寻他，往外头胡跑！"夏一可说。

"你刚说卖沙子，你去寻穗丰，咱也挣点儿钱！"夏一可母亲说。

"咱咋样寻人家,你没听淘淘说他们那一窝子人还打发不过来,还能轮到咱!"夏一可说。

"淘淘能行,他有本钱,寻他肯定行,你不寻人家,人家就没有你的份!咱跟淘淘不一样。"夏一可肯定地说。

夏一可之所以肯定,是因为淘淘本身就给工地拉过沙子,现在卖沙子是水到渠成的事情。事情就是这样,现在就需要这样打打杀杀的人,要不然你现在娃也大了,要上学,房也盖了整院的,也要给人家还钱,不挣钱拿啥给人家还钱啊!

"你去寻一下夏义赫,让他给穗丰说一下,咱也在那里卖沙子!"夏一可母亲说。

夏一可没有言语。

夏一可现在没有上班,日子也过得捉襟见肘,虽然也招了些房客,但这也不是长久之计,仅仅是挣个油盐酱醋钱!

101

夏一可心里并不想去找夏义赫,尽管盖房的时候也是人家给说的价钱找的匠人,但是夏一可还是不想落他的好,该表示的已经给他表示了。但是现在没上班就没有啥收入,日子也是过得紧巴,再加上盖房也是借了些钱,各种生活开销也是很大的。况且现在也没有地了,一切的吃穿用都要买,没有钱就任何东西都买不来。

夏一可就出了门。

"出去呀?"在台阶上站立的胖婆娘打招呼。夏一可就点了点头。因为就在对面,低头不见抬头见,这个店是开了一段时间,有一段时间就不开门,听说是给叫到派出所了,开始还有门头,后来不知道什么时候就把门头摘了,光剩下一个玻璃门,用不透明的纸张贴了，有时候就偷偷在外面看过往的人，只要有人眼睛朝那里瞟，就有小姐向你招手，有人禁不住诱惑就进去了。夏一可突然就同情起胖婆娘这些人，胖婆娘是老板，也就是老鸨，她招的小姐是年轻的。卖淫嫖娼自古以来就是一门古老的生意，1949年后人民政府以雷霆之势彻底取缔了妓院等卖淫嫖娼场所，因为人民政府为人民，绝不允许卖淫嫖娼行为危害社会，坚决予以了取缔，许多人被遣散回家，治病，重新做人，改造成为良家妇女。改革开放后，这门古老的生意又死灰复燃，从南方开始，一直弥漫到各个大小城市，成为正儿八经的产业。笑贫不笑娼成为这个时代绝佳的讽刺，娼妓、妓女等名词被"小姐"代替，虽然没有正儿八经地上了台面，但是各种夜总会、按摩店、美容美发、足疗洗浴等均有藏污纳垢的行为存在，真是野火烧不尽，春风吹又生。警察也是睁一只眼闭一只眼，抓了放，放了抓，就是为了罚款。小姐们可以说都是派出所的常客了，三进三出，还有什么可怕的，还要什么脸，有钱才有脸，没钱就没有脸！

老远就看到苑子沃伯在堡门口坐着，旁边摆了一个烟摊。

"伯伯，你在这里摆摊。"夏一可叫道，他拿出了烟。

伯伯摆摆手，指着喉咙。然后就看着夏一可。

"喉咙疼，说话困难！"旁边鱼鱼说。

苑子沃伯点点头，夏一可就给鱼鱼发了支烟。堡门口现在也是各家各户盖起了四五层的楼，一家比一家高。

"鱼哥，你现在还有马吗？"夏一可问。

"现在没有了！"鱼鱼说。

"你虎子哥那里有，咱现在走不动了，就是晒太阳！"鱼鱼调侃道。

"你七老八十咧，咋就走不动了？"夏一可说。

"现在有时候腿疼，跟你小伙子比不成咧！"鱼鱼说。

"我伯伯这是咋咧？"夏一可问。

"唉，你伯伯得的是瞎瞎病！"他说。

堡门口现在也是门面房林立，卖啥的都有。

在快要拐到巷子里头时，夏一可就改变了主意，不去了，直接往堡子上头走了。他想着还是不要说了，免得自讨无趣，这个事情没有办法说，在那一年最后的占地中，夏义赫给自己也夺得一块地，当时听说差点儿都夺不下来，说你要是不给我，你给我把蜡坐了。穗丰在当队长的时候问他还当不当，他说当过婆的人再也不当媳妇的话。夏义赫当过队长，也当过村主任，由此，穗丰就当上了队长。但是现在的队长和那时候的队长就有了天壤之别，那时候的队长仅仅也就收些好烟好酒，有给别人划宅基地的权力，现在的队长可是掌控着土地，有买卖租赁的权力。

虽然在村里住着，但是却不常到堡子上头去。上头明显冷清了许多，虽然也有房客，但是明显没有底下人多，巷子里还能零星看到几棵树。顺着巷子走下去就走到了城墙坡，这里也是兰草妈妈的地方，人是啥时候不在的也不知道，院子的门也是敞开的，看得出也是招了几家房客，院子里和门口都还有树。夏一可就想起兰草妈妈那时候和父母在家里照相的情景，那是盖完二层楼的那几年，几个人就在门口的台阶上，一人坐一把小椅子，太阳暖暖地照着，时间过得真快啊，转眼人都消失不在了！已经好长时间都没有走这里了，夏一可记得小时候下雪的时候，娃们都爱在这里玩耍，在这里滑雪，顺着城墙坡就溜了下去，其乐无穷！

下坡以后就朝上继续走，都是水泥路了，没有水泥路的时候盼望水泥路，有了水泥路却觉得也并不是多么好，因为路上车多了，都开得飞快，都进了金水村。

"嗨，进来嘛！"一个小姐站在门面房里头，不知道这是哪一家，招牌也是美容美发。

"伯伯！"夏一可给坐在门口的顺平伯发了一支烟。

"俺娃做啥？"顺平伯问，夏一可就给他点燃了烟。

"不做啥，我转一下，现在上来得少！"夏一可说。

"今没上班？"顺平伯问。

"现在没上班。"夏一可回答。

"你爸那人好，那会儿老给我捎东西，就是走得早了些，没享福！"伯伯说。

老一辈人总爱说过去的事情。

"都过去了！"夏一可说。

"你妈身体好吗？"顺平伯问。

"好着呢！"夏一可回答。

"这就好！"顺平伯说。

"你现在跟人家谁住着？"夏一可问，他知道顺平伯有两个儿子，但是似乎从来没有见过面，就是见了应该也不认识。

"人家一个在马路对面住着，一个在村西边住着，我跟你妈妈两个人住着。"顺平伯说。

"咱老了，自己住安宁！"顺平伯说。

"好着呢！我先走了咧！"夏一可就打了个招呼。

已经是多少年了，夏一可还记得给爷爷过三年祭日的时候抱苞谷秆搭锅烧水杀猪的情景，杀猪做肉就是顺平伯伯的绝活，最后给人家啥，人家啥都不要，说帮忙还要啥！夏一可每回听母亲说起都记在心里。那时候的人情重千斤呀，现在有啥人情！

夏一可继续朝庙台的方向转了过去。

这是一条笔直的道路，有点儿慢上坡，金水村的人就是以此为方向逐渐搬到了堡门外头，因为人口众多，不搬是不行的，哪像那时候弟兄几个都是在一个屋檐下吃饭，低头不见抬头见，一个大家子过日子由此就产生了矛盾，但总是在自己内部慢慢消化了，实在不行就是找说话人说说，经过调解事情也就解决了，这是解放前金水村就有的习俗，一直延续到解放后。解放前是旧社会，解放后是新社会。旧社会人民群众是被剥削的对象，新社会是人民当家做了主人，共产党是人民的大救星！

各家各户几乎都把外面的房门打开了，做了门面房。门面房里面传来打麻将的声音。

由这边就慢慢走到了郭选举家，郭选举的门也大开着。曾经的砖瓦窑现在已经盖了好多房子，周围有一个小树林，依稀可以看见当年砖瓦窑的痕迹。咋样就干不成了，咋样就干散伙了，咋样最后连村书记的职位也没了？

"哥，你咋在这里？"原来是刚健。

"哦，刚健，我没事在这里转一下，你今天咋回来得这么早？"夏一可问。

"这几天休假，我才回去了一趟。"刚健说。两个人边说就边朝回走。

"我看你村还很大！"刚健说。

"大嘛，这六个队，你看到的马路周围的，盖的楼都是我们村的地。"夏一可说。

"你这地方好，房地产开发商都看上了这块地。"刚健说。

"迟早都要拆迁的！"夏一可叹了一口气说。

"那也没办法，过好每一天。"刚健说。

"你看，这里原来是收麦子碾场的地方，现在都盖了房。"夏一可指着前面的一块地说。

夏一可所说的地方就是最早修路卖烤肉的地方，现在早都盖成高楼了。

"那周围这些楼都是用的你村的地？"刚健问。

"这儿最早就是几个干部休养所，后来来了锡田基地，前些年成立了开发区，后来成立了锡田管委会，主要就是征地拆村卖地，给我们的一亩地几万块，卖给开发商就几十万块，政府凭空就挣了几十万块，然后开发商盖楼卖楼，老百姓再买楼，这就成了一个循环。"夏一可说。

"到处都一样！"刚健说。他原来在江苏待过几年。

"哥，我看咱旁边的那个房子还空着，不成我搬过去住，楼道边的光线有点儿暗，这边能好点儿。我到时候给你把钱加上。"刚健说。

"你去住嘛，没事。"夏一可说。

一回到家，夏一可就把钥匙给了刚健，让他慢慢搬。

因为没有其他收入，夏一可的心就有点儿慌张，虽然在村子里住着，但是乡党们却都还以为夏一可在厂子上着班，那可是一个铁饭碗啊！

"你可到谷城他妈那里去了？"夏一可问母亲。

"没事嘛，在老婆那里说闲话。"夏一可母亲说。

"我看现在干鸟把两边的房都盖了！"夏一可他妈说。

"干鸟那就不是啥好东西，几十年户口都在外头，现在把户口转回来，把自己女子嫁给穗丰娃当儿媳妇，都是啥货色，还不是想在村里捞一把！"夏一可说。

"那你不知道，挨这后边的原来最早是知青下乡的地方，后来知青就落户到了咱村，最后改革开放，下放农村的都回城了，这个知青在大队开了证明就回城了，干鸟村上给在学校那里重新划了一院宅基地，后来把这个知青撵走了，浪费了那个地方，现在是两院子宅基地。"夏一可他妈说。

"这货一看就是走上水，现在锡山是会计，锡山媳妇薇薇就是干鸟她妹子，没怪村子人说，这都是一窝子！村上也没人说！"夏一可说。

"谁说呢，现在都是自己给自己捞！"夏一可母亲说。

"这就跟跳跳是一个性质，谁上台给谁摇尾巴！"夏一可说。

"咱村学校现在不知道是个啥情况，娃马上就要上学了。"夏一可说。

"你到时候去学校问一下。"夏一可母亲说。

眼看着娃到了快上一年级的年龄，夏一可现在发愁孩子的上学问题。金水村的小学还是选举的时候进去过，平常就没有机会进去，学校现在也盖起了楼房，最早夏一可他们上学时候的教室只剩下四间房子。村上的学校现在主要都是房客的娃，夏一可可不想和房客的娃在一起。他们上学的时候都是本村的娃们家，现在情况复杂了很多，唯一一点是上村子的小学不花钱，到外面上就要花钱还要接送，接送可不是一两天的事情，接送可是六年的事情，风雨无阻。

102

媳妇妙妙她爷，说走就走了。

二月二的庙会，早上去庙里烧了香，下午回来就走了，也不打扰谁，最后整理衣服还从口袋里掏出几百块钱，老汉的存折上还有五千块钱，都是平时自己攒的。八水村的乡党们都说她爷早上去烧香报到了，下午阎王爷就接收了，在哪里寻这么好的事情，也不打扰别人。看咱以后有这样的福气嘛！媳妇妙妙她爷身体很好，八十岁了还骑三轮车卖菜，晚上把菜整好，早上不等明到批发的地方就卖掉了，然后到靖宁县城把饭一吃就回来了。老汉人勤奋得很。彬彬有时候没有钱了就去寻他爷，他爷就会给上一百二百的，彬彬从来都是有借不还，给娃当爷还叫娃还，老汉说。老汉知道，娃们挣钱也不容易，明不当明，黑不当黑，日子也都过得紧巴巴！彬彬有时候就感叹，啥时候能挣大钱。

八水村这几年也是卖了村民的地，一分钱也没有给大家分，而是村干部自己造咧，天下乌鸦一球色，天下乌鸦一般黑！

103

村口的楼房就开始装修了，一大片空地上开始搭棚子，听说这是划出的位置，卖各种装修材料。夏一可就到里面转悠，就碰到了淘淘。

"淘淘，你干啥？"夏一可掏出烟。

"我来看一下地方，看咱车到时候从哪里进？"淘淘说。

"我看那儿不是有一个门能进大车。"夏一可说。

"我到时候就把车往里开，看他能咋办，不行就把他门口堵了，都不让进！"淘淘横着脸说。

"这装修得大半年时间？"夏一可问。他心里想着能不能卖点儿沙子，外面都太远，只有在里面方便，但是却无从下手。里面的十几栋楼，要是能卖沙子，按现在外面房地产价格四千左右，很轻松就是一套房子，沙子本身不值钱，装到袋子进入装修的小区就值钱了。

"那你看叫哥在这里也搞几袋沙子卖一下？"夏一可半开玩笑半认真地说。

"看你我哥说的，咱这粗人才卖沙子，你是文化人啊！"淘淘也变得文绉绉的。

"你好好闹，卖沙子一套房没有问题！"夏一可说。

"我要是队长，不用你说就给你我哥分几栋楼，你不知道，人家这楼和咱村是对半分，小区的人卖一半沙子，咱队上卖一半沙子，穗丰给他那一伙哪能轮到咱！"淘淘说。

"你去寻过他？"夏一可问。

"我这几天天天跑，去了就是抽烟喝茶，人家就是不搭茬儿。"淘淘说。

"你叫你爸去给穗丰说。"夏一可说。

"哎，你不知道事情。"淘淘说。

"看，那头第一家是虎子女子的地方。"淘淘指着门口的第一家。

"这儿就是咱队和五队的地，咱队的地多，五队的地少，所以沙子也不是都是咱队的人能卖，人家都说好了！"淘淘说。

"那别的地方的沙子都不能进去卖？"夏一可问。

"可可哥，你不知道情况，把楼分好大门口白天和晚上都守着人，24小时换班，你外头的就进不来，所以为啥说沙子利大得很，不是沙子利大，而是独门生意。"淘淘说。

夏一可不知道这里头的道道还这么多。

"看见那个角角了嘛，那儿放个冰柜刚好！"淘淘用手指着旁边栏杆前面的地方。

"那是物业的办公室，咱在他那里接个线，到时候我嫂子在那里卖个矿泉水可以！"淘淘说。正说着，虎子就从他身边走过去了。虎子的架势是耀武扬威，现在的虎子可不是当年那个穷得叮当响倒卖二手车的虎子了，现在的虎子是金水村五队的队长，手里掌握有大量的土地，想给谁划一块就划一块，谁跟他好就给谁划一块。

"虎子也是狼！"淘淘愤愤地说。

"沙子他肯定让咱卖，只是给楼多楼少的问题，少了咱就划不来了！"淘淘边抽烟边说。

"你那厂子现在真不去咧！"淘淘问。

"不去咧，现在几乎都两年没去了！"夏一可说。

"不去咧就没有工资开？"淘淘问。

"不上班就没有工资。"夏一可说。

"也都难啊！"淘淘说。

夏一可心里就有点儿酸酸的，自己现在的情况咋会是这样，谁也没有想到啊！

天气慢慢就变得暖和了，现在是春天的季节。春天是万物萌动的季节，也是草长莺飞的季节。

光芒就在家里坐。

"这几天我看淘淘跑得勤！"夏一可他妈说。

"他给他挣钱，他不跑谁跑！可可，把你的酒拿出来，喝二两！"光芒说。

"我没有好酒！"夏一可他妈说。

"都给我们拿出来了。"他就自己倒了一杯。

"这个酒杯子都是那时候的，我屋都没有这东西。"光芒接着说。

"你等着，我给你在外头买点儿花生米。"夏一可说。

"不买不买，我干抿两口就行了。"光芒说。

"小区装修都开始了？"夏一可问。

"装修不装修我不知道，反正淘淘寻穗丰了，最后把事情说成了！"光芒兴奋地说。

"钱也不能叫你都挣了，你看你现在占了多少？"夏一可说。

"这回人家淘淘叫媳妇把她爸叫来了，就住在咱屋。"光芒说。

"叫他丈人爸干啥？"夏一可他妈问。

"你不知道，咱淘淘账算不清，叫来算账，也叫他兄弟一块儿来拉沙子。"光芒说。

"你萍萍又识戥子识秤，你还叫他？"夏一可母亲说。

"淘淘人家不叫我管，媳妇就出主意把她爸叫来了，你说叫来就叫来了，还住到咱这里，人家说咱这里有房住。"光芒就感慨。

"再好的亲戚都不能在一块儿住，住不成！"夏一可他妈说。

"媳妇把我买的菜都给她妈提到楼上去了，你说这叫人咋说？"光芒诉苦。

"我说娃给人家工地拉沙子也不容易，你过来给搭个手，谁知道人家拖家带口就来了。"光芒说。

"租车还搞着没？"夏一可问。

"哎，再别提了！"光芒喝了一杯酒。

"等过一阵天气热了让可可到那里卖个水，娃现在也没上班，等到他装修完还不挣几千块钱。"光芒说。

夏一可最近转了转，看到这十栋楼已经陆续都开始装修了，沙子穗丰娃搞了一摊子，淘淘搞了一摊子，下来就是小区的人搞了一摊子，也都不是一般人。夏一可也听说了淘淘为了争取这个沙子，耍了二球样，直接把小区的大门给堵了，这也不是谁都能做到的事情。穗丰原来在外头弄了一屁股烂账，后来回村上当了队长，买了挖掘机搞土方，现在盖的那么大房经营宾馆生意，外面还开了一圈圈门面房，这几年一下子就发了。

这片土地就是金水村的地，也属于金水村四队、五队的地，现在一下子就盖了十几栋高楼。乡党们谝闲传说村主任、书记，村上的干部在里面都有房，这里的土方工程，这是多大的工程量，这样一下子就挣了多少钱！平民老百姓咋能干工程？短短几年，村干部不但捞美了，还都发了财！

金水村现在也早已经是城边头了，因为现在周宁城的村子几乎都拆完了，隔三岔五就会有不同的村子进行拆迁，看样子不拆到南山跟前是誓不罢休，那么金水村的拆迁步伐也就越来越近了！金水村这几年也有了阔气的门楼，两边的石柱子，最中间的一个门牌，金水村三个鎏金大字，是请周宁著名书法家游先生写的，当然不会白写，这一幅字不知道要花多少钱。村子人说现在的门楼气派倒是气派，可是不知道花了多少钱，金水村一没有企业，二没有产业，就是卖地的钱也可能给乡党们没有分完，还不是拿这钱在那里胡折腾！看着门楼的结果最后不是被砸就是被人拆，现在这伙驴×的，哪会考虑什么百年大计，都是几年工夫就见了分晓！

夏一可已经买好了冰柜，就准备五一前后拉过去，地方已经看好了，就选到小区物业办公的地方，因为那里可以接线，其他地方接线就很麻烦了。进水的渠道也已经选好了，就在村子里头，也很近。一切都准备就绪了，就准备开张了。夏一可的手头还是很紧张，就是买冰柜的钱也是刷信用卡买的，因为实在很紧张，现在才知道一分钱难倒英雄汉，不是钱的问题，而是没有钱的问题。

小区的楼里还是乱七八糟的，路在一点儿一点儿铺设，还有花坛，各种地面设施正在建设，不久后这里就成为一个崭新的小区，可惜的是与金水村的人没有半点儿关系，虽然用的是金水村的土地。金水村的土地卖给政府是几万块钱一亩，政府一转手卖给开发商就是几十万块钱一亩，然后开发商再盖楼卖几千块钱一平方米。夏一可就感慨万千，这是一伙狼啊！吃人不吐骨头的狼！他曾想起自己二十多年前在地里放风筝的情景，过了正月十五在地里锄草的情景，太阳暖暖地晒着，地里头锄草的三三两两的人，那时候就认识了草，也认识了荠菜。荠菜那可是地里长出来的野菜，那是多么诱人啊！现在这一切都被高楼所代替，看不到麦田，也看不到荠菜，看到的是人性中可恶的一面。因为装修，楼门都大开着，夏一可就进入了一个楼门，上到了最高层三十二层。电梯的速度的确很快，一下子就上到了最高层，夏一可有点儿眩晕。高楼很高，比电视塔都高，当时的电视塔就是最高的，现在的高楼早已经超越了电视塔的高度。在楼道的窗户外面向下张望，金水村一片民房就映入眼帘。下面是灰的，蓝色的是蓝的彩钢瓦搭建的屋顶，灰蒙蒙的一片。夏一可朝家的方向观看，但是又看得不是太清楚。太高了也就模糊了，顶楼的风声是呼呼呼地响。楼高了，风就大了。夏一可的心一片空旷，这一块地方能保到什么时候，现在还不知道，只知道乡党们都加盖得越来越多，都想在拆迁前盖好，以博取拆迁最大的利益。想着也怪，原来盖房是为了给子孙后代传下去，现在盖房是为了拆迁，这是时代发生了深刻的变化！谁也没有办法！

小区的后排是一排十层高的楼，里面几乎都是超大面积，二百平方米左右，复式的居多，里面的人说这几乎都是给干部的，看来就是高楼也是分三六九等，以前的房也就是六七十平方米住一家几口人，现在都是大面积，超大面积。

五一的前一天，淘淘找了个三轮车就把夏一可的冰柜拉到了小区里面，并且叫物业的人接上了电。

"淘淘，那给人家买盒烟！"夏一可说。

"不买，在咱的地界上，咱还给他买烟。你别管，我给你把这些都闹好，你光做你的生意，其余的不要管！"淘淘说。

夏一可就给淘淘发了一支烟。夏一可的确对这些事情不是太在行，尽管自小在金水村出生长大，直到现在金水村失去了种麦子的土地而盖起了大量的高楼，各种人粉墨登场，夏一可却有些心灰意冷，心想自己受过高等教育的人现在居然沦落到这步田地，从受人尊敬的新闻记者成为工人阶级的一员，再由工人队伍直接回了家乡，可是，这还是家乡吗？家乡已经失去了土地，人心的涣散和恶的膨胀，让善没有了市场，都在绞尽脑汁赚钱甚至不择手段赚钱，这是一个笑贫不笑娼的时代，没有钱就意味着你连娼妓也不如，哦！现在没有娼妓，是小姐。

"可可他妈？"高熵他妈在街道上遇到了夏一可他妈。

"这会儿干啥呀？"夏一可他妈问。

"回去看一下。"高熵他妈说。

"这没在家住，还想着家。"高熵他妈接着说。

"你跟老头子住到那里不美咧！又不掏房钱也不掏电费！"夏一可他妈说。

"唉，咱给人家看门，能有啥好！"高熵他妈说。

"那人家可给你月月发工资！"夏一可他妈继续说。

高熵他妈现在在穗丰大宾馆门口看门，住在那里，吃在那里。

"你那媳妇好，我高熵那媳妇，咱就看不下去，人家饭吃不完就倒了，锅灶弄得一塌糊涂，说不成嘛，现在的媳妇说不成嘛！"高熵他妈说。

"你眼不见心不烦，咱就当看不见，现在的年轻人都一样！"夏一可他妈说。

"我没看见，可是我明明看见了，你叫我假装看不见！我是看不下去。"高熵他妈诉苦说。

"你咋傻了，现在年轻人不比咱那时候，咱要装傻瓜，要不然整天拌嘴，这日子就没办法过了。"夏一可他妈说。

"你在穗丰那里就给人家好好干，人家叫你两口子看门，咋没叫我们，咋没叫旁人！这就是人家对你们有心。"夏一可他妈说。

高熵他妈和他爸原来一直唱戏，唱戏基本上都是在农村的白事上，高熵他爸拉二胡、他妈唱，走村串乡，也把周围走了个遍。后来慢慢年龄就大了，也就不再唱戏了，因为娃们都娶了媳妇并且有了娃，自己也当了奶奶。

高熵他妈走了一路，也就看了一路，数了一路，看谁家都是几层楼，他看到现在这条巷子基本上都是两层，最高的就是斗斗家的六层，斗斗原来当过村主任，也不知道咋就挣了这么多钱，一下就盖了六层，六层不是三间六层而是六间六层，盖的是居民楼的形式，就差安装一部电梯了，再看到自己的二层，就叹了一口气，啥时候也能盖起六层楼超过他，看到隔壁都盖了三层，接着就又叹了一口气，进了家门。

夏一可就守着冰柜开始卖水，因为没有做过生意，开始还不好意思，慢慢也就习惯了，现在媳妇也怀孕了，又要再一次当爸爸了，然而带给自己的不是喜悦而是压力，现在是无尽的压力。孩子现在上幼儿园眼看着要结束了，转眼就要上一年级，因为不打算在村里小学上，在外面上，就要花一笔钱。幼儿园是每月都要交钱，三年下来也是花了不少钱，想当初自己只上了一个育红班就上了一年级，也是考试，夏一可记得那时候自己考了一百分，在商店买了五分钱的瓜子，在自家门口的石头上嗑得津津有味，一转眼就过去了好多年，现在自己的娃都要上一年级了。村里的小学现在都是房客的娃，几乎没有村里的娃，这几年村里的学校硬件设施是好了，但是也是给房客的娃准备的，听说房客的娃也是交了三千到五千不等的钱。听说周围小区里也有娃在小学来上学，现在金水村小学似乎炙手可热了，因为不在村小学上，所以也就不操那个心了。

"你这是个好生意！"卖水的老婆婆说。

"啥好生意，肉都让人家吃了，咱连个汤都没得喝！"夏一可边搬水边说。

"你不要脉动？"卖水的老婆婆说。

"脉动贵，我怕卖不动！"夏一可说。

"你试一下，贵，好喝，肯定有人买，这个很挣钱。"老婆婆说。

"那行，就先拿一件！"夏一可说着就搬了一件放到了电动车上。

"我一会儿过来给你结账，你先记上。"他说。

"没事，你先拿走，咱天天都见着呢！"卖水的老婆婆说。

大热的天气，夏一可就守着冰柜，他稍微有点儿迷糊，毕竟是到夏天了，中午就犯困。已经卖了几天了，拉平一天也就赚几十元钱，现在还没有到最热的时间，七八月时应该更好一些。

夏一可正发着呆，老远就看到穗丰过来了。

"穗丰叔！"他招呼道。

"可，你咋在这儿？"穗丰过来就笑眯眯地问。

"抽烟！"夏一可就拿出烟。

"叔不抽烟！"穗丰摆了摆手。夏一可就急忙从冰柜里取出饮料递上。

"你再带点儿烟吗？"穗丰说。

"烟卖不动，再说烟的本钱大。"夏一可说。

"嗯，我看现在人家装修老板也抽得好烟。"穗丰说。

"到时候试一下。"夏一可说。

"我看上回楼里投诉说咱的井把人家楼的地基给渗水下沉了，我看就是胡说，占了咱的地，咱打个井咋咧！"夏一可说。

"人家过来找我了，又是测量又是做啥的，我说你告去，还不允许咱村民吃水了！"穗丰说。

"就是的，就是的。"夏一可说。

"你家水管好着吗？"穗丰问。

"好着呢。"夏一可说。

"过一阵再装个增压的，水就更好了，各家各户都有水，现在各家各户都有房客，人多了，要保证都有水。你有啥事就给叔说。"穗丰说。

"没事，没事！"夏一可说。

说了一会儿话，穗丰就走了。

104

夏一可和媳妇妙妙在十字街口闲逛，现在的街巷很是繁华，人来人往。

"你看你看，这不是亮亮他妈吗？"媳妇妙妙说。

"你咋在这里？"媳妇妙妙问。

"我搬到这里来了。"亮亮他妈说。她是甘省人，在菊花那里住了好几年，来的时候亮亮还在怀里抱着。

"你没领娃？"亮亮他妈问。

"娃跟他奶奶在外头逛！"媳妇妙妙说。

"亮亮，叫阿姨。"亮亮他妈说。

亮亮怯生生地看了一眼。

"这娃认生。"亮亮他妈说。

"你现在住在哪里？"夏一可问。

"就在对面。"亮亮他妈指着对面的房子。

"住这儿方便，还能摆个摊，以前还要给人家交摊位费，现在在这里住家一个月也是象征性地收几十块钱。"亮亮他妈说。

"这就好，在这儿还能挣几个钱。"夏一可说。亮亮他妈个子高，人长得好，眼睛尤其比较大。现在摆摊也就是卖一些袜子、裤头之类的小东西，没人的时候就纳鞋垫。

"那你娃明年也就上学了，在哪里上？"媳妇妙妙问。

"想在村上上，也不知道你村小学能不能上？"亮亮他妈说。

"村上上肯定要花钱！"夏一可说。

"不知道嘛，这还有几个月。"亮亮他妈说。

"你娃明年也上？你肯定不在村小学上。"亮亮他妈说。

"在哪里上都要花钱的。"媳妇妙妙说。说了一会儿话，买了一些小东西就离开了。

"你知道亮亮他妈为啥搬到这里？"夏一可对媳妇妙妙说。

"不知道，这儿做生意方便。"媳妇妙妙说。

"那也不全是，她原来就在银山门口摆摊子，关键是亮亮他妈认识了一个胖叔叔，这人在工地包活，不知道咋的就好上了！在菊花家不知都打了几回架。"夏一可说。

"还有这事？"媳妇妙妙说。

"你整天上班在外面，不知道。"夏一可说。

街巷里人来人往。跳跳和房客在门口说话。电线杆底下的门面房现在租价高，跳跳还是眼光远，始终占住这个地方不松手，现在出租房子挣钱了。当时拉电线已经给赔过了，但是没有交房子，现在倒好了，谁知道村子最后会发展成这样，这儿离路口很近，房子就很抢手了。人们都说跳跳发了，最早收电费，好多电费没有给大队交，大队最后也不知道拿啥补的窟窿。很多事情往往都是撑死胆大的，饿死胆小的。那会儿这边都是一望无际的麦子地，几十年后谁能想到麦子地里不长麦子却长起高楼了。

"臭豆腐，你吃不？"媳妇妙妙问。

"尝一块！"卖臭豆腐的女人招呼。

"这味我咋闻不习惯！"夏一可说。

"我先给你炸一个！"卖臭豆腐的女人说。

"多少钱一块？"媳妇妙妙问。

"一块钱三块。"卖臭豆腐的女人说。

"阿姨，给我们来一块钱的。"放学的小学生站在旁边说。

油锅就吱吱地响着。卖臭豆腐的女人是个瘦高个，背上还背着一个娃。

"你尝尝。"她递过来一个套着塑料袋的小碗。

夏一可尝了一口，"嗯，好吃着！"吃到嘴里辣辣的，豆腐经过油锅炸了以后就呈现出金黄色，蘸上汁子，吃到嘴里就是辣辣的感觉。

"这个汁子也很好吃。"夏一可说。

"老板娘，那就再炸两块钱的，五个就够了！"媳妇妙妙说。

不一会儿臭豆腐就炸好了。

"还给六块？"媳妇妙妙说。

"没事没事，你吃就行了。"卖臭豆腐的女人客气地说。

"那今天可让你吃亏了！"媳妇妙妙说。

"不吃亏，不吃亏，你都照顾我的生意了！"她高兴地说。

"也不容易，挣个零花钱！你在谁家住着？"夏一可问，因为看到她有时候推着车子从上面的路口下来。

"在你村坡那里住着，那块没人，房价也便宜。你们底下人流量大，这边有车站，回来都经过这边。"她说。

"哎，给你说，明天下午出来迟些！"一个穿着制服的人走过来。

"你咋在这儿，没上班？"这个人说。哦，原来是御峪。

"警察来了，跟你当警察！"夏一可说。

"咱能跟你比，你是国家正式工人，咱这不是个啥！"御峪说。

夏一可就给御峪发了一支烟。

"明天哪里检查？咋还检查到村里来了？"夏一可问。

"街办来检查。"御峪说。

"明天出来迟些。"御峪再次叮嘱道。

"好好！"卖臭豆腐的女人谦卑地说。

"咱这儿到底是锡田管还是余力管？"卖臭豆腐的女人问。

"都管，主要就是为了占我们的地，最后就是拆迁。"夏一可说。

"不知道啥时候拆迁？到时候我们还要重新找房子。"卖臭豆腐的女人说。

"早着呢，得个十年八年的。"夏一可说。

"最后肯定得拆，但是现在还不拆！"媳妇妙妙也说。

"你村这地方好，到哪里都方便。"卖臭豆腐的女人说。

"周围盖的这些楼都是村上的地。"夏一可说。

"那你村还真不小。"卖臭豆腐的女人说。

吱的一声，淘淘的电动车就停在这里了。

"可可哥！"淘淘叫。

"淘淘，来吃臭豆腐！"夏一可招呼道。

"唉，我不吃这，我媳妇人家爱吃这！"淘淘说。

夏一可就掏出烟给了淘淘。淘淘取出一支就把烟盒递了过来。

"你抽，你抽！"夏一可说。

"淘淘！"前头不知道谁叫着。

淘淘骑着电摩就刺溜地走了。淘淘的娃也都上幼儿园了，真是快。

"刚健，你在这儿干啥？"夏一可看到刚健在这里。

"哥，房子的锁子打不开了，我来看这里有开锁的没有。问了几个人家都说这会儿忙着，不去，要到晚上了。"刚健焦急地说。

"是拧不开了？"夏一可问。

"拧着转圈圈。"刚健说。

夏一可就来到修锁的人这里。

"嗨，老板，开个锁子！"夏一可对着里面喊。

老板就出来了，原来是换煤气的。"你生意做得好，人家叫你你都不去！"夏一可说。

"不是，这会儿忙着！"修锁子老板挠着头，一口河南口音。他们一家四口都住在这里，租的是涵涵家的门面房，他干的活儿样子多，修锁配钥匙，换煤气，卖工地用的钉子、铁丝、手套等物品，是名副其实的杂货店老板。

"忙啥呢，人回来进不了门，叫你去开个锁子看把你拽的，赶快走！"夏一可说。

"你看房东都来了，赶快去！"涵涵在一旁说。夏一可就掏出一支烟递给涵涵。

"我不抽烟。"涵涵推辞说。涵涵也在外面上着班，他也是接班出去的，不同的是涵涵在学校，不是企业，算是学校的后勤人员。涵涵家盖二层楼的时候，给匠人管饭，夏一可他妈过去给帮忙做饭直到把二层楼盖完。

杂货店老板于是就收拾了东西，背起包包，夏一可就给发了支烟一块儿朝家里走去。

"老板生意还好？"夏一可问。

"好啥呢，混个饭吃。"老板说。

"看，前面就是。"夏一可指着前面说。

"这是你家？你们的门面房多少钱？"老板问，他看到门面房空着。

"我这里便宜，三百块钱，大的，三十平方米左右，水电齐全，还有卫生间。"夏一可说，他家的门面房几乎一直闲着。

"你这儿要是人多，我就搬过来。"老板说。

"我这里当时要把路选在这里，那也不是这个价。"夏一可感慨道。

夏一可就领老板上到二楼。

"就是这个，你看开锁多少钱？"夏一可问。

"这个五十块钱。"老板说。

"太贵了，你便宜点儿！"夏一可说，刚健在旁边。

"五十块钱不贵，人家都要六十块钱！那你还装吗？"老板说。

"装嘛，不装咋关门呢？"夏一可说。

"装塑料的，还是装铜的？"老板说。

"有啥区别，你这个一看就是塑料的，你们城中村买这种门装的都是塑料的，最容易坏，我见得多了。"老板说。

"那铜的就不坏？"夏一可问。

"你掂量一下。"老板从包里掏出两个锁芯。夏一可掂量，果然是铜的沉。

"那你保多长时间？"夏一可问。

"这个不保，有时候你着急拧坏了，还得开锁。一般铜的用个半年一年绝对没问题，不是说绝对不坏，而是相对塑料锁芯肯定要好一些，用的时间也长一些。"老板说。

"多少钱？"夏一可问。

"铜的三十块钱。"老板说。

"哥，换了算了，省得麻烦。"刚健旁边说。

"你是这，换铜的，连换带开一共给你六十块钱。"夏一可还价道。

"那我就亏了，你刚才要是和我说这个价钱我就不来了！"老板一脸无奈地说。

"亏啥呢，我这里都是塑料锁芯，保不准下次哪个房子的门锁坏了还得找你来，到时候你就挣回来了。"夏一可说。

"以后我在你那里多买两回东西你就赚回去了嘛，我给我院子的房客都说一下，买啥先到你那里买。"夏一可说。

修锁子的老板没有再说什么就开始动手了，因为有工具，三下五除二，没有用上十分钟就连开带换装好了。

"刚健，你试一下。"夏一可说。

刚健于是反复操作了一下，"好着呢，哥！"刚健说完就掏钱要给开锁老板，被夏一可挡住了。夏一可把钱给了老板。

"哎，你这房东好！"修锁老板接了钱找零时说。

"有啥好不好，都出门在外不容易，这小伙子在我们家住了也几年了。"夏一可说。

夏一可送修锁老板到门口。

"哥，你把这钱拿着。"刚健说。

"不用不用，你赶紧装着。别声张就行！"夏一可摆了摆手。

"我刚才看这个人就是涵涵他屋的。"夏一可他妈说。

"这人不好说话，上次还来换了一回，谁掏的钱？"夏一可他妈问。

"我掏的钱，这次就换了个好的，不容易坏，这种都是这个样子，六十块钱，咱能让人家娃掏，刚健硬要给，我没要！"夏一可说。

"就是的，刚健小伙子人好，也不捣乱，房钱从来也不拖欠！"夏一可他妈说。

"你看咱也招了几年房客，原来住的那几个人给你不交房钱，最后跟你打游击，年纪轻轻就学成这样！"夏一可说。

"村里现在人多了，房客也多了，咱招的房客老捣乱，咱一天跟人家劳神，招房客是跟人打交道，种地简单，不费口舌，现在没有地种了！"夏一可说。

"叫我说没有种地好，省得劳神！"夏一可母亲说。她说的是气话。

"现在除住房不掏钱以外，吃的、喝的、水电、煤气都要掏钱，咱房钱也挣不了几个，咱也没有在十字路口啊！人家当时给你到堡门口，你不要！要是要了，现在也是五层楼，光门面房就把钱挣了！"夏一可说，他知道这个事情。

"那里当时是一个积肥坑，你爷说不要，咱家也没劳力，那要起肥，最后就申请到这里来了。"夏一可母亲说。

"我记得咱旁边当时还是麦子地，后面楼的那个地方也是麦子地，咱后头的槐树、核桃树、院子的柿子树、桐树现在都没有了！"夏一可感慨地说。

"人家两边一盖，就把咱夹到中间了，不盖也不行，盖了就是为了拆迁，这拆迁不知道是猴年马月的事情。"夏一可继续说。

"你不要民工，不要美容美发，嫌那劳神！"夏一可母亲说。

天色就慢慢黑了下来，院子只剩下一个顶，也就黑得快，什么是一线天，这就是一线天啊！

眼看着这几个月啥都没有做，心里就有点儿发慌，因为没有收入，就靠一个月不到两千元的房钱收入，再加上明年娃要上学，怎么也得准备一万元钱，夏一可就显得有点儿慌乱。

105

"我看妈妈还是能人！"夏一可在卖水老婆婆那里结完账说。

"不是我自夸，就他现在高中生的水平都不如我。我是1966年正儿八经的高中毕业生。"卖水老婆婆说。

"那不简单，现在的学生光读死书，哪有妈妈的账算得这样清白！"夏一可说。

"这也不难，都是算账！"卖水老婆婆说。

"算账就有人算不了。"夏一可说。这是一个大门面房，后面就是库房，儿媳妇正在做饭，娃在玩耍。

"要不是为了看孙子，就不干了，把这个都干了十几年了，从古柏村搬到方家窑村，然后再搬到你村，你村要是再拆了就不干了！"卖水老婆婆说。

"哦，那干的时间确实长了。"夏一可说。

"可不是，这一片门面房的水、饮料、啤酒、方便面都是我这里给送的，包括你门头的饭馆原来都是一块儿从方家窑村过来的，人家有些人拆迁后都不干了就回去了，我还在干。"卖水老婆婆动情地说。

"看那时候要是考上大学了，现在就不是这个情况了！"夏一可猜着说。

"那会儿考不成了，你说这国家，偏偏让我赶上了。"她苦笑道。

"咱家也穷，就只好早早结婚了！我也不后悔，一辈子就是这样！"卖水老婆婆说。

"你在你村里头开个商店不行？"老婆婆说。

"不行，咱那地方不行，没在十字路口。"夏一可说。

"村口的门面房不行？"老婆婆说。

"那是人家三队的地方。"夏一可说。

"都是本村的乡党，你寻他去，人家外地人能开咱本村人就不能开？"卖水老婆婆说。

"妈妈才说对了，外地人能开咱本村人就是开不成！"夏一可说。

"这是啥球子道理！"卖水老婆婆说。

"我看你村也黑得很，村民也是敢怒不敢言！"卖水老婆婆愤愤不平地说。

"有啥办法，没办法！"夏一可说。

说了一会儿话，夏一可就走了。他肚子有点儿饿了，要回屋吃饭。

时间一晃就慢慢快黑了，各种小贩已经开始占满了街道，寻找着最佳位置开始做自己的生意。

为了有更多的收入，夏一可家现在也开始招盖楼的民工了。盖楼的民工几乎都是川省人，也有甘省的和本省的，川省人一般能吃苦，能干动活儿，甘省的人相对来讲就不如川省人能干活儿，本省的就更不如川省人了。川籍的民工说话声音尖，一般都是夫妻两个人住一个房子，早上和工人上班一样，天不等明就起来，开始响动，开始在电磁炉上蒸米饭，早上就吃硬饭硬菜才有力气干活儿，然后就骑上电动摩托车去工地，因为走得急，有时候就忘记关门了。

夏一可在楼底下就看到一个人在上面四处走动张望，他觉得这人好像不是自己家的房客，就迅速上了楼。

"你干啥？"夏一可在楼上问。

"我找我一个老乡。"这个人有点儿紧张，他回答。手上啥也没有拿，一脸鬼鬼祟祟的样子。

"我这里没有你说的这个人，你是咋进来的？"夏一可问。

"门开着。"这个人说。

"朝出走！"夏一可说。这个人就迅速下了楼梯出了门，拐进了旁边的巷子。

"一看就是个贼！"说着，电子门就自动关上了。虽然有电子门，但是有些小偷就是趁着人走出去电子门关门的间隔进来的，因为院子深，有时候也就注意不到，给了小偷可乘之机。

夏天的天气是越来越热，以前的夏天也并没有觉得有多么热，而且人还在地里干着活儿，现在不种地了，反倒还不如以前的人耐热了。

夏一可走了一圈，街道上走着三三两两的人群。不知道啥时候起，美容美发厅就比比皆是。以前城里的如意村，人们一提到，就会嘿嘿笑，说那里的小姐多！哎，白瞎了一个好好的村名字。那可是正儿八经的城中村，周围到处是高楼大厦，真正是把一个活生生的村子夹在高楼里头。

"做啥呀？"夏一可招呼，这人是玄米。

"那今咋闲着？"他笑着问。他人长得高大，经常见人都是笑呵呵的。

"天天都闲着！"夏一可说。说着就掏出烟。

"没看啥时候拆迁？"夏一可就笑着问。

"咱不盼他拆迁，拆迁有啥好，把人拆得七零八落，看着给一点儿钱，不顶啥！"玄米说。

"你是哪一家？"夏一可问，经常见面，其实还不知道他究竟在哪一块住着。"

"就是路口第二家。"玄米说。

"现在都盖了好几层了？"夏一可问。

"那没办法，人家隔壁两邻都盖了，你不盖也不行。"玄米说。

"我每天早晚都转一圈，从我这里沿着村转到你那边马路，再转到村中间，再从这边转回来。咱没事，锻炼呢！"玄米说。

说了一会儿话，夏一可就离开了。乡党们现在都盖了房，从外面看都是几层，都是统一贴的白瓷砖，大门几乎都换成小门了，看样子都长得一模一样，要是不仔细看都分不出是谁家了。

看着戴红领巾的学生，夏一可想起现在已经是放学时间了。

"今怎么回来得晚了？"一个外地口音的女的对一个背着书包的学生说。

学生叽里咕噜的，不知道说的什么，夏一可一句也没有听懂。村子现在主要的房客就是民工和打工的，做小生意的。外省人，本省人，村子里来来往往的都是房客。眼看着孩子就要上小学了，夏一可现在有点儿头疼，头疼的原因是孩子在外面上学不管多少都要花一笔钱，村中的小学现在几乎全部都是房客的娃，这些年的情况已经大为不同了，这些人拖家带口出来挣钱，挣钱的目的很简单，就是为了在城市买房，而农村剩下的人几乎都成了老弱病残，年轻人只有到了过年才回去住几天，其余时间都在外头流动，靠近城市的城中村成为他们最重要的栖身之处，这里住房便宜，各种生活设施一应俱全，总的来说比老家不知好多少倍，出门就能迅速到车站，所以出来的人大部分都不想回去了。

夏一可是土生土长的金水村人，虽然户籍迁出了村子，但是人却一直都在村子住着，怎么样也和村子有千丝万缕的联系。现在孩子上学遇到了问题。在村上小学上吧，都是外地娃，几乎很少有一个是本村的娃！在外面上吧，要交一笔钱。村里的娃现在几乎都在锡田小学上学，赞助费大约为三万块，也有交五万块钱的，这些费用视关系而定。几万块钱几乎都是真金白银，但是为了娃的教育，金水村的人也是拼了，锡田小学和立成小学成为首选的对象，锡田小学是公办小学，立成小学是民办私立小学。锡田小学的费用是通过中间人一次性交清，所交的费用就看中间人的心轻还是心重。立成小学进门也要交几万块钱，然后每学期也有几千块钱的学费，因为是民办的，就可以收费。夏一可从学校毕业多年了，他不知道现在的学校有这么多的名堂，不是说九年义务教育吗？现在咋还有公办和民办之分。他不明白偌大的国家，咋把教育变成这个样子了，那时候的普六普九几乎每家每户都给学校掏钱了，小学缴的是普六钱，中学缴的是建校费。怎么没人反映呢？娃在学校上学，谁敢反映，学校说啥就是啥。教育是百年大计，现在却成了赚钱的工具，学生的家长就成了唐僧肉，随时可以被吃一口。

夏一可现在几乎很少去卖水的地方了，因为有媳妇妙妙在那里，他闲了也就是用电动车把水给带过去。

"最近咋看你带的少了，正是能卖的时候？"卖水的老婆婆问。

"唉，别提了，最近里头还有两家子也开始卖水了，也都是我们村的，人家还在那里卖沙子。"夏一可无奈地说。

"那你没卖点儿沙子？"卖水的老婆婆问。

"若能卖沙子，咱还卖水干啥，就不到妈妈你这里来了！"夏一可说。

"说的也是，人家卖沙子可是独一份，沙子挣钱，都能买一套房。"老婆婆说。

"一套房都是少的，有的就买了好几套房。你没看报纸上报道，有些人垄断好几个小区的沙子，成为沙霸，那挣的钱海了去了，装修的住户是不敢说，只能忍受高价买沙子！"卖水老婆婆继续说。

"利润大就铤而走险，这利润可不是一般的利润，哪像咱挣的都是辛苦钱！"夏一可感慨地说。

"这个地方也快待不成了，前几天主家来说过让我月底搬走。"老婆婆说。

"那这个地方要干啥？"夏一可问。

"听说是外头人和你村人一块儿盖超市。"卖水老婆婆说。

"那你搬到哪里去？"夏一可问。

"还在你村，太远了也不想去，划不来。"卖水老婆婆一脸无奈。

她主要干的是批发生意，需要有存货的地方，然后再往外送，目前的这个地方刚好很向阳，是个十字路口，后面有个院子，很大，运货的车直接就开进来了。现在再找也不可能有这么大的院子。夏一可觉得这个老婆婆还是个能人，老汉和儿子送货，自己和儿媳妇在这里经营。

夏一可就慢慢开始变紧张了，因为娃九月份上学要提前交钱，这也是没办法的事情。

夏一可现在手上没有几个钱，给娃上学的几千块钱都拿不出来，所以他先要筹到这一部分钱，不管怎样，先借一万块吧。那问谁借呀？他不知道现在的情况，咋又到了借钱的时间。想来想去想不到一个人，只能又想到了孙京，上次盖房就问人家借钱了，现在居然又要开始借钱，咋样能开这个口。他拨通了孙京的电话。

电话响了。

"一可，刚才在招标，没听见电话！"孙京在电话里说。

"没事，没事，你忙着呢。下午在吗？"夏一可问。

"下午回去四五点了，你要过来？"孙京问。

"那我四点左右过去。"夏一可说。

"那你下午过来。"孙京说。

"好，那下午见。"夏一可说。

电话里夏一可没有说借钱的事情。其实孙京也是猜到了，因为现在没事打什么电话呀！两个人现在也根本不在一个层次上，做的事情也是不一样的啊！

孙京现在是正儿八经的公司老板，年产值都在两千万元以上。

"忙啥呢？一可。"胡页页在电话里问。

"没忙啥。"夏一可说。

"没事过来谝吗？"胡页页说。

"不去了，改天吧！"夏一可说。

"最近有啥东西吗？"胡页页问。

"没啥东西，书画家都是吝啬鬼，东西不好要。"夏一可说。

"你要是有就拿过来，好坏还能卖两个钱。最近生意火爆得很，我媳妇都在书画街那里摆了个地摊。"胡页页说。

"好，我知道了，闲了就过去。"夏一可说完就挂了电话。

他知道，胡页页靠倒卖书画赚了一大笔钱。他的经历很简单，原来在一个饭店当厨师，后来不知道怎么就倒腾上了书画，在书画一条街开店，又赶上了书画市场火爆的那几年，一下子就发了。他主要是倒卖书画，利润可观。问他有没有卖赝品，他就语焉不详，后来说了实话，卖真的咱才能赚几个钱，只有以假乱真才能挣到钱。殊不知，书画一条街的假字画是一条龙服务，店面一般都很少开门，一般也不开张，一开张都是吃半年，一年开几次张就足够了，而胡页页那个时间也是幸运得很，一直开张，把钱挣美了，乐得嘴都合不拢了！他说开始也是摊了几十万的本钱，多亏董林当了主席，要不然自己可就赔惨了。后来才了解到，他也不是随便买进董林的画作，而是有高人指点，看来谁都不是随随便便就能挣钱的，得有人指点，得投入……

106

夏一可准时来到孙京的公司，他还没有回来。一个工作人员过来倒了一杯水就开始忙自己的事情去了。这是一栋高层的住宅楼，夏一可来过几次也算是熟悉了。这是商住混合，里面的人来来往往。夏一可已经有好几年没有上班了，单位是计划经济的产物，现在是公司，各种公司在市场的大潮中涌动，好的就风生水起，差的就被淹死。市场经济优胜劣汰。孙京公司已经是一个有规模的企业了，一年产值几千万，养活了几十个员工，一天到晚不停地忙，忙也能挣钱，哪像夏一可这样一天没事干，网站也根本不能养活自己，何况家人！二十几年的时光就这样过去了，同学之间的差距就这样凸显出来，实际上展示的是自己的能力和在这个社会上生存的技能。

回想起和孙京第一次见面是在上学时的宿舍，孙京一笑就露出了一颗虎牙，同学情谊就是在那个懵懂的少年时期建立的，其后就各奔东西烟消云散了。夏一可清楚得记地有一次隔壁宿舍晚上不停地吵闹，孙京就拎了根木棍闯进了隔壁宿舍，一下就把那边的人给镇住了。那时候也曾谈起过理想，夏一可说你到时候到上腴省作家协会去找我，我在那里。夏一可说的是大话也是实话，因为当作家，写出激人奋进的诗篇是他的理想，可谁知道任何行业都是论资排辈，这个所谓的作家行业也是同样，想象是一回事，现实是另外一回事。虽然接触了大量的作家，也加入了作家协会，甚至一度还和作家协会走得很近，但是终究不能当饭吃，心仪的作家几乎见了个遍，但是似乎并没有多少用处。因为这个年代作家混不了饭吃，作家以替人歌功颂德赚取银子，冠冕堂皇的话只是在场面上说说而已，当不了真。夏一可认为现在这个行当玷污了自己小时候的理想和信念。时间就一任流水不停地冲刷着。出书要花钱，首先就是书号的问题，没有书号就是非法出版物。夏一可出书的时候选的是最便宜的书号，属于丛书性质，十几人在一起，每人交了五千块钱，由牵头人负责出版社事宜，印刷是在外面的广告公司的印厂，自己进行校对，因为印刷了两千册，有些多，后来就一直堆在家里，幸亏家里地方大，房子多，否则都不知道该堆放在哪里。出版社是做生意，只要你不违反大的政策，没有政治错误，出版社就睁一只眼闭一只眼，由你自己进行排版、印刷，出版社只是挂了个名罢了。夏一可之所以后来和书画家进行联系，是因为尝到了甜头，因为名家书画作品拿出去立即就能换钱，有人卖，有人买，这就是生意。想当初在新闻媒体就倒腾过书画作品，没想到若干年后居然还是干这个，什么是贼心不死，这就是贼心不死。因为人的第一要务是以生存为主，你在这个社会上都生存不了还谈什么理想，都是海市蜃楼！

　　夏一可还记得一个叫一叶子的女士给他打过电话，后来她介绍了一些书画家，包括和台湾的黎先生的认识。一叶子女士比他大很多，在政府部门工作，因为工作不是很忙的原因就爱好上了书画，写了许多关于书画家的文章。一叶子女士曾经对他说，你认识那么多作家，作家也给不了你钱，我本身也是作家协会会员。你要转向书画家，收藏书画家的作品，这样也有些收益。是啊，自己的毛病外人一眼就能看出来，他却没有这个洞察力。因为那时候还上班的缘故，也就没当一回事，现在真的一心干自己的事才发现并不能养家。书画家也是鱼龙混杂，就是董林先生的画院也就董林先生一个人的作品有市场，画作是硬通货，拿出去就能换钱，别人都做不到。画院的画家也不好好创作，都是以政府部门布置的任务为准，他们基本也在不停倒卖董林先生的画，自己倒，也帮外人倒！夏一可认识的画院办公室主任卞加就是一个例子，董林先生后来是给画了一张斗方的画，卞加只给了夏一可三千块钱，夏一可也不知道怎么稀里糊涂地就把画卖给他了。因为他根本不知道董林什么时候在，卞加就通风报信出主意，最后就成了这样的事情。社会上溜须拍马的人往往能上位，老实巴交的人按照自己的想法办事往往都是默默无闻。二十年前卞加就在画院，担任院长助理，后来就担任办公室主任，担任办公室主任期间挂职到了周宁一个街道办事处当副主任，挂职了几年后就成为画院的副院长，算是爬得快的人。那一年，卞加说，你好好给哥宣传，到时候哥当上副院长也能给你办事，果不其然卞加后来就当上了画院的副院长，更是唯院长马首是瞻。画院的情况也很复杂，都是绞尽脑汁往上爬，过了几年，董林先生退休了，卞加就如愿当上了画院的院长。虽然当上了院长，但是他的画技却是非常差，几十年技艺都没有长进提高，属于官僚，而不是画家。社会上这样的情况有很多。你有什么办法，有能力的人往往都上不去。

　　还有宋大明，也是知名的画家，那一年为了竞争美协主席，捐出了自家老先生的画作，最后还是没有如愿以偿。他极不情愿地给夏一可画了一张三开的戏笔，算是打发吧。在等候的过程中，夏一可就一直在那里站着，坐都没敢坐，因为是求着人家画画。这中间有一个人敲门，他打开门，首先是斥责，然后就把那人挡在门外没让进门，甚至还用手推了一把，夏一可看在眼里，这可是文化人，文化人怎能干出这样的事情。

一叶子女士后来还介绍了一个企业家，夏一可也是联系成了，甚至台湾的黎先生还寄了几次美金过来。好几年了，夏一可依然记得。

"一可。"孙京回来了，夏一可这才从沉思中回过神来。

"唉，都差点儿在你这里睡着了。"夏一可说。

"今天在高新区招标，这可是一项大单，为了准备标书，这几天都是连轴转，晚上都到十二点以后才下班。你咋样？"孙京问。

"还是那样。"夏一可回答。

"有没有效益啊？"孙京接了一杯水问。

"没有效益，打算到你这里上个班？"夏一可半开玩笑地说。

"我这里也没啥，只要你会拉关系就行，现在我这里基本做的是政府部门的业务。也没啥，你肯定上手快。"孙京说。

"唉，我闹不了你这个事情。"夏一可说。

"你先坐，我给交代个事，咱一会儿下班吃饭，好久也没见了！"孙京说。

"行行，我等着。"夏一可说。

夏一可下午来等候的时间已经很长了。好在来孙京这里他已经习惯了，毕竟现在孙京开着公司，有着自己的业务，不像自己没有像样的事情，整天东奔西跑，现在在村里待着。

公司的人都走完后孙京这才进来了。

"走，咱也走。"孙京招呼说。

"现在每天都是这样，压力大呀！"孙京感叹说。

"你是大老板啊！"夏一可调侃道。

"啥呀，咱也就是能比打工的强些，还不都是混碗饭吃。"孙京说。

"这房子现在多少钱？"夏一可说着就和孙京走到了电梯口。

"一年三万多，这是一个外地人买的房，专门出租倒卖。这不行，住宅楼，没有档次，最近准备重新找一个写字楼，现在还是游击队，我那里好几个公司都搬到电脑城那边的写字楼了。"孙京说。

"写字楼就费用很高了。"夏一可说。

"那里按平方算，高也高不到哪里。你想吃啥？"下了电梯，孙京问。

"随便，啥都行。"夏一可说。

"那就吃盖浇饭，唉，最近还没好好吃一顿饭。"孙京说。

"你没开车？"孙京问。

"没有。"夏一可说。

夏一可就随孙京一块儿走到了路边的餐馆。

"老板，来两份盖浇饭。"孙京和夏一可坐定后说。

"家里都好？"孙京问。

"都好，这不娃马上就要上一年级了。"夏一可说。

"你那里现在也很繁华，我上次路过你村口，看到人很多，和咱原来上学的地方一样。啥时候拆迁？一拆迁你就发了！"孙京说。

"不好说，估计还得几年，一时半会儿不会拆。"夏一可说。

"现在拆迁是大势所趋，国家要发展就要拆迁，要不然经济咋发展？"孙京说。

夏一可没有反驳，要是以前，夏一可肯定会进行反驳，外人并不知道，因为孙京不是原住民，因为他没有在这里出生长大，虽然最后村子肯定会拆迁，但还是需要一个漫长的过程。之所以没有反驳是有求于人家。

"你娃明年也要上一年级了？"夏一可问。

"明年，快呀！"孙京说。

"在哪里上？"夏一可问。

"想在高新区上，我住的那一片没有好学校。得准备十来万块吧！你那里要花多少钱？"孙京问。

"一万多块吧。"夏一可回答。

"那还便宜，高新区这边十万不知道够不够？"孙京说。

"你一会儿没啥事吗？"孙京问。

"没事。"夏一可说。

"那咱吃完饭去洗个脚，放松一下，这几天把人累成死马了！"孙京说。

吃完饭，夏一可就坐上了孙京的车。孙京现在的座驾是一辆二十五万左右的SUV，去年花二十三万买了车位。晚上的马路依旧是车水马龙，城市的夜生活才刚刚开始。

车在一家足疗店门口停下。"这里是正规的，你放心。"孙京说。坐电梯就上去了，里面是金碧辉煌，装修很上档次。

"先生好，这边来。"门口的小姐热情地招呼。

"这边换鞋。"小姐说。

夏一可就和孙京同时换了鞋，被领到了一处包间内。

"两位先生做哪个项目？"小姐问。

"我是你们这里的会员。"孙京说着掏出一张卡。

"哦，知道了。"小姐极其热情地招呼。

不一会儿就来了两个年轻漂亮的按摩技师。

"两位先把衣服换了。"两个人说完话就退出去了。

"不换行不？"夏一可问。

"不换人家咋给你按。"孙京笑着说。

夏一可就换上了衣服，他还真有些不习惯。两个人把握的时间真好。夏一可的袜子还没有脱，技师就给脱去了袜子。

准备停当就躺在按摩床上了。

"哎，你给我同学好好按一下。"孙京吩咐道。

"大哥你放心，你是咱的高端会员，肯定会给你们好好服务的。"小姐的嘴巴很甜。

"哥，你放松，别绷着，到这里就是放松的。"技师说。房间里灯光昏暗，人在这样的环境中就容易心猿意马。

按摩技师的手法很娴熟，不轻不重刚刚好，散发出浓烈的香味。从头到脚都舒服地按摩，这是强烈的身体接触，但是不能动手，夏一可就有些紧张了，因为裤裆里的东西已经变硬了。技师似乎有意无意地在这里摸索着……

过了一个多小时按摩就结束了，按摩技师一前一后就出去了。

孙京就掏出烟开始抽了，室内的空气弥漫着一股烟味。

"哎，现在在家老吵架，都是一些婆婆妈妈的事情！"孙京感叹道。

"都一样，都是这样。"夏一可说。

"所以有时候下班就不想回去，咱挣钱养活老婆娃。"孙京说。

"现在洗脚这地方，只要你掏钱，啥项目都有。"孙京说。

"咱就是洗个脚，能干啥。"夏一可说。

"这人家就是要你办会员，办会员才有。"孙京说。

夏一可这才想起了今天干啥来了。

"你那里几点关门？"夏一可问。

"不关门，现在都是门卡。"孙京说。

"真是快得很，一眨眼都过了三个本命年。"孙京说。他的电话就发出振动的声音。

"在外头，一会儿就回去了。"孙京说完就挂了电话。

再待了一会儿，两个人就离开了这个地方。服务人员像送

领导一样一直把他们两个人送到电梯口。

"欢迎下次再来！"服务人员说完后电梯门就关了。

"这地方生意好，有时候来还要在大厅等。"孙京说。

"开这个也不是一般人！"夏一可说。

"那是！"孙京说。

孙京发动了汽车。"我把你送过去。"

晚上的马路依旧是灯火辉煌，夏一可的心却是十分异样。

"没啥事？"孙京询问。

"没事，没事。"夏一可回答。他始终没有说出口。已经好几次张口借钱了，现在却是无法再开口。

"有啥事你就言语，咱俩是同学！"孙京感慨地说。

107

"是王老师吗？"夏一可一大早就开始打电话。

"哦，你是谁？"

"王老师好，我是周宁人物网站的。"夏一可说。

"你说啥事？"他问。

"我们想出一本书，想邀请您参加。"夏一可说。

"哦，免费的可以，要画就算了，画不过来。"王老师说。

夏一可无奈地挂了电话。这样的事情很多，现在事情并不好联系。书画家火的能卖上钱的更是不愿意参与，有的直接就一口回绝。而在周宁美术学院能卖上钱的更是很难联系上，即使是联系上了也是不愿意做，因为人家知道自己的作品价格，看来也是很难的，不摊本的生意是很难做的。夏一可觉得现在所谓宣传这个路径很难打通。赚取不到效益的事情很难做。因为谁也不愿意把自己的精力投入还没有见到效益的事情上。以前觉得很简单的一件事情现在实施起来难度却是相当大。想起那几年风生水起的自己，那可是如日中天，在周宁的文化人当中赚足了口碑，各大文化活动竞相参加也是混了一个脸熟，有时候在网上发布一个文化动态都能拿到红包，而网站在周宁文化人当中树立了相当的口碑，甚至有人打电话过来说你这么大的网站上面为什么没有他的名字，他也是文化名人，这一来二去就混了一个脸熟和好口碑，周宁的文化人当中似乎没有哪一个不知道这个网站的，这似乎是营造了一种虚假的繁荣，但是夏一可还是很享受那段美好的时光。虽然说也没有挣到钱，但是结识了很多人。

电话响了。"您好，我是××银行信用卡客户服务中心的客服专员，我的工号是236号，你是夏一可先生吗？"一个女声在电话里说。

"我是，你说怎么了？"夏一可问。好久了，夏一可几乎都不怎么用信用卡，也就是有时候加个油。

"您尾号7880的卡片满足我们一个贷款？"客服专员继续说。

"贷款，什么贷款？"夏一可不解地问。

"我们这里有一万七千元贷款业务，给你贷款三十六个月，每个月您只需要支付本金和手续费就可以，看您需要不需要？"客服专员问。

"那每个月利息是多少？"夏一可问。

"没有利息，只有手续费。"客服专员继续说。

"那能提前还吗？"夏一可问。

"可以，但需要支付违约金，是一个月的手续费。"客服专员继续说。

"先生需要办理吗？我们这个贷款名额是有限的，主要针对的是优质客户。"客服专员继续甜美地说着。

"让我考虑一下。"夏一可说。

"那好吧，有什么事情随时欢迎您拨打客服电话，我们随时恭候您，祝您生活愉快。"客服专员说。

有这样好的事情。夏一可心里犯了嘀咕，信用卡不是没有用过，信用卡用过，那一次因为事情急，夏一可取了两千块，但是没到月底很快就还上了。不管怎么算，利率都是很高的，却是能解决燃眉之急。每个月还几百块钱，还上三年就还清了，几百块似乎也不是什么大问题！夏一可的心有点儿动了。究其原因现在是要很快给孩子准备交上学的钱，都是提前收，就在最近，已经说好了，要准备八千块钱，到时候交给人家，人家给你办好入学手续。现在真是为了孩子上学的事情绞尽脑汁，这还都是少的。而在孙京那里，上次没有张口，这个口真的是无法开，每一次去似乎都是借钱，除了借钱就没有一点儿别的事，连自己都觉得过意不去了。

村子这几年的房子一家比一家盖得高，你两层，我就三层，你三层，我就五层，基本上到五层就是一个界限了。村干部俨然成为一个村的土皇上，而街道办就扶持的是这样的人。几十年前是镇政府，现在是街道办。名字是换掉了，但是内涵却没有换。所谓的包村干部具体是个光面还是麻子，村民都没有见过面。金水村的房客熙熙攘攘，各种小吃摊，做小生意的都占据了有利的位置，金水村的下半截因为离车站近，这里就聚集了大量的外来人口，造就了熙熙攘攘的繁华景象，而早上走出的人潮基本都是在村子周围盖楼的民工，他们早出晚归，栖息在金水村。迟早都是个拆，但是不知道啥时候拆，所以金水村随地都可以见到盖房的，只是不停地加高，唯恐自己落后！以前是在地里种庄稼，现在是在地里种楼房。

"房东，我们下午搬家。"一楼的房客给夏一可说。

"才住了几天，咋就要走！"夏一可问。

"哎，这边活儿没有说好，把我们骗了！"为首的一个人说。

"你看你们当时就不问好，来麻烦一回，住上几天，叫人给你咋算房价，收你一个月吧，你才住了四五天，少收你的吧你看太麻烦了！"夏一可发牢骚。

招民工最害怕这种只住几天就要走的，来时一大堆东西，走时候还要再麻烦一次，所以他对招民工一直持反对态度。

"今年活儿不好干，不好干的原因是工地都大面积停工了。"一个民工操着四川话说。

"工地为啥停了？"夏一可问。

"国家让停了，你看现在全国各地的工地都处在停工状态。"民工说。

"那总不能不让人活吧？"夏一可说。

"谁还管我们的死活。"民工说。

"好吧，你们慢慢收拾东西。收完叫我给你们办手续。"夏一可说。

夏一可觉得现在似乎进入了一个不确定的时代。去年自己在周宁的报社帮忙，年底开晚会，邀请的领导最后一个都没去，尽管事先社长已经亲自邀请了，并且每人准备了一个大大的红包。夏一可这才知道原来邀请领导出席，领导也不是白来的，都是事先做好了文章，这一次领导的集体缺席说明事情的严重程度，似乎举办的晚会一瞬间就不可能再办下去，最终请示主管部门，主管部门也没有表态，不反对也不支持。不办，意味着好多赞助要不回来，办了，现在领导都谨慎，出席的几乎都没有，最后迫不得已缩小了规模，晚会还是要办的，否则赞助就落空了。

夏一可开车来到了南山，今年审车的价格都上涨了。原来二百块，现在三百块，夏一可还找了原来的车托，她就是车管所旁边村子的人，靠什么吃什么，靠车管所自然就是审验驾照这一摊子事情，农民不种地了，都干成这个买卖了。她倒也豁达，称为乡党，说，我也是挣个辛苦钱，大头都给人家里面的人交了，才有这样的便利，你说咱现在没地了，吃啥？喝啥？总不能就饿死吧！夏一可的心就软了，也就给人家交了三百块钱，把车审验了。

"南山有个黑老汉，顿顿吃饭把门关。"夏一可不禁想起小时候传唱的歌谣。南山那时候感觉很遥远，也很穷，山里人都想走出来。

第一次到南山还是在中学的时候，一行人骑着自行车就来了，虽然路途遥远，但那个时候也不觉得有多远，十八盘，天池里划船，波光粼粼的湖面都给他留下了难以磨灭的印象，那时候叫春游，背着水壶、面包，骑上自行车就出发了，简简单单，那时候春光明媚。

第二次到南山是随着一个文学团体采风，一行人是在一个大雨滂沱的下午上山的，雨雾蒙蒙，天空缥缈。最后座谈时，一个作家说，这里风景独好，也是一个自杀的好场所，他语出惊人。他解释说，所有风景优美的地方同时也是一个人选择最后归宿的理想场所。

这一次到南山来，夏一可是单独过来的，他觉得一人一粥，终老山林也是一件很好的事情，自己开荒种地，和这个世俗毫无牵绊。可惜身处滚滚红尘当中，放不下诸多的牵挂。不是说来就来说走就能走的。慢慢悠悠地走过十八盘，也不是很累，登山要缓行，这话一点儿也不假，想一步登山，那属于天方夜谭。我见青山多妩媚，料青山见我应如是，完全都是人的心境，心境好了看什么都是好的，心境不好，看什么都是不好的。站在一处岩石上，群山环绕，周围满眼绿色，人间最美的景色是要人用心去感受的。空谷幽兰，空谷飘荡着淡淡的兰香。这真是一幅优美的水墨画。

"娃上学的事情说好了，要交八千块钱。"媳妇妙妙说。

"啥时候交？"夏一可问。

"星期六。"妙妙说。

"我星期六给你八千块钱。"夏一可说。

他已准备好了钱，孩子上学的事情要紧，其余的都是扯淡。

孩子上学目前就是这样一个现状，都奔着好学校，渐渐就抬高了价格，也养活了一批以找好学校为名赚钱的人，一赚就是几万，到底交给了学校多少钱，谁也不知道，除非你直接找到学校，但是学校敢收你的钱吗？没有中间人介绍，学校是不敢收你这个钱的，因为不可靠啊！

"可可妈，你看人家隔壁咋又盖房？"高熵他妈在巷子口遇到夏一可他妈就说。

"他盖他的房，跟咱有啥关系，又没问咱借。"夏一可他妈说。

"我就说人家咋来这么多钱。你看咱才盖了一个两层，人家这回都盖了四层，就连你隔壁都盖了四层。"高熵他妈说。

"闲心都把你操碎了，有你吃有你喝就行了，每月工资领上，多好！"夏一可他妈说。

"哎，再别提了，这在外头住着给人家看门，很长时间回来一回，人家都见不得咱！"高熵他妈诉苦。

"各人吃各人的，各人做个人的饭，有啥？"夏一可他妈说。

"哎，你不知道，我现在都下不了面，我一看那水翻滚就头晕。"高熵他妈说。

"那你让高熵领你到锡田医院看一下，看是啥病，吃些药就好了。"夏一可他妈说。

"哎，我看我是不如你！"高熵他妈说着就抹眼泪。

"人家媳妇把咱也瞧不到眼窝里去！"高熵他妈说着就哭了。

"咱要他谁瞧得起干啥，自己能吃能走，瞅她谁的脸干啥，你自己要瞧得起自己！"夏一可他妈劝道。

"我看我也是活不长时间了。"高熵他妈说。

"再别说瓜话了，赶紧回去给你老头子做饭去。"夏一可他妈把高熵他妈打发回去了。

这么好的日子，现在人咋成这样了。

"我看你跟高熵他妈在门口说话。"夏一可在屋里说。

"我咋看高熵他妈现在咋神神道道的。"夏一可他妈说。

"好着呢，能有啥病？"夏一可说。

"她说人家谁都盖了房，都比她家的高。"夏一可他妈说。

"人家盖人家的，你跟人家较个啥劲，有本事你也去盖嘛。"夏一可说。

"你不知道，她就是嫌自己没盖房。"夏一可他妈说。

"这能比，这要花钱，现在又不像以前盖个二层楼，现在都是加盖，都是盖得高，没有几十万不行。"夏一可说。

"迟早都要拆迁，盖那么多有啥用？"夏　可他妈说。

"我要有钱也盖个六层楼。"夏一可说。

夏一可来到院子里，院子里倒还清静，因为房客都还没有回来。正说着，门就响了。

"刚健回来了，今天咋回来这么早？"夏一可问。

"哦，哥，这几天准备出差，回来收拾一下东西。"刚健回答。

"可可哥，上来坐。"刚健招呼道。

夏一可就上了二楼。

刚健的房子很简单，就是一张床和一张桌子，还有一把椅子。

刚健点开了一支烟。"我现在都不太抽烟了。"夏一可说。

"没事，抽一支没事。"刚健说。

"那公司咋样？"夏一可问。

"公司都是安排好的，现在准备到青海那边搞光伏设备。"刚健说。

"那就远了，那边风大。"夏一可说。

"没办法，公司这边要派咱过去，那边也就是能多拿一点儿钱。"刚健说。

"不去不行？"夏一可问。

"不行，这是公司的规定，再过几年可能公司就要全部搬到那里了，把那里当总部。"刚健说。

"我今年在我们县城买了一套房。"刚健说。

"你不是有房吗？"夏一可问。

"现在人家都不愿意回去，再说媳妇跟我妈也住不到一块儿，住到外面安宁。"刚健说。

"那花了多少钱？"夏一可问。

"首付了十几万，然后月供一千多。"刚健说。

"月供二十多年。"夏一可说。

"我选了三十年。"刚健说。

"本来说就在周宁买，但是最后一看算了一下房价，买不起，没有那么多钱。"刚健感慨地说。

"我也想买个房，买不起，太贵了！"夏一可说。

"你买啥房，到时候一拆迁好几套房，买那干啥！"刚健说。

"拆迁还早着！"夏一可说。

"快了，快了，我看现在盖房的人越来越多了，哥，你还加盖不？"刚健问。

"现在没有钱，再说咱这里的房也招不上个好价钱，我也嫌劳神，再盖也就是多占一些面积。再看吧。"夏一可说。

夏一可就上到了楼顶，楼顶是开阔的，墙角周围种了一些菜，以前是在院子，现在是在楼顶。

108

"你做啥去？"夏一可问他妈。

"你奶回来了，跌倒了！"夏一可他妈说。

"咋能跌倒了，过年去不是还好好的吗？"夏一可说，这才过了几天，过年他还去了，人都好好的。

夏一可他奶这几年一过十月一日国庆节就到她女儿那里去了，因为冬天冷，她女儿就接走了，再到过完年暖和了就回来了。现在年龄大了，身体也是一年不如一年，但是还能自己给自己做饭吃。

"爸爸，你干啥去？"孩子拉着他的手问。

"爸去看你老太去！"夏一可说。

"看老太，我也要去。"孩子说。

"你不去，改天去。"夏一可给孩子说。

"你看着娃，我先去看一下咱奶。"夏一可给媳妇说。

夏一可就出了家门。走过十字路口，夏一可看到锡山这里都在加盖楼房，锡山加盖是不是就要拆迁了？沿街的门面房都开着，村里已经成为外地人的天下。走过堡子门口，空荡荡的没有一个人，天气还没有暖和起来，还是乍暖还寒的时候。

夏一可他奶在一楼住着。屋子里几个人，有他姑，还有苑子沃伯。

夏一可就拿出了烟。

伯伯摇摇头，用手指着喉咙，摆摆手。

"你伯伯现在说话都艰难！"夏一可母亲说。

"嫂子，你回吧，还要给娃做饭，叫可可坐一会儿。"姑说。

"奶奶！"夏一可叫。

"可可来看你来了！"姑大声说。

"刚吃完药。"姑说。

"可可！"奶奶就叫。

"叫你奶睡一会儿。"姑说，边递给他一个香蕉。

"过年去不是还好着？"夏一可问姑。

"你不是都给了红包，红包就在枕头跟前搁着，不小心掉到地上了，就去拾，一下子就跌下来了！"姑说。

"刚才安平来了给贴了咱的药，还给了吃的药。"姑说。

"哦，那药一贴就好了，咱村那药好。"夏一可说。

"你奶前几天黑天里老叫你爸的名字。"姑说完就抹了眼泪。夏一可的眼圈就红红的。

奶奶现在年龄也大了，自从父亲去世后，奶奶的身体就一天不如一天，也不爱说话。以前还和老婆婆们有说有笑，现在也不太爱出门，唉！

夏一可不知道说什么好，现在也是要人服侍的时候了，人老了就是可怜，多亏奶奶有女儿。

"你奶人家刚强得很，不吃我做的饭，我说这不是毒药，闹不死。"二娘进门就说。

"我说住咱屋，我给你把炉子烧上，暖暖的，硬是不住。"二娘说。

夏一可环视四周，九奶的床是一张大床，底下实际上就是块子（做棺材用的木料），而不是床板，块子是早些年就买好的，是给自己最后办事打枋的，没想到块子最终也没有派上用场。床的脚底下放着一个箱子，上面放着一些衣服。夏一可小时候印象最深的是箱子盖上放着一个蛋糕盒子，一直放了好多年，现在没有了。挨着床就是方桌，上面放着相片，那是谁，夏一可小时候就见到过，老婆子头戴一顶帽子，自夏一可记事起就一直放在桌子上，应该算是太奶了。周围还有好多孙子辈的小照片也在旁边插着。方桌和椅子都是枣红色的，挨着椅子的是一个柜子，里面放的是衣服，门把手都还是铜的。柜子旁边靠墙就是窗户，平常外面说话人都能听到。因为有树的缘故，夏天就凉风习习也不是很热，只是这几年都把房屋盖高了，把树也砍伐了，外面也就没有了遮阴凉的地方，再到这边就是一个长条的桌子，下面有三个抽屉，也都是铜的把手。抽屉里放的也是一些用不上的绳绳呀等一些小东西。桌子的旁边是一个洗脸架子，架子上放的是铜盆，因为用了几十年，铜盆光亮可鉴，但是铜盆后来就慢慢漏水了，因为找不到可以修补的人，奶奶洗脸时就把铜盆斜着搁，水就渗得少一些。夏一可他奶奶的屋子里就是这么多东西。地上是砖铺的，洒上水就立即能干，还是几十年前的铺设。房子已经好多年都没有刷了，白墙透着灰，因为现在前后都盖房了，光线显得也就暗了，白天也要拉灯，灯是电灯泡，不是很亮。夏一可他奶见不了太亮的光，她不习惯。

外面是一大间，出门就是放炉子的地方，现在炉子也已经烧上蜂窝煤了，上面坐着水壶开始响。房子还是几十年前的房子，但已经是物是人非了，夏一可不禁叹了口气。

夏一可坐了一会儿就朝回走了。这几天要是没事就天天过来，不知不觉就走到了潞安姑门口。潞安姑手里提着菜。

"姑！"夏一可叫道。

"可可，你奶奶回来了？"潞安姑问。

"她不服侍你奶，她老了有好下场？"潞安姑愤愤地说。

夏一可没有言语。潞安姑现在开着诊所，但是听说卫生局查了好几次，也没有查出啥，因为潞安姑有执照，手续齐全。这几年，村里有黑诊所出现了，黑诊所生意都出奇地好！黑诊所主要就是打吊针，你检查来我就关门，你走了我就开门。潞安姑的诊所听说好几次都是平哥打的电话叫的人，也不知道是真是假，都是一个村的，低头不见抬头见，现在为了一点儿利益互不相让，救死扶伤现在成了一门生意。

"还有谁在那里？"夏一可他妈问。

"没谁咧，一会儿吃完饭叫娃去一下。"夏一可说。

"我看你奶脸都胀肿了，血脉不通。"夏一可他妈说。

"那是啥情况？"夏一可问。

"不好的征兆！"夏一可他妈说。

光芒进了家门。

"给你捞碗面！"夏一可他妈说。

"不吃咧！我看老太太回来了。"光芒说着抽开了烟。

"叫老爷！"夏一可给孩子说。

孩子一溜烟似的就跑到院子里骑车去了。

"快，都上学了。"光芒说。

"都一年级了，九月份就二年级了，快得很！"夏一可感叹地说。

"我淘淘的娃明年也上一年级。"光芒说。

"我看老太太这一回麻烦！"光芒说。

"麻烦啥，人最后都要走那一步！"夏一可他妈说。

"我妈也是整天这疼那疼的。"光芒诉苦道。

"你这就把你妈好好伺候下！"夏一可他妈说。

"唉，再别提了，咱是自己寻了个罪受。"光芒接着诉开了苦。

"跟你老二过得好好的，看你硬接过来。"夏一可他妈说。

"可不是嘛，咱是自己给自己寻了个罪受。"光芒说。

"我看光线那儿媳妇就是个孬货！"光芒说。

"你才知道！"夏一可他妈说。

"你看人家跟光线都打到门口了，要是放到咱村以前，谁敢这样，乡党们一口唾沫就把你淹死了，你还有脸在堡子活人！"光芒说。

"那都是三蛮子，野蛮，讲不出个理！没有开化。"夏一可附和着说。

"我淘淘说马上要盖房了，我不管他，叫胡张狂去！"光芒说。

现在夏一可他妈每天都去堡子里头看夏一可他奶奶。年龄大了，人都是要老的，要尽一份心。村子里的人三三两两每天都有去看的。

"你看我九奶，老了老了把她收拾得干干净净。"丫丫他妈说。

"你那都好，都是踏你婆的脚后跟，你看你把屋也收拾得干干净净。"夏一可他妈说。

"现在咱也没事干，就在屋里招几家房客。谁能想到，那时候都种地，整天围着地转，现在都盖了房，围着房客转，也不知道啥时候拆迁，各家各户都盖成黑窑洞了，也采不上个光亮。你不盖也不行，隔壁对门都盖了，把咱逼得都盖房，借一河滩钱，现在慢慢给人家还钱。"丫丫他妈说。

"九奶，那你好好的，不要紧，我先回咧！"丫丫他妈招呼着。

九奶就点了点头，并且举起了手。

"快盖住，小心着凉了。"丫丫他妈急忙就给把被子角角拉上了。夏一可他妈就把丫丫他妈送到门外。

"六奶，你来了。"夏一可他妈招呼着进了门。

"我这都是老姊妹们，我来看看你妈。"六奶说。

"姐！"六奶在床边叫九奶。

"哎！"九奶就落泪了。

"亲人，我怕不行了……"九奶就哽咽着。

"你好了，咱姊妹还要坐到门口石头上说话。"六奶说。

九奶就点点头。

六奶、九奶这都是大家闺秀，都是穿旗袍的人，到金水村七十多年，在这里生活了一辈子。

"这些年见你妈的面少了。"六奶说。

"我有时候就接到我那里去了。"夏一可姑说。

"你妈心不宽。"六奶说。

"是的。"夏一可姑说。

"人家她二娘见我都不招嘴。"六奶说。

"她就是那人，你不要跟她计较。"夏一可姑说。

"现在的媳妇都翻了天，搁到那时候，谁敢，现在没有主事的了！年轻人都把规矩破了！"六奶感慨地说。

"几个爷都一走，日子慢慢就变了，拆掉了老房子，盖起了新房子。"六奶说。

"现在楼房好，下雨不漏！"夏一可姑说。

"哎！好好把你妈照应着。"六奶说。

六奶环顾了一下四周，就颤巍巍地起来了。

"亲人，我走了，闲了就来了。"六奶说。

几个人就往门外头一块儿过去送。六奶虽然八十多岁了，但是个子还是很高的。

"以前都有门槛，现在也都没有门槛了。"六奶走到大门外说。

"现在都是平的，门槛绊人。"夏一可姑说。

招了招手，六奶就朝堡子上头走了。

九奶心疼的还有外孙子帅帅，帅帅现在已经三十多岁了，还没有结婚娶媳妇，因为常年在外头工作，一年四季也见不到人，和姑的关系也不好。外孙子可是九奶看着长大的，那时候是双职工，就没有看娃的时间，所以大部分时间都是九奶照看着。80年代提倡一对夫妇只生一个好，也就要了一个娃，没想到长大现在却为娶媳妇发愁，晚婚也没想到晚到三十几岁。真是长大了还不如小时候。夏一可和帅帅这些年也很少见面，因为都长大了，从事着不同的行业，共同语言就很少了，长大了就无话可说了，溜坡坡、抓蝴蝶成为儿时不可磨灭的记忆。

"今天咱妈咋样？"九奶大女问二女。

"我看一天不如一天。"二女说。

大女就叹了一口气。现在也退休了，一天也就是没事干，看电视，健身，说不想儿子的婚事是不可能的，但是这长时间在外地给你不回来，一下子就把人给难住了。

"我九奶好点儿没？"槐花说着就进来了。

"婶来坐。"九奶两个女儿就让了座。

"知道我是谁？九奶。"她问。

"你是，你是花花嘛！"九奶说。

"我看老了还不糊涂，活到一百岁是没有问题！"槐花说。

"活不到咧，阎王爷拿本本催我，黑白无常也来催我，叫我快上路！"九奶说。

"九奶说的都是梦话！"槐花笑着说。

"不是梦话，是真的！"九奶说完就连连叹气。

"好好的，不要紧，你看娃们在你跟前多好！"槐花说。

九奶就不言语了，目光开始呆滞。

自从九奶回来，一直也没有一个好天气。天气也总是晴不起来，老是阴阴的，虽然屋子里生着炉子，但是却一点儿也不暖和。长时间不住人的屋子不动烟火得需要适应一阵子，房子住人才有人气，不住人就没有了烟火气，衰败得很快。几百年的老宅子为什么几百年都不倒就是因为一直有人住，有人延续着住，就倒不了，没人住了，墙就剥落得很快了，会走向衰亡。

109

"我看你奶情况不好！脚和脸这几天都肿胀了，也不见消肿。"夏一可他妈说。

"就是的。"夏一可说，他也发现了。

九奶住的屋子依旧每天都有人去看，说话，说起以前的事情，说盼你好好的，马上就好，咱还能在一起说话。夏义赫已经在屋子的窗户下支了一张小床子，因为现在一刻也不敢离人了。姑们也是轮流守护，你一天我一天，累了就在小床上歇一下，也是给自己的老母亲做最后的守护，因为以后就是想守都守不成了。

"这几天咋样？"槐花问，她已经来了好几次，这也算都是自家人。

"这几天吃饭都很难！"姑说。

"别叫人受罪，我看还能缓几天，把你们都拴在这儿了，现在好好尽孝，以后不后悔，人都有最后这一下。"槐花说。

"我哥都还好？"姑问。

"好着，好着。"槐花说。

"今黑天你们就别回去了，凑合一晚上。"槐花说。

"知道。"姑们说，把槐花送出了门。这边，夏义赫已经陆续在准备过世用的东西了，他毫不避讳，甚至还有一些高调，不知道他是一个什么样的心情，人都是很难揣摩的，知人知面不知心，劝得了你的人，劝不了你的心，千人千面，万人万心，唯有心是变化多端不可捉摸的。

"虹，虹！"九奶在床上呻吟着。

"快，快，要上厕所了。"夏一可姑急忙说。于是就一阵紧张。

上完厕所就好一阵了，活人难，最后就是个水火（拉屎拉尿，上厕所），水火无情。

"完咧你给咱招呼，叫把碗子给压美！"夏义赫在门外说。这人还没倒头，就说吃饭这事，二姑就抹了眼泪。

九奶嘴里不知在嘀咕什么，似乎是一阵清醒，一阵糊涂，天色就慢慢黑了下来。以往的天气还要再晚一阵才黑，现在不一样了，因为周围都盖满了楼，遮挡了光线，就黑得快了。

"那我今就先回去了，明早一大早我就来了。"大姑说。

"你回，好好睡一下，我今黑天和咱嫂子在这里，不要紧。"二姑说。大姑就慢慢收拾了东西，走到车站坐车了。九奶在床上躺着，她心里都知道，但是很难说出来，她觉得自己是气若游丝，正在一点儿一点儿挣扎。

夜晚就这样慢慢降临了，有白天就有黑夜，它们轮流交替出现，谁也不欠谁的，谁也不越雷池一步。

"妈，你喝水不？"二姑问。

九奶不言语。夏一可他妈就在头上摸摸，把手放在鼻下。

"这会儿不喝，老了都不存水，一喝就想上厕所。叫睡一会儿。"夏一可他妈说。

"我看人家把啥都买好了！"夏一可他妈说。

"把他急死了！"二姑说。

"我咋这会儿饿了？"夏一可姑说。

"桌子上有挂面，那我给你下一碗。"夏一可他妈说。

"不咧，嫂子，你坐，我下。"夏一可的姑姑说。

夏一可他妈不等他姑把话说完就已经拉开了炉子，在外面开始拾掇开了，一根生葱切碎，在碗底下一放，倒上酱油醋，挂面好后，先舀一勺面汤倒在碗里，然后把面捞进去。

"嫂子还是手快。"二姑边吃面边说。

"做了一辈子饭，这就不是个事嘛。"夏一可他妈感叹。

"虹，你看地上有一群猪娃子！"九奶突然开口说话了，而且说得很清楚。

夏一可姑刚吃完饭坐在椅子上。

"妈，地上啥都没有。"她说。

"你看就在门口那儿！"九奶又说，不知怎的，她居然一下就坐了起来，眼睁睁地看着地上。

"妈，你说有就有。"夏一可他妈说着扶着九奶就慢慢躺下了，并且给夏一可姑丢了个眼色。

九奶一下就又睡着了。

"人最后啥都能看见。"夏一可他妈悄声对她说。她就望了望周围，也就躺下了。

"今黑天不关灯了。"夏一可他妈对他姑说。

他姑就点了点头，她有点儿害怕，虽然自己也是上了年纪的人，但这些事情还是没有经历过。

"都是自己的亲人，没啥害怕的，你睡你的觉，有事我叫你。"夏一可他妈悄声说。随后下去拉了灯，因为开着灯，人有时候睡不着。夏一可他妈也有点儿迷糊，也就躺下了。屋子里就一片寂静。平常窗户外面还有房客回来晚走动的脚步声和说话声，这会儿也没有了，窗户外面也看不到一丝光亮。

"妈，我来接你来了。"屋子里一个人影在晃动。

"儿呀，妈想你了。"九奶就从床上起来了，也就来到了空中。

"我'大'在外头等着，叫我先进来。"夏义惠说。

"我在咱那头知道现在啥都好着，我跟我'大'就放心了，把你接过去，这会儿路上好走，人不多。"夏义惠说。

九奶就在夏义惠的搀扶下走出了房门……

夏一可他妈不知道怎么就坐起来了，一惊，赶快把手放到九奶的鼻下，已经不出气了。她急忙喊："他姑，他姑！"

他姑也就被喊声惊醒了。

"嫂子，咋咧？"他姑吃惊地问。

"快，快到后头叫你哥，咱妈走了！……"夏一可他妈哭着说。

他姑就急忙披上衣服，朝门外头走。

后头的大门就传来一阵急促的敲击房门的声音。

"哥，哥，快起来！"他姑急忙喊道。

不一会儿，夏义赫就来了，紧接着，二娘也来了。

"快，咱现在赶快给咱妈穿衣服。"夏一可他妈急忙说。

老衣是早已经准备停当的，于是几个人就先给九奶擦洗了身子，换上了老衣，收拾停当，几个人一块儿就把九奶抬到了外面大房的床板上。九奶的脸上放了一张蒙脸纸。前面就摆上了方桌，桌子上就摆上了照片，照片是彩色的，是早就照好的。

都摆好后，二姑就开始放声哭了。"我可怜的妈呀！你咋没说一声就走了！"随后就哭声一片。

隔壁的山山紧接着就进来了。

他走到灵桌前，上了三支香，磕了三个头。

"我九奶享福去了！"山山说。

隔壁的冒冒也来了。"我在屋里听到哭声，我说瞎咧，这回我奶走了！"冒冒说。

冒冒上了三支香，磕了三个头。

夏义赫给冒冒发了支烟。"啥都准备好了？"冒冒问。

"这现在才是后半夜，等到天亮到余力把该采买的东西都买回来。"夏义赫说。

正说着，驿索等几个人也都来了。"驿，这回你就是总管。"夏义赫给驿索说。

"爷，我怕闹不好！"驿索说。

"让你闹你就闹！"夏义赫说。

"好，好，我听我爷的，给我太奶把事情办好！"驿索说。

驿索到灵桌前上了三支香，磕了三个头。

这时候麻将桌子就在灵桌前支好了，夏一可就跪在灵桌前开始守灵。

九奶说走就走了，没有半点牵挂。

等到天明后，安全的广播就叫响了金水村，乡党们就陆陆续续地来了。都说九奶生前的好，咋就走得这么快，感叹金水村又一个老人走了，说着咱也啥时候走的话。

大姑一来就长跪不起。"妈呀，你咋没等我来就走了！"大姑哭得是上气不接下气，周围的人看了都说这是一个孝顺的女儿。

该来的人都慢慢来了。"现在也不用挖墓，简单，都是一个盒盒。"乡党们就说。

"唉，咱以后也是一个盒盒，现在程序是越来越简单了。"乡党说。

"我听说墓园能埋？"一个乡党说。

"墓园埋的也是一个骨灰盒，就是能立一个碑子。"乡党说。

苑子沃伯也来了，上香，磕头。年龄大了，明显就看着颤巍巍的。伯伯也得病了，戴着口罩。

院子摆不下桌子，都摆在外面。现在也都是叫外面的大棚和厨师，厨师开好菜单就去采买，一条龙服务。孝衫是金水村的，早都有人做这个生意，租赁清洗的生意是没有人做了，因为现在外面的大棚把一切事情都解决了，也挂上了蒙白纸的灯笼，街巷里人来人往，八个乐人也来了，洋鼓洋号也来了，死人就是活人的脸。

因为九奶是昨天晚上去世的，今天就算是一天，明天中午十二点进行入殓仪式，后天八点准时就前往火葬场了。

"在外地的女儿还回来不？"有人问。

"不回来了，都上了年龄，前几年也都回来见了，叫人受那罪干啥！"夏义赫说。

一天三顿饭，一晌也不少。

"豆娃，你吃好！不够再吃一碗。"夏义赫给豆娃说。

"好咧好咧！"豆娃满脸堆笑。

"再咋管饱饭。"夏义赫说。

"坐到屋里抽烟、喝茶。"夏义赫说。

豆娃就来到屋里看打麻将。打麻将也是金水村千古不变的惯例，不管是红白喜事。尤其是白事，打麻将从人一倒头就开始打，一直要打到第三天早上把人送走，因为这几天灵堂的灯是不能熄灭的。

"一可。"潋潋叫。

"潋潋！"夏一可就给潋潋发了一支烟。

"我给你奶上个香去。"潋潋接了烟就过去了。

潋潋在村里还经常见，谁家有红白喜事潋潋都去，他说话有时候张狂，乡党们就说脑子有问题，其实潋潋就是这样一个人。夏一可感觉潋潋是背负了沉重的负担，他爸的事情为啥要往人家潋潋头上赖，夏一可倒觉得潋潋还是一个热心肠，和潋潋还有同学情谊。

"骨灰盒回来了。"门外的炮声就响了。

宝奕就领着人把骨灰盒放到灵桌上。

"看一下，人走了以后就是这么一个盒盒！"宝奕给周围的人说。

"都要好好孝敬你的父母，都好好活，活着比啥都好！"宝奕继续给周围的人说。

"乐队，起乐！"宝奕喊。

"咱给人家多少钱？"媳妇妙妙把夏一可拉到旁边问。

"我看现在都有人开始行礼了。"媳妇妙妙说。

"明天再给。"夏一可说。

"你问一下大姑二姑？"媳妇妙妙说。

"咱问人家干啥，她们是女，咱是孙子。"夏一可没有好气地说。

"人家肯定给的多，人家要给两千咱也给两千？"夏一可说。

"咱给五百就行咧！谁在那儿划账？"夏一可问。

"如如和铜山。"妙妙说。

"一会儿给也行！"夏一可说。

缓过一天以后，哭声慢慢就止住了，孝子们都开始吃饭了，人是铁饭是钢，一顿不吃饿得慌。以前都觉得吃死人的饭，没啥吃的，现在吃起来也不觉得，就是天大的事情饭还是要吃的，什么是天大的事情，死人就是天大的事情，人都在一点儿一点儿适应。

"孝子都到堂前集中！"扩音器里传来司仪的声音。

大、碎孝子就在灵堂前站满了，因为人多站不下就站到门外去了。司仪口中就念念有词了。

"咱这会儿去迎魂，女孝子不去，光男孝子去。"司仪说。乐人们一块儿去。孝子们就列队走出了大门。

"远远，你的马灯今天也出世咧！"旁人说。

"我也是今才找见。"远远说。

一般情况下都是挑个灯笼，蒙上白纸，前面由村上的老者带路，今天是苑子恒伯在前头。

"现在就是到坟上把你爷迎回来。"苑子恒伯说。

"可可，你二爸咋说的？"苑子恒伯问。

"没说啥。"夏一可说。

"那就算了，安安宁宁让你奶走！"苑子恒伯说。

夏一可心里明白了，苑子恒伯是问摆不摆他爸的相片。

骨灰堂就在村边上，现在要走过去也得走一会儿。现在这边也是门面房，这边也靠近马路。原来的麦子地已经盖了一大片高楼，遮挡了周围村民的房子，已经入住了一部分人，还有几栋楼正在施工当中。这一片地原来也是极好的，非常平整，自从修了大马路以后，瞬间就有房地产企业买下了这块地开始盖楼。因为临路，这是一个长方形的地块。几十年前的高压线电杆还在，只是现在规划到了路边的绿化带里。顺着这条狭长的路就走到了骨灰堂。

夏一可就和疾亮一块儿到骨灰堂请出了九爷的灵牌。在骨灰堂的院子里，孝子们就听着司仪的安排，齐刷刷跪在地上磕头烧纸，夏家的祖坟就又增加了一位亡者。以前都是在金水村的北岭子，现在都在骨灰纪念堂，人死了也不得安宁，从坟里掏出来再拉到火葬场火化，最后盒子装回来，放置在架子上。逝去的人也上了楼，见不到土了，说好的入土为安，土在哪里？烧完纸，磕完头，骨灰堂的仪式就结束了，于是一行人朝回走。

走到堡门口时，本来是要哭的，可是现在的孝子基本不哭，门口女孝子们就倚在大门口哭声一片。每个人都泪眼汪汪，夏一可就瞬间想起了自己的父亲，止不住眼泪往下流。

门口的妈妈一个人发了一支香，回去每个人就插在香炉里，香烟袅袅，九爷回来了。

"吃饭了，吃饭了。"驿索在院子喊着。

"可，赶快吃饭去！"槐花妈妈叫。夏一可就应了声。因为一会儿到黑天里还要献饭，这也是一种仪式。

110

"虹！"槐花叫道。

"嫂子。"姑们就让了座。

"你回去的那天，我九奶就倒头了！"槐花说。

大姑就静静地坐在那里，不说话。

"啥都好着，九奶也没受罪，让安心着走！"槐花说。

"唉！"大姑就眼里开始有了泪水。

"不哭，不哭！看九奶活那么大年龄，也是咱夏家的福气。村里现在上九十岁的人也没有几个，可能钢子他妈跟九奶年龄差不多。"槐花说。

"我不叫人家来，人家要来。"钢子媳妇扶着他妈拄着拐棍就来了。金水的地方邪，说谁谁就来。

"大嫂子，快坐，快坐。"几个人急忙就给钢子他妈让座。

"跟你妈那会儿都经常在门口坐着说话。"姑说。

"说啥，听不来！"钢子他妈竖着耳朵。

"现在人老了，耳朵有点儿背了！"钢子媳妇说。

"眼睛好，还给重孙子做虎头鞋呢！"钢子媳妇接着说。

"你慢慢走，我过后就来了，咱还能说话。"钢子他妈说。

"把我九奶一看就放心了。"钢子媳妇说。

"老婆婆知道明天入殓。"她说。

几个人就一块儿把老婆婆送到了门外。

"各位孝子，归堂。"礼宾就扯着嗓子喊。

孝子们就都跪在灵堂前，开始献饭。献饭有鸡、鸭、鱼、肉，甜饭，荤素搭配，还做成各种造型。

"先洗手！"礼宾说着就把一个茶盘递给第一个孝子，茶盘里放着毛巾，每个孝子都掠过头顶一转，然后传给旁边的孝子，这样就传一圈，放到灵桌上。

"再抽烟！"茶盘就放了一盒打开的烟。

"得用火柴，九爷回来还不会用打火机，那时候都是旱烟。"人群中有看热闹的乡党说。

"这就是个意思，意思到了就行了。"礼宾很幽默，然后就接着传。

这时，大姑就起身了，他把一个毛巾就又放进了茶盘。

"还有我大哥……"说着，就抹了眼泪。

轮到各种献饭就继续转，进行了一个多小时。外面的人很多，因为现在都没有事，说闲话的，看热闹的，不一而足。

"各位孝子，明天十二点入殓，路远的就不要回了，凑合一下。"礼宾给安排了明天的事情。

几个人在灵桌前就开始打麻将。

"先给几个一人下一碗面。"夏义赫发话了。

"吃完饭打牌就有精神了。"有人说。不光是这里有牌桌子，楼上也有牌桌子，那是几个女的在打。

到晚上十一点多，人就慢慢散了，都陆续回家了，等着明天再来。黑夜就这样越来越黑了，到了晚上就愈发冷了，只有炉子是通红的，发出火光，在钢炭炉子上的水壶就吱吱地响，一壶水又开了……

"光芒，来，坐这儿。"夏一可他妈招呼道。

光芒就坐了下来。早上都是稀饭，馍，一个菜。

"叫人都吃好，驿，你给咱招呼。"夏义赫说。

"你放心，老伯爷！"驿索说。

"驿现在也练出来了！"夏义赫说完就忙自己的事去了。

乡党们都陆续来了，来了就端碗吃饭。金水村的白事现在都不去叫，都自己来，因为现在各家各户都是电子门，平常门都关着，因为大房普遍离大门远，有时候就是叫也叫不开，只能等房客进出才能进去。坐席吃饭也不叫了，现在叫人反倒成了一个稀罕的事情。

"进去坐，爷。"夏一可招呼。

"不了，你忙，我还要回去，你奶奶人家这几天也不舒服。"光芒说完就起身了。

"这你姐不回来？"槐花问大姑。

"给说了，就不回来了！路也远，娃们家现在也不得闲。就算了，那一年回来待了一个月，也够了，我姐现在也是各种病，也不容易。"大姑说。

"哦，都是那时候把苦吃下的！"槐花说。

"那时候最早在青海，走的时候都是大包小包，那边很艰苦，后来到新疆，也待了几年，再后来到河北，也是吃了苦的人。"大姑说。

"就是的，就是的。"槐花说。她嘴上说，心里却是不悦的，老娘走也不见最后一面，今生今世都见不着了，现在生活条件各方面都比原来好多了，但是人却反而不那么重视亲情，想起那时候，屋里要是有人去世了，儿女都是急忙往回赶，现在情况不一样了。

"都去坐席，都去坐席。"驿索开始嚷着。

"赶紧坐，一会儿入殓完还要迎祭礼。"驿索给孝子们说。

夏一可走到驿索跟前给发了支烟。

"驿哥，这几天可辛苦你了！"夏一可说。

"咱这都是自己人，按辈分你这都大辈分，我是年龄比你大！赶紧去坐席。"驿索说。

夏一可于是就寻了一个座位坐下，等人坐齐了，等着开席。小时候，夏一可总觉得死人屋里的饭吃不成，都死人了，哭还来不及咋还吃得下饭？现在不一样了。从父亲去世，到奶奶现在去世，他有所经历，才明白世间所有的事情都不比吃饭重要，吃完饭才能干事，想哭你就哭，想闹你就闹，什么样的事情都没有吃饭重要。人活着就要吃饭，死了就吃不成了，所以你看人倒头后摆上那么多献饭，可是吃不成了！夏一可就顿时有了感慨，人还是要好好活着。虽然死亡是无法避免的，但是活还是要活出精神来。

"现在咱做最后的告别仪式。不要哭，防止眼泪溅到老太太身上，让人干干净净地走，孝子们哭就到外边哭。今生今世就再也见不到面了，只能在梦里，起乐！"礼宾就扯着嗓子喊开了。

孝子们就依次排着队走到灵前鞠躬，看亲人最后一眼。"妈呀！"大姑走到九奶跟前就不走了，"再也见不到的妈呀！"大姑就跪在灵前拉着九奶的手。

"快，拉到外头去。"礼宾急忙喊。

旁边的几个人就急忙把大姑抱着往门外头走。"再也见不到的妈呀！"大姑就在门外扯着嗓子哭，孝子们就哭声一片，眼泪就止不住地流，再也见不到的亲人啊！

奚奚、李仁、光芒、宝奕、安全几个人就合力把人抬进了纸棺。入殓的仪式就结束了。

夏一可也落泪了，今生今世再也见不到奶奶了，奶奶在那边和九爷、父亲团聚了。看着外面的房子，这个地方原来是一个拐角，长着花，长着草，还有一棵大芭蕉树，现在已经荡然无存了。

紧接着就开始迎祭礼。第一站就是到庙台，先迎大姑的。

"碣石，碣石。"驿索叫。

"给人家都拉到。潋潋、立立你都跟上。"驿索交代，给每人发了一盒蓝白沙烟。

"放心，放心。"潋潋就笑着开玩笑说。

"再给一盒，哥！"潋潋说。

"避！"驿索就骂道。

潋潋嘴里嘀咕，叫碣石往庙台走。现在也简单了，不用人抬食盒了，直接拿车一拉，省事。

　　鞭炮一响，庙台的人就多了。"夏府夏老太君归西，大女送来祭礼，各样水果，食品，好得很！"礼宾口中念着。

　　激激的炮就点响了。一鞠躬，再鞠躬，三鞠躬。

　　"这是老婆婆的大女。"周围看的人就说。

　　"那会儿招工出去，现在也都退休了。"一个人说。

　　大姑就拿出了红包交给礼宾。

　　"唱一折戏。"他大姑说。

　　"大女有孝心，给老太太唱一折戏。"礼宾发话，并且把红包交给唱戏的班主。

　　于是，唱戏的就开始唱戏了。激激就给周围的乡党开始发烟。

　　庙台现在是收电费的地方，凡是村里过世的人最后都要在庙台唱戏。

　　祭礼就按着顺序一家一家来。

　　经过了二道巷子、三道巷子、四道巷子就来到了堡门口。

　　在堡门口依旧是放了炮。堡门口现在也到处是各家的门面房，挨路口的门面房都很红火。夏一可看到这里是坦坦家的，他的房子周围一圈都是门面房。假若那时候申请到这里，那么这里就是自家的宅基地，现在也是一圈圈门面房，占着优越的位置也挣一阵好钱，谁能料到现在会是这样一个状况。

　　堡子门口没有堡子门，没有了堡子大门的村子还能叫村子吗？

　　最后一站迎祭礼就来到了村东。以前并不来这里的，因为现在成为一个重要的十字路口，所以不知道从啥时间起，最后迎祭礼也要来这里，这里离夏一可家最近。十字路口的各家各户也是一圈圈门面房，因为东边离车站近的缘故，这边的门面房比堡子门口的门面房价格还要高，并且繁华。也都是一样，各家各户都是吃出来了，越占越多，恨不得把整个街道都圈进去，多占、多拿、多吃，似乎人都是这个样子。

祭礼迎完已经接近天黑了，因为亲戚多，好多老亲戚，因为剩最后这一个老人，也都来了，还有孙子辈，最后也就是几家子放到一块儿迎，也就不再唱戏了，因为时间跟不上，有个代表也就行了。

迎完祭礼就去吃饭。

"潋潋，抽烟。"夏一可就给潋潋发了一支烟。

"老同学。"潋潋叫道。

"老同学。"夏一可也叫，听潋潋叫老同学，夏一可感到亲切。是啊，都是老同学，在金水村一块儿长大，一块儿上学，最后各自成家，各自有了媳妇、娃，倏忽间，几十年就过去了。

九奶就躺在纸棺里，唱戏就开始了，她也听不到，唱就唱吧，总是要唱戏的。唱戏就是秦腔，夏一可以前并不爱听，也听不懂，只是随着亲人们的过世，他才慢慢理解了唱戏的内涵，那是发自内心的腔调，尤其那唱词，也越来越理解唱戏的内涵和精髓。

夏一可就静静地听着，声音绵长而幽远……

最后一黑夜的麻将照例又开始了，今夜，是最后一黑夜的守候。

天还没亮的时候，夏义赫就给自己下了一碗燃面，狼吞虎咽地吃了起来。三黑天里，他都没有好好合一下眼睛。

火葬场的灵车在八点之前就准时来了，鞭炮声响了，人们早就赶来了，有的人七点多就在门口了，给九奶上最后一支香，送九奶最后一程。

进行了最后的仪式，撤掉献饭，磕头叩首，孝子们就都退出了灵堂朝门外走去等候。

村主任、书记、村上的人抬起纸棺朝门外的灵车走，门外就哭声一片，女人们都泣不成声，还有孙子辈，再也见不到奶奶了。

孝子们走在前面，夏义赫抱着九奶的相片，夏一可抱着骨灰盒，缓缓地朝东门楼走去。走到堡子门口，鞭炮声响起，再走到学校门口，鞭炮声响起，一直到东门楼口，鞭炮声再次响起。

"各位孝子给乡党们三鞠躬，感谢乡党们的帮忙！"礼宾扯着嗓子。

"一鞠躬！"

"再鞠躬！"

"三鞠躬！"

马路上的车都纷纷让行，让灵车先过。

前头的面包车就在路上撒纸钱，灵车跟在后面，孝子们就上了车，几十辆车朝火葬场开去。

火葬场早已经搬到了靖宁的东坡，原来县城的火葬场也已经撤销合并到周宁殡仪馆，殡仪馆就是火葬场，金水村人还是习惯叫火葬场。

办完手续就在外头等候。

"现在都要排队。"大弥说。

"以后也都要来这个地方。"老会计说。

他们都来了，有人没来过，有人来闲逛。

"这以后也都见不上土了，把咱村那么好的地方占完了！"大弥就感叹道。

夏一可他们就开始给周围跟来的乡党发烟。

"安排的谁抱骨灰盒。"宝奕问。

"叫可可抱。"苑子恒伯说。

在快到十一点时，装着九奶骨灰的骨灰盒就被递了出来。

"金水村，金水村的，回村。"礼宾拿着扩音喇叭扯着嗓子叫。于是，前来送别的孝子、乡党就朝车前走去。

现在开车快，不到半个小时就到了村口，这是金水村挨着锡田的南村口，在村口放了一挂鞭炮，车就直接朝骨灰堂开去。

把骨灰盒摆好位置，于是就开始举行祭奠。孝子们依次焚香、下跪、磕头，完毕后，夏一可和疾亮就把九奶的骨灰盒放到了骨灰堂，和九爷的骨灰盒在一个框子里。整个安葬仪式就结束了，乡党孝子们就朝村里走。

"来，我娃把香拿上。"门口的奶奶给进门的孝子每人都发了一支香，回去都插到了香炉里。灵堂现在只剩下灵桌和相片、灵杆，这是要到百天才到坟上烧掉的。

"去，跟你疾亮哥给乡党们看酒去。"夏义赫发话了，夏一可就出了大门到门外头给乡党们看酒。

"辛苦了，吃好喝好！"夏一可赔着笑脸。

给乡党看酒，这是金水村的风俗习惯，乡党们帮忙辛苦了，看个酒，增进一下情谊，因为过世的人家里头，三年都低别人一个头，也预示着霉运的开始，要战战兢兢，如履薄冰，扛过这三年就好了。

111

不仔细看是看不出来的。在期服表上写着头期、二期、三期，百日都是阴历几月几日。

夏一可这才发现乡党的行礼单都贴在墙上，所不同的是这次是用黄纸写的人的名字，写了好几大张。有一张长方形的黄纸专门贴在显眼的位置，写上行礼人的名字，并且标注出了钱数。夏一可看到姑们都是行了两千块钱的礼，其余的还有一千的，自己是五百，心里就不悦了。公布这个是为了什么？是说自己钱多，这也不知道是谁的主意。

望着空荡荡的房屋，现在九奶走了，灯也就熄灭了。

走到堡门口，也没看到苑子沃伯在门口晒太阳。人老了，年龄大了，各种病症就出来了。

回去就看到光芒在屋里坐着。

"抽烟。"夏一可给光芒发了一支烟。

"你没去吃饭，爷？"夏一可问。

"我早都吃了，回来早。"光芒说。

"我看这回夏义赫能结不少钱。"夏一可对他妈说。

"我看有十几万，花去四五万，还能落下一半。"光芒羡慕地说。

"哪有那么多，我看没有那么多，估计一共有五六万，能余下一万多。"夏一可说。

"光人家那大账就有两万多，再加上乡党行礼，我看人家现在都是二百块的居多。"光芒说。

"人家就是收那么多钱，跟咱有啥关系！"夏一可感慨地说。

"唉，都是死人给活人撑的脸面。"光芒说。

"这也没个啥样子！"夏一可说。

"老太太咋样了？"夏一可他妈问。

"我看难圆场！"光芒说。

"房东，水满了！"房客在楼上喊。原来，只顾着说话，楼顶水罐的水啥时候溢出来都不知道。

"那人家他妈原来不是跟老大在一块儿住嘛，咋接到他屋咧？"光芒走后，夏一可问他妈。

"那时候村上占地分钱，都看上他妈那几万块钱，他跟老四都争着把妈往自家接，最后还是淘淘把他奶背到他家的。"夏一可他妈说。

"人家在老大那里住得好好的，这不自己给自己寻个罪受！"夏一可说。

"服侍人这事情最麻烦，给我倒找钱我都不愿意！"夏一可说。

"那我老了你别服侍我！"夏一可他妈说。

"看你说的。"夏一可说。

"那给老大减轻了负担,老大望远这几年美着呢!我看那一圈圈门面房,一年就挣不少钱。"夏一可说。

"人家地方好,咱要在那里也是一样。我记着原来不是老二在那里住着,最后咋成了望远的地方?"夏一可有些疑惑。

"你不知道,他们两个把庄子地换了!"夏一可他妈说。

"换了,为啥换?"夏一可不解地问。

"老二媳妇欺负不过涵涵他妈,最后嫌事情多,就跟老大换了!"夏一可他妈说。

"我记着原来老二院子大得很,在南边盖的三间鞍间房,我们小时候还在院子耍弹球!那时候说是院子盖房还有好几个墓子,好像那一排都有墓子。"夏一可说。

"那地方最早就是坟堆,最后盖房都掏干净了!"夏一可他妈说。

"那把掏出来的东西咋办了?"夏一可吃惊地问。

"那也没有啥了,就剩下骨头了,最后就是找个地方给人家重新一埋,烧几张纸,说是动了你的房给你重新安排一个地方。死人也和活人一样!"夏一可他妈说。

"那老四盖房的时候不是也挖到墓子了吗?"夏一可继续问。

"老四划子盖房最后给人家胡一撩,你没看后来他跟媳妇都成年害病!"夏一可他妈说。

"还有这事?"夏一可说。

"反正我那时候见了划子几回都看他脸色不是太好!"夏一可说。

"给你说死人和活人一样,你把人家的房挖了,你能有啥好报?"夏一可他妈说。

"想不到还有这样的事情!"夏一可感慨地说。

世事的变迁,时间的推移,沧海变桑田,谁也不知道脚下的土地曾经发生过什么,最后又是怎么消失和消亡的,时间把一切都变成了黄土，卷起阵阵尘埃……

这几天天气开始慢慢暖和了，开始有人在十字路口谝闲传了。

"可把谁不在了，怪了！"夏一可在屋里就听见了，好像声音还挺近的。现在村里死人都是先把大喇叭架到楼顶，这样声音就大了。

夏一可从来不打听死人的事情，因为这是一件悲伤的事情。

"光芒他妈不在了！"夏一可他妈回来说。夏一可他妈没事的时候就到门口和老婆家说闲话。

"咋这么快，没听说过嘛！"夏一可说。

"咱村死人都是成双成对。"夏一可他妈说。

"哦！"夏一可不禁感叹了一声。

这边光芒正在忙得焦头烂额，他也没想到咋就这么快，可是啥都没准备。这突然人一倒头就乱了阵脚，他情急之中只能把夏义赫叫了过来。

夏义赫就坐到了房中央的方桌旁边的椅子上，手端茶杯开始喝茶、抽烟。他没有说话，因为这边望远也去叫人了。过了一会儿，宝奕就走到了院子。

"来，坐，抽烟。"夏义赫说。

"义赫来得早！"宝奕算是回答。

"现在老太太已经归西，你们几个弟兄先是说不到一块儿，这老太太能好好走不？"宝奕先是数落了几个弟兄一阵。

弟兄几个一言不发站在房中间。

"跪下！"宝奕突然就站了起来。

弟兄几个就跪在了房中间。这时候，夏义赫就起身了，走到院子中间抽烟、喝茶。

"你们几个真是不孝，真是丢人！我在咱金水村活了几十年，还是头一回见到人死后闹得不可开交的，叫乡党把咱都拿沟子笑咧！"宝奕厉声说。

"义赫，你来。"宝奕叫道。

"起来，起来，都起来，还没到跪拜的时候。"夏义赫进来就给圆了一个场，弟兄几个这才站起来了。

"现在就是和和气气把老人送走，别让乡党看笑话。你几个现在就是拿钱的问题。光芒现在管着，光芒这几年也服侍着，就都出一点儿钱给光芒，算是抬埋你妈的费用。"夏义赫开了口。

"你义赫爷说得有道理，现在就是好好把你妈送走，比啥都好。"宝奕说。

"一人出一万块钱，现在就给，这可是马上就花钱的事情。"夏义赫说。

"一万块钱也不多，你妈也辛苦了一辈子，让你妈热热闹闹走，死人也是给活人撑脸面。刚才来的路上望远说原来他妈分的钱光芒拿了。"宝奕说。

"我看这都是小意思，光芒把分的钱拿了，光芒的日子你也都知道是个啥情况，他妈这些年看病住院也都要花钱，还不知道分的那些钱够不够，咱现在不要算那个账了，现在弟兄几个就望远条件好，这是大家都能看到的，就不要再说以前的事情了，扯起来这官司就没办法断了！"夏义赫当机立断。

"说的也是，望远你就不要纠结原来的事情了，都是亲兄弟，不要纠结那么多了，现在你情况也好，不光是弟兄几个知道，就是乡党们哪个不知道，你也是老大，老大就要吃点儿亏。"宝奕也说。

望远就不言语了。

"那我看就这么定了，这也耽搁不起时间！"夏义赫说完就起身了。

"你三个一人拿一万给光芒。"宝奕也站了起来。

金水村的街道上就看到穿孝袍的在街道上买东西的身影，乡党们和房客就知道金水村又有一个人不在了。

"你记着给人家把礼行了。叫我到你苑子沃伯那里去一下。"夏一可他妈叮咛道。

"伯伯可咋咧？"夏一可不解地问。

"你伯伯现在也是熬时辰，已经吃不下去饭了！"夏一可他妈说。

"咋都是这样！"夏一可眼睛里就浮现出沃伯的身影，唉，都是命苦。

快到晚上的时候去行礼。院子里也是热闹非常，门口挂着白幔，随风飘荡，院子里也不少人，也是洋鼓洋号，还有八个乐人唱戏的，一应俱全，也是土洋结合。

"一可，来抽烟。"账房里如如就拿了支烟，还有铜山也在。

夏一可就掏出一百块钱。

"给一可记上。"如如说。

铜山就在本子上写了夏一可的名字，夏一可看到写好的名字这才离开。从送一条被面子到一百块钱，这中间的跨度也就几年时间。那时候人穷，现在人都有钱了。不是一个人有钱，是都有钱了！

"乡党，要煤不？"一个穿蓝布长衫的女的问。

"嗯，我还不知道家里现在还有多少。"夏一可说。

"是这，我给你一个电话，我叫乔新历，你要煤给我说，四毛九一块。"她说。

夏一可边说边用手机记了电话。

"谁要蜂窝煤，蜂窝煤来了！"卖煤的就在街道吆喝。

"现在就是方便，蜂窝煤都送到家门口了。"银山媳妇给旁边一个晒太阳的人说。

这是一个十字路口的位置，旁边门面房有一家商店，这边是一个卖手机的，旁边还有一个开理发店的，挨着路就是一个平台，这是道沿，现在也都打成平台了，早上就有一个卖稀饭的，到下午有另外的人卖东西，听说光门口这屁股大一点儿的地方，一个月就要三四百元钱的租金，而且做生意的都想在这儿摆，因为是十字路口。

"哥，你家有空房没？"夏一可正要进门，一个小伙问，他都不知道这个小伙子是从哪里冒出来的，吓了一跳。

"你在哪里站着？"夏一可问。

"我就在你家的台阶上站着。"小伙笑嘻嘻地说。

"你咋知道我是房东？"夏一可不解地问。

"哥，你忘了，我前段时间在你家看过房子。"小伙子说。

夏一可看这个小伙子长得还顺眼，就让进了门。

"我咋想不起来。"夏一可说。

"你肯定是忘了！"小伙子说。

夏一可就领着小伙子上了楼。

"你看这个咋样，这是一个套间。"夏一可说。

"这个房子还带有卫生间，外面还能做饭。"夏一可说。

"哥，我就一个人，不做饭。有网没？"小伙子问。

"有，一个月五十块钱，房子三百五。"夏一可说。

"你要是嫌贵，这边还有一间小房子，你一个人住刚合适。"夏一可说。

"我喜欢大的，小的憋屈。"小伙子说。

"我下午就搬来，现在就给你交钱，你把钥匙给我。"小伙子说。

"你现在在哪里住着？"夏一可问。

"我就在你们村下面那块住着，三开家，知道不？"小伙子问。

"知道，知道。"夏一可说。

"那边不方便。"小伙子随口说。

"哦，这边离买东西的地方近，门口就是饭馆，直接就能吃饭。"夏一可说。

"我就是看上咱这地方方便。"小伙子说。

"你有身份证没？"夏一可问。

"身份证下回一块儿给你。"小伙子说。

"好，你等着，我下楼给你开票办手续。"夏一可说完就下了楼。小伙子跟着一块儿下了楼。

"你在门口稍等一下。"夏一可说。小伙子就在门口等。

夏一可就急忙拿出票据本开票。"有人租房？"夏一可他妈问。

"这是跟我一块儿进来的，一说就成了，现在交钱，下午就搬过来。"夏一可说。

"这人还干脆。你就要干脆的人，这回达到你的要求了。"夏一可他妈说。

"看，这是票据。房费三百五十块，水费十块，电费一度五毛，每个月抄表，你一个人一个月也用不了几度电。这是门卡五十，走时退二十块，三十块磨损费，因为这是电子门，要用电，你把这票据放好，走时见票退款。你一共交四百一十块钱。"夏一可说。

小伙子就看了票，从口袋里掏出一沓子钱，"哥，你放心，每月按时交房费，这都知道。"夏一可把钥匙和门卡就交给了他。

"忘了给你说扔垃圾的地方，你知道吧？"夏一可问。

"知道知道，咱绝对不会给人家在外面乱扔，这个走到啥地方都一样。"小伙子说。

"这是村上的规定，垃圾箱的垃圾每天都有车来拉。墙上是一个入住须知，你到时候有空看一下。"夏一可说完就把小伙子送出了门外。

"房东，招了一家房客？"门口开面馆的小伙子问。

"对对，这小伙子一个人，做饭机会少，以后肯定是你这里的常客。"夏一可笑着说，并且给发了一支烟。这饭馆也在这里开了好几年了。

饭馆的旁边就是胖婆娘的按摩店，一直在暗中做着生意，每次一有警车到村里来，按摩店都提前关门。多一事不如少一事，但是开在自家门口总是一个问题。这条街巷有好几个按摩店，说是美容美发实际都是做皮肉生意。房东夜婆娘才不管这些事情，你只要给我交房钱就行。金水村现在作为城中村，村内人员结构复杂，不时会有一些社会治安案件，派出所隔三岔五就会来，也都是一些房客的纠纷。因为外地人多，杂居，也就为社会治安埋下隐患。在网上，有人把金水村描述为这里的村民都比较彪悍，出租车晚上十点以后就不敢进来了，因为害怕出不去，夏一可就觉得这纯粹是胡说，村子里现在是大街小巷，车辆也慢慢多起来了，不好走是因为你摸不清路。金水村实际上现在是外来人口的聚集地，因为地理位置优越，再加上现在周围的村子一直在不停地拆迁，所以原来在城边头的房客都大量搬了过来，毕竟，城中村的房子还是便宜的，你要住上居民楼，你试试看，一个月挣的钱还不够交房钱和物业费，所以城中村就聚集了大量的外来人口。

112

"你苑子沃伯不在了！"夏一可他妈从外面回来走进门就说。

"咋这么快啊？"夏一可说。

"沾上啥癌最后都是这样，人瘦干了，最后吃不上饭，也吃不成，就成了那个样子。"夏一可他妈悲哀地说。

"你到时候跑快点儿，你沃伯那时候可给咱把忙帮了。"夏一可他妈叮嘱夏一可说。

"也就是的，给咱操心打井的，给咱天不明就来扫院子，唉，就是走得太早了。"夏一可说。

"人都说鲲鲲媳妇不是个好东西！硬把你沃伯气 × 塌咧！"夏一可他妈不知道从哪里得来的消息。

夏一可出了家门，朝堡门口走去。这一段时间没有过来，不知道啥时候沃伯家都盖成五层楼了。原来沃伯一直在家里住着，最后因为和鲲鲲住不到一块儿，就在街道外面开了一个门，把里面的门封上了，和鲲鲲妈妈在外面这一间住，冬天就在外面晒太阳。

门口已经贴上了对子，挂上了白灯笼。夏一可进到屋里。看到沃伯的遗像摆在桌子上，夏一可不禁眼圈一红，心里说，沃伯，我来看你了。先上了三炷香，然后跪下磕了三个头。

"给可可拿个孝衫。"潞安姑给屋里人说。

夏一可就穿上了。"这是牧牧女子？"夏一可问潞安姑。

"就是的。"潞安姑说。

"我都差点儿认不出来了，口音也变了。"夏一可说。

"可不是，走到那穷山沟，把咱这话都忘了！"潞安姑说。

夏一可出来就蹲在门口看了一会儿天和几个人说了一会儿话。

"坐到这里啊！"妈妈招呼说，夏一可就坐在门口了。

"病不好！"妈妈说。

夏一可就摆了摆手，妈妈就不说了，长叹了一口气。朝外面望就看到了奶奶的房子，窗户下放着一个柜子，谁把柜子放到那里干啥？夏一可心里有点儿纳闷。可仔细一看，那不是奶奶的柜子吗？夏一可就走到了窗台底下，一看果然就是奶奶的柜子，看样子已经搬出来好长时间了，柜子上满是尘土，柜门上的铜把手被卸走了，柜子里空空荡荡，里面的屋子传来叮叮当当的声音，看样子是在拾掇东西。

"可，在这儿干啥？"夏老师过来问。

"我看人家咋把我奶的柜子抬出来了。"夏一可说。

"前两天有人过来寻房，你二爸把这房子租出去了，现在正在铺地砖。"夏老师说。

"走,朝过走。"夏老师拉着夏一可的胳膊就朝鲲鲲家走。他心里有火,要不是夏老师看出端倪拉他朝鲲鲲屋走,他可能就一脚踹开门,奶奶的百天还没过,就把住的房子租出去了,几十岁的人了咋一点儿好歹都不知道!夏一可气就不打一处来。金水村的习惯是老人走后房子会原封不动放着,包括里面的物品,三周年过后才慢慢开始搬动,现在这个习俗被彻底打破了,人对自己的亲人就一点儿感情都没有吗?为了一点儿眼前利益,马上就把房子租出去,真是鼠目寸光!

苑子沃伯这边没有叫洋鼓洋号,而是以唱戏为主。夏一可和夏义赫打了一个照面都没有说话。

"你也真是的,人家大姑、二姑来都没说啥,你操那心干啥,再说你再盖房还要找人家!"媳妇妙妙说。

"反正那柜子也烂了!"媳妇妙妙说。

"你懂个球!"夏一可骂道。

"社会都是被你们这些人搞乱的!"夏一可说。

"我就不相信咱奶还没过百天,他就把那事能做出来,良心都叫狗吃咧!"夏一可骂道。

"反正闲着也是闲着,还不如趁着现在没有拆迁赶快挣点儿钱。你整天也看报纸学习,人家与时俱进,你咋连这都看不开!"媳妇妙妙就埋汰道。

"你真是女人家头发长见识短,祖宗的基业都让这些人给毁了!"夏一可说这话时气已经消了一大半。

"看谁敲门?"门口传来敲门声。

"可,可可。"还有喊声。

"鲲鲲哥,来。"妙妙开门叫道。

"我不进去了!"鲲鲲在门外说。

"你进来,没事!"媳妇说。鲲鲲挽了头上的孝布进到了院子。夏一可就出来了。

鲲鲲给夏一可发了一支烟。"吃饭了吗,吃饭时咋没见你?"鲲鲲问。

"我先回来了。"夏一可说。

"你个瓜子,也不吃饭。"鲲鲲说。

"鲲鲲,啥都弄好了?"夏一可他妈问。

"娘,啥都弄好了,后天早上就到火葬场,不管咋样,我先把我爸送下世,你知道咱媳妇……"鲲鲲说。

"给咱哥倒水。"夏一可给妙妙说。

"不倒咧,我来给你说,你到时候给咱把车开过去,跑一趟!"鲲鲲哥说。

"唉,这还叫你说,不用说我都要开车去。"夏一可说。

"看谁跟谁,你爸那时候都操心咱!"夏一可他妈说。

"好好,我先回去,还有事情。"鲲鲲说完就急匆匆地出了房门。夏一可送到了门外。

"鲲鲲也是可怜,遇了个二球媳妇!"夏一可说。

潞安姑紧接着就来了。

"你说那媳妇,恨不得把这狗 × 的给杀了!"潞安姑进来气就不打一处来。

"硬硬把我哥气死了!"潞安姑说着就哭了。

"我给你嫂子都不能说,把我鲲鲲都逼得给媳妇下跪,你看这媳妇可恶不!"潞安姑边说边骂。

"叫咱哥好好走就对咧!"夏一可他妈说。

潞安姑又喋喋不休说了几句。

"嫂子跟娃明天都早点儿来。"潞安姑临走的时候说。

夏一可走到院子,看着院子,就想起十几年前苑子沃伯早上来扫院子的情景,仿佛就在昨天。人都在一天天走向衰老,最后归于沉寂,死亡是人生最后的归宿,谁也逃脱不了,不管你是贫穷还是富有!

前几年,苑子奶奶以九十三岁高龄走了,她是整个家族活的时间最久的人。苑子奶奶活到最后胃口都很好，最后也是属于无疾而终，寿终正寝。但是苑子两个媳妇也都是早早就走了，苑子奶奶有时候就说自己把儿媳妇的年龄都活了。农村人讲究谁活的年龄大就是把谁的年龄活了。谁知道这世间最后的轮回规律！不得而知。

也就是快，转眼之间，这些人都悄无声息地走了。

村子里又掀起一拨盖房的热潮，开始又吵嚷着拆迁。

堡门口，高人、村子人、堡子人很久都没遇到一块儿，只有激激有时候会在村里闲逛，东张西望，也不知道他在看什么。

"一可媳妇，一可在屋里吗？"激激冷不防就问一可媳妇，妙妙骑着电动车正朝回走。

"没在！"夏一可媳妇没好气地说。

"他电话是多少，我可是他的老同学。"激激说。

"不知道。"夏一可媳妇说着就急忙走开了。

"你是在我村白耀家住着？"激激没事，在堡子门口问旁边修鞋的。

"你咋知道？"修鞋的抬头问。

"我看你天天早上从他家门里出来。"激激说。

"对着，对着，咱腿脚不方便，就在人家一楼住，人家也给算的房租便宜！"修鞋的说。

"你是哪里的人？"激激问。

"我是商县的。"修鞋的说。

"你一个人，吃饭咋办？"激激继续问。

"平常回去就是下一碗面，一个人也没啥做的！"修鞋的边干活儿边说。

"婆娘、娃都在家？"激激问。

"出不来，出来都要花钱，养活不起！"修鞋的说。

"那平常咋办？"激激有意识地问。

"你也不回去，过年才回去，我家的房客也是一年才回去一回。"潋潋说。

修鞋的人继续修鞋，没有说话，嘿嘿直笑。潋潋是问的那个睡觉问题，咋睡觉，但是他没有明说。潋潋心里想，这些人咋对付这个事情。

潋潋就朝回走。走到巷子口，看到一个小姐在门口打扮得花枝招展坐着。小姐看到潋潋走过来，故意撇开了腿，潋潋眼睛就瞟了过去。

"进来嘛，进来耍嘛！"小姐诱惑潋潋。

潋潋四处望了望，看着没人，立即进了玻璃门。小姐随即拉了卷闸门。

房间里光线昏暗。"哥，给你按个摩？"小姐说着手就上来了。

"弄这多少钱？"潋潋看着穿着暴露的小姐把半个奶子都亮在外面，白白的，忍不住就想摸。

"光摸一百，办事三百。"小姐说。

"你这也太贵了！"潋潋果断地推开了小姐的手。

小姐整了整衣服，裸露的半个奶子就挡住了。

"你能进来我就看你咋出去？"小姐的脸变了色。

"你不让我出去，看我给你把门砸了！"潋潋毫不示弱。

"你在我村还敢给我耍歪？"潋潋说着掏出了烟。

"哦，你是本村的，我不知道，我才来！"小姐的话一下就软了。

"你也不打听一下，我在村里是干啥的！"潋潋说。

"那我给你便宜，你看咋样？"小姐说。

"弄啥呢，摸一下就一百，耍流氓呢！我回家天天摸天天睡也不花钱！"潋潋说话粗鲁。

"再敢糊弄，我给派出所打电话，把门打开。"潋潋说。

小姐打开了玻璃门，潋潋就出去了。

"婊子！"潋潋朝地上吐了一口痰。

金水村的房客多，人员成分构成复杂，各色人等都在这里聚集，因为这里房价便宜，城中村现在都盖成了高楼，在没有拆迁之前，都是越盖越高，就是为了最后拆迁的时候多给赔一些钱。失去了土地的金水村人在自己的几分庄台子地上想着怎样才能利益最大化。

金水村这几天寻房的人还很多，都是朝岭村拆迁过来的。

"你做啥?"玄米问，他在路上就撞见了高人。

"我到锡田去一下。"高人说。

"好长时间也没见你们几个人了，在家做啥呢?"玄米问。

"在家经营房客。"高人说。

"现在想见村子的人难得很，满路都是房客。"玄米说。

"就是的，金水村现在成了房客的天下。"高人说。

"最近我看朝岭村过来的房客多，朝岭村正在拆迁。"玄米说。

"这个拆迁我看和'文化大革命'一样，比'文化大革命'还厉害。现在时代不同了，'文化大革命'时候是乱世，红卫兵都夺了权，公检法都被砸烂了，社会陷入无序当中。现在是盛世，盛世大拆迁，不拆迁哪来发展，发展就要土地，没有土地，拿啥发展。"高人感慨地说。

"朝岭村也闹着!"玄米说。

"不顶啥，不死人，这个拆迁就拆不了，现在大部分都是强拆。先造舆论，然后再拆，不行再说你违法，你看'文革'时打的是革命旗号，这一革命就整死了不少人。现在打着发展经济、城市化的旗号，用政府手段，有人说没有强拆就没有中国，我看这说得有道理，轰轰烈烈地拆迁势不可当!"高人说。

"我听说，朝岭村的干部都走完了，干部的亲戚朋友也都走了，慢慢就走得差不多了，最后你不走就收拾你!"玄米说。

"这是逼咱上楼，几十年了就没见现在这光景!"高人叹了一口气。

"那你看咱这儿能保得住？"玄米问。

"哎，咱现在住一天就享一天福，到时候再说住不成的话。"高人说。

"那有啥办法？"玄米问。

"这是政府行为，现在你看全国各地都在拆迁，闹出了多少人命，有自焚的，有被打关监狱的，人们怨气很大，可是你手无寸铁没有办法。解放前支援前线打仗的老百姓咋也没想到几十年以后要拆掉你的房子。"高人说。

"你说咱现在老了老了可遇到了个拆迁问题，远的不说，你光看咱村，先是把各家各户的祖坟挖了，然后放到骨灰盒，放到架子上的框框里。死人入土为安，现在连土都没有了，你说都让咱给遇上了！"高人说。

"你看咱村现在还有地都把地糟蹋了，谁敢说一句话，还不是这些狼把咱的地糟蹋了！"玄米说。

"地不是咱的，没有所有权，因为法律规定中华人民共和国的一切土地属于国家，农村的土地属于集体所有，不属于咱个人私有。"高人说。

"我听说解放前土地就是私有的，那时候谁家破产了就可以卖地。地主就是因为地多。"玄米说。

"世上的事情就是这样，说不清道不明，你无法预料，你看这一排楼，都盖到咱的门口了，这儿原来是葡萄园，现在没有了，若换土地是私有的，那葡萄园还是葡萄园，人家不愿意给你，你出多少钱都拿不走！"高人说。

"这现在成天施工，一天都把人吵的，对门那娃给说了好几次都没啥效果，人家还是照样施工。"玄米说。

"习惯了就好了！"高人说。

"你不习惯咋办？慢慢也都习惯了！"玄米无奈地说。

因为好久不见，说话的时间就长了，但是却格外亲切，因为都是在一个村住了几十年的乡党，现在偶尔还能见上面，就是不见面，想见谁了，到他家去也能百分之百见到，以后拆迁就见不上了，都住得四分五裂，想见谁再也不像现在一样脚一抬就能到谁家，玄米就感到心里酸酸的，都几十岁的人了，今天咋会有这样的感觉！他现在每天早晚都绕着村走一圈，从自己门口出发，顺着路转一圈就到了东边的大路上，再围着大路上转一圈，看着周围的高楼把村子包围着。走在村路上，基本上每天都能见到村子的人，逢人便谝一下闲传，珍惜这难得的大好时光，慢慢走着走着就走回来了。现在早已经种不成地了，锄头早就生锈了。村子里的人现在有的就在高楼里打扫卫生，贴补一下家里的生活费用，因为现在吃的喝的都要拿钱买，没有地了，啥都种不成了……

113

街道上的人都到堡门口看热闹，也不知道是出了啥事情。

堡门口里三层外三层挤着一堆人。

"叫狗 × 的朝门楼走！"潞安姑声嘶力竭地说着。鲲鲲媳妇跪在地上一言不发，头发凌乱。人群发出一阵嘘声！

"这是咋了？"村子人就问冒冒。

"唉，鲲鲲这瓜娃子喝农药了！鲲鲲这可不是头一回喝农药了，都好几回了，这一回把事情就做成了！"冒冒说。

"根子在哪里？"村子人问。

"根子就在鲲鲲媳妇，两口子老打架，鲲鲲惹不过媳妇，先把他爸送走了，自己再把自己送走了，这瓜娃子！"冒冒说。

"鲲鲲这也瓜着呢，你惹不过还躲不过！"旁人说。

"媳妇不叫挨她的身子！"另外一个乡党笑着说。

"这娃能走这路也是一个冤死鬼！再也超生不了了！"房客说。

"鲲鲲这媳妇人都叫母老虎，厉害着呢，也不知道在外头到底有人没！"乡党说。

"要不是人家外村人在地头上发现，现在还在地上躺着。"旁人说。

"是个啥情况？"村子人问。

"你不知道，在东岸子人家的地顶头，人家抬的时候都不愿意抬，因为是横死的，不是正常死亡，晦气，也是给人家加了钱的，多亏那个老师发现得早。药瓶瓶还在旁边搁着，鲲鲲一瓶子敌敌畏都喝完了，一下子就走了路了！"乡党说。

"你说这也真是个瓜娃子，你自己死了，别经世事了嘛，花花世界再也看不到了，你喝药死了也是一个冤死鬼，谁认谁呢！你一死，人家过二年再寻一个人嫁了，人家还是人家，你死了就死了！"乡党自嘲地说。

"鲲鲲现在房也盖得美着！"旁人说。

"都是七借八借，贷款才盖起来的，就是为了拆迁时候能多赔一点儿钱，你说现在把好好的地糟蹋完了，咱靠啥，就是靠招几家房客过日子，你盖得再高现在你没有了！"村子人无奈地说。

"这几年村子死的人可不少了，炎炎你不知道，天不等明开着人家的车上路就钻到人家大车屁股后头去了，当场就结束了！"乡党说。

"我确实不知道。"村子人说。

"炎炎也是没回来，直接拉到火葬场去咧！"乡党说。

"也都是把媳妇、娃撇下，鲲鲲这还好，娃都大了，听说都把媳妇说下了！炎炎也是媳妇还年轻，也还得继续混日子！"乡党说。

"鲲鲲还是瓜！"村子人说。

"也不是瓜，我看是命尽了！"乡党说。

"你不知道，前二十年不是在东原拉沙子，后来走到大坡刹车失灵，车跑了，鲲鲲跳车，最后把另外一个人压到车底下了，拉到医院半路上人就不行了，你想……当时正是兴拖拉机的时候，咱村谁买个拖拉机一下子就把谁家围了，那个娃把命舍咧，鲲鲲捡了一条命。到现在又把命还回去了！"乡党说。

"你咋还相信这个？"村子人说。

"这不是迷信，你想那时候你捡了一条命，到现在你主动去还了！人这也都说不来，你别看今还好好的，说不定啥时候就栽咧，人生就是无常，为啥说黑白无常，就是这样来的。"乡党说。

"我看你才是个高人，高人他叫高人，我看都是哄人呢！"村子人说。

"啥高人不高人的，都是混一口饭吃！"乡党就发出了感慨。

"你不知道，咱村现在住着的民工都是在周围高楼里干活儿，上回工地就有一个民工从楼上掉下来了，最后工地给人家赔了一点儿钱，家人也就拉回去了！"村子人说。

"所以说平安是福！"乡党说。

"那你说咱村啥时候拆迁？我看最近咋又盖房的人多了？"村子人问。

"该拆的时候就拆了，你着啥急！盖房有啥奇怪的，你想盖你就去盖也没有人拦挡你，反正都是要花钱，最后还都是一拆了之，盖那么多有啥用，都是对环境资源的巨大浪费和破坏！你看咱村现在一年四季都有盖房的，这不奇怪！"乡党说。

鲲鲲门口放着花圈，并在屋里搭建了灵堂，整个都是白花花的一片。乡党们和房客就有的进去看热闹，说是鲲鲲媳妇披麻戴孝，长跪在灵前哭泣。

哎，鲲鲲和他爸才隔了不到半年时间，两个人就在阴间相遇了！

"可哥？"淘淘在街道上和夏一可遇见了。

"做啥呢？"夏一可问。

"没做啥！"淘淘说。

"那这回盖几层？"夏一可问。

"还不知道，这匠人太懒，想换人。"淘淘递了一支烟给夏一可，自己也点了一支。

"盖到一半咋换人？开始时跟人家咋说的？"夏一可问。

"这回主要想盖高，盖不高人家隔壁的塑料袋都飘到咱屋咧！"淘淘说。

"那这回就盖美！"夏一可说。

"反正要拆迁，现在就多盖点儿。"淘淘说。

"在哪里现在也是盖楼呢，我贼他妈去，都不种麦子了，改成种楼咧，看以后吃啥？！"淘淘骂道。

"你操那闲心干啥，人家照样有吃有喝，管他呢！"夏一可说。

"这是啥地方的匠人？"夏一可问。

"就是捏泥人那边的，我也不知道！"淘淘说。

"淘淘，走，三缺一！"植植叫。

淘淘的电摩托就刺溜一下骑走了！

现在屋里招的几家房客，也仅仅是光能顾个生活费、酱油醋钱。夏一可就有时候出去联系个业务，夏一可给周宁一家报社帮忙，几个月时间不停地出差，常常回来就是深更半夜，最后是挣了一点儿钱，但这个工作很快也就告一段落了，社长说以后若有什么大的策划再叫他。夏一可心里就不痛快了，自己也仅仅就是干了几个月时间，也都是源于在外面的活动当中认识的人，现在给人家的活儿干完了，这个报纸凭借活动挣了百万，现在却卸磨杀驴。这个活动也都是为了一些广告费用。而为了这个广告费用，《上腴日报》居然在头版位置发布了一则消息，说他们从来没有举办过这样的活动，并且说这个活动是非法的，保留诉诸法律的权利。原因很简单，最早也都是拉着

《上腴日报》一块儿搞，后来撇开《上腴日报》自己搞，情况就变化了，于是就有了《上腴日报》发布这样一条消息，无非就是为了广告费谁拿多拿少的问题。夏一可深入了解到，媒体最后都是为了挣广告费，因为现在媒体是市场行为，那些年的报纸都是不停找大的合作单位，共同经营，分享利润。官员作家、官员书画家、副省长写作成为媒体追捧的对象，媒体深谙经营之道。在采访肤施的一个官员作家的时候，是夏一可他们一块儿过去的，最后的结果当然是该官员作家获得了媒体评出的荣誉称号，但是最后却因为年前的一次开会用餐被《上腴日报》盯上了，从而那段时间形成了舆论。而《周宁报》这边却迟迟没有收到广告宣传费，打电话问就是还要等一下，而社长一怒之下居然要派人去曝光，幸亏被总编压下了火。过了几个月，二十多万的广告费就汇入了报社的账号。此时的夏一可就又想起了最早从事这个行当的来主任说的一句话：天下乌鸦一般黑。

接触到盖总是一个很偶然的机会，因为参加了一次文学活动，盖总的公司作为场地提供方全程赞助了这个活动，在最后的会议当中，夏一可就留下了盖总的电话，因为后续还有一个活动，盖总邀请夏一可到时候过来采访报道。盖总是农民出身，领导村民致富，成为省内的知名人物，也因此成为人大代表，并且时常出现在报纸电视上。盖总平易近人，很有魄力，成为造富一方的典型代表。因为报道得力，夏一可出书盖总也就鼎力支持，他答应到时候可以多买一部分书，也算是支持夏一可的事业。夏一可就感到十分高兴了。看来还是要经常走出去，这样才能碰到业务，这么多年来夏一可始终以正面宣传、鼓劲为主，这就是宣传。

而各种获奖居然也是要事先打点，不仅是因为写得要好，写得好固然重要，但是你要懂得人情世故，要进行打点才能最终获奖。这个话夏一可早听说过，作家泰先生曾经说过宗老师获奖也要打点，不打点你就获不了奖，获不了奖你就无法运作。宗老师，那可是大作家，著名作家呀！

夏一可的手机现在也换成了智能手机，这才几年的工夫，因为现在都在使用一种叫微信的软件，假若没有微信就无法与他人联系。夏一可记得人家问他的微信号，他给了一个 QQ 号码，那时候，他还不知道微信是何物，短短几年时间，这个社交软件就取代了名片，成为新的名片，人们见面已经不再发名片了，取而代之的是微信。微信，也是微微相信，言而无信的开始。

眼看着周围的房子盖得越来越高，夏一可就又动了心。

朝岭村已经开始拆迁了，那一年拆迁，被村人撵走了，现在朝岭村又开始拆迁了。因为修路的缘故，朝岭村现在成了一个低洼地带，一下雨村里就积水严重。现在，朝岭村要拆迁了。

"你不知道，拆迁办叫了几十个黑狗子！"村子人说。

"啥是黑狗子，狗咋还是黑的？"堡子人问。

"黑狗子就是穿保安衣服的，几十个人每天早上在村里先跑上几圈，形成威慑态势，然后就是不停骚扰门面房，让你做不成生意，开不成门！"村子人说。

"那人都走了没？"堡子人问。

"走啥呢，走的人家都是城市居民，真正住村子的人没有走，你想人都住了几十年，咋舍得了这块地方？"村子人说。

"拆迁办说一声拆迁就拆迁，容不得你有半点儿商量的余地！"村子人说。

"胳膊拗不过大腿，咱没叫日本鬼子把咱拾掇了，倒叫自己人给拾掇了！看咱村啥时候拆迁！"堡子人说。

"你还盼着拆迁啊？"村子人问。

"不是盼着拆迁，你看现在这形势，把咱村都夹死了，没有一点儿空间了，迟早都要拆迁，现在也是污水横流！"堡子人说。

"做生意的只管做生意，村上有的也是瞎货，跟着房客一块儿欺负老实人，都是死狗烂娃把便宜占了！"堡子人说。

114

夏一可进了家门，他看到他姐在屋里坐着。

"啥时候来的？"夏一可问。他去倒茶水。

"不倒了，我坐一下就走咧！"他姐说。孩子在屋里来回地跑，是啊，一转眼都是两个娃的人了，以前是父母养自己，现在自己也当了父母，一眨眼的工夫。小时候老盼望长大，没想到长大后又盼望回到小时候，人生就是这样矛盾，每一个路口都有岔道，你是走上一条平坦的大道还是走上羊肠小道，全在于你自己的选择。

"可，跟你说个事？"他姐开了口。

"你说。"夏一可坐在椅子上。

"我现在在保险公司上班，这里有个保险，你看给娃办一个。"她说着就从包里拿出一张保险单子。

"那家具城不去了？"夏一可问。

"家具城现在没有生意。"姐说。

"这办保险得花多少钱？"夏一可问。

"这就几百块钱，保的险种多，到时候娃到了十八岁还要返还。"夏一可他姐就喋喋不休地说开了。夏一可听得是一知半解，他不想听，因为他根本就不想办保险。

"我现在不办。"夏一可说。他知道这里套路深。

他姐顿时就不高兴了。

"说了半天给你白说了！"她生气地说。

"现在家里事情多的跟啥一样，没有钱办。"夏一可说。

他姐就摔门走了。

"给谁摔门？"夏一可没有好气地说。院子里有房客说话的声音，这是才回来，从楼上拉线给电动车充电。

现在也不知道是个啥情况，人都长大了，小时候的亲情就荡然无存，存在的只有利益的纠葛。想起小时候的那些亲情，夏一可就叹了一口气，都要吃饭，都要活人。

夜晚的灯光就这样影影绰绰，周围的高楼亮着灯，挡住了看静心寺的路。

"姐今天来给娃办保险。"夏一可对媳妇妙妙说。

"你咋说？"媳妇妙妙问。

"我说没钱！"夏一可说。

"她不是在家具城吗，咋又跑保险去了？"媳妇妙妙问。

"不知道，啥挣钱干啥！"夏一可说。

"你家的事我不管！"媳妇妙妙说。

"你听到啥声音了？"夏一可问。

妙妙于是就贴着墙，屋里安静下来，隐约就听到了隔壁喊叫的声音。

"好像是在喊叫！"媳妇说。

"听，听，你听，声音越来越大了，好像是跟房客！"媳妇妙妙说。

"哦，对面就是跳跳，现在都是窗子对窗子。"夏一可说。

"这隔着墙咋能听见？"夏一可不解地问。

"这墙才是四个砖，能有多厚！"媳妇妙妙说。

"这也不隔音，以前都没有声音，住了几十年哪来的声音。"夏一可说。

"都有声音，只是你平常没注意。高层更明显，楼上一响动，楼下马上就能听到。"媳妇妙妙说。

"你咋知道？墙现浇得那么厚咋能有声音？"夏一可问。

"那声音比咱屋里的声音大得多，你只要习惯了就好了，那时候人家陈老师在窗户边做饭还边看路上的车，人家的房就挨着马路，也不觉吵！"媳妇妙妙说。

"那陈老师没有咱这条件！"夏一可说。

"啥都是个习惯，习惯就好了。我来你家开始也不习惯，没有晚上上厕所的习惯，还放一个便盆在屋里。"媳妇妙妙说。

"那是为了晚上起夜方便，不来回跑厕所。"夏一可就笑了。

"现在也习惯了！"媳妇妙妙说。

"啥都是个习惯，你说得也对着。"夏一可说。

一夜无话就睡到了天明，现在晚上也不用拉窗帘了，因为前后都有墙挡着，天亮了屋子里还是暗的。

夏一可就在楼顶上，现在楼顶上搞了一点儿土，也算是栽了一点儿菜，因为楼顶上有风，菜才能长，闲了就上来收拾一下菜。

楼顶绑了两根铁丝是用来搭衣裳的，衣裳见阳光就干得快。那根细铁丝也是时间的见证，也都几十年了。

"嗨，干啥呢？"夏一可老远就看到高熵在楼顶。

"过来嘛！"夏一可叫道。

高熵看了看隔壁没有人，就越过了墙，跳到池池楼顶，然后再翻过墙就上了夏一可家的楼顶。

"你这练的是轻功，一下子就过来了！"夏一可说。

"这有啥，低低的，一翻墙就过来了，你也能行！"高熵摸出一支烟。

"最近干啥呢？看你一天出出进进。"高熵问。

"能干啥，忙着挣钱。你啥时候盖房？"夏一可笑着说。

"不盖。"高熵说。

"不盖到时候就给你赔得少！"夏一可说。

"管球他！"高熵说。

"你楼顶咋还招了一个收破烂的？"夏一可问。

"没有，那是在一楼住了一个老婆婆，把东西在楼顶放着。"高熵说。

"还给楼上栽了些葱？"高熵问。

"没地了，现在没有拆迁，拆迁以后想栽也栽不成了！"夏一可说。

"我不盼着拆迁，住到咱自己的家多美！"高熵说。

"那不由咱说了算！"夏一可说。

高熵的电话就响了，媳妇叫回去，于是高熵一溜烟似的就又翻墙回去了。

夏一可望着灰蒙蒙的天空发了一会儿呆。

"这不是后巷子的升升吗？"夏一可他妈说。

"把声音放大，看说啥？"夏一可说，他们正在看电视。这是上腴电视台的垃圾新闻，之所以把这叫垃圾新闻，是因为这个节目不是播这里着火了，就是那里撞车了，或者就是城市里发生的一些鸡毛蒜皮的事情，经过这个节目的演绎，就成为人们茶余饭后的谈资。

"咋说的是信用社贷款的事情，自己贷的款咋叫别人用了！"妙妙感到吃惊。

"你不知道，他说是向信用社贷款，就是为了盖房，款以他的名义贷出来，却没有给他用，但是还要给人家还款！"夏一可说。

"脑子进水了！"夏一可母亲说。

"都是为了盖房拆迁时多赔一些钱才出的这样的事。"媳妇妙妙说。

"你一天尽看这些垃圾新闻！金水村现在也是有名的城中村了，以前的村子变成了城中村。"夏一可说。

115

夏一可还是下定了盖房的决心，他决定再借贷一部分钱，这次盖房就算是最后一次盖了。他想着在信用社贷些款，可打听了一下，这个手续烦琐，而且要担保人，没有担保人是贷不了款的，再说贷款就是盖房，也只能拿以后拆迁分的钱还贷，要不然怎样还贷啊！靠租房还贷无异于天方夜谭。他就想着再从亲戚们那里借些出来。

夏一可发觉，现在的事情是越来越不好做了。去年联系了一个研究院的院长，都说好了时间，临到头院长却变卦了，说他们科研单位，接受采访要经过上级部门批准，此事就不了了之了，人们都越来越慎重，甚至夹起尾巴做人，是什么情况导致发生了变化？两耳不闻窗外事，一心只读圣贤书。现在的人能不宣传就尽量不宣传，生态治理发生了变化。说穿了，夏一可还是一个文学爱好者，但是耳濡目染的事情，让他觉得这就是个酱缸，鱼龙混杂，啥人都有，政客、流氓、混饭吃的，都在蹚这个浑水，夏一可就离开这些东西了，慢慢就很远了。

夏一可这几年参加的活动是越来越少，他觉得自己已经过了那个人云亦云的年龄，三十岁时候，觉得什么都好，什么都是自由的，甚至还一度办了声势浩大的活动，但是很快就过去了，和谁走得近并不能带来经济效益，因为没有效益就无法维持生存。

现在的大学生越来越多，富饶家的娃在肤施城上完了大学，要上研究生，富饶一句话，你上去，我不供给。富饶说，上个大学都把人供给的烂包了，还要上研究生？你上去嘛！现在社会上大学生多如牛毛，富饶说女子学的是生物工程，很高大上的一个名字，生物工程具体有什么用？他也不知道。富饶有时候还在村子的街道上见，满脸都是疲惫。穷人家的娃们到头来大学毕业有什么用处，在大学里消费了四年，换来了一张文凭，毕业又没有工作！富饶平常也是泥瓦匠，靠打工挣钱糊口，这些年村子没有地了，也都靠房租过日子。这就是一种现实的生活，没有谁能描绘这样一种现实的生活，也都是看着自己碗里的肉少，不停抢肉吃，都是狼！

夏一可也算是上过学的人，到头来还是回家了，但是现在的农村已经发生了根本性的变化，根本不是原来的农村了。工厂也已经发生了变化。走了一个人，来了一只狼，而进行的所谓改制就是把原来国有的性质剔除掉，成为彻底的私人企业，在这个转制的过程当中，又发生了多少事，所谓的工人彻底沦为无产者，成为任人宰割的对象，你厉害了，给你一块肉吃，你不厉害就任人宰割。

夏天还是热，不然怎么能叫夏天。街巷里传来卖西瓜、冰棍的声音，还有房客吵吵闹闹的声音，叽叽喳喳，像小鸟开会一样。村子里的房客来自五湖四海，城中村低廉的房租吸引了来这里落脚的外地人。川人在平地上照样背背篓，真是江山易改本性难移，乌鸡不是黑在外在的黑上，而是实实在在黑到骨头里了。

夏一可就在楼顶闲转，午后的太阳是毒辣的。要说热，原来就不热吗，现在不干活儿还热，原来干活儿不热吗？时间发生了变化。在二楼就直接能爬上原来二层楼的房顶，房顶是大的红瓦，挂钩的，那时候盖的二楼都是用鞍间房往上套的，没有二层楼就给娃娶不上媳妇嘛，这是太现实不过的事情，中国人就是传宗接代，这就是最大的人生。村子里原来儿多的，后来都是娶了山里的媳妇，甚至是外省的媳妇，经过几十年，口音也发生了变化，和本地人几乎没有本质的区别。娶外地媳妇，一个是没有钱，能娶回来生娃就行了，也就是传宗接代，不要断了香火，这是传统。解放前，哪一家哪一户不是四五个娃、六七个娃，哪像现在都是独生子女从小娇生惯养！夏一可印象最深的就是原来盖房的时候把一把钳子埋到地基底下了。虽然坐北朝南的房子还在，但是院子里也都是盖满了房子，等钱凑得差不多了，就又要盖房子，院子就全部成了房子，花草树木随着盖房都消失了，永不再来，只能成为心中的记忆。

夏一可正在楼顶踱步，电话就响了。

"你是夏一可？"电话里问。

"我是周总这里。"电话里说。

"哦，郑主任。"夏一可急忙说。

"跟周总说好时间了，明天下午三点你过来，到了给我打电话。"郑主任说。

"好好，明天我准时到。"夏一可热情地说。他没有想到郑主任会回电话，这似乎是个例外。夏一可就下了楼，在电脑上翻看了周总的大概资料，并且做了记录，列出了需要问的问题。自从那次会议后，也几个月都没有见周总了，这次总算是又牵上线了。周总还是上腴省的人大代表。

虽然现在参会的时间不多了，但是有时候一些会议活动还是要参加的，也许机会就在那里。

第二天下午夏一可就早早地到了周总公司所在地，这里距周宁市也就一个小时的路。

郑主任是个年轻人，很热情地与夏一可握了手。

"你先坐，我去招呼一下，一会儿叫你。"郑主任说完就离开了。

夏一可就坐下了，大厅里有空调，凉快得很。说着前台的工作人员就端来了水，夏一可就连连感谢。大厅的中央是一座假山还有人工喷泉，水声潺潺，水雾缭绕，像是仙境一般。夏一可一时就看得入了迷。他看到周总把几个人送到了门外。

"夏记者，到这个房间。"郑主任招呼。夏一可就随着郑主任到旁边的房间里。

"你先坐，我去叫周总。"郑主任说。

夏一可就坐下了，这是一间会客的房间，正中就是巨幅的山水画，底下是沙发，两侧也是沙发，夏一可觉得这样的会见方式似曾相识。感觉周总是一个大手笔的人。

正看着周总就进来了，热情地握手，郑主任就退出去了，随之关上了门。

"今天占用周总一会儿时间，跟你谝一下。"夏一可说。

"刚才才把事情说完，这会儿能安静一会儿。"周总说。周总穿一件白衬衫，随手递给夏一可一瓶水。

"周总，这是我的名片，上次我给你发过一张。"夏一可再次递上了名片。

"我这儿事情多，这回记住了。"周总说。

"上次会议我也来了，外地人说，要是全中国都是周总，咱这共产主义早就实现了，他们觉得咱这里干得很好，山清水秀，人们安居乐业。"夏一可说。

"外地朋友能感受到好，我也就是做了些力所能及的事情，咱不求别人怎么样，只需要做到咱自己就行了，你不知道，难得很，兄弟！"周总看着夏一可感叹道。

"如果没有你办的这个产业，村民还不是到外头打工，你能做到人尽其才啊！"夏一可说。

"就有些人还不满足，老给你使绊子。你看那边的几个门面房，就他们的位置好，把钱挣了，还不满意！"周总说。

"你干的是大事，我理解，不可能十全十美人人满意，一件事情你做到六成就行了，你不是为自己，你是为大家。"夏一可说。

"上次参观，我看到大家走后，你给功德箱捐了一百块钱，周总乐善好施，好人有好报！"夏一可说。

"你还观察得仔细，我从小就在这里长大，对这里的一草一木都熟悉，开发这个产业也是有天然的优势，现在是发展起来了，但是也不是一帆风顺，也都是一步一个脚印干出来的。你注意看细节，兄弟，我看你也不是一般人。"周总说。

夏一可和周总侃侃而谈，时间不觉得一晃就过去了一个多小时。

"你觉得自己是一个什么样的人？"夏一可问。

"这个问题不好回答，自己也无法评价自己，我只能说，为大家，你说我有私心嘛，有，但是我把大量的精力都用在了改变贫困面貌这个事情上，我做到了问心无愧。"周总说得坦荡。

夏一可一看时间差不多了，就基本告一段落了。

"我觉得，以后无论如何，我会记住这次咱们之间的谈话，开诚布公，坦诚面对。"夏一可说。

"兄弟，你还是能行，能问到点子上，老哥爱跟你交流。"周总也爽快地说。

"你看我咋样能把你支持一下？"周总说。

"是这，到时候书出来你多买一点儿书，放到底下的酒店，也算对咱一个宣传。"夏一可就说出了具体数字。

"没问题，没问题。"周总连忙说。

郑主任进来了。"小郑，你给咱兄弟安排个便饭！"周总说。

"周总，外头人已经来了半个多小时了。"郑主任说。

"周总，咱改天，你事情多。"夏一可说。

"你看，想跟咱这知心人再坐一下都不行！"周总感慨道。

"你招呼一下，咱来日方长。"周总和夏一可用力握了手就又去接待下一拨人了。

夏一可出来就看到郑主任提着两个袋子，"郑主任，这就算了！"夏一可连忙说。

"周总说了，你水平高，跟他谈得来，今天忙，你把这礼物带上，也是周总一个心意。"郑主任说。

"你看这多不好意思。"夏一可说。

郑主任就和夏一可一块儿来到车边，目送夏一可离开。

夏一可感觉这是沉甸甸的分量。远处就是南山，巍峨高大。这些年，不知道经历了多少采访对象，随着时间的推移都不断流逝消失，现在又遇到了周总。人有时候就是惺惺相惜，能说得来，但是也不是和谁都说得来，这里面有深层次的原因。周总在谈话中说目前在筹备二期工程，已经大面积展开了，各种事情接踵而来，很大一部分时间都要处理这些事情，因为这是最后的事业，现在摊子已经铺得很大了，想停也停不下来，一天都是连轴转，要办很多事情，要应付很多事情。他感觉自己的能量是巨大的，要把自己的能量都发挥出来，有时候就感觉到自己像佛，要把大家都解救出来，要用自己的能量把这些事情进行转化，办成大家的事情，一个人的本事不算本事，大家的能量合力才是本事。热火朝天的施工现场，人们以只争朝夕的精神面对一切，还有什么干不成的事情。夏一可觉得周总这个人总是为大家着想，带动这么多人致富，是真正的活菩萨。菩萨不是庙里供着的那个像，而是行走在人间，为大众带来福音，为大众带来力量的菩萨，周总就是这样的菩萨。

116

夏一可上楼了，几家的房费到期了，他要抄一下电表，预计着就要收房费，房租一个月也收不了几个钱，维持个生活，现在花钱的地方和路数真是多，上次给小孩儿在儿童医院看病，一下就花了五千多块，就是一些小毛病，真是贵，想着自己小时候几块钱就能解决的问题，现在却需要花大价钱才能解决！

楼顶已经有一道裂痕了，上次补了一下，上的柏油，一下就花了三百块钱，还有几道裂缝，一下雨就有点儿渗，现在都是楼板房，夏天经过太阳暴晒，二楼就很热。夏一可想起以前都是鞍间房的时候，夏天也不觉得热，那时候谁家的葡萄熟了，都要给对门拿上一串，那时候都有浓浓的人情，随着时间的推移，人情慢慢就很淡了，甚至没有了，人们似乎都得了红眼病，看谁家房盖得高，看谁家又买了车，乡情、人情几乎都消失殆尽了。这最后不盖房也不行，因为隔壁两邻都盖了，盖高后就遮挡了院子里的花草树木，都不好好长了，最可惜的就是院中的柿子树，和自己的年龄几乎一样，很小的树苗一不注意就让羊给啃了，后来在周围围了一圈苞谷秆才慢慢长大了，每年都结不少柿子，红彤彤的柿子挂在树梢上迎风招展，像一个个火红的灯笼。还有后院的核桃树，核桃成熟就自动掉在地上，绿皮直接就脱壳了，每年都能结一大筛子核桃，放着慢慢吃。现在似乎都成了产业，没到成熟的季节，到处都是卖核桃的，戴着手套剥绿皮，没办法，核桃也都成了产业，是产业，主要的目的和任务就是要挣钱，因为这都是产业，各种各样的产业名目繁多，弄得人眼花缭乱。院子的花草树木终于随着时代的大潮被连根拔起，成为房子。

巷子的房子现在几乎都是二层、三层，也有盖五层的。斗斗从路上走过。自从斗斗盖了房，似乎就很少在外面干了，也过起了在屋里招房客的日子。斗斗当过村主任，就是给自己多划了几院子宅基地，自己一个娃占了六间宽的庄子地，在村里盖起了六层楼，很是风光了一阵。然而，时过境迁，周围现在已经高楼林立，斗斗的旁边就是三十二层的高楼。斗斗当了一届村主任就下台了，下台的时候灰溜溜的，村里与他说话的人几乎都很少了，村人几乎都是势利眼，眼看着他起高楼，眼看着他宴宾客，眼看着他楼塌了！斗斗不当村主任以后，围绕斗斗转的人就很少了，几乎没有了。斗斗喜欢戴一副墨镜，遮住自己的眼睛。墨镜其实是没有历史的，他能有咱的石头镜有历史，咱那是正儿八经的石头镜，谁能比！

最高的就算是成河家的了，七层。乡党们都说成河这几年发了，从以前到现在的场面就可见一斑。成河自从那一年他爸走了以后，加上他妈不停折腾，最后实际上是家破人亡了，成河也在那一年和媳妇离了婚。离婚后的成河后来就重新找了一个，花了那个媳妇的一些钱后最后把那个媳妇也蹬了，再后来就又娶了现在的媳妇。在那一年，成河给穗丰选队长拉票，此后村子的地就开始大面积地开发，因为没有麦子可种了，周围的门面房就都盖起来，大路上各种摆摊的、做生意的就都来了，成河依托队上，在路上管理、收费，几年时间就翻了身。人们都说成河再也不是原来的成河了，现实的变化让人们对成河刮目相看了。

夏一可就感慨了，所谓枪杆子里面出政权。在农村却依旧是软的怕硬的，硬的怕横的，横的怕不要命的。农村现在成了城中村，各色人等都粉墨登场，变化多端。

不管咋样都是要盖房的，这也是为了最后的冲刺，以后拆迁了想盖也盖不成了，因为没有地方了，现在这个地方还在这里，夏一可想到就感到伤感了。

"就不写这了，麻烦得很！"老戴望着协议书说。

"你签字、签字，娃都写好了。"夏义赫说。

老戴就在协议书上签了自己的名字。

"这是给你家可可的这个价格，别人可不行。"老戴说。

"你不说当我不知道！"夏义赫说。

"可可，把你藏的好酒到时给戴师傅闹上两瓶子。"夏义赫发话了。

"天天给你喝好酒都能行。"夏一可爽快地说。

"你给队上把安全费交了没？"夏义赫问。

"没有！"夏一可现在有点儿摸不着头脑。

"还黑大糊涂的，明儿给你穗丰叔把安全费缴了，一千块钱，房盖完后退还。"夏义赫说。

"知道了。"夏一可说。

夏一可坐了一会儿就离开了。下到院子台阶拍了一下手，声控灯就亮了。夏一可就看到了奶奶原来住的房子，早已经租出去了，也不知道后来的那些桌子、椅子都到哪里去了，奶奶一晃都离开四五年了。现在做梦都很难梦到了。前几年还梦到过，在楼顶，奶奶打电话问都好着吗，他就说好着呢！奶奶说好着她就放心了，声音很遥远很遥远，但是还能听得清。所谓的心灵感应也就是如此，在至亲的人当中存在。

堡门口熙熙攘攘，门面房都亮着灯。一不注意就看到搔首弄姿的女人，这应该是鲲鲲家，可惜这个自家的哥了，最后却走了这样一条路，以自杀这样惨烈的方式走完了自己的人生路，人间的花花世界是多么繁华，你却舍弃了，太瓜了！

"进来嘛！"鲲鲲家门面房的美容美发小姐穿着暴露在夜幕下招徕生意。城中村的灯红酒绿，往昔的黑暗荡然无存，花枝招展的女人卖弄着风骚。

晚上的街道是闪亮的，做生意的正在把脏水泼到路上，一股恶臭就弥漫了夜空。这些做生意的是什么时间来的，也就是十年左右的时间吧！耀耀家也是美容美发，同样是搔首弄姿的女人在外面揽客，衣服更加暴露，一浪一浪的声音似乎要把过路的男人吞没。

"说好了，明天给人家穗丰那里交一千块钱安全费。"夏一可说。

"有钱吗？"夏一可母亲问。

"没有钱盖啥房？"夏一可说。

穗丰这几年是发了，自从当了队长以后，似乎顺风顺水。农村的事情尤其复杂，各种利益和人事关系牵绊太多，乡村贤人几乎没有了，各种说事的、说话的人已经作古，现在轮到了书记、村主任、队长说话的份儿。

夏一可早已没有班可上了，自从他觉得厂子变成了独立王国，他就觉得厂子迟早都要散摊，就辞职了，有时候也去厂子逛逛，厂子已经每况愈下了，看样子快是要走到尽头了，几十年的厂子说黄就黄了，连一声招呼都不打。而靖宁这边的厂子基本倒闭了，原来隔着西边的一条街上的厂子全部都倒闭了。

"上一回晟敏盖房匠人跌下来了，咱都不知道！"母亲说。

"咋能跌下来？"夏一可不明白地问。

"太高了，人没踩住！"母亲说。

"哦，难怪！要不是为了拆迁能多赔一点儿，咱盖这么多房干啥！"夏一可说。

"娃呀，好坏就这一回了，这辈子就再也不盖房了！"夏一可母亲懊悔地说。

夏一可现在的经济状况还是着实紧张，小时候不知道当家的困难，长大了，成家了，有了子女才知道，当家不是一件容易的事情。他记得父亲去世后，他们娘仨过日子，那时候，村上已经换了村主任和队长，穗丰就是本队的队长，穗丰他们都是80年代搞车出身，都是由拖拉机倒腾成汽车，一直在外头跑生意，慢慢也就有了一些积累。后来全家都住到了外头，娃们也在外头上学，不知道什么时候又齐齐地搬了回来。那些年，他们早已经不种地了，自己的地给了别人种，那时候已经慢慢地不上公粮了，报纸说不上公粮是中国历史上头一回。现在细想一下，不是说不上公粮了，而是没有可种的地了，拿啥上？周宁周边的土地已经消失殆尽，以前所说的城边头现在轮到金水村了。以前的城边头指的是城墙周围的农村，因为建了工厂，城边头的菜地就被占了。以前城边头的农村也种麦子和苞谷，后来因为城市的人口慢慢增加，才改种蔬菜，成为菜区和菜农，但是公购粮还是不能少的，改成缴钱。金水村在最后的几年也是缴的钱，你给麦子人家粮站都不要，那个时代的征粮犹如饿虎扑食，来了就抱你家的电视机，看你缴不缴。只是现在的城边头轮到了夏一可他们村，金水村。现在看来，几十年的发展是以消灭农民的土地为基础的，难怪现在是高楼林立。夏一可现在还清楚地记得自己初中毕业办的身份证上的地址为金水村，后来就把户口迁到了县城，因为父亲要退休了，接班进工厂，这是一个铁饭碗，一辈子的工作啊！城镇户口，城市居民，这是多么吃香的一件事情，一辈子的问题就解决了。那时候的城镇户口是多么金贵。父亲的历史是清清白白，那时候只有历史清白的家庭才能进城当工人，父亲就是在那个年代和村上的一批人被招工出去的，都招到了不同的单位。没想到几十年后一切荡然无存，彻底来了一个翻天覆地的改革。那年头，派出所都可以卖户口，五千块钱，那个年代的五千块钱呀！

夏一可一想就刹不住车了，可是又不得不想。时间的流逝，有工作的人沦为平民，没工作的彻底翻身了。

117

"你就往这倒？"夏一可母亲对拉沙子的车说。

"你把房盖完了，打我的绊子？"夏一可母亲气愤地指着夜婆娘马银的脸说。

"把饭都给狗吃咧！"夏一可母亲骂道。

"对咧，老嫂子，别说了。"老戴在旁边说。

"你让她挡，她敢挡路我就开车把她轧死！"夏一可也站在旁边。

"还成了喂不熟的狗了！"夏一可说。

"你俩老婆子都回！"成河过来把俩人连拉带推。

"就朝这儿倒，倒完叫匠人给把路截开就对了，小小的个事情，喊啥！"成河说。

夏一可就给成河过去发了一支烟。"这就是个狗，夜婆娘！"夏一可愤愤地说。

"对咧，别说了，安安宁宁盖你的房。"成河说。

农用车倒完沙子，成河就走了，围观的人也就散了。

夜婆娘马银的房子也是这几年才盖的，那几年，她一回来夏一可他妈基本上都会把她让到屋里给吃饭、给水喝，吃了好多顿饭！但是没想到这才几年工夫就忘得一干二净。而且她说沙子倒在路上是影响了门面房的生意，房客的话你也信，你替房客说话，真是不知廉耻。人常说，江山易改，秉性难移，这话一点儿都不假！虽然人的容貌改变了，但是心没有改变。夜婆娘马银这个人为了挣门面房的钱，把几十年的乡党情分都忘了，真是要钱不要脸！

本来夏一可也是不打算盖房的，因为看到十字路口接二连三地都开始盖了，而且拆迁的风声似乎也是紧了，也就有了盖房的想法，这盖房真是一件麻烦的事情。而且现在拉垃圾的价格都涨了，拉一农用车的垃圾要四百块，关键是垃圾没地方倒了，这就凭借胆量了，拉出去晚上胡乱倒。

已经盖起来的二层，高度是有了，屋子的光线却越发暗了，从原来的南北房变成了不见阳光的房子，里面的墙皮有的都脱落了。

"这是谁吗？"夏一可问老戴，他拿着铺盖卷。

"这是咱的大娃，不好好学，给在村边找了个打工的，快叫叔叔。"老戴对孩子说。他没有好意思叫出口。

"可可，你给娃开一间房，给娃弄个钥匙门卡，这一段时间在你这里暂时住一下。"老戴说。

"行，你等着，我给你去拿门卡、钥匙。"夏一可说。

安顿好娃，老戴对夏一可说："可把你麻烦了！"

"麻烦啥！"夏一可说。

"多大年龄咧？"夏一可问。

"说是十九岁，实际快二十岁了，现在的娃都不懂事，咱就当完成任务！"老戴苦笑了。

"我像你娃那个年龄都开始挣钱了！"夏一可说。

"哎，现在的娃和那会儿没办法比。我十五岁给人家当小工盖房，现在的娃能吃下那苦？这娃现在每天就是打游戏，钱没有了就问咱要。"老戴说。

"那你也不能惯着，二十岁，早都是成人的年龄了！"夏一可说。

"我给他过几年把媳妇一娶，他就自己过他的日子。"老戴说完就苦笑了。

"真是可怜天下父母心啊！"夏一可感慨道。

冬天也就是冷一点儿，但是现在也是冷不到哪里去，看来今年又是没有雪了，天气慢慢上冻了，上冻了以后就干不成了，只能等来年春天再接着继续干。

118

夏一可在街道上倒完垃圾，正往回走。现在垃圾车每天都来拉垃圾。听说城市的垃圾沟都快填满了，填满了咋办，这不是咱操心的事情，咱只把自己管好就行了。以前的垃圾都是在自家门口攒一个粪堆，基本上也没有啥垃圾，也就是土，也没有啥塑料袋之类的，就是一些菜叶啥的，最后攒多了就用架子车拉到地里，这是再好不过的肥料。后来就逐渐变化了，为了增加产量，政府号召人们用化肥、氮肥、磷肥上地，最好的就是美国二胺，那时候得几十块钱一袋子，为了追求产量，自家的肥慢慢就不用了。再后来，地就慢慢种得少了，到了近十几年，给你一占了之，就再也没有庄稼地了。

开饭馆的正在把脏水泼到路上。

"嗨，这是啥?"开饭馆的门口旁边有一个人骑着带货的长型电动车，带着一大包东西，不知道里面都是啥。

"老板,你看,这加点水就是豆腐脑!"卖东西的人说。

"咱早点不卖这个!"操着外地口音的饭馆老板说。

"这个才几块钱,你一碗豆腐脑就要卖几块钱,划算,而且这个可以搞到二十多碗,你算算这个账。"卖东西的人在极力推荐自己的产品。

外地口音的饭馆老板有点儿动摇了。

"或者,你先卖,过几天你再给我钱也行,你这一条街上的辣子呀、油呀都是我给送货,你尽管放心。"卖东西的人放下几包东西。

"这一片城中村也都是我给送的货。"他自豪地说。

现在的人真是胆大,只要是吃不死人,啥都敢做。最早听说的就是给油条里放点儿洗衣粉,油条就会变大变蓬松,然后就是各种吃的东西不停加这样那样的添加剂,离真正的天然食物越来越远了,吃到嘴里的究竟是什么,谁也不知道,只要吃不死人,就没人追查!

夏一可上到了楼顶,现在已经是加盖了两层,主体都已经起来了,年后开春匠人们就来了,那时候就暖和了。现在盖房也真没啥意思,盖的都不是真正的房,而是为了拆迁盖房,为了多给赔钱盖房。但是不盖又不行,因为隔壁四邻都盖了,你不盖就夹到里面了,也是没有办法的事情,最早的情况就是这样。跳跳和媳妇在自家门口做生意,卖衣服,能招房客的时候跳跳就把院子盖了,挨着墙这边直接就是个楼梯,房客就将垃圾直接倒了过来,为这事说了好几次,说过就好一阵子,过不久就又开始倒垃圾了,所以后来盖房就先盖了后院,这也都是没有办法的事情,槐树、柿子树就此消失。这次之所以要加盖,是因为两边都是五层,常常有房客就把脏东西扔过来,上次居然扔过来一个用过的避孕套,一回头给他扔了过去。所以不盖是不行的,这是一种逼迫行为,逼得你舍掉院子,都盖成房子。前几年还带娃在院子晒暖暖,房客一来把所有的都搅乱了,金水村成了一片施工的工地。

现在还要考虑钱的事情，再有大约八万块钱就可以再加盖一层，钱从哪儿来？夏一可陷入了深思。这些年，眼看着花钱似流水，然后一点儿一点儿的房钱收入，何时是个头，即使上班也是挣不到几个钱。钱并不是靠工资来的，对于当官的来说，工资就是零花钱，真正的钱是各种灰色收入，这才是来钱的真正源头，当官不挣钱，请我都不来。灾荒来了，饿死的总不是当官的，就和宅基地一样，银山他"大"还是给他儿，你外人连个边都沾不了。所有的冠冕堂皇都是写在纸上的，真实的情况往往打败你的想象。

辗转反侧之际夏一可还是拨通了胡页页的电话。

"页页？"

"哦，一可。"

"最近忙啥？过年呀，生意好！"夏一可恭维道。

"凑合，和原来没办法比，现在已经没有书画市场了，都是关起门来在自己家里做生意。"胡页页说。

"啥时候过来谝嘛！"胡页页说。

"哦，页页，你看能不能给咱倒腾些钱？"夏一可开了口。

"哎呀，办不了！"胡页页一口回绝。

"那就算了。"夏一可随即挂了电话。

胡页页也就算是一般朋友吧，都是无利不起早，前些年好几幅画都倒腾给页页了，也没卖上啥钱，他知道市场的路数，为了拿到画家的画也是煞费苦心。有一次和胡页页闲聊，他说那一次去肤施被派出所警察叫去问话，后来把钱退给人家了，因为那张画是赝品，对方就是为了拿钱，给了钱后也就息事宁人了。几万块、几十万都是现金交易，一张四尺、六尺的书画就卖到了这个价格，夏一可提了几个人的名字，胡页页都说没有市场，市场关注的是美院、画院的画家，江湖上基本要靠你自己炒作造势，这也需要花费大把的银子，不然也是没有市场的，然后就是不停的笔会，这几年基本停了，有时候领导也想挣钱，要策划。胡页页的门道还是很多的，想当初，胡页页只是一个做饭的厨师，谁知道他一下子就跑到这个行当上，狠狠赚了一笔！

借钱的事情就这样到此为止了。因为求人难，钱并不好借。干啥事都要借钱，农村人最害怕拉账，也就是借钱，回想起父亲当时的情景，夏一可禁不住一阵心酸，都过去好多年了，内心还是酸楚的。父亲临走时给自己留下了娶媳妇的两万块钱，现在想起来父亲的良苦用心，看病把钱花了，到哪里借钱，娶媳妇办事的钱从哪里来。那时候已经借不出钱了。还记得那时候给父亲在楼梯口照相，他对父亲说到时候也盖一圈圈房，现在目的也达到了，却是为了拆迁，不拆不行吗？事情的发展变化似乎谁也决断不了。

想着想着就有人敲门了。

"来了来了。"夏一可现在最烦敲门，有电话不打，敲门干啥？

"小李子，干啥？"夏一可问，小李子是供电局的电工，负责村里的电路这一块。

"哥，现在要换插卡电表，我给你把情况说一下，可能村上都给你们说了！"小李子说。

"咋又换插卡电表？"夏一可问。

"这是人家省上的统一安排，俺供电部门只是执行。"小李子说。

"那旧表就没用了。"夏一可说。

"都统一换新的，我先给你登记。"小李子说着就拿出一张表。

"这是先交费，后用电。"夏一可说。

"对，你先到供电所充钱，然后插卡用电。"小李子说。

金水村是最早用上电的村子，大概在 60 年代就通电了，最早都是煤油灯，挑灯眼子，往上冒着一点儿烟气，因为仅仅是晚上照个明，也用不了多长时间。日出而作，日落而息，每天的日子周而复始，按照这个自然规律进行。最早用电都用不了多少，那时候收电费还要加一度，说是损耗，到最后农村的电费都到了一块多钱。以前是村上统一收电费，安全叔就是那时候村上最早的电工，他老在电房子捣弄，有人说，他偷的是公家的电，然后给供电局少缴，剩下的就是自己的。确实如此吗？不得而知，因为那时候电工也没有工资，根本就没有工资的概念。后来就是各队收各队的，跳跳就是本队的电工，但是有一段时间供电局把电停了，说是没有交电费，但是乡党们的电费都是跳跳拿着包包收取的，咋能把电停了！最后得知跳跳就没有给供电局交钱，把钱自己浑吞了，也不知道是多少钱，反正是一笔不小的数目，后来的事情就不了了之了，说是大队把钱交了。跳跳办个体摊摊的店是咋样来的？有人说就是用这个电费做本钱的。

119

在进入冬天最冷的三九的时候，金水村依旧没有雪花落下。随着时间的推移，周宁每到冬季就开始严重的雾霾，灰蒙蒙的，空气中夹杂着不知道是什么味道，金水村现在也不例外，因为就处在这里。专家解释说这和汽车尾气有关，号召人们尽量乘坐公共交通工具，减少私家车的使用，但是依旧挡不住人们购买使用私家车的狂潮，不停的消费刺激导致汽车销售暴增，城市的交通越来越艰难，金水村的各个角落都停满了汽车，就是在金水村租住的房客也有私家车，而且不乏几十万的车。

夏一可走进自家的院子，现在快到年底了，业务也不好联系，新闻业务突然之间就萎缩了，有人在网站留言，说在周宁电视台干了十几年，现在被裁员，要求讨回公道。以前电视台是多么风光，现在居然失业了，当然，失业的只是"新闻民工"，有正式编制的怎么可能失业？那时候，很多人到新闻媒体投诉自己遇到的不公现象，要求新闻媒体进行曝光。你需要了解什么，它偏偏给你不报道，你不需要什么，它反而天天给你报道，并且重复给你报道。后来人们就选择了网络，网络是个万花筒，也是一把双刃剑，人们把大量的信息曝光公布在网络上，以期引起相关部门的重视。当看到微信朋友圈有人发布周宁的记者从三十一楼的高层一跃而下，夏一可感到震惊了！他并不知道，也不了解这个人，但是作为曾经在新闻系统工作过的人，他还是深深地震惊了！这个系统并不是非常纯净的系统，干了几十年依旧写本报讯的人非常之多，到最后什么都没有留下。

夏一可还在微信里看到《经济时报》的人在维权。《经济时报》曾经是周宁影响最大的报纸，曾经攻城略地，接管了省外的一些报纸，并且形成了自己的报业集团。互联网、微信、微博的发展以迅雷不及掩耳之势彻底颠覆了报纸，《经济时报》当然也不能幸免！听说《经济时报》的董事长已经出国了。辉煌的时候谁也不会预想到失败的结果，也许辉煌的时候就注定了失败的命运。

夏一可的网站也处于不温不火的状态，一直被模仿，但是从未被超越。上到四楼才可透过阳光，现在盖得高了，一楼基本上都很少有阳光了，而且似乎越来越潮湿，光线暗自然是不用说，感觉是自己给自己挖了一个坑，但是也是没有办法的事情，左邻右舍都盖了你不盖也不行。还没有粉刷的墙壁是清水墙，但是现在的活儿做得越来越粗糙，根本达不到清水墙的标准。以前的清水墙做得那可是很标准，现在没有了，匠人等着粉刷，然后主家进行装修刷白。现在的用料都是水泥和沙子，以前是泥土，现在的人离泥土越来越远了，天然的材料越来越少，瓷砖、大理石都是开采山体而来的，自然资源就这样被无穷地破坏掉了。窗、门都还没有买，等着年后一块儿去买。上到楼顶，对面就是一片高楼，村子具体能保持多久，谁也不知道，反正是快了。那片楼原来是麦子田，夏一可家的麦地就在那里，夏一可清楚地记得自己十六七岁时从学校骑自行车回来，母亲正在地里除草，那是二三月的天气。早已经消失殆尽了！

夏一可正想着，电话就响了。

"小夏？"

"哦，陈师！"夏一可叫道。

"现在干啥着？"陈师问道。

"这会儿没干啥。"夏一可回答。

"我给你说个事，咱厂要卖了，最近一直在谈。"陈师说。

"那现在是啥结果？"夏一可问。

"反正我看他也是混不下去了，全国都在削减三公消费，大厂都挺不住，咱这芝麻大的厂子更不行了。"夏一可说。

"你要有个思想准备。"陈师说。

"好好，陈师，谢谢你！"夏一可说。

"我挂了，小夏。"陈师说。

"好，好。"夏一可连忙说。

120

"哎呀，可可，过几天你这儿就全部完工了，我让人给你把修补的工作一搞就彻底结束了，你赶快招房客挣钱。"老戴说。

"就是的，都是向人家借的钱。"夏一可说。

"这几天没见你娃？"夏一可问。

"哎，回去后又跑咧！每回都是没钱了就回来了！"老戴叹了口气说。

夏一可就在房里给老戴倒了一杯酒。

"不喝咧，不喝咧！"老戴推辞说。

"娃能给你倒烂酒，这都是陈年的好酒。"夏一可母亲说。

夏一可搬出了东西，一箱酒，一条烟。

"咱不管别人咋样，这是娃的一个心。"夏一可母亲说。

老戴顿时感到眼睛有点儿湿润，自己在外干活儿这么多年，盖了好多房，也遇过好多人，这家人让他感动。有时候不是纯粹挣钱的事情！

"第一回你给我没盖成，叫震娃盖的，那小伙盖得也可以，尤其楼梯做得好，几个人来了都说好，但是那小伙手脚不干净，把拆下来的门不经过我的同意就拉走了！"夏一可母亲说。

"哎，震娃那人，也都是我自小看大的，他盖房还是我带出来的。他不像咱现在年龄大了，不干糊弄人的事情，那娃，哎！"老戴叹息道。

"在你村都待了十几年了！"老戴说。

"老嫂子，你看你有个好儿子，咱那娃不行！"老戴羡慕地对夏一可母亲说。

老戴哼着戏曲调子就出了房门。

"叫娃把你送一下。"夏一可母亲说。

"不用，不用，能行。"老戴说。他有点儿微醺，但是清醒着。

夏一可就送到了门口。

手里的电话就响起来了。"老板，有房子没？"夏一可看到一个人在门面房门口打电话。

"哎，是你打的电话。"夏一可问。

"来来，进来说。"夏一可把来人叫了进来，是一个年轻的小伙。

"老板，你让我先看一下房子。"小伙说。

夏一可就打开了房门。"还有空房吗？"小伙问。

"光住人？"夏一可问。

"嗯，越黑越好。"小伙说。

夏一可打开了院子里另外一间房子。"你是干啥用？"夏一可问。

小伙贼眉鼠眼地看了一眼说："洗脚。"

"噢！"他本想说不租这个，转念一想，这房子自从上一家搬走后已经闲了好长一段时间，闲着就没有收入，现在每个月还要给人家信用卡还钱。

"两间房下来你给八百块，门面房六百块，小房子二百块。"夏一可说。

"老板你是这，就按你说的这个价钱，我一会儿过来就给你交钱，你看到时候能装个玻璃门不？"小伙说。

"可以。"夏一可说。

"咱这属于哪个派出所管？"小伙问。

"锡田派出所！"夏一可说。

"你到村委会那边去，墙上就有片区民警的电话。"夏一可说。

把小伙送出门，夏一可知道这回房子还是没有租出去，因为没有交订金，就属于黄了。在第一次房子正在盖的时候就有美容美发来租房，夏一可一直都没有租，后来这条街巷隔几家就是美容美发的门面房，金水村分布了大大小小的门面房，成为低端人口的聚集地。城中村的发展似乎就是自己埋葬自己，也都在加盖，就是为了拆迁。

"哥，你把门开一下。"电话里说。

夏一可就到院子门口开了门。一看还是刚才那个小伙。

"老板，我给你把钱交了。"小伙说着就掏出一沓钱，都是一百元的。

"刚才钱不够，这是刚在银行取的。"小伙说完就开始数钱。

夏一可就接了钱。"你等一下，我给你开票。"

"不用了，老板！你把钥匙给我就行了。"小伙说。

"手续不能少！你在院子等一下。"夏一可说。

夏一可手里的钱刚好够交一个月的信用卡还贷的钱了。没办法，他家的门面房也开始招美容美发了。

晚上的金水村灯火通明，各种做小生意的、卖吃货的很早就开始出摊了，都抢着有利位置，就是为了多挣几个钱，金水村的临车站近的地方顿时就车水马龙了，各色人等鱼贯而出，形成一道独特的风景。金水村的常住人口只有几千人，现在居然有几万人在这里居住，房客多过村民，这是城中村的基本状态，隔三岔五就有派出所的警车来处理治安问题，人们似乎对这个都习以为常了，见怪不怪了。金水村的人口是个秘密，这些年，各种女子结婚后户口都不迁移走，都留在金水村，最后再把女婿户口甚至沾亲带故的都迁移进来，村子到底有多少人，成为一个未知数。

晚上，胖婆娘的小姐就坐在门口，穿着暴露的衣服开始招徕过往的人，她也不是谁都招徕，她知道哪种人会来花钱。胖婆娘的美容美发已经有七八年的光景了，胖婆娘是哪里人，谁也不知道，她和房东们都打招呼，人看起来挺随和，但是不知道咋做起了这样的生意。后来就来了一个跛子，长得身材壮壮的，就是走路有点儿残疾，人们说这是胖婆娘雇来的保镖。跛子叫啥名字也不知道，胖婆娘经常和跛子在一个锅里吃饭，不知道晚上是否在一个床上睡觉，城中村八十块的杂木床能否经得起两个人的重量，可以经得起，这是经过验证的。跛子没事的时候也爱在门口晒太阳，并且也爱瞎胡诌，一双眼睛盯着来来往往的人，好像要在人群中发现什么似的。

121

"开啥会，你给谁通知了？协议咋签的，拿出来？"夏一可在厂子里的车间大喊起来，他气势汹汹。

"小夏，有话好好说，别生气！"几个人连说带笑把他劝了出去。

"太可恶了，你都捞够了，开始撤退了！"夏一可在外面说。

在夏一可离开厂之前，几个厂长已经是每个人一辆十万左右的车了，而工人们依旧是骑着自行车上下班，每个厂长每个月还有一定金额的车补，这才几年，居然就干到了倒闭要卖厂子的地步。

在夏一可知道这个消息之前，外面来的人已经开始进入厂子的内部了，财务科、办公室等好几个部门，而寇厂长已经让出了自己的办公室，自己原来二楼的办公室已经被外来的人接收。他自己龟缩在原来供应科办公室，因为多年没有在厂里上班的原因，夏一可对于各种内幕情况并不知情。寇厂长以各种诱惑为诱饵，迫使上班的工人签订相关协议，签订协议不但可以拿钱，还可以和接收企业续签合同，可以再上班。厂子上班的不少人就开始签订了协议。夏一可觉得有时候穷人不可怜悯，我费心费力地给你们维权，你们却一个个跑去签订协议，最后吃亏的还是你们，好不容易临时凑齐了几个人，在最后的关头却变了卦，厂子已经是兵败如山倒。假若夏一可上班，那会是一种什么样的状况？事实不允许假设。鸿门宴也不允许假设，因为一念之差的屠弱，楚霸王项羽自刎乌江，汉王刘邦夺得天下，历史的选择只能有一个王者。

"你说你有啥条件？"办公室里，寇厂长问夏一可。

"你协议咋签订的？卖厂卖了多少钱？"夏一可质问他。

"协议看不了，在工商局。"他说。

"那遗留问题咋解决？"夏一可问。

"该解决的都给你解决，你放心。"他说。

"你干得好好的，干了快十八年，为啥就干不下去了？"夏一可质问。

"产品卖不动，大环境所致。"他说。

"我还有事，剩下的事你跟书记说。"他就出了办公室。

厂子现在彻底走到了尽头，真是兵败如山倒，夏一可掀开门帘，站在外面的台阶上思绪万千，感慨良久。

几十年的厂子就这样走到了尽头，夏一可叹息，使劲跺了跺脚，离开了。

这些年，夏一可采访了不少画家，而且江湖上也是狼烟四起，江湖上的画家也是各有各的招数。而画家蹊蹊先生也是一个另类，打拼出自己的一片天地。蹊蹊也是在书画市场最火爆的时候进入周宁市的，他在画家村住着，实际上也是城中村的民房，就是为了有一处画室。蹊蹊在秦都的一家子弟学校担任教师，按部就班的工作和人事的纷杂使他办理了停薪留职而闯荡江湖。在最初的日子里蹊蹊也和江湖画家一块儿参加笔会，挣几个润笔费，漂泊的生活过得异常艰难，他也会宣传，给各路媒体一些自己的作品。过后的几年，蹊蹊先生组建了自己的水墨画画院，也拉起了一支人马，成为院长，在市场萎缩的前几年，已经在周宁买了三套房，江湖上，各人有各人的玩法，有能力就是立足江湖的法宝。

画家柳先生号称老虎王，这是江湖上的封号。他说，千万不敢叫我王，没有王，叫王我就不能进步了。柳先生最艰难的时候给孙子买苹果都要咬紧牙关而打了孙子的屁股。柳先生也是在市场萎缩前买了一套房，是复式的，超大面积，并且给儿媳妇盘了一个药店，给儿子买了一个有产权的出租车，也迈入了成功者的行列。

江湖就是这样，不相信眼泪。

同样的还有四十几岁的贺先生，同住画家村，也是在单位办理了停薪留职，在江湖上闯荡，过了几年，离开了周宁，重新回到原单位上班，继续业余画画，这是爱好，不能丢。市场就是这样，胜者王侯败者寇。

夏一可印象最深的是龙作家周末在办公室接受采访，痛诉单位领导把报社搞成了独立王国，他说以后再也不说违心的话，再也不做对不起良心的事情。龙作家痛哭流涕，夏一可看在眼里，记在心上。很遗憾，龙作家后来就背弃了自己的誓言，尖酸刻薄。

采访盈作家是在冬天，在郊外的一处住所，这里是盈作家的书房。他侃侃而谈自己的作品，为了成就出一本这样的书，他走完了大部分的遗址，写出了这样一本散发着思想光芒的作品。二十多年后的盈作家已经没有了锋芒，并且回归了。人是可以转变的，转变的速度之快，有时候是令人咋舌的。从这之后，就再也没有一次心灵的对话。有时候还会回味和盈作家吃炸酱面的那个中午，现在，那里早已经成为一堵墙。

122

在国家经济开启新常态下，金水村的村民和乡党、房客们只是觉得钱很难挣了，干啥都不行，连美容美发的生意都淡了，行业处于萧条当中。

在麦黄时节，林海先生邀请夏一可上山。林海先生在南山的金光峰上。还是很早以前去的金光峰，后来就没有再去。

"知道林海画馆的方向吗？"夏一可问路旁的人。

"哦，林老师啊，湖边的灰色建筑群就是，你朝上走，他不一定在啊！"路旁的师傅这样说。

边走边看，空气清新，夏一可顿时就觉得这是一个清新之地了。他忽然想起陶渊明的桃花源记，阡陌交错，鸡犬相闻……无论魏晋。

顺着羊肠小道，夏一可看到一个身穿白衣服的人在一棵巨大的树冠下站立着，他拾级而上，恍若进入仙境一般，周围袅袅烟雾，夏一可顿觉眼睛恍惚。此时，白衣人向他招手。

"是林老师吗？"夏一可问。

白衣人向他点点头。

"林老师，这地方真是一块宝地啊，宛若仙境。"夏一可发自内心地说。

"好多人来了以后都和你有同样的想法，最后都不想回去了。"林海先生笑盈盈地说。

进入画馆里面，在大厅坐下，环视四周，挂着巨幅的书画作品，一只硕大的乌龟趴在墙上，长剑，书法条幅，一套红木家具，古色古香，敞亮无比。

"来，喝茶，这是山里的泉水，没有污染。"林海先生给夏一可斟了一杯茶。

"这个地方真好！"夏一可再次称赞道。

"这里安静，没有干扰。做事情最主要的就是要先静下来，这样才能看到本质，否则人云亦云，没有多大意义。"林海先生说。

夏一可喝了一口茶，说："安静下来需要时间，关键是没有时间啊！"

"没有时间的概念，这只是人们为了假设而设定的。"林海先生说。

"我先带你参观一下。"林海先生说。

"这个画馆有将近两千平方米，这些年我一直住在山上，画自己的画。"林海先生边走边慢慢地说。他的画比想象得要大很多，都是巨制，夏一可只是觉得很抽象，作为山水画家，画山水，林海先生的画面里看不到任何真山真水的东西，画得很奥秘。

"你看这幅。"林海先生指着旁边一幅巨制的画作。

夏一可看到画面上密密麻麻的线条，像网状一样，他觉得自己看不懂。

"林老师，我看不太懂。"夏一可实话实说。

"看不懂不要紧，好多人第一次来都看不太懂，以后常来慢慢就懂了。"林海先生笑着说。

"你来看这幅。"林海先生导引着夏一可来到另外一幅画作前。

"这是高山流水！"夏一可说。

画面上有一个人抱着琴，周围是山水。

"这个就比较写实一些，用了一个大家耳熟能详的故事，表现中国传统文化。"林海先生说。

看着画面，夏一可想到"高山流水觅知音"，人世间最难找的就是知音啊！顺着画馆里的方向就到了画馆的门外。两扇黑漆的木门，中间是一个印章的红字，显得很分明。

"林老师，这是什么字？"夏一可问。

"这是众里寻他！"林海先生回应。

在这里夏一可拍了照，他想起家里小时候的木头门，也是黑色的油漆，门楣上是一抹红色，都是最简单的颜色，后来都换上了铁门，在这里似乎找到了儿时的回忆。

顺着画馆外面的小路，就来到了和这边连着的一处房子，也是灰色的基调。

"这边是展厅，平时也可以开学术会议，已经办了好几场雅集了，下次你也来。"林海先生说。

"好，好。"夏一可答应着。

这个展厅挂着先贤大师的画像，似乎目光穿透一切。

"这是石先生，大家都知道，我小时候就是跟他学的画。"林海先生说。

"那真的是画了几十年？"夏一可问。

"那时候的老先生都是有风骨的，现在社会上有很多人都说是石先生的学生，其实没有一个是真的。再来看这幅画像，你知道这是谁？"林海先生问。

画像都是黑白的，老先生的眼睛显得炯炯有神，夏一可摇了摇头。

"这是黄先生，从他的眼神中，我看到平和，没有霸气！"林海先生坚定地说。

"这幅画是《南山揽胜》，我见过。"夏一可说。

"这幅画是早期的宣传作品，所以大部分人来都说见过，你看早期的还是真山真水，现在已经不画这个了，现在画山的内部结构，同样是山，以前是显性的，现在是隐性的。"林海先生解释道。

参观完画馆，就回到了刚才的大厅，这几座建筑都是连起来的，别有一番韵味和气势。

"林老师是怎么到这里的？"夏一可问。

"也是机缘吧，觉得这个地方好，适合创作，就留了下来。"林海先生说。

"那舍弃大城市优渥的生活是需要下很大的决心的？"夏一可问。

"也没觉得艰苦，你想人家山民几十年都住在这里，不也能克服困难吗，我当时是觉得要有创造就必须有所舍弃。我在80年代就很出名，也很张扬，那时候我的画都被挂进国宾馆，国家级的出版社出版了一本《中国画新百家》的画集，每个省只选了两名画家的画作，周宁就我和洛安，你说能不出名和张扬吗？"林海先生反问。

仔细观察林海先生，长髯，目光清澈，白衣飘飘。

"现在著名已经泛滥了，到处都是著名画家，而画家也并不是会画画的人都叫画家，但是现在都叫画家，就显得很滑稽了。暂时因为悟道，我那时候就发现虚衔和名利对我来说已经没有实际意义了，于是进入南山，开始隐居。"林海先生说。

"刚才你说悟道，那么什么是'道'？"夏一可继续问。

"这是一个高深的问题，不一定能说清楚，咱们可以试着做一个尝试：道也许就是原始的生命力，无形、无象，看不见、摸不着，但确是真实存在。画如果想入道就必须深入大自然这种原始的生命力。一个生命个体初级要吸收人类文化成果，但是如果其创作的源泉仅仅是人类已有的知识，那么它是有限的。一个人若用特殊的形式找到了真正生命力的源头——道，这种大自然原始的创造力，那么作品就可以千变万化，洋洋洒洒了，入道以后，你的生命状态和道融为一体，创作才可谓进入真正的'化境'。"林海先生说。

"那林老师你现在是不是入'道'了？"夏一可问，他觉得林海先生讲得有点儿玄。

"我给你举个例子，看能不能说清楚。一般画家画画时都有一个构思，或者某件事情触发的灵感，追忆下来，进行创作，这是俗套，也就是一般的套路。入道以后，就是你铺开宣纸，只要一笔出现，第二笔就紧接着来，一千张纸就画一千张不同的画，一万张就画一万张不同的画，头脑设计的东西很累人，进入不了自由王国。咱现在的创作都是自由生发，洋洋洒洒，自然天成。"林海先生回应道。

"你说的这个我能理解，并且知道，我见过很多画家都是这样画的，有的还直接临摹，或者请别人题款的都有，这样一说，林老师确实很高明。"夏一可说。

"这都是一个必经的过程，以前的种种画法咱都把它尝试完了，包括金墨、彩墨等，这是一个过程，你不经历这个过程就突破不了。你看咱的作品山脉更入道，因为高山流水有一个大家都耳熟能详的历史概念，山脉纯粹是自由生发，用曲线交织的方法表现，更为抽象高明，和传统绘画离得更远，而'高山流水'表现的是中国传统文化，大家都能看得懂。我的作品'道'用太极的理念，视觉上有张力，画了两个月。'终南，王者之象'完全就是自由抒发了，因势利导，自然生发了。90年代初进山之前，全国的名山大川基本走过了，经过六年的考察发现南山更为博大，那些名山大川所具有的特点我们南山都具备，总体感觉平实，但内涵丰富，有点儿像中国文化那种娓娓道来，你看，画的时候没想着画一个'王'字，画完后才出现的，它不是中国画传统的画法，是一个从空中往地球上看，从传统山水画走出的一个创意。"林海先生说。

对于林海先生，夏一可似乎有点儿微微懂了。

"林老师现在眼睛怎么样？"夏一可问。

"我演练了几十年的太极，现在才摸得出一点儿门道，身体是革命的本钱，有好身体才有力气！"

"你在法国办展览，你觉得那里和咱这里有什么区别？"夏一可问。

"法国的艺术是真实的状态，你的作品在艺术上有价值，市场就有相应的价。国内很多人没有达到这个高度，通过非正常的手段把价格抬得很高，现在属于艺术乱世，没有标准，什么人都在艺术界混，很多都是初尝者，而且这些人炒作、宣传的力度优于专业上比较有成就的人，这样就形成了一个很混乱的局面，浅尝者、初尝者用这个做敲门砖，为了自己的生存来欺骗受众，而被欺骗的人基本上是不懂艺术的，很多人把钱投到非艺术品上，我们不在艺术这种大乱中混，相对来说是纯粹的，对艺术的尊重决定了我们的相对沉寂。"林海先生感叹道。

"现在有人说林海先生出山了？"夏一可说。

"不是我出山，是作品出山，让大家来了解，这些年，天南海北都有人来过这里，各种状况都有，我还是静心画画，因为只有安静下来，你才能看到事物的真实状态。你想，二十多年咱都住在山上，看山，看水，感悟山水，眼睛看，耳朵听，和山水朝夕相处，已经变成了潜意识的东西，变成了可以自由抒发的东西，变成山水的一部分了，我觉得这是我在山水画创作领域里最大的收获。我在山上画的画、创作的作品让世人了解，实际上还是不参加那些热闹，不参加那些无谓的活动，保持一个良好的创作状态，真正为中国画的发展做一些自己的努力。"林海先生说。

"隐居是存在的吗？成本大吗？"夏一可继续问。

"画馆有利于创作大画，能展得开，有气场，比画院条件好，你想，两千多平方米的创作场地，成本肯定比普通画家高得多，甚至是普通画家难以承受的，但是你看我依然过得很好，如果有人说不存在隐居，那么对应我，隐居是存在的，我就是证明！"林海先生说完哈哈大笑。

和林海先生的问答很顺畅，也很高兴。

"以后有时间你可以常来，多住几天，我这里有很多房间，都是供朋友们住的。"林海先生邀请道。

"好的，好的，感谢林老师。"夏一可连声感谢。

夏一可随林海先生出了画馆，走过十来米就来到一处洞穴。

"来，低头。"林海先生引导着夏一可进入吃饭的地方。进入后走了几步就豁然开朗，里面呈现出一个五六平方米的空地。真是别有洞天。里面挂着动物的皮毛。

"来，贝贝。"小狗贝贝欢快地摇着尾巴。

"这狗通人性，已经好多年了。"林海先生说。

"林老师，饭菜已经做好了，你们赶快吃吧！"一个中年妇女招呼。

"这是咱的厨师，也是附近的村民。"林海先生介绍。夏一可就朝她点了点头。

牛肉、蔬菜都是新鲜的。外面就是一架山，厨房很好地利用了这块狭小的空间。

吃完饭歇息了一会儿，听林海先生弹奏了一曲古琴，听得不太懂，但是琴声悠扬。古琴，也叫七弦琴。

夏一可听完琴后就下山了。他觉得林海先生过得是雅士的生活，是竹林七贤，是陶渊明。心向往之啊。

林海先生还说，天下的书很多，看不过来，要看典籍，因为典籍能指点迷津。

123

　　金水村又进行选举了，在印象中，现在好像隔一阵就进行选举，这几年，因为拆迁的事情搞得人不得安宁。但是现在的农村，现在的城中村不比以往的农村，油水大得很，这一切都是占地的缘由，因为只要占地，大小贪官就开始有了自己的算盘，这些年，金水村几乎被分割完毕。

　　这天，夏一可围绕村子走了一圈，从家门口出发，走到十字路口。十字路口照例是门面房，门面房都建到了门外头，门外头的台阶上也搭了活动房屋的门面房，听说光一间房的月租金就在三千块左右。为了门面房的生意，银山把门楼改到了靠南的街道，把以前的门道也改造成门面房，五层高的楼房矗立在十字路口。夏一可就想这要是三娘的地方也就发了财，再也不用打闹，三娘也不会有那么惨烈的下场。银山最早可是连吃根葱都很艰难的人，现在翻了身，不光自己有门面房，还把本该是道沿的地方也扩充了进去，改成了门面房。这又有谁说过？任凭你自己做生意。锡山和银山是对门，那一年为了盖房，两弟兄差点儿打起来，都是为了把原来的房屋面积扩充到街道上，这样就大了，街道的面积就小了，锡山就不答应，两个亲兄弟就这样喊叫开了。银山给娃娶了个媳妇，因为娃的个子太矮，一直在本地无法娶到媳妇，最后托人情托关系娶了一个外地的媳妇，这媳妇比他娃个子还高。那一年，银山居然和儿媳妇把架打到了街道上，引起人们的围观。银山把儿媳妇压到地上使劲打。随后，光线和儿媳妇也到了街道上，儿媳妇蛮子在街道上大呼小叫。

　　十字路口有理发店，这是一个正规的理发店，门外的玻璃是透明的，可以看到里面，里面通常都有人坐，现在已经是十五块钱理一次发，金水村外面已经是二十块、二十五块的价格了。城中村的价格还是便宜，因为地段决定了价格。锡山那里现在是一个甘省的小伙开的理发店，还有卖杂货的商店，也都辗转换了好几拨人。开理发店的以前是一个女孩儿，还在里面搭了一张架子床，晚上休息也在里面。夏一可去过几次，女孩儿家人问她在外面做什么，她也不愿意说，女孩儿还是很矜持，说家乡的人一说理发店认定就是做那种事情，好好的理发店生意被南方人的美容美发给带坏了，并且变幻出很多花样，把好端端的事情弄得是一塌糊涂，没几个月，这个开理发店的女孩儿就走了，重新招租的还是一个理发店，这个小伙是金盆村拆迁搬过来的。金水村的房客几乎都是以前的城中村拆迁过来的，城中村拆迁，他们会另外找一个没有拆迁的村子，包括粮油店、商店等一切和生活息息相关的产业都会寻找下一个村子，拆迁和他们没有关系。

顺着街道朝下走就慢慢地快到了堡门口。街边站着一个小孩儿，目光呆滞，夏一可知道这是陈安家女子的娃，前几年为了娃的事情闹腾得不得安宁。女子基本和夏一可同岁，因为全家都是城市居民户口，也就自小没有在村里居住，女子是在外面上学，最后考上了周宁美院。究竟是一个什么样的状况，谁也说不清楚，美术学院学的国画专业，出来后一直没有很好的工作，后来就去了北京，去了北京回来肚子就大了，而且与她结婚的男的在老家还有一个媳妇。这个所谓的女婿就开了一个京Q的车来了，引起人们的注意。后来是回到男的老家去生了娃，生完娃就离婚了，男的要娃，女子和陈安都不给，最后男的就走了，男的走时还挨了顿打，这算一个什么事情，不明不白生了一个娃，难道连个明媒正娶都不知道吗？婚姻生活的混乱，连自身的根本问题都解决不了，处于蛮荒地带。女子现在就住在家里，有时候出去打工，常骑着一辆自行车，大学生怎么就沦落到大妈的份上。想着女子上大学的时候，大学还没有扩招，咋从大学上出来就这个水平，连基本的常识和素养都没有，把终身大事视作儿戏，在娘家养娃，这算怎么一回事。

再往前走，就到了堡门口。堡门口有修鞋的摊子，还有卖东西的。石桌子早已经不见了踪影，地上满是油污，一到晚上这里就成了小吃摊。

向南走，就迈过了堡门口。

金水村的堡子门，是人为拆除掉的，那时候叫破"四旧"。那究竟是一个什么样的门楼，飞檐斗拱，只是听老人们说过。拆除的时候没有人阻拦，现在看来自己都不珍惜自己的东西，国家机器那么强大，你能阻止得了，那是螳臂当车。没有了门楼的金水村，时间长了，人们都习惯了，只是村子成了敞开的框框，再也没有遮挡了。

堡子门的位置也说不清楚在哪里，只能说一个大概的位置，旁边就是鱼鱼家，鱼鱼现在也是盖了五层楼，也都是统一把路都吃进去了。最早门口都是拴马、拴骡子的地方，在生产队解散以后，鱼鱼他"大"门口就拴着骡子和马，收麦的时候就给人碾场，平时就在余力坡挂个坡，再有就是村上死人给孝顺的媳妇披红骑马。后来骑马的习俗慢慢就消亡了，因为村里的坟地没有了，都火葬。鱼鱼的兄弟是虎子，当着队长。

旁边就是鲲鲲家，转眼间，鲲鲲已去世好几年了，也都是可怜人。

向上走就到了堡子里头。堡子里是一个慢上坡，有一些坡度，以前不理解，现在才知道，那是为了下雨雨水走得顺畅，向下流，雨再大也淹不了。

向上走就是庄庄家了，庄庄也是盖了三层楼，这些年也基本见得少了，因为走上面的路不太多，所以都很难见上面。庄庄不是那种偷奸耍滑的人，谁家过事都积极帮忙，干事情认真，这是乡党们有目共睹的。

往上走就是庙台了，以前这里是村委会。自从不种地了，金水村也就有了真正的办公室，乡党们说，盖得阔气，鬼都在里面！

这样慢慢悠悠地走路，就走到了村子的南边，南边就是一条车水马龙的大路，车辆川流不息，路已经修了快二十年了，听说修路时还挖出了古墓，在马路当中，是唐朝一个大官的。

顺着村边的马路走，就看到马路上高楼林立，这一片原来都是金水村的地，现在已经建成商品楼，这些楼盖得奇怪，不是正南正北，而是倾斜状，似乎东南西北都有，起了一个十分洋化的名字——香榭丽舍。

这边的门楼不知道是什么时间拆除的，现在已经看不出痕迹了，早已经成为一条宽阔的大马路，正对着就是乡党们的房子。

"娃，你做啥去呀？"玄米问。

"我没做啥，叔！"夏一可说。

"可不敢叫叔，叫哥就行咧，你这辈分大。"玄米说。

夏一可就连忙掏出烟给点着了，虽然自己不吸烟，但是口袋里还是装着烟的。

"哎，现在一天也碰不上几个咱村人，都是房客。"玄米吸了口烟说。

"就是的，都是房客，乡党们现在没有地了，不招房客干啥呀！"玄米继续说。

"走一步算一步吧！"夏一可说。

"你那边还可以，人多。"玄米说。

"也不行，人家十字路口出租房都是一年几十万元，咱还在里头，不行。"夏一可说。

"这现在整天吵闹着拆迁，听说村上都在外头开了好几回会了，把咱卖了都不知道，祖祖辈辈居住的地方，干的是断子绝孙的事情！"玄米气愤地说。

"哎，说不成嘛，这伙人心也太黑了，走路上狗×的都叫车轧死！"玄米说。

"咱干好咱的事情就行了，天要下雨，娘要嫁人，由他去吧！"夏一可说。

村里好些人都知道夏一可搞的是新闻，有时候也说叫把村里的事情报道一下，给曝光出来，夏一可只能一笑了之。现在哪里有什么新闻，这样能解决啥事情，乡党们都是一盘散沙，人家软柿子就很好捏，你叫得凶了，就给你一块肉你就不叫了，和厂子是一个道理，一盘散沙的人你能期待他做什么，最后只能任人宰割。

况且，现在的新闻早已经不是彼时的新闻了，互联网寡头加剧了新闻的急剧分化，哪些是真消息，哪些是假消息，真真假假难分辨。

再向前继续走，这边现在是香榭丽舍的围墙，这个楼盘分为一期工程和二期工程，现在一期工程已经销售完毕，后面的这一片楼在继续盖着，前几年突然一下就停了，那时候，似乎全国的工地都停了，后来就都陆续慢慢开工了，原来是房地产洗牌结束，重新开始，现在进入了常态化的新时代和谐社会。香榭丽舍也是金水村的土地，前十几年还是绿油油的麦子地，现在长出一排排三十多层高的楼。金水村的人有的在高楼里面打扫卫生，有的听说在高楼里买了房。金水村有几个靠祖传秘方的人都在外面开店把钱挣了，挣的钱是自己的，没有所谓共同富裕的说法，因为这些都是私人的，对于金水村来说，没有自己的产业，也没有自己的集体企业。现在村民们靠出租房屋挣点儿房钱的日子能支撑到什么时候，反正村干部都是五层六层地盖着楼，并且侵占了原集体的财产，也没有人说个啥。

夏一可不知不觉就走到了金水村小学的门口，里面似乎传来读书声。现在也不了解小学的情况，除过选举的时候进去过，平常几乎没有进去过。铁门还是原来的铁门，只是由原来天蓝色的油漆改刷成了深蓝色的油漆。

"你干啥？"铁门里的门卫问。

"没事，看一下。现在一个年级有几个班？"夏一可问。

"都是两个班。"门卫说。

"我们那时候都是一个班。"夏一可说。

"你是本村的？"门卫问。

"是的，娃今年上学。"夏一可说。

"那到六月底到学校登记。"门卫说。

这时候门外头已经陆陆续续有接娃的人了。几乎都是房客的娃，夏一可的心就乱了，现在娃上学成了头等大事，为了上学的事情还要提前准备，以前是上完育红班就直接上小学，现在的情况发生了变化，幼儿园不管小学，小学不管中学，都是各自为政。上小学就更不一样了，有私立的，有公办的，都是要花钱的，说是九年义务教育，花钱更多，明着不收暗着收。几乎每家每户都有上学的娃，谁能逃得脱。锡田小学听人说进门费就得五万块，英伦国际小学一学期就要四千五百块，每学期吃饭两千块，而且也要交进门费，也是几万块不等。而英伦国际小学据说都是有钱人的娃在上，都给搞坏了。英伦国际小学用的是朝岭村的地，但是朝岭村的娃却无法在这里上学。朝岭村的周围是丽丹国际小区，最早买楼的听说几乎都是暴发户，在这里养一个女人，俗称情人，这里的住户结构就是这样。社会上的事情，复杂着，夏一可原来就亲眼见到一个二十岁左右的女娃跟一个四十岁左右的有妻室的人在一块儿混，每月人家给几千块钱，给租的房子，而丽丹国际小区这边都是买的房子。

124

挨着金水村的朝岭村说一声拆就拆了，连个声气都没有，就这样迅速。

"你知道朝岭村最后是怎么拆的，人家都是先拆违建，说你在地里盖的房是违章建筑，你有手续就把你的手续拿出来。"村子人说。

"哎，看谁拆呢，咋拆呢？自古到今从来不会把皇亲国戚的给拆掉，即使拆了也是先做个样子，然后就是大面积地拆。"堡子人说。

"朝岭村算这一回拆房，算是第三回了，头一回没拆动，第二回派出所逮了几十个人，这回不知道咋拆的，哎，一个村子形成几百年，说一声拆，几天就拆没了，以后就再也没有朝岭村了。"村子人悲哀地说。

"现在还没轮到咱这里，咱村也不会长久的！"堡子人说。

"现在锡田管委会拆迁办动用的都是黑保安，一回出动几百人，朝岭村就是那样，先撵走房客和门面房，没有人了，下来就开始收拾村民，咱村以后也一样。"村子人说。

"这跟黑社会有啥区别，光天化日之下拆人家的房，那派出所咋不来？"堡子人问。

"你就不知道，派出所和这伙黑狗子穿一条裤子！"村子人说。

"村干部首先跑光了，然后是干部的狗腿子，亲亲邻邻，先走的就拿挖掘机开始挖，你要挨着就故意把你家的墙戳个窟窿，看你走不走？"村子人说。

"这是狼啊，一群狼！"堡子人说。

这几年，夏一可也主要是招房客，因为早已经辞职不干了，工厂已经走到了尽头，遣散费已经发放，能闹腾的尽量都多拿了钱，谁也不知道下一步会发生什么。

这几年，也招了不少房客，各家各户都在招房客，有的乡党为了房客还在街道上发生了口角，几十年的人情就此斩断。人人都在拼命往自己的口袋装钱，招房客挣的是辛苦钱，不像有的人捞钱，一捞就成百上千万的。

断断续续也招了不少房客，有走的有来的。金水村的房客主要还是以民工居多，民工主要就是在工地盖楼，做各种工种的都有，主要是以绑钢筋、打混凝土为主。民工因为干的是重活儿，都是穿着脏兮兮的工服，味道很大，早上六点就起来，急急火火吃饭，然后骑上电动车，有的甚至带上两个人就朝村口盖楼的工地赶去，中午十二点半左右准时就又回来，叮叮咚咚地开始做饭，一点半左右再赶往工地，到晚上八点多的时候回来，人已经很困乏了。民工以夫妻居多，都是两口子出门。民工又以川省人居多，下来是甘省，本省次之。川省人能吃苦，干活儿很厉害，能干得起重活儿、累活儿和脏活儿。甘省人在力气方面就不如川省人，因为川省民工一大早起来就能吃肉，甘省不行，饮食习惯基本和本省的差不多，所以干活儿就不如川省。本省的就更不如川省的，本省的基本上是来自省南，论吃苦和力气均不如川省的，比甘省的还次之。川省的吃辣子满院子都飘着呛人的辣椒味，为这，其他住户提了好几次意见，老板说，这是饮食习惯，就是这样，他们的习惯就是这样。有时候在街道上都能看到川省的人背着背篓，平地为何还要背背篓，这也是生活习惯。民工们基本上不欠房钱，因为他们手里都有钱。以前的工地动不动老板就跑路了，这几年，工地上好多了，安全抓得严，都是实名制，钱也不经过老板手，都是由发包方直接打到民工的卡上。民工里也有包工头，基本上都是乡亲，一个传一个，组织人接活儿。如果活路好了，一年也不少挣钱。民工最普通的一个人一天工资也在三百块，会技术的一天就在五六百块。隔壁的池池听说民工在工地一天能挣这么多钱，很眼红，就和自己家住的民工一块儿去了工地，才两天就累得腰酸背疼。工地的钱并不是谁都能挣的，川省的人能挣，本省的就挣不了，原因很简单，你扛不住。

夏一可院子里原来还招过上班的，后来就刚健一个人留了下来。刚健家在沁阳，他人很实诚，夏一可最后一回盖房，还给帮忙拉车子倒建筑垃圾，夏一可母亲说，刚健可是给咱帮了大忙，咱要记住人家的好处。

年轻人在外面上班，不好好上，一到交房费的日子就头大了，为了房费，夏一可和这些年轻人没少劳过神，住房交钱，天经地义。

还有个房客小伙子叫任远，开始交钱都很利索，后来长期不在家，回来过一次，是来主动交房费的，他说在几个村都租房，是经营麻将馆还是什么美容美发搞不清楚，后来就失联了，没再回来，手机也停机了，等了几天后打开了房门，屋子乱糟糟的，脏乱不堪，没吃完的方便面散发着恶臭，在屋子还发现有一箱子的冥币，还有一个和真人大小的充气娃娃，这是什么神操作，硬着头皮收拾完房子，夏一可一天都没吃饭，恶心。看着长得白生生的小伙子，干净利落，咋会干这事，要那么多冥币干啥？该不会是诈骗吧，因为冥币做得很逼真，不仔细看还以为就是真钱。房子从这以后就开始收取押金，即使最后找不见人，有押金，自己不打扫，也可以叫人打扫，咱又不是收垃圾的人。

过了不久，这个房子就重新招了一个打工的住下了，一直相安无事。

门面房开始招了一个小伙子，他就是看中门外能放小推车，说是做生意卖炸鸡，每个月交三百块钱房租。这个小伙子整天把自己搞得脏兮兮的，还能卖食品，有几次都发现房间里有野猫，也不知道是从哪里进来的，反正是闻到味了，那段时间，院子里不停有猫叫，原来就是从这里来的。炸鸡因为要过油锅，卖粮油的就主动送上大桶子的油来，不知道是不是地沟油，因为现在没有了散油，都是桶装油，炸鸡也不可能买几十块钱一桶子的好油，必然是来路不明的地沟油。小伙子的生意还可以，几个月就买了一辆电动摩托，他每天上午睡觉，下午到晚上开始营业。这个小伙子洗灶具的时候用水量巨大，一个月二十块的水费根本就不够用，很是费水，再加上炸鸡产生的油烟把房子都熏得黑油油的，夏一可就让他搬走了，搬走并不容易，是好不容易劝说才搬走的，因为他并不想走，这里离十字路口近。这间门面房最后招了一个放东西的，在工地上干活儿放东西，他另外在院子又租了一间房住人。

还有一间门面房，那个美容美发干了没有多长时间就搬走了，因为没有生意，走的时候小伙子凶相毕露，说必须退押金，没有办法就退了剩余的房钱和押金，说白了就是租的日租房。

这间房后来招了一个缝裤边的，因为房子大，前半边营业，后半边住人，基本上也相安无事。男的是个小伙子，女的看上去就比男的大许多，不知道这俩人是怎么混到一块儿的。这个女的交房钱还算准时。

金水村的新闻依然是层出不穷，听说有的房东和房客都睡到一块儿了，到底是谁勾引谁，在一个屋檐下，难免会发生龌龊的事，是谁上了谁的床，是谁勾引的谁没人说得清楚。

门外不知道怎么就有了骚动，夏一可急忙就出去看，原来一辆车在这里打转，夹住了，前进不得，后退不得，自己的车就在旁边。因为城中村街巷狭窄，基本上都是并排刚好能过一辆车，还要考验驾驶员的驾驶技术是否过硬，否则就有可能剐蹭车辆。车开始买回来的时候当一个爷伺候，因为新鲜，就免不了经常去看，后来慢慢也就习惯了，就是一个车嘛，咋还神神道道的。对面的夜婆娘在自己家的台阶下面打了一个水泥棱棱，为了自己家房客电动车出入方便，这一来车驶过时就不能倾斜，要直着开，稍微歪一下，就有可能擦着对面车的车身，而夏一可的车就在对面。

"直走，直走，别打方向！"夏一可就在车的旁边指挥，周围围了几个房客看热闹。

还是擦上了，这是开着一辆奥迪车的男的，男的下了车。

"给你说让你直走。"夏一可埋怨道。

"我原来就不走这里的，今天路那边过不去，我才拐进来的！"男的也埋怨。

"你看咋办，是报保险公司还是私了？"夏一可问。

男的没有吱声，开始打电话。夏一可就在一旁站着，后面的民工骑着电动摩托一看过不去，就掉转了方向。

过了一会儿，御峪就来了。

"警察来了！"夏一可笑着说。于是男的就给御峪发了一支烟。两个人就走到一边说话。

"你说咋办，给多少钱，这是咱屋的房客。"御峪过来说。

"在你家住着。"夏一可说，他觉得不太好意思开口。

"你说多少钱我让他拿钱，你自己修车就行了。"御峪继续说。

夏一可就仔细地看了看车，擦得不轻，看来要钣金，也不知道是啥情况，但不影响开。

"你是这，给二百块算了！"夏一可说。

"够不够，二百块能不能修？"御峪笑着说。

"行咧，够不够就那回事了，你都来了！"夏一可说。

"你给人家拿二百块钱。"御峪对那个人说。

那人就掏出二百块钱给了御峪，御峪顺手给了夏一可，那人把车开走了。

御峪给夏一可递了一支烟。

"咱是乡党，还能让咱吃亏，那是咱家房客，都是住一段时间就走了，咱乡党都是低头不见抬头见，他能比得了咱乡党！"御峪说。

夏一可就笑了。

"还上班吗？"御峪问。

"没有！"夏一可说。

谝了一会儿，御峪就离开了。御峪现在是村上的治安维持员，每个队一个人，一共六个人，各自管理自己所在队的巷子的治安、卫生等。

"你咋，看我的热闹！"夏一可问胖婆娘。

"没有，没有，我刚想给你打电话，你出来了！"胖婆娘笑着说。

自从上次冬天胖婆娘往车边泼水以后，夏一可给说了，胖婆娘就再也没有泼过水，而且时常见面打招呼，夏一可最早本想举报让她干不成生意，后来想想就算了，多一事不如少一事！待了近乎十年的胖婆娘每个月都给派出所的管片民警进贡着，现在给钱也方便多了，不像以前。

"那你搬到咱这边？"夏一可说。

"你那房子现在都有人！"胖婆娘笑着说。

"你是给人家把钱挣美咧！"夏一可调侃说。

"我来的时候你才盖房正收拾着。"胖婆娘笑着说。

"给咱把车看上！"夏一可说。

"一定，一定。"胖婆娘嘴很乖。

城中村有城中村生存的道理，这也是一个小社会。夏一可有时候也会怜悯这些风尘女子，都是人，但是干的事情可是天壤之别。林子大了，什么鸟都有。以前跛子在的时候说，黑天里是人来人往，隔壁的房客把门走错了，走到你这边开门。现在村子里基本上都是一个模子，外面的墙都是贴的瓷砖，谁家是谁家不仔细看还真的很难分辨。每个街巷都是狭窄的，原来是一到晚上就灯红酒绿，现在是在背街的巷子里，小姐们都随时拉客，风气变坏不是一时半会儿的事情，而是水滴石穿，循序渐进。妓院的祖师爷似乎就是中国历史上的管仲，为了发展经济，用女人做招商引资的诱饵，成为官妓的前身，存在几千年了。

125

夏一可穿过马路，看到挨着马路的这一片现在已经全部盖上门面房了，有商店，有餐馆，有修汽车的，有修电动车的。有人在村里住着都跑到了村外头，也在这里盖房，出租房屋挣钱。

顺着狭长的通道就走到了小巷子，这短短的一段路，前几年还是土路，不知道啥时候也铺上了水泥。紧挨着就是庙，庙门外已经焕然一新，不知道啥时候画上了壁画，展现着佛教的场景，听说，有人已经在里面塑了菩萨像，每逢祭日，就有人来烧香磕头。村委会早已经不在这里了，收电费的也不来了，庙里有了菩萨就成为真正的庙了。

向下走，就看到电杆，电杆旁边的石头上也没有人坐，平常，六奶总是在这里坐着，现在没有看到六奶，夏一可心里就黯然神伤。

再向下走，扭头就看到九奶曾经住的房子，夏一可不觉红了眼睛。已经到堡门口了，远远就能看到自家的房子，夏一可突然就泪流满面了……

2022 年 9 月定稿